चित्रकार को मिली प्रशंसाएँ :

'*चित्रकार* बसु की लेखन कला में दक्षता का प्रमाण है... उनका उपन्यास मानो शीशे को तराश कर बनायी गयी कलाकृति हो। उनके द्वारा उल्लिखित शाही इमारतों की तरह वैभवशाली, और चित्रकार की अद्‌भुत निपुणता और प्रतिभा द्वारा अंकित।'

–दी इंडिपेंडेंट ऑन संडे

'इस उपन्यास में अनेक विस्मयकारी घटनाक्रम हैं। अपने व्यापक और उदार दृष्टिकोण से बसु ने इन ऐतिहासिक शोधों को फिर से जीवन्त कर डाला है।'

–टाइम्स लिटरेरी सप्लीमेंट

'*चित्रकार* बसु के पहले लिखे प्रामाणिक उपन्यास, *दी ओपियम क्लर्क* का एक बेहतरीन पूरक है। एक सुदूर इतिहास के अन्तर्विरोधों की प्रस्तुति के माध्यम से उन्होंने कोई नयी बात सामने लाने की कोशिश की है... और इसलिए यह उपन्यास एक गहन अवलोकन का अधिकारी है। बसु ने उपन्यास के एक–एक शब्द का चयन बड़ी सजगता के साथ किया है, और उनके सभी रूपकों में एक भिन्न अर्थ की अनुगूँज सुनाई पड़ती है।'

–फार ईस्टर्न इकोनोमिक रिव्यू

'रुचिकर और कल्पनाशील रचनात्मकता से परिपूर्ण। इसे पढ़ते हुए यह प्रतीत होता है मानो हम एक आर्ट गैलरी में सजीव दीखते चित्रों के बीच चहलक़दमी कर रहे हों।'

–एल्ल

'अपनी बारीक़ी और आधुनिकता में ताज़गी से भरा, काल–विशेष की विविधतापूर्ण छटाओं से भरपूर।'

–गार्डियन

'*चित्रकार* एक प्रकार का लघुकार हीरा है जो लेखक कुणाल बसु के अन्दर के कहानीकार की क्षमता को सुनिश्चित करता है। इसे पढ़ना एक भिन्न मानसिकता से होकर गुज़रना है...*चित्रकार* को अवश्य पढ़ा जाना चाहिए, और बार–बार पढ़ा जाना चाहिए।'

–दी स्टेट्समैन (भारत)

चित्रकार

The Miniaturist का हिन्दी अनुवाद

कुणाल बसु

अनुवाद
प्रभात मिलिंद

वाणी प्रकाशन

वाणी प्रकाशन

4695, 21-ए, दरियागंज, नयी दिल्ली 110 002

फ़ोन : +91 11 23273167 फ़ैक्स : +91 11 23275710

शाखाएँ

अशोक राजपथ, पटना 800 004, बिहार

कॉफ़ी हाउस कैम्पस, महात्मा गांधी मार्ग, इलाहाबाद 211 001, उत्तर प्रदेश

महात्मा गांधी अन्तरराष्ट्रीय हिन्दी विश्वविद्यालय, वर्धा 442 001, महाराष्ट्र

सुल्तानिया रोड, मोतिया पार्क, भोपाल 462 001, मध्य प्रदेश

www.vaniprakashan.com
marketing@vaniprakashan.in
sales@vaniprakashan.in

CHITRAKAR
Hindi translation of *The Miniaturist*
by Kunal Basu
Translated by Prabhat Milind

ISBN : 978-93-89915-00-6
Novel

पेपरबैक प्रथम संस्करण 2020

मूल्य : ₹ 399

सिटी प्रेस, दिल्ली-110 095 में मुद्रित

वाणी प्रकाशन का लोगो मक़बूल फ़िदा हुसेन की कूची से

सुस्मिता के लिए

"अल्लाह के पैग़म्बर (वे जन्नतनशीन हों) ने कहा था, जो कोई भी तस्वीरें बनायेगा वह क़यामत के दिन सज़ा का भागीदार होगा। उसे यह भी बताया जायेगा कि वह, अपनी बनायी हुई तस्वीरों में रूह बनकर ज़िन्दा रहेगा।"

हदीथ

नक़्श शैली

उठो, ऐ साक़ी, अब उठ जाओ!

हाफ़िज़

'जल्दी जगा करो,' ख़्वाजा ने कल रात की बची हुई शराब के छींटे बिहज़ाद के गालों पर मारे और उसके कानों में तक़रीबन बुदबुदाते हुए कहा, 'तभी तुमको सुबह के सूरज की अठखेलियों के असल दीदार हो सकेंगे!'

बाप और बेटा दोनों ख़त्म होती हुई रात के नीम अँधेरे में बैठे हुए थे। क़िले की चारदीवारियों पर चमकती हुई तोपों की क़तारें खड़ी थीं और दोनों की आँखें जमुना नदी को निहार रही थीं। हवा में अभी भी मौजूद हलकी–सी खुन्नक से दोनों ने अपने बदन में एक सिहरन महसूस की। ख़्वाजा ने क़िले की प्राचीर पर बने प्रहरी–कक्ष में सोये हुए सन्तरी को जगाया, पहरेदार ने हड़बड़ी में जागकर अदब में अपना सर झुकाया और दोनों के दाख़िल होने के लिए कक्ष के फाटक खोल दिये। दोनों सँकरी सीढ़ियों पर चढ़कर मुँडेरें थामे हुए अपनी पसन्दीदा जगहों पर जा बैठे। उनकी लम्बी पोशाकें उनकी एड़ियों तले दब गयी थीं। ख़्वाजा ने मुस्कराते हुए अपने बेटे की तरफ़ देखा और फिर धुँधले होते नक्षत्र के बीच ग़ायब होते नये चाँद की तरफ़ संकेत कर उसे दिखाया।

दूर क्षितिज में बादलों की ओट में सकुचाता हुआ सूरज लुका–छिपी खेलने लगा था। गोया बादलों की आड़ से बाहर निकलने में उसे ठीक वैसी ही झिझक महसूस हो रही थी जैसी किसी घुड़सवार को अँधेरे में जाने से गुरेज़ होता है। तभी धूप की एक बारीक़–सी किरण नदी के सीने में हौले से उतर गयी और देखते–ही–देखते फैलने लगी। उस धूप की पहली रौशनी में सबसे पहले चाँद फीका पड़ा, फिर धीरे–धीरे एक के बाद एक सितारे भी धूमिल होते गये। धूप अब एक बरछी की तीखी नोक की तरह पेड़–पौधों के बीचोबीच उतर चुकी थी

और पत्तों की सतह पर ओस की बूँदों को बेधती उसकी पहली बैंगनी किरण चारों तरफ़ फैलने लगी थी। आख़िरकार थोड़ी देर बाद ही सूरज बादलों की क़ैद से आज़ाद होकर नदी के किनारों पर चिनार और सरू के घने पेड़ों और उन पेड़ों के बीच रहने वाले पत्थरतराशों की छावनियों पर अपनी धूप बिखेरने लगा था।

'उस तरफ़ देखो!' ख़्वाजा ने उनींदे बिहज़ाद को हल्के से कुहनी मारते हुए कहा। क़िले के भीतर फ़ौजियों और मवेशियों के रहने के लिए बने हुए पुराने गहरे लाल और धूसर रंग के तम्बुओं के उस पार शाही महल, मस्जिदों और दूसरी इमारतों के बीच एक ख़ामोश फ़व्वारे और शाही कश्ती का सुन्दर नज़ारा साफ़–साफ़ दिख रहा था। सूरज की धीरे–धीरे तेज़ होती रौशनी क़िले के विशाल फाटकों पर पड़ने लगी थी जिन्हें अब बारी–बारी से खोल दिया गया था। उन विशाल फाटकों के खुलते ही धूप की किरणें दरवाज़ों की चिकनी सतहों पर किसी आईने की तरह चमकती हुई फैल गयीं। आड़ी–तिरछी किरणों से रौशन संगमरमर का शाही महल अब अँधेरे से आज़ादी में खुली साँसें लेने लगा था। वह अगल–बगल की मामूली और दूसरी इमारतों से अलग ही पहचाना जा रहा था। धूप का एक बड़ा–सा वृत्तनुमा टुकड़ा अभी भी नदी के जल की सतह पर प्रतिबिम्बित हो रहा था–बिल्कुल सोने की एक अशर्फ़ी की तरह।

एक परिन्दे के कूकने की आवाज़ सुनायी पड़ी। वह शायद अभी–अभी उड़कर वहाँ आया था। उसके नन्हे–नाज़ुक पंखों पर जैसे पूरी दुनिया का बोझ रखा था–यह बोझ आसमान के फिरोज़ी रंग का था, नदी के नीले पानी का था, और सुनहरी धूप में नहाये क़िले के कत्थई रंग का था।

'ज़रा देखो!' एक सम्मोहित आवाज़ में ख़्वाजा ने अपनी उँगली से इशारा किया और बिहज़ाद से आहिस्ते से कहा, 'दुनिया का सबसे उत्कृष्ट चित्रकार आगरा में ही रहता है!'

उस सुबह जिस वक़्त आगरे का शाही शहर धूप की एकदम ताज़ा किरणों में नहा रहा था, वह रबी की सत्ताईसवीं सदी के 975 हिजरा का एक ख़ुशगवार शनिवार का दिन था। क्रिस्तानी तारीख़ के अनुसार यह 1568 की एक सुबह थी और आगरा के सभी बाशिन्दे अपने जीवन के हर क्षण को उन्हीं सुनहरे पलों की तरह जी रहे थे। यह कोई नयी सुबह नहीं थी। बतौर एक हमलावर और एक विजेता बाबर के हिन्दुस्तान में दाख़िल होने के बाद कोई दस हज़ार दफ़ा आगरा ऐसी ख़ुशगवार सुबहों का गवाह रह चुका था जब जनता ने पुरसुकून रातें गुज़ारी थीं। क़िले की पश्चिमी दीवार के नीचे वाले हिस्से में उसके पौत्र और हिन्दुस्तान के बादशाह की नींद के टूटने का भी वक़्त अब हो ही चला था। सुबह–सुबह जागने के बाद अमूमन वह अपने पसन्दीदा शगल हाथियों की दौड़ के नज़ारों का लुत्फ़ लिया करता था। गर्मियों से पागल और ग़ुस्से से भरे हाथियों की उन्मादी होड़ उसे बहुत रोमांचकारी लगती थी।

ख़्वाजा थोड़ा ख़फ़ा था। 'ख़्वाजा'–उसका यह नाम उसकी दबंग और रोबदार शख़्सियत की दृष्टि से बिल्कुल अनुकूल था। उसके ऐन सामने आगरा के शाही कला केन्द्र 'किताबख़ाना' का मुख्य शिल्पकार बैठा हुआ था। ख़्वाजा अपने कुछ क़रीबी दोस्तों के साथ लगभग कोई एक दशक पहले फ़ारस छोड़कर यहाँ आ गया था। उसका असल नाम अब्दुस समद शिराजी था–जिसकी पैदाइश शिराज के एक मशहूर कलाकार घराने में हुई थी। लेकिन आगरा में शाही दरबारियों के बीच वह अपने दूसरे नाम से जाना जाता था और यह नाम उसे किसी और ने नहीं, बल्कि ख़ुद बादशाह ने दिया था–शीरीन क़लम यानी मिठास भरी क़लम। शाही दरबार में वह अकेला आदमी था जिसे हिन्दुस्तान की सल्तनत के मालिक के सामने बैठने का रुतबा हासिल हुआ था। उसे क्योंकि यह मौक़ा बादशाह की शाही तस्वीर बनाने के उपक्रम में कई बार हासिल हो चुका था।

ख़्वाजा के चेहरे पर गुज़री रात की निशानियाँ अभी तक मौजूद थीं। वह एक खुली हुई खिड़की से छनकर आती हुई रौशनी में पालथी जमाये बैठा था। उसकी गलाबन्द अचकननुमा पोशाक उसकी उभरी हुई तोंद पर थोड़ी तंग हो रही थी जिससे उसके नाज़ुक बन्द खिंचे–खिंचे से दिख रहे थे। उसके दोनों घुटने ज़मीन से ज़रा उठे हुए थे और उसकी गोद में एक ताज़ा बनी तस्वीर रखी हुई थी। वह अपने सामने बैठे 'किताबख़ाने' के मुख्य लिपिक यानी 'दारोगा' से नज़रें चुराने की नाकाम कोशिशें कर रहा था।

जो बात दारोगा ने उसे बतलायी थी वह थोड़ी अजीबोग़रीब और हैरतअंगेज़ थी। दारोगा के बातचीत के लहजे में एक अदब का सलीक़ा था और वह बीच–बीच में अपनी लम्बी मूँछों को सीधा करने

के बहाने रुक जाता था। अपनी ज़िन्दगी के लम्बे साल किताबख़ाने में मुलाज़िमी करते हुए उसके बालों में अब सफ़ेदी आ चुकी थी। किताबख़ाने में काम करने वाले हरेक कलाकार, भित्ति चित्रकार, रंग का काम करने वाले कारीगर, नक़्शानवीस, संगतराश और पच्चीकारों के नाम उसे ज़बानी याद थे। सैकड़ों चित्रकारों के साथ काम करने के सिलसिले में वह उन सबके बारे में निजी तौर पर जानता था कि कौन–सा कलाकार जटिल से जटिल कथाओं को भी एक सहज कहानी के ज़रिये कैसे प्रस्तुत करने की क्षमता रखता था, कौन अपने सुन्दर–मनोरम दृश्यों के माध्यम से शहंशाह को ख़ुश कर सकता था और किसकी बनायी हुई तस्वीरें उसे बेहतरीन इनाम दिलवाने में कामयाब हो सकती थीं। वह तस्वीरों में क़लम या कूची से बनी हुई रेखाओं को देखकर यह परखने का हुनर जानता था कि उसे एक से ज़्यादा कलाकारों ने मिलकर बनाया है–किसने आँखें बनायी हैं और किसने होंठ। किताबख़ाने में बरसों–बरस काम करने के तज़ुर्बे ने उसे एक बाज़ जैसी तेज़ नज़रें दी थीं। लेकिन यह वाक़या तो अचम्भित करने वाला था...

दारोगा ख़्वाजा की गोद में रखी उस नयी तस्वीर को उसे दिखा रहा था जिसमें एक महल के बगीचे में बैठे दो लोग शतरंज खेल रहे थे। तस्वीर पर उँगली फेरते–फेरते अचानक दारोगा की उँगली तस्वीर में सर पर पगड़ी बाँधे शतरंज खेलते युवा खिलाड़ी के ऊपर ठिठक–सी गयी।

'यह', दारोगा ने ख़्वाजा को सहमी हुई नज़रों से देखते हुए कहा, 'यह...आपका...' ख़्वाजा ने चिन्तित होते हुए गर्दन हिलायी, गोया वह उसका कहा समझ गया हो...

'लेकिन यह,' उसकी उँगली दूसरे खिलाड़ी पर आकर रुक गयी जो थोड़ा प्रौढ़ था और उसने अपने गंजे सर पर मुग़ल पगड़ी पहन रखी थी, 'लेकिन इस तस्वीर को तो ज़रूर किसी महान चित्रकार ने बनाया है...'

दोनों ने एक–दूसरे की आँखों में देखा। महान चित्रकार? क्या

दारोगा का मतलब फ़ारस और हिन्दुस्तान के सभी चित्रकारों के उस्ताद से था?

'तुम्हारा मतलब...?' ख़्वाजा ने चित्र को निहारते हुए पूछा।

'यह तस्वीर हेरात और तबरीज़ के अनमोल नगीना कमाल–अल–दिन–बिहज़ाद की क़लम से बनी है।' दारोगा ने उन सभी ख़िताबों से उस महान चित्रकार को नवाज़ना शुरू कर दिया जो ख़िताब उस वक़्त उसे याद आते जा रहे थे...हज़रत–ए–उस्ताद, आला दर्जे का कलाकार...नादिर–अल–असर–दुर्लभ प्रतिभा का स्वामी।

'लेकिन यह तो नामुमकिन है! मैं कमाल–अल–दिन–बिहज़ाद से कभी मिला भी नहीं हूँ। ऐसी सूरत में हम दोनों एक ही तस्वीर पर किस तरह काम कर सकते हैं?'

उसकी इस बात से दारोगा भी सहमत था। कुछेक पल के लिए वह ख़ामोश बैठा रहा।

'और यह...?' दारोगा ने संगमरमर के बने छज्जे पर नमाज़ अदा करते हुए उस शहज़ादे को दिखाते हुए पूछा जो खिड़की की जालियों से शतरंज के खिलाड़ियों को मासूम नज़रों से देख रहा था।

'यह एक गुमनाम से कलाकार का काम है। मुमकिन है कि आने वाले दिनों में वह मशहूर हो जाये लेकिन यह बात पक्के तौर पर कही जा सकती है कि उसका कोई ताल्लुक़ किताबख़ाने से नहीं है।' दारोगा भी शाही किताबख़ाने में काम करने वाले उन सैकड़ों कलाकारों को अच्छी तरह से जानता था। उनमें से किसी के भी भीतर चेहरे की बारीक़ियों को इतनी महारत से चित्रित करने का हुनर नहीं था।

'कौन हो सकता है...' दारोगा ने भी एक ठण्डी साँस ली, 'तीन–तीन फनों का एक अकेला उस्ताद!'

'कौन है?' ख़्वाजा ने भी व्यग्रता से पूछा।

सूरज अब आसमान के ऐन बीचोबीच था और किताबख़ाने से जाने का वक़्त हो चुका था। अपने मेहमान को रुख़सत करने के

बाद ख़्वाजा सीढ़ियाँ चढ़ता हुआ अपने कमरे में आ गया था। पहले उसने एक नज़र अपने छोटे से छज्जे और नीचे पत्थर के गलियारे में दोनों तरफ़ बने छोटे–छोटे कमरों की क़तारों पर दौड़ायी। उसे अपना बेटा कहीं भी नहीं दिखा।

'बिहज़ाद...!' उसने चीख़ते हुए पुकारा।

'बदौलत...!' वह बुरी तरह से भन्नाया हुआ था।

सबसे पहले उसने सिर्फ़ एक सीढ़ी ऊपर बनी अटारी के दरवाज़ों पर दस्तक दी। उसके अचकननुमा कुरते के बन्द उसके ग़ुस्से की उत्तेजना में टूटने–टूटने को थे। उसने किसी तरह अपने ग़ुस्से को क़ाबू में किया और बन्द दरवाज़े की झिरियों से आवाज़ लगायी।

'मेरी तरह चित्रकारी करना तुम्हें किसने सिखाया?'

भीतर से उसे किसी के हँसने की शरारती आवाज़ सुनायी पड़ी।

'किसने तुम्हें बादशाह के चित्र की नक़ल करना सिखाया?'

'आपने!' उसके बेटे ने भीतर से ही जवाब दिया।

'मैंने?' ख़्वाजा ने विस्मय के साथ पूछा।

'जी, यह बात तो आपने ही मुझे बतलायी थी कि मरे हुए उस्ताद की बजाय एक ज़िन्दा बेवकूफ़ की शागिर्दी ज़्यादा अच्छी है!'

अपने बेटे का जवाब सुनकर ख़्वाजा वहीं सीढ़ियों पर बैठ गया। उसकी हँसी बेतहाशा फूट पड़ी थी। हँसने के क्रम में उसकी तोंद लगातार हिलती जा रही थी और उसके कुरते के बन्द बारी–बारी से खुलते जा रहे थे।

—•—

बिहज़ाद अभी एक छोटा बच्चा था, बल्कि उसकी उम्र के बच्चे के लिए यह नाम थोड़ा भारी–भरकम था। कई साल पहले उसके पिता ने बिहज़ाद के जन्म के पहले ही हिन्दुस्तान के शहंशाह के बुलावे पर अपने पुरखों का देश फ़ारस छोड़ दिया था। वह भी उन अनेक प्रवासियों मसलन मुंसिफ़, लड़ाकुओं, शिल्पकारों और कारोबारियों में

शरीक़ था जो दौलत और शानोशौक़त हासिल करने के इरादे से मध्य एशिया के मैदानी इलाक़ों से मुग़लों के साथ नयी सल्तनत की नींव डालने आसपास के इलाक़ों में जा बसे थे। तबरीज़ से लेकर काबुल की इस दुर्गम यात्रा में उन्हें हिन्दुकुश के ख़तरनाक दर्रों, और उन दर्रों से भी कहीं ज़्यादा ख़तरनाक अफ़गानों से निबटना पड़ा था। उसके बाद काबुल से आगरा तक का सफ़र भी कम मुश्किलों से भरा हुआ नहीं था। पूरे आगरा में ख़्वाजा अपने फ़ारसी साफ़े की वजह से पहचाना जा सकता था जिसमें अमूमन एक ही तह हुआ करती थी और जो आगे की तरफ़ थोड़ी झुकी होती थी। हिन्दुस्तानी लोग आमतौर पर चार तह वाले साफ़े पहना करते थे। लोगबाग कहते थे, बादशाह का ध्यान पहली दफ़ा उस पर तब गया जब उसने चावल के एक ही दाने पर पूरी–की–पूरी मुग़ल फ़ौज की तस्वीर उकेर दी थी।

फ़ारस से हिन्दुस्तान आने के कुछ समय बाद ही ख़्वाजा की फ़ारसी बीवी की मौत हो गयी। लेकिन अपनी मौत के पहले उसने ख़्वाजा को उसकी ज़िन्दगी का सबसे अनमोल तोहफ़ा दिया था–बिल्कुल अपनी ही तरह ख़ूबसूरत एक दुर्लभ फूल की तरह सुन्दर–सा एक बेटा जिसे मानो जन्नत के बाग़ से तोड़ा गया हो। उस असहनीय दुःख के बीच ख़्वाजा ने अपने बेटे का नाम कमाल–अल–दिन–बिहज़ाद रखा जिसका मतलब कलाकारों में महानतम चित्रकार होता है। यह दुआएँ की गयीं कि फ़ारस का यह फूल मुग़लिया हिन्दुस्तान की सरज़मीन में अच्छी तरह से फल–फूल सके। हालाँकि ख़्वाजा ने बाद में दूसरी शादी कर ली लेकिन इसके बावजूद बिहज़ाद अपने वालिद की इकलौती सन्तान बना रहा–ख़्वाजा की ज़िन्दगी की सबसे बेशक़ीमती धरोहर और उसकी आँखों का नूर।

जिस रोज़ बिहज़ाद ने पहली बार क़लम पकड़ी, उसी रोज़ से उसने ख़ूबसूरत तस्वीरें बनानी शुरू कर दी थीं। उसकी सौतेली अम्मी उसे जो तरह–तरह के क़िस्से–कहानियाँ सुनाती थी, उनको वह हू–ब–हू चित्रों में ढाल देता था। उन कहानियों में बिना पंखों वाले परिन्दे होते थे, हिज़ाब्र नाम का शेर और कर्कदान्न नाम का

विशालकाय भेड़िया भी होता था। क़ायदे के मुताबिक़ बिहज़ाद को कुरान की तालीम देने के लिए एक उस्ताद आते थे, लेकिन ख़्वाजा उनको अक्सर वापस लौटा दिया करता था। उसने तो बिहज़ाद को मामूली तौर पर लिखने–पढ़ने की भी शिक्षा नहीं लेने दी। इन बन्दिशों के लिए उसने बिहज़ाद को जब–तब आने वाले मिर्गी के दौरों का बहाना बनाया। हर दूज की रात उसे अक्सर मिर्गी का भयानक दौरा पड़ता था। उसकी पूरी देह ख़ौफ़नाक तरीक़े से ऐंठने लगती थी और सर्दियों की रात भी उसका पूरा जिस्म पसीने से तरबतर हो जाता था। ऊँट के किसी बछड़े की तरह चिल्लाने की आवाज़ निकालता हुआ वह अचेत होकर ज़मीन पर गिर जाता था। उसकी दोनों आँखें मुँद जाती थीं और मुँह से झाग निकलने लगता था। लेकिन थोड़ी देर में होश में लौटते ही बिहज़ाद लपककर ख़्वाजा के चौड़े कन्धों पर लटक जाता था और अपनी कोमल तलहथियों को उसकी मज़बूत गर्दन के इर्द–गिर्द लपेट लेता था।

उन दिनों उसके हमउम्र दोस्त सादी और हाफ़िज़ के पुराने ग्रन्थों के अंश रटते रहते थे। किताबख़ाना आने वाले पाँच सालों के या और भी कम उम्र के कलाकार जागते ही मुख्य लिपिक की कड़ी निगरानी में उसके दिये गये पन्नों की नक़ल करने में मसरूफ़ हो जाते थे लेकिन ख़्वाजा ने बिहज़ाद को अपने दोस्तों की संगति में नहीं रहने की सख़्त हिदायत दे रखी थी। उसे सिर्फ़ शेरों और पर कटे परिन्दों की तस्वीरें बनाने की इजाज़त भर थी।

दूसरे दरबारी हैरत में आपस में खुसुर–फुसुर करते। ख़्वाजा जैसा ओहदेदार दरबारी अपनी ख़ूबसूरत बीवी और इकलौते बेटे के साथ इतना ज़्यादा ख़ुश रह सकता था कि दूसरे उसे देखकर जल सकते थे, लेकिन साथ ही यह उसकी बदनसीबी थी कि उसका इकलौता बेटा अनपढ़ था। यह सचमुच किसी ऐसे दरबारी के लिए हैरतअंगेज़ बात थी क्योंकि ख़्वाजा अपने बादशाह को इतना प्रिय था कि उसने शाही महल की ठीक सामने वाली हवेली उसे रहने के लिए दे दी थी।

'देखा जाये तो उसकी पैदाइश किताबख़ाना की दहलीज़ पर ही हुई है,' दारोगा इस बात का ज़िक्र बार–बार ख़्वाजा से करता था, 'वह किताबख़ाने का ही बच्चा है।' उस वक़्त की यही परम्परा थी कि शक्तिशाली सरदार अपने बेटों को अपना ओहदा सौंपना चाहते थे। जैसे ही किसी नायब का बेटा हथियार पकड़ने की सलाहियत सीख लेता था, उसका बाप उसे बादशाह के हवाले कर देता था। नायब तक तो बात ठीक थी लेकिन यहाँ तक कि अब मुंसिफ़, दरबारी कवि और चारण और शाही खानदान के दूसरे मुलाज़िम भी अब यही करने लगे थे। इस तरह से मौजूदा पीढ़ियों में जारी यह प्रतिस्पर्द्धा अब अगली पीढ़ियों में भी अनायास हस्तान्तरित होने लगी थी। लेकिन ख़्वाजा पर इन सारी बातों का कोई असर नहीं पड़ा था।

उसने अपनी दूसरी बीवी जुलेखा को यह ज़िम्मेदारी सौंपी थी कि बिहज़ाद को किताबें पढ़कर सुनाने का काम वही करे। लेकिन अपने लिए किताबें चुनने का काम बिहज़ाद खुद ही करता था। उन किताबों में फ़ारस और अरब की दन्तकथाओं जैसे 'तोता–मैना की कहानियाँ' और 'आमिर हमज़ा के कारनामे' जैसी किताबें शामिल रहा करती थीं। इत्तेफ़ाक़न बादशाह को भी यह क़िस्से बेहद पसन्द थे।

'इससे बेहतर तो यही होता कि आप इसे कबूतरबाज़ी के करतब सिखाते!' जुलेखा हँसती हुई ऐसे ठिठोली भरे जुमले कहा करती थी। ख़्वाजा अपनी बीवी की बात सुनकर भी अनसुनी कर देता था। दरअसल हर किसी की बात को अनसुनी कर देना एक तरह से उसकी फ़ितरत थी।

'एक रोज़ शिराज़ की हवेली इसी जमुना के किनारे धँसकर बह जायेगी!' लोगबाग चेतावनी के तौर पर उससे कहते। लेकिन ख़्वाजा लोगों की चेतावनियों को भी अनसुना कर देता था।

बिहज़ाद बचपन से चित्रकारी में निपुण था। एक रोज़ उसने अपनी अम्मी की एक काल्पनिक तस्वीर बनाकर उसे हैरत में डाल दिया

था। तस्वीर में उसकी अम्मी एक पेड़ की छाया में सोयी हुई थी और उसके ठीक ऊपर की डाल से एक गिलहरी का अधखाया सेब उसके पंजों से छूटकर ऐन उसके माथे पर गिर रहा था। एक बार उसने दारोगा की भी एक तस्वीर बनाकर उसे विस्मित कर दिया था–जब वह एक शाही अर्ज़ी के साथ ख़्वाजा की हवेली आया हुआ था। बिहज़ाद की बनायी तस्वीर में दारोगा शाही मुकुट पहने राज सिंहासन पर बैठा हुआ था। उसकी लम्बी रोबदार मूँछें सँवरी हुई थीं और दरबारी के रूप में समुद्री अजगर उसे चारों ओर से घेरे हुए थे। वह अपनी अटारी में फ़र्श पर बैठा लगातार तस्वीरें बनाता रहता था। उसका एक घुटना ऊपर की तरफ़ मुड़ा रहता था जबकि दूसरा पैर आधी पालथी की तरह फ़र्श से सटा रहता था। किताबख़ाने के लगनशील और मेहनती बच्चे भी उसी मुद्रा में बैठा करते थे।

जब वह सात साल का था तब उसने एक बुज़ुर्ग दरबारी वसीम मिर्ज़ा की शक्ल से मिलती–जुलती एक तस्वीर बना दी थी। वसीम मिर्ज़ा तब मरणासन्न अवस्था में था। जब ख़्वाजा उसकी मिज़ाजपुर्सी के लिए गया था तब वह छोटे बिहज़ाद को भी अपने साथ उसकी हवेली लेता गया था। उसने उसकी हू–ब–हू वैसी ही तस्वीर बना दी थी जैसा कि बिहज़ाद ने वसीम मिर्ज़ा को उस वक़्त देखा था। वह एक कालीन पर लेटा हुआ था और उसके माथे के नीचे एक रेशमी बालिश्त पड़ा था। उसके चेहरे पर झुर्रियाँ पड़ी थीं और उसकी अचकन के ऊपरी बन्द खुले हुए थे जिससे उसकी पसलियाँ साफ़ दिखाई दे रही थीं। छाती पर रूखे और पके बालों के गुच्छे थे। और उसकी ज़बान दुआएँ बुदबुदाने के क्रम में अधखुली थी। उसकी पीली पड़ चुकी खाल हड्डियों से चिपकी हुई थी।

तस्वीर को आँखों के क़रीब लाकर ग़ौर से देखते हुए ख़्वाजा ने संजीदा आवाज़ में पूछा, 'वसीम मिर्ज़ा का चेहरा एक तरफ़ सफ़ेद और दूसरी तरफ़ थोड़ा स्याह क्यों है?'

बिहज़ाद अपने होंठों को चबाने लगा–'शायद वह अपनी शक्ल दूसरी तरफ़ से धोना भूल गया था?'

'यह उसकी परछाईं है।'

ख़्वाजा ने उसकी तरफ़ रूखेपन से देखा–'उसकी परछाईं?'

'हाँ, जैसे अभी आपकी नाक दिख रही है! आपकी दाढ़ी से भी काली!'

इस बातचीत के दरम्यान वह लगातार कभी ऊपर और कभी नीचे कूदता जा रहा था।

ख़्वाजा ने खाँसते हुए अपना गला साफ़ किया–'किसी भी चीज़ की परछाईं का ताल्लुक़ सिर्फ़ तुम्हारी आँखों से होता है, बिहज़ाद। तुम्हारी चित्रकारी से उसका कोई लेना–देना नहीं होता है।'

बिहज़ाद की शैतानियों से कई बार ख़्वाजा को बेहिसाब गुस्सा आता था लेकिन अगले ही पल उसकी मासूम नादानियों से उसकी हँसी भी फूट पड़ती थी। अपने हमउम्र दूसरे बच्चों की तरह नौकरों के साथ लुकाछिपी खेलने में उसकी कोई दिलचस्पी नहीं थी, और न ही वह अपनी पसन्द की चीज़ें ख़रीदने के लिए बार–बार बाज़ार जाने की ही ज़िद करता था। जुआरियों के साथ भी उसका उठना–बैठना नहीं था और न वह नज़रें बचाकर कभी जमुना के सूखे किनारों पर सर्दियों में बसी नाचवालियों की बस्तियों में आता–जाता था।

उसकी बदमाशियाँ थोड़ी अलग थीं। कई बार उनकी अनदेखी कर दी जाती लेकिन कई बार उसकी गुस्ताख़ियाँ दूसरों को चौंका देती थीं। मसलन एक बार की बात है जब दारोगा ख़्वाजा की हवेली पर आया था। वह ख़्वाजा को नये कलाकारों की बनायी हुई तस्वीरें दिखलाना चाहता था। ख़्वाजा की तबियत कुछ ठीक नहीं होने की वजह से वह रोज़ की तरह शाही कारख़ाने नहीं जा सका था। ज्वर को कम करने के ख़याल से ख़्वाजा अपने कमरे के फ़र्श पर ही अधलेटा–सा पड़ा था। जैसे ही दारोगा कमरे में दाख़िल होने लगा वैसे ही बिहज़ाद लपककर तेज़ी से उसके आगे–आगे चलने लगा। उसने अपने हाथों की भंगिमाएँ कुछ इस तरह बना रखी थीं गोया

वह शाही परिवार के किसी सदस्य के आने का संकेत और ऐलान कर रहा हो।

'कूड़ा–कचरा ढोने वाले महामहिम आ गये हैं,' उसने अदब में झुकते हुए नाटकीय अन्दाज़ में कहा।

ख़्वाजा का पारा सातवें आसमान पर चढ़ गया और यह सुनकर दारोगा का भी चेहरा मुरझा गया। ख़्वाजा ने ग़ुस्सा कर बिहज़ाद को कमरे से बाहर निकल जाने का हुक्म दे दिया, उसके बावजूद दारोगा अपनी तय जगह पर बैठने से झिझकता रहा था।

'तुमने ऐसा क्यों किया?' बाद में ख़्वाजा ने बिहज़ाद को गर्दन से पकड़ते हुए पूछा था। उसने उसके दायें कान को इतनी ज़ोर से उमेठा था कि बिहज़ाद की कनपटी की नसें फड़कने लगीं। बिहज़ाद का दर्द से बिलबिलाता चेहरा देखकर ख़्वाजा को अपनी मरहूम फ़ारसी बीवी की याद आ गयी–ललाट पर एक–दूसरे को छूती हुई वैसी ही तीखी और तराशी हुई भवें, बड़ी–बड़ी आँखों के ऊपर ठीक वैसी ही घनी और काली बरौनियाँ और अण्डाकार–सन्तुलित चेहरे पर उसके अधखुले होंठ। उसकी चिकनी ठुड्डी के नीचे उसके कण्ठ की हड्डी अब फूटने लगी थी। अचानक ख़्वाजा को उसे दौरा पड़ने का ख़याल आया और उसने बिहज़ाद को डरकर अपनी पकड़ से आज़ाद कर दिया'।

'लेकिन तुमने यह क्यों किया?'

बिहज़ाद फ़र्श पर अपने अब्बू के ठीक सामने बैठ गया, लेकिन उसके चेहरे पर पछतावे की अभी भी कोई निशानी नहीं थी, 'आपने ग़ौर नहीं किया कि वे सभी शागिर्द किसी काम के नहीं हैं? उनकी बनायी हुई तस्वीरें कुत्ते की गन्दगी, कव्वे की बीट और घोड़े की लीद से भी बुरी थीं...?'

ख़्वाजा ने फिर से एक ठण्डी साँस खींची और आसमान की तरफ़ अपनी आँखें उठा लीं।

बिहज़ाद की परवरिश अपने अब्बू की हवेली में अकेले हुई थी। उसका कोई हमउम्र भाई–बहन और यहाँ तक कि कोई नौकर भी

नहीं था जिसके साथ वह खेल सकता। उसकी छत उसकी अकेली पनाहगाह थी जिसकी मुँडेर से वह अपने आस–पड़ोस के वाक़यों और नज़ारों को देखता रहता था। जब वह अपनी अटारी में बैठा कोई तस्वीर नहीं बना रहा होता था, या फिर अपने अब्बू के कमरे के दरवाज़ों के पीछे छुपकर उनसे मिलने आने वाले मेहमानों की बातें नहीं सुनता रहता था। तब वह अपने पड़ोसियों की गतिविधियों को बड़े ग़ौर से देखा करता था गोया वही उसकी तस्वीरों की प्रेरणा के स्रोत थे। कई बार तो वह नीचे से गुज़रने वालों पर कुछ बचकानी फ़ब्तियाँ भी कसता रहता था। जब इसकी शिकायत ख़्वाजा के कानों तक पहुँचती तो वह बिहज़ाद से इसका जवाब तलब करता था–मसलन उसने हाल–फ़िलहाल ही विधुर हो चुके एक पड़ोसी सिपहसलार को चिल्लाते हुए एक ऐसा दोहा क्यों सुनाया जिसमें उसकी तुलना एक नाचते मोर से करते हुए उसकी खिल्ली उड़ायी गयी थी? या उसने एक ऐसी औरत के नाम का मज़ाक़ क्यों उड़ाया था जो उसके दूसरे पड़ोसी की रखैल थी? ऐसी शरारतें वह क्यों करता था?

पड़ोसियों का तो मानना था कि बिहज़ाद को बिगाड़ने का असल ज़िम्मेदार ख़्वाजा ख़ुद ही था। उसके कारण ही वह जाहिल रह गया था, वह अपने हमउम्र बच्चों से भी बमुश्किल घुलमिल पाता था और किसी के साथ खेलने में भी उसकी कोई दिलचस्पी नहीं थी। वह अकेला ही नहीं बल्कि कुछ हद तक काहिल भी था और किसी फूल की तरह ख़ूबसूरत होने के बावजूद अक्सर बीमार रहता था। लेकिन उसे किसी से भी डर नहीं लगता था–अपने अब्बू तक से भी नहीं। शायद फ़ारसियों में बच्चों की परवरिश का यही तरीक़ा था–वे अपनी मर्ज़ी से बच्चों को बड़ा होने देते थे लेकिन उनकी ज़िन्दगी का कोई पक्का मक़सद नहीं होता था।

लेकिन जैसे ही पतंगबाज़ी की बात आती थी, बिहज़ाद भी दूसरे बच्चों की तरह मनचला बन जाता था। वह घण्टों दरवाज़े को बन्द कर अपनी अटारी से आसमान में अपनी पतंगों के करतब

का मज़ा लेता रहता था। अलबत्ता लोगों को बीच–बीच में उसके चीख़ने–चिल्लाने की आवाज़ें ज़रूर सुनायी देती रहतीं। ज़ाहिर–सी बात है, वह अपनी पतंग को क्षितिज से आसमान की बुलन्दी की तरह उठता देखकर बहुत आह्लादित होता था। आसपास की छतों से पतंगें उड़ाने वाले लड़के उम्र और ताक़त दोनों में उससे बेहतर थे। उनकी तुलना में बिहज़ाद एक कमज़ोर लड़का था। उनके द्वारा अपनी पतंग काट दिये जाने के कारण बिहज़ाद हवेली में फिर से अकेला रह जाता था। हालाँकि दस साल की कच्ची उम्र के बिहज़ाद की पतंग काटकर दूसरे लड़कों को भी उससे एक हमदर्दी ज़रूर महसूस होती थी लेकिन बिहज़ाद को इसकी ज़रूरत क़तई नहीं थी। वह कमज़ोर और छोटा ज़रूर था लेकिन किसी से भी नहीं डरता था। किसी से भी नहीं मतलब, उसका प्रतियोगी कितना भी मज़बूत क्यों न हो।

पतंगबाज़ी के अपने शौक़ में भी बिहज़ाद अपनी शरारतों से बाज़ नहीं आता था। एक बार पड़ोस के लड़कों ने बिहज़ाद की पतंग पर उसकी बनायी तस्वीर देख ली और उसके बाद बिहज़ाद के प्रति उन लड़कों को कभी कोई हमदर्दी नहीं हुई। वह बाज़ार में बिकने वाली पतंगों का ज़माना नहीं था। हवेली के आसमान पर उड़ने वाली ज़्यादातर पतंगें बिहज़ाद के हाथों की कारीगरी का नमूना होती थीं। पतंगें बनाने के साथ–साथ ही वह उन पतंगों पर बेहतरीन तस्वीरें भी बनाया करता था। अधिकांश तस्वीरें पड़ोसियों और जान–पहचान वालों की होती थीं। हालाँकि वे बड़ी बारीक़ी से बनाये गये होते थे लेकिन आख़िरकार बिहज़ाद उन तस्वीरों में कुछ शरारतें और छेड़छाड़ करने से कोई परहेज़ नहीं करता था। मिसाल के तौर पर उसने विधुर सिपहसालार की जो तस्वीर बनायी थी उसमें उसे पंख उठाये नाचते मोर के तौर पर चित्रित किया गया था। उसी तरह पड़ोसी की वह रखैल औरत एक मासूम ख़रगोश को किसी भुक्खड़ की तरह खा रही थी। एक तस्वीर में उसी की उम्र का एक लड़का छुपकर हुक़्क़ा पी रहा था। बहरहाल उसके पड़ोसियों की

खीज जितनी बढ़ती थी, बिहज़ाद को भी उतना ही मज़ा आता था। उसका उन्माद भी ऊपर की तरफ़ उठती पतंग–सा बढ़ता जाता। अक्सर लोगबाग उसे अपनी पतंग उतार लेने के लिए कहते लेकिन वह किसी का कहा नहीं मानता था। उस वक़्त उसे दुश्मनों द्वारा काटी गयी अपनी पतंगों का ग़म भी नहीं होता था। उसकी कटी हुई पतंग को लूटने के लिए जो हुजूम दौड़ता था, उसे देखकर बिहज़ाद की ख़ुशी का उन्माद और बढ़ता जाता था।

'तुम यह क्यों करते हो?' एक रोज़ ख़्वाजा ने उसे बाज़ार से ख़रीदी पतंगों का बंडल देते हुए पूछा था जिन पर सुन्दर चित्रकारी की गयी थी।

'आख़िर दूसरों का मज़ाक़ बनाने में तुम्हें क्या मज़ा मिलता है?' ख़्वाजा ने उसे आगाह किया, क्योंकि किसी दिन कोई पतंग कटकर शाही महल में गिर सकती थी। यह भी मुमकिन था कि कटी हुई पतंग खुली जगह में सैर करते वक़्त बादशाह के क़दमों के पास ही गिर जाये।

'इस गुस्ताख़ी के लिए बादशाह उस कलाकार को सज़ा भी दे सकता है।'

'क्या तब भी जब बादशाह उस पतंग पर अपनी तस्वीर बनी देख ले?' बिहज़ाद ने अपने होंठ चबाते हुए अब्बू से ज़रा शरारती लहजे में पूछा था।

'बेदौलत...!' ख़्वाजा ने उसे चपत लगाने के लिए अपना हाथ उठा लिया। इस बात की जानकारी कमोबेश सबको थी कि बग़ैर इजाज़त के बादशाह की तस्वीर बनाने की इजाज़त किसी को नहीं थी।

बहरहाल अगली पतंग पर बिहज़ाद ने जो तस्वीर बनायी वह किसी और की नहीं बल्कि ख़ुद ख़्वाजा की थी जिसमें वह खर्राटे भरता हुआ सो रहा था। उसके बाद उसका अगला निशाना उसकी सौतेली माँ और उसकी सबसे प्रिय दाई थी। इस बार उसके पड़ोसियों को कोई एतराज़ नहीं हुआ बल्कि वे अपनी–अपनी छतों से उन्हें उड़ता देखकर आपस में चुटकियाँ ले रहे थे। 'अगली पतंग भी दिखाओ! ...बल्कि जितनी पतंगें हैं वे सब दिखाओ...!' जैसे ही

उसकी सौतेली माँ की तस्वीर वाली पतंग हवा में उड़ी थी वैसे ही सब के सब हक्के–बक्के रह गये थे।

'जब तुम्हारा बेटा ही तुम्हारी बीवी की तस्वीर सबको खुलेआम दिखला रहा है, ऐसे में मुझे हिजाब में रखने का फ़ायदा ही क्या है?' जुलेखा के गले से बमुश्किल यह शिकायत निकल सकी। ख़्वाजा ने बिहज़ाद को घूरते हुए देखा था।

'क्या तुम्हें उसे तभी नहीं रोकना चाहिए था जब उसने हमारी निजी बातें आगरा के एक कोने से दूसरे कोने तक फैलाना शुरू किया था?' ख़्वाजा ने ग़ुस्से में अपना हाथ लहराते हुए कहा।

'बिल्कुल। बशर्ते तुमने उसे एक क़ैदी बनाकर नहीं रखा होता, और उसे उसके हमउम्र लड़कों के साथ खेलने दिया होता...'

'किस वजह से?' ख़्वाजा ने भन्नाते हुए पूछा, 'ताकि वह भी उनकी तरह ही नाकारा निकले? अपने–अपने बाप की तरह?'

'क़तई नहीं। अगर तुमने उसे पढ़ना–लिखना सिखाया होता तो शायद...'

ख़्वाजा के पास ख़ामोश बने रहने के सिवा कोई दूसरा जवाब नहीं था।

जब दोनों मियाँ–बीवी के बीच तीखी झड़प छिड़ी हुई थी तब बिहज़ाद उन दोनों के बीच में बैठा पतंग पर अपनी ही तस्वीर बनाने में व्यस्त था। जिसमें यमुना के सूखे किनारों पर नाच वाली कुछ लड़कियों से घिरा ख़ुद भी नाच रहा था।

'बेहतर होता कि इस पतंगबाज़ लड़के को तुमने एक मुकम्मल चित्रकार ही बनने दिया होता...'

•

और इस तरह ख़्वाजा ने बिहज़ाद को मीर सईद अली की शागिर्दी में अपने हुनर के बारीक़ गुण सीखने भेज दिया। वह अकेला कलाकार था जिसे ख़्वाजा अपनी बराबरी का समझता था और अपनी क़ाबिलियत की वजह से उससे ईर्ष्या करने वालों की भी कोई कमी नहीं थी।

वह ख़ुद भी एक आप्रवासी था जो फ़ारस से मुग़लों की सल्तनत में आ बसा था। बादशाह ने उसे भी एक ख़िताब से नवाज़ा था जिसकी बदौलत वह नादिर–उल–मुल्क (सल्तनत का अजूबा) के नाम से भी जाना जाता था। वह उम्र में ख़्वाजा से बड़ा था और किताबख़ाने के बाहर अपनी निजी रंगशाला में अपना काम किया करता था। वह सिर्फ़ किसी नये काम की इजाज़त लेने या फिर अपना मेहनताना लेने शाही कारख़ाने आया करता था। दारोगा भी उसकी तस्वीरों के संग्रह का मूल्यांकन करने की हिमाक़त नहीं कर सकता था। वह क़ायदा–क़ानून के मामले में मुख्य लिपिक और ख़्वाजा से भी पक्का था और एक सख़्त उस्ताद के रूप में उसकी साख से सभी वाक़िफ़ थे। उसके शागिर्द कुछ गिने–चुने लड़के ही थे जो उसकी छोटी–सी रंगशाला में चित्रकारी सीखने आते थे। लेकिन अपने हुनर के कारण वे किताबख़ाने के प्रशिक्षुओं को भी शर्मिन्दा करने की कुव्वत रखते थे। हालाँकि आगरा आने के बाद शाही कारख़ाना पूरी तरह से ख़्वाजा के अधीन ही था लेकिन ऐसे दरबारियों की तादाद भी कम नहीं थी जो यह मानते थे कि ख़ुद बादशाह की नज़र में उस बुज़ुर्ग चित्रकार की बेइन्तहा इज़्ज़त थी। मीर सईद अली हमेशा सफ़ेद पोशाक में रहता था। उसकी रूह हर वक़्त एक बेचैनी में रहती थी गोया उसे किसी चीज़ की तलाश हो। उसकी अचकन उसकी बगलों की तरफ़ कुछ ज़्यादा ही कसी रहती थी जिसकी वजह से वह सामने से थोड़ी उभरी हुई महसूस होती थी। वह स्वभाव से अल्पभाषी था लिहाज़ा दरबार में भी किसी बात की तारीफ़ में बहुत अधिक नहीं बोलता था। कोई बात अच्छी लगने पर वह मामूली तरीक़े से अपनी गर्दन हिलाकर अपनी सहमति प्रकट कर देता था। उसकी उँगलियाँ हर वक़्त कर्बला से लायी गयी एक माला को फेरती रहती थीं। ज़ाहिर–सी बात थी कि हिन्दुस्तान के सुन्नियों में वह कुछ गिने–चुने शियाओं में एक था। वह हलाल और हराम के नियमों का बड़ी सख़्ती से पालन करता था। उसका अध्ययन बहुत गहरा और व्यापक था और वह महज़ अन्दाज़ से कोई बात नहीं किया करता था।

जुलेखा की नौकरानी निकिसा जब पहली दफ़ा बिहज़ाद को अपने साथ लिए मीर सईद अली की रंगशाला पहुँची, उस वक़्त वह अपने एक शागिर्द की छड़ी से पिटाई कर रहा था। उसके दायें हाथ की आस्तीन ऊपर की तरफ़ चढ़ी हुई थी और कुछ शागिर्द उसे घेरे हुए बैठे थे। उसने अपने शागिर्द की हथेली पर एक के बाद एक तीन ज़ोरदार छड़ियाँ जमायी थीं और बीच–बीच में उसे समझाता भी जा रहा था। दरअसल, वह लड़का एक चार्बह यानी हिरन की पारदर्शी खाल के साथ रंगशाला में पकड़ा गया था। पारदर्शी चार्बह को किसी भी तस्वीर पर पूरा फैला देने से उसकी नक़ल करने में बहुत आसानी हो जाती थी। बस चार्बह को तस्वीर पर पूरा फैला कर उसकी बाहरी रेखाओं पर नोकदार चारकोल के एक टुकड़े से काग़ज़ के एक बड़े पन्ने पर गहरी और साफ़ रेखाओं को उकेरने की ज़रूरत पड़ती थी, फिर काग़ज़ की उन गहरी रेखाओं में चारकोल के बुरादों को सिर्फ़ भर देना होता था। इस तरह से तस्वीर का एक मोटा–मोटा ख़ाका तैयार हो जाता था। चित्रकारी का हुनर सीखने के अनिच्छुक नक़लची शागिर्दों के बीच नक़ल करने का यह एक आज़माया हुआ तरीक़ा था।

'क्या तुम्हें अल्लाह ने इसी गुस्ताख़ी के लिए भेजा है?'

यह दृश्य देखकर निकिसा इतनी ख़ौफ़ज़दा हो गयी कि वह बिहज़ाद की बाँह पकड़कर चुपचाप वापस लौटने के इरादे से मुड़ गयी। लेकिन मीर सईद अली की पैनी नज़र उन दोनों पर पड़ गयी। उसने निकिसा को कमरे से बाहर निकल जाने का इशारा किया और और बिहज़ाद को सख़्त लहजे में वहाँ बैठे लड़कों के पीछे चुपचाप बैठ जाने का हुक्म दिया।

मीर सईद अली के सभी शागिर्दों ने भी अपने उस्ताद की तरह की ही पोशाक पहन रखी थी–लेस वाली टोपी के साथ ही दायीं तरफ़ बटन वाली सफ़ेद ढीली–सी अचकन। अचकनों की दायीं आस्तीनें एक–दो तह मुड़ी हुई थीं ताकि वे सीपियों में रखे रंगों से गन्दी होने से बची रहें।

दूसरे उस्तादों की तुलना में उसकी छवि थोड़ी सख़्त थी–वह अपने शागिर्दों से बहुत ईमानदारी और समर्पण की भावना के साथ चित्रकारी सीखने की अपेक्षा रखता था। उसने भी चित्रकारी की बारीकियाँ अपने पुरखों से कड़ी मेहनत के बाद सीखी थीं। उसकी शक्ल–सूरत बहुत साधारण थी–एक अण्डाकार चेहरे पर दो छोटी–छोटी आँखें, उन आँखों के ऊपर कमान–सी भवें और एक चिपटा–सा चिबुक। अलबत्ता उसके हाथ बेहद तराशे हुए थे और उसकी उँगलियाँ जब फैलती थीं तो लगता था कि जैसे कोई फूल खिल उठा हो। वह बेहद बारीक़ और झिलमिलाती हुई कई तहों वाली पोशाक पहने रहता जो उसकी एड़ियों तक लम्बी होती थी और जिसमें उसका एक कन्धा उघड़ा हुआ दिखता था। उसका व्यक्तित्व पवित्र और गरिमापूर्ण था। सुन्दर–से–सुन्दर औरतें हों या फिर ख़ुद बादशाह हो या कोई मुजरिम–सब उसके मुरीद थे और उसकी बेहद इ़ज़्ज़त करते थे।

उसकी चित्रकारी दो शैलियों की हुआ करती थी। एक ताज़ा–ताज़ा सुबह के मुताबिक़–चमकती–दमकती, शाही दरबार की भव्यता के अनुकूल, ख़ूबसूरत नज़ारों वाली और दूसरी रात के स्वभाव के अनुसार थोड़ी उदास–भयानक नज़ारों वाली, मृत्यु की कविताओं के सदृश, या फिर प्रेम और सपनों के रंगों में आकण्ठ डूबी हुई। वह अपने शागिर्दों को उपयुक्त समय पर चित्रकारी के इन गूढ़ राज़ों को सिखलाता था।

'अगर जन्नत की ख़ाक भी उड़े तब भी उसकी कोई क़ीमत नहीं होती है!' उसने अपने शागिर्द की हथेली पर आख़िरी छड़ी मारी और अपने बाक़ी शागिर्दों की तरफ़ घूमा। आज वह उनको तस्वीर बनाने की ख़ास तकनीक सिखाने वाला था। सिर्फ़ काली और सफ़ेद रेखाओं से तस्वीर बनाने की तकनीक। लेकिन उससे पहले उसने सीपियों में भरे रंग रंगशाला से बाहर भिजवा दिये। फिर उसने सामने बैठे चार शागिर्दों को कड़ी नज़रों से घूरते हुए देखा। बिहज़ाद उन्हीं लड़कों के बीच बैठा हुआ था।

'मेरी बात हमेशा ध्यान में रखना!' उसने चेतावनी भरे लहजे में कहा, 'रंगों के आकर्षण से भरसक बचने की कोशिश करो। याद रखो, एक चित्रकार के लिए रंग के मोह में फँसना और एक बेवक़ूफ़ से मोहब्बत करना एक बराबर होता है। रंग तुम्हें अपने मायाजाल में बड़ी आसानी से गिरफ़्तार कर सकते हैं। रंग का इस्तेमाल करने के पहले तुमको चित्रकारी के बुनियादी हुनर में माहिर होने की ज़रूरत है। ख़याल रहे, एक अच्छे शिकारी को ही सिर्फ़ एक घायल जानवर के क़रीब जाना चाहिए।'

मीर सईद अली ने अपनी तूलिका की बारीक़ नोक को स्याह रंग में हल्के से डुबोया और बिहज़ाद के चेहरे की एक सफ़ेद–काली तस्वीर उकेरी। फिर उसे हल्के हाथों से धो डाला। अण्डे जैसे सफ़ेद काग़ज़ पर बिहज़ाद की ठीक वैसी तस्वीर नज़र आने लगी जैसा वह वास्तव में दिखता था। घनी बरौनियों के बीच हल्के सफ़ेद रंग की आँखें और कौतुक में अधखुले गुलाबी होंठ।

जब दूसरे लड़के अपने–अपने कामों में लग गये तब बिहज़ाद के लिए ख़ासतौर पर किताबख़ाने से एक किताब मँगवायी गयी–'शाहनामा'–फ़ारसी लोककथाओं की एक मशहूर और उत्कृष्ट किताब। मीर सईद अली उस किताब के पन्ने पलटने लगे। हठात् उसकी उँगलियाँ सुसासियन बादशाह ख़ुसरो और अर्मीनियाई प्रेमिका शीरीं की कहानी के पन्नों पर आकर रुक गयी। यह मोहब्बत और जुदाई, आँसुओं, रुसवाई और मौत के रूप में मोहब्बत की जीत की मशहूर कहानी थी। मीर सईद ने उन पन्नों को बिहज़ाद के सामने फैला दिया और साथ ही अपने नये शागिर्द को सफ़ेद रंग का बड़ा काग़ज़ देते हुए उन पन्नों की तरफ़ इशारा किया।

'शुरू हो जाओ!'

बिहज़ाद ख़ामोशी के साथ बैठा रहा। उसके आसपास के लड़के मीर सईद की सिखायी हुई नयी तरक़ीब के हिसाब से अपना–अपना काम करने में मसरूफ़ थे। अभी–अभी जिस लड़के को मार लगी थी वह एक कोने में बैठा अब भी आस्तीनों से अपने आँसू पोंछता हुआ

सुलेख के बारे में एक दोहे को दोहराते हुए याद करने की कोशिश कर रहा था। उस्ताद खिड़की से बाहर गुज़रते हुए खच्चर और ऊँटों की क़तारों को गुज़रता हुआ देखने लगा जो बलुआ चट्टानों से लदी गाड़ियाँ खींच रहे थे। जानवरों के क़ाफ़िले की पीछे ढेर सारे लोग चल रहे थे। वे संगतराश, राजमिस्त्री, लकड़ियों पर नक़्क़ाशी करने वाले और संगमरमर पर क़ीमती पत्थर जड़ने वाले पच्चीकार थे। उन सबके साथ कुछ घुड़सवार भी थे जो ज़ाहिरन शाही मुलाज़िम और उनके नौकर–चाकर थे। महावतों ने हाथियों के बीच पर्याप्त दूरी बना रखी थी ताकि वे शहर के पश्चिमी फाटक से आराम से निकल सकें। मीर सईद अली ने देखा कि उस कारवाँ के साथ सर झुकाये क़ैदियों का एक हुजूम भी चल रहा था। वे एक–दूसरे से ज़ंजीरों से बँधे हुए थे। उनकी नज़रें झुकी हुई थीं और वे नगाड़ों की धुन पर चल रहे थे। सीकरी में हज़ारों मज़दूरों की दरकार थी जो आगरे से कुछ किलोमीटर की दूरी पर ही बसा हुआ था। बादशाह अब आगरा की बजाय सीकरी को अपनी नयी राजधानी बनाना चाहता था। पुराने शहर की जगह एक नया शहर बसाने की तैयारी हो रही थी और उसका नया नाम फ़तेहपुर सीकरी रखा जाना था। फ़तेहपुर सीकरी मतलब जीत का शहर। अचानक उसे पीछे से किसी की घबरायी हुई सी हँसी सुनायी पड़ी। मीर सईद अली ने अपनी आँखें घुमायीं और उसकी नज़र बिहज़ाद के सामने फैले हुए काग़ज़ पर जा टिकी। वह काग़ज़ अभी तक जस–का–तस कोरा था। बिहज़ाद दूसरे लड़कों के साथ किसी बात पर हँस रहा था। गोया उन्होंने अभी कोई नया खेल ईजाद कर लिया था। बिहज़ाद भी लगातार हँसे जा रहा था और सामने पड़े कोरे काग़ज़ की तरफ़ इशारा भी कर रहा था।

'बेदौलत...!'

मीर सईद अली की कनपटी की नसें गुस्से से चटकने लगी थीं। उसने अपना दायाँ हाथ कुछ इस अन्दाज़ में उठा लिया जैसे उसका इरादा अपने नये शागिर्द को एक धौल ज़माने का हो। अचानक कमरे में गूँजती हँसी एक झटके में रुक गयी। सिर्फ़ बिहज़ाद की हँसी

बदस्तूर जारी रही। वह एक अजीब सी बेख़याली में किताब के खुले पन्नों को देखता हुआ अपनी गर्दन हिलाता जा रहा था। मीर सईद अली इस तमाशे को देखकर बुरी तरह से भन्ना गया था और उसका उठा हुआ हाथ एक पल के लिए बीच में ही रुक गया।

'वह पढ़ नहीं सकता है!' एक लड़के ने लगभग चीख़ते हुए उसकी खिल्ली उड़ायी।

'यह पढ़ नहीं सकता?'

और इस तरह उस रोज़ बिहज़ाद को 'शाहनामा' के साथ घर वापस भेज दिया गया जिसमें वह कहानी दर्ज थी जो कभी उसके अब्बू के वतन से ताल्लुक़ रखती थी। उसे इसलिए भी वापस भेज दिया गया था ताकि कोई उसे ससानियन ख़ुसरो और उसकी ख़ूबसूरत महबूबा शीरीं की कहानी सुना सके और वह उस सुनी हुई कहानी के मुताबिक़ तस्वीर बना सके और अगले सबक की तैयारी कर सके।

'यह उस वक़्त की बात है जब इन्सानों के जिस्म नहीं होते थे, सिर्फ़ रूहें होती थीं'—मीर सईद अली ने अपने होंठों पर ज़बान फेरते हुए कहा था—'तब चित्रकार सिर्फ़ रूहों की तस्वीरें बनाते थे।'

रंगों का व्यापारी सलीम अमीरी यह सुनकर मुस्कराया था। वह कोई भी बात अमूमन बड़े ग़ौर से सुनता था। उस वक़्त वह स्फटिक की गेंद से चमड़े की परतों को रगड़कर बड़ी सफ़ाई से चमका रहा था लेकिन तब भी उसकी आँखें बूढ़े मीर सईद अली पर टिकी हुई थीं। आगरा के कलाकारों के लिए वह एक भरोसेमन्द दोस्त था जिसके कान और ज़बान दोनों बेहद चौकन्ने थे। 'दुनिया भर की तमाम अफ़वाहों की ख़बर उसे रहती थी।' सलीम अमीरी के बारे में लोगबाग यही कहा करते थे।

'जिन्हें जन्नत में दाख़िल होने की इजाज़त नहीं मिलती थी वे अपने ज़ेहन में रूहों की तस्वीरें बनाते थे। ऐसे लोग दूसरी रूहों के उस्ताद बन जाते थे...' मीर सईद अली ने अपनी बात जारी रखी।

मीर सईद अली आमतौर पर हफ़्ते में एक दफ़ा किताबख़ाने का चक्कर लगाने चला जाता था। उसके किताबख़ाने जाने का मक़सद बस दारोगा को बनी हुई तस्वीरें सौंप देना और उससे बकाया रक़म वसूल करना होता था। किताबख़ाने में वह ऊँचा सुनने का बहाना बनाया करता था ताकि जब दारोगा उससे किसी बात की मिन्नत करे तो ज़ोर से अपनी बातें कहे ताकि वहाँ मौजूद बाक़ी लोग भी उसकी बातें सुन सकें। कई दफ़ा यह भी होता था कि उससे की जाने वाली दरख़्वास्तों की फ़ेहरिस्त ख़ासी लम्बी हो जाया करती। एक बार एक बड़े ओहदेदार ने उससे अनुरोध किया कि वह ठीक दूज का चाँद निकलने के बाद पहली बार लगने वाले शाही दरबार की तस्वीर बनाये। एक सिपहसालार ने उससे अपने पसन्दीदा घोड़े की तस्वीर बनाने की इल्तिजा की थी। हरम के ख़ास हिजड़े ने उससे पर्दे में एक औरत की तस्वीर बनाने की मिन्नत की थी ताकि उस हिजाब वाली औरत के ज़रिये वह **अपने गुप्त** प्रेमी का ध्यान आकृष्ट कर सके। कई बार तो ख़ुद बादशाह ने अपनी तरफ़ से उससे गुज़ारिश की थी—मिसाल के तौर पर उसे जन्नत तक उड़ान भरने वाली मिथकीय चिड़िया सिमुर्ग़ जैसी अपनी किसी पसन्दीदा कहानी पर तस्वीर बनवानी हो।

अमूमन दारोगा और मीर सईद अली एक–दूसरे से लम्बे वक़्त तक बातें किया करते थे। आदत के मुताबिक़ बूढ़ा उस्ताद अपने पक्ष में दलीलें भी देता रहता था, 'आप तो जानते हैं, मेरे पास सीखने के लिए कई शागिर्द आते हैं...आप ख़्वाजा से क्यों नहीं कहते हैं? घोड़ों की तस्वीरें वे बेहतर बना सकते हैं।' जब हिजाब में ढँकी औरत की बात छिड़ती तब भी वह टाल जाता–'मैं उस औरत की मर्यादा के साथ कैसे खिलवाड़ कर सकता हूँ?'

शाही कारख़ाने से उसके क़िले के पश्चिमी फाटक के पास रंगशाला के रास्ते में ही सलीम अमीरी की हवेली पड़ती थी। मीर सईद अली अपनी शिकायतों के बारे में उसे बताने के लिए अक्सर वहाँ रुक जाता था। वह कहता–'उस ज़माने में कलाकार सिर्फ़ एक

कलाकार नहीं हुआ करता था, बल्कि वह एक सल्तनत से भी ज़्यादा क़ीमती होता था। यहाँ तक कि मंगोल और अफ़गान जैसे असभ्य लोग भी उसकी इज़्ज़त किया करते थे। वे उनको लूट की दौलत की तरह अपने साथ समरकन्द और काबुल ले जाते थे और उनको वापस उनके मालिक को लौटाने की एवज़ में मोटी फिरौती की माँग करते थे। एक अदना–सी क़लम पर तलवारें खींच ली जाती थीं।'

अब जवाब देने की बारी उस रंगों के व्यापारी की होती थी। 'अगर ऐसी बात होती तब तो बादशाह को आपको बुलाने के लिए हाथी भेजना चाहिए था। उन्होंने आने–जाने के लिए आपके पैरों को जहमत क्यों उठाने दी? उस नामाकूल दारोगा को भी आपको सोने से तौल देना चाहिए था, मेरे दोस्त!'

मीर सईद अली को हर बात से शिकायत रहती थी। यहाँ तक कि उसे बादशाह से भी शिकायत रहती थी। पुराने ज़माने में कला की बहुत इज़्ज़त थी, यह बात वह अक्सर कहा करता था। आज के ज़माने में तो कलाकारों को नौकरों की तरह बादशाह का इन्तज़ार करना पड़ता है। उस ज़माने में बादशाह के तस्वीर बनवाने के लिए बैठने के लिए खगोलविज्ञानी और ज्योतिष शुभ मुहूर्त निकालते थे। हेरात और तबरीज़ जैसे शहरों से कवियों को ख़ासतौर पर बुलाया जाता था ताकि वे तस्वीर बनाने के दौरान बादशाह की तारीफ़ में क़सीदे पढ़ सकें जिन्हें सुनकर बादशाह के चेहरे का ओज बढ़ सके। बात इतनी भर ही नहीं थी। ऐसे भी बादशाह थे जिन्होंने ख़ुद चित्रकला को आजमाया–ताकि वे जंगों की यादों से बाहर निकल सकें, अपने ज़ख़्मों को भर सकें और अपने किये पापों के लिए मुआफ़ी माँग सकें।

'और अब?' सलीम अमीरी अपनी यादों में खोये थके–माँदे मीर सईद अली को उकसाने की कोशिश करता था।

'अब तो जिसके भी पास थोड़ी दौलत है वह सोने से जड़ी अपनी तस्वीर बनवाना चाहता है। हरेक अदना–सा सरकार, सूबेदार, फ़ौजदार, ख़ान, शेख़ और उमरा तक यही समझता है कि उसी की बदौलत कला ज़िन्दा है!'

मीर सईद अली अपनी रंगशाला में अपने तख़्त से उठ खड़ा हुआ। पश्चिमी फाटक से होकर सीकरी की तरफ़ जाते हुए मज़दूरों और जानवरों को अपने ज़ेहन से झटकते हुए उसने दोबारा अपने शागिर्दों को देखा। उसने जीर्ण–शीर्ण हालत में पहुँच चुकी अपनी हवेली के भग्नावशेषों के बीच बैठे रंगों के उस व्यापारी को उदास नज़रों से देखा।

'उस वक़्त के कलाकार भी थोड़ा जुदा हुआ करते थे।'

'बिल्कुल...'

'तब हमारी गिनती के कुछेक होते थे। आज की तरह सैकड़ों में नहीं जैसे संगतराश, राजमिस्त्री या मज़दूर हुआ करते हैं। आज तो कलाकारों के नाम पर केवल नापाक बुतपरस्तों और क़ाफ़िरों का बोलबाला है....'

इस बात से सलीम अमीरी भी सहमत हुआ। आभिजात्य किताबख़ाने के प्रति मीर सईद अली की विरक्ति को वह बख़ूबी समझता था। वह जानता था कि किताबख़ाने में काम करने वाले अधिकतर चित्रकार अपनी शैली में फ़ारसी कलाओं की शुचिता को बचाये रखने में नाकाम रहे हैं और अब फ़ारस की पुरानी कलात्मक बारीकियों में हिन्दुस्तान की पराजित हो चुकी रियासतों का घालमेल हो चुका था। मौजूदा वक़्त की चित्रकला अब अल्लाह से डरने वाले उस्तादों की नज़र में पहले जैसी पवित्र नहीं रह गयी थी। आप्रवासी फ़ारसी भी अपनी निजी बातचीतों में यह असन्तोष प्रकट करते थे कि कला की पुरानी रूहों को एक–एक कर नष्ट किया जा रहा था।

मीर सईद अली ने एक ठण्डी आह भरते हुए कहा, 'आज? आज तो जाहिल लड़के भी ख़ुद को चित्रकार बताने का दिखावा करते हैं।'

ख़्वाजा ने बिहज़ाद को इस बात की तसल्ली दी कि मीर सईद अली उसके लिए जिन कहानियों का चयन करेगा, उन्हें पढ़कर उसे समझाने का काम उसकी सौतेली अम्मी का होगा। वह उन कहानियों

को पहले अपनी याददाश्त में बिठा लेगा और उसके बाद अपने उस्ताद के सामने उसकी तस्वीर बनायेगा।

'याद रखने की कोशिश करो बिहज़ाद,' ख़्वाजा ने उसे समझाया था। उसने बिहज़ाद को यह भी बतलाया कि निकिसा के साथ अपने उस्ताद की रंगशाला तक पहुँचने के रास्ते में वह उस कहानी को दोहराता हुआ जायेगा ताकि कहानी उसे ठीक से याद रहे।

उसकी सौतेली अम्मी पूरा दिन हरम की औरतों को बेचने के लिए इत्र बनाने के अपने काम में मसरूफ़ रहती थी। अपने पड़ोसियों की औरतों की तरह उसे अपने शौहर की ऐसी बीवी बनकर रहना गवारा नहीं था जिनका काम दिन भर अपने नौकरों की फटकार लगाना और अपने शौहर बच्चों और मेहमानों की ज़रूरतों का ख़याल रखना था। ख़्वाजा की तुलना में वह बहुत युवा थी लेकिन उसके इरादे बहुत बुलन्द थे। उन दोनों के बारे में यह अफ़वाह थी कि जब ख़्वाजा के घर वाले जुलेखा को देखने के लिए पहुँचे तब जुलेखा के माँ–बाप इस शादी के लिए राज़ी नहीं थे। लड़का दूसरे मुल्क का था और उनको यह अन्देशा था कि ख़्वाजा जुलेखा को कहीं अपने साथ हमेशा के लिए फ़ारस ले जाये। पड़ोसियों का कहना था कि जुलेखा ख़ुद इस शादी को लेकर उत्साहित थी क्योंकि उसे ख़्वाजा जैसे एक अधेड़ आदमी को लेकर कुछ पूर्वाभास हो चुका था। लेकिन आगरा आते ही उसके सारे सपने जैसे टूट गये। उसका निजी कमरा बाप–बेटे के कमरे से बहुत दूर था और दोनों कमरों के बीच एक पत्थर का गलियारा था। मजबूरन उसने भी अपने लिए एक कलाकार जैसी ज़िन्दगी चुन ली और इत्र बनाने का कारोबार करने लगी। ऐसे मौक़े कम थे जब पड़ोसियों ने ख़्वाजा को अपनी बीवी के साथ देखा हो–उन मौक़ों पर भी मियाँ–बीवी अक्सर एक–दूसरे से लड़ते हुए दीखते थे, या फिर बिहज़ाद उन दोनों के दरम्यान बैठा अपनी किसी शरारत की वजह से उनकी डाँट सुन रहा होता था।

जब कभी बिहज़ाद अपनी सौतेली अम्मी से मिलने उसके निजी कमरे में जाता था, ख़ुशबुओं का झोंका उसे अपनी गिरफ़्त में ले

लेता था। कमरे की दुछत्ती पर हमेशा एक बड़ी–सी भट्ठी के जलने की आवाज़ आती रहती थी और कमरे में लकड़ी के बने पीपे क़तारों में खड़े रहते थे। उसकी नौकरानी अपनी मालकिन के साथ उसकी गुणवत्ता जाँचने में व्यस्त रहती थी। या फिर दोनों की दोनों पंखुड़ियों को सुखाने, उनका अर्क बनाने, उनमें खमीर उठाने और उनकी भाप की बूँदों को किसी बर्तन में इकट्ठा करने में व्यस्त रहती थीं। जुलेखा को दुर्लभ प्रजातियों के फूलों के इत्र बनाने में महारत हासिल थी। जिन्हें कश्मीर की वादियों से तोड़कर मँगाया जाता था और उनकी माँग के मुताबिक़ बड़ी सावधानी के साथ उनको सुखाया जाता था। वह अक्सर सफ़ेद जुही के मौसम में नीली जुही मँगाती थी जो उस वक़्त अधखिली ही रहती थीं। या फिर वह चन्दन के फूल मँगवाती थी जो गुलाब से मिलते–जुलते दिखते थे। गजरों और फूल की मालाओं की तरह वे फूल उसके बिस्तर के इर्द–गिर्द सूखते हुए दीखते थे। जुलेखा के बदन से किसी रोज़ कस्तूरी की गन्ध उठती महसूस होती तो किसी दिन चन्दन या गुल–ए–जाफ़री यानी गेंदे के फूलों की।

बिहज़ाद अक्सर जुलेखा से मिलने दोपहर के वक़्त जाया करता था लेकिन कई दफ़ा उसके कमरे के दरवाज़े भीतर से बन्द होते थे। दूसरे दरबारियों की बीवियों की तरह वह भी शाही हरम में अपने आँख और कान खुले रखती और बहुत चौकन्नी रहती थी। वह कारोबार के मामले में बहुत तेज़तर्रार थी। वह आगरा के बाज़ारों से जवाहरात, रेशम और महँगे पेय पदार्थ ख़रीदती थी और उनको भारी मुनाफ़ों के साथ बेगमों को बेचती थी क्योंकि बेगमों को शाही महल से बाहर निकलने की इजाज़त नहीं थी। लोगबाग तो यहाँ तक कहते थे कि दरबारियों की बीवियाँ अपने शौहरों की तुलना में कहीं ज़्यादा अमीर थीं। इस बात में सच्चाई हो या न हो लेकिन यह बात बिल्कुल पक्की थी कि वे उन बेगमों के मुक़ाबले आज़ाद थीं। वे अपनी मर्ज़ी से बाहर आ–जा सकती थीं लेकिन उनको इसका ख़याल रखना होता था कि उनके सिर और कन्धे ढंग से ढँके हों

और उनके साथ सामान उठाने वाली नौकरानियाँ भी हों। उन औरतों में सबकी चहेती जुलेखा ही थी–खूबसूरती की सौदागर जुलेखा। वह दरअसल सपने बेचती थी। मसलन किसी ख़ास जड़ी–बूटी के छूने भर से उस औरत की क़िस्मत बदल सकती थी जिसे उसका शौहर भूल चुका हो, और दोबारा वह बादशाह की सबसे प्यारी बेगम बन सकती थी। दूसरी कारोबारी औरतों की तरह उसे हरम से जाने की कोई जल्दी नहीं रहती। वह घण्टों वहाँ सपनों को बेचती हुई गुज़ार सकती थी–उन शाही बेगमों को नहलाती हुई और उनके जिस्म पर अपने ईजाद किये गये नुस्ख़ों से मालिश करती हुई। गर्मियों की दोपहरी में हरम की भीतरी आबोहवा भी बहुत ठण्डी हुआ करती थी। हरम का ख़ास पहरेदार उसे अच्छी तरह से पहचानता था। उसके बनाये इत्र का एक बड़ा मुरीद हरम का मुख्य हिजड़ा हिलाल ख़ान भी था। वह हरम के दरवाज़ों की हिफ़ाज़त के पुख़्ता इन्तज़ामात के बावजूद उन दरवाज़ों से इतनी बेरोकटोक गुज़र सकती थी जैसे कि वह ख़ुद ही बेगम हो–स्याह आँखों वाली बेगम जो स्वभाव से ग़ुस्सैल और दूसरों से ख़ुद को थोड़ी अलग–थलग रखती हो। एक ऐसी बेगम जिसकी असली जगह किताबख़ाने के एक चित्रकार की हवेली की बजाय शाही हरम होनी चाहिए थी।

जब वह शाही हरम जाती थी तो अक्सर उसके जिस्म पर बड़े गले वाला जुगली गाउन होता था जिसकी आस्तीनें एकदम चुस्त होती थीं। बिहज़ाद उसे सजता–सँवरता देखा करता था। जुलेखा आम शादीशुदा औरतों की तरह सर पर स्कार्फ़ बाँधने की बजाय टाक नाम की एक टोपी पहना करती थी जो आमतौर पर अपने फ़ारसी शौहर से शादी के पहले वह अपने शहर मुल्तान में पहना करती थी।

वह अपने लाड़ले बिहज़ाद को अक्सर चिढ़ाती थी कि उसी ने उसका हिजाब कहीं छिपा रखा है, और उसके पीछे पूरी हवेली में दौड़ती–भागती थी जो अभी भी एक हद तक उसके लिए नयी थी।

'शीरीं और खुसरो!' उसने बिहज़ाद के चिबुक को अपनी उँगली से उठाते हुए हैरत के साथ पूछा था। 'मुहब्बत की बातें समझने के

लिए तुम अभी बहुत छोटे हो। किसी को यह बात मीर सईद अली को समझानी चाहिए कि हमारे बच्चों को बिगाड़ने वाली बातें न सिखाया करें।'

वह बड़े लाड़ के साथ बिहज़ाद को अपने बिस्तर पर बैठाती, उसकी हथेलियों पर कुछ बूँदें डाल देती और उनको एक–दूसरे से घिसने के लिए कहती। एक साथ हज़ारों गुलाबों की ख़ुशबू हवा में तैरने लगती। फिर वह उसको मना करती कि अपने हाथों को थोड़ी देर तक बिना धोये रखे।

जब तक जुलेखा शाही हरम से लौटकर वापस हवेली आती तब तक ख़्वाजा किताबख़ाने के लिए निकल चुका होता था। वह देर से हवेली लौटता और कई बार उसे सलीम अमीरी अपने कन्धे पर लादे रहता। ज़ाहिर–सी बात थी कि उसने शराब पी रखी होती थी। दोनों शैतानपुरा के एक बदनाम कोठे से लौटकर आये होते थे। जब अँधेरे में दोनों एक–दूसरे को थामे लड़खड़ाते हुए हवेली की तरफ़ बढ़ रहे होते तो ख़्वाजा अपने दोस्त से अपने किसी पसन्दीदा शायर की नज़्में सुनाने की फ़रमाइशें करता था।

कोठों की बदनाम औरतों के होंठों और दाँतों के निशानों को वे अपनी फ़ारसी साफ़ों के लटके हुए छोरों से छुपाने की कोशिशें करते। लेकिन अपनी हवेली के दरवाज़े पर लड़खड़ाकर गिरने से पहले रंगों का वह व्यापारी ख़्वाजा को उसकी दहलीज़ तक छोड़ना नहीं भूलता था। जब ख़्वाजा किसी तरह सीढ़ियाँ चढ़ने में कामयाब होता तो अक्सर उसे जुलेखा के कमरे का दरवाज़ा भीतर से बन्द मिलता। वह बाहर बैठा थोड़ी देर तक ख़ुद में कुछ बुदबुदाता रहता। हवा में इत्र और शराब की एक मिली–जुली विचित्र गन्ध तैरती रहती थी।

पड़ोसियों का कहना था कि कोठे पर जाने की आदत ख़्वाजा को जुलेखा की वजह से नहीं बल्कि ख़ुद बादशाह की वजह से पड़ी थी। बादशाह के भीतर दो ऐसी भूख थीं जो कभी पूरी नहीं होती

थीं। अव्वल तो वह उस बुढ़ाते कलाकार पर आये दिन नयी–नयी फ़रमाइशें थोपता रहता था। सबसे पहली बारी 'तोते की कहानियाँ' की थीं। बावन कहानियाँ और उस पर बनायी जाने वाली बावन तस्वीरें। और अब, उससे भी बड़े आकार की 'हमज़ानामा'–जिन पर ख़्वाजा को चौदह खण्डों में चौदह सौ तस्वीरें बनाने का काम करना था। शुरू में तो बुज़ुर्ग चित्रकार मीर सईद अली उन अरबी दन्तकथाओं पर चित्र बनाने के लिए राज़ी हो गया लेकिन बाद में उसने इस काम से इनकार कर दिया। इस बहुत बड़े काम को अंजाम देने के लिए एक या दो नहीं बल्कि सैकड़ों कलाकारों की ज़रूरत थी–कुछ को रेखाएँ खींचनी थीं, कुछ को उन तस्वीरों में रंग भरना था, कुछेक को उनकी बारीकियाँ तराशनी थीं, कुछ को उन तस्वीरों के शीर्षक अरबी–फ़ारसी यानी नास्तालीक़ शैली के सुलेख में लिखने की ज़रूरत थी और कुछ को उनके फ्रेमों पर वार्निश करना था। पूरे शाही कारख़ाने को ढंग से चलाने के लिए एक कलाकार नहीं बल्कि एक सेनापति के दिमाग़ की ज़रूरत थी–जो सैनिकों की पूरी टुकड़ी की अगुआई कर सके। एक ऐसे सूबेदार की जो पूरी दक्षता के साथ रियासत को चला सके।

ख़्वाजा ने बादशाह की इस चुनौती को क़ुबूल कर लिया था और अपने चित्रकारों को 'हमज़ानामा' पर काम करने के लिए एकजुट भी कर लिया था। बदले में बादशाह ने उस पर बेशक़ीमती तोहफ़ों की झड़ी लगा दी थी। आगरा के पश्चिमी फाटक के पास उसकी छोटी–से रंगशाला की जगह उसे क़िले के भीतर एक बड़ी–सी हवेली दी गयी। एक इतना बड़ा और नया किताबख़ाना दिया गया जिसकी बराबरी समरकन्द से लेकर इस्फ़हान तक कोई भी शाही किताबख़ाना नहीं कर सकता था और सल्तनत के कोने–कोने से बुलाये गये कलाकारों, उनके बच्चों और नये शागिर्दों का हुजूम रातोरात खड़ा कर दिया गया।

आस–पड़ोस के लोगों के मुताबिक़ एक–एक तस्वीर बनाने में ख़्वाजा थककर इतना चूर हो चुका होता था कि हर रात उसे आराम

के लिए अपने दोस्त सलीम अमीरी की संगति में शराब के नशे में धुत् हो जाने को मजबूर हो जाना पड़ता था। ख़्वाजा से जलने वाले लोगों की भी कोई कमी नहीं थी। ऐसे ही कुछ लोगों ने यह अफ़वाह उड़ा दी थी कि ख़्वाजा दरअसल चित्रकारी करना भूल चुका था और अपने हाथ की बनायी हुई तस्वीर बादशाह को तोहफ़े में देने की वह जुर्रत भी नहीं कर सकता था। वह तस्वीरें बनवाने के लिए छोटे–मोटे चित्रकारों की मदद लेने के लिए मजबूर था। वह अपने से बहुत छोटे चित्रकार का सहायक बन चुका था जिसने अपनी क़लम को अपने दरबारी लिबास की एवज़ में गिरवी रख दिया था।

कई लोग तो इससे भी छिछली हरकत पर उतारू हो गये थे। उन्होंने ख़्वाजा और उसकी कमसिन बीवी के बारे में मनगढ़न्त कहानी बनायी और वह कहानी जुलेखा की सूनी गोद के इर्द–गिर्द बुनी गयी थी। कुछ लोग तो ऐसे भी थे जिन्होंने उसके चरित्र पर भी उँगलियाँ उठायीं। उनका मानना था कि शराब और गुलाब की आपस में कभी नहीं निभ सकती थी।

—•—

आगरे के क़िले के पश्चिमी फाटक के क़रीब बनी मीर सईद अली की रंगशाला तक निकिसा के साथ जाता हुआ बिहज़ाद पूरे रास्ते ख़ुसरो और शिरीन की कहानी याद करता जा रहा था। रंगशाला पहुँचकर वह अपने उस्ताद के सामने फ़र्श पर बैठ गया और अपने दोनों घुटनों के बीच काग़ज़ का सफ़ेद पन्ना फैला लिया।

इसके बावजूद उसने दोनों प्रेमियों की तस्वीर नहीं बनायी, और न ही उसने ज़माने से मशहूर वह दृश्य ही बनाया जिसमें पेड़ की टहनी पर लटके ख़ुसरो पर नादान शीरीं फ़िदा हो जाती है। आकाश की तेज़ और ख़ूबसूरत रौशनी के मुखालिफ़ उस ज़माने की शैली के मुताबिक़ हरी–ख़ुशबूदार पत्तियों पर आराम से बैठा हुआ है।

न उसने नहाती हुई शहज़ादी की तस्वीर ही बनायी जिसके लिए सख़्त मनाही थी जिसमें शीरीं कमर तक उघड़े बदन के साथ

एक झील में नहा रही थी और झील की सतह पर एक कमल तैर रहा था। शागिर्दों ने मीर सईद अली से अपनी तस्वीरों का पुराना संग्रह निकालने का आग्रह किया। स्वर्ण–रंग में ढँके उसके आधे उरोज़– उनका उस्ताद अपनी ही तस्वीर को याद रखने में कितना माहिर था? शागिर्द मुँह दबाकर हँसने लगे। उस्ताद की जकड़ी हुई उँगलियाँ उस शरमाती हुई अधछिपी कली को कैसे बना पायी होंगी?

बिहज़ाद के साथ सीखने वाले ही एक शगिर्द ने उन दोनों की कहानी को दोबारा कहने की गुज़ारिश की जो नियति के कारण अन्ततः मिलने में कामयाब रहे थे–एक रौशन तख़्त पर एक–दूसरे के साथ बैठे हुए और एक बनजारे संगीतज्ञ द्वारा बजायी जाने वाली रबाब की धुन को सुनते हुए। उसने वही काम बिल्कुल हू–ब–हू वैसे ही किया था जैसा उसके उस्ताद ने उसे सिखलाया था।

बिहज़ाद ने प्रेम में ठुकराये जा चुके फ़रहाद की तस्वीर बनायी जो एक मामूली किसान होकर भी शीरीं को पाने की हसरत पालता रहता है जबकि शीरीं इतनी बेमुरव्वत है कि ख़ुसरो को छोड़कर किसी और की मुहब्बत उसे बिल्कुल गवारा नहीं। फ़रहाद ढेर सारी चट्टानों को जमा करता है जैसे समुद्र से सर उठाता हुआ कोई दानव हो। उस किसान ने उन जमा पत्थरों पर एक चेहरा उकेरना शुरू किया। वह शीरीं का चेहरा था। फिर वह ग़ुस्से में अपनी पूरी ताक़त के साथ उन पत्थरों को तितर–बितर करने की कोशिश करता है। आख़िरकार वह पत्थरों पर अपने तीखे तीरों की बारिश कर देता है जैसे वह काली चट्टानों के पर्दे में छिपी अपनी महबूबा को आज़ाद करना चाहता हो।

मीर सईद अली बड़े ग़ौर से देर तक उस तस्वीर को देखता रहा।

'तुमने उन दोनों प्रेमियों की तस्वीर क्या सोचकर नहीं बनायी?'

'क्योंकि,' जवाब देने से पहले उसने अपने होंठ चबाने शुरू कर दिये, फिर जुलेखा की नक़ल करता हुआ बोला, 'क्योंकि तूलिका के पास मुहब्बत के राज़ बताने के लिए ज़बान नहीं होती है।'

जवाब सुनकर बुज़ुर्ग उस्ताद की आँखों में चमक आ गयी।

सन् 1570 ईस्वी तक जब तक बिहज़ाद चौदह साल का नहीं हो गया, वह लगातार तस्वीरें बनाता रहा। इस बीच उसने एक भी सबक नागा नहीं किया। इस बीच उसने भिन्न–भिन्न तस्वीरें बनायीं–मसलन अलग–अलग कहानियों पर तस्वीरें बनायीं, शाही दरबार, मशहूर लड़ाइयों और बड़े–बड़े क़िलों के दृश्य बनाये। जल्दी ही रंगशाला तक भी यह ख़बर पहुँच गयी कि खुद बादशाह भी उन दन्तकथाओं की तस्वीरें देखने के लिए बेकरार हैं। बादशाह की जीतों की गौरव गाथा दर्ज करने का कलाकारों के लिए यही सबसे अनुकूल समय भी था।

'वह भी निरा अनपढ़ है, बिल्कुल तुम्हारे बेटे की तरह!' जुलेखा की इस बात पर ख़्वाजा की त्योरियाँ चढ़ गयीं।

'सारे के सारे पैगम्बर पढ़े–लिखे नहीं थे। तुम्हें बादशाह के लिए इस लहजे में बात नहीं करनी चाहिए।'

'वह तुम्हारी कहानी के ज़रिये अपनी बेगमों का मन बहलाना चाहता है। बादशाह अपने हरम का सबसे बड़ा क़िस्सागो है। उसे तुम्हारी तस्वीरों की इसीलिए ज़रूरत है ताकि वह उनको खुश रख सके।'

लेकिन अब बादशाह की अपेक्षाएँ पहले से बहुत अधिक बढ़ चुकी थीं। अब उसे उन सभी राजाओं की तस्वीरें भी चाहिए थीं जिन्हें उसने जंग में हराया था–हिन्दुस्तान में अपने सभी जागीरदारों और सुदूर गोवा से लेकर इंग्लैंड तक फैले अपने दूतों–सबकी तस्वीरें। इस काम को उसने आगरा के सबसे बेहतरीन कलाकारों के सुपुर्द किया था। अब फ़तेहपुर सीकरी में अपनी नयी राजधानी बसाने के पहले बादशाह को अपनी भी एक भव्य तस्वीर बनाने की ज़रूरत थी –अपने नये शाही तख़्त पर बैठा अट्ठाईस साल का जवान बादशाह।

सालोसाल की लगातार जंग के बाद अब कहीं हिन्दुस्तान में शान्ति लौटी थी। आगरा ख़ुद में एक सुरक्षित शहर था। कई जंगों के गवाह रहे इस शहर में लाल पत्थरों की मज़बूत क़िलेबन्दी थी।

इतिहास में यह बात दर्ज भी है कि पहाड़ों और रेगिस्तानों को लाँघने वाले हमलावरों की फ़ौज ने इस शहर को अपना निशाना कभी नहीं बनाया। यमुना को लाँघने की हिमाक़त उन्होंने कभी नहीं की क्योंकि पहाड़ों से निकलने वाली इस नदी का पानी असहनीय रूप से ठण्डा था। यह बात दस्तावेज़ों में दर्ज है। यमुना ने आगरा की रूह को अपनी शीतलता से बेशक नवाज़ा लेकिन अपने प्राकृतिक ठहराव और विषाद के कारण यह शहर वैसी ही मानसिकता के लोगों के लिए ज़्यादा मुफ़ीद था।

अपने शासनकाल के ग्यारहवें से पन्द्रहवें साल के बीच बादशाह सल्तनत सरहदों के विस्तार में लगातार व्यस्त रहे। इस अवधि में अनेक युद्ध लड़े गये। सबसे पहले विदेशी हमलावरों को उत्तर की तरफ़ बाहर खदेड़ दिया गया। उसके बाद पश्चिम में हुई बग़ावत को कुचल दिया गया और एक–एक कर सभी क़िलों पर फ़तह हासिल करने का सिलसिला शुरू हुआ। दुश्मनों के कटे हुए सरों का अम्बार लगा दिया गया और भगोड़ो को पकड़–पकड़कर सरेआम फाँसी पर लटका दिया गया। नगाड़ों की आवाज़ से पता चलता था कि कोई दुश्मन गिरफ़्तार किया गया है। हर तरफ़ चिताओं के जलने का धुआँ दिखलायी पड़ता था। भव्य महलों को नेस्तनाबूद कर दिया गया और उनके खँडहरों में उल्लुओं और काले कव्वों के बसेरे बस गये थे। रियासतों की औरतें दुश्मनों की गिरफ़्तारी से बचने के लिए जलती हुई चिताओं में कूद गयीं।

रियासतों पर क़ब्ज़े के साथ–साथ उनके ख़ज़ाने के अकूत हीरे–जवाहरात, सोना, बड़ी संख्या में क़ैदी, भारतीय हाथी और तिपुचाक घोड़े बादशाह के हाथ लगे। बादशाह का हरम नयी बेगमों और दासियों के आने से पहले से भी ज़्यादा आबाद हो गया। अधिक–से–अधिक कलाकार–चित्रकार आगरा आ गये और ख़्वाजा के किताबख़ाने में तिल रखने की भी जगह नहीं बची।

आगरा अब जर्जर क़िले में बने तोपख़ाने और लुटेरे–हमलावर सैनिकों की एक छावनी के बदले एक समृद्ध और आबाद शहर बन

चुका था। अब वह मुग़ल सल्तनत की राजधानी बन चुका था जो समरकन्द के पूरब में बसा सबसे बड़ा और उसकी तुलना में कहीं ज़्यादा अमीर शहर था। अब यह फ़ौज और सिपहसालारों का एक ठिकाना भर नहीं था बल्कि व्यापारियों, शिल्पकारों, मज़दूरों, कवियों, फ़क़ीरों, कलाकारों, संगीतज्ञों, वेश्याओं और सम्भावनाशील होनहारों का पसन्दीदा शहर था। तुर्की और फ़ारस जैसे दूरदराज इलाक़ों से आकर लोगबाग यहाँ बसे थे। कुछ लोग तो चीन और उसके परे के बर्फ़ीले पहाड़ों के पार से भी आये थे। आगरा के बाज़ार अब अरब के बाज़ारों और बुलन्द अरबी मीनारों से मुक़ाबला करने की स्थिति में आने वाले ही थे। मुग़लों की हुकूमत में आगरा किसी जन्नत से कम नहीं था। आगरा की गलियों में विभिन्न सम्प्रदायों, नस्लों और ज़बान बोलने वाले औरतों और मर्दों की चहल–पहल हर वक़्त रहा करती थी।

आगरा के अभिमान में ही शायद इसका अवसान भी छिपा हुआ था। दरअसल इसके फाटकों पर ही इसका नया दुश्मन तैयार खड़ा था। वह कोई और नहीं बल्कि झील के किनारे फ़ौज द्वारा तेज़ी से बसाया गया एक नया शहर था। यह ऊँचे टीलों पर बसा था और चारों तरफ़ से ख़तरनाक खाइयों से घिरा हुआ था। मुग़ल सल्तनत की जीत का प्रतीक यह शहर–फ़तेहपुर सीकरी बादशाह के दिमाग़ का फ़ितूर था। इधर आगरा अपने उजड़ने की ख़बर पर सिसक रहा था और उधर बादशाह ने यह हुक्म दिया कि किताबख़ाने को भी नयी राजधानी की एक नयी और भव्य इमारत में स्थानान्तरित किया जाये। लिहाज़ा जिस तरह एक कुशल सेनापति अपनी फ़ौज और क़ैदियों को अपने पीछे चलने की हिदायत देता है, ठीक उसी तरह ख़्वाजा ने भी अपने शागिर्दों, मुलाज़िमों, संगतराशों और मिस्त्रियों को फ़तेहपुर सीकरी की ओर कूच करने के लिए संगठित करने की शुरुआत कर दी।

—•—

'आदमी की पैदाइश समन्दर से हुई है और समन्दर की तरह उसके भीतर भी लगातार एक मन्थन जारी रहता है।' कोठे से लौटते हुए सलीम अमीरी ख़्वाजा को समझाने की कोशिश कर रहा था। किताबख़ाने में ख़्वाजा के दिन अब गिने–चुने ही बचे रह गये थे। अपनी रुख़सती की ख़बर उसे वरिष्ठ दरबारियों के ज़रिये मिल चुकी थी। जो भी चित्रकार 'हमज़ानामा' की किंवदन्तियों–चौदह सौ तस्वीरों के चौदह खण्ड–पर जल्दी काम पूरा कर सकता था वह बड़े ओहदे का हक़दार था। उसे छपाईखाने का मुखिया या प्रमुख सेनापति या फिर शाही ख़जांची बनाया जा सकता था।

ख़्वाजा ने अपनी दोनों हथेलियाँ फैलाते हुए उन्हें ग़ौर से देखा, 'सब बेकार है!' उसकी आवाज़ सर्द थी। बादशाह के वालिद ने इन्हीं उँगलियों के कमाल की वजह से उसे सोने की हज़ारों मोहरों से नवाज़ा था। यह वाक़या वह सलीम अमीरी को सैकड़ों बार सुना चुका था।

'लेकिन इसके बावजूद भी तुम एक चित्रकार ही रहोगे।'

'लेकिन एक ऐसा चित्रकार जिसकी औक़ात भेड़ों को हाँकने वाले चरवाहे की तरह हो?'

'तुम बादशाह के प्रियपात्र हमेशा बने रहोगे।'

'दुरुस्त...लेकिन प्रियपात्र बने रहने की वजह?' ख़्वाजा अपनी हवेली के बाहर पत्थर के फ़व्वारों की सीढ़ियों पर बैठ गया। 'एक दौर वह भी था जब उसे इस बात का बेसब्र इन्तज़ार रहा करता था कि मैं उसकी तस्वीर कब तक पूरी करूँगा। उस वक़्त, मैं सचमुच उसका अज़ीज़ था। उसके ज़ेहन में मेरे सिवा कोई दूसरा नहीं था। मेरी बनायी हर तस्वीर को कितने ध्यान से देखता था, मेरी खींची हुई बारीक़ रेखाओं की कितनी तारीफ़ करता था। वह हज़ारों तस्वीरों के भी बीच रखी मेरी तस्वीर को पहचान सकता था। और अब...'

सलीम अमीरी ने अपना एक हाथ उसके कन्धे पर रखते हुए उसे ढाढस बँधाने की कोशिश की थी।

'अब तो वह मेरा नाम तक भूल गया है! 'मिठास भरी क़लम',

उसने मेरा नाम रखा था! अब मुझसे बस उसे इतना ही लेना–देना है कि मैं उसके लिए दूसरों की ख़ुशामद कर सकूँ? तुम्हें पता है, अगर अब मुझे मेरे फ़ारस के उस्ताद लोग देखेंगे तो वे मुझे क्या कह कर बुलायेंगे?' उसने आह भरते हुए डूबी हुई आवाज़ में कहा, 'एक दलाल...किसी बाज़ारू औरत से भी ज़्यादा गिरा हुआ।'

सलीम अमीरी ने फिर से उसे सँभालने की कोशिश की। 'तुम पहले चित्रकार होगे जो सल्तनत के बीच में बसे इस नये शहर का नक़्शा बनायेगा। और तब...' सलीम अमीरी एक पल के लिए ठिठका। ख़्वाजा भी ख़ामोशी से इन्तज़ार करता रहा।

'एक दिन पक्का आपका बेटा ही शाही कारख़ाने का मुखिया बनेगा। और यह भी तय है कि उसे आपकी मदद की ज़रूरत पड़ेगी।'

ख़्वाजा की त्योरियाँ चढ़ गयीं–'लेकिन अभी तो वह बच्चा है। बहुत बच्चा...'

सलीम अमीरी ने उसे शाही परम्परा के बारे में जल्दी से समझाया। बादशाह को हर हाल में सबसे बेहतर चाहिए था। उससे कम पर वह क़तई राज़ी नहीं होने वाला था। अगर कोई चित्रकार निर्विवाद रूप से दूसरों से श्रेष्ठ होता तो बादशाह उसकी उम्र की जगह उसकी क़ाबिलियत को तरजीह देकर उसे शाही कारख़ाने का मुखिया बना सकता था। इसके लिए वह थोड़ा इन्तज़ार भी कर सकता था। तब तक किताबख़ाने के रोज़मर्रा के कामकाज के लिए एक कामचलाऊ मुखिया की बहाली की जाती थी। इस बीच मनोनीत मुखिया की बेहतर से बेहतर परवरिश की जाती थी ताकि बड़ा होकर वह किताबख़ाने के शाही कलाकारों को निर्देश देने की बड़ी ज़िम्मेदारी उठाने के क़ाबिल बन सके।

'अगर कोई और किताबख़ाने का मुखिया नियुक्त कर दिया जायेगा तब क्या होगा?'

ख़्वाजा की इस बात को सलीम अमीरी ने ग़लत समझा। उसे लगा कि ख़्वाजा शायद बूढ़े उस्ताद मीर सईद अली का ज़िक्र कर रहा है, उसने कहा, 'जिस आदमी ने एक बार मना कर दिया हो वह

बाद में कभी राज़ी नहीं हो सकता। और, अब तो उसके कान और आँखें भी जवाब दे चुकी हैं। जवान बादशाह एक जवान मुखिया ही चाहेगा...'

'वह नहीं...'

सलीम अमीरी को दोबारा ग़लतफ़हमी हो गयी–'दस्त मोहम्मद!' उसे लगा कि ख़्वाजा शायद दस्त–ए–दीवाना यानी उस पागल दस्त की बात कर रहा है, जो शराब नहीं पीने की हुक्मउदूली की वजह से फ़ारस के शाह के फ़तवे से बचने के लिए भागकर हिन्दुस्तान चला आया था। 'अगर बादशाह को किसी गवैये की तलाश थी तो वह मीठे गले वाले एक गरीब गवैये को क्यों चुनता?'

'मुझे नहीं लगता कि अगला ख़्वाजा कोई फ़ारसी होगा।'

'फ़ारसी नहीं होगा?' सलीम अमीरी को अब ख़्वाजा की बात समझ में आयी। अदिली नाम के एक अफ़गानी चित्रकार से बादशाह बहुत प्रभावित हुआ था। उसने एक गिरगिट को बड़ी कलाकारी से हरे बिन्दुओं से रँगकर और उसकी रीढ़ पर सर से पूँछ तक बिल्कुल सही जगहों पर आड़े महीन दाँत जैसे बना कर बादशाह को विस्मित कर दिया था।

'गिरगिट! उसने ख़ुद उस पर चित्रकारी की थी!'

आगरा में रहते हुए तीन सालों के दरम्यान उसने चार शादियाँ की थीं। एक अफ़गान होने के कारण अदिली बड़ा खूँखार था। दूसरे चित्रकारों के बीच वह एक ज़िन्दादिल आदमी था और वह जी खुश कर देने वाली शानदार तस्वीरें बनाता था। अलबत्ता दृश्यों की चित्रकारी करने में उससे अक्सर चूक हो जाती थीं। मिसाल के तौर पर, जंग पर जाने से पहले जब बादशाह अपनी दाई माँ के साथ बेटे को रुख़सत कर रहा था तब उसका चेहरा बिछोह की पीड़ा में स्याह पड़ जाना चाहिए था।

तस्वीरों में उसके दस्तख़त अमूमन उस पायदान पर होते थे जिसका इस्तेमाल बादशाह तख़्त पर बैठने के लिए करता था।

'बेहतर है कि वह कालीन बनाया करे।' सलीम अमीरी ने ठहाका

लगाया–'उसकी तस्वीरें बादशाह की आँखों की बजाय उसके पैरों के लिए ज़्यादा सही हैं!'

सलीम अमीरी ने ख़्वाजा को खड़े होने के लिए सहारा देने की कोशिश की और संजीदा लहजे में कहा–'तुम्हें अब जाना चाहिए। बिहज़ाद पर ध्यान दो ताकि वह तुम्हारी जगह ले सके।'

ख़्वाजा का चेहरा फिर से ग़मगीन हो गया। वह अपने बेटे को अच्छी तरह से जानता था। वह बहुत जल्दबाज़ था। दूसरे चित्रकार जिस तस्वीर को बनाने में एक महीने का वक़्त लगा देते थे, उसे बिहज़ाद बमुश्किल एक हफ़्ते में पूरा कर देता था। बारीक़ी और लगन में उसकी क़ाबिलियत का मुक़ाबला करना किसी के लिए भी बहुत मुश्किल काम था। उसकी चित्रकारी में एक विस्मित कर देने वाली परिपक्वता थी और उसका दिमाग़ फुर्ती से चलता था। हालाँकि उसकी भी अपनी सीमाएँ थीं लेकिन अपनी त्रुटिहीनता के कारण वह आसानी से किसी को भी सम्मोहित कर सकता था। मीराक या मुज़फ़्फ़र ही नहीं, यहाँ तक कि सर्वशक्तिमान भी उसकी उँगलियों में ज़िन्दा होता लगता था। उसके उस्ताद भी उसके इस अनोखे संयम से अचम्भित थे। बिहज़ाद के प्रति हमेशा शिकायतों से भरा दारोगा भी उसकी इस कलात्मक प्रतिभा के सामने ख़ामोश हो जाता था। सबसे बड़ी बात यह थी कि उसके भीतर असामान्य प्रतिभा के लक्षण शुरू से ही विद्यमान थे। छोटा बच्चा होने के बाद भी वह जटिल विषयों को बड़ी सहजता के साथ चित्रांकित कर सकता था।

ख़्वाजा अपने बेटे के गुणों से परिचित था। उसे लगता था कि बिहज़ाद को जन्म के समय ही मशहूर फ़ारसी उस्तादों की रूहों की दुआएँ मिली हुई थीं और उन्हीं दुआओं के साथ वह हिन्दुस्तान आया था। उसने अपनी आँखों से दुनिया को पहचानने और ज़बान से बोलना सीखने के पहले से ही अपनी नाज़ुक उँगलियों से क़लम पकड़ना सीख लिया था। ख़्वाजा को पता था कि अपने बेटे का नाम हेरात और तबरीज़ के बेशक़ीमती फ़ारसी बाज कमाल–अल–दिन–बिहज़ाद के

पर्याय के तौर पर रखने की उसकी सोच बेकार नहीं जायेगी जिसने इस दुनिया की उड़ान तब भरी थी जब वह खुद एक बच्चा था।

बचपन से ही उसने बिहज़ाद की परवरिश बड़े जतन से की थी और उसे कभी किसी बात की सज़ा नहीं दी थी। ख़्वाजा ने तो उसे कुरान तक नहीं पढ़ने दिया था। 'जो विरल प्रतिभा से सम्पन्न होते हैं उनको अकेला छोड़ दिया जाना चाहिए' ख़्वाजा को अपने उस्तादों की यह सीख अच्छी तरह याद थी। 'उनको खुद अपने हुनर का अन्दाज़ा नहीं होता है, वे यह भी नहीं जानते कि वे किस दुनिया में आये हैं।' इस लड़के को दूसरों के सपनों के बारे में न सोचकर अपने सपनों की दुनिया में जीना चाहिए। इसीलिए उसने बिहज़ाद को पढ़ने तक की इजाज़त नहीं दी, ताकि किताबों के रहस्यों को जानने से पहले वह अपने भीतर के रहस्यों को जान सके, ताकि किताबों के शब्दों और अंकों को पहचानने से पहले वह अपने भीतर आकार लेती कल्पनाओं को पहचान सके।

वह खुद भी बिहज़ाद की मौजूदगी में तस्वीरें बनाने से परहेज़ करता था। वह नहीं चाहता था कि उसके बेटे पर उसकी शैली का असर पड़े। बिहज़ाद को किताबख़ाने में दाख़िल होने की इजाज़त नहीं थी। अलबत्ता ख़्वाजा उसे अपने साथ बाज़ार घुमाने ज़रूर ले जाता था और हवाबाज़ों के करतब, तलवारबाज़ी और कव्वों की लड़ाई जैसे तमाशे दिखलाता था। एक रात जब दूज का चाँद निकला था तब वह उसे यमुना के किनारे आतिशबाज़ी दिखलाने ले गया था। पटाखों से भरा हाथी का एक बड़ा पुतला अपने महल के झरोखे में बैठे बादशाह का इशारा मिलते ही एक ज़ोरदार धमाके के साथ फट पड़ा। कई बार दोनों क़िले की प्राचीर पर सुबह–सुबह बैठकर उगते हुए सूरज का नज़ारा करते रहते।

जुलेखा की शिकायतें जैसे–जैसे बढ़ती जा रही थीं वैसे–वैसे वह अपने बेटे को अपनी हवेली का क़ैदी बनाता जा रहा था। बिहज़ाद को अपने पड़ोसियों के साथ सम्बन्ध रखने और घुलने–मिलने की भी इजाज़त नहीं थी ताकि उसे नापाक ख़यालों और बेबुनियाद ख़्वाहिशों से बचाया जा सके।

ख़्वाजा को पता था कि बिहज़ाद घिसी–पिटी लीकों पर चलने वाला बच्चा नहीं था। किसी किताब में पढ़ी कहानी की तस्वीर खींचने में उसकी कोई दिलचस्पी नहीं थी। उसे उन तस्वीरों की बारीकियों पर काम करना और चेहरों में रंग भरने का पारम्परिक तरीक़ा बिल्कुल नापसन्द था। वह तस्वीरों को भी अपनी आम शरारतों के मुताबिक़ अपनी मर्ज़ी से शुरू करता था–वह चेहरे को रेखांकित करने से पहले ही होंठों में रंग भर देता था। उस्तादों की तालीम–'सही रास्ते पर चलो!' से वह एकदम बेपरवाह रहता था। चेहरे को उसकी शैली के अनुसार बनाने के क़ायदे का पालन करो! इस बात का संशय होने के बाद भी कि शायद उससे ग़लती हो रही है, वह अमूमन चुप्पी साध लेता था।

'ग़लती? क्या ग़लती हो रही है?'

सलीम अमीरी का सहारा मिलने के बावजूद ख़्वाजा अटक–अटक कर बोल रहा था। 'ग़लती यह हो रही है कि...बच्चे को गुमराह किया जा रहा है, उसे ग़लत रास्ता बताया जा रहा है, उसकी ग़लतियों को छुपाने की कोशिशें की जा रही हैं।'

'ऐसा क्या मीर सईद अली कर रहा है?'

'हाँ।' ख़्वाजा ने चिन्ता के साथ अपनी गर्दन हिलायी।

वह रोज़ सुबह तिरछी नज़रों से बिहज़ाद को एक खुली खिड़की के सामने फ़र्श पर बैठकर तस्वीरें बनाते देखा करता था। हवा में गुलाब की ख़ुशबू तैरती रहती थी। उस बच्चे की तस्वीरें प्रायः कहानियों पर आधारित होती थीं। कई बार वह कुछ भूला हुआ पूछने के लिए जुलेखा के कमरे की तरफ़ तेज़ी से भागता था। जब वह वापस लौटता तो अक्सर खिलखिलाता हुआ मिलता। उसने बिहज़ाद को मजनूँ सदृश एक तस्वीर बनाते हुए भी देख लिया था। इश्क़ का मरीज़ मजनूँ। उसकी आँखों की सँकरी जगह की बजाय उसकी नाक की उभरी हड्डियों पर एक कमल की पंखुड़ी बनी होती–दो भी नहीं, बल्कि सिर्फ़ एक–जो उसके बड़े से साफ़े के नीचे के सिर्फ़ तीन–चौथाई चेहरे को ढँके रहती थी।

बिहज़ाद ने उस आशिक़ को एक बाग़ में बैठा दिखाया था और उसके चारों तरफ़ पेड़ आमतौर पर कश्मीर में दिखने वाले सन्नोवर या चिनार के पेड़ों की जगह उसने जो पेड़ बनाये थे वे पीपल के हरे–भरे गदराये हुए पेड़ थे जो बेतुके तरीक़े से उगे हुए थे गोया किसी नर्तकी ने अपनी बाँहें आसमान की तरफ़ उठा रखी हों।

'लेकिन...'

ख़्वाजा को तस्वीर देखकर ग़ुस्सा आ गया।

बिहज़ाद ने जो आकृतियाँ बनायी थीं वह असामान्य रूप से बड़ी थीं। लिहाज़ा पूरा दृश्य ही थोड़ा बोझिल प्रतीत हो रहा था और अग्र–भाग में थोड़ा अलग–थलग दिख रहा था। पूरा दृश्य जड़वत् था और पार्श्व में दिखने से इनकार कर रहा था। एक के बाद एक तस्वीर बनाने के बहाने बिहज़ाद उन्हें देखने वालों को गोया कोई चुनौती दे रहा था।

'तस्वीर में वह अपना नाम निचले हिस्से में लिखने की बजाय अजीबोग़रीब जगह पर लिखता है। मसलन किसी सुराही पर, किसी चिकने गुलदस्ते पर और कभी किसी बड़े पेड़ की टेढ़ी–मेढ़ी शाखा पर। हैरत की बात है कि इसके बावजूद उसकी देह पर छड़ी के निशान नहीं दीखते हैं, और न गालों पर तमाचों के दाग ही!'

'लेकिन उसे सुधारने का फ़र्ज़ तो उसके उस्ताद का होना चाहिए।' सलीम अमीरी ने अचम्भित लहजे में कहा–'मीर सईद अली जैसी शख़्सियत के लिए सही को सही और ग़लत को ग़लत कहना बहुत आसान है। उसे बिहज़ाद की क़ाबिलियत को निखारना चाहिए।'

ख़्वाजा ने भी सहमत होते हुए अपना सर हिलाया। शायद मीर सईद अली एक ऐसा उस्ताद था जो अपने शागिर्दों को अपना सारा हुनर नहीं बताना चाहता था। कुछ राज़ वह अपने पास ही रखना चाहता था और शागिर्दों को ग़लतियाँ करने के लिए रास्ते दे देता था ताकि वह ख़ुद ही सबके उस्ताद के तौर पर एक सितारे की तरह चमकता रहे।

यह बात सुनकर सलीम अमीरी को भी फ़िक्र होने लगी।

—•—

चौदह साल की उम्र में बिहज़ाद ने पाठ सीखने के लिए जाने से इनकार कर दिया। कुछ शुरुआती बहसों के बाद इस वाक़ये की शुरुआत कई महीने पहले हो चुकी थी। सबसे पहले उसने सभी महत्त्वपूर्ण काग़ज़ातों की शुरुआत में शम्स की तस्वीर बनाने से इनकार कर दिया। शम्स फूटते हुए सूरज के आभामण्डल को कहते हैं जिसे पारम्परिक तौर पर किसी हस्तलिपि के शीर्षक के चारों तरफ़ बनाया जाता है।

आमतौर पर सख़्त मिज़ाज मीर सईद अली ने उसकी इस शुरुआती चूक को नज़रअन्दाज़ कर दिया। उसकी प्रतिभा के क़िस्से अब मशहूर होने लगे थे। आगरे का हर दौलतमन्द आदमी उससे अपनी तस्वीर बनाने के लिए व्यग्र था ताकि उसकी नाज़ुक उँगलियों के जादू से तस्वीर बनवाने वाली की बढ़ती हुई उम्र को भी छुपाया जा सके। दरबारियों के नौकर–चाकर किताबख़ाने के रास्ते में अक्सर खड़े रहते थे और उस बच्चे के द्वारा अपने मालिक की तस्वीर बनवाने के लिए मीर सईद अली की ख़ुशामद किया करते थे। बिहज़ाद के हाथों में ग़ज़ब का हुनर था और अब उस हुनर को भुनाने का वक़्त आ चुका था। तस्वीर बनवाने का सबसे पहला मौक़ा शाही हक़ीम को मिला। 'इनकी तस्वीर बनाओ', मीर सईद अली ने बिहज़ाद को हुक्म दिया और कमरे से निकल गया। बिहज़ाद ने ख़ामोशी के साथ उसकी आँखों को गहराई से देखा, मानो वह हक़ीम था और उसके सामने बैठा हक़ीम उसका मरीज़। शाही हक़ीम की त्योरियाँ चढ़ी हुई थीं।

जब मीर सईद अली कमरे में वापस दाख़िल हुआ और तस्वीर देखी तो चौंक पड़ा। तस्वीर सिर्फ़ स्याह–सफ़ेद रंग में बनी हुई थी। हक़ीम की उँगलियों में झुर्रियाँ पड़ी हुई थीं, उसके घुटनों के जोड़ों में सूजन दिख रही थी और उसके गले की नसें साँपों की तरह उभरी हुई थीं। तस्वीर में हाकिम पालथी मारे बैठा हुआ था और उसकी आँखें भैंगी थीं।

बूढ़े मीर सईद अली ने शाही हक़ीम की मान–मनौवल करते हुए उसे भरोसा दिलाया कि वह उसकी तस्वीर बनाने के लिए जल्दी ही उसे दुबारा बुलायेगा और शाही हक़ीम को कमरे से रुख़सत किया। अपने एक हाथ में तूलिका पकड़े और दूसरे हाथ को तस्वीर बनाने की तैयारी करता देख उसने बिहज़ाद से दोबारा तस्वीर बनाने के लिए कहा।

'लेकिन आपने तो मुझे बिल्कुल उसकी हू–ब–हू तस्वीर बनाने के लिए कहा था।'

'बिल्कुल उसकी तरह नहीं। उसके भीतर के इन्सान की तस्वीर।' यह बिहज़ाद के चेहरे पर एक करारा तमाचा था। 'तुम ख़ुद को समझते क्या हो? एक सरकारी मुलाज़िम? जो सिर्फ़ सच बोलने के वायदे से बँधा हो? सच के सिवा कुछ नहीं?'

उसके बाद बिहज़ाद ने बादशाह के दादा और ख़ुद भी एक महान मुग़ल बादशाह रह चुके बाबर के स्मृति–लेखों पर तस्वीरें बनाने से मना कर दिया।

'तुम मना करने वाले कौन होते हो? अगर तुम्हारे हमनाम महान कमाल–अल–दिन–बिहज़ाद को योद्धा तैमूर की ज़िन्दगी पर तस्वीरें बनाने से इनकार करने की हिम्मत नहीं हुई तो तुम्हें बाबर की ज़िन्दगी पर तस्वीर बनाने से एतराज़ क्यों है?'

'एक चित्रकार पर सिर्फ़ जंग यानी रज़्म और वज़्म की तस्वीरें बनाने की बन्दिश क्यों हो?'

'रज़्म–ओ–वज़्म?'

उसके मासूम चेहरे को देखते हुए यह एक भारी–भरकम शब्द था। 'जंग और मोहब्बत। मोहब्बत! जंग! मोहब्बत! जंग! मोहब्बत! जंग!'

पल–भर के लिए मीर सईद अली ने उसे बड़े प्यार से देखा। बिहज़ाद के भीतर का कलाकार अब जाग्रत हो रहा था क्योंकि अब वह एक बच्चे से मर्द बनने की राह पर था। उसने बिहज़ाद के कन्धे पर अपना हाथ रख दिया।

'न जंग और न ही मोहब्बत। तुम समझ नहीं पाये बिहज़ाद।'

बहुत मशक़्क़त के बाद उसने एक पुराने सन्दूक़ से तीन तस्वीरें खोजकर निकालीं और उनको बिहज़ाद के सामने फैलाकर रख दिया। इससे पहले उसने उन तस्वीरों पर पड़ी धूल साफ़ की।

'ये फ़ारस की सबसे नायाब तस्वीरें हैं।'

'नाइट ऑफ़ दी चूजेन वन' थी। वह फ़रिश्ता गेब्रिएल के पीछे मिथकीय घोड़े बराक पर सवार था और उसके सर से जो तेज़ फूट रहा था उसमें नीले आकाश के तारे फूलों की तरह टँके हुए थे। उस रौशनी में पूरा आसमान किसी बाग़ की तरह दिखलायी दे रहा था। उस तस्वीर में बहुत नीचे की तरफ़ धरती तैर रही थी, फ़रिश्ते उसके साथ अपने पंखों के सहारे उड़ रहे थे और ग्रेब्रिएल धरती के अन्तिम छोर की तरफ़ प्रस्थान कर रहा था।

दोनों ख़ामोश बैठे रहे।

फिर दूसरी तस्वीर 'दी डेथ ऑफ़ मजनूँ एट लैला'ज़ ग्रेव' को देखते हुए मीर सईद अली निज़ामी की नज़्म सुनाने लगा।

बिहज़ाद उन मासूम आशिक़ों की तस्वीर देख रहा था। एक मर चुका था और दूसरे की साँस भी टूटने वाली थी।

धड़कते हुए दिल तेज़ी से ख़ामोश हो रहे थे और उनसे एक बहुत गहरी प्रतिध्वनि आती प्रतीत हो रही थी। स्याह नर्सियों की तरह उसकी आँखों से गुलाबों पर आँसू टपक कर गिर रहे थे। नीले लाजवर्द की तरह के रंग के आकाश में छितराये सफ़ेद बादलों के तले फैला मरुथल सोने की तरह चमक रहा था।

'छूट चुके समय को मुड़कर दोबारा देखने में वक़्त की कोई दिलचस्पी नहीं है।' मीर सईद अली ने एक पंक्ति को उद्धृत करते हुए कहा था।

आख़िरी तस्वीर एक दरवेश की थी जो अपने घुटनों के बल बैठा हुआ था और उसके कन्धों पर एक ऊनी सूफ़ पड़ा था। उसके सूने कक्ष और उसकी शक्ल की बेख़ुदी में एक अद्‌भुत समानता थी। उसकी दृष्टि तीक्ष्ण थी और वह हाथों की माला के मोतियों को उँगलियों से फेर रहा था।

'जंग नहीं, बल्कि जीत। हार नहीं, बल्कि प्यार और, प्रार्थना।'

मीर सईद बोलता जा रहा था जैसे वह अपने आप में नहीं था, 'वह पहला चित्रकार था जिसने रौशनी की राह दिखायी, जिसने किसी रंग और तूलिका की मदद के बिना इस ख़ूबसूरत दुनिया को सँवारा और इसके बाशिन्दों के चेहरों को एक नूर बख़्शा। बिहज़ाद, इसने ही आकाश को चाँदी जैसी निगाहें दीं, सूरज की ताक़त और ताप को एक क्षितिज की सीमा में क़ैद किया।'

बिहज़ाद सुनता रहा।

'तुमको वह देखने की कोशिश करनी चाहिए जो वह देखता है। दुनियावी नज़रों से चीज़ों को मत देखो बल्कि उसने दुनिया को जिस बारीक़ी से सँवारा–सजाया है और उसमें जो अलौकिक रंग भरे हैं, उन्हें देखने–समझने की कोशिश करो। तुम्हें अपनी चित्रकारी में उस असली कलाकार की नक़ल करने की कोशिशें करनी चाहिए। उसकी चित्रकारी में हर चीज़ सधी और सन्तुलित है, सब कुछ बहुत सावधानी से चुना हुआ है–प्रकृति की प्रचुरता को करीने से इस्तेमाल किया गया है, औरत और मर्द को उनके मुताबिक़ ख़ूबसूरत शक्लें दी गयी हैं, हरेक चीज़ उतनी ही महत्त्वपूर्ण और सम्पूर्ण है जितनी वह उनको बनाना चाहता था।'

मीर सईद अली ने गहरी साँस ली। उसके चेहरे की सख़्ती थोड़ी कम हो चुकी थी–'एक बात कभी मत भूलना बिहज़ाद, एक कलाकार दूसरे लोगों के मुक़ाबले इस दुनिया को बनाने वाले के सबसे क़रीब होता है।'

चौदह साल की उम्र में बिहज़ाद ने अपने उस्ताद से सीखने जाना बन्द कर दिया और निकिसा के ज़रिये उसे सन्देशा भिजवा दिया। 'जाकर उनसे कह देना, बिहज़ाद अब एक कलाकार बन चुका है।' उसकी आवाज़ टूटी हुई–सी थी।

कमरगाह यानी कि शाही शिकार की शुरुआत हो चुकी थी। बादशाह के साथ जाने वाली फ़ौज ने जंगल को चारों तरफ़ से घेर लिया था ताकि उसमें रहने वाले जानवर बाहर न निकल भागें। भोर होने के ठीक पहले वे मशालों की रौशनी में नगाड़ों के साथ चारों तरफ़ से फैले घेरे को धीरे–धीरे आगे बढ़ते हुए छोटा करते जाते थे। बीच में बस एक सँकरा रास्ता खुला रहता था। दायरे के छोटा होते जाने से घबराए हुए जानवर उसी सँकरे रास्ते से भागने की कोशिश करते थे और इस कोशिश में वे बड़ी आसानी से भागते हुए देखे और मारे जा सकते थे। घण्टों की तैयारियों के बाद दोपहर ढलने पर बादशाह जब अपने लाव–लश्कर के साथ लौटता तो उनके साथ कई मरे हुए जंगली जानवर होते थे। उनकी देहें ख़ौफ़नाक तरीक़ों से तीरों, बर्छियों और बन्दूक़ों के छर्रों से बिंधी होती थीं। फ़ौज के साथ शाही शिकार में बादशाह के दरबारी, फ़ौजदार और ख़ास मेहमान भी शामिल होते थे। शिकार से लौटने के बाद दरवेशों को बुलाया जाता था जो बचे हुए जानवरों की ज़िन्दगी के लिए प्रार्थनाएँ करता था।

हर साल बादशाह यमुना और पश्चिमी पहाड़ियों की हल्की ढलानों के बीच की सँकरी वादियों के बीच के अपने पसन्दीदा जंगलों में जाता और अपने साथ शिकार पर जाने वाले दरबारियों और दूसरे सैनिकों को इनाम दिया करता था। यह जंगल अपने विविध जानवरों की घनी आबादी के कारण बहुत मशहूर था। सिंहों को पहले सिर्फ़ फँसाकर फिर से आज़ाद कर दिया जाता था क्योंकि उनका शिकार सिर्फ़ बादशाह ही करता था। उनके शावकों को भी अगले शिकार के लिए मुक्त कर दिया जाता था। गैंडे इतने बमुश्किल मिलते कि उनको दिखाने वालों को ख़ास इनाम दिया जाता था। इसके अलावा

भी कई और जानवर थे–मसलन घोड़े, बड़े नीले भैंस, मोटे–तगड़े साँभर, छोटे आकार के हिरण, सफ़ेद हिरण, बकरे, जंगली गधे और बन्दर। चिकारा हिरणों को ख़ासतौर पर जंगली जानवरों को ललचाने के लिए पाला–पोसा और प्रशिक्षित किया जाता था।

शिकार के समय आगे फ़ौज की टुकड़ियाँ चला करती थीं और उन टुकड़ियों के पीछे हाथियों पर सवार शाही दरबारी चलते थे। शिकार के लिए सवारी हाथियों का चुनाव भी बहुत सावधानी से किया जाता था ताकि वे शिकार की भागमभाग और शोर–शराबे के बीच अपना संयम बनाये रखें। फौजदारों की कलाइयों पर निपुण बाज बैठे होते थे। शिकारी तेंदुओं और चीतों को जानवरों का पीछा करने और धर दबोचने के लिए प्रशिक्षित किया जाता था। शिकार करने के बाद वे उसे अपने जबड़ों में दबोचे हुए अपने मालिक के पास लौट आते थे जो रत्नजड़ित पोशाकों में महँगे कालीनों पर आराम फरमा रहे होते थे।

महीनों की मशक़्क़त के बाद ऊँचे पेड़ों की शाखों पर शाही चित्रकारों के लिए मचान बनाये जाते थे ताकि वे वहाँ बैठ कर आराम से शिकार की तस्वीरें बना सकें। वे अपने उँगलियों में तूलिका थामे शिकार के शुरू होने का इन्तज़ार करते रहते थे। कुछेक चित्रकारों का मन अपने साथी चित्रकारों की आपसी बातचीत सुनकर भटक जाता था और वे आसपास मँडराते तोतों के झुण्डों, या सैनिक के ख़ौफ़ से बेफ़िक्र नाचते हुए मोर की तस्वीर बनाने में जुट जाते।

मशालों से उठते हुए धुएँ से बादलों के जंगल में उतर आने सा दृश्य दिखायी पड़ता था। धुएँ की गन्ध से चारों तरफ़ से घिरे चीख़ते–चिल्लाते हुए जानवर बेतहाशा भागने लगते और घात लगा कर बैठे शिकारियों को उन्हें मार गिराने का अच्छा मौक़ा मिल जाता था। शिकारियों की बेचैनी के कारण एक कोहराम–सा मच जाता था। हथियारों की आवाज़ और हाथियों की चिंघाड़ की ऊँची आवाज़ से सिपहसालारों को उनको नियन्त्रित करने में मुश्किलें आने लगतीं और कोई हादसा होने का डर बढ़ जाता था।

लेकिन दोपहर तक जैसे–जैसे वक़्त बीतता जाता, वैसे–वैसे ही शिकार का कोलाहल और बन्दूक़ों के छर्रों की बौछारें भी बढ़ती जाती थीं।

बादशाह अपने घोड़े पर सवार होकर अपनी तलवार पकड़े ऐन उसी वक़्त क़मरगाह के लिए तैयार होकर आता था। वह फ़ौज से घिरे दायरे में दाख़िल होता।

अकबर।

एक रूह जो तब एक जिस्म बन जाती थी।

'उसकी रगों में तीन–तीन ख़ून दौड़ते थे। तुर्की, मंगोल और फ़ारस का ख़ून। लेकिन उसके ख़ून का एक क़तरा भी हिन्दुस्तानी नहीं था।'

एक पेड़ की शाखों पर बने एक मचान पर सलीम अमीरी के साथ बैठे बिहज़ाद की नज़र जलालुद्दीन मोहम्मद अकबर पर टिकी थी–उसकी तस्वीर का विषय अकबर। बिहज़ाद को हाल–फ़िलहाल ही शाही कारख़ाने में शामिल किया गया था–और आज अकबर की क़मरगाह में शिकार करते हुए तस्वीर बनाना उसका पहला शाही काम था। उसके साथ आये अन्य दूसरे चित्रकार तेज़ी से अपने–अपने काम में लग चुके थे।

लेकिन रंगों का वह व्यापारी बार–बार दूसरों के बारे में अपनी लतीफ़ेबाज़ बातों से उसका ध्यान भटका रहा था। 'वह देखो, बिहज़ाद! शाही ख़जांची अभी–अभी शिकार के लिए आया है। बादशाह उसे एक भालू के शिकार के बहाने ले जायेगा और बदले में ख़जांची को ही मार डालेगा!' वह उन दरबारियों की ख़ूब खिल्लियाँ उड़ाता था जो सुबह–सुबह शिकार का मज़ा लेने के बहाने उठ जाया करते थे जबकि सच तो यह था कि वे भीतर–ही–भीतर जानवरों के आ जाने के ख़ौफ़ से बेतरह डरे होते थे।

वे बादशाह को एक जंगली गधे का सरपट पीछा करते हुए देख रहे थे। अकबर उस पर लगातार तीर चलाये जा रहा था लेकिन ज़ख़्मी होने के बाद भी गधा गिरने की बजाय भागता जा रहा था। अलबत्ता उसकी रफ़्तार धीरे–धीरे कम होती जा रही थी। आख़िरकार अकबर ने अपने घोड़े को और तेज़ी से दौड़ाया और उसके क़रीब कर उसकी कनपटी को तीर से बेध दिया।

'अल्लाहो अकबर!' अल्लाह महान है—सैनिकों की समवेत गूँज वातावरण में फैल गयी।

सलीम अमीरी अफ़ीम के क़तरों में लिपटा मुफ़र्रीह का एक बड़ा निवाला काटकर चबाने लगा जो उसकी पसन्दीदा मिठाई थी। किसी चापलूस दरबारी की नक़ल करती हुई उसकी आवाज़ अस्पष्ट सुनायी पड़ रही थी, 'इन्सान—ए—क़ामिल'—सबसे सही आदमी। 'जिल—इ—उल्लाह'—'अल्लाह की छाया'—उसने हँसते हुए कहा, 'फ़िक्र मत करो क्योंकि वह सबसे नाक़ाबिल लोगों से घिरा हुआ है!'

अकबर सैनिकों के दायरे से फिर से वापस लौट आया। इस बार एक जिबह किया हुआ हिरन उसके एक कन्धे पर था और दूसरे कन्धे पर लटके हिरन के मुँह से अभी भी गुर्राहट की मद्धिम आवाज़ें निकल रही थीं।

बिहज़ाद ने उस आदमी का बड़ा—सा सर देखा। चौड़ा माथा। तराशी हुई—सी पतली भवें, तीखे नक़्श और फड़कते हुए नथुने। एक सामान्य क़द—काठी का आदमी जिसकी कमर पतली और हाथ लम्बे थे। अपनी तराशी हुई मूँछों के कारण उस आदमी की शक्ल उसके पीले दाँतों वाले साईस से मिलती थी। उसकी आँखों में एक ख़ास तरह की चमक थी। उसके होंठों के ठीक ऊपर एक बड़ा—सा मस्सा था—जो भाग्यवान होने का सूचक होता है।

—•—

बाद में एक दिन जब वह रंगों के उस व्यापारी की हवेली में बैठा उसे क़मरगाह के दौरान बनायी गयी तस्वीरें दिखा रहा था, तभी बिहज़ाद को शिकार में मारे गये जानवरों की सही तादाद का पता चला था। कुल एक सौ पचपन जानवर मारे गये थे। कुछ छोटे जानवरों को जंगल में लौट जाने के लिए छोड़ दिया गया था। 'ऐसा क्यों किया गया?' उसने सलीम अमीरी से पूछा।

'तुम्हारा मतलब यह जानने से है कि क्या उन जानवरों का शिकार सिर्फ़ एक विलास था?'

बिहज़ाद ने सहमति में अपना सर हिलाया।

'शायद ऐसा करने के पीछे उनकी मंशा किसी को ख़ौफ़ज़दा करने की रही हो।'

'किसे?'

'अपने दुश्मनों को। शायद वह यही साबित करना चाहता होगा कि उसे चुनौती देने वालों का भी वह यही हश्र करेगा। उनको बादशाह उन्हीं जानवरों की तरह पकड़कर मार डालेगा!' सलीम अमीरी की आँखों में एक तरह की चमक की कौंध दिखी। 'लेकिन जब तक अल्लाह की मर्ज़ी नहीं होगी तब तक बादशाह किसी की एक नस भी नहीं काट सकता है!'

किताबख़ाने से लौटते वक़्त वह अपने अब्बा की तरह ही थोड़ी देर के लिए रंगों के उस व्यापारी की हवेली में रुक गया था। ख़्वाजा बादशाह के नये दरबार में हाज़िर होने के लिए आगरा से सीकरी जा चुका था। उसे नये कलाकारों के आने से पहले सीकरी में नया किताबख़ाना बनवाने का काम पूरा करना था जो वहाँ अब पहुँचने ही वाले थे। लेकिन इस बात की चर्चा भी ज़ोरों पर थी कि जो सबसे बेहतर हैं सिर्फ़ वही कलाकार वहाँ जायेंगे और उन कलाकारों को बादशाह ख़ुद चुनेगा। जो नहीं चुने जा सकेंगे उनको आगरा में ही रहना होगा और वे बादशाह की तस्वीर की नक़लें बनाकर बाज़ार में बेचेंगे और अपना गुज़ारा चलायेंगे।

आगरा छोड़ने के पहले ख़्वाजा पहली बार बिहज़ाद को किताबख़ाना लेकर गया था। हालाँकि वह किताबख़ाने के सबसे बड़े उस्ताद का बेटा था लेकिन अपनी क़ाबिलियत साबित करने और दारोगा को ख़ुश रखने की ज़रूरत उसे भी थी। किताबख़ाने की तंग और ऊँची सीढ़ियों पर चढ़ता हुआ ख़्वाजा उसे हरेक कमरे की तरफ़ इशारे से दिखाता जा रहा था और बिहज़ाद को उन कमरों में रहने वालों और उनके कामों के बारे में बतलाता जा रहा था। एक सीढ़ी पर दोनों थोड़ी देर खड़े–खड़े एक खुली खिड़की के भीतर देर तक देखते रहे, 'किताबख़ाने में कुछ ही चित्रकार हैं जो सच्चे अर्थ में

चित्रकार हैं। बाक़ी सभी कामगार और नौकर–चाकर हैं।' ख़्वाजा ने बिल्कुल धीमी आवाज़ में बताया था। 'एक तस्वीर को बनाना किसी महल को बनाने से कम मुश्किल नहीं है। इसके लिए भी दिमाग़ से ज़्यादा मेहनत की ज़रूरत होती है।' उसने संकेत से लाजवर्द की सफ़ाई करते हुई लोगों को दिखाया। मुंशी बाहर से ख़रीदे गये सामानों के मिलान में व्यस्त था। कुछ युवा लड़के अपनी बगलों में काग़ज़ का पुलिन्दा दबाये और माथे पर सावधानी से रंगों से भरे जार उठाये अलग–अलग कमरों में पहुँचाने जा रहे थे। चारों तरफ़ एक ख़ामोशी थी। दोनों सीढ़ियों पर चढ़ने के बाद एक ऊँचे परछत्ते पर पहुँचे और उस बड़े से कमरे में झाँकने लगे जो उन लोगों से भरा हुआ था जो घुटनों के बल बैठे हुए वरिष्ठ चित्रकारों द्वारा खींची गयी तस्वीरों में रंग भरने या बनी हुई तस्वीरों के बॉर्डर बनाने में व्यस्त थे। दारोगा के सहायक तस्वीरों में रंग भरने और उनका बॉर्डर बनाने वालों पर निगरानी रखे हुए थे और किसी भी ग़लती की सूरत में उनका ध्यान उस ग़लती की तरफ़ दिलाते थे।

दारोगा किताबख़ाने की बीच की मंज़िल पर बैठता था। उसका कमरा ख़्वाजा के कमरे के ठीक बगल में था। वह चित्रकारों की दो धाराओं के ठीक संगम पर बैठता था। उसके कमरे की ऊपरी मंज़िल पर तस्वीरों का ख़ाका खींचने वाले वरिष्ठ चित्रकार काम करते थे और निचली मंज़िल पर नौसिखिये चित्रकार उन तस्वीरों को सम्पूर्ण रूप देने का काम करते थे। दारोगा नीचे से पूरी होकर आने वाली तस्वीरों को बारी–बारी से एक सूक्ष्मदर्शी ऐनक से बड़े ग़ौर से देखता था और बादशाह द्वारा स्वर्ण मोहरों के रूप में मिलने वाले इनामों की दृष्टि से उन तस्वीरों की श्रेणियाँ निर्धारित करता हुआ उनको अलग–अलग रखता जाता था। एक सहायक एक मोटे से खाते में उन तस्वीरों को मिलने वाली मोहरों को पूरी ईमानदारी के साथ लिखता जाता था।

कभी–कभी दारोगा किसी ख़ास मेहमान के स्वागत में अपना काम कुछ समय के लिए स्थगित कर देता था। वह मेहमान आमतौर

पर कोई विश्वासी दरबारी हुआ करता था जो तस्वीर बनाने के एक शाही फ़रमान के साथ किताबख़ाने में आता था, या फिर वह ऊपर की मंज़िल पर किसी वरिष्ठ चित्रकार तक कोई शाही दरख़्वास्त पहुँचाने के लिए अपने कमरे से बाहर निकलता था।

पूरी सीढ़ियाँ चढ़ने के बाद ख़्वाजा हाँफते हुए थोड़ी देर सुस्ताने के लिए रुका और उँगली के इशारे से गलियारे के दोनों तरफ़ क़तार से बने हुए छोटे कमरे बिहज़ाद को दिखाये। उन कमरों में वरिष्ठ चित्रकार बैठे अपना काम कर रहे थे जो गलियारे से दिखायी नहीं पड़ रहे थे। ख़्वाजा की अचकन को खींचते हुए बिहज़ाद ने उसे निचली मंज़िल की तरफ़ चलने का इशारा किया जहाँ बड़े कमरे में बैठे नौसिखिये कलाकार तस्वीरों में रंग भरने का काम अंजाम दे रहे थे। बिहज़ाद भी उन्हीं कलाकारों के साथ बैठना चाहता था। लेकिन ख़्वाजा उसे रोकता हुआ ऊपर की मंज़िल पर बने ख़ाली कमरों में से एक में ले गया।

'यहीं बैठो।' ख़्वाजा ने अपने बेटे से कहा, 'दारोगा तुमसे मिलने यहीं आयेगा।'

दूसरे नये शागिर्दों के उलट बिहज़ाद को किताबख़ाने में बैठने के लिए अपना ख़ुद का कमरा मिला। वहाँ बड़े कमरे में तस्वीरों में रंग भरते नये कलाकारों की खुसफुसाहट या उनके लिए रंग और दूसरे सामान लाने वाले लड़कों की शरारत भरी चुहलबाज़ियों की आवाज़ें नदारद थीं। यहाँ तक कि दारोगा की दूर से आती आवाज़ भी बड़ी हल्की सुनायी पड़ती थी। कमरे में पूरी तरह से सन्नाटा था–बस गाहे–बगाहे ख़ुद के खाँसने या सीटियाँ बजाने की आवाज़ें ज़रूर सुनायी पड़ती थीं। इस कमरे का एकान्त उसकी अटारी के एकान्त से बिल्कुल भिन्न और अजीबोग़रीब था। यहाँ उसे अपनी छत पर जाकर आकाश में उड़ती पतंगों को भागकर देखने और आस–पड़ोस में ताक–झाँक करने की कोई आज़ादी नहीं थी। उसे महसूस हुआ

कि वह जैसे इस सन्नाटे का क़ैदी बन गया हो। अचानक उसने महसूस किया कि किसी ने उसे आवाज़ दी हो, वह लपककर सीढ़ियों के नीचे झाँकने लगा। लेकिन आवाज़ आने वाली दिशा में उसे कोई नहीं दिखा। यह और कुछ नहीं बल्कि उस नीले पानी का शोर था जो लाजवर्द की सफ़ाई करने वाले शिल्पकारों के कमरे से पत्थर तराशने के बाद पानी के धार के रूप में किताबख़ाने के अहाते में गिर रहा था। उसने ग़ुस्से से उस पानी की लहर पर थूक दिया और अपने कमरे में लौट आया।

वह अपने पुराने उस्ताद को किताबख़ाने में कभी–कभार आते या जाते हुए देखता था। सख़्तमिज़ाज मीर सईद अली अपनी चुस्त अचकन पहने अपनी तसबीह फेरता रहता था। अक्सर दोनों एक–दूसरे से मिलने से कतराते थे। अपने कमरे से मीर सईद अली और दारोगा के बीच चलने वाली बहसों को सुनने में बिहज़ाद को ख़ासी मशक़्क़त करनी पड़ती थी।

पुराने उस्ताद की चित्रशाला की तरह दारोगा भी उसके पास कोई–न–कोई किताब लेकर आता था जिसके पन्नों पर निशान लगे होते थे। लेकिन वह बिहज़ाद से उन कहानियों को पढ़ने के लिए नहीं कहता था। वह उस किताब को सिर्फ़ बिहज़ाद के हवाले कर देता था। बाद में जब घर पर जुलेखा उन क़िस्सों को पढ़कर उसे सुनाती तो वह अपने ज़ेहन में उस तस्वीर का ख़ाका बना लेता था। दारोगा हरेक हफ़्ते उसके पास उसकी बनायी तस्वीर के एवज़ में उसके इनाम के साथ आता था–रेशमी थैली में रखी हुई सोने की मोहरें–और बादशाह की बहुत सारी तारीफ़ें।

दूसरे माहिर चित्रकारों के विपरीत वह अपनी तस्वीरों पर शुरू से आख़िरी तक अकेले काम करता था–रेखांकन करने, उनमें रंग भरने और उन पर वार्निश करने से लेकर उनके बॉर्डर बनाने के तमाम काम वह ख़ुद ही किया करता था। कोई न तो उसकी मदद करता था और न वह किसी से मदद माँगता था। उसे जो इज़्ज़त मिली थी वह दुर्लभ थी और सिर्फ़ किताबख़ाने के मुखिया को ही

हासिल थी। ख़्वाजा ने उसे ख़ास हिदायत दी थी कि उसे न तो किसी से कुछ पूछना है और न किसी को कुछ सिखाना ही है। उसने बिहज़ाद को किताबख़ाने के दूसरे चित्रकारों से बातचीत या बहस नहीं करने की भी चेतावनी दी थी। 'वे तुम्हारे बारे में सब जानते हैं,' वह उससे कहता था, 'यहाँ, तुम ख़ुद को जानने के लिए आये हो।'

ख़्वाजा की हवेली से किताबख़ाने तक अकेले रहते हुए बिहज़ाद देखते–ही–देखते बड़ा हो गया–एक शरारती बच्चे से एक कल्पनाशील युवा तक, जिसकी झुकी हुई निगाहें हर वक़्त गोया किसी तस्वीर के तसव्वुर में डूबी रहतीं। अब वह दरवाज़े के पीछे चोरी–छिपे खड़े होकर मेहमानों की बातें सुनने की बजाय किताबख़ाने में अपने अब्बू के कमरे में उससे मिलने आये दारोगा से सर उठाकर बातें करता था। उसे उम्मीद रहती थी कि अपनी दरख़्वास्त के सिवा भी दारोगा उससे कुछ और भी कहेगा। लेकिन वह बोलने के मामले में ज़रा कंजूस था, 'बादशाह ने तुम्हारी बेहद तारीफ़ की है बिहज़ाद,' वह अक्सर कहता–'बादशाह चाहते हैं कि...'

'बादशाह...'

गुज़रे सालों में अकेला सलीम अमीरी ही वह अकेला आदमी था जिससे वह खुलकर बातें करता था–गोया वह भी उसकी तरह ही पन्द्रह साल का कोई जवान होता लड़का था, जिसने अभी–अभी अपने चेहरे पर उस्तरा चलाना शुरू किया हो। वह अक्सर रंगों के उस व्यापारी से बादशाह के बारे में सवाल करता रहता था।

'अकबर? वह अपने बाल कभी नहीं कटवाता है! वह एक नौजवान लड़के की तरह है और उसके पास कोई बीस हज़ार कबूतर हैं!'

'अकबर! वह भी बिल्कुल अनपढ़ है, एकदम तुम्हारी तरह!'

जुलेखा अपने बिस्तर पर बैठी हुई निकिसा को फूलों का हार

गूँथते देख रही थी। 'बेशक उसने जो भी इल्म हासिल किया था वह निरे बेवकूफ़ उस्तादों की बजाय सीधे अल्लाह से हासिल किया था!' बिहज़ाद को कहानियाँ पढ़कर सुनाने के दरम्यान वह बीच–बीच में अपने क़िस्से भी सुनती रहती जो उसने हरम में सुन रखे थे।

हरम में बेगमों के बीच अकबर के बेटे की माँ बनने के लिए एक तरह की होड़ लगी थी। बादशाह की सौ से भी ज़्यादा बेगमें थीं और सब एक–दूसरे के प्रति जलन की भावना रखती थीं। वे सब की सब दिन भर स्नान के बाद देह में इत्र लगाने, बालों की चोटियाँ गूँथने और क़ीमती कपड़ों और ज़ेवरों से ख़ुद को सजाने–सँवारने में मसरूफ़ रहती थीं। लेकिन उनमें से ज़्यादातर के हाथ नाउम्मीदी ही लगती थी। हरम में दाख़िल होने के बाद अकबर की आँख पहले जिस पर पड़ती थी, उस रात उसी की क़िस्मत का सितारा बुलन्द होता था। वह उसके निजी कमरे में जाता, उसके साथ संगीत अथवा क़िस्से–कहानियों का लुत्फ़ उठाता लेकिन अगर उसे उसकी कोई दासी पसन्द आ जाती तो फिर उसी के साथ रात गुज़ारता था! पूरा का पूरा हरम इसी बात से आशंकित था। अगर ऐसी ही कोई मनहूस औरत अगले बादशाह की माँ बन गयी तब क्या होगा? ऐसी पतित कोख से हिन्दुस्तान का अगला मालिक जन्म लेगा? यह सामान्यतः पेय या काढ़ा लेने का वक़्त होता था–जुलेखा का वक़्त। औरतें कई औषधियों को मिलाकर एक तीखी–कड़वी गन्ध का काढ़ा बनाने में व्यस्त हो जाती थीं जो उनके पेट को ज़ायके के मामले में बिल्कुल रास नहीं आता था।

बिहज़ाद जब जुलेखा के बिस्तर पर बैठा हुआ खोया–खोया सा कोई तस्वीर बनाने में तल्लीन रहता था तब वहाँ मौजूद औरतें भारी और नम आँखों से जुलेखा की बातें सुनती रहती थीं।

फिर वह अपने बिस्तर से उठ खड़ी होती, आपने माथे से ताक को उतार देती और एक दासी नर्तकी की तरह नाचने लगती थी। नाचती हुई वह लगातार बातें भी करती रहती। उसके पास सुनाने को ढेर सारे क़िस्से थे। देखते–देखते हवेली के भीतर एक हरम

जैसा नज़ारा दिखने लगता था। फिर वह अपना हिजाब उतार देती। बिहज़ाद भी अपनी तस्वीर की बजाय उसे देखने लगता।

'अकबर!, वह एक साथ दो हरम का मालिक है–अपनी औरतों और अपने कलाकारों का हरम। उसे दोनों को ख़ुश रखने का हुनर हासिल था! जुलेखा ने तिरछी आँखों से निकिसा को देखा। 'इसी वजह से तुम्हारे अब्बू भी सीकरी चले गये। वे अकबर के दूसरे हरम की सबसे बड़ी बेगम हैं! चित्रकारों के हरम की!'

बिहज़ाद उसे विस्फारित आँखों से देखने लगा क्योंकि उसकी समझ में यह माजरा नहीं आया।

'ज़रा सोचो! बादशाह एक और उसके हरम दो! अपने नये घरों में चित्रकार उसे अपनी बनायी हुई तस्वीरों की किताबें दिखाने के लिए होड़ मचाते होंगे। वे एक–दूसरे से कितना जलते होंगे! जासूसों को ख़ुश करने के लिए उन्हें तोहफ़े देते होंगे ताकि उनके मुँह से बादशाह की सबसे पसन्द आने वाली चीज़ के बारे में जान सकें। हरेक रात अकबर किसी एक की बनायी हुई तस्वीर को चुनता होगा, उसके काम को बारीक़ी से परखता होगा।' जुलेखा हँसती और अकबर के सामने से क़तार में गुज़रते चित्रकारों की कल्पना करती–हर चित्रकार के हाथ में उसकी ख़ुद की बनायी हुई तस्वीर होती थी। 'ज़रा सोचो बिहज़ाद, जीतने वाले चित्रकार को वह मोतियों और मालाओं से मालामाल कर देता होगा, वह उनमें से कोई एक होगा जो उसकी ढेरों...'

उसकी दासी उसकी तरफ़ शराब से भरा जाम बढ़ा देती थी।

'और, बिहज़ाद। तुम उसकी सबसे नयी बेगम बनने की राह पर हो। बहुत जल्दी!' अपने हाथों में ख़ाली हो चुके जाम को थामे वह अभी भी नाच रही थी और लगातार हँसती जा रही थी। 'क्या हम तुम्हारे होंठों पर सुर्ख़ी लगा दें...तुम्हारी हथेलियों पर मेहँदी रचा दें?'

'क्यों...'

'क्योंकि तुम उन सबमें बेहतरीन हो। हो न? तुम ख़्वाजा के प्रियपात्र हो। क्या तुम छोटे उस्ताद नहीं हो? तुम्हारे भीतर एक तरह की रूहानी ताक़त नहीं है? तुम हो कि नहीं बिहज़ाद?'

खिड़कियों से लम्बे मानसून का विरहगीत गाने वाले तोतों की आवाज़ें आ रही थीं।

उसकी सौतेली माँ ने उसकी तरफ़ एक बोसा उछालते हुए कहा, 'यह याद रखना बिहज़ाद, गाने वाले पंछी हमेशा पिंजड़ों के क़ैदी बने रह जाते हैं। उल्लू आज़ाद रहते हैं।'

—•—

बिहज़ाद जब पहली दफ़ा सलीम अमीरी की हवेली पर गया था उस वक़्त वह अपनी दादी से झगड़ रहा था। उसकी दादी की उम्र उस वक़्त एक सौ ग्यारह साल की थी। उसके अब्बू एक शायर थे जिन्हें फ़ारस के शाह ने खुदा की शान के ख़िलाफ़ लिखने की गुस्ताख़ी में मुल्क से निर्वासित कर दिया था और उसके बाद ही वे भटकते हुए हिन्दुस्तान पहुँच गये थे। उसकी दादी को अपने दो सौ से ज़्यादा पुरखों, वंशज़ों, नाती–पोतों और परनाती–पोतों के नाम ज़बानी याद थे, लेकिन ख़ुद उसके वारिस का रंग सलीम अमीरी की दाढ़ी की तरह काला था। अपने अहाते में बने छज्जे पर बैठी वह सलीम अमीरी को उसके गुनाहों की एवज़ में ऐसे कोसे जा रही थी जैसे ख़ुदा का कोई पवित्रदूत उसे उसके पापों की सज़ा सुना रहा हो।

छज्जे के नीचे सलीम अमीरी अपने जारों से घिरा हुआ बैठा था। उसकी सतर्क नज़रों के सामने उसका एक नौकर चमड़ों की दो परतों के बीच सोने की एक टिकिया को हथौड़ी से पीटने के बाद उसे नमक के साथ खरल में कूट रहा था। वह बहुत सावधानी से नमक को पिघलने लायक़ बनाने के लिए खरल में जार से पानी उड़ेल रहा था। कुटाई के बाद खरल में एक बारीक़ बुरादा रह गया था।

कुछ कबूतर कच्चे अण्डों के छिलकों पर अपनी चोंचें मार रहे थे। अण्डों की ज़र्दी को निकालकर उनको गोंद के साथ फेंट दिया गया था ताकि उनका पीला रंग बनाया जा सके। सड़े हुए पत्तों पर मक्खियाँ भिनभिना रही थीं। नौकर ने उन पत्तियों की लुगदी में एक प्याला राल मिलाकर उसे एक चमचे से तब तक फेंटता रहा जब

तक वह घोल चमकते हरे रंग में नहीं तब्दील हो गया। ख़ाली पड़े जारों में अब तैयार रंग भरे जा चुके थे।

सामने की तरफ़ से खुला और बगलों में लिपटा हुआ लम्बा और ख़ाकी रंग का नदिरी पहने सलीम अमीरी ने सामने रखे आईने को देखते हुए अपनी दाढ़ी पर हथेली फेरी और उसमें से एक सफ़ेद बाल को उखाड़ डाला।

'मौत का फ़रिश्ता!' वह मज़ाक़ में बात उड़ाते हुए बिहज़ाद को देखकर मुस्कराया। फिर उसने अपनी दादी की तरफ़ देखते हुए थोड़ी ऊँची आवाज़ में कहा, 'मेरे पास दो होंठ हैं। एक शराब पीने के लिए, दूसरा तुमसे माफ़ी माँगने के लिए!'

'माफ़ी! अगर तुम हज़ार रातों तक भी गिड़गिड़ाते रहो तब भी मैं तुम्हें माफ़ न करूँ! तुम्हारे पेट में आग लग जाये, तुम सैलाब में डूब मरो...' उसकी सज़ा और भी सख़्त होती जा रही थी। तभी उसके नौकर ने उसके प्याले में पहली बार शराब उड़ेली। वह दिन–भर शराब पीता रहता था।

'अपनी दवा के बिना मैं चंगा कैसे हो सकता हूँ? आप देख नहीं रहीं, मैं अपनी दवा पी रहा हूँ!'

अपनी जर्जर हवेली में सलीम अमीरी बिहज़ाद के लिए एक जुदा आदमी होता। उस वक़्त वह रंगों के उस शातिर कारोबारी से बिल्कुल अलहदा होता था जो किताबख़ाने में चित्रकारों से बोलता–बतियाता था। उस वक़्त वह सबके साथ एक भला दोस्त होने की अदाकारी करने में माहिर था। दारोगा भी उसे एक नेक बन्दा समझता था। अपनी दादी के ऐन सामने बैठकर उसने बिहज़ाद की तरफ़ भी शराब का प्याला बढ़ाया। बिहज़ाद के साथ उसके ताल्लुक़ात दोस्ताना थे हालाँकि वह उसे चचाजान कहकर बुलाता था लेकिन उसकी रहस्यमयी बातें सुनकर बिहज़ाद कई बार अचरज में पड़ जाता था। सलीम अमीरी की बातें सुनकर बिहज़ाद को अक्सर उन अफ़वाहों की याद आ जाती थी जिन्हें वह ख़्वाजा की दहलीज़ के बाहर सुनता रहता था। सलीम अमीरी ने तीन बार शादी की लेकिन

तीनों ही दफ़ा उसकी बेगमें अल्लाह को प्यारी हो गयीं। शायरी उसके मन बहलाव का अकेला ज़रिया थी, और दूसरी चीज़ जो उसे पसन्द थी वह शराब थी। उनके दोस्तों में उसके बारे में उड़ती हुई अफ़वाहों पर ध्यान देने वाले चित्रकार शामिल नहीं थे। उसकी दिलचस्पी रूहानी मिज़ाज के लोगों और सूफ़ियों–सन्तों के साथ मेलजोल बढ़ाने में ज़्यादा थी। बेशक उनमें हिन्दुस्तान के स्थानीय और बाहर से आये यायावर दोनों तरह के लोग थे।

'एक सच्चा सूफ़ी वह होता है,' उसने बिहज़ाद से कहा था, 'जिसे न तो दोज़ख़ का डर होता है और न ही वह जन्नत की ख़्वाहिश रखता है। वह अपने लिए कोई हसरत नहीं पालता, वह हर बदलाव के लिए तैयार रहता है जिसकी माँग हालात उससे करते हैं। अगर वह किसी ऐसे मुल्क में अपने क़दम रखेगा जहाँ नंगा रहने का रिवाज हो, वहाँ वह ख़ुद को नंगा कर लेगा। वह भी एक चित्रकार की तरह ही होता है–उन तमाम तस्वीरों को बनाने के लिए तैयार जिनके लिए उसे कहा जाता है। एक चित्रकर भी एक सूफ़ी होता है–एक मुर्दा आदमी जो सिर्फ़ सच के लिए ज़िन्दा रहता है।'

'फिर उसे झूठ बोलने की क्या ज़रूरत है?'

'झूठ?'

'एक बदसूरत चेहरे को तस्वीर में ख़ूबसूरत दिखाने के लिए। यह भी तो एक झूठ है। है कि नहीं?' बिहज़ाद ने जवाब देते हुए अपनी आँखें झुका लीं।

सलीम अमीरी ने फ़ौरन जवाब दिया–'क्योंकि उसे भी उन्हीं क़ायदों को मानना है जिन्हें दूसरे लोग मानने के लिए बेबस हैं। लेकिन चित्रकार एक ग़ुलाम होने का सिर्फ़ दिखावा करता है।'

'दिखावा करे या न करे, लेकिन वह अपनी मर्ज़ी से तस्वीरें बनाने के लिए तो आज़ाद नहीं ही है।'

'मुझे एक बात बताओ बिहज़ाद, क्या सचमुच इस बात से कोई फ़र्क़ पड़ता है कि तुम कौन–सी या किसकी तस्वीर बना रहे हो? एक बादशाह की या फिर किसी ग़ुलाम की? एक सिपाही की या

एक फ़क़ीर की? जब तक कि बादशाह उनको देखकर ख़ुश होता रहे! अगर तुम ख़ुसरो की जगह मजनूँ का और लैला की जगह शीरीं का चेहरा भी बना डालोगे तब भी उस नामाकूल दारोगा को बेवकूफ़ बनाने के बावजूद तुम तो अपने हिस्से का इनाम पाते रहोगे!'

'तो इसका मतलब तो यही हुआ कि एक चित्रकार एक फ़रेबी के सिवा कुछ भी नहीं है!'

'नहीं। लेकिन इस फ़रेब का तब कोई मतलब नहीं रह जाता जब तक वह अपने दिल में किसी और की नहीं बल्कि उसकी तस्वीर बना रहा हो।' सलीम अमीरी ने अपनी निगाहें आसमान की तरफ़ उठाते हुए कहा।

'लेकिन तुम्हारे पेट का गड्ढा तुम्हारे दिल के मुक़ाबले बहुत बड़ा है!' छज्जे पर से आवाज़ आयी।

उन दोनों के बीच ऐसी बातें हमेशा होती रहती थीं। किताबख़ाने में पूरा दिन चलने वाली इन बहसों में आख़िरकार सलीम अमीरी की रूहानी बातों के सामने बिहज़ाद को लाजवाब हो जाना पड़ता था। ऐसी सूरत में सलीम अमीरी की बातों की भड़ास कई बार वह दारोगा से किये गये सवालों के ज़रिये निकालता था। एक चित्रकार को दूसरों की बात क्यों माननी चाहिए? उसे बादशाह के हुक्म का ग़ुलाम क्यों होना चाहिए? उसे कहानियों के सिवा कोई और तस्वीर क्यों नहीं बनानी चाहिए? क्यों उसे अपनी बनायी हुई तस्वीरों में नक़ल करने की एवज़ में ही तारीफ़ें मिलें? क्यों?

'क्योंकि हम अपने बादशाह की ख़िदमत करने के लिए ही पैदा हुए हैं। वह चाहे चित्रकार हो या जल्लाद और चाहे मुंसिफ़ हो या शायर। क्या हज़ारों लोगों के हुक्म मानने के मुक़ाबले एक अकेले इन्सान की ख़िदमत करना बेहतर नहीं है?'

इससे पहले कि बिहज़ाद बात को आगे बढ़ाता, सलीम अमीरी अपनी किसी लाजवाब दलील से बहस को ख़त्म करने की कोशिश करता। लेकिन उसकी ऊँची बातों को सुनकर बिहज़ाद के मन का द्वन्द्व और बढ़ जाता। 'लेकिन यह बात मत भूलना, तुम्हारा

बादशाह तुम्हारे मालिक से अलग है। अकबर और अल्लाह। पहला जो है उसे तुम्हारी तस्वीरें चाहिए, जबकि दूसरे को तुम्हारी ख़ुद की ज़रूरत है!'

किताबख़ाना जाते हुए बिहज़ाद को अक्सर सलीम अमीरी के साथ हुई उसकी बातें याद आती थीं। ख़ुसरो या शीरीं का चेहरा बनाने के दौरान अपने अब्बू के दोस्त की बात याद आते ही उसका मन भटकने लगता था। क्या इससे वाक़ई कोई फ़र्क़ पड़ता है... अगर तुम ख़ुसरो की जगह मजनूँ या लैला की जगह शीरीं का चेहरा बना दो...जब तक तुम उस नामाकूल दारोगा को बेवकूफ़ बनाते रहो! कौतुकवश उसने सलीम अमीरी की कही हुई बात को आजमाकर देखा—उसने मोहब्बत में गमज़दा मजनूँ की जगह जंग के लिए कूच करते बहादुर ख़ुसरो का तमतमाता चेहरा बना दिया। उसके बाद तो मानो एक सिलसिला ही शुरू हो गया—एक चेहरे से दूसरा चेहरा बदलने का सिलसिला। उसे इस बात पर हँसी भी आयी—आख़िर अपने बचपन के दिनों में पतंगों पर तस्वीरें बनाता हुए भी वह यही तो करता था—बिना कुछ सोचे—समझे या कोई कहानी सुने, मन में जो ख़याल आते थे उनकी तस्वीरें पतंगों पर बना देता।

शुरू—शुरू में तो दारोगा को इस बात पर एतराज़ हुआ। उसने बिहज़ाद की याददाश्त कमज़ोर होने की शिकायत उससे की और उससे यह भी कहा कि वह चेहरों को ठीक से पहचान पाने के क़ाबिल नहीं है। वह उन सुन्दर चित्रों को गहरी साँस भर कर देखता। दुनिया में इतनी सारी कहानियाँ थीं। इतने सारे बादशाह—नवाब थे और इतने सारे प्रेमी थे। यह याद रख पाना वाक़ई आसान नहीं था कि कौन कहानी किस बादशाह की थी, किसको अपनी मोहब्बत हासिल हुई और कौन इससे महरूम रह गया?

फिर दारोगा यह सोचने लगता कि बिहज़ाद तो अनपढ़ था। तस्वीर बनाने के लिए वह दूसरों की ज़बानी कहानियाँ सुनता था।

यह शरारत ज़रूर उस आदमी की है जो उसे कहानियाँ सुनाता है। वह बिहज़ाद से उन दृश्यों के बारे में पूछता जिनके उसने चित्र बनाये थे। लेकिन बिहज़ाद उन कहानियों को दारोगा को हू–ब–हू सुना दिया करता था।

शायद किसी और तरक़ीब से यह राज़ फ़ाश हो सकता है, दारोगा ने सोचा। बिहज़ाद के हाथों में उसके इनाम की रक़म रखते हुए दारोगा ने उसे शाही दरबार की तस्वीर बनाने का निर्देश दिया।

'सीकरी का दरबार? लेकिन मैं तो आज तक वहाँ कभी नहीं गया?'

'नहीं, तुम वहाँ कभी नहीं गये। लेकिन वहाँ की तस्वीर अपनी कल्पना से बनाओ, बिहज़ाद। दूसरी तस्वीरों की नक़ल करके बनाओ, बशर्ते तुम ऐसा करना चाहो।'

बिहज़ाद को अलबत्ता इस तरक़ीब की जानकारी थी। यहाँ तक कि एक नया चित्रकार भी कभी शाही दरबार में पाँव रखे बिना उसकी तस्वीर बना सकता था। आगरा का हो या सीकरी का–शाही दरबार आमतौर पर सभी जगहों में एक जैसे ही होते थे। आमने–सामने ओहदों के मुताबिक़ बैठे हुए मनसबदारों की दो क़तारों के ठीक शीर्ष पर शाही तख़्त पर बैठा हुआ बादशाह। जो मनसबदार बादशाह के जितने क़रीब बैठता था उसका ओहदा उतना ही बड़ा होता था। सबसे क़रीब ख़ान, सुलतान, मीर और मिर्ज़ा। उसके बाद बादशाह के पसन्दीदा दरबारी, राजदूत, विद्वान और शाही हकीम। पीछे की क़तार में बड़े व्यापारी और जागीरदार। और सबसे पीछे अर्द्धवृत्ताकर आकार में खड़े तलवारबाज़ और धनुर्धर सैनिक, तोपची, चँवर डुलाने वाले मुलाज़िम, साईस और हाथियों के महावत। इस पिरामिडनुमा तस्वीर के शीर्ष पर शाही छतरी के नीचे ख़ुद बादशाह बैठा होता था। छतरी पर शाही चिह्न अंकित होता था–एक मेमने के बगल में बैठा हुआ एक शेर।

जहाँ तक उन शक्लों की बात थी, तो उनको कौन नहीं पहचानता था? सल्तनत का हरेक बाशिन्दा यह जानता था कि कौन

आदमी किस ओहदे पर था, किसके बगल में कौन खड़ा था और कौन ऊँचे ओहदे पर था और किसका ओहदा छोटा था।

किताबख़ाने के माहिर चित्रकारों की बनायी हुई अनेक तस्वीरें बिहज़ाद को अच्छी तरह से याद थीं, लिहाज़ा इस बार तस्वीर बनाने में उससे कोई चूक नहीं हुई। दरबारियों के संजीदा चेहरे, मुलाज़िमों के हाथों के तौर–तरीक़े, उनके चेहरों की सायास ख़ामोशी और शीर्ष पर बैठे आदमी पर केन्द्रित उनके कान और उनकी नज़रें–सब कुछ यथावत।

लेकिन उसकी बनायी गयी तस्वीर में अकबर पूरी तरह से अदृश्य था। उसके शाही तख़्त पर बस एक रौशनी की किरण फूट कर आती दिख रही थी जो गोया जन्नत से आ रही थी।

'बादशाह कहाँ हैं?' दारोगा ने सवाल दागा।

'वह अपनी रूहानी चमक के साथ हर ज़िन्दा चीज़ में दाख़िल हो चुका है। सूरज की धूप की तरह।' शाही अभिवादन का हवाला देते हुए बिहज़ाद ने उन सुनी हुई कहानियों को दारोगा के सामने उद्धृत किया।

'वह दिखायी पड़ने वाले लोगों के बीच भी अदृश्य है!' दारोगा ने मख़ौल उड़ाने वाले लहजे में उसकी कही हुई बात दोहरायी।

—•—

बिहज़ाद अब अपनी ही शरारतों से थक चुका था। उसकी आदतों में ख़्वाजा की कई बातें शामिल थीं। वह सोकर इतनी देर से जागता था कि तब तक सूरज आसमान में अपना आधा सफ़र तय कर चुका होता था। फिर वह अकेले किताबख़ाना की तरफ़ बढ़ जाता, जहाँ उसकी पूरी दोपहर भी अकेले कटती थी। इस बीच गाहे–बगाहे दारोगा के साथ उसकी कोई ज़रूरी बातचीत होती या फिर साथी चित्रकारों के साथ रिवायती दुआ–सलाम हो जाती। जिस शाम वह सलीम अमीरी की हवेली पर नहीं जाता था, उस शाम वह यमुना नदी के किनारे उन भग्नावशेषों के बीच टहलता रहता था जो कभी

मुग़लिया हमलों के पहले आगरा के राजवंशों के रहने की इमारतें हुआ करती थीं। इसी क्रम में उसे एक ऐसा महल दिख गया था जो कमोबेश पूरी तरह से ध्वस्त होने से बचा रह गया था। वह इमारत हालाँकि अब पूरी तरह से सुनसान थी लेकिन उसमें रहने वालों की कुछेक निशानियाँ वहाँ अभी तक मौजूद थीं। उस महल की मेहराबों, गुम्बदों और नक़्क़ाशीदार छज्जों में वह उन राजवंशों के विस्मृत वैभव की निशानियाँ अभी भी ढूँढ़ने की कोशिशें करता। दरबार–ए–आम से होकर महल के निजी आँगन और सुल्तान के कमरे तक आईनों की सुन्दर नक़्क़ाशी और पच्चीकारी की झलक देखने को मिलती थी। कमरे के साथ–साथ सुलतान की दासी के लिए उसके भीतर एक अन्तःकक्ष भी बना हुआ था। जब वह सूने–उजाड़ हम्माम के सामने खड़ा होता तो उसे महसूस होता कि हम्माम के भीतर से खिलखिलाने की आवाज़ें आ रही है। वह उन चेहरों की कल्पनाएँ किया करता। हम्माम के भीतर की दीवार पर एक झरने–सा फ़व्वारा दीखता था, हालाँकि हम्माम की दीवारें अपनी रंगत खो चुकी थीं। उसके बाद झड़ते हुए जंगले को पार करता हुआ वह हरम में दाख़िल हो जाता। थोड़ी–थोड़ी दूर पर संगमरमर के बिस्तर जैसे किसी की राह तक रहे थे, हालाँकि चोरों ने उनकी नक़्क़ाशियों में जड़े सारे बेशक़ीमती पत्थर चुरा लिए थे। उनके बीच से गुज़रता हुआ वह धूल भरे पत्थर पर अपनी उँगलियों से आड़ी–तिरछी लकीरें खींचता रहता। उसके ज़ेहन में उतारे हुए कपड़ों के अम्बार, जवाहरातों से जड़े हुए बाजूबन्द, खोली हुई करधनियाँ और फूलों की दुर्लभ गन्ध देर तक तैरते रहती।

सूरज ढलने के बहुत देर बाद तक भी बिहज़ाद महल के मीनार की सीढ़ियों पर बैठा रहता था। वहाँ एक मशाल जलती रहती थी जो घूमने आने वालों को राह दिखाने में मदद करती थी।

उस वक़्त उसके दिमाग़ में न दारोगा की गुज़ारिश का ख़याल आता, न कहानियों का और न ही भुलक्कड़ ख़्वाजा का। उस वक़्त उसके ज़ेहन में सिर्फ़ अकबर होता था–निरन्तर और अबाध रूप से दीखता हुआ। दिखने वाले लोगों के बीच एक अदृश्य आदमी–

अल्लाह की परछाईं। उसके ख़यालों में क़मरगाह में अपने शिकार का पीछा करती हुई अकबर की तस्वीर कौंध जाती थी। उसके हाथ हथियार से हमला करने के लिए उठे होते थे और चेहरे पर एक अद्‌भुत चमक होती थी–जिस पर ख़ून का रंग देखकर ख़ुशी की लहर दौड़ती दिखायी देती थी। अकबर! बिहज़ाद ने अपनी पलकें बन्द कर लीं और अब अकबर ठीक उसके सामने खड़ा था–'अकबर जिसके प्रति उसके मन में सम्मान के हज़ारों भाव थे!'

उसके सपनों का अकबर सबसे भिन्न था। उसे सब जगहों पर सिर्फ़ बादशाह ही दीखता था–उसकी सभी सुनी हुई कहानियों का नायक–ख़ानाबदोश की तरह बियाबान में भटकते हुए शहज़ादे नुशिरवान के रूप में। पूरी दुनिया पर फ़तह हासिल करने वाले सिकन्दर के रूप में। अपने घोड़े की तलाश में निकले मिथकीय योद्धा रुस्तम के रूप में। और, बुरी बलाओं को समझाते हुए नेकदिल जमशेद के रूप में भी अकबर।

'मुझे बताओ, क्या इस धरती पर कोई दूसरा है जो बिल्कुल मेरी तरह है?'

'अकेले सिर्फ़ तुम हो अल्लाह। तुम्हारी तरह कोई भी दूसरा नहीं है!'

पहले तो उसने अकबर के चेहरे की तस्वीर बनाने का विरोध किया। फिर जब उसने इसकी कोशिश की तो उसकी क़लम पन्ने पर कुछ इस तरह से चलने लगी जैसे उस पर बिहज़ाद का कोई वश ही न हो। आँखें गुलाबी रंग की बन जातीं–बिल्कुल काले बीजों वाले सुभानी के जोड़े जैसी किसी ख़ुबानी की तरह की। उसके उन्नत ललाट की जगह बमुश्किल मिलने वाला ख़ुसरवी तरबूज़ बन जाता। चेहरे के मस्से का आकार कश्मीरी अंगूर जैसा हो जाता। घबराकर वह उस तस्वीर को छुपाने की कोशिश करने लगता।

किताबख़ाने के अपने कमरे में बैठा बिहज़ाद अपनी कल्पनाओं पर आधारित अकबर की तस्वीर बनाने की कोशिश कर रहा था। उसे दारोगा के फ़रमानों की रत्ती–भर भी याद नहीं रहती। लेकिन

उसने दूसरे चित्रकारों द्वारा बादशाह की बनायी गयी आम तस्वीरों की बजाय कुछ अलग और ख़ास बनाने की कोशिश ज़रूर की थी–वही जंग के दृश्य, दरबार के दृश्य, यहाँ तक कि निजी बातचीत को सुनते लोगों के दृश्य–किसी तस्वीर में बादशाह किसी दूसरी रियासत के दूत का स्वागत कर रहा होता, किसी में वह एक दरवेश की बातें सुन रहा होता। लेकिन जैसे–जैसे चित्रकारी के प्रति बिहज़ाद की आसक्ति बढ़ती जा रही थी, वैसे–वैसे वह बिल्कुल अकेले अकबर की तस्वीर बनाने लगा था–बिल्कुल अकेला अकबर।

बिहज़ाद बादशाह का चेहरा तीन–चौथाई दृश्य में बनाया करता। उसके अब्बू और मीर सईद अली जैसे फ़ारस के माहिर उस्तादों के बीच यही परम्परा मशहूर थी। वह भी बादशाह के चेहरे का ख़ाका इसी परम्परा के अनुसार खींचता था लेकिन उस चेहरे को सम्पूर्णता देने का उसका अपना अलग तरीक़ा होता था। एक मुकम्मल चेहरा, जो अपने देखने वालों को देखता हुआ प्रतीत होता था, होंठों पर एक हल्की–सी मुस्कराहट और किसी बच्चे की तरह आँखों में एक मासूम–सी चमक।

दारोगा उसकी रफ़्तार की सुस्ती को लेकर भी थोड़ा परेशान था। किताबख़ाने में अकबर की गोपनीय तस्वीरों में जैसे–जैसे उसकी दिलचस्पी बढ़ रही थी, वैसे–वैसे वह उन तस्वीरों को पूरा करने में अधिक वक़्त लगाने लगा जिन्हें बनाने के लिए उसे कहा जाता था। पहले जो तस्वीर वह हफ़्ते–भर में बना लेता था उन्हें पूरा करने में अब उसे एक महीना लगने लगा। ऐसा महसूस होने लगा कि अपने कामों में रोज़–बरोज़ उसकी दिलचस्पी कम होती जा रही थी। अपने काम की एवज़ में उसकी जो तारीफ़ की जाती थी, उस तारीफ़ को भी वह भावहीन और निरपेक्ष होकर सुनता था। यहाँ तक कि उसे मिलने वाले इनाम की रक़म का भी उसके लिए कोई ख़ास महत्त्व नहीं था। वह रेशम की छोटी–सी थैली में पड़ी सोने की मोहरों को शायद ही कभी गिनता था और थैली को अपनी अचकन की जेब में ख़ामोशी से रख लेता था। एक रोज़ की बात है कि दारोगा ने उसे

घटाकर रक़म दे दी। उसकी मंशा सिर्फ़ बिहज़ाद को जाँचने की थी। बिहज़ाद ने उस पर कोई ग़ौर नहीं किया और अगली तस्वीर बनाने के फ़रमान के साथ पहले जैसी ही उदासीनतापूर्वक लौट गया। दारोगा को अपनी ही करतूत पर बहुत कोफ़्त हुई।

शायद उसे अपने अब्बू की कमी खल रही थी। दारोगा ने बिहज़ाद के स्वभाव में अचानक आयी इस तब्दीली के बारे में एक चिट्ठी में लिखकर सीकरी में रहने वाले ख़्वाजा को भेज दिया। अगली दफ़ा जब ख़्वाजा बिहज़ाद से मिला तो उसने फ़तेहपुर सीकरी की भव्यता के बारे में उसे कई बातें सुनायीं ताकि उसका हौसला बढ़ाया जा सके। फ़तेहपुर सीकरी जल्दी ही उनका अगला घर बनने वाला था।

'जो किसी ज़माने में जंगली जानवरों का इलाक़ा हुआ करता था वह जगह अब जन्नत के बाग़ की तरह ख़ूबसूरत बन चुकी है।' उसने बिहज़ाद को शहर के चारों फाटकों, शाही दरबार, दरबारियों की हवेलियों, शाही हम्माम, मस्जिद और मीनारों के बारे भी बताया। नये शहर में बादशाह और उसकी बेगमों के लुकाछिपी खेलने के लिए एक छोटी–सी भूलभुलैया भी बनायी गयी थी। संगमरमर के पत्थर से एक छोटी–सी तोप भी बनायी जा रही थी जो शराब रखने के लिए इस्तेमाल होगी। अभी तो बहुत कुछ बनाया जाना बाक़ी था, दारोगा ने थोड़ा बढ़ा–चढ़ाकर कहा था–'जब सभी काम पूरे हो जायेंगे, तब सीकरी एक सपनों का शहर बन जायेगा।'

'कब तक?' बिहज़ाद ने बेसब्री से पूछा। 'वहाँ का काम कब पूरी तरह ख़त्म हो जायेगा? चित्रकारों को छोड़कर तक़रीबन सभी लोग आगरा छोड़कर जा चुके हैं। क्या बादशाह को वाक़ई हमारी ज़रूरत रह गयी है?'

दारोगा ने अपनी तरफ़ से भी बिहज़ाद को भरोसा दिलाने की पूरी कोशिश की–'अब बादशाह ज़रूरी काम को पूरा करवा रहा है–मसलन अपनी बेगमों के लिए अलग–अलग महल बनवाना, फ़ौज के लिए छावनियाँ, घोड़ों के लिए अस्तबल, टकसाल, मस्जिद...

किताबख़ाना भी जल्दी ही तैयार हो जायेगा। अपने नये घर में चित्रकार अपनी तस्वीरों की नयी किताबें तैयार कर सकेंगे। वे बादशाह की ज़िन्दगी पर नये सिरे से काम करना शुरू कर देंगे।' (अकबरनामा) दारोगा बिहज़ाद को तफ़सील से बतला रहा था। अपने मुग़ल पुरखों की तरह अकबर भी अपना जीवन–वृत्त तैयार करना चाहता था। इतिहासकार उसकी ज़िन्दगी की बारीक़ से बारीक़ घटनाओं को दर्ज करने का काम पहले ही शुरू कर चुके थे जैसे–उसे क्या–क्या पता था, अपनी सल्तनत के बारे में उसकी क्या कल्पनाएँ थीं, कौन उसका प्रियपात्र था और किसे उसने देशनिकाला दिया, जंग और हथियारों के मामले में उसका नज़रिया, धर्म के बारे में उसकी दृष्टि। यहाँ तक कि उसकी रातों के क़िस्से भी दर्ज किये जाते थे–किस बेगम के पास वह गया और उसके साथ कितनी देर रहा।

बिहज़ाद ने अपनी आँखें उठायीं। दारोगा की नज़रों में एक चमक दिखाई पड़ी। 'बहुत जल्दी!' उसने कहा, बहुत जल्दी ही वह बिहज़ाद को उस महान ग्रन्थ के पहले पन्ने पर काम शुरू करने के लिए कहने वाला है।

इस वाक़ये के बाद भी उसके काम की रफ़्तार नहीं बढ़ी। शाही फ़रमानों के बीच में वह अकबर की तस्वीरें बनाता रहा। वह उन तस्वीरों को बड़े जतन और सावधानी के साथ कोरे काग़ज़ों के पुलिन्दे के बीच छुपाकर रखता था। हालाँकि दारोगा बिना दस्तक दिये उसके कमरे में शायद ही कभी दाख़िल होता था। लेकिन इसके बावजूद बिहज़ाद अपने कमरे का दरवाज़ा बन्द रखता था। बन्द कमरे के भीतर बाहर की आवाज़ें कम सुनायी पड़ती थीं और वह किताबख़ाने में अलग–थलग पड़ गया था। तेज़ गर्मियों से भरपूर जामुदा और रजब के महीनों में वह अपने कमरे में बन्द पड़ा उबलता रहता था।

उसके मुरझाये से फ़ारसी चेहरे पर हमेशा एक मातम–सा छाया रहता था। जब कभी उसके पड़ोसी या किताबख़ाने में उसके संगी चित्रकार उसे देखते तो यही कहते थे कि ऐसा महसूस होता कि शायद उसमें ख़ून की कमी है। हिन्दुस्तानी आँखों के विपरीत उसकी आँखें रेगिस्तानी घासों की तरह बेरौनक दीखती थीं। उसके बदन की ज़र्द खाल में गोया किसी ने अनार की रंगत मिला दी थी। आगरा के बाशिन्दे अमूमन उसकी तरह नहीं दीखते थे। कई रोज़ से भूखे हिरण के किसी छौने की तरह उसकी रफ़्तार में एक मलीनता साफ़ महसूस की जा सकती थी।

बिहज़ाद के कमरे में दस्तक देने से पहले दारोगा ने थोड़ी देर ठहरकर एक गहरी साँस ली। उसके हाथ में एक ख़त था। उसे पक्का विश्वास था कि उस ख़त को पढ़कर बिहज़ाद के चेहरे पर भी एक मुस्कान आ जायेगी। ख़्वाजा जल्दी ही आगरा आने वाला था। दारोगा ने यह ख़बर बिहज़ाद को भी सुनायी कि अबकी बार वह अपने साथ सबको सीकरी ले जाने के लिए आ रहा था। बिहज़ाद को भी। दारोगा ने यह अच्छी ख़बर भी उसे सुनायी कि बादशाह उसके काम से बहुत ख़ुश था।

—•—

ख़्वाजा की निर्जन हो चुकी हवेली में उसकी बीवी और उसके बेटे के कमरों के बीच एक लम्बा गलियारा था। हवेली हाल–फ़िलहाल ख़ाली छोड़ दिये गये किसी महल की तरह उजाड़ लगने लगी थी जिसकी दीवारें जुलेखा के बनाये इत्र की गन्ध में डूबी रहतीं। पड़ोसियों को दिन हो या रात हवेली में किसी तरह की चहल–पहल नहीं दिखायी पड़ती थी और न कोई आवाज़ ही सुनायी पड़ती थी। अपने शौहर के साथ जुलेखा भी सीकरी क्यों नहीं चली गयी? कइयों को लगता था कि ख़्वाजा ने किसी दूसरी औरत के लिए जुलेखा को छोड़ दिया था, और अब वह जल्दी ही अपने माँ–बाप के पास वापस लौट जाने की तैयारियाँ कर रही थी। दूसरे लोग इस अफ़वाह से

सहमत नहीं थे। जुलेखा इतनी ख़ूबसूरत थी कि किसी के लिए भी उसे छोड़ पाना नामुमकिन था। बल्कि उसने ख़ुद ख़्वाजा के साथ सीकरी जाने से इनकार कर दिया था जबकि दूसरे दरबारियों की बीवियों के बीच अपने शौहर के साथ सीकरी जाने की होड़ मची हुई थी। जुलेखा को शाही दरबार की शानो–शौक़त से ज़्यादा अपने बनाये इत्रों से प्यार था...शायद उसे आगरा में किसी से मोहब्बत थी...

शाम के वक़्त बिहज़ाद अक्सर जुलेखा के कमरे में जाता था और उसके बिस्तर पर बैठकर इत्रों की गन्ध महसूस किया करता था। अब उसे जुलेखा से कहानियाँ नहीं सुना पाने के लिए बहाने सुनने की भी ज़रूरत नहीं थी, लिहाज़ा जब बिहज़ाद उसके कमरे में जाता तो अब उसके साथ अमूमन कोई किताब नहीं होती थी। किताबख़ाने की ख़ामोशी उसकी सौतेली अम्मी के कमरे में भी उसका पीछा नहीं छोड़ती थी। बिस्तर पर बैठ अपनी नज़रें झुकाये उसकी उँगलियाँ बेतरतीबी से कोई चित्र बनाती रहती थीं और उसी दरम्यान वह जुलेखा की बातें भी सुनता रहता। अलबत्ता अब उन दोनों के बीच क़िस्सों की किताबें नहीं होती थीं। हरम अब कमोबेश ख़ाली हो चुका था और जुलेखा का वहाँ नहीं जा पाना उसे बेतरह खलता था, उसने बिहज़ाद को ख़ुद यह बात बतायी थी। बादशाह की सभी बेगमें आगरा से जा चुकी थीं। सारे शाही दरबारी भी अपनी बेगमों के साथ सीकरी के लिए रवाना हो चुके थे ताकि वे अकबर के दरबार में अपने–अपने ओहदों पर क़ाबिज़ हो सकें। आगरा का ख़याल आते ही वह उदास हो जाती थी। 'एक शहर जो अपने मरने का इन्तज़ार कर रहा है,' वह अपने प्याले से घूँट भरती या अपने नाज़ुक लबों से धुएँ के कश लेती हुई डूबती–सी आवाज़ में कहती–अब उसके पास हरम का राज़ बताने के लिए क़िस्से भी नहीं बचे थे। अर्द्धनिद्रा की स्थिति को छोड़कर वह शायद ही कभी ख़्वाजा का ज़िक्र करती।

उसने ललाट पर झुक आये बिहज़ाद के बालों को उँगलियों से पीछे की तरफ़ करते हुए कहा, 'लेकिन तुम्हारी उम्र अभी किसी बात पर उदास होने की नहीं है बिहज़ाद। ये तुम्हारे मौज–मस्ती

के दिन हैं। यह उम्र अपनी मर्ज़ी और हौसलों को पंख देने के लिए है! यह उम्र आग की लपटों को उँगलियों से छूने की है!' उसने अपनी नौकरानी की तरफ़ इशारा करते हुए कहा, 'उसे देखो! क्या तुम उसके गाल पर बने तिल के लिए पूरी सल्तनत कुर्बान नहीं कर दोगे!'

वह मुफ़र्रीह का एक टुकड़ा चबा रहा था (माजून और मुफर्रीह –अफ़ीम मिली हुई दो नशीली मिठाइयाँ), जुलेखा ने उनका एक टुकड़ा तोड़ा और उसे बिहज़ाद के मुँह की तरफ़ बढ़ा दिया, जो उस वक़्त किसी और ख़याल में डूबा हुआ किसी तस्वीर का ख़ाका खींचने में मशगूल था।

'उसकी सुन्दरता उसके पहने कपड़ों की वजह से छुपी हुई है!' निकिसा ने अपने निगाहें नीची कर लीं–'तुम इसे अपनी ख़िदमत में क्यों नहीं रख लेते?'

जुलेखा ने उस नौकरानी को अपने क़रीब आने का इशारा किया और उसके चेहरे को बिहज़ाद की तरफ़ घुमा दिया–'क्या तुम देखना चाहोगे कि ये ज़ेवर इस पर कैसे लगते हैं?' उसने निकिसा के गले में पड़े हार को छूते हुए पूछा। उसके बालों पर नीलम जड़ा एक छोटा–सा ताज और बदन पर चाँदी का कवच था। सादगी से भरी निकिसा अब एक मोहक बेगम की तरह दिख रही थी।

'यहाँ तक कि बादशाह भी इसकी मोहब्बत पाने के लिए इसकी ख़ुशामद करने को मजबूर हो जायेगा!'

बिहज़ाद ने शरमाते हुए अपने आँखें फेर लीं। जुलेखा हँस पड़ी–'यह बताओ, तुम अपनी बेगम को ख़ुश रखने के लिए क्या करोगे?'

अपनी आदत के ख़िलाफ़ वह बिहज़ाद को 'तोते की कहानियाँ' के हिस्से सुनाने लगी जिसमें एक सच्चे आशिक़ के लिए ज़रूरी दस गुणों का ज़िक्र था। बीच–बीच में वह तोते की आवाज़ की नक़ल भी करने लगती।

'ओ नक़्शबी, जितनी भी ख़्वाहिशें हैं वे दरअसल जाल हैं, हरेक

औरत के भीतर घात लगाये एक ख़तरा बैठा है। वह सर से लेकर पाँव तक ज़हर से भरी हुई होती है!'

बिहज़ाद बीच में तभी अपनी ज़बान खोलता जब उसे कहानी में किसी ग़लती की तरफ़ इशारा करना होता या फिर जुलेखा को घूँट भरने की याद दिलानी होती।

जुलेखा ने इशारे से बिहज़ाद को अपने बिस्तर के इर्द–गिर्द फैले सूखे फूलों की तरफ़ दिखाते हुए उनका राज़ बताया–'जब तक कोई भी फूल ख़ुद ख़्वाहिशमन्द नहीं हो'–वह कहती जा रही थी, 'तब तक कोई भी उसे अपनी ख़ुशबू बिखेरने के लिए मजबूर नहीं कर सकता–ठीक कमल के फूल की तरह।' वह निकिसा की तरफ़ एक ख़ास तरह से देखकर मुस्करायी। निकिसा ने उसकी आँखों की भाषा पढ़ ली और चुपचाप कमरे से बाहर निकल गयी।

'कमल सभी फूलों की मलिका है और भँवरा उसका सबसे बड़ा दीवाना। वह कमल पर मँडराता रहता है और फिर धीरे–से उसका रस पीने के लिए उसके भीतर दाख़िल हो जाता है। कमल अपनी पंखुड़ियाँ बन्द कर लेता है और उसे अपनी आगोश में ले लेता है। बिना किसी विरोध के वह रात–भर उसकी आगोश में क़ैद रहता है। सुबह होने पर कमल भँवरे को अपनी गिरफ़्त से आज़ाद कर देता है, और उसके बाद अपनी ख़ुशबू चारों तरफ़ बिखरा देता है।'

अपनी उँगलियों से उसने बिहज़ाद के झुके हुए चेहरे को उठाया। बिहज़ाद अचानक जैसे गिरता हुआ उसके पैरों से लिपट गया। उसकी आँखों में जुलेखा की पी हुई शराब का खुमार दिख रहा था।

'तुम उसे कैसे ख़ुश करोगे, बिहज़ाद?'

उसने अपने दूसरे हाथ से बिहज़ाद को अपनी तरफ़ खींच लिया और उसकी उँगलियों में फँसी क़लम को छुड़ाकर दूसरी जगह रख दिया। फिर उसने बिहज़ाद की हथेली को अपनी पाजेब के क़रीब से धीरे–धीरे ऊपर की तरफ़ बढ़ने दिया। लम्बे लबादे जैसी जगुली के भीतर उसके घुटने हौले से मुड़े हुए थे। बिहज़ाद की हथेली

जुलेखा की जाँघों पर ऊपर की तरफ़ फिसलती गयी और आख़िरकार उसके बदन के कमल–फूल पर आकर ठहर गयी। जुलेखा की पलकें ख़ुद–ब–ख़ुद मुँद गयीं, सर थोड़ा–सा झुक गया और वह भँवरे को डंक मारने के लिए उकसाने लगी।

बिहज़ाद के भीतर मोम जैसा कुछ पिघलता हुआ महसूस हुआ। वह अपने होशोहवास में था लेकिन उसकी कूची की नोक पर लगा रंग टपकने को जैसे बेसब्र था।

'तुम मुझसे कुछ छुपा रहे हो, बिहज़ाद? जो भी हो, याद रखना कि इश्क़ और मुश्क़ कभी नहीं छिपते!' सलीम अमीरी ने अपनी उँगलियाँ लबादे में पोंछीं।

'और, अफ़सोस की बात है कि शराब भी नहीं छिपती।' इससे पहले कि उसकी दादी इससे कुछ ज़्यादा बोलती, उसने बचाव में कहा, 'सुना है, शिराज़ की शराब पैग़म्बर के बनाये क़ायदों से भी बेहतर होती है!'

'और हिन्दुस्तान का पेशाब जिसे तुम रोज़ पीते हो?'

सलीम अमीरी ने ऊँची ज़बान और शर्मिन्दगी भरे लहजे में कहा, 'तुमने इनके बात करने का तरीक़ा देखा!' उसकी त्योरियाँ चढ़ी हुई थीं और वह गहरी नज़रों से बिहज़ाद की तरफ़ देख रहा था।

'तुम्हारे भीतर की उथल–पुथल तुम्हें बाहर से नुक़सान पहुँचा रही है। वह कौन है?' बिहज़ाद ख़ामोश बना रहा।

सलीम अमीरी ने भी बेरुख़ी में अपना हाथ हिलाया–'वह कोई भी हो, लेकिन दूसरे काम भी उतने ही ज़रूरी हैं। इस दुनिया में मोहब्बत के सिवा भी बहुत कुछ है करने को। एक नशे के सिवा यह और कुछ नहीं।'

'मोहब्बत की लत से शराब की लत बेहतर है!' ऊपर के छज्जे से आवाज़ आयी।

'यह एक अजीबोग़रीब–सी हालत है, बिहज़ाद। इश्क़ में मुब्तिला आदमी चींटियों के पैरों की छुअन भी महसूस कर लेता है। पानी की गहराई में घूमते हुए पत्थर के बारे में भी उसे पता होता है। वह किसी कीड़े–मकोड़े को तो छू सकता है लेकिन आईने में अपनी ही परछाईं नहीं देख पाता!'

एक दोस्त जैसे चचा के तौर पर उसने सजगता से तहक़ीक़ात करने की कोशिश की–बिहज़ाद अब पहले से ज़्यादा गमज़दा और ख़ामोश क्यों दीखता है? बातचीत करने में उसकी दिलचस्पी पहले जैसी क्यों नहीं रही? थक–हारकर वह बिहज़ाद को सीकरी से आयी नयी ख़बरें सुनाने लगा।

'जल्दी ही तुम्हारे अब्बू बेहतरीन कलाकारों को चुनकर अपने साथ ले जाने के लिए आने वाले हैं। 'अकबरनामा' पर काम शुरू करने का अब सही वक़्त आ चुका था। तस्वीरों की अब तक महानतम किताब, जिसकी वजह से पूरी दुनिया अकबर को हमेशा याद रखेगी। नहीं, बल्कि पूरे हिन्दुस्तान को याद रखेगी।'

'महानतम?' बिहज़ाद थोड़ी बेपरवाही से पूछता। 'आपका मतलब है कि सभी चित्रकार मिलकर एक और लम्बी और उबाऊ कहानी पर काम शुरू करेंगे–एक और नामा। 'हमज़ानामा' के बाद अब 'अकबरनामा'।'

'नहीं, बिहज़ाद। इस बार यह किताब पहले की किताबों से अलग होगी। जलालुद्दीन मोहम्मद अकबर की ज़िन्दगी की कहानी दूसरे लोगों की कहानियों से अलग है।' सलीम अमीरी अपनी बात से पीछे हटने को क़तई तैयार नहीं था। उसने एक ख़ुशामदी दरबारी की नक़ल उतारते हुए कहा, 'अगर उस पर सौ किताबें भी लिखी जायें तो ऐसा लगेगा कि उस पर सिर्फ़ एक लफ़्ज़ लिखा गया है लेकिन अगर उसके ऊपर हज़ार खण्डों की किताब भी लिखी जायेगी तो भी यही लगेगा कि क़लम ने अभी काग़ज़ को छुआ भी नहीं है!'

जब रंगों का व्यापारी बिहज़ाद की दिलचस्पी जगाने में नाकाम रहा तब उसने तय किया कि उसे एक ऐसा राज़ बतायेगा जो दारोगा तक को भी पता नहीं था। यह राज़ की बात ख़ुद ख़्वाजा ने अपने दोस्त को बतायी थी।

'तुम्हारे अब्बू जल्दी ही किताबख़ाने को छोड़ देंगे...वे सीकरी के किताबख़ाने का मुखिया नहीं रहेंगे।'

बिहज़ाद ने अपनी आँखें ऊपर उठायीं–'छोड़ देंगे...?'

'हाँ। वे अभी जहाँ हैं उससे भी बड़े ओहदे पर उनकी तरक्की हो जायेगी। एक बड़े शाही दरबारी। लेकिन उन्होंने अकबर को इस बात के लिए राज़ी कर लिया है कि उनकी जगह अब तुम अकबरनामा के चित्रकारों की अगुआई करोगे। ज़रा ग़ौर से सोचकर देखो बिहज़ाद...'

बिहज़ाद ने उसे बीच में ही टोकते हुए पूछा, 'बहरहाल उन्होंने बादशाह को कैसे राज़ी कर लिया?'

उसकी दिलचस्पी का अन्दाज़ा लगाते हुए सलीम अमीरी ने बिहज़ाद को पूरा वाक़या सुनाने का फ़ैसला किया।

जब अकबर बैठकर तुम्हारी बनायी हुई तस्वीरें देख रहा था, उस वक़्त ख़्वाजा भी वहाँ ख़ुद मौजूद था। शाही दरबार की तस्वीर देखते हुए उसने ख़ासा लम्बा वक़्त लिया, हर चेहरे को बड़े ग़ौर से देखा, उन लोगों के नाम लिए और कहा, 'ये सब–के–सब एकदम अलग हैं!' उसे आश्चर्य हुआ, फिर उसने तुम्हारे अब्बू से पूछा, 'आप इन सबके चेहरे एक जैसा ही क्यों बनाते हैं, जबकि ये एक–दूसरे से कितने अलग हैं?'

बिहज़ाद मुस्कराया–'आपका मतलब है उन्हें यह सुनकर बुरा नहीं लगा...'

'बिल्कुल नहीं!' सलीम अमीरी बिहज़ाद के कहे का मतलब समझ गया था। 'उसे यह बात बिल्कुल भी बुरी नहीं लगी कि तस्वीर में उसे अदृश्य रूप में दिखाया गया था!' फिर फ़तह वाले अन्दाज़ में रंगों के व्यापारी ने कहा, 'तुम्हें पता है, बादशाह ने तुम्हारे अब्बू से क्या कहा? उसने ख़्वाजा से तुम्हारे किये गये दस्तख़तों को मिटाकर दूसरा दस्तख़त करने के लिए कहा। उसने हाशिये पर लिखा–'अल–अब्द–बिहज़ाद–गुलाम बिहज़ाद की जगह 'हज़रत–ए–उस्ताद बिहज़ाद'–महान उस्ताद बिहज़ाद!'

'इसका मतलब है वह थोड़ा जुदा है, है न?' बिहज़ाद की आवाज़ थोड़ी गम्भीर हो गयी।

'हमेशा कहानियाँ सुनाने की ज़िद करने वाला बच्चा नहीं, जैसा कि दारोगा आमतौर पर उसके बारे में बताता है।'

'ऐन उसी वक़्त तुम्हारे अब्बू ने बादशाह से यह गुज़ारिश की और बादशाह भी फ़ौरन राज़ी हो गया। उसे तुम्हारे भीतर का जोश बहुत पसन्द आया था। अपने दरबारियों की तरह भव्य परिकल्पनाओं और फुज़ूल के ख़ूबसूरत नज़ारों में उसकी कोई दिलचस्पी नहीं है।' सलीम अमीरी थोड़ी देर ठिठका–'वह एक सच्चा मुग़ल और लड़ाका है। उसकी रगों में भी शिराज़ की शराब की तरह ही पैग़म्बर के बनाये नियम दौड़ते हैं।'

बिहज़ाद ने उसे उस क़ीमती तोहफ़े के बारे में बताया जो बादशाह ने उसकी बनायी तस्वीर देखने के बाद ख़ुश होकर दारोगा के मार्फ़त उसके लिए भेजा था–महँगी धातुओं का बना एक सुन्दर–सा क़लमदान, एक बड़े मोती से जड़ी एक तिपाई और ख़ुद अकबर के पहने हुए छोटे कपड़े।

'देखा, वह तुमसे बेहद प्रभावित है, बिहज़ाद! लेकिन...' सलीम अमीरी अचानक संजीदा हो गया–'लेकिन अभी भी एक छोटी–सी दिक़्क़त है...'

'उसे अभी भी अपनी कहानियाँ चाहिए। यही चाहता है न वह?' बिहज़ाद के चेहरे की रंगत बता रही थी कि वह दोबारा अपनी उदासी की तरफ़ लौट रहा था।

'नहीं, यह दिक्क़त नहीं है। उस गिरगिट ने अपनी हरकतें फिर से शुरू कर दी हैं। अदिली, वह अफ़गानी चित्रकार।'

अदिली ने तरह–तरह की अफ़वाहें फैलाना शुरू कर दिया है। 'बिहज़ाद 'अकबरनामा' के चित्रकारों की अगुआई कैसे कर सकता है? वह किताबख़ाने का उस्ताद कैसे बन सकता है? वह तो अभी एक दुधमुँहा लड़का है, जिसने अभी तक अपने चेहरे पर उस्तरा चलाना भी नहीं सीखा। उसकी तस्वीरें तो दरअसल ख़्वाजा की बनायी हुई तस्वीरें होतीं।' वह तो शाही दरबारियों का भी एक अदना–सा मुलाज़िम था। मुग़लिया सल्तनत तो फ़ारस की सल्तनत से भी महान थी। ऐसी स्थिति में तब क्या उसे कोई ऐसा काम करना चाहिए था जो उसकी कमतरी को दिखाता हो? हिन्दुस्तान में कवियों से लेकर

चित्रकार तक सब–के–सब फ़ारस से बुलवाये गये थे। और, अब फ़ारसियों के वारिस उनकी जगह लेंगे? हिन्दुकुश से लेकर यमुना तक क्या बादशाह को अपनी सल्तनत में ऐसा एक भी शहरी नहीं मिला जो उनकी नज़रों में महान या क़ाबिल हो? उस अफ़गान ने बिहज़ाद प्रतिभा पर सवाल उठाये थे और बादशाह को अपने ख़ुद बनाये सिद्धान्त पर चलने की अपील की थी–ख़ून के ऊपर क़ाबिलियत का सिद्धान्त।

'उस गिरगिट ने बादशाह का दिमाग़ फिरा दिया है। हालाँकि वह अभी भी यही चाहता है कि 'अकबरनामा' के चित्रकारों की अगुआई तुम ही करो लेकिन अब इस बात का फ़ैसला वह एक मुक़ाबले के ज़रिये करना चाहता है। फ़तेहपुर सीकरी के उद्‌घाटन के मौक़े पर जो बादशाह को उसकी तस्वीर से ख़ुश कर देगा, वही किताबख़ाने का अगला उस्ताद होगा।' सलीम अमीरी मुस्कराया, 'मुक़ाबला गोया कलाकार कुश्ती लड़ने वाला कोई पहलवान या तीरअन्दाज़ हो!'

'और इस मुक़ाबले में कौन–कौन हिस्सा लेगा?' बिहज़ाद ने पूछा।

'यही वजह है कि ख़्वाजा जल्दी ही ख़ुद आगरा आने वाला है।' सलीम अमीरी ने कहा। ज़ाहिर–सी बात है, किताबख़ाने में काम करने वाले सैकड़ों चित्रकार तो उस मुक़ाबले में भाग नहीं ले सकते थे। यह ख़ुद उसी का फ़ैसला था कि आगरा में कला के कुछ असली पारखी उनमें से कुछ चुनिन्दा चित्रकारों का मुक़ाबले में भागीदारी के लिए नाम तय करेंगे।

बिहज़ाद ने किताबख़ाना के असली पारखियों को पहले भी देख रखा था और उनके नाम जानता था। वे ऐसे लोग थे जिन्होंने ख़ुद अपनी तस्वीरें किताबख़ाने में बनवायी थीं और जिन्होंने व्यापारियों से दुर्लभ पाण्डुलिपियाँ ख़रीदी थीं। और, ऐसे लोग जो पुराने दिग्गजों को बख़ूबी पहचानते थे, जो मीराक और मुज़फ़्फ़र के कामों से वाक़िफ़ थे और किसी अँधेरे कमरे में भी सबसे बड़े उस्ताद के काम की पहचान कर सकते थे। वे पसन्द के मामले में सच्चे रईस लोग

थे और उनका उठना–बैठना ऐरे–ग़ैरों के साथ नहीं बल्कि रईसों, कवियों और दार्शनिकों के साथ था।

यह तय हुआ कि यमुना के किनारे रंगीन शामियानों के नीचे एक शानदार दावत रखी जायेगी। यह बात भी सलीम अमीरी ने ही बतायी। उस दावत में आगरा और सीकरी के रसूख़दार लोगों को बुलाया जाना था। उस दावत में ही ख़्वाजा अपने बेटे को मेहमानों से मिलवाने वाला था–किताबख़ाने का मौजूदा और अगला उस्ताद।

'भेड़िये का बच्चा बड़ा होकर एक भेड़िया ही बनेगा!'

'अगर उसे गधों के बीच पाला–पोसा जाये तब भी!' छज्जे से आवाज़ आयी।

'आह! छोटे उस्ताद! इश्क़ का मरीज़! अगर मैं उसका हौसला नहीं बढ़ाऊँगा तो यह काम और कौन करेगा?' सलीम अमीरी ने धीमी आवाज़ में कहा, 'लेकिन असली मुक़ाबला बिहज़ाद, तुम्हारे और उस गिरगिट के बीच नहीं बल्कि तुम्हारे और तुम्हारे उस्ताद के बीच होगा।'

•

सोलह साल की उम्र में उसने दारोगा का फ़रमान मानने से इनकार कर दिया। किताबख़ाने के क़ायदे की अनदेखी करते हुए उसने अपनी मर्ज़ी से और अपने दिमाग़ से छत्र बनाना शुरू कर दिया। दारोगा दस्तक देता रहा लेकिन बिहज़ाद ने कमरे का दरवाज़ा खोलने से मना कर दिया।

'हमज़ा की बस कोई दर्जन भर तस्वीरें बनाने से रह गयी हैं', दारोगा ने रिरियाते हुए कहा।

'तब तो आप उन्हें ख़ुद भी बना सकते हैं।'

'बस सिर्फ़ यह...' ख़्वाजा के बनाये नियम के ख़िलाफ़ जाकर दारोगा ख़ुशामद करने पर उतारू हो गया और बिहज़ाद से सिर्फ़ तस्वीरों की शक्लें बनाने की आरज़ू करने लगा–किसी भी तस्वीर का सबसे ख़ास हिस्सा–जबकि दूसरे चित्रकारों का काम उनका ख़ाका तैयार करना और उनमें रंग भरना था।

'यह मेरे अब्बू की ख़्वाहिश के ख़िलाफ़ है।'

'लेकिन उनकी ख़्वाहिश तो यह भी थी कि तुम ख़ुद को कमरे में बन्द कर लेने की बजाय तस्वीरें बनाओगे और उनमें रंग भरोगे।'

'मैं तस्वीरें बना रहा हूँ।'

'सच में...?' दारोगा की आवाज़ में एक उम्मीद की झलक थी। शायद उस लड़के ने 'हमज़ानामा' की बाकी कहानियों को याद कर लिया हो। जब वह शाही इनाम के साथ आया तब बिहज़ाद ने दरवाज़ा खोला।

हर हफ़्ते जब बिहज़ाद दारोगा को अपनी बनायी हुई तस्वीरें सौंपता था तब बेचारा वह बुढ़ाता हुआ आदमी बमुश्किल ख़ुद को बेहोश होने से रोक पाता। 'इन्हें बादशाह को ले जाकर दिखा दीजिएगा' बिहज़ाद अपनी उम्र के लिहाज़ से कहीं सधे हुए लहजे में कहता–'बादशाह हमज़ा के उन बेतुके क़िस्सों पर बनी तस्वीरों के बनिस्बत इनके लिए आपको ज़्यादा इनाम से नवाज़ेगा।'

उन तस्वीरों में से एक में उसने मिथकों में सुनी चिड़िया–जैसे मुर्ग को दहकते हुए आसमान में उड़ता हुआ दिखाया था। वह किसी सपने की स्थिति में बनायी गयी एक रहस्यमयी अन्तर्दृष्टि से समझी जाने वाली तस्वीर थी। दूसरी तस्वीर क़मरगाह की थी जिसमें एक निरीह नीले रंग का हिरण एक वृत्त के बीच में अकेला खड़ा था और किसी अदृश्य शिकारी के द्वारा चलाया गया तीर उसकी तरफ़ तेज़ी से बढ़ रहा था। एक मासूम जानवर जो अपने ऊपर आने वाले इस जानलेवा ख़तरे से बिल्कुल अनजान था। उस तस्वीर को देखकर दारोगा ने अपनी नज़रें झुका लीं, मानो इस हादसे से वह ख़ुद को भी आहत महसूस कर रहा हो।

'हमज़ानामा' की तरह उन तस्वीरों में किसी कहानी का बयान नहीं था। बल्कि उन तस्वीरों में शुरू और ख़त्म होने वाला कोई सिरा भी नहीं था। वे तस्वीरें काग़ज़ पर बनी हुई कम पत्थर पर उकेरी हुई ज़्यादा प्रतीत होती थीं। बिहज़ाद को अपनी तस्वीरों में ढलती शामों, रात के नज़ारों से, ग़ैर–परम्परागत और साहसिक घुमावों और

अप्रत्याशित रंगों से ख़ास लगाव था। वह क़ायदे के ख़िलाफ़ बाज़ार में बाज़ीगरी और करतबबाज़ी का मज़ा लूटते बच्चों की तस्वीरें बनाता था। जब वह किसी आदमी की तस्वीर बनाता था तो नेपथ्य में उगे फूलों को आसमान के वास्तविक रंगों के साथ एकसार–सा कर देता।

दारोगा उस नौजवान चित्रकार की बनायी हुई तस्वीरों को अविश्वास के साथ देखता था जिनमें औरतें बाग़ों में उल्लासपूर्वक घूमती हुई या जिन्नात की तरह बादलों में उड़ती हुई दिखती थीं। एक तस्वीर में एक फ़क़ीर के मुँह से निकलती लपटों में एक शैतान झुलस रहा था, जबकि एक दूसरी तस्वीर में क़िले की मीनार से दिखती यमुना नदी को बहते हुए दिखाया गया था। उसके दोनों किनारों पर क़तारों में खड़े चिनार और सनोवर के पेड़ों पर सूरज से निकली पहली किरण पड़ रही थी। नदी में संगतराशों के लिए बनी मस्जिद का प्रतिबिम्ब झिलमिला रहा था और बारिश की बूँदें नदी की सतह पर गिर रही थीं। तस्वीर में न तो कोई पशु–पक्षी दिख रहा था और न ही कोई आदमी। सिर्फ़ नीला आसमान, फिरोज़ी रंग की नदी, गहरे लाल रंग का क़िला और सुनहरा सूरज।

'यह तस्वीर बिल्कुल बेजान–सी है', दारोगा ने नाउम्मीदी के साथ कहा।

जो इकलौती तस्वीर बिहज़ाद ने किसी कहानी पर बनायी थी वह दो हक़ीमों की थी जिसमें एक–दूसरे से जुड़े हुए कई दृश्य थे। वह तस्वीर दो हक़ीमों के बीच जारी एक मुक़ाबले का क़िस्सा बताती थी। उन दोनों के बीच मुक़ाबले का मुद्दा यह था कि दोनों में से सबसे ज़्यादा जानलेवा ज़हर कौन बना सकता है। पहले हक़ीम ने कुछ दुर्लभ जड़ी–बूटियों से एक गोली बनायी और दूसरे हक़ीम को उसे खाने की चुनौती दी। दूसरा हक़ीम दूरअन्देश था, उसने उस गोली को अनुकूल विषनाशक के साथ मिला दिया और चीनी की मीठी गोली की तरह उसे चुभलाने लगा। उसके बाद उसने अपना हुनर दिखलाया और बगीचे से गुलाब का एक फूल तोड़ा और फूल की पंखुड़ियों पर अपनी साँसें छोड़ीं–इस गुलाब को सूँघकर

दिखाओ—उसने पहले हकीम को चुनौती दी। इस चुनौती से अधिक आसान और सुखद चुनौती भला क्या हो सकती थी? लेकिन जैसे ही उसने गुलाब को सूँघा, उसकी ख़ुशबू नथुनों में जाते ही उसकी मौत हो गयी।

बुज़ा! दारोगा को इस बात का पक्का भरोसा हो गया कि बिहज़ाद को आगरा में बनने वाली शराब की लत लग चुकी थी। यह पागलपन का एकदम साफ़ मामला था!

—•—

अपनी बनायी हुई तस्वीरों की असलियत उसने छुपाकर रखी थी। अपनी मर्ज़ी के मुताबिक़ बनाया गया 'अकबरनामा'। एक नौजवान बादशाह की तस्वीर जिसके कानों में बड़े कुण्डल हिल रहे थे और उसके लम्बे बाल बिखरे हुए थे। उस तस्वीर में अकबर एक पतली—सी नदी के किनारे बैठा इकतारा बजा रहा था और उसकी पृष्ठभूमि का नीला परिदृश्य उसके एकान्त को और गहराई दे रहा था। अगली तस्वीर में अकबर ख़ुद साक़ी बना तश्तरी से जाम उठाकर मेहमानों को परोस रहा था—यह तस्वीर शायद उसकी प्रेमिका की नामौजूदगी को दर्शाती थी। उसके बटन के छेदों में फूलों के गुच्छे फँसे हुए थे और उसकी कमर पतली, त्वचा सफ़ेद और आँखें बादामी नज़र आ रही थीं। कुछ तस्वीरों में अकबर एक कमसिन नौजवान को अपने आलिंगन में लिए दिख रहा था। लड़का अपने शर्मीले चेहरे को अकबर के सीने में छुपाने की कोशिशें कर रहा था। अकबर अपने महबूब को सीने से चिपकाये हुए था जो उसकी किसी दासी की तरह ख़ूबसूरती के साथ सजा—धजा था। उसका साफ़ा ज़रा ढीला था और उसका पिछला सिरा कुछ ज़्यादा ही लटका हुआ था। उस लड़के के हाथ में एक अधखाया सेब था और उसका एक पाँव एक संकोच भरे अन्दाज़ में ऊपर की तरफ़ उचका हुआ था। दोनों के होंठ एक—दूसरे से गुँथे हुए थे। वह अकबर को ज़ेवरों और उत्तेजित करने वाले लहराते हुए झालर लगे रेशमी कपड़ों से सजा

रहा था। अकबर की सगाई की भी एक तस्वीर थी जिसमें उठी हुई आस्तीनों की वजह से उसकी बाँहें नंगी दिख रही थीं। उन बाँहों पर उसके महबूब के दिये गये ज़ख़्मों के जले हुए निशान साफ़–साफ़ दिखलायी दे रहे थे।

उन तस्वीरों के पुलिन्दे में एक और तस्वीर छुपाकर रखी हुई थी जिसमें दो नौजवान आमने–सामने बैठे एक ही जाम से शराब पी रहे थे और उन दोनों के ठीक ऊपर अपने–अपने पंख फैलाये हूरें आसमान में उड़ रही थीं, मानो दोनों को दुआएँ दे रही हों। आसपास परिन्दे उड़ रहे थे। उस तस्वीर को उसने बादशाह और चित्रकार की हैसियत से नहीं बल्कि अकबर और बिहज़ाद की हैसियत से बनाया था–दो महबूबों की हैसियत से।

—•—

मीर सईद अली की चित्रशाला में अकेले बैठे बिहज़ाद को वहाँ किसी और शागिर्द के नहीं दिखने पर हैरत हो रही थी। शागिर्द भले कहीं भी गये थे लेकिन कमरा जैसा का तैसा था। अर्द्धवृत्ताकार आकार रखे हुए चार क़लमदान, ख़ाली पड़ी सीपियाँ और रंगों से भरे जार–हमेशा की तरह। कमरे की एक खिड़की खोल दी गयी थी मानो मुड़े हुए घुटनों पर रखे हुए पन्नों पर पर्याप्त रौशनी पड़ सके। बिहज़ाद को अपने उस्ताद के बुलावे पर भी हैरानी हो रही थी। अचानक उसे रंगशाला का पहला दिन याद आ गया जब मीर सईद अली को उसके सामने पड़े कोरे पन्ने को देखकर अचरज हुआ था। रंगशाला में चार साल गुज़ारने के बाद उसे वह जगह ख़्वाजा की हवेली से भी ज़्यादा जानी–पहचानी सी लगती थी। हवेली के पत्थर के बने ख़ाली गलियारों और भटकावदार पहेली–सी बनी भीतरी बनावट के विपरीत उसे रंगशाला एक पुरसुकून जगह महसूस होती थी। रोज़ सुबह–सुबह एक जैसे नज़ारे वाले ख़ाली कमरे का एक अपना सुकून होता है। राल और गोंद के तेल की मिली–जुली गन्ध से उसका एक पुराना अपनापा था। वह खिड़की के पार सीकरी की तरफ़ जाने वाले

रास्ते को देखता हुआ ख़ासा देर तक वहाँ बैठा रहा। अब वह सड़क पहले की बनिस्बत बहुत सूनी हो चुकी थी। कभी–कभार बादशाह का कोई फ़रमान लेकर इक्का–दुक्का सन्देशवाहक आगरा ज़रूर आते थे। उसके ज़ेहन में दूर से ही उसके ख़यालों का सीकरी जगमगाने लगा। जन्नत जैसे सुन्दर बगीचों वाला सीकरी। दारोगा की कही यह बात याद आते ही उसकी कनपटी की रगों का ख़ून मानो और तेज़ी से दौड़ने लगा।

उसके ठीक सामने एक पतली–सी किताब पड़ी थी, जो पन्ना खुला हुआ था उस पर सिर्फ़ एक पंक्ति लिखी हुई थी। उसने किताब उठा ली लेकिन उस पंक्ति को पढ़ पाने में नाकाम रहा। वह किताब शायद उसके उस्ताद ने वहाँ रख छोड़ी थी, जैसाकि पढ़कर तस्वीर बनाने की अपनी पुरानी तरक़ीब को आज़माने के दौरान वह अक्सर करता था।

हालाँकि बाद में सलीम अमीरी ने भी चौड़ी आँखों से पढ़ने की कोशिश की। बीच–बीच में वह बिहज़ाद को देखता भी जाता। वह कोई कहानी नहीं थी। वह एक सूफ़ी के दोहे की एक पंक्ति थी। महानतम सूफ़ी–जलालुद्दीन रूमी की मज़ार पर लिखे स्मृति–लेख की सिर्फ़ एक पंक्ति–'मर जाने के बाद, अपनी क़ब्र ज़मीन में मत तलाशो, उसे हज़ारों–लाखों दिलों में तलाशो।'

'क्या तुम ठीक–ठीक बता सकते हो कि इस पल आगरा में कितने कव्वे हैं? हाथी नहीं, घोड़े भी नहीं, सिर्फ़ कव्वे।' ख़्वाजा के मेहमान इस सवाल पर हँस पड़े। किसी ने भी सलीम अमीरी के इस सवाल का जवाब देने की कोशिश नहीं की।

'साधारण–सी बात है! हम यह जानते हैं कि सारे हाथी और घोड़े सीकरी में हैं। बादशाह उन सबको अपने साथ ही ले गया', सलीम अमीरी ने अपनी बात जारी रखी–'अब यहाँ सिर्फ़ कव्वे और चित्रकार बचे रह गये हैं, इतने ज़्यादा कि उनको गिनना मुश्किल है!'

'और आपके अन्दाज़ से इस वक़्त आगरा में कितने चित्रकार बचे रह गये हैं?' वीणावादक नौबत ख़ान ने सलीम अमीरी की बात में दिलचस्पी दिखाते हुए पूछा। सवाल करते हुए उसने अपनी पुतलियों को अजीबोग़रीब लहजे में नचाया। पचहत्तर साल की उम्र में भी वह गाने वाली लड़कियों को संगीत सिखाता था। उसके दोस्तों के मुताबिक़ वह बहुत चालाक था और उसने घाट–घाट का पानी पी रखा था, लेकिन अपनी बेहद ज़ईफ़ माँ से इस उम्र में भी वह इतना डरता था गोया कोई पाँच साल का बच्चा हो।

'बेशक कव्वों की तादाद से ज़्यादा! कोई भी आदमी पैर फैलाने के लिए किसी चित्रकार के पिछवाड़े में ठोकर मारे बिना नहीं रह सकता है!' सलीम अमीरी के इस मसखरेपन पर सब हँस पड़े। उसने यह बात ख़ासतौर पर थोड़ी ऊँची आवाज़ में कही थी ताकि वह शाही ख़ज़ांची के कानों तक पहुँच सके।

'ऐसा लगता है जैसे बादशाह ने चित्रकारों के लिए अपने ख़ज़ाने का मुँह खोल दिया है। उसके आदमी चित्रकारों की तलाश में गाँव–गाँव की ख़ाक छान रहे हैं। वह हर आदमी अकबर की

नज़र में एक चित्रकार बनने के क़ाबिल है जिसके हाथों की पाँचों उँगलियाँ सलामत हैं!'

शाही ख़ज़ांची के होंठों से भी हँसी फूटने ही वाली थी लेकिन शतरंज के माहिर खिलाड़ी और दार्शनिक मुर्तज़ा बेग की ख़ामोशी ने उसे ख़ुद को क़ाबू करने के लिए मजबूर कर दिया।

हर तरफ़ नौकर बड़ी संख्या में उपस्थित थे। कोई गुलाबजल के फव्वारे से छिड़काव कर रहा थे और कोई अपने कन्धे पर बड़ी तश्तरियों में रखे शराब के जाम और मिठाइयाँ मेहमानों को परोस रहा था। यह दावत यमुना के किनारे वसन्त की एक सुहानी दोपहर रंग–बिरंगे शामियाने के नीचे चल रही थी। ख़्वाजा ने इस दावत में सीकरी के सभी वरिष्ठ दरबारियों को आमन्त्रित किया था। आगरा आने वाले उन मेहमानों में कई ख़्वाजा के पुराने दोस्त भी थे जो पुरानी राजधानी में उसके साथ काम भी कर चुके थे। दरबारियों की बेगमों को भी दावत दी गयी थी जिनके लिए एक अलग शामियाना लगाया गया था। हालाँकि उनमें से कुछेक ही अपने शौहरों के साथ आ पायी थीं क्योंकि ज़्यादातर शाही महल के क़रीब बनी अपनी नयी हवेलियों को व्यवस्थित कराने में व्यस्त थीं। दावत की शुरुआत बहुत शानदार रही–एक दिन के लिए ही सही लेकिन मेहमान अपने पुराने शहर आगरा में लौटकर बहुत ख़ुश नज़र आ रहे थे।

'अब मुर्तज़ा बेग को ही देख लें', नौबत ख़ान ने उस आदमी की तरफ़ सबका ध्यान खींचने की कोशिश की जिसके बारे में मशहूर था कि उसके दिमाग़ में शतरंज की पाँच से दस हजार चालें हर वक़्त मौजूद रहती थीं। 'जनाब ने अपने पसन्द के हर आदमी की तस्वीरें घर में बनवायी हैं। उनमें उनकी चार बेगमें भी शामिल हैं!'

अब्दुल्लाह और हसन ने उसकी बात सुनकर अपना–अपना सर हिलाया–'आप यह कैसी झूठी बातें फैला रहे हैं! चित्रकार हरम में भी दाख़िल हो गये?' दोनों तुर्की भाषा के मशहूर कवि थे।

'नहीं, नहीं...ग़लत तर्जुमे की वजह से आपसे समझने में चूक हुई, ठीक वैसे जैसे बादशाह ने हिन्दुस्तान की किताबों का फ़ारसी

तर्जमा करने का हुक्म दिया था।' जब नौबत ख़ान ने ख़ुदापरस्त मुर्तज़ा बेग के उपन्यास 'चाल' के बारे में सबको विस्तार से बताया तो सभी मेहमानों ने उनकी बहुत तारीफ़ की। मुर्तज़ा बेग ने अपनी चारों बेगमों की तस्वीरें दरअसल अपनी सबसे बड़ी बेटी से बनवायी थीं जिसे अल्लाह ने ख़ूबसूरत आँखें और जादू भरी उँगलियाँ बख़्शी थीं। उसके बाद उन्होंने किताबख़ाने के एक चित्रकार को ख़ासतौर पर इसलिए बहाल किया था ताकि वह उन तस्वीरों की नक़ल करके उनको और ज़्यादा ख़ूबसूरत बना सके।

'यह सारा रोग बादशाह का लगाया हुआ है! अब हम सबको भी अपनी तस्वीरें बनवाने का चस्का लग गया है। अकबर को जो चाहिए, हमें भी वही चाहिए होता है। वैसी ही कहानियाँ और वैसी ही तस्वीरें–कई मीर और मिर्ज़ा तो अब अपने पालतू जानवर और चिड़ियों की तस्वीरें भी बनाने के लिए कहने लगे हैं। बिल्लियाँ, घोड़े, तोते और पिंजड़ों में बन्द मकड़े तक की तस्वीरें। इसीलिए यह कोई हैरत की बात नहीं कि कव्वों से ज़्यादा चित्रकारों की तादाद हो गयी है!' नौबत ख़ान ने अपनी बातों पर ज़ोर डालते हुए कहा। 'ज़रा सोचिए, किताबख़ाना जब आगरा से उठकर सीकरी चला जायेगा तो क्या हालत होगी। सीकरी में तो उनकी और भी ज़्यादा माँग होगी।'

'तब हमारे यहाँ आगरा में चित्रकारों की बनिस्बत कव्वे ज़्यादा हो जायेंगे,' सलीम अमीरी ने ज़ोर का ठहाका लगाया।

अब्दुल्लाह जो ज़्यादा शराब पीने की अपनी लत की वजह से बदनाम था, ने रंगों के व्यापारी की तरफ़ झुकते हुए कहा, 'काश, बादशाह भी पढ़ा–लिखा होता! तब चित्रकारों से ज़्यादा कवि होते! तब कव्वों से भी ज़्यादा कवि होते!'

उसके बाद शाही ख़ज़ांची आख़िरकार नौबत ख़ान को घेरकर बैठे हुए मेहमानों के एक छोटे से समूह से मुख़ातिब हुआ। वह वीणावादक की तरह अदब में हल्के से झुका, और सलीम अमीरी को निष्कलुष और शिष्ट लहजे में छेड़ा, 'ख़ज़ाने पर सुना है रंगों के एक ख़ास व्यापारी ने पहले ही हाथ साफ़ कर लिया है। जब तक उसका

पुराना बकाया चुका नहीं दिया जाता है तब तक किसी भी तस्वीर में एक लकीर तक नहीं खींची जा सकती, यह दावा ख़ुद उसने ही किया है। ऐसा लगता है कि इस दुनिया में ख़ुशियों के रंग भरने के लिए अल्लाह भी उसी का मोहताज है!' क़रीब ही कुछ और लोग भी खड़े थे। उनमें हक़ीम इस्माइल सफावी भी था जो अपने बहनोई और शाही रसोईघर के निरीक्षक शैबाक़ के साथ महँगे रत्नों के औषधीय गुणों पर बातें कर रहा था। वह बतला रहा था कि माणिक्य तीन रंगों के होते हैं और सारे के सारे पन्ना भी एक जैसे नहीं होते हैं। वह बहुत ही क़ाबिल आदमी था। उसने अल–क़ानून पर एक तफ़सीली टिप्पणी भी लिखी थी–औषधियों के सिद्धान्त के नाम से। उसके हुनर के साथ–साथ लोगबाग उसकी जानकारी को भी बहुत इज़्ज़त देते थे। पिछले कई साल तक उसने आगरा के दरबारियों का इलाज किया था।

'पन्ना जो है साबुन की टिकिया की तरह दीखता है या फिर जंगली केसर के बीज की तरह। उसका रंग बिच्छू की तरह भी हो सकता है, या कच्चे गोश्त की तरह। सीरिया में पाया जाने वाला पन्ना स्पेनी पन्ने के मुकाबले ज़्यादा क़ीमती होता है।'

शैबाक़ की नज़रें हठात् अपनी उँगलियों पर चली गयीं–पन्नाजड़ी अपनी अँगूठी पर।

उन दोनों की बातें सुनकर शाही ख़ज़ांची भी उनकी तरफ़ बढ़ गया। शाही ख़ज़ाने में रत्नों की जाँच करते–करते वह भी रत्नों के मामले में ख़ासा जानकार हो चुका था। उसके पास शाही तोहफ़ों और जीती हुई रियासतों की अकूत दौलत से जुड़े हुए इतने क़िस्से थे कि उन्हें सुनाकर वह किसी भी दावत में आये आधे से भी ज़्यादा मेहमानों का ध्यान अपनी तरफ़ खींच लेने की कुव्वत रखता था। कोह-–ए–नूर हीरे की कहानी उसकी सबसे पसन्दीदा कहानी थी जिसे एक जीती हुई रियासत की रानी की इज़्ज़त की एवज़ में रेहन के तौर पर हासिल किया गया था।

खाना ख़त्म होने के बाद ख़्वाजा के मेहमानों के बीच बातचीत

का मुद्दा भी बदल चुका था और उस बातचीत में शाही मुंसिफ़, शाही ख़ज़ांची, शाही बावर्चीख़ाने का निरीक्षक और शाही संगीतज्ञ सब–के–सब शामिल थे।

बाँसुरी वादक शेख़ मुराद जिसकी संगीतज्ञों में सबसे ज़्यादा इज़्ज़त थी, बायें हाथ से बगल में बैठे इस्माइल सफ़ावी के कन्धे को थपथपाते हुए शातिराना लहजे में फुसफुसाते हुए कुछ कह रहा था। ख़ादिम मेहमानों के सामने बिछे दस्तरख़्वानों को समेट चुके थे।

'मामला सिर्फ़ तर्जुमे पर ख़त्म नहीं होने वाला। वह हमें रोज़ की नमाज़ की जगह हिन्दुस्तानी किताबें पढ़ने के लिए मजबूर कर के मानेगा।' शेख़ मुराद गर्म पानी से भरी कटोरी में अपनी उँगलियाँ साफ़ कर रहा था।

'वह हम सबको शायद तीस करोड़ देवी–देवताओं के नाम भी याद करवा देगा!' हक़ीम ने भी उसके सुर में अपना सुर मिलाया।

'सीकरी के बावर्चीख़ाने के छज्जे से शैबाक़ बादशाह को उसके झरोखे पर देखता था। उसकी आँखें आसमान की तरफ़ उठी होती थीं। उसके कहे मुताबिक़ एक हिन्दू संन्यासी ने बादशाह को वशीकृत कर लिया है', उसने धीमी आवाज़ में कहा।

'क़ाफ़िर। ख़ुशामदपसन्द!' नौबत ख़ान की आवाज़ में एक तिरस्कार का भाव था।

'सिर्फ़ बीस साल की उम्र में उसने क़ाफ़िरों से वसूला जाने वाला कर ख़त्म कर दिया। उसने उनकी बेटियों की शादियाँ तक करवायी। मशालें जलायीं और आग के साथ पूजा–अर्चना भी की। इस बात की फ़िक्र किये बग़ैर कि यह सही है या ग़लत, उसने अपने बाल कन्धे तक बढ़ा लिए और अपने माथे पर टीका लगाया जैसे वह...' शाही ख़ज़ांची बड़ी मुश्किल से अपनी शिष्ट आवाज़ को अपने भीतर जज़्ब कर पाया।

मुर्तज़ा बेग भी इन बातों से अचम्भित था, फिर भी वह ख़ामोश रहा। हसन की गोद में अपना सिर रखे आराम फ़रमाते हुए अब्दुल्लाह ने एक पल के लिए अपनी आँखें खोलीं–'वह ईसाईयों

की पवित्र किताब भी चूमता रहता है, जो उसे एक पुर्तगाली ने तोहफ़े में दी थी।'

'क्या सचमुच..!' शाही ख़ज़ांची ने हिक़ारत से अपनी आँखें बन्द कर लीं।

'नहीं, यह नहीं हो सकता!' हकीम के चेहरे पर भी एक तनाव दिखने लगा।

'मैं क़सम खाकर कह सकता हूँ।' अब्दुल्लाह ने इसी बहाने मज़ाक़ में रुबाई कह डाली, 'मैं एक कबूतर की पूँछ की, एक बाज की कलगी की, एक पिद्दी की सुरीली आवाज़ की, काले कव्वे के पंखों की, बुलबुल के दर्द की क़सम खाता हूँ...'

शाही मुंसिफ़ ने पहली दफ़ा इस बातचीत में दख़लअन्दाज़ी की। उसने कई मौक़ों पर बादशाह को मज़हबी मुद्दों पर बोलते हुए सुना था।

'उसका मानना है', उसने निरपेक्ष भाव से कहा, 'कि सब मज़हबों में अच्छाइयाँ और बुराइयाँ हैं। फ़ुज़ूल की चीज़ें फ़ुज़ूल की ही होती हैं–कोई किसी से बेहतर या बदतर मज़हब नहीं होता।'

'मतलब कि दिन और रात में कोई फ़र्क़ नहीं?' इस्माइल सफ़ावी ने मखौल उड़ाते हुए कहा।

'कबूतर और उल्लू में भी फ़र्क़ नहीं?'–बाँसुरी वादक की आवाज़ आयी।

'तब तो एक विधवा भी एक कुँवारी लड़की है?'–इस बार नौबत ख़ान की बारी थी।

'वह आग की लपटों रो खेलता हुआ अभी एक बच्चा है,' दार्शनिक मुर्तज़ा बेग ने ठण्डी साँस भरी।

—•—

शामियाने में लगी मशालों को जलाने के लिए ख़ादिम आ चुके थे। जल्दी ही यमुना नदी के पानी में रोशनियों के सितारे झिलमिलाने लगे।...

—•—

शामियाने के बीच की फाँक से बिहज़ाद ने जुलेखा को औरतों के लिए बने शामियाने में देखा। वह अकेली थी और दूसरी बेगमों की तरह फुज़ूल की गपशप में मशगूल नहीं थी। बिहज़ाद उसके ऐन सामने जाकर खड़ा हो गया। उसने एक घुटने को ज़मीन पर टेकते हुए उसके प्रति अपना अदब ज़ाहिर किया क्योंकि जुलेखा उससे रिश्ते और उम्र दोनों में बड़ी थी। शिष्टाचारवश जुलेखा ने भी अपने घुटने को टेकते हुए बिहज़ाद का अदब कुबूल किया। दोनों साथ–साथ दावत पर निगहबानी करते हुए आगे की तरफ़ बढ़ने लगे। बिहज़ाद ने ग़ौर किया, जुलेखा उसकी उँगलियों को देख रही थी–उसकी अँगूठी से लेकर उसके भोथरे नाख़ूनों तक को। क्या उसके दिमाग़ में कोई नया खेल रचा जा रहा था, बिहज़ाद सोचने लगा। दोनों की देह में एक ख़ामोश–सी सिहरन दौड़ गयी।

वह उसके लिए नर्गिस के फूलों का हार लेकर आया था। लेकिन जुलेखा ने अपना चेहरा उससे दूर करते हुए उस पर हिजाब चढ़ा लिया।

'क्यों?' उसने पूछा।

'नर्गिस के फूलों की आँखें होती हैं। कोई और मुझे देखे, यह बात मुझे पसन्द नहीं।'...

अब दावत शराब की बजाय माजून की दावत में बदल चुकी थी। आगरा के मशहूर हलवाइयों के हाथों अफ़ीम मिलाकर बनाया गया और गुलाब की ताज़ा पंखुड़ियों में लिपटा हुआ माजून। एक छोटी–सी झपकी लेने के बाद तरोताज़ा हो चुका ख़्वाजा अपने मेहमानों पर ध्यान देने में फिर से व्यस्त हो चुका था। अब्दुल्लाह से लेकर इस्माइल सफ़ावी तक हर कोई नौबत ख़ान से अपनी वीणा पर कुछ सुनाने की गुज़ारिश कर रहा था। शेख़ मुराद जैसा सम्मानित संगीतज्ञ भी इस अनुरोध में शामिल था। एक गोल दायरे में बैठ चुके सारे मेहमान इस दावत के आख़िरी चन्द घण्टों का भरपूर मज़ा लेने के लिए तैयार थे।

इसी बीच किसी धूमकेतु की तरह सलीम अमीरी दोबारा शामियाने में तेज़ी से दाख़िल हुआ। उसके साफ़े का लम्बा सिरा पीछे की तरफ़ लटका हुआ था और वह अभी–अभी अपनी हवेली का एक चक्कर लगा कर लौटा था। वह अपने साथ एक सनसनीखेज़ ख़बर भी लेता आया था जिसे सुनकर नौबत अली और बाक़ी बैठे मेहमान भी ख़ामोश हो गये। ख़ुद सलीम अमीरी के लिए यह अवाक् कर देने वाली बात थी गोया उसके लफ़्ज़ों ने उसे धोखा दे दिया हो।

'नादिर–उल–मुल्क ने अब अपना काम बन्द कर दिया है।'

'कौन?' नौबत ख़ान ने बीच में टोका।

'मीर सईद अली। अब उसने आगे से तस्वीरें नहीं बनाने का फ़ैसला किया है। उसने अपने शागिर्दों को भी वापस लौटा दिया। उसने चित्रकारी पूरी तरह से बन्द कर दी है।'

'बन्द कर दी है?' ख़्वाजा ने सलीम अमीरी के एकदम क़रीब़ जाकर पूछा।

सलीम अमीरी ने अपनी गर्दन हिलायी–'हाँ, अपनी कूची को क़लमदान में रखते हुए यह ऐलान उसने ख़ुद किया और वापस मुड़कर लौट गया।' उसे ख़ुद इस बात पर यक़ीन नहीं हुआ था, 'मुझे लगा कि उस बूढ़े उस्ताद का शागिर्द जो हवेली लौटते हुए मुझे रास्ते में मिल गया था, उसने मुझको चिढ़ाने के लिए ऐसा कहा इसलिए मैं दोबारा चित्रशाला में गया।' उसने अपनी बात जारी रखी। उसने कहा, 'एक चित्रकार यह बात बख़ूबी जानता है कि कब उसे चित्रकारी बन्द कर देनी चाहिए, वरना वह दोबारा किसी बच्चे की तरह तस्वीरें बनाने लगेगा।'

ख़ादिमों के लिए बनाये गये हिस्से की ओट में खड़ा बिहज़ाद यह सुनकर हाथ में माजून का टुकड़ा लिए जड़वत् खड़ा रह गया।

'क्या वह फ़ारस लौट जायेगा?' ख़्वाजा ने पूछा।

बाक़ी लोग भी खुसुर–फुसुर करने लगे।

'शायद तबरीज़ लौट जायेगा?' मुर्तज़ा बेग ने अनुमान लगाया। फिर उसके चेहरे पर मुस्कान लौट आयी। ज़ाहिर–सी बात है, 'जब

कोई कलाकार अपने विषय पर ध्यान नहीं देगा, उसकी कला एक दिन ख़ुद दम तोड़ देगी।'

'इस उम्र में वह हिन्दुकुश पार कर पायेगा?' हक़ीम ने अपना संशय प्रकट किया। शाही ख़ज़ांची ने भी उसकी हाँ में हाँ मिलायी। 'बादशाह उससे यहीं सीकरी में रहने के लिए उसकी पसन्द की हवेली दे देगा।'

कवि अब्दुल्लाह अभी भी जाग रहा था–बोला, 'वह ज़रूर वापस लौट जायेगा। उसे लौट जाना भी चाहिए। नहीं? ताकि, वह अपने बचपन की नीली झील को देखता हुआ अल्लाह से अपनी ज़िन्दगी पर आख़िरी दफ़ा क़लम चलाने का इन्तज़ार कर सके?'

'लेकिन यहाँ तो मैं पहली क़लम का बेसब्री से इन्तज़ार कर रहा हूँ। जो चित्रकार 'अकबरनामा' पर सबसे पहले काम करना शुरू करेगा, वही अकबर का मुख्य चित्रकार बनेगा।' अब तक इस ख़बर से बहुत हद तक उबर चुका सलीम अमीरी भी किताबख़ाने के अगले वारिस का अन्दाज़ लगाने वाली इस ताज़ा बहस में शामिल हो गया था।

सबकी आँखें ख़्वाजा पर टिकी हुई थीं और ख़्वाजा अपनी आँखें ऊपर उठाये हुए था मानो उसे अल्लाह के करम का आसरा हो।

'ऐसा भी तो हो सकता है कि कोई बादशाह की किताब पर काम करना पहले से शुरू कर चुका हो। उसकी इजाज़त के बग़ैर?' सलीम अमीरी की आँखों में एक अजीबोग़रीब चमक दिख रही थी– 'तब क्या होगा जब अजीब जानवरों की तस्वीरें बनाने वाले किसी चित्रकार को यह लगने लगे कि जहाँपनाह की तस्वीर बनाने की ज़िम्मेदारी भी उसी की है?'

'तब क्या होगा, तब क्या होगा...' हक़ीम भन्नाते हुए बुदबुदाया। वह सलीम अमीरी की इस बुझौव्वल का मतलब निकालने में नाकाम था... 'कौन? कौन है वह चित्रकार?'

मेहमान एक–दूसरे को ग़ौर से देखने लगे। नौबत ख़ान ने ऊँची आवाज़ में कहा, 'वह जिसे हिन्दुस्तान में वनमानुष बुलाया जाता

था, हाँ एक बन्दर! अदिली!' उसने बड़ी बेरुख़ी से उस अफ़गानी चित्रकार का नाम लिया।

अब्दुल्लाह और हसन दोनों अपनी ज़बान से अदिली के बारे कोई भद्दी बात निकालने ही वाले थे लेकिन ख़्वाजा ने उन्हें रोक दिया और कहा, 'बादशाह ख़ुद चित्रकार का नाम तय करेगा। बहुत सोच–विचार कर। क्योंकि वह ख़ुद भी बहुत समझदार है।' उसके बाद उसने अपने ख़ादिमों को एक इजल लाकर शामियाने के बीचोबीच रख देने का हुक्म दिया। उसके बाद उसने मेहमानों से उस इजल के सामने इकट्ठा हो जाने की गुज़ारिश की। इजल पर एक छोटी–सी तस्वीर पहले से लगी हुई थी जिस पर एक मखमली कपड़े का पर्दा लगा था। ख़्वाजा ने ख़ादिमों से शामियाने से बाहर जाने का इशारा किया। उसके बाद उसने बगल के शामियाने में इकट्ठी औरतों को ऊँची आवाज़ में यह बताया कि तस्वीर देखने की उनकी बारी थोड़ी देर बाद आयेगी। शाम ढलने के साथ–साथ ख़्वाजा थकने लगा था और उसके साफ़े का सिरा छलकी हुई शराब से गीला होकर महकने लगा था। उसकी अचकन के बटन पूरी तरह से तन चुके थे गोया अब टूटने वाले हों। वह अपने मेहमानों से मुख़ातिब था–जो आगरा और सीकरी कला और संगीत के असली पारखी थे।

'बिहज़ाद,' उसने बड़े प्यार से उस लड़के का नाम पुकारा, 'इस उत्सव भरे दिन की समाप्ति के बाद आप सबके लिए एक तस्वीर पेश कर रहा है ताकि आप रात में आराम से सो सकें।'

बिहज़ाद सकुचाता हुआ ख़ादिमों के लिए बनाये गये शामियाने की आड़ से बाहर निकला। ख़्वाजा ने लगभग धकेलते हुए उसे आगे बढ़ाया और उसका हाथ पकड़कर उससे रेशम की बनी पतली डोरी खिंचवायी और इजल पर पड़ा आवरण हट गया।

मेहमान आगे खड़े लोगों के कारण उचक–उचक कर तस्वीर को देखने लगे।

वह जुलेखा और युसूफ़ की कहानी पर बनी एक तस्वीर थी। पूरे फ़ारस में यह एक शर्मसार कर देने वाली कहानी के तौर पर

मशहूर थी। एक बदनाम कहानी। यह तस्वीर शहज़ादी जुलेखा के अपने ख़ूबसूरत ग़ुलाम युसूफ़ के लिए चाहत की कहानी पर बनायी गयी थी। बिहज़ाद ने जुलेखा को एक सुनहरे मैदान में बनफ्शा के फूलों और तितलियों के बीच बैठा दिखाया था। वह बेसब्री से अपने आशिक़ का इन्तज़ार कर रही थी जो कमर तक उघड़ी देह में थोड़ी दूरी पर घास की सफ़ाई कर रहा था। जैसे ही दोनों एक–दूसरे से मिलते हैं, वह उसके कन्धों पर अपना सर टिका देती है और वह उसे अपनी बाँहों के घेरे में ले लेता है। शहज़ादी के गले से जैसे एक राहत भरी आह निकलती है और उसके दोनों होंठ खुल जाते हैं।

तस्वीर देखकर मेहमानों में एक ख़ामोशी पसर गयी। बीच–बीच में सिर्फ़ किसी के खाँसने और क़दमों की चाप सुनायी दे रही थी। आगरा और सीकरी से आये मेहमान अवाक् और एकटक देख रहे थे। इस कहानी की उम्मीद उनमें से किसी को भी नहीं थी, सबने यही उम्मीद की थी कि ख़ुद बादशाह की शान में कोई सुन्दर–सी तस्वीर पेश की जायेगी। शायद बादशाह ख़ुद की तस्वीर या सीकरी के अपने दरबारियों के बीच बैठा बादशाह या अपनी नयी राजधानी का मुआयना करता बादशाह या नमाज़ पढ़ता हुआ बादशाह। लोगों को दरबार में नौजवान विजेता के रूप में दाख़िल होते हुए अकबर को देखने की उम्मीद थी। आख़िर पूर्ववर्ती मुग़ल बादशाहों में एक क़ाबिल और कमउम्र के बादशाह रूप में उसकी योग्यता का लोहा हर कोई मानता था। ख़्वाजा ने विस्मय से अपनी नज़रें चारों तरफ़ दौड़ायीं। उसे लगा कि अनावृत होने वाली अगली तस्वीर शायद 'उपयुक्त' होगी।

तभी अचानक नौबत ख़ान तस्वीर की तरफ़ बढ़ा–'कितनी सुन्दर कलियाँ हैं! काश मैं इनमें से एक को तोड़कर अपने साफ़े में खोंस पाता!'

उसके ठीक पीछे शाही ख़ज़ांची भी खड़ा था–'मेरी भी कुछ ऐसी ही चाहत थी! लेकिन मुझे लगा कि अगर मैं ऐसा करने की कोशिश भी करूँगा तो शाखों पर बैठी सारी चिड़ियाँ डरकर उड़ जायेंगी!'

सब–के–सब मौजूद लोग पूरे दृश्य को तारीफ़ भरी नज़रों से देख रहे थे–एक मनोरम बागीचा–कहानी का ज़िक्र कोई नहीं कर रहा था। शुरुआती सदमे के बाद अब लोगों के मुँह से लफ़्ज़ फूटने लगे थे और अब वे उस छोटे से उस्ताद की तारीफ़ में क़सीदे पढ़ रहे थे।

'एक मौक़ा उस वनमानुष को भी दिया जाना चाहिए, शायद वह इससे बेहतर कुछ बना पाये।'

तभी कवि अब्दुल्लाह ने फुसफुसाते हुए लोगों को आगाह किया–'शऽऽऽ, इन आशिक़ों को कोई परेशानी न हो।...'

—•—

ख़्वाजा की आँखों में एक चमक कौंध गयी। युसूफ़ और जुलेखा! वहाँ मौजूद सभी मेहमान उस तस्वीर को देख रहे थे। शहज़ादी की आँखें बिल्कुल उसकी बेगम से मिलती–जुलती थीं। और, वह ग़ुलाम एकदम उसके बेटे की तरह दीखता था।

—•—

हवेली लौटने के बाद दोनों बाप–बेटे ख़्वाजा के कमरे में एक–दूसरे के आमने–सामने बैठे हुए थे। पूरा कमरा एक बड़ी–सी कन्दील की रौशनी में जगमगा रहा था।

'मुझे बादशाह की कोई तस्वीर दिखाओ।' उसने बिहज़ाद के चेहरे से अपनी आँखें हटाते हुए कहा। उसकी आवाज़ और चेहरे पर लम्बे वक़्त तक चली दावत की थकान और उकताहट अभी भी साफ महसूस हो रही थी।

'कहाँ है वह?' किताब के पन्नों को तेज़ी से पलटते हुए उसने अधीरता से पूछा। वह कम–से–कम किसी अकेली ऐसी तस्वीर को देखना चाहता था जो उसकी नज़र में महत्त्वपूर्ण थी। लेकिन हर पन्ने को पलटने के बाद उसके चेहरे की मायूसी बढ़ती जा रही थी।

'सिर्फ़ कहानियाँ! कहानियों के अलावा तुमने, कोई तस्वीर नहीं बनायी? क्या दारोगा ने भी तुम्हें आगाह नहीं किया कि यह काफ़ी

नहीं है? यहाँ तोतों और शाहों को भूल जाओ। यह फ़ारस नहीं है। हम सब हिन्दुस्तान में हैं, बिहज़ाद। यहाँ की कहानियाँ अलग हैं। अकबर–वही हमारी कहानी है।'

'ये कहानियाँ नहीं हैं।'

ख़्वाजा ने उसकी तरफ़ चकित भाव से देखा–'कहानियाँ नहीं हैं! तुम्हारा मतलब है, वे सचमुच के जुलेखा और युसूफ़ नहीं हैं? बेवकूफ़ी की बातें मत करो बिहज़ाद। अगर यह एक कहानी नहीं है तो फिर हिन्दुस्तान की काली मिट्टी में फ़ारसी चिनार के पेड़ कैसे उग सकते हैं?'

'ये युसूफ और जुलेखा नहीं हैं।'

'तब कौन हैं?' ख़्वाजा सचमुच उसकी बातों से चकित था।

'समर्पण।' उसने अपनी निगाहें झुकाते हुए जवाब दिया।

'और यह क्या है?' ख़्वाजा ने किताब को पटकते हुए समुद्री मुर्गे की तस्वीर दिखलायी।

'यह फ़तह है।' उसने मीर सईद अली के लहजे में कहा, जैसे 'नाइट ऑफ़ दी चूज़ेन वन' को समझा रहा हो।

'और यह?' ख़्वाजा ने क़िले की छत से दिखते हुए सुबह के दृश्य की तरफ़ इशारा किया।

'प्रार्थना।'

'प्रार्थना?'

'सूरज से प्रार्थना करती हुई धरती।'

ख़्वाजा ख़ामोश था। फिर, ज़रा बदले हुए लहजे में उसने दोबारा बिहज़ाद को समझाने की कोशिश की–'फ़ारस में कहानियों से काम चल जाता है। सबसे बड़े चित्रकार ने भी कभी किसी शाह या मिर्ज़ा की तस्वीर नहीं बनायी। कलाकार और कवि बिल्कुल एक जैसे होते थे। उनकी क़लम किसी के भी हुक्म की गुलाम नहीं थी। लेकिन यहाँ..,' ख़्वाजा की आवाज़ डूबी हुई–सी महसूस हो रही थी मानो कहीं दूर से आ रही हो।

'हिन्दुस्तान की रूह एक ही शख़्स है। उसका नाम अकबर है।

यह उसके लफ़्ज़ हैं बिहज़ाद, जो हज़ारों लोगों की दुआओं से भी बड़े हैं।'

ख़्वाजा ने कहा, 'बिहज़ाद की क़ाबिलियत को पेश करने के लिए रखा गया यह मुक़ाबला शुरू होने के पहले ही ख़त्म हो चुका था। उस मुक़ाबले में मीर सईद अली के मौजूद नहीं होने की सूरत में यह तक़रीबन तय था कि आगरा और सीकरी से आये कला–पारखी बादशाह को बिहज़ाद को ही किताबख़ाने का नया वारिस बहाल करने का मशविरा देते। वह मुग़ल और फ़ारसी एक साथ दोनों था। किताबख़ाने के सैकड़ों चित्रकारों में सबसे क़ाबिल वही था। वह ख़ुद बादशाह की तरह नौजवान था और महान चित्रकार की तरह प्रतिभाशाली था। लेकिन उसके सामने अभी भी अकबर की एक तस्वीर बनाकर उसे ख़ुश करने की चुनौती थी।

बिहज़ाद ने दोबारा तस्वीरों की किताब ख़्वाजा की तरफ़ सरका दी, और पन्ने पलटकर उसे शाही दरबार का एक दृश्य दिखाया। उसने बादशाह के तख़्त की तरफ़ इशारा किया।

ख़्वाजा उस तस्वीर को देखकर भी राज़ी नहीं हुआ।

'नहीं बिहज़ाद। इस तस्वीर में बादशाह दिखलायी नहीं दे रहा है। उसकी जगह सिर्फ़ उसका ताज दिख रहा है।'

बिहज़ाद पन्ने पलटता गया और शाही शिकार की तस्वीर के पन्ने पर ठिठक गया। नीले रंग का हिरण बादशाह के तीर को अपनी तरफ़ तेज़ी से आता देख अपनी मौत का इन्तज़ार कर रहा था।

'वह इसमें भी नहीं दिख रहा' ख़्वाजा ने भन्नाते हुए कहा। बहरहाल उसने किसी तरह अपनी खिजलाहट पर क़ाबू पाया और एक उस्ताद के लहजे में बिहज़ाद को समझाने की कोशिश करने लगा कि अपने बादशाह की ख़िदमत में एक चित्रकार को कैसी तस्वीरें बनानी चाहिए।

'जंग का मैदान। दुश्मनों के घेरे को तोड़ते हुए अपने तिपुचाक घोड़े के जीन पर बैठे बादशाह के बारे में कल्पना करो जिसकी दायीं बाँह में एक भाला धँसा हो।'

'जंग का मैदान? अजीब बात है...,' बिहज़ाद ने अपनी आँखें बन्द कर लीं।

'क्या उसके वालिद ने सिर्फ़ युद्धों के ज़ख़्मों को भरने के एवज़ में आपको सोने की हज़ारों मोहरें नहीं दीं?'

ख़्वाजा हक्का–बक्का उसकी तरफ़ देख रहा था–'कैसे ज़ख़्म?'

'उसने आपको ख़ून के धब्बों को तस्वीरों की सुन्दरता से मिटा देने के लिए नहीं कहा?'

उसने अपने हाथों के ज़रिये बिहज़ाद को कई दृश्यों के बारे में समझाने की कोशिश की–'कैसे अकबर ने एक बाग़ी राजकुमार से समर्पण कराकर उसे अपनी पनाह में जगह दी? ख़ून का एक भी कतरा बहाये बग़ैर। सिर्फ़ अपनी ताक़त की महिमा और क्षमादान से।'

'क्षमादान? क्या एक चित्रकार को एक शर्मनाक लूट की तस्वीर भी बनानी चाहिए? सोने की मोहरों, ज़ेवरों और हीरे–पन्नों से भरी हुई बड़ी–बड़ी थालें, पालकियों में बैठी क़ैद की गयी औरतें...'

ख़्वाजा भौचक्का उसे देख रहा था–'किसने तुमको ये बेहूदा बातें बतलायीं? कौन है वह?' आदतन वह सलीम अमीरी की हवेली की तरफ़ देखने लगा, मानो वह अपने बेटे से बातें करने की जगह अपने दोस्त की आती हुई आवाज़ें सुन रहा हो।

'और अगर चित्रकार ख़ुद ही बाग़ी हो जाये तो? उसे माफ़ करने की एवज़ में बादशाह को उससे कितनी दौलत वसूलनी चाहिए' बिहज़ाद ने अपनी बात जारी रखी।

थोड़ी देर के लिए तो ख़्वाजा को भी लगा कि वह अफ़गानी अदिली ठीक कहता है। एक लड़का जिसके अभी दूध के दाँत भी नहीं टूटे हैं! जिसने अभी तक अपने चेहरे पर उस्तरा भी नहीं फेरा है! एक जाहिल–अनपढ़ लड़का जिसे यह ग़लतफ़हमी हो गयी है कि वह एक ताक़तवर बादशाह की सारी सच्चाइयाँ जानता है।

'एक बादशाह की हैसियत उसकी दर्ज की गयी जीतों से तय होती है। एक चित्रकार की हैसियत किस बात से तय होती है', बिहज़ाद ने सवाल किया।

'ख़बरदार!' ख़्वाजा ने तमतमाकर अपनी जगह से उठने का उपक्रम करते हुए कहा–'उन तमाम लोगों से दूर रहो जो बेसिर–पैर की बातें करते हैं, जो नज़्में पढ़ने में जन्नत का सुख महसूस करते हैं, जो कहते हैं नमाज़ मत पढ़ो, रोज़े में न रहो, एक बुतपरस्त की तरह जिओ।' उसका गरजना जारी रहा, 'एक चित्रकार को फ़ुज़ूल की बकवास करने की बजाय अपनी आँखों से देखने की आदत डालनी चाहिए।'

'एक चित्रकार को वह दिखाना चाहिए जो उसकी आँखों ने नहीं देखा हो।' बिहज़ाद के प्रतिवाद में लोहे जैसी दृढ़ता थी।

ख़्वाजा ने किसी तरह दोबारा ख़ुद को क़ाबू में किया। भोर होने में ज़्यादा वक़्त नहीं था। ख़्वाजा ने दोबारा बिहज़ाद को बादशाह की कोई ऐसी तस्वीर बनाने के लिए कहा जिसमें वह दुश्मनों या जंगली जानवरों से नहीं बल्कि शाही नर्तकियों से घिरा हुआ था।

'होली! हिन्दुस्तान का त्योहार! उस अकबर की कल्पना करो जो अपनी बेगमों पर पिचकारी से रंग डाल रहा हो और अपनी ख़ास बेगम पर रंग–बिरंगे गुलाल उड़ा रहा हो। उसके अनन्त आकर्षण का अनुमान लगाओ और सम्भव हो तो अपनी तस्वीर के ज़रिये उसकी प्रशंसा करो!'

बिहज़ाद फ़र्श को देखता बैठा रहा। उसकी आँखों में रेगिस्तानी घासों की बियावानी थी और माजून का हल्का नशा था। ख़्वाजा की आवाज़ गोया उसके कानों तक नहीं पहुँच रही थी।

ख़्वाजा ने उसके सामने एक सफ़ेद पन्ना फैला दिया और एक क़लम उसकी तरफ़ सरका दी।

'बनाओ!'

वह अकबर की अब तक की सबसे भव्य तस्वीर थी। बादशाह का सर और उसकी गर्दन किसी प्रत्यंचा की तरह तने हुए थे। दोनों हाथ मुआफ़ी माँगने के अन्दाज़ में जुड़े हुए थे और उँगलियाँ पैने हथियार–सी। आँखों में एक सर्द–सी नमी। दोनों होंठ सख़्ती से बन्द। चेहरे का मस्सा जैसे कि अधपकी चेरी हो। एक बादशाह की तस्वीर, जिसका दिल किसी जानवर–सा निष्ठुर हो।

ख़्वाजा के होंठों पर मुस्कान तैर गयी। अपनी जगह से उठ खड़े होते हुए उसने बिहज़ाद के चेहरे को अपने दोनों हाथों के बीच पकड़ लिया और उसे चूम लिया।

'नन्हें उस्ताद!'

फिर बिहज़ाद के हाथ से क़लम लेते हुए उसने हाशिये पर अपने निरक्षर बेटे का नाम लिख दिया।

सीकरी। विजेता बादशाह की नयी राजधानी। चौदह साल की उम्र में जब उसने हिन्दुस्तान की गद्दी सँभाली थी और अब जबकि वह छब्बीस साल का हो चुका था, पूरा हिन्दुस्तान अधीरता के साथ नये बादशाह के पैदा होने का इन्तज़ार कर रहा था। जब–जब वह किसी जंग पर जाता, तब–तब लोग आशंकित हो उठते थे। अगर वह ज़िन्दा वापस नहीं लौटा तो क्या होगा? उसकी जगह कौन लेगा? किसी के पास इस बात का कोई सटीक जवाब नहीं था कि उसके मारे जाने की स्थिति में उत्तराधिकार के लिए संघर्ष का क्या रूप होगा। जिस मुग़लिया सल्तनत को युद्ध और सन्धियों की बुनियाद पर दशकों की मेहनत के बाद खड़ा किया गया था, उसके टुकड़े–टुकड़े कर देने की घात लगाये बैठे दुश्मनों की कोई कमी नहीं थी।

उसके शासनकाल के शुरुआती सालों में निरन्तर युद्ध के वाज़िब कारण थे। ऐसे मौक़े दुर्लभ होते थे जब बादशाह आगरा में मौजूद रहता था। उसका ज़्यादातर वक़्त हरम के नर्म बिस्तरों की बजाय घोड़े की पीठ पर बीतता था। अपने विरोधियों के पतन की जगह उसका मक़सद उन पर फ़तह हासिल कर सल्तनत का तब तक लगातार विस्तार करना था जब तक कि उसकी बिखरी हुई सल्तनत एक संगठित मुल्क यानी कि हिन्दुस्तान का नक़्शा नहीं ले लेती। इसलिए जब कभी भी वह जंग के लिए कूच करता तो उसकी प्रजा उसकी जीत की दुआएँ माँगती थी। उनकी दुआओं में अकबर के वारिस की पैदाइश की दुआ भी शामिल होती थी ताकि कुछ अप्रत्याशित घटने की स्थिति में उसकी गद्दी एक दिन भी ख़ाली न रहने पाये।

लेकिन हरम में बेगमों और रखैलों की एक बड़ी तादाद के

बावजूद वह एक बूढ़े हो चुके पेड़ की तरह अभी तक बेऔलाद था। एक–दूसरे से बेतरह जलने वाली बेगमों से भरे हरम में तरह–तरह की अफ़वाहें उड़ती रहती थीं। मसलन बेगमों ने साज़िश कर बादशाह को कोई ऐसी जड़ी खिला दी है जिससे वह हमेशा के लिए बेऔलाद रहे। उसके लिए किसी दुश्मन बेगम के बेटे का बाप बनने से बेहतर निःसन्तान रहना था। इस स्थिति से उसकी माँ और चचीजान भी बहुत नाखुश थीं–अगर वह और ज़्यादा दिनों तक इन्तज़ार करता तो इतना बूढ़ा हो जाता कि वह ख़ुद अपने बेटे को अपने घुटनों पर बैठाकर खिलाने के सुख से वंचित रह जाता। लिहाज़ा बुढ़ापे में वारिस पैदा करने का कोई मतलब नहीं था।

बादशाह ख़ुद भी एक बेटे के लिए रोज़ अल्लाह से दुआ करता था। वह सन्तों की मज़ार और धार्मिक स्थलों की सालाना यात्राओं पर भी जाता था। प्रार्थनाएँ करता, दान देता, ग़रीबों की मदद करता और मस्जिदों में जाकर चादरें चढ़ाता। उसी वक़्त उसके ऊपर सीकरी के फ़क़ीर सलीम चिश्ती ने अपनी मेहरबानी बख़्शी। सलीम चिश्ती ने उसे एक नहीं बल्कि तीन–तीन बेटों का बाप बनने की दुआ दी। जल्दी ही उसकी एक हिन्दू बेगम ने बीमार होने की शिकायत की। उसे आगरा से सीकरी के फ़क़ीर की निगहबानी में रहने के लिए भेज दिया गया। हरम को अपने शाप के पुराने रंज से छुटकारा मिल गया और मुग़लिया सल्तनत को नया वारिस मिला। अकबर का वारिस–हिन्दुस्तान का अगला बादशाह। इसके तत्काल बाद ही उसकी दूसरी बेगम की गोद भी भर गयी। अकबर को उसका दूसरा बेटा मिल गया। और फिर जल्दी ही तीसरा भी, जैसा कि उस फ़क़ीर ने भरोसा दिलाया था। बादशाह यह जंग भी फ़तह कर चुका था।

सल्तनत में ख़ुशी की लहर दौड़ गयी थी। लेकिन अकबर सिर्फ़ इतने भर से सन्तुष्ट नहीं था। उसके सपने पूरे होने अभी बाक़ी थे। वह कभी जंगली जानवरों का बसेरा रहे गाँव सीकरी को जन्नत जैसा सुन्दर बनाने की अपनी ज़िद पर आमादा था। सीकरी जो उसकी

फ़तहों का गवाह था–वह अब सल्तनत की नयी राजधानी बनने की राह पर था।

हालाँकि उसके कई पुराने और तजुर्बेकार दरबारी उसके इस फ़ैसले से नाख़ुश थे और अकबर को यह जतला भी चुके थे। हिन्दुस्तान पर फ़तह हासिल करने वाले पूर्ववर्ती शासकों ने हमेशा किसी नदी के किनारे ही राजधानी बनाने का फ़ैसला किया था जबकि सीकरी पत्थरों पर बसा एक गाँव था और वहाँ बादशाह के लिए इत्र बनाने के लिए ज़रूरी पानी भी खच्चरों से ढोकर मँगवाना पड़ता था। हिन्दुस्तान के किसी भी शासक ने बिना क़िलाबन्दी किये अपना महल नहीं बनवाया था। और, क़िला बनाने के पहले उसके चारों तरफ़ गहरी खाइयाँ भी खुदवायी गयी थीं। कई लोग ऐसा मानते थे कि सीकरी को राजधानी बनाना बादशाह की एक बचकानी ज़िद है। कुछ लोग कहते कि इस योजना के पीछे उसकी हिन्दू बीवी का मशविरा था। उसने ही अकबर को उसका वारिस देने की एवज़ में उसे यह फ़ैसला करने के लिए बहकाया।

बहरहाल, अकबर ने एक नहर बनाने के लिए पत्थरों को बारूद से उड़ा देने का हुक्म दिया और संगतराश से लेकर अपनी पूरी–की–पूरी फ़ौज को इस काम में लगा दिया। शिल्पकार और कारीगर से लेकर सैनिक तक इस काम में लग गये। नयी इमारतों को सजाने के लिए ज़रूरी जवाहरातों, सोने और रेशम की तलाश में हिन्दुस्तान का कोना–कोना खँगाला गया। नयी राजधानी को बनाने का काम इतनी रफ़्तार से चल रहा था, गोया उसे एक सपने में बनाया जा रहा हो और सपने के टूट जाने से पहले उस काम को पूरा कर लेना ज़रूरी हो।

दूसरी तरफ़ बादशाह के इस फ़ैसले की तारीफ़ करने वाले लोगों की भी कमी नहीं थी। आगरा मुग़लों से पहले हिन्दुस्तान पर हमला करने वालों सुल्तानों का सपना था। छब्बीस साल की उम्र में अकबर एक ऐसी राजधानी का सपना देख रहा था जिसे उसने ख़ुद बसाया था। आख़िरकार वह फ़ारस के शाह और बग़दाद के ख़लीफ़ा

से ज़्यादा ताक़तवर और दौलतमन्द था और उसकी सल्तनत में कहीं अधिक सुख–शान्ति थी। उसने पुराने आगरा की ईंटों की बनी इमारतों को ध्वस्त कर उनकी जगह बलुआ पत्थरों का नया क़िला बनाया था जिसकी प्राचीरों से यमुना के बिल्कुल आर–पार देखा जा सकता था। अपने पूर्वज बाबर की तरह आगरा के क़िले की गुम्बद के नीचे जब वह सोता था तो उसका सपना हिन्दुस्तान पर सिर्फ़ जीत दर्ज करना नहीं होता था। उसके अपने ख़ुद के भी सपने थे। एक ऐसा बादशाह जिसकी रगों में हिन्दुस्तान के ख़ून का एक क़तरा भी नहीं बह रहा था वह आज पूरी दुनिया के लिए ईर्ष्या का सबब बना हुआ था। लिहाज़ा यह उसके लिए अपनी ख़ुद की राजधानी बसाने का बिल्कुल उपयुक्त समय था।

चित्रकार भी नये किताबख़ाने का हिस्सा बनने के लिए बेसब्र थे। सीकरी व्यापारियों, मुसाफ़िरों, पतंगबाज़ों और वेश्याओं का नहीं बल्कि चित्रकारों और कलाकारों का शहर था। संगीतज्ञ और कवि अपनी अलग भव्य कल्पनाओं में खोये हुए थे। सीकरी दूसरी राजधानियों की तरह नहीं थी। इसकी कारीगरी केवल भव्य मस्जिदों और बड़े–बड़े फाटकों तक ही सीमित नहीं थी। अपने सौन्दर्य और ऐश्वर्य में यह अनूठी थी–क्योंकि इसका जुड़ाव बादशाह के दिल से था।...

—•—

सीकरी के बसने के दूसरे साल ही फ़क़ीर सलीम चिश्ती चल बसे। अकबर ने उनकी याद में एक सुन्दर मक़बरा बनवाया। यह मक़बरा सफ़ेद संगमरमर का बना था और उसके भीतर मर्द और औरतों दोनों को बेटे की मन्नत के लिए जाने की इजाज़त थी।

—•—

सलीम अमीरी के साथ एक बग्घी पर सवार बिहज़ाद की जब नींद टूटी, तब वह सीकरी के कोलाहल भरे बाज़ार से गुज़र रहा था। कड़ी धूप से बचने के लिए दोनों आगरा से अलसुबह ही सफ़र पर

निकल पड़े थे। बिहज़ाद कम्बल लपेटकर बग्घी में सो गया था लेकिन फल बेचने वालों की ऊँची आवाज़ें सुनकर उसकी नींद उचट गयी। फल बेचने वाले, भुट्टे बेचने वाले, कसाई और दर्जी एक क़तार में शाही इमारत की दीवारों की ओट में बैठे हुए थे। इस बीच सलीम अमीरी गाड़ीवान से लगातार बातें करता जा रहा था और रह–रहकर बिहज़ाद को कुहनियाँ मारकर जगाने की कोशिशें भी करता जा रहा था ताकि वह नयी राजधानी की सुन्दर झलकियाँ देख सके।

'यह सीकरी गाँव है, और वह शाही शहर फ़तेहपुर सीकरी है,' उसने उन दीवारों की तरफ़ इशारा करते हुए बताया जो कोई ख़ास दूर नहीं था। 'सीकरी के सभी ग़रीब लोग यहीं रहते रहे हैं, और आगे भी यहीं रहते रहेंगे। शहर पहुँचने के लिए इधर से होकर गुज़रना सचमुच थोड़ा तकलीफ़देह है। इससे बेहतर दूसरी तरफ़ का खुला मैदानी रास्ता है। ज़्यादातर औरतें और सूबेदार उसी रास्ते का इस्तेमाल करते हैं।'

वे दोनों उसी तंग और उबड़–खाबड़ रास्ते से अपना सफ़र तय कर रहे थे जिस पर से बग्घी हिचकोले खाती हुई आगे बढ़ रही थी। दरबारियों को अक्सर उस रास्ते से गुज़रते देखने के आदी गाँव के लोग उनकी तरफ़ ध्यान नहीं दे रहे थे। कच्चे मकानों के आख़िरी टोले से गुज़रने के बाद वे एक चढ़ावदार रास्ते पर बढ़ने लगे जो क़िलेबन्द शहर के मुख्य दरवाज़े की तरफ़ जाता था।

बाज़ार को पार करने के बाद बिहज़ाद को फिर से झपकी आने लगी थी और सलीम अमीरी की बातों से वह बिल्कुल बेअसर था।

फ़तेहपुर सीकरी में दाख़िल होने वाले छह फाटकों में से सबसे ऊँचे फाटक की मेहराब के नीचे पहुँचने पर बिहज़ाद के कानों में हाथियों के चिंघाड़ने और नगाड़ों के पीटने की कर्कश आवाज़ सुनायी पड़ी। शाही टकसाल और ख़ज़ाने, मेहमानों के लिए अलग से बनाये गये अस्तबल और यहाँ तक कि शाही दरबार में बादशाह के सामने हाज़िर होने की अर्ज़ियाँ देने वालों के कमरे के बाहर से बग्घी गुज़रने के बाद भी बिहज़ाद की नींद नहीं खुली। वह मुख्य जल्लाद के कमरे

के सामने से होकर भी गुज़रा लेकिन उसके फाटक पर उसकी नज़र नहीं गयी जहाँ ज़जीरें, बेड़ियाँ और तरह–तरह की हथकड़ियाँ टँगी हुई थीं। सलीम अमीरी ने उसे कुहनियों से जगाया और इशारे से उस क़ैदी को दिखाया जो सिपाहियों की एक टुकड़ी से घिरा हुआ पत्थर के बने चबूतरे की तरफ़ बढ़ रहा था। चबूतरे के पास अपनी सूँड़ लहराता हुआ एक विशाल हाथी खड़ा था। बिहज़ाद की नज़र धँसी हुई आँखों और छोटी पुतलियों वाले उस क़ैदी पर पड़ी। उसके जबड़े उभरे हुए थे और उसकी दाढ़ी लहरा रही थी। उसने अपनी पगड़ी अपने हाथों में पकड़ रखी थी और सिपाहियों के घेरे में सिर झुकाये गुज़र रहा था।

'उसकी ज़िन्दगी की किताब जल्दी ही पूरी हो जायेगी', सलीम अमीरी ने उस क़ैदी को देखते हुए अफ़सोस भरी आवाज़ में कहा– 'बशर्ते हाथी ख़ुद उसकी जान बख़्श दे'–तब उसका महावत भी यह हिमाक़त नहीं कर सकता और दोबारा अपने हाथी को उस क़ैदी का सिर कुचलने के लिए नहीं उकसा सकता। यहाँ दो बार इन्साफ़ होता है, एक बार आदमी की ज़बान के ज़रिये और दूसरी बार एक जानवर के पैरों के ज़रिये!

'और अगर हाथी ने उस गुनहगार को बख़्श दिया तब क्या होगा?'

'तब उसे आज़ाद कर दिया जायेगा। फिर वह कहीं भी आ–जा सकता है और अपने गुनाहों की दुनिया में भी दोबारा लौट सकता है।'

दोनों बग्घी में बैठे–बैठे भीड़ के छँटने का इन्तज़ार करने लगे।

रंगों को नये किताबख़ाने तक पहुँचाने के लिए सलीम अमीरी का आगरा से सीकरी आना–जाना लगा रहता था। इसीलिए बिहज़ाद को अपने साथ लेकर आने का प्रस्ताव भी उसी ने दिया था। वैसे भी बिहज़ाद आगरा में अकेला चित्रकार बचा था जो अभी तक सीकरी नहीं आया था। बिहज़ाद को आगरा से इतना लगाव था कि किताबख़ाने के तबादले के एक महीने बाद तक वह आगरा में ही रुका रहा। कुछेक चित्रकारों को छोड़कर जिन्हें ख़्वाजा ने ख़ुद जाने

की इजाज़त नहीं दी थी, अब मुग़लों की पुरानी राजधानी में कोई भी नहीं बचा रह गया था। शराब की लत में बेतरह गिरफ़्तार या फिर इतने लाचार चित्रकार जो ठीक से क़लम भी पकड़ने की हालत में नहीं थे, वे दर–दर घूमकर तस्वीरें बनाते थे और किसी तरह अपना पेट भरते थे। सिर्फ़ सलीम अमीरी ने ही उन सबके हक़ में आवाज़ उठाने का हौसला दिखलाया था।

'उन सब को भी यहीं बुला लो,' उसने ख़्वाजा से कहा था, 'बेशक एक कलाकार को उसकी इज़्ज़त के साथ मार डालो लेकिन उन्हें इस तरह बेग़ैरत मत बनाओ!'

हालाँकि आगरा में रुकने का फ़ैसला करने वालों में सलीम अमीरी ख़ुद भी था क्योंकि उसे अपनी एक सौ ग्यारह साल की बूढ़ी दादी की भी देखभाल करनी थी। अलबत्ता उसने एक दूसरी वजह का भी ज़िक्र किया था–'हमेशा एक बात का ख़याल रखियेगा, जो आप काग़ज़ों पर देखते हैं वे तमाम रंग गन्दे नालों में ही बनते हैं।' सिर्फ़ दिन–ब–दिन जर्जर होते पुराने आगरा के आसपास ही वे सड़े–गले पेड़–पौधे और पत्थरों के बारीक़ बुरादे उपलब्ध थे जिन्हें वह रंग बनाने के लिए कच्चे माल की तरह इस्तेमाल करता था। फ़तेहपुर सीकरी एक साफ़–सुथरी जगह थी और सलीम अमीरी को इस बात की शिकायत थी। इसके अलावा आगरा के बाज़ारों की अपनी अहमियत थी, जहाँ पूरब और पश्चिम दोनों दिशाओं के व्यापारी ख़रीद–फरोख़्त के लिए आते थे। बाहरी कारोबारी अपने साथ महँगे सामान लेकर आते थे–चीन से फिरोज़ा और दक्षिण की खाड़ियों से तस्वीर की किताबों की चमड़े की जिल्दों पर जड़ने के लिए बेशक़ीमती मोती।

'सीकरी मुस्करा रहा था, जबकि आगरा सिसक रहा था!' सलीम अमीरी ने अपने लिए सिसकता हुआ आगरा चुना। वह हर सप्ताह आगरा से अपने बनाये रंगों के जार और ताज़े–कोरे काग़ज़ों का गट्ठर बग्घी में लादे सीकरी के नये किताबख़ाने में बदस्तूर पहुँचाता था।

जैसे ही वह क़ैदी घुटनों के बल बैठा और अपना सर पत्थर के चबूतरे पर टिकाया, एक ज़ोरदार चिंघाड़ सुनायी पड़ी। अपना चिबुक चबूतरे पर टिकाकर उसने अपनी आँखें उठाकर हाथी को देखने की कोशिश की जैसे वह उससे इन्साफ़ की आख़िरी भीख माँग रहा हो।

'तुम्हें पता है, अकबर आगरा छोड़कर क्यों चला गया?' उसने बिहज़ाद को गहरी आँखों से देखा। वह शायद बिहज़ाद का मन मृत्युदण्ड के उस क्रूर दृश्य से भटकाना चाहता था। 'क्योंकि वह आपस में ईर्ष्या करने वाले ख़ुशामदी दरबारियों से उकता चुका था। बूढ़े हो जाने और शाही वज़ीफ़ा देने के बाद छुट्टी कर दिये गये दरबारी। यहाँ, वह हिन्दुस्तान की रूह का मालिक है, सिर्फ़ उसकी ज़मीन का नहीं। इस शहर में वह आज़ाद है और उसका अधिकार असीमित है और यहाँ वह अपने दिन और अपनी रातें गुज़ारने के लिए अपनी पसन्द का शख़्स चुन सकता है। तुम्हें भी आगरा की बनिस्बत उसे यहाँ क़रीब से जानने का मौक़ा हासिल हो सकेगा।'

हाथी अपना पैर उठाकर क़ैदी के माथे पर रख चुका था।

ख़ौफ़ और घृणा से बिहज़ाद का चेहरा लाल हो गया और उसके चेहरे की नसें चटखने लगीं। मृत्युदण्ड के दृश्य से उसके बदन में एक सिहरन दौड़ गयी और वह निढाल होकर बग्घी में ही पसर गया। उसकी पलकें अभी तक काँप रही थीं। बचपन में आने वाले मिर्गी के दौरों का ख़याल आते ही सलीम अमीरी ने गाड़ीवान के कान में फुसफुसाते हुए कुछ कहा, और गाड़ीवान ने अपना चाबुक उठा लिया। बग्घी उस कुचले हुए सिर को देखने के लिए इकट्ठी भीड़ की परवाह किये बिना सरपट वहाँ से चल पड़ी। सलीम अमीरी ने साफ़े के लटकते सिरे से अपने ललाट पर चुहचुहाता पसीना पोंछा और बिहज़ाद के कन्धों को झिंझोड़ते हुए उसके माथे को सीधा करने की कोशिश की। रास्तों के दोनों किनारों पर खड़े पहरेदारों को देखकर उसकी घबराहट बढ़ती जा रही थी। किताबख़ाने की दहलीज़ पर पहुँचते ही उसने ख़्वाजा को ज़ोर से पुकारा। गाड़ीवान ने बिहज़ाद को अपनी

जगह से उठाकर भीतर पहुँचाने में सलीम अमीरी की मदद की, जहाँ दोनों ने उसे फ़र्श पर लिटा दिया। एक–एक कर दोनों ने कमरे की सभी खिड़कियाँ–दरवाज़े बन्द कर दिये और कमरे में अँधेरा कर दिया।

ख़्वाजा दरवाज़े पर ही ठिठककर किताबख़ाने के अँधेरे फ़र्श पर लेटे बिहज़ाद को देख रहा था। उसने चढ़ी हुई त्योरियों के साथ सलीम अमीरी को एक नज़र देखा और आगे बढ़कर खिड़की का एक दरवाज़ा खोल दिया। उसने बाहर से आती रौशनी में बिहज़ाद के पीले चेहरे को देखा और पास ही में रखा घड़ा उठा लिया। उसने बिहज़ाद के माथे पर पानी की धार उड़ेली और उसके माथे पर थपकी देते हुए आहिस्ते से उसका नाम पुकारा, 'बिहज़ाद।'

बिहज़ाद ने अपनी आँखें खोलीं। एक पल के लिए उसकी आँखों में अकबर का चेहरा कौंध गया। उसने अपनी आँखें बन्द कर लीं और दोबारा खोलीं। इस बार उसकी नज़रों के सामने उसके अब्बू का घबराया हुआ चेहरा था। ख़्वाजा का पहनावा किसी दरबारी की तरह था। उसने अगल–बगल की खिड़कियों को देखा और उन्हें खोल देने का इशारा किया। पूरी सीकरी पर एक चमकती हुई धूप बिखरी हुई थी। लाल पत्थरों की बनी हुई इमारतें, जैसे उनको कुर्बानियों के ख़ून से नहला दिया गया हो।

एक–एक कर वह ख़्वाजा के साथ बैठने वाले दूसरे सभी दरबारियों से वाक़िफ़ हो गया जिनकी हवेलियाँ सीकरी की दीवारों से लगी हुई बनी थीं और जो शाही महल की छोटी नक़ल के रूप में बनायी गयी थीं। वे सभी दरबारी अक्सर किताबख़ाने में आते रहते थे। लेकिन उन सबके अपने–अपने मतलब होते थे। किसी को अपनी तस्वीरों की निजी किताबें बनवानी होती थीं। कई दफ़ा वे नज़रें बचाकर दारोगा से उन तस्वीरों को ख़रीदने की पेशकश भी करते थे जिन्हें बनाने का हुक्म ख़ुद अकबर ने दिया होता था।

वीणावादक नौबत ख़ान हर हफ़्ते किताबख़ाने में आता था। वह परले दर्जे का चापलूस था और अपनी बातों के जाल में किसी को भी फँसा लेने के हुनर में माहिर था। वह अक्सर दारोगा से अकेले में बातें करता और उससे किताबख़ाने में बनाने के लिए जारी हालिया शाही फ़रमानों की टोह लेने की फ़िराक़ में रहता। फिर वह उन तस्वीरों के लिए दारोगा को अग्रिम भुगतान करने की पेशकश भी करता ताकि उन तस्वीरों को ख़रीदकर बादशाह को ख़ुश करने के लिए तोहफ़े में दे सके। 'वह काग़ज़ देने के एवज़ में हमेशा हाथी लेकर लौटता है!' किताबख़ाने के चित्रकार एक–दूसरे से मज़ाक़ में कहते थे।

हक़ीम इस्माइल सफावी भी किताबख़ाना आता रहता। क़ाबिल होने के बावजूद वह बहुत काइयाँ और ग़ुस्सैल था। कुछ लोग तो उसे पैदाइशी सनकी मानते थे। उसके बारे में एक अफ़वाह यह भी थी कि अपने मरीज़ों को ठीक करने के लिए वह मरे हुए लोगों की रूहों की मदद लेता था। शाही ख़ज़ांची और शाही जल्लाद की तरह वह भी 'अकबरनामा' का एक अंक ख़रीदना चाहता था। सभी दरबारियों के बीच उसके पहले अंक के लिए एक होड़–सी मची हुई थी। 'जानते हो, तब,' दारोगा आँख मारता हुआ कहता, 'उनमें से जो ख़ुशक़िस्मत होगा वह सबको यही हाँकता फिरेगा कि उसने ही अकबर को 'अकबरनामा' सबसे पहले तोहफ़े में दिया था क्योंकि वही उसका सबसे चहेता दरबारी था।'

दार्शनिक मुर्तज़ा बेग ही ऐसा अकेला आदमी था जो दारोगा के कमरे में जाने की बजाय चित्रकारों के बीच बैठता था। वह अनन्त जिज्ञासाओं से परिपूर्ण आदमी था और अपनी निरन्तर अन्वेषी प्रतिभा के कारण बेइन्तिहा मशहूर था। मुर्तज़ा बेग किताबख़ाने में कोई तस्वीर बनवाने के इरादे से नहीं बल्कि चित्रकारों का काम देखने–समझने के मक़सद से आता था।

किताबख़ाने में अक्सर आने वालों में कवि अब्दुल्लाह भी था जो दारोगा से इस बात को लेकर उलझता रहता था कि उसकी नज़्मों

पर भी कुछ तस्वीरें बनायी जायें जिन्हें वह अकबर को तोहफ़े में दे सके।

बिहज़ाद की रिहाइश किताबख़ाने से ठीक लगी हुई इमारत में थी और इसी वजह से वहाँ आने वाले लोगों की बातें उसे साफ़–साफ़ सुनायी पड़ती थीं। वह किताबख़ाने की चित्रशाला के बीचोबीच बने अपने कमरे में आने वालों से मिलता–जुलता था। उसके कमरे के बगल में ही दारोगा का भी कमरा था। हालाँकि सीकरी का किताबख़ाना आगरे के किताबख़ाने से आकार में छोटा था लेकिन उससे अधिक खुला हुआ और हवादार था। उसमें इतनी सारी खिड़कियाँ थीं कि किसी एक खिड़की से ही पूरे किताबख़ाने का जायज़ा लिया जा सकता था। बिहज़ाद हालाँकि किताबख़ाने के उस्ताद के लिए ख़ासतौर पर बनाये गये कमरे में बैठता था लेकिन अभी भी वह 'ख़्वाजा' नहीं बना था। बादशाह ने यह फ़ैसला खुद लिया था कि किताबख़ाने से कोई सम्बन्ध न होने के बावजूद ख़्वाजा अपने ओहदे पर बना रहेगा। उसकी जगह अब बिहज़ाद 'अकबरनामा' के काम में लगे चित्रकारों की अगुआई करेगा। अकबर ने किताबख़ाने के उत्तराधिकार का मसला इसलिए भी स्थगित कर रखा था क्योंकि अभी बिहज़ाद की उम्र बहुत कम थी। ख़्वाजा अब भी कभी–कभी एक सामान्य मेहमान की तरह किताबख़ाने में आता था और दारोगा से औपचारिक बातचीत करके लौट जाता था। अब उसकी जगह बिहज़ाद ही अकबर के लिखे गये जीवन वृत्तान्तों से तस्वीर बनाने लायक़ घटनाओं का चुनाव करता था। वह नये आये चित्रकारों को तस्वीर का ख़ाका खींचने की हिदायत देता और उनमें रंग भरने के लिए उन तस्वीरों को माहिर चित्रकारों के सुपुर्द कर देता था। उस पर शाही–समारोहों में शामिल होने की भी कोई पाबन्दी नहीं थी। बिहज़ाद की नुमाइन्दगी करने की ज़िम्मेदारी दारोगा की थी। चित्रकारों की ज़रूरतों का ख़याल रखना, उनको मिलने वाले इनामों का हिसाब–किताब रखना और उनकी तस्वीरों को शाही दरबार में हाज़िर करना, सब दारोगा की ही ज़िम्मेदारी थी। नये चित्रकार खुसुर–फुसुर करते कि दारोगा ही नया ख़्वाजा है।

आगरा के बनिस्बत सीकरी में बिहज़ाद को दूसरे लोगों से मिलने–जुलने की पूरी आज़ादी थी, इसके बावजूद वह लोगों से बहुत ज़्यादा घुलता–मिलता नहीं था। वह अपने कमरे में ही ज़्यादा वक़्त गुज़ारता और देरी से किताबख़ाने पहुँचता और उतनी ही देरी से वहाँ से वापस लौटता था। लेकिन अब वह बहुत हद तक अपने एकाकीपन से निजात पा चुका था, उसकी जगह एक सहज जिज्ञासा ने ले ली थी जिससे वह रात–दिन जूझता रहता था। अकबर! 'तुम किसी भी दूसरी जगह के बनिस्बत वहाँ अकबर को क़रीब से समझ सकोगे...उसे सलीम अमीरी की बात याद आ जाती। अपने कई साथी चित्रकारों की तरह आगरा से सीकरी आने में उसे ज़्यादा तकलीफ़ों का सामना नहीं करना पड़ा था। उसे बादशाह की हुक्मउदूली की क़ीमत चुकाने की कोई सज़ा भी नहीं मिली थी। आगरा छोड़ने से पहले के आख़िरी कुछ महीनों में सलीम अमीरी के साथ उसकी तीखी नोकझोंक होती रही।

'वह अपनी दौलत को बेकार लुटाने पर आमादा है,' सलीम अमीरी को इस बात की शिकायत थी। 'अकबर का माथा फिर गया है', उसके मुताबिक़ आगरा एक रूहानी शहर है। 'जो यहाँ नहीं है, वह और कहीं भी नहीं है।'

आगरा के किताबख़ाने से अपनी हवेली तक फैले सन्नाटों के बीच बिहज़ाद ने बस अकबर के सीकरी का सपना देखा था। उसके आमने–सामने बैठने के मौक़े से बड़ा मौक़ा ज़िन्दगी में और क्या हो सकता है? सामने बैठकर उसकी तस्वीर बनाना, जब वह अपने मुलाज़िम को कोई हुक्म दे रहा हो तब तक इन्तज़ार करना, और फिर दोबारा उसकी तस्वीर बनाने के काम में जुट जाना! इससे बड़ा मौक़ा भला और क्या हो सकता था जब बादशाह उसे खुद बुलावा भेजता और निजी तौर पर उसके काम की तारीफ़ करता?

'आगरा...आगरा...आगरा!' वह सलीम अमीरी से उलझ पड़ता। 'अकबर के बिना कैसा आगरा?'

—•—

पूरे एक साल तक उसने किताबख़ाने में अपने कमरे की खिड़की से सिर्फ़ अकबर का सपना देखा था। उसे दार्शनिक मुर्तज़ा बेग की जोश से भरी बातें याद आ जातीं, 'ऐसा ही ख़्वाब आँखों में लेकर एक चित्रकार पैदा होता है जैसे कोई सिपाही अपनी मुट्ठी में तलवार पकड़े हो!' वह झरोखा महल की जालीदार खिड़कियों से लेकर बादशाह के लिए बनायी गयी इमारत के ख़ास हिस्सों को बारीक़ी से देखता रहता था और कहीं से देखती किसी एक जोड़ी आँखों की तलाश करता रहता था। उसकी नज़रें लगातार महलों से लेकर मीनारों और अहातों से लेकर ख़ूबसूरत हम्मामों तक लगातार दौड़ती रहतीं। सीकरी के चप्पे–चप्पे पर उसे हज़ारों कारीगरों और शिल्पकारों की अथक मेहनत और कल्पनाशीलता दिखायी पड़ती थी। आगरा की इमारतों में एक तरह की बेतरतीबी और बनावट का घालमेल था, जबकि सीकरी में चारों तरफ़ एक सन्तुलित शिल्प का सौन्दर्य दीखता था गोया एक सल्तनत की ताक़त और रसूख़ को उन दीवारों की नक़्क़ाशियों में क़ैद कर दिया गया हो। कई बार तो बिहज़ाद ख़ुद को ही उन सम्मोहक तस्वीरों में अंकित किसी चेहरे के रूप में देखने लगता था–कभी शतरंज की बाज़ियाँ चलते एक शहज़ादे के रूप में तो कभी किसी रियासत के दूत की मेहमाननवाज़ी करते एक बादशाह के रूप में। उसे अपने चारों तरफ़ बहुत सफ़ाई से खींची गयी लकीरों का आभास होता, कभी रंगों की चटकीली ख़ुमारी महसूस होती और कभी–कभी तो यहाँ तक अनुभव होता कि वह ख़ुद एक कहानी के भीतर किसी दूसरी कहानी की तरह मौजूद है। अपने कमरे की खिड़कियों से बाहर झाँकते हुए उसे एक अजीब राहत मिलती थी। यह और बात थी कि हर बार जब वह अपनी जगह पर वापस लौटता तो उसके सामने पसरा हुआ काग़ज़ उसी तरह कोरा रहता। उसके दिमाग़ में एक साथ हज़ारों सवाल कौंधते रहते।

'तुम एकदम अकेले हो गये हो', सलीम अमीरी ने यह बात उससे तब कही जब एक बार सीकरी आने के बाद बिहज़ाद ने उससे कतराने की कोशिश की थी।

'यह आगरा नहीं है और यहाँ तुम्हारे साथ तुम्हारे अब्बू और जुलेखा भी नहीं हैं। यहाँ तक कि अपने कमरे में भी तुम दूसरों से घिरे रहते हो। तुम्हारे इर्द–गिर्द साँसों की जो आवाज़ आती है वह भी दूसरों की हैं। अब तुम्हें खुद अपनी साँसों का कहा भी सुनना चाहिए।' सलीम अमीरी ने थोड़ा झिझकते हुए अपनी बात में यह बात भी जोड़ दी–'तुम्हें अब अपने पुराने प्यार को भूलकर अपने नये प्यार के स्वागत के लिए तैयार रहना चाहिए।'

हालाँकि ख़्वाजा सीकरी में ही था लेकिन टकसाल का प्रभारी होने के नाते उसका ज़्यादातर समय किताबख़ाने की बजाय टकसाल में ही गुज़रता था। किताबख़ाने जाने पर उसे वही पुरानी इज़्ज़त मिलती थी और वह अभी भी 'शीरीं क़लम'–मिठास से भरी क़लम और अगले उस्ताद बिहज़ाद के अब्बा के तौर पर जाना जाता था।

'तुम्हारे अब्बू इन दिनों ज़्यादा ही मसरूफ़ हैं...', सलीम अमीरी ने भवें सिकोड़ते हुए कहा। यह बात हर कोई जानता था कि ख़्वाजबादशाह के हुक्म के मुताबिक़ तीन नये ढाले हुए सिक्कों को सल्तनत के दूरदराज के हिस्सों में चलाने की क़वायदों में मसरूफ़ था, जबकिसीकरी के आधे से ज़्यादा बाशिन्दों के बीच यह चर्चा ज़ोरों पर थी कि ख़्वाजा अपनी नयी रखैल के साथ कहीं ज़्यादा मसरूफ़ था जो उसकी जन्मभूमि फ़ारस से ही आयी एक नाचने वाली औरत थी।

'आगरा अब पहले से ज़्यादा सुन्दर हो गया है–किसी छोड़ दी गयी माशूक़ा की तरह', सलीम अमीरी ने आहें भरते हुए कहा। 'सारे गुलाब अब बाग़ों को छोड़कर जा चुके हैं। बस एक–दूसरे को ढाढस बँधाते हुए काँटे बचे रह गये हैं।'

बिहज़ाद किताबख़ाने से शाही इमारतों को अलग करने वाले अहाते में चहलक़दमी करता उस पंचमहल को तारीफ़ भरी नज़रों से देखता रहता था जिसकी छत से बादशाह की मुस्लिम बेगमें पूरे चाँद का दीदार करती थीं। सीकरी में पाँव रखने के बहुत पहले ही बिहज़ाद नये बसे शहर की मशहूर इमारतों के बारे में और उस

इमारत से जुड़ी बादशाह की किसी यादगार बात के बारे में सुन चुका था। वह जहाँ कहीं भी जाता वहाँ अकबर से जुड़ी कोई–न–कोई महान गाथा उसके कानों तक ज़रूर पहुँच जाती थी। उसने सुन रखा था कि गर्मी से उन्मत्त हाथियों की सवारी करने में अकबर को ख़ास मज़ा आता है। हाथियों के पागलपन के साथ–साथ बादशाह की ख़ुशी भी बढ़ती जाती थी। उसके प्रिय हाथी का नाम हवाई था। बादशाह उसे शराब के नशे में धुत करके दूसरे हाथी के साथ उसकी दौड़ का मुक़ाबला कराने का शौक़ रखता था। उसके दरबारी उसके इस हैरतअंगेज़ शगल से बहुत डरे रहते थे और उसके वज़ीरों ने महावतों को इस बात की ख़ास ताक़ीद की थी कि सहवास के मौसम में वह हाथियों को बादशाह से दूर रखें और उन्हें अफ़ीम की रोज़ाना खुराक देना न भूलें। जब बादशाह हाथी पर सवार होने के लिए अपनी पगड़ी को उतारकर हाथों में थामता था तो हरम की झिरियों से अनगिनत फ़िक्रमन्द आँखें उसे देखने लगतीं और एक कोहराम–सा मच जाता। आनन–फानन में शाही ज्योतिषियों को गशविरे के लिए बुलाया जाता था। सभी मौजूद लोगों के चेहरों पर किसी अनहोनी की आशंका साफ़ दिखायी पड़ने लगती। जब दोनों हाथी एक–दूसरे पर हमला करते तो सीकरी के बड़े–बड़े फाटकों के खम्भे तक हिल उठते। चारों तरफ़ धूल की आँधियाँ चलने लगतीं। हाथियों के महावत तक उनके ग़ुस्से से डरे–डरे से दिखते थे। कई बार एकाध दर्शक भी हाथियों के पैरों तले रौंद दिये जाते, और कई बार एक–दूसरे से टकरा–टकराकर और लम्बे–पैने दाँतों से घायल होकर ख़ुद वे हाथी ही मौत का शिकार हो जाते। लेकिन गाथाओं के मुताबिक़ हर बार अकबर की ही जीत होती थी। अपने हाथी पर सवार...जीत के नशे में चूर लेकिन उसके बदन पर एक मामूली खरोंच भी नहीं आने पाती।

किताबख़ाने के अपने कमरे की खिड़की से बिहज़ाद को अकबर के महल का निजी आँगन साफ़–साफ़ दीखता था जिस पर लाल बलुआ पत्थरों से शतरंज की एक बड़ी बिसात बनी हुई थी। कहते हैं, अकबर उस बिसात पर आकर्षक कपड़े पहने अपनी ज़िन्दा दासियों

को मोहरों की तरह इस्तेमाल करके शतरंज खेलता था। अपने अब्बू से मिलने के लिए टकसाल जाते हुए बिहज़ाद दीवारों से घिरी भूलभुलैया के क़रीब इस उम्मीद में थोड़ी देर के लिए ठिठक जाता कि शायद भीतर से अकबर के साथ लुकाछिपी का खेल खेलती उसकी बेगमों की किलकारियों की आवाज़ें उसके कानों तक भी पहुँच जायें। बिहज़ाद अब तक यह अच्छी तरह जान चुका था कि अकबर ने वहाँ की बाक़ी इमारतें क्यों और किसके लिए बनवायी थीं। उन इमारतों में हिरण महल भी था जिसकी हवादार सीढ़ियाँ बादशाह को उस जगह तक ले जाती थीं जहाँ से वह खुले शिकारगाह में घास चरते हिरणों पर छुपकर निशाना लगा सकता था। इस दरम्यान बादशाह किसी को भी दिखायी नहीं पड़ता था।

पूरे एक साल तक बिहज़ाद अकबर को उसके सपनों के शहर और दरबारियों के बीच तलाशता रहा। वह रोज़ सुबह जल्दी जाग जाता और झरोखे के नीचे जमा असंख्य प्रजा के बीच बादशाह की एक झलक के लिए देर तक खड़ा रहता। वह अक्सर उसके निजी आँगन में झाँकता रहता और झरोखा महल और असंख्य सन्तरियों से घिरे शाही दरबार के प्रवेशद्वार के सोमने से होकर गुज़रता। जब वह अपने रिहाइशी घर या किताबख़ाने के कमरे में मौजूद नहीं होता तब वह आसपास बनी इमारतों का जायज़ा लेता रहता, शाही दरबार की सीढ़ियाँ चढ़ता–उतरता रहता या फिर छह फाटक वाले क़िलेबन्द शहर के एक फाटक से दूसरे फाटक के बीच की दूरियाँ नापता रहता। वह बादशाह को अपना पसन्दीदा खेल खेलते देखने की एक झलक की ख़्वाहिश में शहर के सबसे आख़िरी सिरे तक चला जाता। लेकिन अकबर और उसके हाथियों के बीच मुक़ाबला देखने की उसकी मंशा अभी तक पूरी नहीं हुई थी।

इसके बावजूद वह 'अकबरनामा' के अपने काम में बेतरह डूबा हुआ था। अकबर की जीवनी लिखने वाले उसके जीवन की छोटी–से–छोटी घटना को भी दर्ज करके किताबख़ाने में काग़ज़ों का अम्बार खड़ा कर देने पर तुले हुए थे। युद्ध के मैदान में अकबर।

शाही दरबार में बैठा अकबर जिसके बगल में उसके फ़रमान को खड़े होकर सुनाता मुलाज़िम। तोप में इस्तेमाल किये जाने वाले विशालकाय गोलों की माप करता अकबर। किसी पीर–फ़क़ीर से बातें करता हुआ अकबर। शाही अस्तबल का मुआयना करता अकबर। तस्वीरों में रंग भरने वाले कलाकार अपनी उँगलियों में सूजन की शिकायत करते, और नये चित्रकार अपनी बनायी तस्वीरों का पुलिन्दा लिए किताबख़ाने में जंग के क़ैदियों की तरह क़तारबद्ध खड़े रहते। इस दरम्यान सलीम अमीरी अपनी बग्घी पर आगरा से सीकरी इतनी बार आता था कि सन्तरियों को कई बार यह भी पता नहीं चल पाता कि वह आ रहा है या जा रहा है।

'तोपख़ानों में गोलों की माप करते अकबर की सैकड़ों तस्वीरें बनाने में आख़िर क्या ग़लत है?' बिहज़ाद के उतरे हुए चेहरे को देखता हुआ सलीम अमीरी मुस्कराया–'और एक ही उस्ताद की नक़ल सैकड़ों शागिर्दों के किये द्वारा जाने में भी क्या ग़लत है, मानो सभी तस्वीरें एक ही कूची से बनायी गयी हों?'

बिहज़ाद यह बात बख़ूबी समझता था कि ऐसी बातें सलीम अमीरी उसे उकसाने के लिए करता था। उसे अचानक अपने पुराने और बुज़ुर्ग उस्ताद की याद आ गयी। मीर सईद अली भी अपने शागिर्दों से यही कहता कि–'उन्हें तस्वीरें ऐसी बनानी चाहिए कि वे उनकी ख़ुद की बनायी हुई तस्वीर की तरह दिखें, न कि उनके उस्ताद की बनायी हुई तस्वीर की तरह।'

'बिल्कुल सही...यही वजह है कि मीर सईद अली ने आगे काम नहीं करने फ़ैसला किया, बिहज़ाद। अकबर को चित्रकार नहीं, अपने तोपख़ाने के लिए एक हज़ार गोले चाहिए। बल्कि उससे भी ज़्यादा। अपने चेहरों वाली एक हज़ार तस्वीरें। तुम्हें क्या लगता है कि जब 'अकबरनामा' पूरा हो जायेगा तो वह उसका क्या करेगा? वह चित्रकारों को उसकी नक़ल बनाने के लिए कहेगा। यह सिलसिला बार–बार दोहराया जायेगा, फिर वह अपने सभी जागीरदारों और सरदारों को उसकी प्रतियाँ भेजेगा। बादशाह चाहता है कि सल्तनत

के कोने–कोने में उसके फ़रमानों पर अमल हो। वह यह भी चाहता है कि उसकी सल्तनत का एक–एक आदमी उसके चेहरे को अच्छी तरह से पहचान ले।'

'लेकिन वह अनोखी और असाधारण चीज़ों की इज़्ज़त करना जानता है,' बिहज़ाद ने एतराज़ जताया, 'वह कचरे को छाँटकर अलग कर देता है और जो बेहतरीन होता है, सिर्फ़ उसे ही इनाम देता है।'

'सही फ़रमाया बिहज़ाद। इसी वजह से तो उसने तुम्हें चुना। उसकी नज़रों में तुम बेहतरीन हो। लेकिन उसे तुम्हारी तरह और बिहज़ादों की ज़रूरत नहीं है। उसे सिर्फ़ एक बिहज़ाद चाहिए जो दूसरों को सिखा सके।' सलीम अमीरी एक पल के लिए रुका–'यह बताओ कि क्या सीकरी में इस्तेमाल की गयी सभी ईंटें एक–दूसरे से अलग हैं?'

बिहज़ाद गहरी सोच में पड़ गया। फिर उसने संजीदा लहजे में कहा, 'अगर वह सचमुच सिर्फ़ वही चाहता है जैसा आप बता रहे हैं तब उसे अपने चित्रकारों को यह समझाना होगा। उसे किताबख़ाने के उस्ताद को भी यह बात बतानी होगी कि वह ख़ुद को एक कलाकार समझने की बजाय एक मुहर्रिर या मुंशी समझे।'

'सही कहा, बिहज़ाद। शायद इसीलिए अभी भी किताबख़ाने का वारिस नहीं चुना गया है। वह इन्तज़ार कर रहा है।' फिर उसने बिहज़ाद को उत्तराधिकार के मामले में थोड़ा सावधानी बरतने का मशविरा दिया। हालाँकि इस बात का शुबहा बहुत कम था फिर भी उसने आगाह किया–'उस अफ़गानी गिरगिट से ज़रा सँभलकर रहना। जब तक वह अकबर की निगाह में है, तब तक वह कोई भी हरकत करने से बाज़ नहीं आयेगा। तुम पक्के तौर पर अगले ख़्वाजा बनोगे लेकिन उसके पहले तुम्हें उस अफ़गानी का डंक सहना होगा!'

बिहज़ाद को याद आया, एक दिन उसने अदिली को सीकरी के बड़े शाही महल के अहाते से गुज़रकर अकबर की हवेली की तरफ़ जाते हुए देखा था। बाद में दारोगा ने उसे बताया था कि अदिली को

ख़ुद बादशाह ने ही बुलाया था। वह अदिली से हाल–फ़िलहाल किसी से तोहफ़े में मिले एक ख़ूबसूरत बाज की तस्वीर बनवाना चाहता था। 'उसने आनन–फानन में तस्वीर बनाकर बादशाह को सौंप दी', दारोगा ने यह भी बतलाया था, 'बाज उसकी तेज़ी से घूमती हुई कूचियों को ग़ुस्से से देख रहा था।'

जब भी अदिली किताबख़ाने में दारोगा से मिलने आता था तब वह बिहज़ाद को 'छोटे उस्ताद' कहकर छेड़ता था। दारोगा अदिली का दोस्त था। वह सीकरी का अकेला चित्रकार था जिसे बादशाह ने किताबख़ाने से बाहर रहकर काम करने की इजाज़त दे रखी थी। वह सीकरी के क़िले के बाहर अपने ख़ुद के घर में अपनी चार बेगमों और एक ईर्ष्यालु हिजड़े के साथ रहता था और उसकी शिकायत थी कि किताबख़ाने के तौर–तरीक़े और बड़ी ज़िम्मेदारियाँ उसके लिए तकलीफ़देह हैं और उसके लिए वहाँ काम कर पाना मुश्किल है।

'हालाँकि यह ग़लत बात थी लेकिन उसे झूठ बोलने की बीमारी थी,' सलीम अमीरी ने बिहज़ाद से कहा–'मुझे पता है, उसी की वजह से तुम्हारे अब्बू फ़िक्रमन्द रहते हैं। वे जल्दी–से–जल्दी दरबारियों के बीच तुम्हारी सही जगह तुम्हें दिलवाना चाहते हैं।'

अपने बाज की तस्वीर बनवाने के लिए आख़िर उसे एक बाहरी चित्रकार को बुलाने की ज़रूरत क्यों पड़ी? अदिली की बादशाह से मुलाक़ात की ख़बर दारोगा के मुँह से सुनकर वह भी इस मसले पर संजीदगी से सोचने के लिए मजबूर हो गया था। चूँकि उसकी क़लम बहुत तेज़ी से चलती थी लिहाज़ा यह भी मुमकिन था कि उसने गुपचुप तरीक़े से बादशाह की तस्वीर भी उसके जाने बिना ही बना ली हो।

'सिर्फ़ एक बड़ा चित्रकार होना ही पर्याप्त नहीं है, आदमी के लिए यह भी उतना ही ज़रूरी है कि लोगबाग उसे एक महान चित्रकार के रूप में पहचानें,' सलीम अमीरी ने अपने ख़ास लहजे में कहा।

बिहज़ाद की समझ में माजरा नहीं आ रहा था। उसने फ़ौरन विरोध किया, 'नहीं यह सही नहीं है। या तो आप महान हैं, या फिर

नहीं हैं। यह दुःख की बात है कि दारोगा को इतनी बारीक़ चीज़ें समझ में नहीं आती हैं। या फिर, यह भी हो सकता है कि अदिली की तस्वीरों को ध्यान से देखकर वह उनको वक़्त बर्बाद करने लायक़ समझता ही न हो।'

सलीम अमीरी हँसा, 'तुम अभी तक एक बच्चे हो बिहज़ाद। तस्वीरों का फ़ैसला आदमी की आँखें करती हैं। करती हैं या नहीं? वही आँखें जिनसे बार–बार ग़लतियाँ होती हैं, वही आँखें जिनमें ईर्ष्या भरी होती है, वही आँखें जो ताक़त के मद में चूर होती हैं। दुनिया एक महान कलाकार के बिना भी ज़िन्दा रह सकती है लेकिन नफ़रत के बिना हरगिज़ ज़िन्दा नहीं रह सकती है। यहाँ तक कि तुम्हारे अब्बू को भी यहाँ तक पहुँचने के लिए बहुत लोगों को ख़ुश करना पड़ा होगा।'

'अकबर बेवकूफ़ नहीं है। वह यह कह सकता...'

'हाँ...' सलीम अमीरी नरमी से मुस्कराया। 'लेकिन अब किताबख़ाने में उसकी दिलचस्पी दिन–ब–दिन कम होती जा रही है। अब वह अपना ज़्यादातर वक़्त इबादतख़ाने में गुज़ारता है।

'आपका मतलब उस इमारत से है जहाँ इबादत की जाती है?'

सलीम अमीरी ने सहमति में अपना सर हिलाया। बिहज़ाद ने इबादतख़ाने के बारे में पहले से ही सुन रखा था। उसने इसकी शुरुआत की अजीबोग़रीब कहानी के बारे में सुना था कि एक शाही शिकार के दौरान बादशाह ने अचानक कोई शै देख ली थी और गश खाकर गिर पड़ा था। उस पर फ़ालिज का हमला हुआ था वह हिल–डुल नहीं सकता था और न ही कुछ बोल सकता था। उस वक़्त उसे चारों तरफ़ से जंगली जानवरों ने घेर लिया था और उसकी जान ख़तरे में थी। जब उसे होश आया तो सबसे पहले उसने हमेशा के लिए शिकार बन्द कर देने का हुक्म जारी किया–'बहुत हो गया! हम सबको अपने–अपने पेट को जानवरों की क़ब्रगाह नहीं बनाना चाहिए', उसने कहा। हालाँकि अपने दरबारियों की दरख़्वास्त पर वह चुनिन्दा मौक़ों पर शिकार करने के लिए राज़ी हो गया था लेकिन

क़मरगाह की तरह बड़े पैमाने पर शिकार की पुरानी परम्परा पर उसने हमेशा के लिए रोक लगा दी।

सलीम अमीरी ने अपनी बात जारी रखी, 'इन दिनों वह अपना ज़्यादातर वक़्त एक ऐसे आदमी से कुरान सुनने में बिताता है जिसे उसका सही मतलब पता है। वह अब साधना भी करने लगा है। मुझे तो यह भी बताया गया है कि वह सूफ़ियों की तरह तस्बीह भी फेरने लगा है। लेकिन...'

'लेकिन?'

'लेकिन अब वह मज़हब के बारे में और अधिक जानना चाहता है। अब वह सभी मज़हबी लोगों को इबादतख़ाने बुलाकर उनके साथ मज़हबी चर्चाएँ करता है–सुन्नी और शिया, ब्राह्मण, सूफ़ी, जैन, यहूदी, पारसी और यहाँ तक कि गोवा के नासरी सन्त भी...'

बिहज़ाद ने इस बारे में किताबख़ाने में भी सुन रखा था–'ये चमत्कारों से भरे रूहानी लोग हैं जो कुछ भी उलटा–पुलटा कर सकते हैं। ये दिन को रात और रात को दिन बना सकते हैं। ये दरअसल हमारी मज़हबी आस्थाओं के साथ खिलवाड़ करने वाले लोग हैं...'

सलीम अमीरी के चेहरे पर एक मुस्कराहट फैल गयी–'वह तो अब अपनी पोशाक के रंगों को भी सूरज और दूसरे ग्रहों की स्थिति के मुताबिक़ तय करता है। बृहस्पति के लिए जामुनी और बनफ़्शी रंग, शनि के लिए नीला रंग...'

'सुन्नी से शिया बन जाना फिर भी ठीक है, या एक यहूदी से पारसी बन जाना, या एक ईसाई से यहूदी बन जाना, या फिर एक गाय की पूजा करने वाले से एक कुत्ता बन जाना बेहतर है'– बिहज़ाद को हक़ीम इस्माइल सफ़ावी का गुस्से से भरा वह जवाब याद आ गया जब किसी ने उसके सामने इबादतख़ाने का ज़िक्र किया था। उसे शाही जल्लाद की बात भी याद आयी कि उसने तो यहाँ तक सुन रखा था कि अकबर ने अपने सभी ग़ुलामों को आज़ाद करने और मौत की सज़ा पाये सभी क़ैदियों की मुआफ़ी पर फिर से विचार

करने का फ़ैसला भी किया है। आमतौर पर बहुत कम बोलने वाला आदमी उस दिन दारोगा और दूसरे चित्रकारों के कौतूहल के सामने थोड़ा खुल पड़ा था–'बेहतर तो यही होगा कि वह इन बेसिर–पैर की चीज़ों को छोड़ दे।' उसने इबादतख़ाने की तरफ़ इशारा करते हुए कहा, 'और जंग पर चला जाये। बादशाह का क्रोध उसकी प्रजा को नियन्त्रण में रखने के लिए ज़रूरी है।'

—•—

पूरे एक साल तक बिहज़ाद वैसी ही तस्वीरें बनाता रहा जैसी ख़्वाजा उसे बनाने के लिए कहता था। बादशाह की हुकूमत के बीसवें साल दूज के चाँद के रोज़ बिहज़ाद ने बादशाह की एक शानदार तस्वीर बनायी। उसकी अचकन पर सोने की कशीदाकारी की गयी थी और उसकी कमर में खुँसा हुआ जो ख़ंजर था उसकी मूठ पर जवाहरात जड़े हुए थे। वह एक विशालकाय हाथी पर सवार था जिसके बगल में उसकी सहचरी भी खड़ी थी। जिस हौद में वह बैठा था वह भी रत्नों से सजा हुआ था।

'यह बिल्कुल एक जीती–जागती तस्वीर है!' दारोगा बामुश्किल अपनी ख़ुशी को ज़ब्त कर पा रहा था।

जब कभी भी ख़्वाजा किताबख़ाने आता था, वह बिहज़ाद की बनायी हुई तस्वीरें देखने की ख़्वाहिश ज़ाहिर करता था, 'मुझे अपनी शैतानियाँ दिखलाओ!' वह फ़र्श पर बैठता हुआ अपनी रौबदार आवाज़ में कहता था। उसकी स्थूल देह के कारण उसकी अचकन के बटन हमेशा की तरह तनकर टूटने को उतावले हो जाते थे। जब वह तस्वीरों को अपनी गोद में फैलाकर बारीकी से देखता था, उस वक़्त बिहज़ाद की घिग्गी बँध जाती थी। आख़िरकार हमलावर मुग़लों के साथ हिन्दुकुश को पारकर आने वाले कुछ पसन्दीदा और गिनती के कलाकारों में ख़्वाजा भी शुमार था। कई बार वह ख़्वाजा से यह पूछना चाहता था कि क्या यह सच है कि उसने चावल के एक छोटे से दाने पर अकबर के अब्बा हुज़ूर की पूरी फ़ौज की

तस्वीर बना डाली थी। बाप और बेटे के दरम्यान बढ़ती हुई दूरियों के बावजूद बिहज़ाद ख़्वाजा से यह पूछना चाहता था कि क्या उसे आगरा में अपनी उस पुरानी हवेली की याद आती है, और क्या वह वहाँ फिर लौटना चाहेगा। अपने अब्बू और सलीम अमीरी के बीच बढ़ती असहमतियों, सीकरी में ख़्वाजा के बारे में जारी अफ़वाहों, और यह सच जानने के बावजूद कि ख़्वाजा बादशाह का क़रीबी दरबारी नहीं है, नन्हे उस्ताद ने रोज़ अलसुबह उसके साथ जागकर क़िले की मीनारों से उगते हुए सूरज की अठखेलियाँ देखना बदस्तूर जारी रखा।

एक बार बिहज़ाद ने हिम्मत कर ख़्वाजा से सीधे–सीधे यह पूछ लिया कि क्या अपनी तस्वीर बनवाने के वक़्त बादशाह ख़ुद उसके सामने निजी तौर पर मौजूद रहेगा।

ख़्वाजा को उसके इस सवाल पर थोड़ी हैरानी हुई–'लेकिन तुमने तो उसकी तस्वीर की नक़ल पहले भी बनायी है और बादशाह को वह तस्वीर पसन्द भी आयी थी।'

'लेकिन अब तो वह पहले से अलग दीखता होगा', बिहज़ाद ने ख़्वाजा को याद दिलाया कि वह तस्वीर तो ख़्वाजा की ही बनायी हुई तस्वीर को देखकर बनायी गयी थी। और, उस तस्वीर को भी बनाये साल–भर से ऊपर का वक़्त गुज़र चुका था। बिहज़ाद की बात सुनकर ख़्वाजा के माथे पर बल पड़ गये गोया वह उस वक़्त को याद करने की कोशिश कर रहा हो।

'उसके चेहरे पर उसकी बढ़ी हुई उम्र की कोई निशानी नहीं दिखती है। बादशाह की शक्ल पर उसके कामकाज के दवाब की एक भी लकीर नहीं दिखायी देती। उसके बाल पहले की तरह काले हैं, उसकी त्वचा...'

'एक चित्रकार के लिए भी उसे उसका विषय देखना ज़रूरी होता है।'

'लेकिन', ख़्वाजा ने उसे बीच में ही रोक दिया–'उससे निजी तौर पर मिलने की इजाज़त किसी को नहीं है...'

'आपका मतलब है, अदिली को छोड़कर।'

'अदिली?'

'जब वह बादशाह के नये बाज की तस्वीर बनाने गया था।'

'यह दूसरी बात है, बिहज़ाद। कई दफ़ा बादशाह किसी अनोखी तस्वीर को बनवाने के लिए इस तरह के फ़ैसले लेता है। कोई अनोखी और बेहद शानदार तस्वीर बनवाने के लिए।'

'ठीक उसी तरह कई बार चित्रकार को भी कोई अनोखी तस्वीर बनाने के लिए अपने विषय को अनोखे नज़रिये से देखने की ज़रूरत पड़ती है। वह कैसे लड़ता है, वह कैसे अपने दुश्मनों को माफ़ीनामा देता है, वह कैसे नमाज़ अदा करता है, वह कैसे नये–नये वेश बदलता है और हरम में दाख़िल होता है...'

ख़्वाजा की हँसी फूट पड़ी। उसने ख़ामोशी से कोने में बैठे दारोगा को घूमकर देखा–'अगर मुमकिन हो तो इसे भी अपने साथ शाही दरबार लेते जाओ, शायद कुछ घण्टे खड़े रहकर वह बादशाह की एक झलक पाने में कामयाब हो!'

'उसकी इजाज़त के बग़ैर उसकी आँखों के सामने हाज़िर होना भी एक गुनाह है', दारोगा ने चिन्तित आवाज़ में कहा।

'तब उससे जाकर इल्तिज़ा कीजिए। बिहज़ाद ने ग़ुस्से से भरी आवाज़ में कहा, 'कि किताबख़ाने का उस्ताद उसकी आँखों के सामने आने की गुस्ताख़ी की इजाज़त चाहता है।'

'उस्ताद?' दारोगा ने भवें सिकोड़ते हुए उससे कहा।

'बादशाह ज़रूरत महसूस होने पर तुम्हें ख़ुद ही मिलने बुलायेगा।' ख़्वाजा ने अपने बेटे को तसल्ली देते हुए कहा। 'तुम जब 'अकबरनामा' पूरा कर लोगे तब वह ख़ुद सबके सामने तुम्हारी तारीफ़ करेगा और तुम्हें इनाम देगा। तुम सही वक़्त के आने का इन्तज़ार करो।'

—•—

'तुम किसी और जगह के बनिस्बत यहाँ अकबर के ज़्यादा क़रीब रहोगे'–सलीम अमीरी ने उससे झूठ कहा था। एक के बाद एक कई महीने बीत गये। बिहज़ाद ने एक के बजाय दो 'अकबरनामा' की तस्वीरें बनायीं। एक 'अकबरनामा' दिन के वक़्त और दूसरा 'अकबरनामा' रात के वक़्त। वह बहुत कुपित भाव से तस्वीरें बनाता और उनमें रंग भरता। वह और अकबर–एक ही घोड़े पर दोनों के दोनों सवार और बादशाह की कमर में लिपटी बिहज़ाद की बाँहें। एक दुर्लभ प्रजाति को प्यार भरी नज़रों से निहारते और उसकी मीठी बोली पर ठिठोली करते बादशाह और बिहज़ाद। यमुना के किनारे अपने प्रिय हाथी हवाई की पीठ पर से गिरा अकबर और उसके माथे से निकलती हुई ख़ून की तेज़ धार। उसकी बेजान–सी देह के बगल में उसकी बन्द पलकों को अपनी उँगलियों से सहलाता हुआ शोकाकुल बिहज़ाद। कमर तक उघड़े अपने जिस्म के साथ बिहज़ाद, जो अकबर को अपने हम्माम में खींच रहा है और अकबर अपने चित्रकार दोस्त के बदन पर लिपटे हुए कपड़े के इकलौते टुकड़े को भी खींच रहा है।

बिहज़ाद उन तस्वीरों को बहुत सावधानी के साथ ख़ाली पन्नों के बीच छुपाकर रखता था ताकि किसी और की नज़र उन पर न पड़े। वह उन पुलिन्दों को बड़ी होशियारी से बाँधकर रखता था क्योंकि आगरा से सीकरी के इस नये किताबख़ाने में तबादले के दौरान उसकी बनायी हुई सभी पुरानी तस्वीरें गुम हो गयी थीं।

—•—

बिहज़ाद की साल–भर से भी ज़्यादा चौकसी के बाद एक दिन उसे हठात् महसूस हुआ कि वह एक नज़र अकबर को देखने में कामयाब हुआ था। अभी–अभी पौ फटी ही थी कि उसने देखा कोई ग़रीब नौकर मरहूम फ़क़ीर के संगमरमर के मकबरे में झाड़ू लगा रहा था। अकबर? ठीक उसी क़द–काठी का आदमी जिसे उसने शाही शिकार के दौरान देखा था–छरहरी कमर, लम्बी बाँहें, चौड़ा ललाट। गुपचुप

हिरण महल की सीढ़ियाँ चढ़ते हुए उसने सोचा कि उसे देखकर बादशाह चौंक पड़ेगा लेकिन ऊपर पहुँचते ही जब उसने मकबरे पर नज़र डाली तो उसे वहाँ कोई नहीं दिखा। अलबत्ता नीचे शिकारियों का झुण्ड ज़रूर नज़र आया जो शिकार से वापस लौट रहा था। उन शिकारियों के हाथों की मशालें अँधेरे में हिरण की आँखों की तरह दिख रही थीं।

सीकरी से शैतानपुरा। शैतानपुरा–यानी शैतानों का ठिकाना–आगरा में वेश्याओं का बदनाम इलाक़ा। शुरुआत में जब बिहज़ाद वहाँ जाता, तो सीकरी के बावर्चीख़ाने के निरीक्षक शैबाक़ ख़ान से उसको अपनी बग्घी में पड़ी ख़ाली टोकरियों के बीच उसे छुपाकर ले चलने के लिए कहता था। शैबाक़ ख़ान उस जगह अक्सर आया–जाया करता था। शैबाक़, जिसने उस शाम के लिए ख़ासतौर पर शानदार कपड़े पहने होते थे, सन्तरियों के दरवाज़े को पार करने के बाद एक बार चौकन्नी नज़रों से आसपास देखता फिर हौले से उन ख़ाली टोकरियों को थपथपाकर बिहज़ाद को बाहर निकल आने का इशारा करता था। बिहज़ाद बाहर कूदकर अपनी अचकन की सिलवटें ठीक करता और बावर्चीख़ाने की गन्दगी को कपड़ों से झाड़ता हुआ शैबाक़ की बगल में जा बैठता। शैबाक़ अपनी हँसी पर जबरन क़ाबू करता हुआ बोलता–'उसे तुम्हारे बदन के ख़ास–ख़ास अंगों से सड़े हुए अण्डों की बदबू महसूस होगी!'

धीरे–धीरे बिहज़ाद का हौसला बढ़ता गया। अब तो हर शाम वह अकेले ही मज़दूरों और दरबार में अर्ज़ियाँ देने आये ग़रीब लोगों के बीच बग्घी में बैठ सीकरी से आगरा पहुँचने लगा था। वह सन्तरियों को बड़े रौब के साथ देखता था, गोया किसी बेहद ज़रूरी शाही काम से वहाँ आया हो। पुरानी राजधानी के एक कोठे पर नये किताबख़ाने के अगले उस्ताद को आया देख सन्तरियों में खुसुर–फुसुर शुरू हो जाती। फिर धीरे–धीरे उनको इस नज़ारे की आदत पड़ने लगी। बिहज़ाद जब वापस लौटता तो अक्सर नशे में धुत रहता। कई बार तो उसका गाड़ीवान ही उसे सहारा देकर बग्घी पर चढ़ाता था और वह बग्घी में अपनी जगह पर निढाल होकर पसर जाता।

पहली दफ़ा जब वह शैतानपुरा गया था तो कोठे की मालकिन और अपनी मेज़बान को देखकर उसे हैरत हुई थी। वह सफ़ेद मलमल के कपड़े पहने एक उम्रदराज मोहतरमा थी और बहुत ज़हीन और पाकीज़ा दिखती थी। वह बिहज़ाद को एक बड़े से कमरे में ले गयी जहाँ पहले से ही हर उम्र के लोग भरे हुए थे। दो शायरों के बीच मुक़ाबला शुरू होने वाला था और वे लोग उसी का इन्तज़ार कर रहे थे। उस मोहतरमा ने बिहज़ाद के कानों में धीमे से मुक़ाबले के क़ायदे बताये। हर शायर को अपनी नज़्म पूरी पढ़ने के बाद अपने सामने रखी कन्दील को फूँककर बुझाना था। उसके बाद दूसरे शायर को अपनी नज़्म पढ़ने से पहले अपने सामने रखी कन्दील को जलाना होता था। बिहज़ाद ने कनखियों से देखा, मौजूद लोगों में सलीम अमीरी भी बैठा था। सुनने वालों की मान–मनौवल के बाद आख़िरकार एक शायर की तरफ़ से शुरुआत हुई–

इन चिरागों की रौशनी में कोई परछाईं नहीं दिखती
इसे अपने लबों की नोक से छूकर देखो, मेरे हमदम
और इसकी लपट को और भी धधकता हुआ देखो।

सुनने वालों ने एक ज़ोरदार दाद के साथ शायर का हौसला बढ़ाया। जाम हाथों में उठा लिए गये थे। शायर ने मानो कन्दील की लपट को अपने लब से छूने की कोशिश की और फिर फूँककर उसे बुझा दिया। उसके रक़ीब ने जैसे अपने होंठों पर जीभ फेरते हुए उन्हें तर करने की कोशिश की और अपनी बाँहों को एक–दूसरे से बाँधते हुए जवाब देने के लिए अपनी मुश्क कस ली।

किस लपट की बात करते हो, मेरे हमदम
चिराग की बाती को लबों से छुओ
अपनी रूह की लपट को।

वाह–वाह! वाह–वाह! लोगों ने अपनी टोपियाँ उतारते हुए तारीफ़ों की बौछार कर दी।

अपनी मरहूम माशूक़ा का बोसा लो, क्योंकि वही रानी मधुमक्खी है
उसी को चूमो और अभी ही चूमो
इससे पहले कि उसके भीतर का मोम पत्थर बन जाये।

उसके बाद दोबारा दूसरा शायर।

अभी चूमो...

पूरा कमरा नज़्म के मुखड़े की आवाज़ से गूँजने लगा था–'अभी चूमो! अभी चूमो! अभी चूमो! अभी चूमो!' कन्दीलें इस बीच न जाने कितनी बार जलायी और बुझायी गयीं। पैरों की ताल के साथ–साथ प्यालों के टकराने की आवाजें भी आने लगी थीं।

बिहज़ाद उठ खड़ा हुआ और कमरे से बाहर निकल गया। उसने नये मेहमानों से बातों में उलझी उस मोहतरमा को टोका और उससे सवाल किया कि वेश्याएँ कहाँ थीं।

'ओह, तुम्हारा मतलब है नाचने और गाने वाली लड़कियाँ...'

'नहीं, वेश्याएँ।' वह सीधे–सीधे यह चाहता जानना था कि जिनमें वेश्याएँ रहती हैं वे कमरे कहाँ थे।

उस उम्रदराज मोहतरमा ने एतराज़ ज़ाहिर किया क्योंकि यह क़ानूनन ग़लत था। उसकी उम्र अभी इतनी नहीं थी कि उसे किसी औरत के साथ अकेले में मिलने की छूट दी जाती। अभी वह केवल शायरों को सुनने के क़ाबिल था, उसके बाद ही वह मजलिस–या मुजरे में शामिल हो सकता था। रात में किसी के साथ हमबिस्तर होने से पहले उसे कई दूसरे तजुर्बों से होकर गुज़रना था।

बिहज़ाद निजी कमरों की तरफ़ जाने वाली सीढ़ियों पर चढ़ने लगा और उसके पीछे उसे रोकने की कोशिश करती हुई कोठे की मालकिन थी–'रुक जाओ!' उसने उसे आवाज़ लगायी। शायद वह किसी ऐसी नाचने वाली से मिलना चाहता था जो उसे शादी के बाद की पहली रात की रंगीन कहानियाँ सुनाकर उसका मन बहला पाती। आख़िरकार उस मोहतरमा ने बिहज़ाद के कपड़ों को पकड़ लिया

और उसे यक़ीन दिलाया कि ज़्यादा–से–ज़्यादा वह एक खिड़की के ज़रिये बिहज़ाद को एक लड़की के निजी कमरे के भीतर के दृश्यों को देखने की इजाज़त दे सकती थी।

बिहज़ाद ने भी पलटकर नज़्म का मुखड़ा दोहराया, 'अभी चूमो!' उसकी साँसों से शराब का एक तेज़ भभका उठा।

मालकिन ने उसके लिए एक कमरे का दरवाज़ा खोल दिया जिसके फ़र्श पर सफ़ेद बिस्तर बिछे हुए थे और दीवारों पर चारों तरफ़ आईने जड़े हुए थे। छत को एक रेशमी कपड़े से किसी मण्डप की तरह ख़ूबसूरती से सजाया गया था। कमरे में दाख़िल होने के कुछ ही पल बाद उसे किसी के खिलखिलाने की तेज़ आवाज़ सुनायी पड़ी। उसने सोचा कि शायद कोई औरत अपने ग्राहक के साथ कमरे में दाख़िल हुई होगी। लेकिन पूरा कमरा पहले की तरह ही ख़ाली था। वह उठकर खड़ा हो गया और दीवारों में लगे आईनों में अपना अक्स देखने लगा। कुछ देर के लिए वह भूल गया कि वह कहाँ है लेकिन ज़ोर से दरवाज़ा लगाये जाने की आवाज़ सुनकर वह अपने आप में लौट आया। वह कोठे की मालकिन के खिलखिलाने की आवाज़ थी जिसने दरवाज़े पर बाहर से ताला जड़ दिया था।

—— • ——

उसके बाद जब कभी भी वह कोठे पर आता तो शायरों को ख़ामोशी से सुनने के साथ ही एक के बाद दूसरा शराब का जाम पीता रहता। वहाँ मौजूद लोगों में जो उसे पहचान लेते वे आपस में फुसफुसाते हुए कहते, 'जैसा बाप, वैसा ही बेटा।' वह सर झुकाये शायरों को ग़ौर से सुनने का दिखावा करता, बल्कि जब–तब उन्हें दाद भी देता लेकिन उस वक़्त भी उसकी पलकें मुँदी रहती थीं। लेकिन रोज़ाना वहाँ आने वाले लोगों को अब बिहज़ाद से भी कुछ उम्मीदें रहने लगीं। मुक़ाबले के बीच में ही वह अचानक उठ खड़ा होता और किसी एक शायर पर दूसरे शायर का मिसरा चुरा लेने का इलज़ाम लगा बैठता। वह अपने लगाये इलज़ाम पर अड़ा भी रहता लेकिन इस

दौरान अपना आपा नहीं खोता था। उसे लगता, किसी एक शायर की लिखी हुई नज़्म की दाद किसी दूसरे शायर के हिस्से में भला क्यों जाये? बिहज़ाद अपनी बात पर तब तक अड़ा रहता जब तक कि कोठे की मालकिन उसे कमरे से खींचकर बाहर नहीं निकालती और उसे किसी नाचने–गाने वाली औरत के हवाले नहीं कर देती।

उसके बाद बिहज़ाद उस शैतान के कोठे के आसपास की सड़कों पर बेवजह भटकता रहता और ख़ुद से ही बातें करता रहता। उसको इस तरह से बेमतलब फिरता देख राहगीर अक्सर उसे कोई बदकि़स्मत व्यापारी या बाज़ार में लुटा हुआ कोई किसान समझ लेते। कई बार तो शैबाक़ ने भी उसे अपनी बग्घी से सीकरी ले जाने से साफ़ मना कर दिया–'फाटक पर तैनात सिपाही यही समझेंगे कि तुम कोई लुटेरे हो!'

जब वह किसी अमीर दरबारी की तरह लकदक कपड़ों में सजा हुआ कोठे पर आता तो कोठे की मालकिन भी उसकी हैसियत को लेकर असमंजस में पड़ जाती और उसे अकेली औरत के साथ वक़्त गुज़ारने के लिए बने ख़ास कमरों की तरफ़ जाने का इशारा करती। उसके ठीक सामने फ़र्श पर औरत बैठी होती थी जो उसे गाने सुनाती, अपने हाथों से मिठाइयाँ खिलाती और फिर शाम ढलने के साथ बिहज़ाद की देह को अपनी देह के शामियाने से ढँक लेती थी। उस वक़्त सिर्फ़ आपस में लिपटी हुई उन दोनों देहों के अक्स दीवार में जड़े आईनों में दिखाई देते थे।

शैतानपुरा की वेश्याओं के लिए भी बिहज़ाद किसी पहेली से कम नहीं था। कमल भी वही और उसका भँवरा भी वही–दोनों एक साथ, वे बिहज़ाद के बारे में यह बात कहती भी थीं।

—•—

इधर किताबख़ाने में दारोगा के लिए सब कुछ कमोबेश ठीकठाक चल रहा था। नन्हा उस्ताद उसे शाही इनाम बटोरने में व्यस्त रखता था। जिस काम को करने में अमूमन एक महीने की दरकार होती

थी, उसे बिहज़ाद एक हफ़्ते में ही पूरा कर देता था। 'अकबरनामा' के लिए जो होड़ शुरू हुई थी वह जीवनीकारों और चित्रकारों के बीच बदस्तूर जारी थी। लेकिन किताबख़ाना इस होड़ से एक हद तक बेअसर था क्योंकि नये चित्रकार अपने नये ठिकाने पर ठीक से व्यवस्थित हो चुके थे। अलबत्ता पहले की बनिस्बत सलीम अमीरी का आना बेशक कम हो गया था। उसके मुताबिक़ अब उसकी दादी की सेहत अच्छी नहीं रहती थी लेकिन चित्रकारों को सच अच्छी तरह से पता था। हिन्दुस्तान में मुग़लों के बीच दो फ़ारसी दोस्तों, सलीम अमीरी और ख़्वाजा की दोस्ती में अब दरार पड़ने लगी थी। पहला अभी भी आगरा की अपनी उजाड़ हवेली में रहता था जबकि दूसरा रोज़–ब–रोज़ अपने बादशाह के लिए उसके कुछ ख़ास दरबारियों और सरदारों जैसा प्रियपात्र बनता जा रहा था। ख़्वाजा अब पहले की तरह एक चित्रकार नहीं बल्कि शाही टकसाल का सबसे बड़ा ओहदेदार था। कहते हैं, अब वह पहले की तरह भरोसे के क़ाबिल भी नहीं रह गया था। रंगों के एक मामूली सौदागर के साथ उठना–बैठना अब उसके रसूख़ के ख़िलाफ़ था। सलीम अमीरी जैसे मुँहफट आदमी की दोस्ती उसके लिए कभी भी मुश्किलें पैदा कर सकती थी। वह किसी भी विषय पर बिना किसी लाग–लपेट के बोलता था। जब वह आगरे से बग्घी में बैठकर सीकरी पहुँचता तो उसके साथ आम लोगों के सवालों और शिकायतों की एक लम्बी फ़ेहरिस्त होती और कई बार तो वह ख़ुद भी बादशाह की अक्ल को लेकर गुस्ताख़ सवाल पूछ बैठता था। हर एक आदमी को यह सच पता था कि ख़्वाजा ने अपने पुराने दोस्त से दूरियाँ बढ़ा ली थीं।

दारोगा को भी तत्काल इस बदलाव की भनक लग गयी और उसने वक़्त जाया किये बिना रंगों के दूसरे सौदागरों से सौदा तय कर लिया और अब सीकरी में दूसरी जगहों से लाये गये रंगों की बग्घियाँ पहुँचने लगीं।

लेकिन बिहज़ाद के लिए तो सलीम अमीरी वही पुराना शख़्स था जिसकी ज़बान पर दुनिया के बसने से लेकर अभी तक के तमाम

बेबाक़ क़िस्से हाज़िर थे। अब भी उसकी अजीबोग़रीब बातें बिहज़ाद को दुविधा में डाल देतीं। जब वह किताबख़ाने में दारोगा से कारोबारी बातें कर लेता तो बिहज़ाद से मिलने उसके कमरे में ज़रूर आता था—'जो मूर्ख होते हैं लपटें फूँककर वही बुझाते हैं। शायर अपने भीतर की लौ जलाये रखने के लिए एक–दूसरे के लफ़्ज़ चुराने से भी बाज़ नहीं आते। उन्होंने शायद रूमी से कुछ भी नहीं सीखा... आह! यह बुझती हुई लौ, आख़िरकार अपने अहंकार और शर्मिन्दगी से आज़ाद हुई...'

उन्होंने कभी भी आपस में एक–दूसरे से नज़रें कोठे पर टकरा जाने के वाक़ये का ज़िक्र नहीं किया।

बिहज़ाद सलीम अमीरी से इबादतख़ाने के बारे में पूछता, 'क्या यह सच्ची बात है कि अकबर अब मुसलमान नहीं रहा?'

सलीम अमीरी मुस्कराया—'किस बात से तुम्हें ऐसा लगा कि अकबर अब एक मुसलमान नहीं है?'

'अगर उसकी प्रजा यही मानती हो तो?'

'मुझे यह बतलाओ बिहज़ाद, अगर पचास लोग तुम्हें एक ज़िन्दा आदमी को दिखलाकर कहें कि वह मरा हुआ है तो क्या तुम उस आदमी को दफ़न कर दोगे?'

बिहज़ाद ने सलीम अमीरी से कभी भी यह नहीं कहा कि वह उसे अकबर से मिलवाने में मदद करे। अगर उसके अब्बू ही उसकी मदद करने में बेबस थे तो रंगों के एक अदने से सौदागर की क्या बिसात थी। अलबत्ता उसने दारोगा के बारे में सलीम अमीरी की राय ज़रूर जानने की कोशिश की। बिहज़ाद की नज़र में दारोगा ही अदिली का इकलौता दोस्त था, और उसे ही अदिली और अकबर की निजी मुलाक़ातों के बारे में जानकारी रहती थी। और साथ ही, दारोगा ही वह अकेला शख़्स था जो शायद नहीं चाहता था कि बिहज़ाद किताबख़ाने का अगला उस्ताद बने। क्या सचमुच तराशी हुई मूँछों और सफ़ाई से कटे बालों वाला वह अधेड़ आदमी यह नहीं चाहता था कि बिहज़ाद अपने अब्बू का वारिस बने!

'वह जब मर्ज़ी तब मुक़ाबले कराता रहता है, जैसे कि 'अकबरनामा' का मुख्य चित्रकार होने के बावजूद मुझे अभी भी यह साबित करने की ज़रूरत है कि मैं दूसरों से बेहतर हूँ।'

'वह शैतान! उसे तो अब अपनी मुलाज़िमी छोड़-छाड़कर मक्का चले जाना चाहिए।'

'दारोगा मुझे अकबर से हरगिज़ नहीं मिलने देगा,' बिहज़ाद बुदबुदाया।

कुछ पल की चुप्पी के बाद सलीम अमीरी ने अपनी चमकती हुई आँखें बिहज़ाद की तरफ़ घुमायीं-'तुम अदिली से मदद के लिए क्यों नहीं कहते?'

रंगों के सौदागर की बात सुनकर बिहज़ाद चौंक पड़ा, 'अदिली? लेकिन क्यों...'

'मेरी बात ग़ौर से सुनो, तुम्हारी क़ाबिलियत को कोई नेस्तनाबूद नहीं कर सकता। और तो और अकबर भी नहीं। लेकिन एक बार उसकी निगाह तुम पर पड़नी ज़रूरी है ताकि वह तुम्हारी क़ाबिलियत को पहचान सके और उसकी इज़्ज़त कर सके। इस काम के लिए अगर किसी दुश्मन का भी सहारा लेना पड़े तो इसमें कुछ ग़लत नहीं है। आख़िर तुम्हें सूरज को घेरे हुए बादलों को हटाना होगा ताकि उसकी रौशनी दुनिया तक पहुँच सके।'

'लेकिन उस अफ़गान ने तो क़सम खायी है कि वह किसी और को ख़ुद से अव्वल साबित नहीं होने देगा। उसे लगता है कि सीकरी का सबसे बड़ा चित्रकार वही है और इसीलिए अकबर का चहेता चित्रकार होने का हक़ भी उसी को हासिल है।'

'तब तो तुम्हें बादशाह को ऐसा करने से रोकना चाहिए', सलीम अमीरी ने कहा।

जब वह आगरा जाता तो कभी-कभी जुलेखा से मिलने भी जाता था। पुरानी हवेली का गलियारा तय करने के बाद वह जुलेखा के कमरे में

दाख़िल हुआ और उसके बिस्तर पर जा बैठा। वह तपाक से बिस्तर से उतरी और उससे मुँह फेरती हुई खुली हुई खिड़की के पास जा खड़ी हुई। बिहज़ाद ने उसके बालों को छूकर आने वाली हवाओं की गन्ध महसूस की। वह अभी भी ख़ामोश थी और उसकी आँखें बिहज़ाद की बजाय कहीं दूर टिकी हुई थीं। फिर उसने इतने दिनों तक बिहज़ाद के आगरा नहीं आने के लिए उसे फटकार लगायी, गोया जुलेखा ने उसे ख़ुद से मिलने का बुलावा कई बार भेजा हो।

बिहज़ाद उसके व्यवहार में इस अजीब से बदलाव की वजह धीरे–धीरे समझने लगा था। ख़्वाजा के साथ सीकरी जा बसने की बजाय उसने इस पुरानी और ख़ाली हवेली में अपनी नौकरानी के साथ ज़िन्दगी गुज़ारने का फ़ैसला क्यों किया था। ख़्वाजा की बन्दिशों से मुक्त होकर एक अकेली, आज़ाद और मनमर्ज़ी की ज़िन्दगी जीने की अपमानजनक अफ़वाहों के बीच भी वह आगरे में ही क्यों रुकी रही। उसे उस खँडहर होती हवेली से कैसा लगाव था, किनके लिए वह उन बड़े पीपों में इत्र बनाती थी जबकि वहाँ से हरम कब का सीकरी जा चुका था। एक–एक कर वह जुलेखा की कही हुई बातों को याद करने की कोशिशें करता था। वे बातें जो उसने कभी ठिठोली करते हुए कही थीं और कभी शराब और माजून के नशे की झोंक में।

उसने एक कलाकार से शादी की थी, जुलेखा ने उससे कहा था–'क्या तुम्हें एक कलाकार होने का मतलब पता है, बिहज़ाद? वह जो सबसे ख़ालिस हो। जो अल्लाह कर सकता है, वह काम सिर्फ़ एक कलाकार ही कर सकता है–किसी बेजान चीज़ में जान फूँक देना। शराब एक कलाकार को ग़लत रास्ते पर नहीं ले जा सकती, और न किसी बाज़ारू औरत के बोसों के निशान उसे नापाक कर सकते हैं। लेकिन जो चीज़ उसे बर्बाद कर सकती है, वह उसका लालच है। जब वह अपनी उँगलियों के हुनर, अपने सपनों और कुदरत से मिले तोहफ़े को कुर्बान कर देता। उसी रोज़ वह नष्ट हो जाता है।' 'तुम्हारा ख़्वाजा,' वह बिहज़ाद से कहती, 'अपनी शादी

के बाद से ही कलाकार के तौर पर ख़त्म होने लगा था जब उसने अकबर के किताबख़ाने से दूसरी शादी कर ली थी।' वह अब ख़ुद को एक दरबारी बनाने की राह पर चल पड़ा था—एक ऐसा रसूख़दार आदमी जिसके पास ढेर सारी दौलत हो, जिसकी कई बेगमें हों लेकिन उससे प्यार करने वाला कोई न हो। जुलेखा की सर्द आवाज़ में अपनी बदकिस्मती के लिए कोई पछतावा नहीं था लेकिन ख़्वाजा की बदक़िस्मती का अफ़सोस उसे ज़रूर था। 'तुम सोच भी नहीं सकते कि उसकी क़लम की रेखाओं में कभी जंग के ज़ख़्मों को भी भर देने की कुव्वत हुआ करती थी!'

बिहज़ाद ने उसके बिस्तर के बगल में क़तारों में रखे इत्र के जारों की तरफ़ इशारा किया—'किसके लिए हैं ये सब?' उसकी सौतेली अम्मी ने उसे गुस्से से भरी नज़रों से देखा—'ख़ुशबू को किसी की ज़रूरत नहीं होती। वे तुम्हारे ख़्वाजा की बनायी हुई तस्वीरों की तरह नहीं हैं जिन्हें ज़िन्दा रहने के लिए अकबर की सरपरस्ती की ज़रूरत हो।'

जुलेखा ने उसकी खिल्ली उड़ाते हुए कहा—'अब तुम्हारी बारी है। अपने अब्बू की तरह ही बादशाह को ख़ुश रखो और ज़िन्दगी में वह बनो जो तुम दरअसल नहीं हो।'

'हरगिज़ नहीं', उसने जुलेखा को चुप कराने की कोशिश की।

'नहीं! तब तुम्हें यह मुझे साबित करके दिखाना होगा, बिहज़ाद। साबित कर दो...'

बिहज़ाद सीकरी से जुलेखा से मिलने के लिए आया था। जब वह उसके बिस्तर पर बैठा तो उसकी आँखें जुलेखा पर ही थीं। जुलेखा ने खिलखिलाते हुए अपनी सामान्य आवाज़ में कहा, 'मैंने अपनी ख़ुशबू को तुम्हें यहाँ बुलाने के लिए भेजा था।'

बिहज़ाद मुस्कराने लगा—'और मैं चला आया। झरने की उस अन्धी मछली की तरह जो भाग नहीं सकती है।'

'और तुम्हारा समन्दर कितनी दूर है? क्या उस पर भी बादल छाये रहते हैं और बारिश होती है, हमारे उजड़े हुए बेबस आगरा की तरह?'

अपनी–अपनी बातें कह चुकने के बाद दोनों ही थोड़ी देर तक ख़ामोश रहे उसके बाद कमरे की कन्दील बुझा दी गयी। परम्परा के मुताबिक़ जिन औरतों के शौहर ज़िन्दा थे लेकिन किसी और से शादी करके अलग रहते थे वे अमूमन ग़मी के कपड़े पहना करती थीं। जुलेखा उस तरह के ग़मी वाले कपड़े नहीं पहनती थी। इतनी बड़ी हवेली में अकेली रहने का दुःख भी वह अपनी नौकरानी को शायद ही कभी बताती थी। आज भी इत्र बनाने के लिए जमा किये गये फूलों के बीच वह बिहज़ाद को एक कहानी सुना रही थी। बस वह उस कहानी को किसी किताब से पढ़कर सुनाने की बजाय खुली हुई खिड़की से आसमान को निहारते हुए सुना रही थी–

'एक समय की बात है। पुरुष चित्रकारों के बीच ही एक स्त्री चित्रकार भी हुआ करती थी। उसका नाम नादिरा था लेकिन वह ख़ुद को 'मख़्फ़ी'–यानी एक 'राज़' के नाम से पुकारती थी। जिन लोगों ने उसकी बनायी हुई तस्वीरें देख रखी थीं, उनका दावा था कि उस दौर में वैसी तस्वीरें बनाने वाला कोई दूसरा चित्रकार नहीं था। लेकिन वह देखने में बहुत बदसूरत थी। उसकी आँखें छोटी–छोटी थीं और उनके चारों तरफ़ लाल घेरे थे। उसकी ठुड्डी पर दाढ़ी की तरह बाल उगे थे और गले पर झुर्रियाँ पड़ी हुई थीं। चमकती अँगूठियाँ पहनने के बाद भी वह अपनी गाँठदार उँगलियों को नहीं छुपा पाती थी।

जुलेखा बिहज़ाद की तरफ़ पलटी–'तुम्हें मालूम है उसे सबसे ज़्यादा किस चीज़ की तस्वीर बनानी पसन्द थी?'

वह ख़ामोश रहा।

'ख़ुद अपनी। हाँ, ख़ुद का बदसूरत चेहरा। वह उसकी ऐसी तस्वीर बनाती थी जैसी कोई नहीं बना सकता था। उस तस्वीर को देखने वाले अचरज में डूब जाते थे। कइयों का तो ग़ुस्सा भड़क उठता था क्योंकि उनको ऐसा लगता था कि वह उन्हें बेवकूफ़ बना रही है। लेकिन आख़िरकार धीरे–धीरे उन सबको उसकी बदसूरत शक्ल से प्यार हो गया। वे घण्टों उसकी तस्वीर को निहारते रहते और उससे

दूसरी तस्वीर बनाने की गुज़ारिश करते। वह अपने दर्शकों को खुश रखती थी क्योंकि कोई दूसरा उस बदसूरत चित्रकार की तरह तस्वीरें नहीं बना सकता था। जब वह बहुत बूढ़ी हो गयी और मरने लगी तो फ़रिश्ते उसके पाप और पुण्य का हिसाब करने खुद उसके दरवाज़े पर आये। तुम्हें पता है उसने क्या कहा, बिहज़ाद? उसने कहा, 'मेरा गुनाह यह है कि मैं लोगों को उनकी बदसूरतीं नहीं दिखा पायी।'

'और तुम्हारी नेकी क्या है?' फ़रिश्तों ने पूछा।'

'मेरी नेकी बस इतनी है कि उनकी तमाम बदसूरती के बावजूद मैंने उनको थोड़ी–सी ख़ुशियाँ दीं।'

इधर जुलेखा के बिस्तर पर बैठे बिहज़ाद के ज़ेहन में एक दूसरी छुपी हुई शक्ल का ख़ाका तैयार हो रहा था।

'बिहज़ाद, तुम्हें बदसूरत चेहरे की ऐसी तस्वीर बनानी है जो सुन्दर दिखे। हैं कि नहीं?'

उसने जुलेखा को गुर्राते हुए देखा।

कई बार जब बिहज़ाद शैतानपुरा के कोठे से नशे में धुत होकर जुलेखा के पास आता तो उसकी अचकन के बटन ऊपर से नीचे तक खुले होते थे और उसकी गोरी चमड़ी पर बोसों और नाख़ूनों के निशान साफ़–साफ़ दिखायी देते थे। उसे अचानक सीकरी में ख़्वाजा और उसकी दूसरी बेगम के बारे में सुनी हुई बातें याद आ जातीं– 'अगर उस बेहया औरत को ऊँट पर बिठाकर बीच रेगिस्तान में भी छोड़ दिया जाये, वहाँ भी वह अनगिनत मर्दों को अपनी ख़ूबसूरती के जाल में फँसा सकती है!' पोपले नौबत ख़ान की कही बात उसके कानों में गूँजने लगती–'अपनी एक निगाह से वह मरते हुए कोढ़ी को भी सेहतयाफ़्ता कर सकती है! बिल्कुल हमारे ज़माने की बिलकिस की तरह जो रम के बाग़ का गुलाब थी!'

बिहज़ाद जब जुलेखा को उन नज़रों से देखने लगता जैसे कोई शेर हिरण को देखता है। वह उसकी पलकों को अपनी हथेली से ढँक देती और एक बारीक़ सूई से उसके तलुए में चुभा हुआ नश्तर निकालने लगती।

'अगर मेरी कोख में तुम्हारा बच्चा ठहर जाता तब क्या होता...?'

क़ातिलाना आँखों से बिहज़ाद ने उसको देखा–'तुम सीकरी चलकर मेरे साथ ही किताबख़ाने के बगल की मेरी हवेली में क्यों नहीं रहतीं?'

'सीकरी? तुम्हारा मतलब बादशाह की उस ऐशगाह से है। लेकिन यह मुमकिन नहीं है बिहज़ाद। भँवरा बने रहने में जो मज़ा है वह कमल का फूल बनने में नहीं है। एक औरत के सुख और एक बादशाह के सुख–दोनों में बहुत फ़र्क़ है।'

बिहज़ाद ने उसे समझाने की कोशिश की कि सीकरी आगरा की तरह ही है। अगर वह आगरा में बादशाह के महल के इतने क़रीब रह सकती थी तो वहाँ क्यों नहीं रह सकती।

'नहीं, दोनों में फ़र्क़ है बिहज़ाद। सीकरी में रहने वाला हरेक आदमी बादशाह का क़ैदी है। वह लोगों से तभी तक प्यार कर सकता है जब तक वे उसकी परछाईं न बन जायें–अकबर की परछाईं।

बिहज़ाद ने जवाब में कुछ कहना चाहा लेकिन जुलेखा ने उसके मुँह पर अपनी हथेली रख दी–'सीकरी में मेरे साथ तुम क्या करोगे? नन्हे उस्ताद अपनी सौतेली अम्मी के साथ! क्या वहाँ मैं अकबर के हरम की रखैल की तरह की शोभा बनकर रहूँगी? क्या मैं भी दूसरी बेगमों के साथ मिलकर एक–दूसरे के ख़िलाफ़ उनकी पीठ पीछे साज़िशें रचूँगी? क्या तुम एक कमल को एक बेहया गुलाब बनता हुआ देखना चाहोगे जो किसी से भी अपनी ख़ुशबू बाँट ले? या तुम मुझे शैतानपुरा के कोठे पर देखना चाहते हो ?'

कई बार ऐसा हुआ कि शैतानपुरा के कोठे पर शराब की क़ीमत चुकाने के लिए उसने जुलेखा की अँगूठी या बाजूबन्द माँग लिया। जब वह उसके ज़ेवरों के लिए उसके दमकते हुए कानों, ललाट, बाँहों और कमर की तरफ़ इशारे करता तो जुलेखा तुनकती हुई बोलती... 'मैं तुम्हारी मौजूदगी में नंगी नहीं हो सकती हूँ! तब बिहज़ाद अपने माथे की फ़ारसी पगड़ी उतार लेता और अपनी अचकन के सारे बटन खोल देता। जुलेखा भी एक खनकती हुई हँसी के साथ अपने चेहरे

से हिजाब हटा देती। वह ख़्वाजा के बेटे को उस दिन की यादों में वापस ले जाती जब उसने पहली बार अपने पाँव हवेली के भीतर रखे थे—वह इत्तेफ़ाक़न बिहज़ाद के खतने का भी दिन था।

'उस दिन हम दोनों के ही जिस्मों से ख़ून बहा था!' वह बिहज़ाद के कानों में आहिस्ते से कहती, और दोनों एक—दूसरे को थामे बिस्तर पर गिर जाते।

—•—

जब वह अपनी बग्घी में बैठा सीकरी लौटता तो उसे रास्ते में अजीबोग़रीब ख़्वाब आते। उसे लगता कि वह किसी जिबह होते ऊँट के बच्चे की तरह बेतरह छटपटा रहा है। उसके गले से चीख़ निकलने लगती। घबराया हुआ गाड़ीवान फ़ौरन बग्घी रोकते हुए बिहज़ाद को मुड़कर देखता, और शराब और उल्टियों की बदबू की घिन से अपनी जगह पर दुबका बैठा रहता।

बिहज़ाद को आनन्ददायी और गर्म—उत्तेजक सहवासों के भी सपने आते—जंग में ज़ख़्म खायी टीसों की तरह। उसके सपने में कभी जुलेखा और अकबर एक साथ दिखते, कभी जुलेखा ख़ुद उसके साथ दिखती और कभी बिहज़ाद और अकबर एक साथ दिखते। उसकी अधखुली अचकन के भीतर तीन जोड़ी बाँहें, एक—दूसरे को प्यार भरी नज़रों से देखतीं तीन जोड़ी आँखें और एक—दूसरे का ज़ायका लेते तीन जोड़े होंठ।

'अकबर!' वह बेसाख़्ता चीख पड़ता और सपने में ही जुलेखा को अपनी बाँहों में भर लेता। अपनी सौतेली अम्मी के बारे में सोचकर उसे बेतहाशा रोना आ रहा था। क्या यह काफ़ी नहीं था कि उसने ख़्वाजा को छोड़ दिया...अब वह उसे भी क्यों छोड़ रही है। इस फ़ैसले के लिए बिहज़ाद को उससे जिरह करनी थी।

—•—

पच्चीस साल की उम्र में, खानाज़ाद—जो किताबख़ाने की ड्योढ़ी

पर ही पैदा हुआ था–अब वह ख़ुद को एक दरबारी बनाये जाने का इन्तज़ार कर रहा था। उसे इसकी बेसब्री से उम्मीद भी थी। अगर उसकी तराशी हुई दाढ़ी को छोड़ दिया जाये तो वह हू–ब–हू वही फ़ारसी चेहरे वाला शख़्स था जो पहली दफ़ा सीकरी में दाख़िल हुआ था। पूरी सल्तनत में अब इक्का–दुक्का फ़ारसी ही नज़र आते थे। महान उस्ताद मीराक और मुज़फ़्फ़र की बनायी हुई तस्वीरों की तरह ही उसकी बनायी हुई तस्वीरें अकबर, उसके दरबार और पूरी सल्तनत में सराही जाती थीं। उसने अपने अब्बू के दिये गये नाम की इज़्ज़त रख ली थी–नन्हा उस्ताद। उसकी बनायी हुई तस्वीरों में एक दुर्लभ और रूहानी असर होता था जो उन मामूली तस्वीरों को भी ख़ास बना देता था।

यहाँ तक कि उसके रोज़ शैतानपुरा जाने की ख़बर उड़ने पर भी सीकरी में लोग इस बात पर चुप्पी साधे रहे। वैसे भी उसकी उम्र के लड़कों के लिए यह कोई चौंकाने वाली ख़बर नहीं थी। क्या अंगूर की पैदावार के पहले किसी और तरीक़े से शराब नहीं बनायी गयी होगी? यह सभी चीज़ें स्वाभाविक थीं। यहाँ तक कि कोठे की मालकिन को अक्सर मुश्किल में डाल देने वाली उसकी देह की आतुरता–जैसे अकबर किसी जंगली हाथी को क़ाबू में करने की कोशिश कर रहा हो। आख़िर वह बाज़ारू औरतों की संगत में नहीं रहता तो एक पूरा मर्द कैसे बन सकता था? अकबर ने जब ख़ुद को बादशाह घोषित कर दिया तो उसे शैतानपुरा के कोठे की ज़रूरत नहीं रही। अब उसके पास अपना ख़ुद का महल था और वह भी अपने वालिद और दूसरे दरबारियों की तरह की हैसियत रखने लगा था। लेकिन अभी भी कई और चाँद निकलने बाक़ी थे।

शहरीवार के बाईसवें दिन जो इत्तेफ़ाक़न रजब का सत्रहवाँ दिन भी पड़ता था, सीकरी में सूरज को तौलने का समारोह आयोजित किया जाता था। फ़ारसी और मुगल दोनों ही सारणियों में ज्योतिषीय गणना के अनुसार इसे शुभ दिन माना गया था। उस रोज़ एक बड़े तराज़ू में बादशाह को बारह बार तौले जाने का रिवाज था—हर बार भिन्न–भिन्न सामानों से, मसलन सोने से, पारे से, हीरे–जवाहरातों से, रेशम की थानों से, चन्दन की लकड़ियों से, कपास के गट्ठर से, दुर्लभ मसालों से, आटे से, शक्कर से, ख़ुशबूदार आमों से, कश्मीरी खरबूजों, और अफ़ीम से। अकबर को इस तरह तौलकर अल्लाह से उसकी लम्बी उम्र और अच्छी सेहत के लिए दुआ माँगी जाती थी। समारोह के बाद उन सामग्रियों को ग़रीब जनता में बाँट दिया जाता था। इन सामानों के अलावा अकबर की सालगिरह पर सभी अनाथ बच्चों को एक बकरी, एक भेड़ और एक मुर्गी भी दी जाती थी।

अकबर एक छोटे से कमरे में बैठा था जिसकी चारों दीवारों में बने हुए दरवाज़े अलग–अलग कमरों में खुलते थे। पूरब का दरवाज़ा दीवान–ए–आम में खुलता था, पश्चिम का दरवाज़ा हरम में बने उसकी अम्मी के निजी कमरे में खुलता था, उत्तर का दरवाज़ा एक सभागार में और दक्षिण का दरवाज़ा एक बड़े से प्रांगण में खुलता था। प्रांगण के ठीक बीच में एक अष्टभुजाकार चबूतरा बना हुआ था। बादशाह ने गुरु की दशा के अनुसार परिधान पहना हुआ था—बनफ्शी रंग का साफ़ा, पीला कमरबन्द और नीलम जड़ा हार। वह पारस पत्थर के बने एक तख़्त पर बैठा था। उसके अंगरक्षक उसके ठीक नीचे बिछे हुए कालीन पर बैठे थे और तीन शहज़ादियाँ घुटनों के

बल बैठी उससे मुख़ातिब थीं। उनके पीछे थालियों में तोहफ़े लिए ख़ादिम खड़े थे। औरतें बादशाह की अम्मी के साथ एक झीने पर्दे के पीछे बैठी समारोह को देख रही थीं।

सबसे पहले सबसे बड़ा शहज़ादा आगे बढ़ा, जो अभी अपनी किशोरावस्था में ही था। सबसे पहले उसने अपनी दायीं हथेली अपने माथे के ऊपर रखकर अदब से झुकते हुए बादशाह को सलाम पेश किया। बादशाह ने अपने बेटे को गले से लगाते हुए उसका माथा चूम लिया। फिर बादशाह उठकर खड़ा हो गया और एक विशालकाय तराज़ू के पास जाकर उसकी एक रत्नजड़ित हौद में बैठ गया। शहज़ादा दूसरी हौद में जारों में भरी सोने की मोहरें उड़ेलने लगा। साथ ही वह बगल में खड़े नौकर को जारों की तादाद भी बताता जाता था। मोहरों से भरे पूरे दस जार ख़ाली होने के बाद तराज़ू के दोनों पलड़े बिल्कुल बराबर हो गये।

प्रांगण में कालीन पर बैठे दर्शकों में ख़ुशी की लहर दौड़ गयी। महल के सबसे ऊँचे प्राचीर से दुन्दुभियों के बजने की आवाज़ सुनायी पड़ रही थी।

उसके बाद बादशाह का दूसरा बेटा चाँदी की मोहरों से भरी थालियों के साथ आगे बढ़ा।

बीच–बीच में बादशाह अपने तख़्त पर वापस जा बैठता था। उसके पीछे खड़े हिजड़े मोरपंखों को हिलाते हुए उसे ठण्डक पहुँचाने और कीट–पतंगे भगाने में व्यस्त थे। सभी धर्मों के गुरु उसकी अच्छी सेहत के लिए प्रार्थनाएँ कर रहे थे। जब छठे सामान के साथ बादशाह को तौले जाने की बारी आयी बादशाह ने अपने एक प्रिय दरबारी बीरबल को अपना तोहफ़ा देने के लिए आमन्त्रित किया। हिन्दू राजा बीरबल अपनी बुद्धिमत्ता और परिहास–बोध के कारण बहुत लोकप्रिय था। अकबर उसकी कहानियों का मुरीद था और उसने सीकरी में अपने महल के पड़ोस में ही बीरबल के रहने के लिए हवेली बनवायी थी। सबसे पहले उन दोनों ने एक–दूसरे को गले से लगाया। बीरबल बादशाह के पैरों के पास बैठ गया और दूसरे

पलड़े में वह दूधिया मलमल के गट्ठर रखवाने लगा। हर गट्ठर के बाद उसकी नज़र तराज़ू के पलड़े पर जाती थी लेकिन दूसरा गट्ठर रखने के बाद पलड़ा बमुश्किल एक इंच ही ऊपर उठता था। आख़िरी गट्ठर हौद में लादने के बाद भी पलड़े के बराबर होने में थोड़ी कसर रह गयी। बादशाह के मुँह पर एक मुस्कान फैल गयी। एक मुलाज़िम को और गट्ठर लाने के लिए फ़ौरन दौड़ाया गया लेकिन उसे भी ख़ाली हाथ ही वापस लौटना पड़ा। सीकरी का सारा मलमल ख़त्म हो चुका था। बीरबल ने एक हिजड़े को इशारे से बुलाकर फ़ौरन गुलाबजल लाने का हुक्म दिया ताकि उसे मलमल पर छिड़ककर उसका वज़न बढ़ाया जा सके। लेकिन बादशाह ने हाथ उठाते हुए उसे रुक जाने का संकेत दिया। बादशाह ने कहा कि ऐसा करना न्यायोचित नहीं होगा। उसने बीरबल को आशाभरी दृष्टि से देखा तो बीरबल ने अपने माथे की पगड़ी उतारकर मलमल के गट्ठरों के साथ रख दी। तालियों की गड़गड़ाहट से पूरा प्रांगण गूँजने लगा और दोनों ने खड़े होकर फिर से एक–दूसरे को गले से लगा लिया।

'अपनी पगड़ी रखने से बेहतर होता कि वह अपनी बीवी के बालों की लटें मँगाकर उन्हें तराज़ू के पलड़े पर रख देता!' नौबत ख़ान ने फुसफुसाते हुए मुख्य ख़ज़ांची के कानों में कहा जो ठीक उसके बगल में खड़ा था। प्रांगण में मौजूद दरबारियों की अधीरता बढ़ती जा रही थी। बादशाह को तोहफ़ा देने और उन्हें क़बूल करने का सिलसिला बदस्तूर जारी था। नौकरों का एक बड़ा जत्था मिठाइयों और गुलाब के शरबत से भरी थालियाँ उठाये प्रांगण में दाख़िल हो चुका था।

'इतना कुछ दे दिये जाने के बाद अब उसे क्या दिया जा सकता है? क्या इतना काफ़ी नहीं है, या वह तमाम दूसरी चीज़ें लेकर ही दम लेगा?' कवि अब्दुल्लाह ने तल्ख़ी से कहा। वह बादशाह को मुबारक़बाद देने की अपनी बारी का इन्तज़ार करता हुआ थक चुका था। लेकिन इससे पहले कि बाक़ी बचे दरबारी एक–एक कर अपना तोहफ़ा देने के लिए अकबर के कमरे में दाख़िल होते, बीरबल फ़ारस

से आये शाह के दूतों को लेकर कमरे में दाख़िल हो गया। वे अपने साथ इतने ढेर सारे तोहफ़े लेकर आये थे कि उन्हें मौजूद लोगों को दिखा पाना मुमकिन नहीं था। उनमें से एक ने अपने सीने पर हाथ रखते हुए शाह के भेजे हुए तोहफ़ों की फ़ेहरिस्त पढ़नी शुरू की, 'अल्लाह का शुक्रिया, कि जो बीज उसने लगाये थे वे पौधे से बड़े होकर अब क़िस्मत से फल देने लायक़ पेड़ बन चुके हैं। इन दुआओं के ज़रिये गुलाब की कलियों से निकली ख़ुशबू उन पवित्र नासिकाओं में पहुँचे, इन बिजलियों की कौंध पूरी दुनिया में फैलकर रूहानी अँधेरे को दूर करे, हम भाइयों को एक–दूसरे से ऐसे बाँधे रखे जैसे कभी हमारे पुरखों के रिश्ते थे। अल्लाह का शुक्रिया, कि वह हमेशा हमारी आँखों से दिखलायी देता रहे और उसकी सरपरस्ती इस क़ायनात को बुरी बलाओं की नज़रों से बचाये रखे। अल्लाह का शुक्रिया, कि...' इस लम्बे अभिवादन के बाद तोहफ़ों की फ़ेहरिस्त पढ़ी गयी–शानदार घोड़े, खच्चर, ऊँट, दुर्लभ प्रजाति की काली लोमड़ियाँ वग़ैरह–वग़ैरह। शाही लेखाकार उन तोहफ़ों को दर्ज करने में मसरूफ़ थे।

'क़ाश, अकबर ने इन मासूम जानवरों को हिन्दुस्तान लाने के रास्ते में ही मार दिया होता!' इस्माइल सफावी की इस बात पर नौबत ख़ान मुश्किल से अपनी हँसी रोक पाया।

'फ़ारस का शाह और हिन्दुस्तान का बादशाह एक–दूसरे के साथ चरवाहों की तरह मवेशियों की अदला–बदली कर रहे हैं!'

शाही ख़ज़ांची ने बादशाह को तोहफ़े में यूरोप की बनी एक स्फटिक की सन्दूक़ची दी। वह चारों तरफ़ से पारदर्शी थी और सन्दूक़ची के भीतर रखी हुई कोई भी चीज़ बाहर से साफ़–साफ़ दिखलायी देती थी। शाही बावर्चीख़ाने के निरीक्षक ने फलों से भरी एक थाली दी जिसमें कुछ असली फल थे और कुछ बेशक़ीमती रत्नों और पत्थर के बने हुए नक़ली फल थे, मसलन एक बिल्लौरी काबुली चेरी और बलुआ पत्थर का बना एक कश्मीरी सेब था जो बिल्कुल असली दीखते थे। ख़्वाजा अपने साथ एक फर की शॉल लेकर आया

था। हक़ीम के पास एक रत्नजड़ित घोड़े की जीन थी और मुर्तज़ा बेग एक दुर्लभ और अनमोल पाण्डुलिपि के साथ हाज़िर हुआ था।

अब अकबर के अपने दरबारियों को तोहफ़ों से नवाज़ने की बारी थी।

'ये कमबख़्त इसीलिए तोहफ़े देते हैं ताकि फिर उनको वापस ले सकें!' कवि अब्दुल्लाह ने तल्ख़ लहजे में कहा। उसे बीरबल, दूसरे दरबारियों और हिजड़ों सबसे कोफ़्त थी जिनकी वजह से उसे इस ख़ास मौक़े पर तोहफ़े के रूप में लिखकर लायी गयी अपनी नज़्म सुनाने के लिए लम्बा इन्तज़ार करना पड़ा था।

अकबर ने अपने ख़ादिमों में से एक को अपने पास बुलाया। वह बादशाह का निजी खानसामा था जो पिछले साल अकबर की जान बचाने के क्रम में मरता–मरता बचा था। शाही महल के ही किसी दुश्मन ने बादशाह के पीने के पानी में चोरी से ज़हर मिला दिया था जिसे बादशाह को पिलाने से पहले उसने इत्तेफ़ाक़न चखकर देख लिया था। बादशाह ने उसे अपनी तरफ़ से एक महँगी नस्ल का घोड़ा दिया जो कुछ–कुछ गुलाबी रंग का था। उसके बाद उसने हिजड़ों को इशारा किया और वे सोने की मोहरों से भरी थालियाँ लेकर हाज़िर हो गये। अकबर ने दरबारियों के बीच ऐलान किया, जो जितनी मर्ज़ी उतनी मोहरें ले ले–जिसकी मुट्ठी में जितनी समा सकें और जिसकी खुद्दारी जितनी इजाज़त दे। दरबारियों के बीच एक दुविधा की स्थिति पैदा हो गयी थी। कई लोग तोहफ़ा लेना चाहते थे और कुछ लोगों को ऐसा करने में झिझक भी महसूस हो रही थी।

'बादशाह ने फिर से अपनी पुरानी तरक़ीब आजमायी है,' नौबत ख़ान ने शाही ख़ज़ांची से मख़ौल के पुराने अन्दाज़ में कहा।

बादशाह के तौले जाने के बाद उसके नौकर–चाकर सामानों को उन ग़रीब और ज़रूरतमन्द लोगों में बाँटने के लिए बाहर ले जाने लगे, जो शाही दीवारों के बाहर इकट्ठे होकर बेसब्री से नेमतों का इन्तज़ार कर रहे थे। क़िले के बाहर सालाना मेला शुरू हो चुका था। बाज़ीगरों और करतबबाज़ों ने अपना–अपना तमाशा दिखाना शुरू कर

दिया था। ज़मीन से ख़ासी ऊँचाई पर बाँसों में बँधी तनी हुई रस्सियों पर नट सधे हुए पैरों से चल रहे थे और तमाशबीनों के दिलों की धड़कनें उनके इस करतब को देखकर थम–सी गयी थीं। शिल्पकारों ने भी एक क़तार से अपनी–अपनी दुकानें सजा ली थीं और दूरदराज से मेला घूमने आने वाले लोगों की भीड़ धीरे–धीरे बढ़ने लगी थी।

महल के प्रांगण में बने अष्टभुजाकार चबूतरे पर दरबारी संगीतकारों ने अपनी–अपनी जगह ले ली थी। वे सभी बादशाह के कमरे की तरफ़ मुख़ातिब थे। सारे दरबारी सभागार में बैठे हुए थे और औरतें पर्दे के पीछे बैठी संगीतकारों को देख रही थीं। अचानक अदृश्य स्रोतों से पानी की धाराएँ फूटने लगीं और चबूतरे को छोड़कर पूरा प्रांगण देखते–ही–देखते पानी में डूब गया। दर्शकों के लिए यह एक चकित कर देने वाला मोहक दृश्य था। अकबर का संकेत मिलते ही संगीतकार कर्णप्रिय धुनें सुनाने लगे, जो हिन्दुस्तान के विविध और बेहतरीन रागों पर आधारित थीं।

इस बीच बिहज़ाद चुपके से सभागार में अपनी जगह से उठ खड़ा हुआ। उसके इर्द–गिर्द बैठे हुए दूसरे दरबारी उस वक़्त ऊँघ रहे थे या अलसाये हुए उबासियाँ ले रहे थे। संगीत के सुरों ने उनके थके हुए दिमाग़ और पैरों के दर्द के लिए राहत पहुँचाने वाली दवा जैसा काम किया था। उनमें से कइयों की तो नाकें भी बज रही थीं। नौबत ख़ान का मुँह आधा खुला हुआ था गोया कोई जुमला पूरा करते–करते उसे नींद आ गयी हो। इस्माइल सफावी अपनी आगोश में एक तकिये को दबाये हुए था, मसलन किसी मरीज़ की जाँच कर रहा हो। नशे में धुत ख़्वाजा का सर भी एक तरफ़ लुढ़का हुआ–सा था और पत्थर के एक पाये और उसके भारी–भरकम साफ़े के बीच नाज़ुक गुलाब का एक फूल कुचला हुआ था।

बैठे हुए दरबारियों के बीच से बिहज़ाद चुपचाप आगे बढ़ता जा रहा था। सामान पर नज़र रखे नौकरों की नज़रें भी उस पर नहीं पड़ीं। चूँकि बिहज़ाद ने ख़ुद किसी दरबारी की तरह के अच्छे कपड़े पहन रखे थे, इसलिए किसी को भी उस पर शक नहीं हुआ। पश्चिमी

दरवाज़े के क़रीब पहुँचते ही उसने अचानक अपनी रफ़्तार बढ़ा दी। संगीतकार अपना आखिरी राग पेश कर चुके थे और धीरे धीरे दरबारी भी अपनी तन्द्रा से वापस लौटने लगे थे। समारोह अपने समापन की ओर बढ़ रहा था। अपनी आँखें मलते हुए ख्वाजा ने पास रखी थाली से एक अंगूर उठाकर अपने मुँह में रख लिया। अचानक उसकी नज़र बिहज़ाद पर पड़ गयी जो झुके–थके दरबारियों के बीच से गुज़रता हुआ अकबर की तरफ़ बढ़ रहा था। ख्वाजा इस दृश्य को देखकर हक्का–बक्का था और उसके खुले हुए मुँह में रखा अंगूर तक़रीबन बाहर गिरने को हो आया। ठीक उसी पल वहाँ खड़े हिजड़ों ने भी बिहज़ाद को आते हुए देख लिया और चीखते–चिल्लाते मोरपंख लिए लपकते हुए उसके पीछे दौड़ पड़े।

दरवाज़े पर खड़े हथियारबन्द सन्तरियों को परे करते हुए बिहज़ाद बादशाह के कमरे में दाख़िल हो गया। अब वह अकबर के एकदम आमने–सामने खड़ा था। उसे सामने खड़ा देखकर अकबर भी भौंचक था। उसने कौतुकपूर्ण आँखों से बिहज़ाद को देखा मानो उससे पूछना कहता हो कि वह कौन है। बिहज़ाद ने अदब से उसे सलाम किया और अपनी अचकन में से एक मामूली काग़ज़ पर बनी तस्वीर निकालते हुए उसे बादशाह के सामने फैला दिया। अकबर एक भी लफ़्ज़ बोले बिना उस तस्वीर को देखने लगा।

वह एक अजीब तस्वीर थी। बिल्कुल ग़ैर–पारम्परिक। ऐसा प्रतीत होता था कि तस्वीर में पूरे दृश्य को ऊपर से नीचे की तरफ़ उलट दिया गया था। दो क्रुद्ध हाथी यमुना के किनारे एक–दूसरे से भिड़े हुए थे। उनके दाँत बड़े–बड़े और नुकीले थे, उनके बड़े–बड़े कान पत्तों की तरह डोल रहे थे और उनकी सूँड़ें ऊपर की तरफ़ उठी हुई थीं। वे एक–दूसरे को अपने बड़े माथे से नदी में धकेलने की ताक़त लगा रहे थे। नावों में बैठे नाविक डरकर अपने–अपने चन्दोवे में दुबके हुए थे और शाही नौकर उन हाथियों को क़ाबू में करने की नाकाम कोशिशें कर रहे थे। कुछेक तो नदी में कूदकर उसकी सतह पर तैर रहे थे। क़िले की प्राचीरों पर ज़ोर–ज़ोर से चीख़ते–चिल्लाते

हुए दरबारी और दुआओं में हाथ उठाये हुए धर्मगुरु खड़े दिख रहे थे। और अकबर? वह एक त्रिशंकु की तरह हवा में टँगा नज़र आ रहा था जिसे उसके पसन्दीदा हाथी ने अपनी पीठ से उठाकर फेंक दिया था। हालाँकि ऐसा लग रहा था कि वह माथे के बल ज़मीन पर गिरने वाला है लेकिन इसके बावजूद वह गिरने की बजाय किसी फ़रिश्ते की तरह हवा में उड़ान भरता हुआ–सा दिख रहा था।

बादशाह तस्वीर को ग़ौर से देख रहा था। सभागार, दीवान–ए–आम और हरम सब जगह एक सन्नाटा फैला हुआ था। अचानक अकबर अपनी भारी और रौबदार आवाज़ में हँसने लगा। ऐसा लग रहा था उसके ठहाकों की गूँज सीकरी में चारों तरफ़ फैल रही हो।

एक ठण्डी साँस भरता हुआ ख़्वाजा दोबारा निरुपाय–सा अपनी जगह जा धँसा। उसके मुँह में पड़ा इकलौता अंगूर टपककर सभागार के फ़र्श पर लुढ़क रहा था।

अदिली के सामने बैठा बिहज़ाद उसे नक़ल करके बतला रहा था कि समारोह के दरम्यान वह अफ़गान क्या–क्या कर रहा था। जब अदिली की बारी आयी तो उसने बादशाह को एक बाज भेंट किया जो सोने का बना हुआ था। उसके बाद उसने बादशाह के सामने अपना माथा ज़मीन पर टेकते हुए उसे सलाम किया था। दूसरे दरबारी उसके इस अन्दाज़ से हैरत में थे। अपनी जगह पर लौटते अदिली के चेहरे पर एक विजेता का गर्व था। 'सिर्फ़ अपनी ज़बान और हाथों की मदद से कोई बादशाह का अदब कैसे कर सकता है?'

बिहज़ाद उस हट्टे–कट्टे और झीनी दाढ़ी वाले अफ़गान को ग़ौर से देख रहा था। उसके दाँत उबड़–खाबड़ थे जिसकी वजह से उसके होंठ सामान्य से ज़्यादा चौड़े दिखते थे। नक़्क़ाशीदार हुक्के को गुड़गुड़ाता हुआ वह अपनी जगह पर इतनी तसल्ली से बैठा हुआ था मानो उसे इस बात का पूरा इत्मीनान हो कि उसका किताबख़ाने का अगला उस्ताद बनना पूरी तरह से तय है। हालाँकि बिहज़ाद को उसके गुस्सैल पहरेदारों से ख़बरदार रहने की ताक़ीद कर दी गयी थी लेकिन अदिली अपने घर में ख़ुद को बेफ़िक्र और बेख़ौफ़ महसूस करता दिखला रहा था। उसका घर सीकरी के क़िले की दीवार से बिल्कुल लगा हुआ था। वह ऐसा बीमार भी नहीं लग रहा था जिसके बहाने उसने किताबख़ाने से बाहर रहकर काम करने की छूट ले रखी थी।

जैसा कि बिहज़ाद ने पहले से तय कर रखा था, उसने अदिली से बातचीत की शुरुआत सलीम अमीरी के मसले से की–आख़िर

दारोगा ने उसे रंगों के जार से लदी बग्घी के साथ आगरा से सीकरी आने से क्यों मना कर दिया।

'ऐसा नहीं कि सिर्फ़ दारोगा को ही उसके नाम से चिढ़ है, बल्कि दूसरे लोग भी उससे ख़फा हैं', अदिली ने पूरे भरोसे के साथ कहा। 'अब उसे अपने किये की सज़ा भी मिलनी चाहिए। यह कमोबेश वैसा ही मामला है कि किसी खेल में जब कोई जीतता है तो दूसरे को हारना पड़ता है।'

'बहरहाल इस खेल में जीतने वाला शख़्स कौन है?' बिहज़ाद ने पूरे एहतियात के साथ जानने की कोशिश की।

'कोई भी, जो बादशाह की तरफ़दारी करता हो', अपने मुँह से धुएँ का छल्ला निकालते हुए अदिली ने अपनी आवाज़ भी मद्धिम कर दी। 'क्या तुम सलीम अमीरी को ठीक से जानते हो? वह कागज़ और रंगों के साथ–साथ झूठ का कारोबार भी करता है। वह दरबारियों पर बादशाह की खुशामद करने का इलज़ाम लगाता है। उसने तो यहाँ तक कहा कि बादशाह सीकरी की भव्यता के लिए सल्तनत की भी अनदेखी कर रहा है।'

'यह अफ़वाह है।'

'अफ़वाह है?'

'आगरा में रहने वाले आधे लोग अपनी अनदेखी के लिए सीकरी को ज़िम्मेदार बताते हैं। क्या आप उन सबको सज़ा देंगे?'

'तुम उसके बारे में सब जानते हो। है कि नहीं? वह किसी बुतपरस्त जैसे कपड़े पहनता है, किसी क़ाफ़िर जैसा बर्ताव करता है– सूरज की प्रार्थना करता है, पानी में डुबकियाँ लगाता है...'

'तुम्हारा मतलब है' अकबर की तरह!

अदिली मुस्कराया–'जनता को बादशाह की नक़ल करने की इजाज़त नहीं है।' वह अपनी हवेली में अपने तख़्त पर किसी बड़े दरबारी के अन्दाज़ में बैठा हुआ था। वह ख़ुद को चित्रकारों का उस्ताद समझ रहा था, और बिहज़ाद को एक नौसिखिया।

थोड़ा सोचने के बाद बिहज़ाद ने अदिली से अगला सवाल यह

किया कि उसने किताबख़ाने के चित्रकारों के साथ मिलकर काम करने की बजाय उनसे अलग होकर काम करने का फ़ैसला क्यों किया।

'तुम्हारा मतलब 'अकबरनामा' की तस्वीरें बनाने से है? लेकिन वह दारोगा और तुम्हारे बीच का मामला है। उसका मुझसे क्या लेना–देना? उस अफ़गान ने जैसे बिहज़ाद के सवाल को सिरे से ख़ारिज कर दिया।

बिहज़ाद ने उसे यह याद दिलाने की कोशिश की कि सीकरी के सभी चित्रकार किताबख़ाने के अधीन हैं। किताबखाने का काम करना ही उनका असली काम है। जीवनीकार बहुत तेज़ी से अपने काम को अंजाम दे रहे थे, लिहाज़ा बादशाह की ज़िन्दगी को जल्दी–से–जल्दी तस्वीरों की शक्ल देने के लिए ज़्यादा–से–ज़्यादा हाथों की दरकार थी।

लेकिन अदिली को जैसे इस बात की कोई परवाह नहीं थी। 'लेकिन यह मेरे काम से एकदम अलग है। जिस 'अकबरनामा' की तुम बात कर रहे हो वह किताबख़ाने का रोज़मर्रा का काम है। ठीक वैसे ही जैसे शाही बावर्चीख़ाने का काम हो।'

'शाही बावर्चीख़ाने का काम?'

अफ़गान अदिली मुस्कराया–'हाँ, ज़रा ग़ौर से सोचो। वहाँ एक दिन में तक़रीबन पाँच हज़ार लोगों के लिए खाना बनता है! इस काम में दो सौ बावर्ची दिन–रात लगे रहते हैं। लेकिन बादशाह की जब कुछ ख़ास खाने की ख़्वाहिश होती है तब वह कहाँ जाता है? हरम में। अपनी सबसे प्यारी बेगम के हाथों का पका खाना खाने।'

'मुझे नहीं लगता कि...'

अदिली ने हुक्के की नली अपने मुँह से हटा ली–'बेशक 'अकबरनामा' पर तक़रीबन एक सौ चित्रकार मशक़्क़त कर रहे हैं और तुम उन सबके सरपरस्त भी हो सकते हो, बिहज़ाद; किताबख़ाना के उस्ताद। लेकिन मुझे बादशाह का असली चित्रकार बनना है।'

इस तरह की अफ़वाहें बिहज़ाद ने भी सुन रखी थीं–अदिली यह दावा करता फिरता था कि बादशाह जल्दी ही उसे ज़रीन क़लम के

ख़िताब से नवाज़ने वाला था। मतलब कि ख़्वाजा के ख़िताब–मिठास भरी क़लम–से भी बड़ा ख़िताब। अब वह सोने की क़लम कहलायेगा। उससे कमतर नहीं।

बिहज़ाद ने अदिली से यह गुज़ारिश करने का फ़ैसला किया कि वह उसे एक बार बादशाह से मिलवा दे। यह तरक़ीब उसे सलीम अमीरी ने बतायी थी। उसने अदिली से कहा कि क्या वह किसी भी तरह से उसे एक बार बादशाह से मिलवा सकता है।

'अकबर?' अफ़गान ने थोड़ी देर सोचा, फिर संजीदगी के साथ कहा, 'अकबर ने ख़ुद नन्हे उस्ताद से मिलने की ख़्वाहिश ज़ाहिर की है। तुम्हें यह बात नहीं मालूम है?'

'बिना बुलावे के बादशाह से मिलने जाना उसकी शान में गुस्ताख़ी है।' ख़्वाजा दारोगा और बिहज़ाद के साथ किताबख़ाने में बैठा हुआ था और उन सबके बीच शाही समारोह की चर्चा हो रही थी।

'बल्कि यह गुनाह है,' दारोगा ने भी एतराज़ जताया।

'लेकिन अल्लाह का शुक्र है कि ऐसा कुछ नहीं हुआ।' ख़्वाजा ने एक नज़र बिहज़ाद को देखा फिर बड़े मुहर्रिर की तरफ़ रुख किया। 'तुम्हारे पास तो बादशाह का हुक्मनामा है। सच बतलाओ, है कि नहीं?'

दारोगा ने एक मसौदा बिहज़ाद की तरफ़ बढ़ा दिया। मसौदे को देखकर उसके माथे पर बल पड़ गये। उसके अब्बू ने उस मसौदे को उसके हाथों से ले लिया और ज़ोर से पढ़ने लगे। ख़्वाजा ने बतलाया कि बादशाह ने अपने कुछ ख़ास चित्रकारों को एक ख़ास मौक़े के लिए तैयार रहने को कहा था। उन गिने–चुने चित्रकारों में एक नाम नन्हे उस्ताद का भी था। उन चित्रकारों पर उस ख़ास मौक़े के एक–एक पल को अपनी तस्वीरों के ज़रिये दर्ज करने की ज़िम्मेदारी थी।

'मैंने तो तुम्हें पहले ही कहा था कि एक दिन वह ख़ुद तुमको

बुलावा भेजेगा।' ख़्वाजा की ख़ुशी सचमुच बाहर छलक रही थी। 'यही मौक़ा है, बिहज़ाद। अगर तुम उन पलों की तस्वीरें बादशाह को तोहफ़े में दोगे तो पक्का है कि वह तुमको ही किताबख़ाने का नया उस्ताद बहाल करेगा। उसके बाद सेतुम ख़्वाजा के नाम से जाने जाओगे और मैं अब्दुस समद शिराज के नाम से!'

'बहरहाल वह मौक़ा क्या है?'

जवाब देने से पहले ख़्वाजा ने एक नज़र दारोगा को देखा, 'जंग।' ख़्वाजा ने अपना गला साफ़ किया। 'अकबर जंग पर जा रहा है।'

सलीम अमीरी के आँगन में छज्जे के नीचे बैठा बिहज़ाद उसके ऊपर से उतरने का इन्तज़ार कर रहा था। सलीम अमीरी हर रोज़ की तरह अपनी बूढ़ी दादी की मिज़ाजपुर्सी के लिए गया हुआ था। आख़िरकार थोड़ी देर बाद ही वह ऊपर से उतरता हुआ दिखा।

'मेरी दादी क़िस्मत में उम्रदराजी की दुआएँ लेकर आयी है। वह अभी कई बादशाहों और उनके चित्रकारों को कई जंगों के लिए कूच करता हुआ देखने के लिए ज़िन्दा रहेगी!'

बिहज़ाद ने पहले ही तय कर लिया था कि इस बात पर वह सलीम अमीरी से कोई बहस नहीं करेगा कि जंग में कौन जीतेगा और कौन हारेगा। जो आँगन कभी रंग बनाने वालों और तैयार रंगों को जारों में भरने वाले नौकरों से आबाद रहता था, वहाँ अब कमोबेश सन्नाटा छाया हुआ था। लेकिन सलीम अमीरी इस बात से कमोबेश बेअसर था और पहले की तरह ही बिहज़ाद के सवालों में उसकी दिलचस्पी ज़्यादा थी।

'एक चित्रकार को क़त्ले–आम करने की तस्वीरें बनाने के लिए क्यों मजबूर किया जाना चाहिए?'

'अच्छाई और बुराई दोनों को अल्लाह ने बनाया है। तुम्हारा काम सिर्फ़ उनको तस्वीरों की शक्ल में दर्ज करना है–रात और दिन की तरह।'

बिहज़ाद ने विरोध किया–'जानवरों की कुर्बानी पर पाबन्दी लगा देना और आदमी के शिकार का जश्न मनाना क्या ठीक है?'

'तुम्हारे भीतर का इन्सान कुछ ज़्यादा बचा रह गया है, बिहज़ाद। और, उस इन्सान के भीतर का स्वप्नद्रष्टा उस इन्सान से भी ज़्यादा बचा हुआ है। बादशाह को आदमी की ज़रूरत है, ख़्वाब देखने वाले इन्सान की नहीं। क्या तुम्हें उससे सवाल करने का कोई हक़ है?'

बिहज़ाद ने मुँह बनाया–'आप तो ऐसे कह रहे हैं जैसे अकबर के हुक्मनामे पर सवाल करना कोई गुनाह है।'

सलीम अमीरी हँस पड़ा, 'तुम यह क्यों नहीं मान लेते हो कि दोनों एक ही हैं–जो तुम्हारा हुक्मरान है वही तुम्हारा मालिक भी है!' उसने दो प्यालियों में शराब उड़ेली। उसी वक़्त ऊपर से उसकी दादी के खाँसने की आवाज़ आयी–'उनको बन्द आँखों से भी सब कुछ दीखता है!'

'अन्धा आदमी वैसे ही हँसता है जैसे एक शराबी सोता है!' छज्जे की तरफ़ से आवाज़ आयी।

बिहज़ाद रंगों के उस व्यापारी की आने वाली ज़िन्दगी के बारे में सोच रहा था। सलीम अमीरी आगे क्या करेगा? क्या वह भी अपनी बग्घी से हिन्दुकुश पार करके मीर सईद अली की तरह ही फ़ारस वापस लौट जायेगा? शाही दरबार की चुगलियों और साज़िशों के बिना उसकी तबियत कैसे लगेगी?

सलीम अमीरी वे क़िस्से सुनाने लगा जिनमें चित्रकारों के अपने बादशाहों के साथ जंग के मैदान में जाने के अनगिनत ज़िक्र थे। उनमें तो कई चित्रकार जंग में ही मारे गये थे। फिर वह अचानक ख़ामोश हो गया। वह अपनी उम्र के बनिस्बत कुछ ज़्यादा ही अधेड़ दिख रहा था। शायद वह कुछ कहना चाहता था लेकिन उसे सही लफ़्ज़ नहीं मिल रहे थे।

'तुम जानते हो, तुम्हारे उस्ताद ने मुझसे तुम्हारे बारे में क्या कहा था?'

बिहज़ाद ने थोड़ी हैरानी के साथ कहा, 'नहीं...'

वह बिहज़ाद को बुज़ुर्ग मीर सईद अली से हुई बातचीत के बारे में बताने लगा–'जब तुम बच्चे थे तो तुम्हारे अब्बू तुम्हारे बारे में बहुत फ़िक्रमन्द रहते थे क्योंकि बचपन में तुम अजीबोग़रीब तस्वीरें बनाते थे। तुम्हें तस्वीरें बनाने के रिवायती क़ायदों की थोड़ी भी परवाह नहीं थी। ख़्वाजा को तो पहले यही लगा कि तुम्हारे उस्ताद तुम्हारी ग़लतियों को नज़रअन्दाज़ करते हैं।' उसने नेकदिल मीर सईद अली के अन्दाज़ में अपनी दायीं हथेली को सीने पर रखते हुए विनम्र आवाज़ में कहा–

'एक चित्रकार ग़लती कर सकता है लेकिन एक मालिक कभी ग़लती नहीं करता। वह वही देखता और हमें भी वही दिखाता है जो अल्लाह हमें दिखाना चाहता है, ताकि हम इस भटकी हुई दुनिया को उसकी नज़रों के मुताबिक़ बदल सकें।' उसने कहा था, 'बिहज़ाद तुम्हारी जो दृष्टि है वह दरअसल उसकी दृष्टि है। यह दूसरों से अलग है, और इसीलिए पवित्र है।'

बिहज़ाद सीधा तनकर बैठा रहा।

सलीम अमीरी की आवाज़ मुरझा–सी गयी, 'शायद इसीलिए उसने हिन्दुस्तान छोड़ दिया और हमेशा के लिए फ़ारस लौट गया। तुमको देखकर शायद उसे अपनी ग़लतियों का अहसास हुआ था और उसने तस्वीर बनाना हमेशा के लिए छोड़ दिया। उसे महसूस हुआ कि जो वह अपने शागिर्दों को सिखा रहा था, दरअसल वह तरीक़ा ही ग़लत था। यह वही तरीक़ा था जो उसने अपने पुरखों से सीखा था। वह अल्लाह की मर्ज़ी नहीं बल्कि आम लोगों के सपने थे।'

सलीम अमीरी बिहज़ाद की आँखों में झाँक रहा था–'लेकिन उसने जाने से पहले तुम्हारे लिए एक सख़्त हिदायत भी दी थी। तुम्हें रूमी की क़ब्र पर लिखी वह पंक्ति याद है जो उसने अपनी ख़ाली चित्रशाला में तुम्हें बतायी थी–'जब हम एक दिन मरते हैं तो हमें अपनी क़ब्र इस ज़मीन में नहीं तलाशनी चाहिए। हमें यह ख़याल रखना चाहिए कि हम लाखों दिलों में दफ़न हैं या नहीं।'' इस पंक्ति के ज़रिये वह तुम्हें शायद उन ताक़तवर लोगों के ख़िलाफ़

आगाह करना चाहता था जो भी महल और बड़े मक़बरे बनाने की हैसियत और ख़्वाहिश रखते हैं। वह शायद महान बनने की तुम्हारी क़ाबिलियत को...'

'लेकिन अभी आपने ही मुझे कहा कि हमें सबसे ताक़तवर आदमी का हुक्म मानना चाहिए। हमें उसके तरीक़ों पर सवाल करने का क्या हक़ है?'

सलीम अमीरी ने ठण्डी आह भरी—'नहीं बिहज़ाद! मैं ग़लत था। यह बात वाक़ई अहम है कि तुम किसकी तस्वीर बनाते हो और कैसे बनाते हो। एक तस्वीर जो कुछ भी दिखाती है वही सच बन जाता है। हमारे लिए, हम सब के लिए। यह सच एक दिन अन्तिम सच बन जाता है। मुमकिन है कि तुम अल्लाह का सच या बादशाह का सच नहीं दिखाना चाहते हो। यह मरते हुए सिपाहियों, दौड़ते हुए हाथियों और जलते हुए क़िलों का सच हो सकता है...लेकिन हमारे वक़्त का सच तो वह बेशक है। आख़िर किस दूसरी तरह से हमें याद रखा जा सकता है—मुग़लों के चले जाने के अरसे बाद? वे सभी सड़े—गले फूल, पत्ते और पत्थर तब एक हक़ीक़त में बदल जाते हैं जब वे रंगों के रूप में किसी चित्रकार की कूचियों को छूते हैं।' फिर वह साँस लेने के बहाने कुछ पल रुका और फिर बोला, 'जंग का मैदान हो या फिर शाही महल, तुम्हें हमें दिखाने की बजाय ख़ुद देखने की ज़रूरत है।'

थोड़ी देर तक दोनों ख़ामोश बैठे रहे। बिहज़ाद ने अपना आख़िरी सवाल पूछा, 'अगर अकबर जंग गें मारा गया तब क्या होगा? उसके बाद उन चित्रकारों का क्या हश्र होगा?'

सलीम अमीरी के मुँह खोलने के पहले ही छज्जे से जवाब आया, 'तब वहाँ जो रह जायेगा वह सब तुम्हें मिल जायेगा।'

वह क़िले की प्राचीर पर खड़ा होकर नीचे के विशाल अहाते को निहार रहा था। उस शाम वह शैतानपुरा नहीं गया था और मेहराबदार

गलियारे से गुज़रता हुआ बलुआ पत्थर पर गिरती पूरे चाँद की रौशनी को देख रहा था। पत्थर की सफ़ेद सतह पर किसी भी शै की कोई परछाईं नहीं दिख रही। ठीक उस झील की सतह की तरह जिसमें तरंगें न उठ रही हों और वह बिल्कुल शान्त हो।

'अकबर!' बार–बार उसके ज़ेहन में यही सवाल उठ रहा था। क्या सचमुच उसका बादशाह उसका मालिक भी बन गया था?

पूरी तरह से घेरे जा चुके क़िले की मीनार पर सबसे पहले एक सफ़ेद झण्डा लहराता हुआ दिखा। यह हार को क़बूल कर समझौते की पेशकश थी। फिर एक पर्याप्त अन्तराल के बाद लाल रंग का दूसरा झण्डा लहराया गया। यह राजा की आसन्न हत्या की ख़बर थी। अकबर की फ़ौज पहाड़ियों की तराइयों में अपनी छावनी में इन्तज़ार कर रही थी। हमलावरों के तम्बुओं की मशालें जली हुई थीं। एक भी आदमी पूरी रात सोया नहीं था–बन्दूक़चियों, तोपचियों, पैदल सिपाहियों, घुड़सवार सिपाहियों, हाथी सवारों से लेकर फाँसी का तख़्त बनाने के लिए पेड़ काटने वाले बढ़इयों में से कोई भी। भोर फूटते ही एक काला झण्डा लहराता हुआ दिखा जो दुश्मन के दफ़ना दिये जाने का संकेत था।

यह सूबा यमुना नदी के प्रवाह की दिशा में कुछ मील की दूरी पर था और आसपास के सूबों में इकलौता था जिसने सालाना उपहार और सीकरी के शाही हरम के लिए अपने राजपरिवार की औरतों को भेजने से इनकार कर मुग़लिया तख़्त का अपमान किया था और उसकी ताक़त को चुनौती दी थी। सल्तनत की जागीरदारी में पड़ने वाले आसपास के इलाक़ों में अपना विस्तार कर के सूबे का राजा अपनी ताक़त को बढ़ाने के लिए भी आतुर था। सूबे में अकाल पड़ने के बाद एक साल के लिए अपने किसानों का कर माफ़ कर देने के कारण वह अपनी प्रजा में भी बहुत लोकप्रिय था। एक लोकप्रिय राजा मुग़लिया सल्तनत के लिए ख़तरा साबित हो सकता था। इस बात का अन्देशा सबको था। गुप्तचरों के अनुसार उसकी सेना भी ख़ासी शक्तिशाली थी।

आख़िरकार दो सौ घुड़सवार बन्दूक़चियों और पाँच सौ तोपची सिपाहियों को क़िले की दीवार तक पहुँचने के लिए पहाड़ी चढ़ाव पर आगे बढ़ने का हुक्म दिया गया। रणनीति के अनुसार बन्दूक़धारी सिपाहियों की सुरक्षा में ख़ुदाई करने वालों को सबसे पहले रवाना किया गया। ख़ुदाई करने के बाद गड्ढों में बारूद भर कर वे वापस लौट गये। नीचे सिपाहियों की टुकड़ी धमाकों के तत्काल बाद कूच करने के लिए पूरी तरह तैयार खड़ी थी।

दूसरी तरफ़ शत्रु सैनिक भी तुरत हरक़त में आ गये। पलीतों में भड़कती हुई चिनगारी देखते ही उन्होंने कमान सँभाल ली। देखते ही देखते ज़हरीले तीरों की तेज़ बौछारों से मुग़ल सिपाही घिर गये। सही निशाने पर चलाया गया एक तीर आगे बढ़ती मुग़लों की फ़ौज के सरदार को आ लगा और वह गिर पड़ा।

बादशाह ने यह ख़बर सुनने के बाद भी अपना धीरज नहीं खोया। आख़िर आकार में उसकी फ़ौज दुश्मनों से दोगुनी बड़ी और ताक़त में दस गुनी ज़्यादा थी। उसकी फ़ौज के पास एक शानदार और आधुनिक तोपख़ाना था और उसके सिपहसलार भी बेहतरीन और तजुर्बेकार सरदार थे। उसने तुरन्त दर्जन–भर हाथियों को अपने सामने पेश करने का हुक्म दिया। उन हाथियों को पानी में मिला कर बेशुमार शराब पिलाई गयी और अब नशे में चूर हाथी हमले की अगुआई कर रहे थे। बराबरी में चलते हुए तीन हाथी क़िले के विशाल फाटक के सामने जा खड़े हुए।

तभी एक हाथी पर कारतूसों की बौछार कर दी गयी और वह लड़खड़ाकर गिर पड़ा। उस पर सवार महावत और सिपाही उसके पैरों तले कुचले गये और देखते–देखते एक कोहराम मच गया। लेकिन हाथियों ने आगे बढ़ना जारी रखा। फिर उनके रास्तों में क़िले के ऊपर से लकड़ियों के जलते हुए लट्ठ गिराये जाने लगे लेकिन हाथी उन पर ठोकरें मारते हुए आगे बढ़ते गये। रास्ते पर जहाँ–तहाँ आग की लपटें उठ रही थीं। क़िले के लोहे के फाटक पर उनकी लगातार और ज़ोरदार टक्करों से सबको यह उम्मीद थी

कि अकबर के सिपाहियों के क़िले में दाख़िल होने का रास्ता जल्दी बन जायेगा।

नीचे अपने शिविर में बैठा बादशाह सभी गतिविधियों पर बारीक़ नज़र रखे हुए था। वह क़िले के फाटक के काले खम्भों पर हाथियों के प्रहारों को देख रहा था। तभी फाटक की छत पर एक साथ अनेक हाथ उठते हुए दिखायी पड़े। उन हाथों में बड़ी–बड़ी देगचियाँ थीं। उन देगचियों से हाथियों के ऊपर झरने की तरह एक तरल द्रव्य उड़ेला जाने लगा। शायद यह उन हाथियों के स्वागत के लिए था लेकिन अपने ऊपर उस द्रव्य को गिरता महसूस कर हाथी जलन से बिलबिलाने लगे। वह दरअसल खौलता हुआ तेल था। देखते ही देखते उन पर फाटक की छत से जलती हुई मशालें फेंकी जाने लगीं और तेल से सराबोर हाथियों के बदन से लपटें उठने लगीं।

अकबर अपने शिविर से इस पूरे दृश्य को ऐसे देख रहा था जैसे सीकरी के अपने शाही महल के झरोखे से आतिशबाज़ी देख रहा हो। आग की लपटों की जलन से तिलमिलाते हाथी बेतरह छटपटा रहे थे। अपने पिछले पैरों पर खड़े होकर वे अपनी सूँड़ों को अपनी देह पर रगड़ रहे थे। कभी–कभी वे अपना सिर और देह एक–दूसरे से रगड़कर उन लपटों को बुझाने की नाकाम कोशिशें भी कर रहे थे। उन हाथियों में अकबर का प्रिय हाथी हवाई भी था। ऊपर छत से तेल उड़ेलने और जलती हुई मशालें फेंकने का काम बदस्तूर जारी रहा। गोल चकरियों गें घूमते हुए वे हाथी तेज़ी से मांस के जलते हुए लोथड़े में बदलते जा रहे थे। उन पर तीरों से हमले किये जा रहे थे और वे असहनीय दर्द से बेतहाशा चिंघाड़ रहे थे। नीचे छावनियों से देखते हुए सिपाहियों के कान के पर्दे फटने को हो आये और उनको अपनी आँखों पर विश्वास नहीं हो रहा था।

'सबात!' बादशाह ने चिल्लाते हुए हुक्म दिया। सबात मुग़लों के हमलों का सबसे कारगर नुस्ख़ा था। यह लकड़ी की छतों पर कंकड़ और पत्थरों से ढँकी सुरंग थी जो इतनी चौड़ी बनायी जाती थी जिसमें अग्रिम पंक्ति में कम–से–कम दस सिपाही क़तारबद्ध होकर

आराम से चल सकें। हालाँकि इसका निर्माण बहुत मुश्किल काम था और इस सुरंग को खोदे जाने की रफ़्तार भी बहुत धीमी होती थी। रोज़ सैकड़ों की तादाद में ख़ुदाई करने वाले मज़दूर और छत बनाने वाले कारीगर मारे जाने लगे और रोज़ उनकी जगह नये मज़दूर और कारीगर इस काम में लगाये जाने लगे। बेतरह जंगलों की कटाई की गयी ताकि सबात के लिए तख़्तों का इन्तज़ाम किया जा सके। बड़ी संख्या में जंगली जानवरों का शिकार भी किया गया। उनकी खाल को सुरंग के मुहाने पर लटका दिया जाता था ताकि सुरंग बनाने वाले लोगों को दुश्मनों के छर्रों से बचाया जा सके। उनकी हिफ़ाज़त के लिए मुहाने पर बन्दूकचियों की मोर्चाबन्दी भी रहती थी। बहरहाल क़िले के फाटक तक सबात बनाने में महीनों ख़र्च होने के आसार थे। लेकिन दुश्मनों की ताकत और हमले की सम्भावनाओं को देखते हुए पक्के तौर पर कुछ भी नहीं कहा जा सकता था।

पत्थरों के बीच से सुरंग बनाने और क़िले तक पहुँचने के सम्भावित विलम्ब को देखते हुए आगरा में बादशाह की वापसी के स्वागत को कुछ समय के लिए स्थगित करने का सन्देश भेजा जा चुका था।

लेकिन कुछ दिनों बाद ही संयोगवश एक ऐसी घटना घट गयी कि मुग़ल फ़ौज में ख़ुशियों की लहर दौड़ गयी। एक सुबह बादशाह अपने सिपहसालारों और अंगरक्षकों से घिरा सबात के निर्माण के काम का मुआयना कर रहा था। वह जिस वक़्त सबात के मुहाने पर पहुँचा उसी वक़्त उसे क़िले के बुर्ज पर किसी आदमी का सर दिखलायी पड़ा। उसने केसरिया पगड़ी पहन रखी थी। वह दुर्ग की क़िलेबन्दी से जैसे निश्चिन्त था और शान्तिपूर्वक नीचे मुग़ल फ़ौज की हलचलें देख रहा था। अकबर की नज़र उस पर पड़ गयी और उसने निशाना साधकर उस पर गोली चला दी। केसरिया पगड़ी पहना वह आदमी तत्काल ढेर हो गया और अकबर दोबारा अपने आदमियों के साथ राय–मशविरे में व्यस्त हो गया।

कोई एक घण्टे के भीतर ही क़िले की दीवारों के भीतर से आग

की लपटें उठती दिखाई दीं और चीख़–चीख़ कर औरतों के रोने की आवाज़ें भी आने लगीं। सिपाहियों ने एक–दूसरे को अविश्वास से देखा। औरतें जौहर कर रही थीं! हार मानकर मुग़लों के सामने समर्पण करने के बाद उनकी हरम की शोभा बनने की बजाय उन्होंने अपनी इज़्ज़त बचाने के लिए अपनी जानें क़ुर्बान कर देना बेहतर समझा था। उनको दुश्मनों की रखैल या क़ैदी बनना गवारा नहीं हुआ। तराई में अपने शिविर में बैठे अकबर को भी मांस और शीशम की लकड़ियों के जलने की मिली–जुली दुर्गन्ध महसूस हुई। उसके माथे पर बल पड़ गये मानो उसके ख़याल में मारे गये राजा को घेरकर उस केसरिया पगड़ी को भींचकर सीने से लगाये बिलखती उसकी पत्नियों, बहनों और बेटियों के दृश्य तैर गये हों। गोया वह ख़ुद को आग की लपटों के हवाले करती उन औरतों को अपनी नंगी आँखों से देख रहा हो।

कुछ समय के बाद ही अकबर दुश्मनों के क़िले में दाख़िल हो चुका था।

—•—

'बिहज़ाद...'

शाही जल्लाद ने आवाज़ लगाकर उसे क़तारों में खड़े क़ैदियों के पास बुलाया। उसने पहले ही क़िले के भीतर उन चिताओं से उठती हुई लपटों को देख लिया था और मांस के जलने की वह तीखी गन्ध वह भुला नहीं पा रहा था। आमतौर पर कम बोलने वाले शाही जल्लाद के चेहरे पर आज एक प्रसन्नता का भाव था। इतने दिनों तक तम्बुओं में इन्तज़ार के हासिल पर उसका जोश पूरे शबाब पर था। 'इन सबको मारने का क्या मतलब है? इन शैतानों के ख़ून के एक–एक क़तरे से एक–एक शैतान पैदा होगा।' उसकी नज़र नंगे सर वाले एक ख़ूबसूरत आदमी पर टिकी हुई थी जिसके ललाट पर एक लाल तिलक लगा हुआ था। उसके लिए इन्तज़ार में खड़ा सबसे आख़िरी हाथी बुलाया गया। वह आदमी अपनी आसन्न मृत्यु

को भाँपते हुए निर्द्वन्द्व और शान्त चित्त के साथ घुटने के बल बैठ गया। लेकिन हाथी ने महावत के संकेत करने के पहले ही उस आदमी को अपनी सूँड़ में कमोबेश निचोड़ते हुए उठा लिया और जिस छिछले खड्डे में वह लाया गया था उसकी दोनों तरफ़ की दीवारों पर बेरहमी से उसकी देह को पटकने लगा। हाथी उस आदमी की जान से खिलौने की तरह खेल रहा था और चारों तरफ़ खड़े सिपाही ख़ुशी से झूम रहे थे।

वितृष्णा से भरा बिहज़ाद जाने के लिए उठ खड़ा हुआ लेकिन शाही जल्लाद ने उसे रोक लिया–'नन्हें उस्ताद, रुको! क्या तुम इन सिपाहियों की कामयाबियों की तस्वीरें नहीं बनाओगे?' उसने एक नौजवान, बल्कि एक किशोरवय के कै़दी को लाने का हुक़्म दिया–'इसे अन्धा कर दो!'

वहाँ मौजूद सिपाही उस लड़के को अन्धा करने के लिए आजमाये जा सकने वाले तरक़ीबों के बारे में बातें करने लगे। क्या उसकी दोनों पलकों को सिल देना चाहिए ताकि उसके अच्छे व्यवहार के बाद उनको दुबारा खोला जा सके? क्या उसकी आँखों को गर्म लोहे से दाग दिया जाये? फ़ारस में यही तरीक़ा अपनाया जाता था। उसकी आँखों में कोई ज़हरीली दवा डाल दी जाये? या फिर, उसकी आँखों में नुकीली सलाखें डाल दी जायें जिससे उसे बेबर्दाश्त दर्द से होकर गुज़रना पड़े?

अकबर ख़ुद कहाँ है, बिहज़ाद के ज़ेहन में यह सवाल बार–बार उठ रहा था। उसे सलीम अमीरी की कही बात अचानक याद आ गयी, 'याद रखना, उसकी रगों में मंगोलों का ख़ून है–क्रूरों का ख़ून!,

बिहज़ाद को पता था, अकबर ने विजय स्तम्भ बनाने की परम्परा बन्द कर दी थी–ऐसे स्तम्भ जिन पर बन्दियों के कटे हुए सर निर्ममतापूर्वक लटकाये जाते थे। लेकिन वेश बदलकर युद्ध–नीतियों की खुफ़ियागिरी करने अकबर के खेमे में दाख़िल हुए राजा के जासूसों का हश्र उसने देखा था। उनको क़िले की दीवारों के बीच दौड़ा–दौड़ाकर भाले–बर्छियों से गोदा जाता था। फिर उनकी गरदनें

उतार दी जाती थीं और उनके धड़ों को जिन पर उनके नाम और ओहदे लिखे होते थे, सड़कों के किनारे लावारिस छोड़ दिया जाता था।

'यहाँ आइए', सिपाहियों ने बिहज़ाद को आवाज़ दी। जिस नौजवान को अभी-अभी अन्धा किया गया था उसे बैल का मुखौटा पहनाकर एक गधे पर बिठा दिया गया था और पूरे सीकरी में घुमाया जाना था। आखिर उसने जौहर के वक़्त क़िले में दाख़िल होते हुए बादशाह को चिल्लाते हुए 'नराधम' कहकर पुकारने का संगीन जुर्म किया था। वह नौजवान चीख़-चीख़कर अकबर से सवाल कर रहा था कि बिना किसी ठोस वजह के उसे जंग की शुरुआत करने का क्या हक़ था।

'वह ख़ुशक़िस्मत है,' एक सिपाही ने कहा, 'आख़िर उसे लम्बे समय तक सीकरी में बसने का बहाना मिल गया!'

एक दरबारी क़िले के बुर्ज पर खड़ा होकर ज़ोर-ज़ोर से अकबर का फ़रमान पढ़ रहा था-'ध्यान से सुनो! कोई भी सिपाही राजा के ख़ज़ाने को लूटने की जुर्रत न करे। कुएँ के पानी में कोई ज़हर न घोले। कोई भी मन्दिरों को नुक़सान नहीं पहुँचाये, या देवी-देवताओं को अपवित्र नहीं करे। उसकी मर्ज़ी के ख़िलाफ़ कोई भी आदमी किसी विधवा को जलने के लिए मजबूर न करे।'

'जीत दर्ज करने के पहले वह कोई रहम नहीं दिखाता है, उसे जंग शुरू करने का पछतावा भी नहीं होता है, उसके बाद उसकी शख़्सियत का नर्म-दयालु पहलू उजागर होता है,-बिहज़ाद को सलीम अमीरी की बात रह-रहकर याद आ रही थी। किसी ज़माने में शान से खड़ा यह क़िला अब बुरी तरह से तितर-बितर हो चुका था।

'एक शहज़ादी बेवा हो गयी है!' बिहज़ाद ने शाही जल्लाद को उत्साह से चिल्लाते हुए सुना। शाही जल्लाद जलते हुए महल को देखते हुए ठहाके लगा रहा था।

—•—

युद्धभूमि से सीकरी और आगरा लौटने वाले रास्ते बेहद असुरक्षित थे। लोगबाग कहते थे कि रास्तों पर राजा के ख़ज़ाने से चोरी कर भाग रहे लोगों की बाट जोहते डाकू घूमते रहते थे। प्रताड़ना और मार–काट के उन असहनीय दृश्यों को झेल पाना बिहज़ाद के लिए असम्भव था और वह छावनी से भागकर आगरा जाने वाले सौदागरों के क़ाफ़िले में शामिल हो गया। क़ाफ़िला जंगल के एक गुप्त रास्ते से सफ़र कर रहा था जो अमूमन दिन के वक़्त अपना सफ़र जारी रखता था और अँधेरा ढलते ही छुप जाता था। उन लोगों ने बिहज़ाद को भी एक सौदागर समझा था। बिहज़ाद के साथ कोई सामान या नौकर भी नहीं था, लिहाज़ा सौदागरों ने समझा कि वह कोई सुनार है जिसने अपने साफ़े की मोटी तहों के बीच अपने बेशक़ीमती जवाहरातों को छुपा कर रखा है। पूरी रात जाग कर काटते हुए और दिन में उनींदेपन में चलते हुए जब आख़िरकार वह आगरा की पुरानी राजधानी में दाख़िल हुआ तो वहाँ बादशाह की फ़तह से वापसी की ज़ोर–शोर से तैयारियाँ चल रही थीं।

वह सफ़र से बेतरह थक चुका था लेकिन मृत्यु और प्रताड़ना के दृश्यांश उसका पीछा नहीं छोड़ रहे थे। उसे यह तक ख़बर नहीं थी कि उसे किस रास्ते पर जाना है। उसकी पुरानी हवेली के उसके एक पड़ोसी ने उसे इस तरह भटकता हुआ देख लिया और उसे अपने साथ लेता आया। अपनी हवेली में पहुँचते ही बिहज़ाद सीधे जुलेखा के कमरे में चला गया। जुलेखा उसके आने पर ज़रा भी हैरान नहीं थी, मानो उसे उसके आने का पहले से अन्दाज़ा था। जैसे ही वह आँखें मूँदकर सुस्ताने की ग़रज़ से उसके बिस्तर पर लेटा, जुलेखा ने उससे जंग के बारे में पूछा–

'क्या अकबर ने छोटे राजकुमार को भी मार डाला?'

'नहीं, इसकी ज़रूरत ही नहीं...,' बिहज़ाद को वह लड़का याद आ गया जिसे सिपाहियों ने पकड़ने के बाद अकबर के सामने हाज़िर किया था ताकि वह घुटनों पर बैठकर अकबर से माफ़ कर दिये जाने की दरख़्वास्त कर सके।

'और दूसरे क़ैदी? उसने कितने लोगों को बन्दी बनाया?' जुलेखा को इसकी ख़बर शायद पहले से थी क्योंकि क़ैदियों को आगरा लाने का काम शुरू हो चुका था।

'बेचारे वे अभी उसे खुश करने और बाद में जंग लड़ने में ख़ुश करने के काम आयेंगे।'

उन क़ैदियों में सैनिक, कुँवारे और मासूम चेहरों वाले कमसिन लड़के सब के सब शामिल थे।

'वे दरबारियों के ख़ादिम बनाये जायेंगे। बादशाह का गुस्सा उसकी जनता को क़ाबू में रखने के लिए ज़रूरी होता है!'

जुलेखा दिखने और बातचीत के लहजे में अब भी पहले की तरह थी, हालाँकि हवेली अब पहले की बनिस्बत अधिक ख़ामोश लगने लगी थी–ख़ामोशी की वजह निकिसा की नामौजूदगी थी जो पिछले न जाने कितने सालों से उसकी नौकरानी रही थी। निकिसा ने हवेली छोड़ दी थी और अब वह आगरे के एक अमीर कारोबारी हरम में रहती थी।

'और राजा के चित्रकारों का क्या हुआ? क्या सिपाहियों ने उनको भी क़ैदी बना लिया? अब तो उनके भी मालिक तुम्हीं बन जाओगे? है ना?'

खिड़की के बाहर से कबूतरों के गुटरगूँ करने की आवाज़ें आ रही थीं लेकिन बिहज़ाद ने उन्हें अनसुना कर दिया। उसने जुलेखा की बातें भी अनसुनी कर दीं। वह धीरे–धीरे अपने होशोहवास में लौट रहा था, और जैसे–जैसे वह अपने होशोहवास में लौट रहा था वैसे–वैसे उसके कानों में सिपाहियों के नारे गूँज रहे थे : अल्लाहु अकबर...अल्लाह सबका मालिक है!

लेकिन फिर अचानक उसने महसूस किया। उसे नारे में कुछ इस तरह सुनायी पड़ रहा था–अकबर ही अल्लाह है! अकबर ही अल्लाह है! अकबर!

ये लफ़्ज़ तब तक उसके ज़ेहन में गूँजते रहे जब तक उसे गहरी नींद नहीं आ गयी।

नींद में भी बिहज़ाद को अजीबोग़रीब सपने आते रहे। एक ओर ईश्वर अपने शत्रु को दण्ड दे रहा है और उसकी शीशम की चिता में ख़ुद आग लगा रहा है। दूसरी ओर ईश्वर चिता में जलती एक औरत को अपने आलिंगन में लिए उसे चिता की लपटों से बाहर निकाल रहा है। एक ईश्वर जो हवाइ की पीठ पर सवार है।

अगर क़िले को फ़तह करने के दौरान अकबर उसी तरह बेहोश होकर गिर जाता जैसे वह शाही शिकार के वक़्त गिर गया था तब भी क्या वह यही कहता, रुक जाओ। बहुत हो गया! उसने बहुत कोशिश की लेकिन उसकी यादों से शाही जल्लाद के चेहरे पर झलकती वह अनोखी ख़ुशी धुँधली नहीं होने पा रही थी।

'तुम्हें तो जंग के ख़ास पलों को अपनी तस्वीरों में उतारने के लिए वहाँ भेजा गया था? यही सच है ना?' जुलेखा ने उसकी बेचैन करवटों से उसे निजात दिलाने की ग़रज़ से पूछा, 'क्या तुमने उन पलों की तस्वीरें बनायीं?'

बिहज़ाद ने उसे ग़ुस्से से भरी नज़रों से देखा।

'लेकिन यह तुम्हारी ज़िम्मेदारी बनती है।'

बिहज़ाद ने बिस्तर पर उठ बैठने की कोशिश की, लेकिन मुफ़र्रीह और माजून के नशे के असर से वह ऐसा नहीं कर पाया। जुलेखा उसकी ठुड्डी को ऊपर की तरफ़ उठाते हुए अपना चेहरा उसके बिल्कुल क़रीब ले गयी–'क्या तुम दोबारा उसके हरम नहीं जाओगे? एक चित्रकार भी एक प्रेमिका होती है, बिहज़ाद। अगर तुम झूठ बोलोगे तो वह तुम्हें अन्धा बना देगा। अगर तुम कोई बेवकूफ़ी करोगे तो वह किसी दूसरे के लिए तुमको छोड़ देगा।'

इतने सालों में बिहज़ाद उसे अच्छी तरह से जानने--समझने लगा था। जब से वह ख़्वाजा से शादी कर इस हवेली में आयी थी तभी से उसने बिहज़ाद को एक असली माँ की तरह पाला–पोसा और प्यार दिया था। वह घण्टों उसके गरम माथे को अपनी गोद में रखे उस पर गीले कपड़ों की पट्टियाँ रखती थी ताकि उसे आराम मिल सके।

'अकबर! वही है न वो, है कि नहीं? तुम अकबर से ही प्यार करते हो।'

बिहज़ाद ने अपना चेहरा दूसरी तरफ़ घुमा लिया। जुलेखा की आँखों में एक दुःख उतर आया। उसने किसी ठुकराये गये प्रेमी की तरह उसे दिलासा देने की कोशिश की–'क्या तुम्हारे अब्बू को पता है?'

उसने अपना सर हिला दिया।

'इसलिए मेरे ख़याल से बेहतर होगा कि तुम सीकरी में ही रहो।' थोड़ी देर की चुप्पी के बाद उसने फिर कहा, 'कम–से–कम तुम उसे वहाँ देख तो सकोगे। उसे ख़ुद के क़रीब महसूस कर सकोगे। तुम अकबर से मिलने और उसका चेहरा निहारने जा सकोगे।'

बिहज़ाद ने फिर से अपना सर हिलाया। उसके गालों पर आँसुओं की लकीरें बहती दिख रही थीं।

'नहीं? मुझे मालूम है कि सबसे तकलीफ़देह है यह सच कि तुम अपने प्रेमी को देख तो सकते हो लेकिन तुम्हें पता हो कि तुम उसे कभी छू नहीं सकोगे?' उसने ठण्डी साँस लेते हुए कहा। उसकी आवाज़ में एक उदासी घुली हुई थी।

'बिहज़ाद, अगर तुम्हें अकबर की शक्ल देखने से मन में एक हूक उठे तो आँखें बन्द कर लेना।'

उसने बिहज़ाद को अपनी बाँहों के घेरे में लेते हुए उसे थपकियाँ दीं और उससे बातें करती रही।

—•—

'बादशाह की इजाज़त के बिना उसकी छावनी से इस तरह चले आना एक तरह से उसकी हुक्मउदूली है।' ख़्वाजा किताबख़ाने में बैठा हुआ था और उसके सामने बिहज़ाद था। अपने बेटे के अचानक इस तरह से लापता हो जाने से वह चिन्तित था।

'बल्कि यह एक जुर्म है, दारोगा ने बेरुख़ी से ख़्वाजा की बात की तस्दीक की।

ख़्वाजा बड़े ग़ौर से बिहज़ाद के ज़र्द चेहरे और उसकी झुकी

हुई आँखों और उदासी को देख रहा था। उसने अपना गला साफ़ किया।

'जैसा कि हम जानते हैं बादशाह जिस मक़सद के लिए गया था वह कामयाब रहा। अल्लाहु अकबर! बादशाह फ़तह हासिल कर सीकरी लौटा है। जल्दी ही वह अपने ख़ास लोगों को इनाम और ओहदों में तरक्कियों से नवाज़ेगा। उसे तुम्हारी तस्वीरों को भी देखने की ख़्वाहिश रहेगी, बिहज़ाद। वही क्यों बल्कि हम सब भी उन तस्वीरों को देखना चाहते हैं कि जंग के दरम्यान तुमने उसका कैसा ख़ाका खींचा है।' वह थोड़ी देर के लिए रुका। उसे शायद इसका इन्तज़ार था कि वहाँ रखे पुलिन्दों के बीच से बिहज़ाद अपनी बनायी हुई तस्वीरें निकालेगा। ख़्वाजा इन्तज़ार करता रहा लेकिन बिहज़ाद ख़ामोशी से अपनी जगह बैठा रहा।

'तुम्हारी नयी बनायी हुई तस्वीरें देखकर हमें बहुत ख़ुशी होगी। मैं बादशाह को भी यह ख़बर सुना सकूँगा...,' ख़्वाजा बिहज़ाद को सूनी आँखों से अपनी तरफ़ देखता हुआ देखकर अचानक रुक गया।

'नहीं?'

दारोगा अपने साफ़े के साथ खिलवाड़ कर रहा था।

'शायद इसीलिए तुम बीच में ही आगरा लौट गये? ताकि बिना किसी व्यवधान के अपना काम पूरा कर सको?' उसका लहजा अचानक थोड़ा सख़्त हो गया—'चूँकि मैं अभी भी ख़्वाजा हूँ बिहज़ाद, इसलिए मुझे तुम्हारी बनायी हुई तस्वीरों का मुआयना करने का पूरा हक़ है।'

बिहज़ाद ने एक नज़र अपने अब्बू को देखा लेकिन ख़्वाजा ने अपनी आँखें फेर लीं। फिर उसने दारोगा को कमरे से बाहर जाने का हुक्म दिया।

'वे तुम्हारी बनायी हुई तस्वीरें ही रहेंगी। मैं सिर्फ़ उनको देखना...' ख़्वाजा ने अपने बेटे के क़रीब झुकते हुए धीमी आवाज़ में कहा।

'मैंने एक भी तस्वीर नहीं बनायी है।'

बिहज़ाद की बात सुनकर ख़्वाजा स्तब्ध रह गया। अब उसके

चेहरे पर अविश्वास की जगह गुस्सा दिख रहा था–'एक भी तस्वीर नहीं बनायी? क्यों?'

बिहज़ाद ने अपने हाथ के इशारे से यह जतलाना चाहा कि उसके पास देने के लिए कोई सफ़ाई नहीं है।

'फिर इतने दिनों तक तुम वहाँ कर क्या रहे थे? बादशाह की तोपों के लिए गोले बना रहे थे? या फिर सबात बनाने में भिड़े हुए थे?'

वह पल–भर को रुका फिर दृढ़ आवाज़ में कहा, 'तुम्हें पता है तुम क्या कह रहे हो? कि तुम जंग से एक भी तस्वीर बनाये बिना वापस भाग आये। तुमने राजा के क़िले का मुआयना करते हुए बादशाह की तस्वीर नहीं बनायी? तुमने क़िले को फ़तह करने का हुक्म देते हुए उसकी तस्वीर नहीं बनायी? तुमने वह तस्वीर भी नहीं बनायी कि कैसे एक बार में ही उसने अपनी बन्दूक़ से उस क़ाफ़िर को मार गिराया! और न उस छोटे राजकुमार की तस्वीर बनायी जो उसके सामने गिड़गिड़ा रहा था, जिसे बादशाह ने न सिर्फ़ माफ़ कर दिया बल्कि उसे अपना एक जागीरदार भी बना दिया?' ख़्वाजा साँस लेने के लिए एक पल रुका–

'लेकिन पूरा–का–पूरा शाही दरबार उन तस्वीरों को देखने का बेसब्री से इन्तज़ार कर रहा है। अब्दुल्लाह ने जीत की उन तस्वीरों पर बनी किताब के लिए एक नज़्म कब से लिखकर रखी है! सुलेख लिखने वालों को भी उन तस्वीरों का इन्तज़ार है। तुम्हारे दुश्मन भी दुष्टता के साथ इन्तज़ार कर रहे हैं। अगर तुम नाकाम रहते हो तो मुग़लों के दरबार में एक भी फ़ारसी नहीं रह जायेगा।'

फिर ख़्वाजा फ़र्श पर बैठ गया। उसने अपनी बगल में पड़े पुलिन्दे से एक कोरा पन्ना निकाला और अपनी क़लम अपनी उँगलियों में थाम ली–'तुमने वहाँ जो कुछ भी देखा मुझे बतलाओ।'

बिहज़ाद ख़ामोश रहा। ख़्वाजा ने अपने अनुमान के आधार पर जीत की किताब के लिए तस्वीरों के ख़ाके खींचने शुरू कर दिये। पहले उसने मुग़ल फ़ौज की टुकड़ी को दुश्मनों के बनाये हुए खन्दक़ों

को पार करता दिखाते हुए एक तस्वीर बनायी। फिर उसने शाही हाथी पर सवार होकर अपनी फ़ौज का मुआयना करते बादशाह की तस्वीर बनायी। उसने पहाड़ियों पर साँप की तरह एक टेढ़े–मेढ़े और धीरे–धीरे बढ़ते हुए सबात की तस्वीर बनायी। उसने क़तारों में याचकों की तरह खड़े क़ैदियों और अपनी दायीं हथेली उठाये उनको क्षमादान देते हुए अकबर की भी तस्वीर बनायी।

'इन तस्वीरों को अपने साथ लेकर जाओ और कल इनमें रंग भरकर और इनके किनारों की पट्टी को पूरा करके अपने साथ लेते आओ।' उसने बिहज़ाद को ठीक उसी लहजे में कहा जैसे किताबख़ाने में आये किसी नौसिखिये कलाकार को हिदायत दी जाती है।

—•—

बिहज़ाद पूरी रात जागकर तस्वीर बनाता रहा। लेकिन वह ख़्वाजा की सौंपी हुई तस्वीरों की बजाय अपनी मर्ज़ी की तस्वीरें बना रहा था। उसने एक ऐसे दृश्य की तस्वीर बनायी जैसे अभी–अभी कोई तूफ़ान वहाँ से गुज़रा हो। पेड़ से टूटकर बिखरे हुए पत्ते, आसमान में तितर–बितर हो चुके बादलों के झुण्ड, टूटी हुई शाखों से लटके मुरझाये और झरते हुए फूल। गुलाब की टूटी हुई पंखुड़ियाँ, चमेली के ज़र्द फूल, ख़ून से सराबोर ट्यूलिप। हर तरफ़ मौत–सा पसरा सन्नाटा और पृष्ठभूमि में एक झरने में झलकती एक धुँधली–सी इन्सानी शक्ल–जो ख़ुद चित्रकार बिहज़ाद की थी। एक ऐसा चेहरा जो मानो अपने धड़ से कटा हुआ हो और किसी बरछी की नोक पर टँगा हो।

—•—

अगले दिन बिहज़ाद दोबारा ख़्वाजा से मिला। वह उस वक़्त किताबख़ाने में दारोगा और अदिली के साथ बैठा हुआ था। दारोगा ने अपनी अलमारी खोलकर उससे तस्वीरों की एक किताब निकाली। उसने अदिली पर एक उड़ती हुई नज़र डाली और उसके बाद उस

किताब को सबके बीच ऐसे खोलकर रख दिया कि उसे वहाँ बैठा हर आदमी देख सके।

'यह तस्वीरों की वह किताब है जिसे बिहज़ाद ने बादशाह के द्वारा राजा को हराने के मौक़े पर बनायी थी।' उसने हमेशा की तरह बेरुखी से कहा। बल्कि उसके लहजे में एक तंज़ भी था।

बिहज़ाद अपनी तस्वीर अपनी बगल में दबाये चुपचाप बैठ गया जिसे उसने पौ फटने के वक़्त पूरा किया था। ख़्वाजा ने झुकते हुए सामने रखी किताब का पहला पन्ना पलटा। उसके माथे पर बल पड़ गये और चेहरे पर एक हैरानी झलकने लगी। फिर उसने एक–एक कर कई पन्ने पलटे। बीच–बीच में वह दारोगा की तरफ़ भी देखता रहता।

वे जीत की तस्वीरें नहीं थीं। और न ही जंग के दौरान अकबर की तस्वीरें थीं। उन तस्वीरों में वे तस्वीरें भी नहीं थीं जिन्हें ख़्वाजा ने पिछली रात उसे बनाने के लिए दिया था। बल्कि वह बिहज़ाद की ख़ुद की कल्पनाओं का 'अकबरनामा' था। ये वही तस्वीरें थीं जो उसने आगरे के किताबख़ाने में बनायी थीं और दूसरों की नज़रों से छुपाने के लिए कोरे पन्नों के भीतर दबाकर रखी थीं। ये वही तस्वीरें थीं जो किताबख़ाने के सीकरी आने के दरम्यान गुम हो गयी थीं।

'कब?'

वह किसी उजबक की तरह ख़्वाजा के भौचक चेहरे को देख रहा था।

'यह तस्वीरें तुमने कब बनायीं?' ख़्वाजा ने एक नज़र बिहज़ाद पर डाली और उन पन्नों को देखने लगा। कानों में बड़े–बड़े कुण्डल पहने बिखरे–उलझे और बेतरतीब बालों में अकबर। औरत का लिबास पहने एक नौकर को आगोश में लिए अकबर जिसके हाथ में एक अधखाया सेब था। किसी औरत की तरह मासूम और नाज़ुक एक लड़के को अपनी बेगम की तरह चूमता हुआ अकबर। अपने जिस्म पर अपनी माशूक़ा के दाँतों के निशान दिखाता अकबर।

तस्वीरों को देखकर अदिली के चेहरे पर एक कुटिल मुस्कान फैल गयी। दारोगा किसी बुत की तरह चुप्पी ओढ़े बैठा हुआ था। पन्नों को पलटते हुए ख़्वाजा की नज़र उस तस्वीर पर पड़ी जिसमें अकबर और बिहज़ाद एक–दूसरे के साथ शाही बिस्तर पर बैठे थे और एक ही प्याली से बारी–बारी शराब पी रहे थे। तस्वीर के नीचे सुलेख में किसी किताब से दो पंक्तियाँ उद्धृत थीं–

तुम्हारे बग़ैर इस ज़िन्दगी की क्या अहमियत है
और तुम्हारे बग़ैर एक दुनिया की भी क्या ज़रूरत है?

ख़्वाजा के चेहरे की तिलमिलाहट साफ़ बता रही थी कि उसका वश चलता तो वह उन पन्नों को फाड़कर फेंक देता।

अपनी तस्वीरों की किताब अपने अब्बू की गोद में देखकर बिहज़ाद को गहरा सदमा पहुँचा। पलक झपकते ही यह बात उसकी समझ में आ चुकी थी कि उसकी तस्वीरों की वह निजी किताब इत्तेफ़ाक़न आगरा के किताबख़ाने से गुम नहीं हुई थी बल्कि उसे इरादतन चुराया गया था। अब उसे यह पता चला कि दारोगा ने उसे अपना मालिक मानने से क्यों इनकार कर दिया था, अदिली को अपनी कामयाबी का इतना भरोसा क्यों था, दोनों इस तरह घण्टों ऐसे खुसुर–फुसुर करते रहते जैसे किसी दुश्मन पर हमला करने की तरक़ीब सोच रहे हों। बिहज़ाद इन्हीं सवालों में घिरा हुआ था जब किसी सपने की तरह धुँधली आवाज़ में दारोगा ने कहा–'किसी क़िले के फाटक पर ताला लगाया जा सकता है लेकिन आदमी की ज़बान पर नहीं।' उसने तस्वीरों की तरफ़ इशारा करते हुए ख़्वाजा से एकदम धीमी आवाज़ में कहा, 'बात अब बादशाह के कानों तक पहुँच चुकी है। सभी दरबारी इस गुनाह के लिए बिहज़ाद को मिलने वाली सज़ा का बेसब्री से इन्तज़ार कर रहे हैं। डर है कि अनैतिक और अस्वीकृत प्यार की इन तस्वीरों के एवज़ में उसे कड़ी–से–कड़ी सज़ा मिलेगी। पहले तो लोगों ने यही समझा था कि यह एक नेक बादशाह को बदनाम करने की दुश्मन की कोई साज़िश होगी ताकि वह अपनी अवाम की नज़रों में गिर जाये...लेकिन किताबख़ाने की

गहरी तलाशी के बाद भी इन तस्वीरों से मिलता–जुलता कोई दूसरा नमूना नहीं मिल सका।' दारोगा ने अपनी तरफ़ से यह यक़ीन दिलाने की कोशिश की कि यह किसी दुश्मन की साज़िश क़तई नहीं थी बल्कि यह बिहज़ाद का ही काम था। 'ज़रा ग़ौर से देखिए...' दारोगा ने उन तस्वीरों का मिलान करने की गुज़ारिश की। ख़ुर्दबीन लगाये बिना वह दावे के साथ यह कह रहा था। किसी और की क़लम से बनायी गयीं लकीरें ऐसी हो ही नहीं सकतीं, इतनी जीवन्त और चटकीली पृष्ठभूमि लेकिन इतनी घोर अनैतिकता!

इबादतख़ाने के धर्मगुरुओं से राय–मशविरा किया गया। किसी ने भी धार्मिक ग्रन्थों में ऐसी भ्रष्टता को क़बूल करने से साफ़–साफ़ इनकार किया। इस मुद्दे पर भी चर्चा हुई कि बिहज़ाद को मौत की सज़ा मिलनी चाहिए। 'हाँ, ऐसे मामले में ऐसी सज़ा मुमकिन है।' दारोगा ने आँखें चुराते हुए कहा। उसने अदिली को फिर कुटिल नज़रों से देखा और जाने के लिए उठ खड़ा हुआ। अफ़गान अदिली भी ख़्वाजा की तरफ़ अदब से झुकते हुए कमरे से निकल गया। अब कमरे में बाप और बेटे अकेले थे।

किताबख़ाने में धूप के दाख़िल होते ही बिहज़ाद ने अपनी बन्द पलकें खोल दीं। उसने अभी–अभी जो तस्वीरें पूरी की थीं, उनमें से एक को ख़्वाजा के सामने फैला दिया और उसे कुहनी से देख लेने का इशारा किया। उसके अब्बू ने उसे परे धकेल दिया।

'तुम अब मेरे किसी काम के नहीं रहे।'

जिस दिन अपनी बग्घी पर बैठकर वह सीकरी से रुख़सत हो रहा था वह मुहर्रम के पाक महीने का पहला दिन था। उसके हाथ में बादशाह का फ़रमान था जिसमें उसे सल्तनत से निकल जाने का हुक्म दिया गया था–'वह बिना कोई वजह बताये अपने ख़ादिम को अपनी पाक सल्तनत को छोड़ने का हुक्म देता है, उसे कोई व्यापार करने की मनाही है, वह सल्तनत के भीतर उसके किसी भी दावे को ख़ारिज करता है, और उस पर किसी साज़िशपूर्ण कार्रवाई करने या मौत सहित किसी अन्य सज़ा का प्रतिबन्ध लगाता है।' पहले की तरह सन्तरी एक–दूसरे को देखकर नहीं मुस्कराये। जैसे ही आकाश में तारे धुँधले पड़ने लगे, बग्घी के गाड़ीवान ने बिहज़ाद को एक सवालिया नज़र से देखा और बग्घी बढ़ाने के लिए अपना कोड़ा सँभाल लिया।

तर्ख आकार

ज़मान, मकान, इखवान

सही वक़्त, सही जगह, सही दोस्त

सूफ़ी कहावत

'मौत, इससे कम कुछ भी नहीं' बोलते हुए हिलाल ख़ान ने अपनी गर्दन हिलायी। 'क्या तुम्हें मौत को सज़ा के बारे में सोचकर डर नहीं लग रहा था?' उसका माथा दिखने में ऐसा था गोया उसे किसी बूढ़ी औरत के धड़ पर रख दिया गया हो–एक चिकनी ठुड्डी और चर्बीदार होंठ। किसी वक़्त हिलाल ख़ान आगरा में बादशाह के हरम का मुख्य हिजड़ा और हिन्दुस्तान की सबसे ख़ूबसूरत औरतों का सबसे भरोसेमन्द रखवाला था। अब वह रेगिस्तान के एक सिरे पर बनी एक सराय का मालिक था, और वहाँ रहने आये मुसाफ़िरों के लिए भी उतना ही भरोसेमन्द था। वह उनके रहने और आराम का पूरा ख़याल रखता था। उसने बिहज़ाद को देखते ही पहचान लिया और अस्तबल के पास के कमरे में ही उसके रहने की व्यवस्था कर दी और गाड़ीवान को वापस भेज दिया। फिर दोनों इत्मीनान से एक–दूसरे के सामने बैठकर बातें करने लगे। हिलाल ख़ान फुसफुसाते हुए बोल रहा था।

'तुम्हारी नज़रों के सामने यह सब हो रहा था और तुम जान भी नहीं सके? तुम अन्धे हो गये थे क्या? दारोगा के अकबर को उन तस्वीरों को दिखाने के पहले आधी सीकरी इस बात को जान चुकी थी। यहाँ तक कि रेगिस्तान में बैठे इस हिलाल ख़ान को भी इस बात की ख़बर थी, यहाँ आने–जाने वाले मुसाफ़िर इसका ज़िक्र करते रहते थे।'

बिहज़ाद ख़ामोश बैठा पत्थर की दीवारों के बाहर से आने वाले जानवरों की आवाज़ें सुन रहा था।

'तुम्हारे देशनिकाले के बहुत पहले से सारे दरबारी इस बारे में दबी ज़बान में बातें कर रहे थे। दारोगा और उस अफ़गान अदिली ने तो कइयों को गुपचुप तुम्हारी कुछ तस्वीरें दिखला भी दी थीं।

लोगबाग कहते हैं, जिन्होंने भी उन तस्वीरों को देखा था वे भीतर से सिहर उठे थे। वे ग़लत और बदनीयती से भरी हुई तस्वीरें थीं जिन्हें देखकर एक सेहतमन्द आदमी की आँखें भी अन्धी हो जातीं। सिर्फ़ एक क़ाफ़िर ही इतना घिनौना काम कर सकता था।' हिलाल ख़ान ने एक ठण्डी साँस भरी। 'तुम्हें पता था, लोग तुम्हारे बारे में क्या कह रहे थे?'

बिहज़ाद अपनी ठुड्डी झुकाये चुपचाप बैठा था।

'तुमने उन तस्वीरों को छुपाकर क्यों नहीं रखा था, बिहज़ाद? उनको सावधानी से छुपाकर रखना था। किसी की भी नज़र पड़ने से पहले तुमने उनको यमुना में क्यों नहीं बहा दिया...?'

'उनको चुरा लिया गया था। मैंने किसी दूसरे को दिखाने के लिए वे तस्वीरें बनायी भी नहीं थीं...'

'लेकिन आख़िरकार उन्हें बनाया तो तुमने ही था? बनाया था या नहीं? अकबर की आगोश में एक मर्द! एक ऐसे प्यार में मशगूल बादशाह जिसे प्यार की इजाज़त नहीं है और जो ग़लत माना जाता है। दुनिया का सबसे ताक़तवर आदमी अपनी ऐयाशी के लिए एक अदना नौकर जैसे किसी चित्रकार का इस्तेमाल करे!' हिलाल ख़ान एक पल के लिए ठिठका–'तुमको यह पता नहीं था कि तुम्हें इसकी क्या क़ीमत चुकानी पड़ सकती है? तुमने उस शायर के अंजाम की कहानी नहीं सुनी थी जिसने अपनी नज़्म में बादशाह के लिए अपनी मोहब्बत का इज़हार किया था? उसने बेशर्मी से लिखा था कि वही उसकी माशूक़ा है। उसे भी अपने लिए सज़ा चुनने के लिए कहा गया था–देशनिकाला या मौत। पुराने ज़माने के मिस्र में ऐसे आदमी की ज़िन्दा चमड़ी उधेड़ दी जाती, या फिर उसे हिजड़ा बना दिया जाता।'

हिलाल ख़ान ने गहरी साँस ली–'जानते हो, लोग तुम्हारे बारे में क्या कह रहे थे? यही कि, ख़्वाजा का चित्रकार बेटा पागल हो गया है। उसे मौत के सिवा कोई दूसरी सज़ा नहीं मिलेगी।'

'फिर उसे ज़िन्दा क्यों छोड़ दिया गया? सीकरी में हाथियों की

कोई कमी नहीं थी।' बिहज़ाद ने एक तकिये पर अपना सिर टिकाते हुए कहा।

'नहीं...' हिलाल अपनी जगह से उठ खड़ा हुआ और पास आकर बिहज़ाद के क़रीब बैठ गया। उसने बिहज़ाद के माथे को अपनी हथेली से सहलाया–'देशनिकाला अकबर के लिए एक बेहतर सज़ा है, बिहज़ाद। ऐसा करके उसने दूसरों को यह दिखाने की कोशिश की थी कि वह गुनहगारों के लिए भी मन में एक हमदर्दी महसूस करता है। उसने तुम्हें दूसरों की नज़रों से दूर मरने के लिए यह सज़ा दी है।' उसने खिड़की से बाहर उफ़क की तरफ़ इशारा किया–'हिन्दुस्तान से दूर।'

बिहज़ाद ने बाहर फैले रेगिस्तान को देखा।

सीकरी से रुख़सती के बाद सबसे पहले वह दक्षिण दिशा की तरफ़ बढ़ा, फिर यमुना के टेढ़े-मेढ़े किनारों की बगल से गुज़रता हुआ पूरब की तरफ़। रास्ते में पड़ने वाले बहुत से गाँवों, खेतों, बंजर ज़मीनों और घने जंगलों को पार करता हुआ वह लगातार मुग़लों की राजधानी से दूर बढ़ता जा रहा था, लेकिन हर अगली सुबह उसे यही पता चलता कि वह अभी भी सल्तनत के भीतर ही है। 'यह सारी ज़मीनें अकबर की हैं। बल्कि, वे ज़मीनें जो इनके पार हमें नहीं दिख रही हैं वे भी अकबर की ही हैं।' रास्ते में मिलने वाले सारे लोग यही बात करते–'उसकी हुकूमत पूरी दुनिया पर है...'

आख़िरकार वह दोबारा सीकरी की तरफ़ लौट आया और उसके बाद पश्चिम की तरफ़ जाने लगा। जहाँ कहीं भी वह जाता उसके कानों में यही बात पड़ती। अकबर के फ़रमान को मुट्ठी में लिए बिहज़ाद यही सोचता रहता कि उसके इलाक़े से बाहर कैसे निकला जाये। उसे ज़मीन की चौहद्दी के बीच यूँ भटकने के लिए छोड़कर क्या अकबर ने सचमुच उसके साथ कोई भद्दा मज़ाक़ किया था? वह अक्सर अपनी रातें जागते हुए काटता और दिन के वक़्त मुसाफ़िरों से

जानकारियाँ लेने की कोशिशें करता। कई दफ़ा तो उसको गाड़ीवान की मंशा पर ही शक होने लगता। शायद दारोगा ने उसे सल्तनत के भीतर ही भटकाते रहने के लिए घूस दिया हो ताकि सल्तनत छोड़ कर नहीं जाने के जुर्म में बादशाह उसे फाँसी पर लटका दे।

कई राहगीरों से उसने मुग़ल जहाँ से आये थे उस ख़तरनाक उत्तरी इलाक़े के बारे में बहुत कुछ सुन रखा था। उन्होंने बिहज़ाद को बियाबान रेगिस्तानों और पहाड़ों पर जानवरों से भी बदतर और दुश्वार ज़िन्दगियाँ गुज़ारने के बारे में बताया था। मध्य एशिया का ज़्यादातर मैदानी इलाक़ा इन्हीं पहाड़ों और रेगिस्तानों से घिरा हुआ था। यही वजह थी कि अकबर के दादा ने समरकन्द को छोड़कर हिन्दुस्तान में बसने का फ़ैसला किया था। उन जोखिम भरे पहाड़ों और उन पहाड़ों से भी ज़्यादा ख़तरनाक वहाँ के स्थानीय लोगों के कारण उसकी वापस लौटने की हिम्मत नहीं हुई थी। अकबर के पुरखों की ज़मीन पर रहकर भी उसे अकबर से कितना अधिक दूर रहना पड़ेगा।

अपने गाड़ीवान के साथ वह सौदागरों के एक क़ाफ़िले में शामिल हो गया जो समरकन्द से उत्तर की तरफ़ जा रहा था। रास्ते में दूर–दूर पर छोटी–छोटी बस्तियाँ पड़तीं लेकिन लोगों की आबादी कम–से–कमतर होती जा रही थी। रास्ते में उन जानवरों की एक बड़ी क़ब्रगाह भी दिखी जिसमें रेगिस्तानों को पार करने में नाकाम कमज़ोर जानवर दफ़न थे। उन जानवरों को उनके मालिकों ने रहम करके मार डाला था। जल्दी ही आसमान में चिड़ियों का दिखना बन्द हो गया। पेड़–पौधे तो दूर की बात है, पानी का एक क़तरा भी नहीं दिख रहा था। गरजते हुए रेतीले तूफ़ानों के दरम्यान उन रेगिस्तानों में सिर्फ़ घोड़ों की लीदें और हड्डियों के अम्बार ही रास्ते के इकलौते निशान थे। अपने साथी मुसाफ़िरों से बिहज़ाद को यह पता चला कि उस रेगिस्तान का नाम 'हा दरवेश' था। किसी समय की बात है कि उस रेगिस्तान से गुज़रने वाले दरवेशों का एक क़ाफ़िला एक भयानक रेत के बवण्डर में घिर गया। वे सभी एक–दूसरे से बिछड़

गये और उनको तलाशने के लिए 'हा दरवेश! हा दरवेश!' चिल्लाते रहे। बाद में एक–एक कर सबकी मौत हो गयी। रेगिस्तान के दिन बहुत तपते हुए और रातें बेहद ठण्डी होती थीं। रात की सर्द हवाओं में हाथ–पैर ठिठुरने लगते थे और नाक और कान सेब और आड़ू की तरह लाल पड़ जाते थे।

क़ाफ़िले के नियम–क़ायदे के मुताबिक़ बिहज़ाद भी दूसरे सौदागरों के वक़्त ही सोता और जागता था, और उनकी पहले ही कही जा चुकी कहानियों को बार–बार सुनने को मजबूर था। उन कहानियों में अक्सर उनके दुश्मनों गर्मी, तूफ़ान और रेत का ज़िक्र होता था जिनसे उनका सामना होता रहता था। उसने क़ाफ़िले के कई सौदागरों को उन दुश्मनों के हत्थे चढ़कर बेहोश होकर ज़मीन पर गिरते भी देखा था। जब आसमान में काले बादल उमड़ने–घुमड़ने लगते थे और रेत का लाल गोला एक बवण्डर में तब्दील होने लगता था तो उसे भी एक अनहोनी के ख़िलाफ़ आगाह कर दिया जाता था। फिर अचानक एक ख़ौफ़नाक चीख़ के साथ रेत का एक तेज़ तूफ़ान उठता था और उसके कण एक–दूसरे को रगड़ते हुए फिर से ज़मींदोज़ होने लगते। हवा के गर्म झोंकों से पलस्त उसे सिर्फ़ इन्सानों और जानवरों के चीख़ने–चिल्लाने की आवाज़ सुनायी पड़ती थी। उस आवाज़ से भी तेज़ उन गिद्धों की चीख़ें होती थीं जो ठीक उसी वक़्त आकाश में मँडराते हुए एक डरावना नज़ारा पेश करते थे। वे सचमुच बदहवास कर देने वाले पल होते थे जब लोग अपने जानवरों की लगाम या अपने कमज़ोर तम्बुओं की फ़िक्र छोड़कर रेगिस्तान में इधर–उधर भागने लगते थे।

तूफ़ान गुज़रने के बाद बिहज़ाद उस पल का इन्तज़ार करता जिसकी ख़्वाहिश उसने हमेशा किसी और चीज़ से ज़्यादा की थी। उसके ज़ेहन में बार–बार एक ही तस्वीर का ख़ाका बनता–बिगड़ता रहता था–बिल्कुल सुबह–सुबह का एक शान्त रेगिस्तान जो किसी भी ज़िन्दा शै के अपने ऊपर से गुज़रने के निशानों से बिल्कुल मुक्त हो, जिससे होकर कोई क़ाफ़िला नहीं गुज़रा हो–जो किसी बेजान साँप की तरह एकदम शान्त हो। सौदागरों और उनके नौकर–चाकरों

की तरह बिहज़ाद को नींद में डरावने सपने नहीं आते थे। उसके सपनों में अँधेरे को चीरकर डाकू भी नहीं आते और न उसे अपने सपनों में ख़ून में डूबी हुई चीख़ें सुनायी देती थीं। उसका संगी गाड़ीवान दिन के वक़्त घबराया हुआ होने के बावजूद उसे उसके गन्तव्य की ख़ूबियों के क़िस्से सुनाकर उसका मन बहलाने की कोशिश करता था। लेकिन क़ाफ़िले के साथियों के साथ रहते हुए बिहज़ाद भी कुछ–कुछ उन्हीं सौदागरों की तरह सोचने लगा था–वह भी बेबसी के साथ एक के बाद दूसरे जानवर के मरने का इन्तज़ार करता रहता।

आख़िरकार एक पल वह भी आया जब रेत के लाल बगूलों और इन्सानों और जानवरों की भयानक चीख़ के बीच वह उस क़ाफ़िले से बिछड़ गया जिसे वह अपने दिमाग़ में लिए सीकरी से रुख़सत हुआ था।

—•—

सराय के कमरे में अकेला लेटा बिहज़ाद यह याद करने की कोशिश कर रहा था कि पिछली दफ़ा वह हिलाल ख़ान से कब मिला था। वह आगरा के किताबख़ाने का वाक़या था–'मुखिया हिजड़ा किसी ख़ास गुज़ारिश के साथ आया है।'

'एक हिजड़े की बीवी!' यह बात सुनते ही किताबख़ाने के सारे चित्रकार अपने–अपने कमरे से निकलकर दारोगा के कमरे के बाहर जमा हो गये थे और उसके साथ हिलाल ख़ान की बातचीत सुनने लगे थे।

किताबख़ाने के चित्रकार उसे 'राक्षस' कहते थे। 'आधा आदमी और आधा जानवर।' दारोगा के मुताबिक़ वह एक मक्कार था जिसका दावा था कि उसकी ख़ुद की एक बीवी थी जबकि अपनी देह की प्यास बुझाने के लिए वह दूसरों के सामने गिड़गिड़ाता था। 'शायद इसी वजह से वह किताबख़ाना भी आया था।' दारोगा के चेहरे पर एक अजीबोग़रीब हँसी दिखायी पड़ी थी। 'हिजड़े की बीवी बनने के लिए कौन तैयार है?'

बिहज़ाद उस हिजड़े से बहुत प्रभावित था। हालाँकि लोग उसे काली नज़रों वाला मानते थे लेकिन वह स्वभाव का हँसोड़ था और बात–बात पर अपने सोने के दाँत निपोरता रहता था। देखने में वह औसत क़द–काठी का था लेकिन उसके भीतर असीम ताक़त भरी थी। वह हरम का इकलौता हिजड़ा था जो किसी को भी बादशाह से मिलवाने की हैसियत रखता था। वह चापलूसी और साज़िश में माहिर था और शाही दरबार में किसी को दाख़िला दिलवाने की एवज़ में मोटी रक़म वसूलता था। वह अकबर की बेगमों को अकबर को लुभाने के नये–नये तरीक़े भी बताता था। सन्तरियों, मालियों और कुर्सियाँ उठाने वाले दूसरे ग़ुस्सैल, चिड़चिड़े और गुस्ताख़ 'राक्षसों' की बनिस्बत वह दरबारियों की तरह इज़्ज़त की नज़र से देखा जाता था। वह अपनी बीवियों के लिए एक अच्छा 'शौहर' और गोद लिए गये बच्चों के लिए अच्छा 'बाप' था।

'हिलाल ख़ान?' बिहज़ाद को जुलेखा की हँसी याद आ गयी थी, जब उसे उसके किताबख़ाना आने का पता चला था। 'हरम पर असली हुकूमत उसी की चलती है, अकबर की नहीं!' जुलेखा ने ही बिहज़ाद को यह बताया था कि वह हरम का नौकर और मालिक दोनों है। वह बेगमों को छोटी–छोटी बातों से ख़ुश रखता था, अपने नाच–गानों से उनका मन बहलाता था, उनकी चिन्ताओं में उन्हें ढाढस बँधाता था, वे जहाँ–जहाँ जाती थीं वहाँ–वहाँ उनकी पहरेदारी करता था, उनके लिए शराब की प्यालियाँ परोसता था और उन्हें उनके सपनों से बाहर निकालता था। 'वह एक सच्चा मालिक है! वह आराम से यह परख सकता था कि कौन ग़ुलाम लड़की अभी भी कुँवारी है और उसे किसी ने छुआ तक नहीं है!'

'हिलाल ख़ान?' बिहज़ाद को किताबख़ाने के चित्रकारों के साथ अक्सर ठिठोली करते नौबत ख़ान की याद आ गयी थी–'सिर्फ़ उसे ही वह छूने की छूट मिली हुई है जिसे अकबर ने अपनी आगोश में लिया हो। अकबर के खाये हुए को चखने की इजाज़त भी सिर्फ़ उसी को है!'

चित्रकारों ने नौबत ख़ान पर दबाव डालते हुई हिलाल ख़ान के अचानक हरम और आगरा छोड़ देने की वजह पूछी थी।

'क्योंकि वह अधूरा है,' नौबत ख़ान की मुस्कराहट के पीछे कोई राज़ था।

'अधूरा?'

'हाँ, तुम लोगों को पता है! वह पूरी तरह से सफाचट नहीं है। न वह ठीक से चाकू से काटा हुआ और न ही ठीक से लाल-गर्म लोहे से दागा हुआ।'

दारोगा सिहरकर उसके हाथ थाम लेता।

'या शायद वक़्त के बीतने के साथ-साथ उसके अंग दोबारा निकल आये थे। दूसरी बार अपना अंग कटवाने से बचने के लिए उसने आगरा छोड़ दिया।'

'तब तो आख़िरकार इससे सबसे ज़्यादा नुक़सान हरम की औरतों का हुआ। हैं कि नहीं!' एक बातूनी चित्रकार ने मज़ाक़िया लहजे में कहा था।

'सही।' नौबत ख़ान मुस्कराया था, 'अगर वह सचमुच अधूरा था तो वह अपना बीज रोपे बिना किसी को भी अद्भुत आनन्द देने की कुव्वत रखता था। यह भी मुमकिन था कि वह उन औरतों में से किसी एक के बहुत क़रीब आ गया हो और दूसरी औरतों की ईर्ष्या से बचने के लिए वहाँ से भाग निकला हो।' नौबत ख़ान ने उन सबको ऐसी नज़रों से देखा था जैसे उसे सभी बातों की जानकारी थी। 'हरम की बेगमों के बीच आपसी रंजिश के मुक़ाबले चित्रकारों की अन्दरूनी जलन कुछ भी नहीं है।'

आगरा में रहते हुए ही हिलाल ख़ान के बाल पकने शुरू हो गये थे, हालाँकि उसका चेहरा तब भी किसी कमउम्र लड़के की ही याद दिलाता था। लेकिन पहले की ऐसी कई मिसालों की तरह जब औरतों ने किसी बदसूरत और बूढ़े हिजड़े पर हरम की मर्यादा और पवित्रता को नष्ट करने का इलज़ाम लगाया हो, हिलाल ख़ान ने ख़ुद अपनी मर्ज़ी से आगरा छोड़ देने का फ़ैसला कर लिया था।

हिन्दुस्तान की राजधानी में बसने की बजाय उसने रहने के लिए रेगिस्तान क्यों चुना, बिहज़ाद ने यह सवाल ख़ुद से ही पूछा। उसकी आँखें खिड़की के बाहर वीराने में कुछ तलाश रही थीं। टीले के पार बहुत दूर कोई शहर खिड़की के पर्दे की तरह झिलमिलाता हुआ नज़र आ रहा था। उसे हैरानी हुई। इस बियाबान में बसने का फ़ैसला करने वाले लोग कैसे होंगे? इस बंजर हवा में किन लोगों ने साँस लेने का हौसला दिखाया है? कौन लोग हैं जो इस खारे और छिछले नख़लिस्तान में डुबकियाँ लगाने की ज़हमत मोल ले रहे हैं? हज़ार–हज़ार कुओं वाला शहर जिन्हें बारिश का पानी जमा कर के साल–भर पीने के इरादे से खोदा गया था। जहाँ दलदल में नागफनियों के सिवा और कुछ नहीं उगता था जिन्होंने पूरे शहर को कीलों के बिस्तर की तरह घेर दिया गया था। वहाँ सुकूनदेह हवा भी कैसे पहुँच पाती होगी, बिहज़ाद को इस बात की हैरत थी।

मुसाफ़िरों ने इस शहर को कई और नाम दिये थे। धूल का कटोरा! काँटों का शहर। शैतानों का इलाक़ा। अरबों के लिए यह अरब से बाहर का भू–भाग था, फ़ारसियों के लिए यह एक बद्दुआ की तरह था, हिन्दुस्तानियों के लिए यह अकबर की सल्तनत से बाहर का हिस्सा था–सभ्यता से बाहर का इलाक़ा।

रेगिस्तान के आख़िरी छोर पर बसा हुआ हज़ारी हिन्दुकुश की तराइयों में एक तेज़ी से बसता हुआ शहर था जो अरब, फ़ारस और हिन्दुस्तान तीनों से घिरा हुआ था। यह एक अमीर शहर था और इसके व्यस्त बाज़ारों में सौदागरों की आवाजाही हमेशा लगी रहती थी।

आगरा में रहने के दरम्यान ही बिहज़ाद ने क़ीमती सामानों के साथ इस छोटे से शहर से आने वाले लम्बे कारवाँ के बारे में सुन रखा था। पूर्वी पहाड़ों का सुहागा, कश्मीर का केसर, बारूद, दुर्लभ क़िस्म की कस्तूरी, आसमानी नील के पीपे और बेशक़ीमती हीरे जैसी चीज़ें लेकर सौदागर हज़ारी से मुग़लों की राजधानी पहुँचते थे। बिहज़ाद ने यहाँ के ग़ुलामों के बाज़ार के बारे में भी सुन रखा था। बादशाह के हिजड़े उसके हरम के लिए अच्छे ग़ुलामों की ख़रीददारी

यहीं से लाये ग़ुलामों क़ी मंडी से करते थे। वे वहाँ मौजूद दोनों तरह के ग़ुलामों को ख़रीदते थे—कमसिन और प्यारे लड़के और ख़तरनाक दिखने वाले पहरेदार—जिन्हें हरम में लाने से पहले क़रीब के सरायों में नामर्द बना दिया जाता था।

बिहज़ाद को इस बात की हैरानी थी कि कैसे भटकता हुआ वह एक ऐसे इलाक़े में आ गया था जहाँ लोग दर्जनों से ज़्यादा ज़बानें बोलते थे लेकिन किसी चित्रकार जैसी शै से उतने ही नावाक़िफ़ थे जितने कमल के फूल से।

'पागल आदमी ज़्यादा ख़ुश रहता है,' हिलाल ख़ान ने मुँह बिचकाते हुए बिहज़ाद से कहा। रात ढल चुकी थी तब तक हाजी उज़्बेक का आख़िरी सिपाही भी सराय छोड़ कर जा चुका था। अपने सोने के दाँतों को निपोरते हुए उसने भीतर से दरवाज़ा लगा लिया और थके हुए अन्दाज़ में बिहज़ाद के कमरे की तरफ़ बढ़ गया।

सिपाहियों के जाने के बाद सराय में सन्नाटा हो गया था। सराय की तीन मंज़िली इमारत चट्टानों और पत्थरों की पटिया से बनी हुई थी जिन्हें ताँगों के ज़रिये पहाड़ों से लाया गया था। सराय की इमारत नख़लिस्तान के किनारे हज़ारी के शहर और उसके सुल्तान के महल के बीचोबीच किसी मीनार की तरह खड़ी थी। एक सन्तरी की तरह इसकी नज़रें दोनों पर टिकी रहती थीं—एक तरफ़ यह शहर के बाज़ार में आये लोगों की पनाहगाह थी तो दूसरी तरफ़ में जाने वाले लोगों का ठिकाना भी। इमारत के बीच में बने चायखाने में किसी तलघर की तरह अँधेरा रहता था जहाँ रेगिस्तान की भोर का उजाला दरवाज़ा खुलने के बाद ही पहुँच पाता था। ऊपर की मंज़िलों तक जाने वाली सीढ़ियाँ उन ख़ाली कमरों तक ले जाती थीं जिनमें मुसाफ़िर ठहरते थे। हिलाल ख़ान का कमरा चायघर और बावर्चीख़ाने के बीच में था और उस कमरे से लगा हुआ छोटा—सा कमरा बिहज़ाद का था जिसे नये आगन्तुकों के लिए बनाया गया था। सराय एक

बड़े अहाते और घोड़ों के अस्तबल से घिरी हुई थी। इसके लोहे के फाटक से बाहर निकलकर शहर और सुल्तान के महल दोनों की तरफ़ जाने वाले रास्ते थे।

हिलाल ख़ान बिहज़ाद के बिस्तर के बगल में फ़र्श पर बैठ गया। 'हाजी उज़्बेक हमारा सनकी सुल्तान है।' उसने कहा, 'सनकी के साथ–साथ बेरहम भी। उसने अपने सौतेले भाई का क़त्ल कर हज़ारी का तख़्त हथिया लिया और हाजी अबुल बी उज़्बेक से हम सबका मालिक बन बैठा। उसकी बेरहमी और सनक से डरकर बड़ा हो या छोटा, हर आदमी उसका हुक्म मानने लगा।'

'मैंने सुना है, उसके पास इतना अधिक सोना है कि वह चाहे तो पूरी दुनिया को ख़रीद सकता है।' हज़ारी आने के कुछ दिनों के भीतर ही बिहज़ाद ने हाजी उज़्बेक के बारे में बहुत–सी बातें जान ली थीं।

'हम सबका असली शहर दरअसल वही है!' हिलाल ख़ान ने चुटकी लेते हुए कहा, 'एक ऐसा शौहर जिसे अपने लिए हर रात एक नयी औरत चाहिए। वह सचमुच एक कामुक मर्द है। जैसे ही वह किसी ख़ूबसूरत लड़की के बारे में सुनता है, तो जब तक वह उससे शादी नहीं कर लेता तब तक उसे चैन नहीं पड़ता लेकिन वह एक अस्थिर दिमाग़ का आदमी है—कभी बेचैन, कभी बिना मतलब के ख़ुश, कभी चिड़चिड़ा और कभी इतना मुश्किल जिसे समझना आसान नहीं। वह मामूली–सी बात पर भी किसी की जान ले लेता है और कई बार अपनी बदक़िस्मती पर भी ठहाके लगाता है। कई बार हज़ारी में ख़ून–ख़राबा नहीं होता तो इसकी वजह उसका आलस है।'

'तब तो उसके हिजड़े उससे बहुत ख़ुश रहते होंगे,' बिहज़ाद ने मज़ाक़िया लहजे में कहा—'हर रात उसके कमरे में एक कुँवारी लड़की पहुँचाने के एवज़ में उनको इनाम भी मिलता होगा!'

'सज़ा भी मिलती थी।' हिलाल ख़ान का चेहरा स्याह पड़ गया। 'एक बार उसने अपनी एक रखैल को चूमने के जुर्म में एक हिजड़े को ज़हरीले साँपों के गड्ढे में ज़िन्दा चुनवा दिया। उसी तरह एक छोटी–सी ग़लती के लिए उसने एक हिजड़े को कालीन में लपेटकर

हाथियों से रौंदने का हुक्म दिया, क्योंकि ख़ून बहता हुआ देखकर वह डर जाता है।'

'तब वह अपने दुश्मनों का मुक़ाबला कैसे कर सकेगा?'

'उसका दुश्मन? तुम्हारा मतलब उसके पड़ोसी कास के सुल्तान से है? हाजी किसी भी क़ीमत पर उसका मुक़ाबला नहीं करेगा। वह उसके ख़िलाफ़ कोई शातिर चाल तो चल सकता है, मसलन वह कास के सुल्तान से बाज़ी लगा सकता है कि अगर वह निहत्था एक शेर को हरा देगा तो वह हज़ारी का शाही तख़्त उसे सौंप देगा। फिर वह अपने मरे हुए दुश्मन की क़ब्र पर एक आलीशान मक़बरा बनायेगा।'

बिहज़ाद ने हिलाल ख़ान से हजारी के आसपास मँडराते हुए कास के सिपाहियों के बारे में जानना चाहा। वे रोज़ सराय में आते और एक–दूसरे की जानकारियाँ आपस में साझा करते थे। जासूसों के सराय में आने–जाने का रास्ता अस्तबल का पिछला दरवाज़ा था। चायघर में बैठे–बैठे क़ातिलों के नाम तय हो जाते थे और कई बार तो सराय में काम करने वाले नौकरों को क़त्ल के लिए सही हथियार ख़रीदने के लिए फ़ौरन बाज़ार रवाना कर दिया जाता था।

'यह कोई हैरानी की बात नहीं है,' हिलाल ख़ान ने बड़े आराम से बिहज़ाद से कहा। 'जब तक बाज़ार रहेगा और वहाँ सौदागर आते रहेंगे, जंग चलती रहेगी।' कास हज़ारी का उत्तरी पड़ोसी था और इसका नाम वहाँ खुलेआम घूमने वाले पहाड़ी हिरनों पर पड़ा था। हर साल सौदागरों के भेस में उसके सैकड़ों घुड़सवार फ़ौजी हजारी के शाही महल पर क़ब्ज़ा कर लेते थे। वे फ़ौजी वहाँ भयानक आगजनी करते, तबाही मचाते और लूटपाट करते थे जबकि वहाँ के असली सौदागर मजबूरन माहौल शान्त होने के इन्तज़ार में कमरों में बन्द रहते थे। कभी–कभी लड़ाई इतने ज़्यादा दिन खिंच जाती थी कि पूरा कारोबार ठप हो जाता था।

'यह एक खेल की तरह है,' हिलाल ख़ान ने कहा, 'दो पहलवानों

के बीच चलने वाली एक कुश्ती की तरह। हज़ारी की फ़ौजें भी कास पर क़ब्ज़े के लिए जाती रहती हैं।'

'एक बार वह ख़ुद ही यहाँ आकर मामले को हमेशा के लिए क्यों नहीं सुलटा देता है?'

'वह कौन?'

बिहज़ाद ने खुली हुई खिड़की से पूरब की उफ़क की तरफ़ इशारा किया। हिलाल ख़ान ने अपना सिर हिलाया–'नहीं। अकबर ने अपने हिस्से का सब कुछ हासिल कर लिया है। उसे हज़ारी की ज़रूरत नहीं है। वह अपनी सल्तनत के बाहरी पचड़ों में पड़ने की कोई दरकार नहीं समझता। अगर वह अपनी फ़तह का सिलसिला जारी रखता तब सीकरी हमेशा ख़ाली रहता। उसे अल्लाह की तरह बनना है जो एक ही वक़्त में हर जगह मौजूद हो। इस लिहाज़ से उसका नज़रिया ठीक है।'

'लेकिन इस रेगिस्तानी और बंजर इलाक़े का कोई तो मालिक होना चाहिए? क्या एक बादशाह तुम्हारे उस 'शौहर' से बेहतर नहीं साबित होगा?'

हिलाल ख़ान के माथे पर बल पड़ गये। 'हज़ारी मुग़लों, अफ़गानियों और फ़ारसियों तीनों में किसी का नहीं है। यह उसका है जो इसे सबसे ज़्यादा नुक़सान पहुँचा सकता है। आज यह हाजी उज़्बेक का है, कल किसी और का हो सकता है।' उसके बाद उसने बिहज़ाद की आँखों में झाँकते हुए कहा, 'तुम तब तक छुपे रहो जब तक फ़ौजी चले नहीं जाते। वर्ना वे तुम्हें कोई जासूस समझ बैठेंगे –बल्कि इससे भी बुरा हो सकता है कि वे तुम्हें एक क़ातिल समझ लें। इस बार चाहे जो भी जीते, लेकिन इतना तय है कि भारी तादाद में लोगों की जानें जायेंगी। उनके लौट जाने के बाद तुम हज़ारी के शाही महल में जा सकते हो और जीतने वालों को तस्वीरें बनाने और उनमें रंग भरने का हुनर सिखा सकते हो।'

बिहज़ाद ने एक नज़र दूर दीखते महल पर डाली।

हिलाल ख़ान के चेहरे की हँसी लौट चुकी थी–'शायद तुम

उसकी लाड़ली के उस्ताद बन जाओ!' यहाँ आने के कुछ दिनों के भीतर ही बिहज़ाद ने लाड़ली के बारे में सुन लिया था–हाजी उज़्बेक की इकलौती औलाद, उसकी बेटी, जो उसकी आँखों का तारा थी।

उसने हिलाल ख़ान को सवालिया नज़रों से देखा।

'अगर तुम सच्चे मजनूँ बन सको तो वह एक असली लैला साबित होगी! या तो प्यार में पागल होकर वह तुम्हें ज़िन्दा चूस लेगी या फिर ग़ुस्सा कर तुम्हें चबा डालेगी। उसकी पसन्द को ठीक से जानने से पहले तुम्हें उसके शिकारों के बारे में जानना होगा। क्या तुमने रात के वक़्त उसे रोते हुए नहीं सुना?' हिलाल ख़ान ने ऊपर की छत की तरफ़ इशारा किया। सराय में आये हुए सिपाही उस फ़ौजी के बारे में बतला रहे थे जिसके बर्ताव में हज़ारी से लौटने के बाद अचानक तब्दीली आ गयी थी। पहले वह अपने मज़ाकिया और दुस्साहसी स्वभाव के कारण जाना जाता था। जब वह शराब पीने बैठता तो एक बार में बीस–तीस प्याले ख़त्म कर देता था। कोई एक साल पहले हज़ारी आने के बाद वह भी हाजी उज़्बेक के पुराने शौक़ पर ख़ुद को फ़िदा होने से नहीं रोक पाया। सुल्तान को दुर्लभ परिन्दों और जानवरों से बेहद लगाव था। हज़ारी का महल अजीबोग़रीब चिड़ियों, सफ़ेद खाल पर काली धारियों वाले घोड़ेनुमा जानवरों और बिना रोयें वाली बिल्लियों जो बच्चे पैदा करने और उनको पालने–पोसने के क़ाबिल थीं से भरा था। उस भाड़े के सिपाही ने सुल्तान को एक बहुत हल्का नीले रंग का तेंदुआ तोहफ़े में देकर ख़ुश कर दिया था। उसके रोयें पर ख़ौफ़नाक काले चित्ते थे।

'हाजी को जंगली जानवरों को फँसाना और अपनी आँखों के सामने उनको मैथुन करता देखना अच्छा लगता है,' बिहज़ाद ने सराय में यह बात भी सुन रखी थी।

अपने ख़ास तोहफ़े की वजह से वह फ़ौजी हाजी का वफ़ादार बन गया था। वह सुल्तान को अजीबोग़रीब जानवरों और उनके तौर–तरीक़ों के क़िस्से सुना कर उसका मन बहलाता रहता था। एक दिन उसने सराय में अपना कमरा छोड़ दिया था क्योंकि उसे

शाही महल में रहने की जगह मिल गयी थी। वह महल में रहने वाले सभी जानवरों के लिए अजनबी था। हिजड़े तो यह भी शिकायत करते थे कि सुल्तान की कई बीवियाँ भी भीतर–भीतर उस सिपाही पर मरती थीं।

'फिर सुल्तान की लाड़ली बेटी ने उसे अपनी तीमारदारी के लिए रख लिया,' हिलाल ख़ान ने अपनी बात जारी रखी। 'उस शेरनी ने उसे अपना साथी बना लिया और एक दिन दोनों ही ग़ायब हो गये। कुछ लोगों के मुताबिक़ दोनों किसी अनजान जगह चले गये थे, जबकि कुछ लोगों का यह भी मानना था कि वे दोनों कहीं छुपकर हाजी को ज़हर देने की साज़िश कर रहे थे।'

बिहज़ाद ने ऊपर की मंज़िल से छनकर आती एक मद्धिम कराह और चहलक़दमी की आवाज़ें सुनीं।

'एक महीने के भीतर वह फ़ौजी फिर से सराय में रहने आ गया। इस दरम्यान क्या और क्यों हुआ, यह बात किसी को भी नहीं पता। हाँ, अब उसने शराब पीनी बिल्कुल छोड़ दी है और रात–दिन अपने कमरे में बन्द रहता है। वह एक घड़ी की तरह लगातार जागता रहता है, जैसे किसी चीज़ की निगरानी कर रहा हो।'

'ख़ुद को इस तरह से कमरे में बन्द रखकर वह कैसी साज़िश रच सकता है?' बिहज़ाद ने हिलाल ख़ान को देखा–'यह बात उसे कौन बताये कि वह कोई क़ातिल नहीं है जिसे कमरे में बन्द होकर कोई साज़िश रचने के मक़सद से कास से भेजा गया हो?'

'नहीं, बिहज़ाद।' हिलाल ख़ान ने एक भरोसे के साथ कहा, 'कास में उसके साथ कोई वाक़या ज़रूर हुआ है,' उसने अपनी आँखें नचायीं। 'वह ज़रूर किसी ख़ौफ़नाक तजुर्बे से होकर गुज़रा है...उसने कुछ ऐसा घटित होते हुए देखा है जिसे देखने की इजाज़त शायद किसी को नहीं है।' फिर उसने बातचीत का रुख़ बिहज़ाद के देशनिकाले के मसले की तरफ़ मोड़ दिया–'हिन्दुस्तान के बादशाह को अब बेशक तुम्हारी ज़रूरत नहीं है लेकिन तुमको तो एक सरपरस्त की ज़रूरत है। वरना...'

'वरना क्या?'

हिलाल ख़ान मुस्कराया। बिहज़ाद के माथे के बालों में उँगलियाँ फिराते हुए उसने उसे किसी बच्चे की तरह थपथपाया–'तुम्हारे कहने का मतलब है कि तुम पहले की तरह ही चित्रकारी करते रहोगे–बिना किसी की सरपरस्ती के? नन्हे उस्ताद की तरह?'

बिहज़ाद ने खिड़की के पार कहीं दूर देखा।

'लेकिन तुम्हें कोई तो ऐसा आदमी चाहिए जो तुम्हारी तस्वीरों को उन लोगों को दिखा सके जो उनकी क़ीमत अदा कर सकें। मेरे जैसा कोई बूढ़ा हिजड़ा तो तुम्हारा दारोगा नहीं बन सकता–जो तुम्हारी तस्वीरों को उठाकर दूर–दूर के दरबारों में दिखाने जा सके?'

अभी भी खिड़की के पार देखते हुए बिहज़ाद ने यह सुनकर अपना सर हिलाया।

'क्या कहा? क्या तुम अब एक चित्रकार बने रहना नहीं चाहते हो? फिर तुम क्या करोगे, बिहज़ाद? एक भाड़े का फ़ौजी? कास का कोई पेशेवर हत्यारा? एक फ़क़ीर क्या तुम अपनी बाक़ी की ज़िन्दगी हिलाल ख़ान की सराय में एक चाय पहुँचाने वाले ख़ादिम के तौर पर काटना चाहते हो?' वह ज़ोर से हँस पड़ा और अपनी जगह से उठ खड़ा होने को हुआ।

'अगर हिलाल ख़ान तरस खाकर मुझे अपनी ख़िदमत में रख ले तो हाँ, मैं यही करना चाहता हूँ।'

'बकवास मत करो, बिहज़ाद', उस बूढ़े हिजड़े ने हैरत में डूबी आवाज़ में कहा, 'एक भेड़िये का बच्चा भेड़िया ही होगा।'

'अगर भेड़िया उसे मरने के लिए अकेला छोड़ दे तो ऐसा नहीं भी हो सकता है।'

'बिहज़ाद!' हिलाल ख़ान ने फिर से दरवाज़े की साँकल चढ़ा दी और बिहज़ाद के बिस्तर के पास लौट आया। थोड़ी देर की ख़ामोशी के बाद ऊपर की मंज़िल से पदचाप फिर से सुनायी पड़ने लगी।

'तुम यह झूठ कह रहे...'

'हाँ।'

'क्या तुम्हारे कहने का यह मतलब है कि अब तुम कभी क़लम नहीं पकड़ोगे?'

'हाँ।'

'यह एक बेवकूफ़ाना ज़िद है, बिहज़ाद। ज़रा सोचो, तुम कौन हो...'

'अपने मालिक के बिना एक चित्रकार की कोई हैसियत नहीं होती।'

'तुम्हारा मतलब है कि अकबर के बिना तुम और तुम्हारे अब्बू कुछ भी नहीं हैं?'

'हिलाल, एक शिकारी के बिना एक भेड़िये की कोई अहमियत नहीं है।'

भन्नाया हुआ हिलाल ख़ान बिस्तर से उठ खड़ा हुआ और कमरे में तेज़ी से चहलक़दमी करने लगा–'दुनिया में बहुत सारे बादशाह आयेंगे। बहुत सारे फ़ौजी और उतने ही सौदागर। लेकिन इस दुनिया में गिने–चुने चित्रकार ही पैदा होंगे।' बिहज़ाद के चेहरे को अपनी दोनों हथेलियों के बीच थामकर उसने काँपती हुई आवाज़ में कहा, 'सिर्फ़ एक शर्त पर मैं दोबारा फिर से नामर्द बनने के लिए भी राज़ी हूँ। ज़रा सोचो बिहज़ाद अगर तुम्हारी जगह मैं होता तो लोगों की नज़र में राक्षस बन कर ही सही, लेकिन ख़ुद को बचाये रखता।'

सराय में आने के कुछ दिनों के भीतर ही बिहज़ाद को आये दिन छोटी–बड़ी झड़पों और बात–बात पर होने वाले ख़ून–ख़राबे की आदत पड़ गयी। ऐसा हादसा उस सुबह पहली बार हुआ था जब सूफ़ियों के एक जत्थे ने सराय में रात गुज़ारी थी। रात–भर वे नाचते–गाते रहे थे और सुबह–सुबह अपनी मंज़िल की तरफ़ निकल गये थे। मक्का जाने वाला एक कट्टर मुल्ला शिरहिन्दी भी उसी सराय में टिका हुआ था। सुबह जब चाय की तलब में वह चायघर में बैठा हुआ था तो उसकी नज़र चारों तरफ़ बिखरे ख़ाली प्यालों और काँच के टुकड़ों पर गयी। उसने अपने नौकर को बुलाया और दोषी को जगाकर बुलाने का हुक्म दिया।

'लेकिन यहाँ तो कोई नहीं है। सब जा चुके हैं...,' उस बेचारे लड़के ने पौ फटने के पहले उनकी रुख़सती के धुँधले होते निशानों की तरफ़ इशारा करते हुए बताया। दरवाज़े पर उनके क़दमों के आख़िरी निशान फ़र्श पर अभी भी दिख रहे थे।

'नहीं वे हिजड़े नहीं हो सकते।'

उस वक़्त तक हिलाल ख़ान की नींद भी टूट चुकी थी और वह दिन की चाय की पहली केतली अँगीठी पर रख चुका था। इधर शिरहिन्दी अपनी नीली पोशाक में बैठा भीतर–ही–भीतर गुस्सा रहा था।

'इन नापाक लोगों के साथ मक्का जाने की बात कौन सोच सकता है!' जिस तरह बावर्चीख़ाने की केतली में रखा पानी गर्म होकर खदबदा रहा था उसी तरह उसके भीतर का धीरज भी अब खौलने लगा था। 'वे नमाज़ नहीं पढ़ते, रोज़ा नहीं रखते। उनकी रगों में ख़ून की जगह शराब बहती है। वे फ़क़ीर होने का ढोंग करने वाले ऐयाश हैं!' उसने हिलाल ख़ान से चिल्लाते हुए पूछा, 'तुमने

उन्हें भीतर दाख़िल होने देने की गुस्ताख़ी कैसे की? तुमने उन्हें शराब क्यों परोसी? उन्हें पूरी रात नाच–गाकर दूसरों की नींद में खलल क्यों डालने दिया? हिलाल, मैं तुमको बद्दुआ देता हूँ कि जन्नत के फ़रिश्ते जब तुम्हारे गुनाहों का हिसाब करेंगे तो तुम्हारे साथ पैरों के तले कुचले जाने वाले कीड़े–मकोड़ों से भी बदतर बर्ताव करेंगे।'

शुरू–शुरू में तो हिलाल ख़ान ने उसकी बातों को अनसुना किया और बिना कोई विरोध किये अपने सोने के दाँत निपोड़ता रहा–'मुझ पर क्यों दोष मढ़ रहे हो? मैं तो एक सराय का मामूली–सा मालिक हूँ, अल्लाह को भी मुझ जैसे अदना से इन्सान को अपनी पनाह से निकाल बाहर करने का हक़ नहीं है।'

उस रोज़ बिहज़ाद की नींद आम दिनों से थोड़ा पहले खुल गयी थी और वह बावर्चीख़ाने में उतरने वाली सीढ़ियों पर बैठा दोनों के बीच जारी बहस सुन रहा था।

'पनाह से निकाल बाहर करने का हक़! पुराने वक़्त में हमारे महान सुल्तान परिवार के किसी एक आदमी की ग़लती की सज़ा में पूरे परिवार को फाँसी पर लटका दिया करते थे।'

हिलाल ख़ान ने बड़ी शाइस्तगी से मुल्ला के ग़ुस्से को शान्त करने की कोशिश की–'उनको माफ़ भी कर दो शिरहिन्दी। आदमी से ग़लतियाँ हो ही जाती हैं। हम सब आख़िरकार आदमी ही ही हैं।'

'जो पवित्र हैं, वे गलतियाँ नहीं करते,' शिरहिन्दी ने चिल्लाते हुए कहा।

उस वक़्त तक ढोंगी सूफ़ी सबी भी नींद से जाग गया था। सबी सराय में एक लम्बे समय से रह रहा था और उन भविष्यवाणियों की वजह से बदनाम था जो शायद ही कभी सही साबित हुई हों। मसलन कभी वह कहता कि बूढ़े लोग बाद में दिलकश हसीनाओं में बदल जाते हैं, या फिर किसी रोज़ सराय पर एक टूटा हुआ तारा गिरेगा और इसमें रहने वालों में एक जादुई ताक़त पैदा हो जायेगी। हालाँकि उसका कहा हर बार झूठ साबित होता था लेकिन, चूँकि वह दिल का बुरा नहीं था इसलिए लोग उसे बर्दाश्त कर लेते थे।

रात–भर उन सूफ़ी फ़क़ीरों के साथ नाचने–गाने के बाद थकी हुई चाल में वह चायघर में दाख़िल हुआ और उस रोज़ की अपनी पहली भविष्यवाणी की–'जो दुनिया का सबसे अच्छा गुलाम है उसे ही इस दुनिया का सबसे ज़्यादा तकलीफ़ देने वाला मालिक मिलेगा।' उसने कनखियों से शिरहिन्दी के नौकर को देखा और गर्म केतली से अपने लिए एक प्याली में चाय उड़ेलने लगा।

सबी पर एक हिकारत भरी नज़र डालते हुए शिरहिन्दी ने चमकती हुई आँखों से अपनी ख़ुद की भविष्यवाणी की–'जो क़ाफ़िरों की तरह कपड़े पहनते हैं, क़ाफ़िरों की तरह गाते हैं, क़ाफ़िरों की तरह शराब पीते हैं और प्रेमियों की तरह एक–दूसरे को बाँहों में भर कर नाचते हैं, वे सब के सब क़यामत के दिन ज़िन्दा जलाकर मार दिये जायेंगे।'

'ठहरो!' सबी ने उसे टोका था–'तुम्हारा मतलब है, छह में से पाँच लोग क़ाफ़िर हैं? क्या इतने लोगों को जलाने के लिए तुम्हारे पास ज़रूरत–भर लकड़ी है?'

'अपने दोस्त को बाज़ आने को कहो,' शिरहिन्दी ने तमतमाते हुए अपने नौकर को एक प्याली चाय और लाने का इशारा किया। 'तुम्हारे इस अज़ीज़ दोस्त को बढ़िया से भूनने लायक़ लकड़ी तो ज़रूर मिल जायेगी जो प्यालियाँ भर–भरकर कल तुम्हें शराब पिला रहा था।'

'जिसने ख़ुद को अल्लाह के हवाले कर दिया, वही अल्लाह है,' सबी ने अपने दोस्त की तरफ़ बोसा उछालते हुए कहा।

मुल्ला की भवें तन गयीं, 'अल्लाह!'

इस दरम्यान सराय में रुके हुए बाक़ी लोग भी जाग चुके थे– मसलन समरकन्द से सीकरी जाने वाला माहिर संगतराश और आगरा से नक़्क़ाशीदार सन्दूक़ें और हाथीदाँत के बने शतरंज की बिसात और मोहरें लेकर फ़ारस जाने वाला सौदागर और उसका बेटा। सराय के पहलवान भी जाग चुके थे, हालाँकि आज उन्हें थोड़ी देर हो गयी थी। अस्तबल से भी आवाज़ें आने लगी थीं। चायघर में जारी

बहस के बीच नौकर घोड़ों को पास के नखलिस्तान में घास चराने या बतखों के शिकार के लिए ले जाने को तैयार कर रहे थे। बन्द दरवाज़े के भीतर फ़ौजियों के कमरे से उनके क़दमों की आहट साफ़ सुनायी पड़ रही थी। चायघर में लोगों की तादाद धीरे-धीरे बढ़ती जा रही थी और दरवाज़ों से छनकर आने वाली धूप में भाप और धुएँ की उठती हुई आड़ी-तिरछी लकीरें दिखायी पड़ने लगी थीं। सबी के ठीक बगल में यतीम कानू भी बैठा हुआ था जो चिड़ियों को बेचने का काम करता था। पिछले एक महीने से उसकी एक भी चिड़िया नहीं बिकी थी। पिछली शाम उसने तय किया कि वह सभी परिन्दों को उनके पिंजरों से आज़ाद कर देगा। उनको भूखा मारने से बेहतर उनको उड़ा देना था। लेकिन परिन्दों ने आज़ाद होने से जैसे ख़ुद ही इनकार कर दिया था। सराय के ऊपर कुछेक चक्कर उड़ने के बाद वे दोबारा अपने पिंजरों में लौट आये थे। कुछेक तो नाचते-गाते उन सूफ़ियों की पगड़ियों पर भी जा बैठे जिसकी वजह से उनका जोश दूना हो गया था।

चाय की गरमाहट अपने भीतर महसूस करते ही शिरहिन्दी दोबारा चालू हो चुका था-'सूफ़ी या क़ाफ़िर, तुम्हारी मर्ज़ी है कि तुम उनको किसी भी नाम से पुकारो! लेकिन मेरा उन क़ाफ़िरों से कोई लेना-देना नहीं है। मैंने अपने नौकर को यह हिदायत देकर भेजा है कि वे जिधर से गुज़रे हैं उस रास्ते पर रेत डाल दे ताकि उनके छोड़े नापाक निशानों पर मेरे क़दम भी न पड़ें।'

'और, जब तुम यहाँ से जन्नत के लिए कूच करोगे तो उन रास्तों पर रेत कौन डालेगा?' सबी ने चुटकी लेते हुए कहा था। 'शायद मुल्ला किसी परिन्दे की तरह उड़ता हुआ अल्लाह तक पहुँच जायेगा!' सबी के इस तंज पर चाय की चुस्कियाँ लेते सभी लोग हँस पड़े थे।

तिलमिलाता हुआ शिरहिन्दी तनकर उठ खड़ा हुआ। वह औसत क़द-काठी का था। अपने कपड़ों पर लगातार हाथ फेरते रहने की वजह से उसकी दोनों हथेलियाँ भी नीले रंग की हो गयी थीं। उसने एक बार सबी के चारों तरफ़ चक्कर लगाया और फिर तेज़ी

से उसकी तरफ़ लपका मानो अपनी दोनों उँगलियों से उसकी आँखें निकाल डालेगा। उसने तक़रीबन चिल्लाते हुए कहा–

'इस दुनिया को बुरी बनाने वाले दरअसल बुरे लोग ही हैं। उसने हम सबको पैदा किया है लेकिन वह हमारी तरह नहीं है। क्या तुम जानते हो अल्लाह ने मक्खी क्यों बनायी? उसका मक़सद ताक़तवर लोगों के भीतर गुस्सा पैदा करना था ताकि वह अपने दुश्मनों को एक मक्खी की तरह मसल सकें।' उसने अपनी मुट्ठी को मेज़ पर इतनी ज़ोर से पटका कि सामने रखी चाय छलककर सबी के पहले से गन्दे हो चुके कपड़ों पर जा गिरी।

तभी बावर्चीख़ाने के बगल का दरवाज़ा खोलते हुए सफ़ेद कपड़ों में एक लम्बा–सा आदमी चायघर में दाख़िल हुआ। सबी और शिरहिन्दी से लेकर वहाँ बैठे सभी लोग उसकी तरफ़ देखने लगे। वह इतना लम्बा था कि उसके भीतर आते ही मानो चायघर और धूप के दरम्यान खिड़की से लगी कोई दीवार खड़ी हो।

'ज़िन्दा पीर,' बिहज़ाद के कानों में फुसफुसाते हुए कानू ने कहा जो अपने कमरे से निकलकर बिहज़ाद के बगल में ही सीढ़ियों पर बैठा हुआ था। ज़िन्दा पीर–मतलब एक ज़िन्दा फ़क़ीर। उसे देखकर अदब में सारे पहलवान भी अपनी जगहों से उठ खड़े हुए। इससे पहले कि हिलाल ख़ान उस नये मेहमान फ़ादर अल्वारेज़ के सामने चाय की प्याली रखता, शिरहिन्दी दोबारा चीख़ा।

'लो एक और आ धमका!' इस बार उसने हिलाल ख़ान को अपना निशाना बनाया–'तुमने यह क्या बनाया है? अल्लाह से डरने वाले बन्दों के ठहरने के लिए कोई घर या जंगली जानवरों के लिए कोई अड्डा?'

'आज सुबह के लिए इतनी बहस काफ़ी नहीं है?' हिलाल ख़ान ने ऊबे हुए लहजे में कहा। 'मौज–मस्ती की एक शाम के लिए किसी को भी इतना कोसना काफ़ी है?'

'हिलाल, इसको सराय में दाख़िल होने देने के गुनाह की तुमको बिल्कुल ठीक सज़ा मिली है', सफ़ेद कपड़े पहने उस लम्बे आदमी

की तरफ़ इशारा करते हुए शिरहिन्दी ने आगबबूला होकर कहा। 'अपने नचनिये दोस्तों से मिलकर सिर्फ़ तुमको ही मज़ा आया होगा।' दंगल से पहले किसी पहलवान की तरह अपने कमरबन्द को कसते हुए उसने एक नज़र चायघर में बैठे लोगों को देखा। 'मेरी एक बात याद रखना। यह आदमी ख़ुद एक शैतान है', शिरहिन्दी ने फ़ादर अल्वारेज़ की तरफ़ उँगली दिखाते हुए कहा। 'यह शख़्स जादू–टोने में माहिर है और कमउम्र लोगों को अपनी बातों में फँसाकर उन्हें अपना ग़ुलाम बना लेता है। अगर इसकी बेहूदी और घिनौनी तक़रीरों से बचना चाहते हो तो अपने–अपने कानों को उँगलियों से बन्द कर लो। उससे पूछो कि उसके यहाँ आने का क्या मक़सद है और उसे यहाँ से कहाँ जाना है?' शिरहिन्दी ने चायघर में सभी तरफ़ अपनी नज़रें दौड़ायीं। वहाँ बैठे सभी लोग बुत की तरह ख़ामोश थे। उसने दोगुने जोश के साथ अपनी बातें कहनी जारी रखीं–'वह समन्दर को पार कर यहाँ आया है। वह व्यापार के लिए सामान लेकर नहीं बल्कि अपनी किताब और सलीब के साथ यहाँ आया है। उसकी लकड़ी की बनी सलीब मक्का के पैगम्बर की तलवार का मुक़ाबला कर सकेगी! वह हमारे मज़हबी क़ानूनों को अपवित्र करने आया है।'

फ़ादर अल्वारेज़ फ़र्श पर रखे गद्दे पर बैठ गया। वह इतना लम्बा था कि फ़र्श पर बैठने के बावजूद उसका क़द कमोबेश लकड़ी की तख़्तियों पर बैठे लोगों के बराबर दिख रहा था। 'अगर मज़हबी क़ानून दूसरी बातों से ऊपर है तो फिर हमें पैगम्बरों की क्या ज़रूरत है, शिरहिन्दी?'

अब बहस के दोतरफ़ा होने की उम्मीद में वहाँ बैठे लोग अपनी–अपनी गर्म चाय को भूलकर दोबारा सीधे तनकर बैठ गये।

'पैगम्बर? तुम्हारा मतलब तुम्हारे ईश्वर के बेटे से है न? तब मुझे एक बात बताओ फ़ादर, किस चमत्कार से तुम्हारा ईश्वर एक बेटे का बाप बन गया? क्या उसकी बीवी कोई इन्सान थी? उसकी कोई पसन्दीदा ग़ुलाम लड़की? क्या तुम्हारी तक़रीर में इस राज़ का कोई खुलासा है कि अपनी शादी की पहली रात उसने क्या–क्या किया?'

मुल्ला का सख़्त चेहरा पूरी तरह से बेजज़्बात था, अलबत्ता उसके दोनों जबड़े ज़रूर भिंचे हुए दिख रहे थे। 'हम जानना चाहते हैं फ़ादर, क्या उसने भी आदम की तरह कोई गुनाह किया था?'

'शिरहिन्दी, मुझे हैरानी हो रही है कि काफ़िर मैं हूँ कि तुम?' फ़ादर अल्वारेज़ ने बड़े आराम से पूछा। 'सिर्फ़ एक काफ़िर ही तर्क को आस्था का गुलाम समझ सकता है। वही उस बात से इनकार कर सकता है जिसकी थाह पाने में उसका कमज़ोर दिमाग़ नाकाम होता है। उसके ग़लत फ़ैसलों के परे भी कुछ इन्सानी क़ायदे–क़ानून होते हैं।'

'तब हमारी एक मदद करो, फ़ादर', शिरहिन्दी के तेवर में जैसे जीत का लहजा था। 'इन्सानी क़ायदों के नाम पर उसके फ़ैसले ने किसी की कोख में बच्चा कैसे डाल दिया? शायद यह एक जादू या चमत्कार था।' उसने पलटकर सबी को कुटिल निगाहों से देखा।

वहाँ बैठे पहलवान एक–दूसरे के साथ हँसी–ठिठोली करने लगे। वे मुल्ला की आसान जीत से खुश दिख रहे थे। आगरा से आया हुआ सौदागर हलतलबी में था। उसे बाज़ार पहुँचकर मोल–तोल करने की जल्दी थी। हिलाल ख़ान अपने साफ़े के खुले हुए सिरे से मक्खियों को भगाते हुए ख़ामोशी के साथ अपने कूल्हों को टिकाये हुए बैठा था।

'इसका मतलब तो यही हुआ कि तुम्हारे ईश्वर के कान और आँखें हैं?' फ़ादर अल्वारेज़ ने ऊँची आवाज़ में पूछा।

'नहीं!' शिरहिन्दी ने अपनी उँगली से ऊपर की तरफ़ इशारा किया, 'अल्लाह क़ाफ़िरों के बुतों की तरह नहीं है। वह अपने नाये हुए इन्सान से बिल्कुल अलग है।'

'फिर वह तुम्हारी दुआएँ कैसे सुनता है? वह अपनी सल्तनत पर नज़र कैसे रखता है? वह गुनहगारों तक अपनी पवित्र बातें कैसे पहुँचाता है?'

'अल्लाह को देखने–सुनने के लिए आँख–कान की क़तई ज़रूरत नहीं है,' शिरहिन्दी ने फ़ादर अल्वारेज़ को देखते हुए कहा।

'ठीक उसी तरह जैसे वह बिना किसी हथियार के किसी भी की जान ले सकता है, बिना ज़बान के अपने शागिर्दों के कान में बोल सकता है और बिना किसी को छुए उसकी कोख में फूल खिला सकता है।'

कोने में बैठा ढोंगी सूफ़ी सबी फिर से चहकने लगा। सारे पहलवान पहले की तरह ख़ामोश हो गये। उनकी समझ में यह नहीं आ पा रहा था कि अब बहस का रुख़ क्या होगा।

'शिरहिन्दी, पैगम्बर भी हमारी ही तरह इन्सान हैं। उनकी भी बीवियाँ होती हैं। दुनिया बनाने वाले को बेशक इसकी ज़रूरत नहीं होती।'

—•—

सीढ़ियों की सबसे ऊपर की पायदान पर बैठा बिहज़ाद फ़ादर अल्वारेज़ को देख रहा था। सलीम अमीरी ने उसे एक ऐसे मज़हबी इन्सान के बारे में बताया था जिसे लोग ज़िन्दा पीर कहते थे। हिन्दुस्तान, फ़ारस और अरब के मुसाफ़िरों की ज़बानी भी उसने उस ईसाई फ़ादर के बारे में सुना था। वह पुर्तगाल में एक पादरी के परिवार में जन्मा था और उसने अपने मज़हब का प्रचार करने के लिए अपनी ज़िन्दगी समर्पित कर दी थी। सलीम अमीरी ने ही उसे अकबर की ईसाई धर्म में नयी–नयी दिलचस्पी के बारे में भी बताया था। अकबर ने गोवा के आर्च बिशप को एक चिट्ठी लिखकर सेंट पॉल के मुख्य पादरी को सीकरी के दरबार में कुछ ईसाई विद्वानों को भेजने का सन्देश भी भेजा था। लेकिन सलीम अमीरी के मुताबिक़ वह चिट्ठी उसने अकबर की हैसियत से नहीं बल्कि एक आम मुसलमान की हैसियत से लिखी थी। जलालुद्दीन मोहम्मद अकबर के तौर पर जो एक अनजान धर्म के बारे में जानने का ख़्वाहिशमन्द था।

फ़ादर अल्वारेज़ लिस्बन से गोवा समन्दर पार करके आया था। उसके बाद का सफ़र उसने एक कारवाँ के साथ ख़तरनाक रास्तों से गुज़रते हुए पूरा किया था। अलबत्ता उसके पास अकबर का न्योता और एक शाही फ़रमान ज़रूर थे–मैं सबको फ़ादर की इज़्ज़त करने का हुक्म देता हूँ। उन्हें किसी तरह की तकलीफ़ न होने पाये। उनसे किसी तरह का कर न वसूला जाये और उन्हें पूरी हिफ़ाज़त के साथ मेरे सामने हाज़िर होने दिया जाये। जो कोई भी इस हुक्म के ख़िलाफ़ काम करेगा, उसे कड़ी सज़ा दी जायेगी और उसका सर भी कलम

किया जा सकता है।' बिहज़ाद ने सुन रखा था कि फ़ादर अल्वारेज़ के सीकरी पहुँचने पर अकबर ने महँगे तोहफ़ों और ढेर सारी सोने की मोहरों के साथ उनका स्वागत किया था। फ़ादर ने उन तोहफ़ों को बहुत नरमाई के साथ वापस लौटा दिया और बदले में अकबर को फ़ारसी में लिखी बाइबिल दी थी। अकबर ने किताब को बड़ी इज़्ज़त के साथ चूमकर उसे अपनी पगड़ी उतारते हुए अपने सर पर रख लिया था। किताबख़ाने के अपने कमरे में बैठे बिहज़ाद ने उस पुर्तगाली पादरी के बारे में यह भी अफ़वाह सुनी थी कि उसने अपनी तक़रीर के ज़रिये बड़ी तादाद में लोगों का धर्म–परिवर्तन कर दिया था और सीकरी की सड़कों पर एक बड़ा–सा जुलूस भी निकाला था जिसमें लोग हाथों में जलती हुई मोमबत्तियाँ लेकर शामिल हुए थे।

'बादशाह ने जन्नत का रास्ता छोड़कर अपने लिए दोज़ख़ का रास्ता चुन लिया है।' बिहज़ाद ने किताबख़ाने में कुछ लोगों को कहते सुना था।

'वह सिर्फ़ एक तरह की सूखी हुई रोटियाँ खाता है, सिर्फ़ पानी पीता है और पूरा दिन घुटने के बल बैठा रहता है,' हिलाल ख़ान ने उस ईसाई फ़ादर के बारे में बिहज़ाद को बताया था। उसके ठीक एक दिन पहले ही फ़ादर अल्वारेज़ पड़ोसी सल्तनत में जाने के इरादे से सीकरी से लौटा था। जब हिलाल ख़ान सराय के मुसाफ़िरों और सूफ़ियों के साथ रात के खाने के लिए उसके कमरे में गया उस वक़्त भी फ़ादर अल्वारेज़ प्रार्थना कर रहा था। वह सिर्फ़ पाव रोटी खाने और पानी पीने के लिए राज़ी हुआ। उसकी प्रार्थना सुनकर हिलाल ख़ान को भी हैरानी हुई। वह हज़ारी में बोली जाने वाली बारह ज़बानों से बिल्कुल अलग थी–कम इन्फर्मोर, तुने फोर्तिओर सम। 'उस समय मैं सबसे ज़्यादा मज़बूत महसूस करता हूँ जिस समय मैं बीमार और कमज़ोर रहता हूँ।'

'क्या अब वह फिर से सीकरी लौट रहा है?' बिहज़ाद ने हिलाल ख़ान से पूछा।

उसने सर हिलाते हुए हामी भरी। हिलाल ख़ान ने बिहज़ाद

को उन अफ़वाहों के बारे में बताया जिन्हें उसने मुसाफ़िरों से सुना था। 'वह अकबर का बप्तिस्मा यानी मज़हब बदलने वहाँ जा रहा है। बादशाह ने ईसाइयों की किताब के लिए कुरान को त्याग देने का फ़ैसला किया है।' हिलाल ख़ान की आवाज़ में भी एक अफ़सोस झलक रहा था। ढोंगी सूफ़ी सबी ने फ़ादर अल्वारेज़ से कुछ चमत्कार दिख़ाने की गुज़ारिश की थी ताकि बादशाह उसकी बातों का यक़ीन कर ले। शायद फ़ादर अपने पैरों के धोये हुए पानी से किसी बीमार बच्चे का इलाज कर सके। या किसी बेऔलाद औरत को औलाद बख़्श सके। अकबर के साथ होने वाली बातचीत के बारे में सराय के बाशिन्दों में फैली अफ़वाहों के मद्देनज़र सबी ने थोड़ा सख़्त मशविरा दिया था–फ़ादर अल्वारेज़ और शिरहिन्दी अपनी–अपनी पवित्र किताबें हाथ में लिए एक साथ आग की लपटों से होकर गुज़रें। जो बिना जले उन लपटों से बाहर निकल आयेगा वही उस्ताद माना जायेगा और उसका मज़हब ही दूसरे से पवित्र समझा जायेगा।

सीढ़ियों पर सबसे ऊपर बैठे बिहज़ाद ने फ़ादर अल्वारेज़ को बड़े ग़ौर से देखा। उसके दिमाग़ में एक तस्वीर की कल्पना उभर आयी। तस्वीर में फ़ादर अल्वारेज़ अलग–अलग धर्मों के विद्वानों से घिरा सीकरी के इबादतख़ाने में बैठा हुआ था और जलालुद्दीन अकबर उसके अनुयायी की तरह उसके पैरों के पास बैठा हुआ था। उसके गले में लकड़ी की छोटी–सी सलीब लटक रही थी।

—•—

'ख़बरदार!' शिरहिन्दी ने फ़र्श पर बैठे उस आदमी से चीख़ते हुए कहा, 'मत भूलो, तुम यहाँ मुसलमानों के बीच बैठे हो! अगर तुमने हमारे मज़हब के ख़िलाफ़ कुछ भी कहा तो हम तुम्हारा ख़ून पी जायेंगे। फिर उसने सबको मथुरा के उस बेवकूफ़ ब्राह्मण की याद दिलायी जिसे पैगम्बर के बारे में बेहूदी बात करने के बदले कड़ी सज़ा दी गयी थी।

'अकबर भी उसे तलवार की धार से बचा पाने में नाकाम रहा था।'

अपने उस जगह पर आने के कुछ ही महीनों के भीतर वह सराय और हज़ारी के बाज़ार में 'रंगीला' के नाम से मशहूर हो गया था। वह फ़ौजियों और जासूसों से बहुत घुल–मिल गया था और दुकानों का मुआयना करने के लिए रोज़ाना बाज़ार जाता था। हालिया जंग में हार की वजह से शहर बुरी तरह से खस्ताहाल था। ज़्यादातर सौदागर और दुकानों के मालिक अपना धन्धा बन्द कर शहर छोड़कर जा चुके थे और छोटे–मोटे चोर–उचक्के दुकानों और गोदामों में पड़े उनके बचे–खुचे मालों की लूटपाट कर रहे थे। यह विश्वास करना वाक़ई मुश्किल था कि कुछेक महीने पहले तक यह शहर दुनिया के कोने–कोने से लाये गये महँगे सामानों को ख़रीदने और बेचने के लिए एक मुख्य केन्द्र हुआ करता था। बिहज़ाद की इस बाज़ार में कोई दिलचस्पी नहीं थी। वह जब भी यहाँ आता तो अँधेरी और गन्दी गलियों को पार कर दुकानों के पीछे की खुली जगह में पहुँच जाता जहाँ ग़ुलामों की मण्डी थी। धीरे–धीरे यह उसकी पसन्दीदा जगह बन गयी।

अहाते की दीवारों के भीतर ग़ुलाम और उनके मालिक गोल दायरे की शक्ल में क़तारों में बैठे रहते थे। बाहरी क़तारों में ऊनी कम्बलों पर आपस में बातें करते लड़के लेटे रहते। लड़कियों के झुण्ड भीतर वाली क़तारों में होते थे जो अपने–अपने मालिकों की चौकन्नी निगहबानी में बैठी रहतीं। ख़रीददार दायरे के अगले सिरे से घूमते हुए भीतर की क़तारों तक और आख़िर में बीचोबीच पहुँचते थे जहाँ मण्डी का सबसे बड़ा सौदागर अपने नौकरों और एक मज़बूत बक्से के साथ बैठा रहता था। उसके सामने एक खाता और रंगीन

रौशनाईयों की दवातें रखी रहती थीं और वह ग़ुलामों की बिक्री का लेखा–जोखा दर्ज करता रहता था।

पहली नज़र में ग़ुलामों के मालिक बिहज़ाद को भी ख़रीददार समझ बैठते थे–पड़ोसी सल्तनत से आया एक अमीर आदमी, या शायद कोई दरबारी जो अपने सुल्तान को तोहफ़े में देने के लिए ग़ुलाम लड़कियों की तलाश में आया था। कुछ लोग उसे किसी अमीर आदमी का भेजा हुआ जासूस समझते थे जो हरम की किसी क़ीमती चीज़ या भागी हुई किसी रखैल का सुराग़ लेने के लिए बाज़ार के चक्कर लगा रहा था।

एक पक्के ग्राहक की तरह बिहज़ाद उन क़तारों के बीच से गुज़रता हुआ कम्बल पर लेटे उन छोटे बच्चों के चेहरों को देखता था। वह इसका ख़ास ख़याल रखता था कि किसी सोये हुए बच्चे के सामने न रुके क्योंकि तब उसका मालिक ग्राहक को लुभाने के लिए उन बच्चों को कई बार तमाचे भी जड़ देता था। नींद से अचकचाकर जागा हुआ लड़का सामने ग्राहक को खड़ा देखता और जबरन झुककर मुस्कराने लगता। बिहज़ाद ज़्यादातर उन गाते–बजाते लड़कों के झुण्ड के पास चला जाता था जो ख़ानाबदोश गवैयों जैसे सफ़ेद कपड़े पहने होते थे। सौदागर भीड़ को चौकन्ना होकर देखते रहते थे और उन लड़कों को समय–समय पर अलग–अलग ज़बानों में गाने का हुक्म देते रहते थे–तुर्क दिखने वाले ग्राहक के लिए तुर्की में और फ़ारसी ख़रीददार के लिए फ़ारसी में। बीच–बीच में कोई ख़रीददार सौदागर के साथ अलग जाकर थोड़ी देर तक खुसुर–फुसुर करता हुआ अपनी बातें रखता था जिन्हें सुनकर सौदागर या तो मुस्कराने लगता या फिर उसके माथे पर शिकन पड़ जाती थी।

लड़कियों तक पहुँचने के लिए बिहज़ाद को ख़रीददारों की एक भूलभुलैया नुमा भीड़ से होकर गुज़रना पड़ता था। एक पत्थर के चबूतरे पर बैठी हुई लड़कियाँ ग्राहकों को उम्मीद भरी नज़रों से देखती रहती थीं। उनमें से कुछ के सर पल्लू से ढँके रहते थे, कुछ ने अपने बालों की सुन्दर चोटियाँ बनायी होती थीं और कुछ के बाल

घोड़े की पूँछ की तरह उनके कन्धों से होकर पीछे की तरफ़ लटकते रहते थे। समय–समय पर उनके मालिक एक लड़की को अपनी छड़ी से कोंचकर उसे भीड़ के सामने खड़े होने का इशारा करता था। छड़ी की नोक चुभते ही लड़की उठ खड़ी होती और भीड़ के बिल्कुल सामने खड़ी होकर कमर तक अपने बदन को उघाड़ती हुई अपने ग्राहकों की तरफ़ इतराती हुई देखती थी।

'देखिए! यह लड़की ख़ुद में बेमिसाल है।' उसका मालिक उसके चेहरे को घुमाते–फिराते हुए कभी उसकी नुक़ीली नाक और कभी उसके रसदार होंठों की तारीफ़ करता। कई बार तो वह लड़की के बालों को भी खींचता था जैसे ख़रीददारों को उनके असली होने का भरोसा दिला रहा हो। गाहे–बगाहे भीड़ से निकलकर कोई ख़रीददार लड़की को आगे बढ़कर ग़ौर से देखने लगता तो लड़की का मालिक एक मक्खन भरे डिब्बे को उसके माथे पर उड़ेल देता और मक्खन को लड़की के चेहरे और छातियों पर हाथ से अच्छी तरह मल देता था।

'देखिए! यह लड़की बसरा और बग़दाद की शान है।'

घूमती हुई लड़की के बदन पर मक्खन पिघलता हुए धार की शक्ल में बहने लगता। भीड़ में इकट्ठा लोग लड़की की सख़्त छातियाँ और सुराहीदार गर्दन देखने लगते और उसके मालिक की सब्ज़ीफ़रोश जैसी उन्मादी आवाज़ हवा में चारों तरफ़ बिखरने लगती।

'इस लड़की जैसी कोई दूसरी आपको हिन्दुस्तान में नहीं मिलेगी! ख़ुरासान में भी नहीं मिलेगी! इसके जैसी मीठी आवाज़ वाली लड़की भी नहीं मिलेगी, और न इसकी जैसी...'

अगर लड़की में ख़रीददार की दिलचस्पी होती तो वह आगे बढ़ कर लड़की के खुले मुँह में अपनी एक उँगली डाल देता–'काटो!' लड़की उँगली को होठ सिकोड़कर दबा लेती और हँसने लगती। ख़रीददार उसके मुँह से उँगली खींचकर उस पर ख़ून के निशान देखने लगता–'शेरनी की तरह पैने दाँत! घोड़ी की तरह ठुमकती हुई चाल!'

सौदा जब पटने के क़रीब होता तो ख़रीददार लड़की के मालिक के कानों में मद्धिम आवाज़ में कुछ कहता। फिर मालिक उसे भीड़ से निकालते हुए उस लड़की तक ले जाता और उसका हाथ पकड़कर लड़की के घाघरे के अन्दर घुसा देता। उसके बाद मालिक अपने ग्राहक के जवाब के इन्तज़ार में थोड़ी देर तक उसे देखता रहता। ख़रीददार के चेहरे पर देखते–ही–देखते कौतुक की जगह एक ख़ुशी दौड़ने लगी।

'कुँवारी! यह अभी बिल्कुल कुँवारी है!'

जब बिहज़ाद लड़कियों की एक क़तार को छोड़कर दूसरी क़तार की तरफ़ मुड़ जाता तो सौदागरों के सवाल पीछे से आते सुनायी पड़ते–'क्या हुआ? तुम क्यों जा रहे हो? क्या तुम्हें कोई दूसरी लड़की चाहिए?' कभी–कभी लड़की उसे ख़ुद ही पुकार बैठती–'मुझे ख़रीद लो!' मालिक भी उसकी हाँ में हाँ मिलाता और उसके कन्धे पर झुकता हुआ कहता–'तुम सचमुच बहुत प्यारी हो।'

'फिर मुझे ख़रीद लो!'

'एक ज़िन्दा शीरीं।'

'फिर मुझे ख़रीद लो!'

'रम के बाग़ का एक गुलाब।'

'मुझे ख़रीद लो।'

मुझे ख़रीद लो, मुझे ख़रीद लो–उसके कानों में यह आवाज़ तब तक गूँजती रहती थी जब तक वह उन क़तारों से गुज़रता हुआ मण्डी के ठीक बीचोबीच पहाँ नहीं पहुँच गया जहाँ सौदागरों का सरदार अपने सोने के बक्से के साथ बैठा रहता था। पहले उस सरदार ने बिहज़ाद को अदब के साथ देखा और उसके बाद अपने रोज़नामचे में लग गया।

ग़ुलामों की मण्डी से निकलने के बाद बिहज़ाद जनता के लिए बने हम्माम में गया लेकिन भीतर के अँधेरेपन की वजह से वह वहाँ देर

तक नहीं रुका। जिस सुकून की उम्मीद उसे थी वह उसे वहाँ नहीं मिला। हम्माम के ऊँचे गुम्बद में लोगों की आपसी बहस और संगमरमर के फ़र्श पर बाल्टियों को ज़ोर से रखे जाने की आवाज़ की मिली–जुली गूँजें उसे बेचैन कर रही थीं और वह मुख्य दरवाज़े पर खड़े मुलाज़िम को पैसे देने से बचने के लिए बगल वाले रास्ते से बाहर निकल गया।

हम्माम के बनिस्बत उसे तरबख़ाना बेहतर जगह लगी। तरबख़ाना–मौजमस्ती का घर, यानी शराबखाना। कड़े पहरे में रहने वाले महल के बाशिन्दों को छोड़कर हज़ारी के ज़्यादातर लोग उसके कमरों में खचाखच भरे रहते थे। शायद ही उन कमरों का कोई तख़्त ख़ाली रहता था। बहुत से लोग अपनी बारी का इन्तज़ार करते खड़े रहते थे और किसी जगह के ख़ाली होने पर अफ़ीम का स्वाद लेने या शराब के घूँट भरने के लिए तेज़ी से उस जगह की तरफ़ झपट पड़ते थे। वहाँ पहुँचने के कुछ ही दिनों के भीतर लोग बिहज़ाद की नशाखोरी की आदतों के बारे में अच्छी तरह से जान चुके थे। अफ़ीम और शराब दोनों का लती होने की वजह से वह दो कमरों के बीच लगातार आवाजाही करता रहता था। जब वह शराब परोसे जाने वाले कमरे में रहता तो उसके एक हाथ में अफ़ीम के माजून की तश्तरी होती और जब वह माजून परोसे जाने वाले कमरे में होता तब उसके एक हाथ में शराब की प्याली रहती थी। तरबख़ाने के ग़ुलाम भी उससे परेशान रहते थे क्योंकि वह शराब की प्यालियाँ इस रफ़्तार में ख़ाली करता जैसे पानी पी रहा हो। रोटी और गोश्त को तो वह हाथ भी नहीं लगाता था। गरमागरम बहस के दरम्यान भी वह अमूमन बहुत शान्त रहता था। नशे में धुत जुआरी आपस में झगड़ते रहते और एक–दूसरे पर ख़ाली प्याले फेंकते रहते लेकिन बिहज़ाद इससे बेपरवाह ठण्डे दिमाग़ के साथ बैठा रहता।

दूसरे नशेड़ियों के मुताबिक़ बिहज़ाद के पेट में एक कभी न भरने वाला कुआँ था। तीस की उम्र में भी वह किताबख़ाने के किसी शागिर्द या फिर किसी सौदागर के मुलाज़िम की तरह दीखता था।

शराबियों को यह ज़रूर लगता था कि वह इतना कमउम्र है कि कोई जासूस नहीं हो सकता और एक फ़ौजी होने लायक़ चालाक नहीं है। ऐसे लोगों की भी कमी नहीं थी जो बिहज़ाद को शक की नज़रों से देखते थे क्योंकि उसकी ज़िन्दगी के बारे में आये दिन कोई–न–कोई नयी बात सुनने को मिलती रहती थी। कई बार तो उनको इस बात का भी अहसास होता था कि बिहज़ाद हो न हो, वही रंगीला है जो उनसे कई दफा तरबख़ाने में मिल चुका है। दोनों के बारे में सुनी हुई कहानियों में कुछ समानताएँ भी थीं।

कभी वह ख़ुद को एक सौदागर के बेटे के तौर पर पेश करता– एक बहुत अमीर फ़ारसी सौदागर जो अपनी बदक़िस्मती से अब अपना सब कुछ गँवा बैठा था। 'मैं इज़्ज़त, यहाँ तक कि हमदर्दी के लायक़ भी नहीं हूँ।' वह अपने बारे में बताते हुआ कहता कि किस तरह अपनी सारी दौलत दाँव में गँवा देने के बाद उसे रेगिस्तान में एक छोटे सौदागर की मुश्किल ज़िन्दगी जीनी पड़ रही है। तरबख़ाने के तख़्त पर सामने बैठे लोगों से झूठ बोलते हुए वह अपने मन के सारे जज़्बात उड़ेल देता, लेकिन ऐसा करते हुए वह कभी भी अपने मक्कार दोस्तों, नौकरों या अपनी नामौजूदगी में उसके दोस्तों के साथ इश्क़ लड़ाती अपनी बीवी को अपनी बर्बादी के लिए ज़िम्मेदार नहीं ठहराता था। 'अब मैंने अपना सब कुछ खो दिया है', वह उदासी में डूबा हुआ कहता। 'अब मेरे पास सिर्फ़ मेरे दोस्त बचे रह गये हैं।' वह अपने हमप्यालों से कहता। बिहज़ाद की गढ़ी कहानी पर वहाँ बैठे दूसरे अफ़ीमची रो पड़ते और उसकी ज़िन्दगी की दूसरी तकलीफ़ों के बारे में सोचकर ख़ौफ़ज़दा हो जाते। उसके नशेड़ी संगी–साथी पीठ थपथपाते हुए उसे ढाढस बँधाते और यक़ीन दिलाने की कोशिश करते कि उसके दुश्मनों को अपने किये की सज़ा ज़रूर भुगतनी पड़ेगी। नशे के आलम में कई सौदागर उसे मदद करने का वायदा भी कर बैठते।

किसी दिन वह ख़ुद को एक आम मुरीद बतलाता जो अपने सूफ़ी गुरु की तलाश में भटक रहा था। हेरात से बल्ख और काबुल

से काशगर तक भटकते फिरने की उसकी मनगढ़न्त कहानियाँ उसके साथियों को सुध–बुध खोने से रोके रखती थीं। उन सबके दरम्यान जो सबसे साहसिक व्यापारी माना जाता था उसके रोंगटे भी उसके कारनामों के क़िस्से सुनकर खड़े हो जाते थे। कोई आदमी अपने रूहानी चैन की तलाश में अपनी ज़िन्दगी भला इस तरह भी दाँव पर लगा सकता है! अपने साफ़े को सर से उतारकर सलीम अमीरी की मीठी आवाज़ की नकल करता हुआ बिहज़ाद सूफ़ियों के रूहानी गीत गाकर सबको सम्मोहित कर लेता। वह उनको 'नफ़' और 'फ़ना' के बारे में बताता–कामनाओं के फ़रेब और मौत की पवित्रता और सच्चाई के बारे में। वह कहता, इन्सान की सबसे बड़ी दौलत उसकी दोस्ती है–ख़ासतौर पर वह दोस्ती जो एक रूहानी बुनियाद पर खड़ी हो। इस दोस्ती की सबसे बड़ी ज़रूरत सिर्फ़ ईमानदार और सच्ची बात है और इस ज़रूरत के सामने दूसरी तमाम ज़रूरतें छोटी हैं। 'तलाश करो! तलाश करते रहना तब तक जारी रखो जब तक तुम्हें तुम्हारा सच्चा दोस्त नहीं मिल जाता!' वह नशे में धुत अपने साथियों को सबक सिखाने के अन्दाज़ में या ऊँघते हुए फ़ौजियों को लाँघकर किसी उस्ताद की तरह उनके बीचोबीच बैठकर वह अब तक जगे हुए फ़ौजियों को कल्ब के मानी समझाने की कोशिश करता–कल्ब यानी दिमाग़ के भीतर काम करता दूसरा दिमाग़, या मन की जाग्रत अवस्था। लेकिन जब उन सोये हुए फ़ौजियों के खर्राटे बेबर्दाश्त हो जाते तो वह बेसुरी आवाज़ में कोई कलाम सुनाकर उन सबकी नींद में खलल पैदा कर देता।

'तुम कब तक उसे खोजना जारी रखोगे?' तरबख़ाने के मालिक ने बिहज़ाद से पूछा।

'किसको खोजना?'

'अपने सच्चे दोस्त को?'

मैं उसे आख़िर कब खोज पाऊँगा। शायद अपनी ज़िन्दगी के सबसे आख़िरी दिन तक भी नहीं। 'जैसे ही वह मुझे मिलेगा वैसे ही मैं एक जन्म और पा लूँगा, वैसे ही जैसे ऐन बुझने के पहले मोमबत्ती

की रौशनी अचानक बहुत तेज़ हो जाती है!' बिहज़ाद ने अपने जवाब से उस भोले आदमी को एक गहरी सोच में डाल दिया।

एक बार तरबख़ाने में बिहज़ाद की मुलाक़ात ग़ुलामों के सौदागरों के सरदार से हो गयी। बिहज़ाद ने उसे एक झूठा क़िस्सा सुनाते हुए ख़ुद को एक मशहूर सुल्तान का दरबारी बताया। उसने गरजते हुए कहा कि रेगिस्तान के किसी बाशिन्दे ने हरम से बेशक़ीमती जेवरातों को चुराकर भागी एक ग़ुलाम लड़की को औरतों के बीच छुपा रखा है।

ग़ुलामों के सौदागर की आँखें हैरानी से फैल गयीं, 'जेवरात?'

बिहज़ाद ने संजीदगी से अपना सर हिलाया। उसने उस फ़र्ज़ी फ़रमान का हवाला भी दिया जिसके मुताबिक़ वह या तो उस ग़ुलाम लड़की को दोबारा ख़रीदकर वापस ले जाने आया है या फिर उस सौदागर से उस लड़की के साथ–साथ हर्जाना भी वसूलना है। उसके शराबी दोस्त ग़ुलामों के उस सौदागर को तब तक अपने क़ब्ज़े में रखने के लिए तैयार बैठे हैं जब तक वह उस लड़की को वापस न लौटा दे।

सरदार ने उसकी मदद करने की पेशकश करते हुए पूछा कि क्या वह उस आदमी का हुलिया बता सकता है। वह लड़की लम्बी है या छोटे क़द की, गोरी है या साँवली, छरहरी है या गुदाज बदन की, मोर की तरह ऊँचा बोलती है है या मुर्गी की तरह शान्त है?

बिहज़ाद ने अपनी बात शुरू की, फिर रुक गया। उसने अचम्भित होने का स्वाँग किया और अपने लिबास की तहों में कोई चीज़ तलाशने की झूठी कोशिश करने लगा। उसने कहा कि उसके पास एक ऐसी चीज़ है जिसकी मदद से उस आदमी की पहचान की जा सकती है। उसने सौदागर से जल्दी ही एक तस्वीर के साथ मिलने का वायदा किया।

'तस्वीर?'

'हाँ, उसकी नक़ल। हरम की एक तस्वीर जिसमें रखैलें और ग़ुलाम लड़कियाँ आईनों से घिरी एक–दूसरे के साथ फुलझड़ियों से

खेल रही हैं।' उसके बोलने का लहजा बिल्कुल एक सच्चे दरबारी की तरह था। 'तस्वीर बनाने वाला कलाकार अपने हुनर में माहिर था। उसने उन औरतों की शक्लें बिल्कुल हू–ब–हू बनायी हैं।'

—•—

ऐसा अक्सर होता कि बिहज़ाद ख़ुद को एक नाकाम सौदागर, अपने मालिक की तलाश में भटकता एक मुरीद और एक दरबारी महसूस करता। तीनों शख़्सों का एक मिलाजुला रूप। वह नख़लिस्तान के चारों तरफ़ अकेला चहलक़दमी कर रहा था। शराब या अफ़ीम का नशा भी उसकी सोच को भटका पाने में कामयाब नहीं होता था। रेगिस्तान के लम्बे सरकण्डों और ज़िद्दी नागफनियों के बीच बेवजह भटकते रहने और तरबख़ाने में अपने नशेड़ी दोस्तों के बीच बैठे हुए भी उसके ज़ेहन में लगातार बस एक ही ख़याल मँडरा रहा था– हाजी उज़्बेक की लाड़ली बेटी तक अपनी पहुँच बनाने के लिए हज़ारी के शाही महल में किस तरह से दाख़िल हुआ जाये। बहरहाल रात में एक ताँगेवाला उसकी बेसुध देह को लेकर जब सराय पहुँचा तो हिलाल ख़ान ने उसके पैसे चुकाते हुए बिहज़ाद को सहारा देकर उसके कमरे में पहुँचाया।

ग़ुलामों के सरदार सौदागर से अपनी मुलाक़ात के बाद वह रात–भर अपने कमरे में बेहोशी के आलम में चीख़ता–बड़बड़ाता रहा। 'फ़रिश्तों को इस शैतान का कफ़न भी मत सूँघने देना!' ऊपर छज्जे से चायघर में झाँकते हुए शिरहिन्दी ने ग़ुस्से से भरी आवाज़ में कहा। बिहज़ाद की चीख़ें सुनकर सराय के सभी मुसाफ़िरों की नींदें टूट चुकी थीं। उसके गाल और आँखें लाल हो गयी थीं। कमरे का दरवाज़ा भीतर से लगाने के बाद हिलाल ख़ान ने उसका सर किसी बच्चे की तरह अपनी गोद में ले लिया और उसकी नाक से बहते हुए ख़ून को साफ़ किया। उसकी पुतलियों की बेचैनी देखकर हिलाल ख़ान ने उसके भीतर के ख़ौफ़ की थाह लेने की कोशिश की। थोड़ी देर बाद वह कमरे से निकला और जब वापस लौटा तो उसके हाथ

में बिहज़ाद के लिए रात के पके खाने की भरी हुई तश्तरी थी। 'तुम उस गुलामों के सौदागर से बातें कर डर गये हो, है न?' हिलाल ख़ान ने हँसते हुए पूछा–'वह बेचारा भागता हुआ यहाँ आया था और उस 'भगोड़े' की तस्वीर के बारे में पूछ रहा था!'

बिहज़ाद की हँसी छूट पड़ी।

'मैंने भी सोचा कि तुमने फिर से चित्रकारी शुरू कर दी है, और बाज़ार में गुलामों की तस्वीरें बना रहे हो। यहाँ तुम्हारे बारे में कोई कुछ नहीं जानता। सबी और शिरहिन्दी को भी हैरत हुई। तस्वीर? इस रेगिस्तान में एक तस्वीर! कुछ देर के लिए तो उन्होंने आपस में झगड़ना भी बन्द कर दिया। फ़ादर अल्वारेज़...'

'तुम्हारे यहाँ चले आने की क्या वजह थी, हिलाल?' बिहज़ाद ने उसे बीच में ही टोक दिया। 'आगरा में लोग तुम्हारे बारे में जो कह रहे थे क्या वह सच था?'

हिलाल ख़ान खिड़की के बाहर देखने लगा–'यही न, कि आका मुझसे इसलिए ख़फा था कि उसकी बेगमें मुझसे नाख़ुश थीं?' उसने बिहज़ाद को मुस्कराते हुए देखा। 'यही न, कि मेरी मर्दानगी लौट आयी थी? देखो!' उत्तेजना में वह उठ खड़ा हुआ और अपना इजारबन्द खोलने की कोशिश करने लगा। बिहज़ाद ने अपने आँखें घुमा लीं।

'फिर क्या वजह थी?'

'क्योंकि वे सिर्फ़ हिजड़े ही हैं जो हरम की बूढ़ी होती औरतों की देखभाल करते हैं, लेकिन बुढ़ाते हुए हिजड़ों का ख़याल रखने वाला कोई भी नहीं होता।' काले आसमान की तरफ़ से आँखें घुमाते हुए हिलाल ख़ान ने अपनी बातें जारी रखीं–'अपनी ज़िन्दगी के एक–एक दिन हिजड़े नफ़रत की वजह से ज़िन्दा रहते हैं। ठीक वैसे ही जैसे कोई कलाकार प्यार की बदौलत ज़िन्दा रहता है–तस्वीर बनाना उसका प्यार है। नफ़रत कमज़ोर पड़ने लगती है तो जानते हो क्या होता है? बिहज़ाद, जब इन्सान के भीतर का हौसला मरने लगता है तो उसके लिए पूरी ज़िन्दगी किसी देशनिकाले की तरह बन जाती

है। फिर सब जगह एक जैसी लगती है–फिर बादशाह के महल और इस रेगिस्तान में कोई फ़र्क़ नहीं रह जाता।'

—•—

'सबसे पहले यह फ़ैसला तुम्हारी सौतेली माँ जुलेखा ने किया और उस जगह को छोड़ दिया।' बाहर का अँधेरा अब छँटने को था और पौ फटने वाली थी लेकिन हिलाल ख़ान बोलता जा रहा था। और अपनी हथेली पर सर टिकाये अधलेटा बिहज़ाद उसकी बात ग़ौर से सुन रहा था। 'वह सभी औरतों में सबसे नफ़ीस और ज़हीन थी –हरम आने वाली सभी दूसरी औरतों से बिल्कुल जुदा। जैसे ही वह हरम में दाख़िल होती थी, वहाँ रहने वाली तमाम औरतें उससे सबसे पहले मिलना चाहती थीं–वे सबसे पहले उसके नुस्ख़े जानने को आतुर रहतीं और उसके इत्र की पहली ख़रीददार बनना चाहती थीं। ग़ुलाम लड़कियाँ तो उसके पीछे–पीछे घूमती रहतीं। चेहरे पर ज़र्दी का लेप लगाये औरतें उससे मिलने ग़ुसलख़ाने से निकल आती थीं। 'कोई ऐसा नुस्ख़ा बतलाओ कि मैं गोरी दिखने लगूँ! मुझे पहले की तरह जवान बना दो! मेरे बाल लम्बे और घने कर दो!' कुछ औरतें तो उससे बुरी नज़र से बचने के टोटके भी पूछा करती थीं। जुलेखा काले रंग से उनकी दोनों भवें एक–दूसरे से जोड़ देती। कई औरतें आँखों के नीचे की झाइयों को दूर करने के लिए जुलेखा के बनाये गये लेप ख़रीदतीं। फिर जुलेखा हरम के आँगन के ठीक बीच में एक छोटा–सा गड्ढा खुदवाती थी, और उसमें चन्दन और लोहबान भर देती थी। औरतें एक–एक कर आगे आतीं, अपने कपड़ों को गड्ढे के चारों तरफ़ फैलाकर उस पर थोड़ी देर तक उकड़ूँ बैठी रहतीं ताकि उससे उठती हुई गन्ध और धुआँ उनके बदन के सबसे ख़ास अंगों को पवित्र और ख़ुशबूदार कर दे। जुलेखा उनके बदन के रोओं को हटाने के लिए उनकी खाल पर रुस्मा (एक तरह का तुर्की लेप) लगाती थी, वह...'

अचानक बोलता हुआ हिलाल एक पल के लिए ठहर गया जैसे

उसे कुछ ख़ास याद आ गया हो। 'हर किसी को यह पता था कि जुलेखा सिर्फ़ बेऔलाद ही नहीं थी बल्कि बिना शौहर की भी थी। ख़्वाजा की दिलचस्पी उसमें नहीं बल्कि उससे ज़्यादा किताबख़ाने और शैतानपुरा की तवायफ़ों में थी। जुलेखा दिल से एक कलाकार थी जबकि ख़्वाजा सिर्फ़ एक दरबारी था जिसे इत्तेफ़ाक़न अच्छी तस्वीरें बनाने का हुनर पता था। यह बात सभी कहते थे। तस्वीरों की हू–ब–हू नक़ल बनाने के लिए, किताबख़ाने में इनाम की एवज़ में तस्वीर बनाने के लिए बहाल किये गये सैकड़ों नये चित्रकारों के विपरीत जुलेखा उन चीज़ों को अपने ख़यालों में देखा करती थी जिनका तसव्वुर पहले किसी ने भी न किया हो। वह एक जादूगरनी थी, और सबको यह पता था कि उसका कोई दूसरा गुमनाम आशिक़ भी था।'

बिहज़ाद अपने बिस्तर पर उठकर बैठ गया–

'हाँ, लेकिन वह कौन था?' हरम की दूसरी औरतों की तरह उसे कहीं भी आने–जाने की मनाही तो थी नहीं। 'क्या वह भी कोई दरबारी था? शायद, उसके शौहर से बड़ा ओहदेदार और ज़्यादा ताक़तवर? दरअसल उसे किताबख़ाने के किसी चित्रकार की जगह बादशाह की ही बेगम होना चाहिए था। लेकिन ख़्वाजा के उसे हवेली में अकेला छोड़कर चले जाने के बावजूद वह मुझे कभी उदास नहीं दिखी, और न ही मैंने कभी उसे ताक़तवर लोगों से आसक्त होते हुए देखा। वह तो कमल के एक फूल की तरह थी जो अपने दीवाने भँवरे से ही ख़ुश थी।'

हिलाल ख़ान बिहज़ाद की बात पर मुस्कराया–'एक औरत का प्यार मर्द के प्यार से बहुत गहरा होता है।'

'तुम्हें पता है कि अब वह कहाँ है?'

हिलाल ख़ान ने अफ़सोस के साथ कहा, 'वह जा चुकी है, और मैंने यह भी सुना है कि अब वह कभी आगरा नहीं लौटेगी। अब वह अपने पुरखों के शहर मुल्तान में अपनी बूढ़ी अम्मी के साथ रहती है, लेकिन आगरा को उसने ख़्वाजा और उसकी नयी रखैल की वजह से नहीं छोड़ा। न ही उसके जाने की वजह यह थी कि हरम अब आगरा की बजाय सीकरी चला गया था। वह इसलिए गयी कि...'

बिहज़ाद थोड़ा आगे झुक आया ताकि हिलाल ख़ान की धीमी आवाज़ सुन सके।

'क्योंकि उसका भँवरा उसे छोड़कर चला गया था। अब वह सुबह का थका हुआ और उदास कमल का फूल बन चुकी थी।

—•—

हिन्दुस्तान छोड़े हुए बिहज़ाद को एक साल बीत चुका था। अभी भी वह घोड़ों और उसके बच्चों की हिनहिनाहट सुनकर रात में चौंक पड़ता था। उसका कमरा अस्तबल के एकदम क़रीब था लिहाज़ा उसकी नींद में खलल पैदा होना लाज़िमी था। एक साल गुज़र जाने के बाद भी उसके लिए हिलाल ख़ान के रवैये में कोई तब्दीली नहीं आयी थी। वह पहले दिन की तरह ही बिहज़ाद को रोज़ मुस्कराता हुआ मिलता था और उसकी गर्मजोशी में भी कोई कमी नहीं आयी थी। हिलाल ख़ान से हुई इकलौती हुज्जत का वाक़या बिहज़ाद भूला नहीं था। किताबख़ाने के चित्रकार के रूप में उसे इनाम में सोने के जो सिक्के मिले थे, उनमें से बिहज़ाद ने कुछ सिक्के बचा कर रखे थे। उसने सिक्कों की वह थैली हिलाल ख़ान को देने की कोशिश की थी लेकिन हिलाल ख़ान ने उन्हें क़बूल करने से साफ़ मना कर दिया था। 'तुम नन्हे उस्ताद हो! मैं यह कैसे...'

'अब मैं चित्रकार नहीं रहा हिलाल, सिर्फ़ एक ख़ानाबदोश हूँ। लेकिन मैं कोई भिखारी नहीं हूँ,' बिहज़ाद ने ज़ोर देते हुए कहा।

हिलाल ख़ान ने एक ठण्डी साँस खींची—'तुम एक बदक़िस्मत इन्सान हो बिहज़ाद, किसी हिजड़े से भी ज़्यादा बदक़िस्मत। मैं तुमसे यह कैसे लूँ?' उसने बिना किसी लालच के थैली एक तरफ़ सरका दी।

'जल्दी ही वह दिन आयेगा जब अकबर को अपनी ग़लती का अहसास होगा और वह तुमको अपनी ख़िदमत में वापस ले लेगा। उसके बाद बेशक तुम मेरा उधार चुका देना। तब तक इस बूढ़े हिजड़े को अपना दोस्त समझ लो!' बिहज़ाद को अपने किसी साथी चित्रकार की याद नहीं आती थी। सलीम अमीरी को छोड़कर उसे

अपने किसी दोस्त की कमी भी नहीं खलती थी। अगर कभी–कभार ख़्वाजा उसे याद आता भी था तो उसके ज़ेहन में उसकी आख़िरी मुलाक़ात की सख़्त और पराई शक्ल कौंध जाती। उसकी यादों में पूरी सीकरी बारीक़ी से बनायी गयी तस्वीरों की एक ख़ूबसूरत किताब की तरह बसी हुई थी। उसके जान–पहचान के अनगिनत लोगों के चेहरे उसे अभी भी अच्छी तरह से याद थे और जिनकी तस्वीरें वह हू–ब–हू बना सकता था। दारोगा नौबत ख़ान, दार्शनिक मुर्तज़ा बेग, यहाँ तक कि वह मक्कार अदिली भी। उसके दिमाग़ के पन्नों में शाही दरबार, रात की महफ़िलें, हाथियों की लड़ाई का खेल और फाँसीघर के कई दृश्य साफ़–साफ़ दर्ज थे। हरम की औरतों को याद करने के दरम्यान उसे फूलों की लड़ियों से घिरी अपनी सौतेली अम्मी की शक्ल भी याद आ गयी जबकि जुलेखा कभी सीकरी नहीं गयी थी। एक पल के लिए उसे महसूस हुआ कि वह एक ऐसा भँवरा है जिसे कमल की पंखुड़ियों की आगोश में दाख़िल होकर उसके पराग के अमृत को चखे बिना कभी नींद नहीं आयेगी। उसे कमल के साथ भँवरे के एकसार होने की आकुलता का गहरा अहसास हुआ।

उसके भीतर ख़्वाजा की हवेली में जुलेखा से, आख़िरी मुलाक़ात की याद अभी भी एकदम हरी थी।

साल–भर उस नख़लिस्तान में फ़ौजियों के आने–जाने का ताँता लगा रहा और हज़ारी तथा कास के बीच एक–दूसरे पर क़ब्ज़ा ज़माने की कोशिशें चलती रहीं। इस जंग में कभी हज़ारी की जीत होती तो कभी कास का पलड़ा भारी हो जाता। सौदागरों के कारवाँ रेगिस्तान के बाहर झड़पों के ख़त्म होने के इन्तज़ार में खड़े थे। शहर में शहरियों के मुक़ाबले हत्यारों और जासूसों की तादाद में इज़ाफ़ा हो गया था। तभी एक अफ़वाह उड़नी शुरू हुई। दोनों सल्तनतों के बीच जारी इस बेवकूफ़ाना जंग के आख़िरी निबटारे के लिए हिन्दुस्तान का बादशाह ख़ुद आ रहा था। तरबख़ाने में बैठे लोग ख़बरदार हो गये। बाज़ार में तरह–तरह की बातें फैलने लगीं। ग़ुलामों और उनके मालिकों की तंगी के कारण ग़ुलामों के सौदागर चिन्तित हो गये।

नवरोज़–नये साल की शुरुआत। जोश से भरा और बाँसुरी के सुरों और ढोलक की थापों से पूरे माहौल में संगीत को घोलता हुआ सूफ़ियों का एक झुण्ड नख़लिस्तान के उस शहर में दाख़िल हुआ। बाज़ार के रास्ते वे नाचते–गाते हुए ग़ुलामों की मण्डी के ठीक बीच में पहुँच गये। उनको देखकर वहाँ मौजूद सौदागर उन्हें रास्ता देने के लिए अगल–बगल हो गये। या हु या हादी...का उनका आलाप तरबख़ाने से लेकर बाज़ार तक गूँजने लगा। उन सूफ़ियों को देखने के लिए बिहज़ाद भी हिलाल ख़ान और सराय के दूसरे मुसाफ़िरों के साथ निकल पड़ा। आगे–आगे अपने साफ़े को माथे पर कसता हुआ सबी चल रहा था। छावनियों में लेटे हुए फ़ौजी भी करवटें बदलते हुए उनका गाना सुनने की कोशिश करने लगे।

जैसे ही वे मण्डी के अहाते में पहुँचे उनकी नज़र उस फ़क़ीर पर पड़ गयी जो गाहे–बगाहे हज़ारी आता रहता था। नवरोज़ के मौक़े पर तो वह पक्का आता था, लेकिन किसी को भी यह बात पुख़्ता तौर पर नहीं पता थी कि वह कहाँ से आता था और कहाँ जाता था। सूफ़ियों के झुण्ड के बीच में क़व्वाली गाने वाले फ़क़ीर ढोलक की थापों पर तालियाँ बजाते हुए गा रहे थे। उनके सफ़ेद लिबास की की तुलना में उनके रंगीन साफ़े कुछ ज़्यादा ही चटख लग रहे थे। उनके खुले हुए सिर उनके झूमते हुए माथों की लय में लहरा रहे थे। किसी ने भी इस पर ग़ौर नहीं किया लेकिन अचानक क़व्वाली की धुन बदल गयी और ढोलक की थापों के साथ बजती तालियाँ बन्द हो गयीं। बाँसुरी के सुर से भी ऊँची सरदार सूफ़ी की आवाज़ हवा में तैरने लगी। ताज़ा गाने के नये लफ़्ज़ क़व्वाली में ढलकर जब लोगों के कानों में घुले तो सुनने वाले हैरत में पड़ गये।

वह जागा हुआ है, तब तुम क्यों
तब तुम क्यों सोये हुए हो?

'तब क्यों?' उसके मुरीदों ने एक साथ दोहराया।

'तब क्यों?' ढोलक की थाप ने दोहराया।

'तब तुम क्यों सोये हुए हो?'

वही सब कुछ है, वही सब कुछ है, वही सब कुछ है...

जिस तरह मुट्ठी से सिक्कों को लुटाते देख ग़ुलाम झपट पड़ते हैं, उसी तरह सुनने वाले भी पंजे उचका–उचकाकर झूमने लगे।

वही सब कुछ है! वही सब कुछ है! वही सब कुछ है...

हिलाल ख़ान ने बिहज़ाद के कान में बुदबुदाते हुए केसरिया पगड़ी पहने उस आदमी की तरफ़ इशारा किया जो क़व्वालों का सरदार था–'उसका नाम साहिब–ए–हाल है। वह रूहानी ख़ुशियों का उस्ताद है। वह चालीस दिन और चालीस रातों तक किसी कुएँ में उलटा लटका रह सकता है।'

वे अपने अल्लाह तक पहुँचने की ख़ातिर धूप में खड़े रह सकते हैं, पानी में डूबे रह सकते हैं और आग की लपटों पर चल सकते हैं– बिहज़ाद को अचानक ख़्वाजा की ग़ुस्से में कही बात याद आ गयी जो उसने बिहज़ाद को सलीम अमीरी से दूर रहने की चेतावनी देते हुए कही थी। उसके अब्बू के कहे मुताबिक़ सलीम अमीरी सूफ़ियों की अजीबोग़रीब परम्पराओं में विश्वास करता था।

'वह चिडियों की बोली समझता है!' कानू चाहते हुए भी अपने भीतर के जोश को ज़ब्त नहीं कर सका।

भीड़ में बैठे मुरीद बारी–बारी से उठने लगे और अदब से झुकते हुए अपना तोहफ़ा पेश करने लगे। उनमें से कई लोग तो सरदार के सामने घुटनों पर बैठ गये और झुकते हुए ज़मीन को अपने सर से छू लिया। 'वही सब कुछ है! इन लफ़्ज़ों को बोलते हुए एक मुरीद रो पड़ा। उसका चेहरा आँसुओं से तर–ब–तर हो गया। कई दूसरे मुरीद एक अद्भुत सुख के उन्माद में झूम रहे थे।

अहाते के एक कोने में लोगों का एक झुण्ड मक़लास यानी एक क़िस्सागो को घेरे बैठा था और उससे किसी और नामी सूफ़ी के चमत्कारों के क़िस्से सुन रहा था। वे सभी बगल से आते संगीत की आवाज़ से बिल्कुल बेपरवाह थे मानो ख़ुद को एक ख़ामोशी के आवरण में लपेट लिया हो। वे अपने आप में इतने बेख़ुद थे मानो दूर किसी अलग तम्बू में बैठे हों।

'अगर शिरहिन्दी उनके नाच–गाने में उनका साथ देगा तो मक़लास पक्के तौर पर उसकी जान ले लेगा!' हिलाल ख़ान हँसने लगा। उसने कहा, मुल्ला कभी भी ऐसी अजीबोग़रीब परम्परा के हक़ में खड़ा नहीं हो सकता जो उसकी पवित्र किताब में लिखे शब्दों को भ्रष्ट कर दे। 'एक छोटी–से–छोटी भूल भी माफ़ करने के क़ाबिल नहीं है। छोटी भूल को माफ़ करने का मतलब बड़ी ग़लतियों को नज़रअन्दाज़ करना है!' उसने मुल्ला की आवाज़ की नक़ल करते हुए कहा, 'अल्लाह के इश्क़ की रौ में जल जाओ! उसका वश चले तो चिल्लाकर कहे–बेहतर होगा कि अपने इन नचनिये फ़क़ीरों को जला डालो!'

दोनों मक़लास की तरफ़ बढ़ने लगे।

हज़ारी के सारे अमीर–ग़रीब लोग सूफ़ी सरदार के इर्द–गिर्द इकट्ठे हो गये थे। सरदार उन लोगों के दायरे में घूम रहा था और एक–एक कर उनका नाम पूछ रहा था। अचानक वह एक हज्जाम के सामने रुक गया और उसने उसका हाथ अपने हाथ में ले लिया। उसने हज्जाम की उँगली में एक अँगूठी सरका दी और उसका हाथ ऊपर उठा दिया ताकि सारे मौजूद लोग उस अँगूठी को देख सकें। उसकी अँगूठी में जड़ा बेशक़ीमती पत्थर जगमगा रहा था।

'अगर तुम इसे लेकर बाज़ार जाओगे तो तुम्हें इसकी क़ीमत मिलने की उम्मीद है?' उसने पूछा। 'अगर तुम इसे किसी काठ मिस्त्री को दोगे तो बदले में काठ मिस्त्री तुम्हें क्या देगा?' उसने रुककर लोगों को मुस्कराते हुए देखा। 'पानी बेचने वाला?' 'गुलामों का सौदागर?' उसने गुलामों के मुखिया के सरदार की आँखों में आँखे डालते हुए पूछा जो सबसे आगे की क़तार में बैठा हुआ था। 'शायद चाँदी का एक सिक्का?

हैं कि नहीं?' गुलामों का सरदार उसकी बात पर मुस्कराया और अँगूठी को देखने के लिए अपना हाथ आगे बढ़ाया।

'कोई दोस्त होगा तो ज़्यादा–से–ज़्यादा दो सिक्के देगा लेकिन उससे ज़्यादा तो कभी नहीं। ऐसा भी हो सकता है कि वह बाद में क़ीमत चुकाने का वायदा कर तुम्हें टाल दे!' लोगबाग हँसने लगे।

'लेकिन जब तुम इसे किसी जौहरी को दिखाओगे तब वह तुम्हें इसकी कितनी क़ीमत देगा? एक हज़ार से एक भी सिक्का कम नहीं।' वह अपनी उँगली उठाकर पलकों को झपकाये बिना अँगूठी को धूप की चमक में तब तक देखता रहा जब तक आँसू उसके गालों पर नहीं लुढ़कने लगे। उसने मक़लास की तरफ़ इशारा किया कि वह जौहरी है जिसे असल नगीनों की पहचान है। 'तुम किसी नगीने को वैसे ही परख सकते हो जैसे कोई जौहरी, लकड़ी को वैसे ही पहचान सकते हो जैसे कोई बढ़ई और अच्छे ग़ुलामों को वैसे ही जानते हो जैसे कोई सौदागर।' अल्लाह को जानने के बाद ही तुम उसकी सौगात को जान सकते हो।'

'वही सब कुछ है, वही सब कुछ है, वही सब कुछ है...' अहाते के बीच गाने की आवाज़ तेज़ होने के साथ–साथ क़व्वालों के नाचने की रफ़्तार भी तेज़ होती गयी और उनके सफ़ेद लिबास भी हवा में गोल–गोल लहराने लगे। उनके गाल आँसुओं से तर थे, उनकी आँखों में अलौकिक चमक थी, उनके दोनों हाथ हवा में झूम रहे थे और वे एक–दूसरे को चूम रहे थे। ऐसा लग रहा था कि ऊपर आसमान में ढेर सारे परिन्दे एक साथ उड़ रहे हैं और मौक़ा मिलते ही अपने हिस्से का दाना चोंच में दबाये दोबारा उड़कर अपने झुण्ड में शरीक़ हो जाते हैं।

सरदार ने अपनी बात जारी रखी–'मान लो कि पूरी ज़मीन पर बीज बिखरे पड़े हों और एक साल में एक बीज से सौ और बीज पैदा होते हो, और एक चिड़िया एक–एक बीज को चुगने में एक हज़ार साल लगाये –ऐसे में हज़ार साल के न जाने कितने सौ चक्र पूरे हो जायेंगे तब कहीं उसे पूरी तरह से जान पाने में कामयाब हो सकेंगे!'

ख़ुराक की तलाश में निकले फ़ौजियों की तरह वे सूफ़ी भी बाज़ार और अँधेरी–तंग गलियों से गुज़रते हुए एक–एक दरवाज़े पर दस्तक देने लगे और लोगों से अपने साथ जुड़ने की गुज़ारिश करने लगे। वे तरबख़ाने में भी पहुँचे, वहाँ दीवान पर बैठकर बेयरों को आवाज़ दी और बेसुध हो चुके लोगों को होश में लाने की कोशिश करने लगे।

'नींद से जाग जाओ मेरे दोस्त! एक सुकूनदेह नींद तुम्हारा इन्तज़ार कर रही है!'

'शराब के प्याले को मेरे मुँह से लगा दो दोस्त, मेरे प्यारे दोस्त, मैं अपने ही होंठों का पता भूल गया हूँ!'

'प्याले को छलक जाने दो दोस्त, इस धरती को भी अपनी प्यास बुझा लेने दो!'

उन्होंने एक के बाद एक प्याले लगातार पीते हुए बेयरों को थका डाला और उसके बाद प्यालों में शराब उड़ेलते हुए उनसे पीने का आग्रह करने लगे। पूरा तरबख़ाना प्यालों के टूटने की आवाज़ से गूँज उठा और कालीनों पर शराब की धारें बहने लगीं।

'इस रात को लम्बी बनाने के लिए अल्लाह का शुक्रिया!' सूफ़ियों की ऊँची और सामूहिक आवाज़ से तरबख़ाना भर गया।

'और इस तरबख़ाने के मालिक का भी शुक्रिया जिसकी वजह से यह रात छोटी महसूस हो रही है!' एक सूफ़ी ने मालिक को आगोश में भरते हुए कहा जैसे वह उसे उन्हें छोड़कर नहीं जाने देगा।

—•—

सूफ़ी अपने लिबासों को लहराते हुए जा चुके थे लेकिन मेला बदस्तूर जारी रहा। बाज़ीगरों और करतबबाज़ों ने अब अहाते के बीचोबीच क़ब्ज़ा कर लिया था। वे हवा में करतब दिखा रहे थे, अपने कूल्हों पर थाप दे रहे थे, और खीसें निपोरते हुए तरह–तरह की आवाज़ें निकाल रहे थे। वे हवा में गुलाटियाँ खा रहे थे। मसखरे अपना मुँह

बनाते हुए बच्चों को डरा रहे थे। उनके कपड़े और उनकी हरकतें अजीबोग़रीब थीं। कइयों ने तो नकली पूँछें भी लगा रखी थीं।

बिहज़ाद तरबख़ाने में दीवान पर अधलेटा बैठा था। उसके नथुनों से धुएँ की बारीक लकीरें निकलती हुई छल्लों की तरह ऊपर की तरफ़ बिखर रही थीं और वह क़िस्सा–कवन यानी क़िस्सागो की बातें सुन रहा था। मशहूर क़िस्सागो मुल्ला असद के अगल–बगल कई सौदागर और फौजी बेसुध पड़े थे। मुल्ला असद के बारे में कहा जाता था कि उसकी दिलचस्प कहानियाँ सुनकर मुर्दा आदमी भी ज़िन्दा हो जाता था। आगरा से लेकर काबुल तक लोगबाग जानते थे कि उसके भीतर बेचैन और उदास आदमी को भी करार और हँसी देने का हुनर मौजूद था। वह चारों तरह की कहानियाँ कहने में माहिर था–मसलन प्यार, जंग, ताक़त और फ़रेब के अनगिनत क़िस्से उसकी ज़बान की नोक पर थे। जब मुल्ला असद जंग की कोई कहानी सुनाता था तब सुनने वाले अपनी आँखें मूँदकर भी यह महसूस कर सकते थे कि तोप का गोला उनके माथे के ऊपर से होकर गुज़रा है। भली औरतों को उसके क़िस्से सुनने की मनाही थी। उसके क़िस्से इतने सम्मोहक और सच्चे लगते थे कि औरतें उन्हें अपने शौहर के ज़रिये सुनती थीं। वह अपने क़िस्सों को एक आँखों के सामने घटने वाले वाक़ये में बदल देता था। हालाँकि वह ख़ुद एक नाटे क़द का आदमी था लेकिन जब वह किसी सुल्तान की बात करता तो सुनने वालों को लगता कि सचमुच में एक सुल्तान के सामने बैठे हैं। जब मुल्ला असद किसी बूढ़ी औरत की बात करता तो उराके दाँत एक बूढ़े आदमी की तरह किटकिटाने लगते।

अपनी जीभ के नीचे अफ़ीम की गोली दबाये मुल्ला असद तरबख़ाने में अपने ग्राहकों से घिरा बैठा कहानियाँ सुनाते हुए उनका मन बहला रहा था। ऊँघते हुए लोग कहानी के ख़त्म होने के इन्तज़ार में अपने–अपने दीवान पर बैठे हुए थे। अभी शुरुआत ही हुई थी और मुल्ला तोता–मैना की कहानी की बावन रातों की दूसरी रात की दास्तान से गुज़र रहा था। वह एक सौदागर की बीवी के दुखों के

बारे में सुना रहा था जिसका शौहर समन्दर के रास्ते लौटने वाला था लेकिन उसकी नामौजूदगी में उसे किसी और से प्यार हो गया था। मुल्ला असद अपनी कहानी में उस वक़्त सूरज का ज़िक्र कर रहा था। हज़ारी के उफ़क पर भी उस वक़्त सूरज ढल रहा था।

'सिकन्दर महान की तरह जब सूरज अँधेरे में खो गया और तारों का प्यारा चाँद अपने दुल्हन के लिबास में बाहर निकल आया, ठीक उसी वक़्त सौदागर की बीवी दिल की दोहरी पीड़ा से जूझ रही थी।' मुल्ला असद ने कहना शुरू किया। 'प्रेमियों के लिए दिन का समय दीवार की तरह होता है, रातें उनकी दोस्त होती हैं।' वह अपने प्रेमी के किसी पेड़ की आड़ में छुपे होने की उम्मीद में डरती हुई आगे बढ़ रही थी।

बिहज़ाद की उनींदी पलकें अचानक खुल गयीं। उसने अपनी बगल में औंधे पड़े हुए गुलामों के सौदागर की झोली से उसकी क़लम और अलग-अलग रंगों की कुछ दवातें निकाल लीं। उसने सौदागर के खाते से एक ख़ाली पन्ना भी फाड़ लिया। उसने क़लम को दवात की स्याही में डुबोया और पन्ने पर एक तस्वीर की लकीरें खींचनी शुरू कर दीं।

'औरत अपने प्रेमी को तलाशती हुई सहमे हुए क़दमों से आगे बढ़ने लगी।'

'सबसे पहले बिहज़ाद ने उसके चेहरे की आकृति बनायी जिस पर कोई हिजाब नहीं था। उसके गाल शर्म से लाल थे और आँखों में एक डर था। उनका रंग सरसों के फूल की तरह था–गुलाबी रंगत लिए सफ़ेद आँखें।'

'ऐ, नक़्शबन्दी, एक टूटे हुए दिल की औरत को क्या करना चाहिए!'

चाँद की रौशनी में उसकी नज़र एक सुन्दर घोड़े पर पड़ी। उसने पंजों पर उचकते हुए देखा लेकिन उस घोड़े का मालिक उसे कहीं नहीं दिखा।

'वह और आगे बढ़ती उससे पहले ही उसके कमरे से आती

एक आवाज़ ने उसे रोक लिया। यह उसके तोते की आवाज़ थी जो इन्सानी ज़बान में बोल सकता था। सुनो बेगम...' मुल्ला असद बोलता जा रहा था।

बिहज़ाद ने अपनी तस्वीर में तोते को उसके पिंजरे की बजाय फलों के पेड़ की एक शाख पर बैठा बनाया। तोते ने एक अधपके सेब को खाते-खाते अपनी मालकिन का ध्यान खींचने के लिए सेब उसके पैरों के पास गिरा दिया था। सौदागर को थोड़ी हैरत तो ज़रूर हुई लेकिन उसकी नज़रें घोड़े पर ही टिकी हुई थीं।

'बेगम, एक बात याद रखना, इश्क़ और मुश्क़ छुपाने से भी नहीं छुपते।'

तस्वीर में पृष्ठभूमि में दूर कहीं एक नदी घुमड़ रही थी। सौदागर की लिखी चिट्ठियों से भरी सन्दूक़ची पर बेगम की कुहनी टिकी हुई थी और उसकी शादी की अँगूठी बिस्तर पर किसी बेकार सामान की तरह फेंकी हुई थी। उसके हाथ में अपने प्रेमी के लिए एक तोहफ़ा था-एक खंज़र जिसकी मूठ पर नगीने जड़े हुए थे। इस वाक़ये की इकलौती गवाह उसकी नौकरानी थी जो कमरे के दरवाज़े के पीछे छुपी हुई सब कुछ देख रही थी। हैरत से उसने अपने होंठों पर उँगली रख ली थी।

सबसे पहले वहाँ बैठे हज्जाम ने अपने दीवान से उचकते हुए एक नज़र तस्वीर पर डाली। उसकी देखा-देखी दूसरे लोग भी तस्वीर देखने लगे। क़िस्सा सुनने वाले दूसरे नशेड़ियों से बिहज़ाद को घिरा देखकर मुल्ला असद भी ख़ामोश हो गया।

'एक शाहकार!'

नशे में धुत फ़ौजियों की अचानक जैसे नींद टूट गयी और वे ज़ोर से चिल्ला उठे। तरबख़ाने के मालिक के मुँह से बोली नहीं फूट रही थी और ग़ुलामों का सौदागर तो इतना अवाक् दिख रहा था मानो सब कुछ उसकी नज़रों के सामने घट रहा था। सुनार सैदा के गले से तारीफ़ में घुटी-सी एक आवाज़ निकली, 'अल्लाह, तुम तो वाक़ई कमाल के आदमी निकले!'

बिहज़ाद जब सराय वापस लौट रहा था तो उसके पीछे अच्छी–ख़ासी भीड़ चल रही थी। हज्जाम के हाथों में बिहज़ाद की बनायी हुई तस्वीर थी और वह भीड़ में सबसे आगे–आगे चल रहा था। हिलाल ख़ान को चायघर में देखते ही उन्होंने उससे पहला सवाल दागा। उसने लोगों को पहले जानकारी क्यों नहीं दी? बाक़ी तस्वीरें उसने कहाँ छुपा रखी हैं? आगरा से आये नक़्क़ाशियों वाले बक्से बेचने वाले सौदागर ने तेज़ रौशनी में तस्वीर को ग़ौर से देखा।

'ये तो बिल्कुल अपने हमनाम की तरह तस्वीरें बनाता है।'

'उसका हमनाम?' ग़ुलामों के सौदागर को यह बात समझ में नहीं आयी।

आगरा से आये सौदागर ने फ़ख्र से कहा–'कमाल–अल–दिन बिहज़ाद। हेरात और तबरीज़ का नगीना। हज़रात–ए–उस्ताद–महान उस्ताद और नादिर–अल–असार–एक युग पुरुष।'

तरबख़ाने में बैठे लोग एक–दूसरे को सवालिया नज़रों से देखने लगे।

'लेकिन शेर को जन्म देने वाला भी एक शेर होता है। एक सफ़रची–चाय बाँटने का काम करने वाला बच्चा–किसी उस्ताद की तरह तस्वीर कैसे बना सकता है?' मुल्ला असद ने रूखी आवाज़ में पूछा। अपनी अनदेखी से वह थोड़ा ग़ुस्से में था।

'वह एक सफ़रची नहीं है', हिलाल ख़ान ने बेरूख़ी से मुल्ला असद की बात का जवाब दिया।

'सफ़रची नहीं तो फिर क्या है? कौन है वह?'

लोगों के बीच कानाफूसी होने लगी। किसी को बिहज़ाद के एक दिवालिया हो चुके सौदागर की जानकारी थी। दूसरों के मुताबिक़ वह अपने मालिक की तलाश में भटकता हुआ एक शागिर्द था। अचानक ग़ुलामों के सौदागर ने दख़लअन्दाज़ी की।

'वह एक मशहूर सुल्तान के यहाँ काम करने वाला कलाकार है जो अपने सुल्तान की खोसी हुई ग़ुलाम लड़की की तलाश में यहाँ

आया है। इसने हरम की बेगमों और लड़कियों की तस्वीरें बिल्कुल हू–ब–हू बनायी हैं!'

हिलाल ख़ान ने अपने पके बालों वाले माथे को हिलाया, 'नहीं– नहीं। वह एक आम मुसाफ़िर है जो मेरा दोस्त है। उसे अपनी मंज़िल तक जाना है। उसे काफ़ से काफ़ तक जाना है–दुनिया के एक छोर से दूसरे छोर तक।'

धीरे–धीरे तरबख़ाना बिहज़ाद के लिए किताबख़ाना बनता गया। मुल्ला असद अपने श्रोताओं को ऊँट के पैरों और हाथी के कानों वाले ख़तरनाक जिन्नात और रूहों के क़िस्से सुना–सुनाकर उनको अपनी तरफ़ फिर से लुभाने की जद्दोजहद में था लेकिन तरबख़ाने के ग्राहकों की दिलचस्पी रोज़–बरोज़ बिहज़ाद में बढ़ती जा रही थी जो एक तख़्ती पर पन्ने फैलाये तस्वीरें बनाने में लीन रहता था। उसके पास रंगों की जो दवातें थीं वे दूरदराज के शहरों से आये कारवाँ के किसी सौदागर से उधार माँगी गयी होती थीं। तस्वीर बनाने के समय जब कभी भी वह अपनी क़लम दवातों में डुबोकर कुछ पल के लिए कुछ सोचने लगता तो दीवान पर अगल–बगल बैठे सभी लोग ख़ामोश हो जाते और उनके हाथों की प्यालियाँ वैसे ही रखी रहती थीं। बिहज़ाद खिड़कियों के बाहर देखने लगता और वहाँ बैठे लोग भी उसी की तरफ़ देखने लगते जैसे वह रौशनियों के इर्दगिर्द मँडराते पतिंगों को देखकर ख़्वाब में कोई तस्वीर बना रहा हो। आख़िरकार मुल्ला असद ने झल्लाते हुए लोगों को अपनी तरफ़ खींचने की कोशिशें बन्द कर दीं और बिहज़ाद को अपनी रोज़–रोज़ घटती हुई शोहरत का ज़िम्मेदार ठहराया–'टोटकेबाज़! काले जादू में माहिर इन्सान!'

जब मुल्ला असद की कहानियाँ सुनने वाले लोग अगल–बगल के लोगों के कन्धे या दीवान के पुट्ठों पर अपना सर रखकर ऊँघने लगते तो बिहज़ाद उनकी ही तस्वीरें बनाने लगता। वह उनके सरों को गोया किसी फूल की तरह तोड़ लेता और उनको अपनी तस्वीरों में रोप देता। कई बार वह उन सबको एक ही तस्वीर में ऐसे पेश करता जैसा वे सभी जंग में मारे हुए फ़ौजी हों, या फिर हरम के

कमरों में किसी सुन्दर तवायफ़ के साथ सोये हुए हों, या फिर खुले आसमान के नीचे तलवारबाज़ी का खेल खेलते खिलाड़ी हों।

तरबख़ाने में जागे हुए लोग उन तस्वीरों को देखकर हैरत में पड़ जाते। वे तस्वीर में एक–दूसरे को दिखाते और फिर ठठाकर हँसने लगते। जैसे ही बिहज़ाद उन तस्वीरों को पूरा करता, वे लोग उनको ख़रीदने के लिए बोली लगाने लगते। अपनी शक्ल वाली तस्वीरें ख़रीदने के लिए लोग ज़्यादा उतावले रहते। आख़िरकार तरबख़ाने के मालिक को ख़ुद दख़लअन्दाज़ी करनी पड़ती और वह पहले इस बात की पड़ताल कर लेता कि बोलियाँ लगाने वाले लोगों के पास सोने के वाक़ई उतने सिक्के हैं भी कि नहीं। नीलामी में जीतने वाला शख़्स बड़ी शान से तरबख़ाने से तस्वीर को लिए निकलता था जबकि बाक़ी लोग मन मसोसकर रह जाते और अगले रोज़ होने वाली नीलामी में अपनी क़िस्मत आज़माने के इरादे से लौट जाते थे।

ग़ुलामों के सौदागर से लेकर फ़ौजियों तक सब के सब धीरे–धीरे बिहज़ाद के बारे में सुनी हुई कहानियों पर विश्वास करने लगे थे।

एक दिन जब बिहज़ाद सराय वापस लौटा तो वहाँ पहले से ही तीखी बहस छिड़ी हुई थी। आगरा के सौदागर ने उस शाम तरबख़ाने में सबसे ऊँची बोली लगाकर बिहज़ाद की तस्वीर ख़रीदी थी और उसे चायघर में सबको बड़े फ़ख़्र से दिखला रहा था। ढोंगी सूफ़ी सबी तस्वीर में सौदागर के भव्य चेहरे की जमकर तारीफ़ कर रहा था। पीछे समन्दर में खड़े जहाज़ से अन्दाज़ा लगाया जा सकता था कि वह लम्बे सफ़र से लौटा था।

'इसे देखिए! इतने लम्बे सफ़र के बाद भी इसके चेहरे पर थकान के कोई निशान नहीं दिख रहे हैं। किनारे पहुँचने के बाद भी वह कितना ख़ुश दिख रहा है! लेकिन इसके बेटे को देखो। यह किसी और ही दुनिया में खोया हुआ है।' सबी ने उस नौजवान के चेहरे को दिखाते हुए कहा जो सौदागर के साथ चल रहा था।

आगरा के सौदागर ने थोड़ा क़रीब से देखते हुए पूछा, 'कहाँ?'

सबी ने उसकी पीठ थपथपाते हुए कहा, 'वह शायद अपनी बीवी के बारे में सोच रहा है! मर्द को सोने से ज़्यादा किसी और चीज़ से भी लगाव होता है, मेरे दोस्त!' सभी लोग हँस पड़े और उसके बेटे का चेहरा शर्म से लाल हो गया।

'सोना? हिन्दुस्तान का बादशाह इस तस्वीर की क़ीमत सोने से भी ज़्यादा चुका सकता है।' आगरा के सौदागर ने हिलाल ख़ान के माथे को तसल्ली से थपथपाया–'सोचो। गहराई से सोचो। तुम और तुम्हारा दोस्त इस कमरे में बैठे दूसरे लोगों से कहीं ज़्यादा अमीर बन सकते हो। अकबर कलाकारों की क़द्र करना जानता है। उसका किताबख़ाना दुनिया में सबसे बड़ा है। उसका ख़्वाजा जो कि एक अफ़गान है, अपनी तस्वीरों से जादू पैदा कर सकता है। वह उड़ान भरने से पहले ही पन्ने पर उस परिन्दे की तस्वीर बना सकता है। ठीक उसी तरह जब वह किसी जंगली जानवर की तस्वीर बना दे तो तुम्हें उस तस्वीर छूने से भी डर लगेगा! बादशाह तुम्हारे बिहज़ाद पर क़ब्ज़ा कर लेगा और उसे उस्ताद बना देगा।'

हिलाल ख़ान ने अपना सर हिलाया, 'नहीं?'

'तुम्हारे कहने का मतलब है कि उसे सीकरी के महल में रहने की बजाय सराय में रहना ज़्यादा पसन्द है!' सबी की दबी हुई हँसी का भी हिलाल ख़ान पर कोई असर नहीं पड़ा। आगरा से आये सौदागर ने उसे सवालिया नज़रों से घूरा–'तुम्हारा मतलब है इस तस्वीर को यहीं रेगिस्तान में दफ़्न कर देना चाहिए?' फिर उसने थोड़ी संजीदगी से कहा, 'बहरहाल इस तस्वीर के साथ एक समस्या है।'

चायघर के कोने में बैठे बिहज़ाद ने अपनी प्याली से नज़रें उठा कर देखा।

'तस्वीर पर चित्रकार ने अपना नाम नहीं लिखा है। मेरा मतलब उसके असली नाम से है।'

आगरा से आये सौदागर ने बन्दरगाह पर खड़े उस जहाज़ की पतवार की तरफ़ इशारा किया। जहाज़ के आगे की झण्डी पर टेढ़े–मेढ़े लफ़्ज़ों में 'जुदाई' लिखा हुआ था–जुदाई का मतलब अकेलापन।

चिड़िया बेचने वाले कानू ने मासूमियत भरी चालाकी से कहा, 'उसने मुझसे यही लफ़्ज़ लिखने को कहा था।'

'अकेलापन! बादशाह यह जानने की कोशिश पक्का करेगा कि वह कहाँ छुपा है। मुमकिन है, वह इसे एक तरह की चालाकी भी समझे।' सौदागर ने पूरे यक़ीन के साथ पाण्डुलिपियों के ग़ैर–क़ानूनी कारोबार के बारे में दूसरों को बताया।

'ऐसे लोगों की भी कोई कमी नहीं जिन्होंने महलों और किताबख़ानों की किताबों से दुर्लभ पन्ने चुरा लिए और उन्हें दूरदराज के इलाक़ों में बेच डाला। दुनिया में ऐसे दौलतमन्दों की भी कोई कमी नहीं जो मीराक और मुज़फ़्फ़र की एक तस्वीर के बदले कोई भी रक़म चुकाने की हैसियत रखते हैं। बिहज़ाद–एक असली बिहज़ाद–की तस्वीर की क़ीमत उसकी आधी सल्तनत के बराबर हो सकती है। इस दुर्लभ दस्तख़त के साथ यह तस्वीर बार–बार चोरी की जा सकती है। इसलिए किसी चालाक आदमी ने असली दस्तख़त के ऊपर कुछ और लिख दिया है ताकि यह तस्वीर मौलिक तस्वीर की एक साधारण नक़ल जैसी दिखे।'

'ऐसी सूरत में किसी ख़रीदार को यह कैसे यक़ीन होगा कि यह दरअसल इसी मशहूर चित्रकार की बनायी हुई तस्वीर ही है?'

सौदागर ने कानू को तरस खाते हुए देखा, 'जो महान होते हैं उनको अपना नाम लिखने की ज़रूरत नहीं होती। फ़ारसी चित्रकार मीर सईद अली की तस्वीर पर अगर नाम नहीं भी लिखा हो तो उसकी तस्वीर पर कौन सवाल उठा सकता है?'

बिहज़ाद यह सुनकर मुस्कराने लगा। उसके हाथ में अभी भी प्याला था।

सौदागर ने अपना सर हिलाया, 'अकेलापन! यह लफ़्ज़ पढ़ते ही बादशाह का दिमाग़ हरकत में आ जायेगा। वह भी सोचने लगेगा कि तस्वीर असली है या नक़ली।'

'एक बार अल्लाह को अपना असली नाम बता देने के बाद वह तस्वीर पर अपना असली नाम कैसे लिख सकता है!' अकस्मात्

शिरहिन्दी की ज़ोरदार आवाज़ आयी–'यह पक्का कोई गुनाह है जो इसे ऐसा करने से रोक रहा है। अपना नाम लिखने की उसे हिम्मत ही नहीं है!' मुल्ला सीढ़ियों से उतरता हुआ नीचे चायघर में आ रहा था। उसके पीछे-पीछे उसका नौकर भी था।

'ओह मौलाना, जाओ अपने काम से मतलब रखो!' हिलाल ख़ान ने दबी आवाज़ में कहा।

हमेशा की तरह मुल्ला का पहला निशाना हिलाल ख़ान ही था–'तुमने कैसे सोच लिया कि रसूल के करम की बारिश तुम जैसे दुश्मनों पर होगी?'

'तुम दुश्मन किसे कह रहे हो?' मुल्ला की बात सुनते ही सबी बुरी तरह से भड़क उठा।

'अल्लाह का रसूल–जो सबसे बड़ा रहीम–करीम है–ने खुद कहा था, "जो ऐसी तस्वीर बनायेगा, उसे क़यामत के दिन कड़ी सज़ा मिलेगी। यह वैसा ही गुनाह है जैसे किसी मुर्दा चीज़ में साँस फूँकने की कोशिश करना!"'

'साँस..' सबी भी यह सुनकर चौंक पड़ा।

हिलाल ने लम्बी साँस ली, 'वह 'हदीथ' में इब्न उमर की कही बात दोहरा रहा है। उसने कहा था न कि अपनी तस्वीर में साँस फूँकने के गुनाह के बदले चित्रकारों को सज़ा दी जायेगी?'

शिरहिन्दी ने एक विजेता की तरह अपना सर हिलाया, 'अपनी बनायी हुई बेजान तस्वीरों में जान फूँकने की नाकाम कोशिश करने के लिए उनको सजा दी जायेगी।'

'लेकिन उन्होंने तो ख़ुद उन तस्वीरों में पहले ही जान फूँक दी है! मैं कुछ ग़लत कह रहा हूँ क्या?' सबी अभी भी एक दुविधा में था। लेकिन जब महान चित्रकार कोई तस्वीर बनाता है तो वह ख़ुद–ब–ख़ुद साँस लेने लगती है। ज़रा इस तस्वीर को ही देखो! उसने सौदागर की गोद में फैली तस्वीर की तरफ़ इशारा किया। 'क्या यह किसी भी ज़िन्दा इन्सान से कम ज़िन्दा दिख रही है? उसका बेटा? उसके नौकर–चाकर? क्या ये काग़ज़ पर बिल्कुल

किसी इन्सान की तरह ज़िन्दा नहीं दिख रहे? क्या तुम नदी को बहता हुआ और उसकी लहरों पर हिलता हुआ जहाज़ नहीं महसूस कर रहे हो? क्या तुम्हें इन समुद्री बत्तखों की आवाज़ें नहीं सुनायी पड़ रही हैं? तुम्हें...'

'बहुत हो गया!' शिरहिन्दी ग़ुस्से से काँपने लगा, 'तब उससे बड़ा शैतान कौन है जो अल्लाह की तरह ज़िन्दा चीज़ों को बनाने की कोशिश करता है?'

मुल्ला ने सीधे बिहज़ाद पर निशाना साधा, 'फिर उसे एक ज़र्रा बनाने के लिए कहो, गेहूँ का एक दाना, या बादल का टुकड़ा।'

'क्या तुम हिन्दुस्तान के बादशाह पर भी एक शैतान होने का इलज़ाम लगा रहे हो?' आगरा के सौदागर की आवाज़ में एक असहमति थी, 'तुम कलाकारों की निन्दा कैसे कर सकते हो जबकि बादशाह ख़ुद...'

'अकबर! तुम्हारा मतलब उस क़ाफ़िर से है जो ख़ुद को हिन्दुस्तान का बादशाह बताता है? वह एक हिन्दू बन गया है, तुमने यह बात नहीं सुनी? वह अपने गले में एक धागा डाले रहता है और तीन करोड़ देवताओं के नाम जपता है!'

'लेकिन वही अकबर कलाकारों को बड़े–बड़े इनाम भी तो देता है। हिन्दुस्तान से लेकर फ़ारस तक जितने भी सुल्तान हैं वे वैसा ही कलाकार अपने दरबार में भी चाहते हैं। सभी शायर चाहते हैं कि उनकी लिखी रुबाइयाँ उन तस्वीरों की किताबों में उद्धृत की जायें। मसलन महान शायर निज़ामी ने ख़ुसरो की प्रेमकथा पर बनी तस्वीरों की किताबों में अपनी नज़्में लिखी थीं...' सौदागर अपने कमरे में जाने के लिए उठ खड़ा हुआ।

'फिर उनको जानवरों की तस्वीरें बनाने दो,' मुल्ला ने उसको जाते देख ललकारते हुए कहा–'बकरियाँ, गाय, ऊँट!'

हिलाल ख़ान ने रात के ख़ाने के लिए उनके सामने दस्तरख़ान बिछा दिया और उनको कटोरे में हाथ धोकर दुआ पढ़ने का इशारा किया। लेकिन बिहज़ाद ने उसके इशारे की अनदेखी कर पीना जारी

रखा। साथ ही वह मन–ही–मन कुछ बुदबुदाता भी जा रहा था। परिन्दाफ़रोश कानू ने जम्हाई लेते हुए सबी के कान में फुसफुसाते हुए कहा, 'लेकिन जानवर भी तो अल्लाह के ही बनाये हुए हैं? हैं कि नहीं? और परिन्दे भी। उसने उनका ज़िक्र तो किया ही नहीं। यह नहीं बताया कि परिन्दों को कैसे बनाया गया है?'

—•—

बिहज़ाद जब तस्वीरें बनाता तो उसे देखने वालों को उन तस्वीरों के बारे में जानने की बड़ी तीव्र उत्सुकता होती थी। अगर वे तस्वीरों के पीछे का क़िस्सा न भी समझ पाते थे तब भी वे अपनी तरफ़ से अनुमान ज़रूर लगाते थे। लेकिन एक माहिर क़िस्सागो की तरह वह उनको लम्बे समय तक अपनी चित्रकारी में उलझाये रखता और ऐन मौक़े पर कहानी को एक नया मोड़ दे देता। लेकिन तोता–मैना की कहानी अधिक समय तक बिहज़ाद को नहीं बाँधे रख सकी। उसके ज़हन में ख़्वाजा की बात गूँजती रहती। क्या तुम क़िस्सों को छोड़कर दूसरी तस्वीरें नहीं बनाते हो? क्या दारोगा ने तुम्हें कभी यह नहीं कहा कि इतना काफ़ी है? तोते को भूल जाओ। सुल्तानों को भी भूल जाओ। यह फ़ारस नहीं है। हम हिन्दुस्तान में हैं। यहाँ के क़िस्से अलग हैं।

उसके ग्राहकों के उनींदे चेहरे उसका मन उस तस्वीर से भटका देते थे जिसे वह बनाना शुरू करता था। उन लोगों में साँवले रंग, अलग–अलग भवों, भेड़ जैसी आँखों, तीखी नाक और तलवार से कटे हुए दायें कान वाला समरकन्द से आया घोड़ों का सौदागर, और मोटे–मोटे होंठों वाला एक इत्रफ़रोश, अपनी आत्मा को दिव्यता देने के लिए सर पर चुटिया रखे तिब्बती लामा भी उनमें शरीक़ थे। बिहज़ाद को लगता था कि अपनी तस्वीरें बनाने के लिए उसे उन लोगों के चेहरों की ज़रूरत नहीं है। वह अपने आसपास के लोगों को अपनी तस्वीर का किरदार बनाना चाहता था। गोया किसी छोटे तालाब में थरथराती हुई क्षणिक साफ़ परछाइयाँ होती हों, या गोया

चेहरे की कोई मामूली हरकत कई बार ज़िन्दगी का पूरा लेखा–जोखा बयान कर दे।

उसके ग्राहक नींद से जगते ही बिहज़ाद की बनायी हुई तस्वीर को ग़ौर से देखते। लेकिन धीरे–धीरे उन तस्वीरों की नीलामी बन्द हो गयी क्योंकि सभी तस्वीरों में बिहज़ाद किसी एक ही आदमी का चेहरा बनाने लगा था। लिहाज़ा उन तस्वीरों को ख़रीदने में वही दिलचस्पी लेता जिसकी वह होती थी। एक औसत ख़रीदार अपनी औक़ात के हिसाब से ही उसकी क़ीमत चुकाता था। जो अमीर ग्राहक होते थे वे कुछ अधिक रक़म चुकाते थे क्योंकि उसका कोई दूसरा ख़रीदार नहीं होता था। तरबख़ाने का मालिक यह देखकर बेहद मायूस था। वह बार–बार बिहज़ाद को चेतावनी देता–ग़रीबों की तस्वीरें बनाना बन्द क्यों नहीं कर देते? ख़ुद अपनी तस्वीर ख़रीदने की बजाय वे अमीरों की तस्वीरें बनाते हुए देखने में उतनी ही ख़ुशी महसूस करते। वह बिहज़ाद को एक तरफ़ ले जाकर कहता कि वह हज़ारी के महल जाकर ख़ुद हाजी उज़्बेक की तस्वीर क्यों नहीं बनाता?

सराय में वह परिन्दाफ़रोश कानू की तस्वीर बनाता था। वह यतीम था और ज़िन्दगी के बुनियादी अभावों के कारण छोटी–मोटी ख़ुशियों से भी वंचित था। उसके परिन्दे उसके इकलौते दोस्त थे। वह बाज़ार में उनकी बिक्री करने के लिए बैठता था लेकिन ज़्यादातर वक़्त वह उनको निहारने और उनकी चहचहाहट सुनने में गुज़ारता था। बिहज़ाद ने उसकी तस्वीर बनायी लेकिन उस तस्वीर में उसने कानू का बायाँ हाथ छुपाने के बजाए उसे उसकी छाती पर रखा दिखाया ताकि वह अधिक प्रमुखता से लोगों को दिख सके। एक कोढ़ी आदमी का सूजा हुआ, टेढ़ा–मेढ़ा और रिसता हुआ हाथ।

धीरे–धीरे चायघर से गुज़रने वाला हर एक आदमी उसकी तस्वीर का विषय बनने लगा। यहाँ तक कि उसने मक्का जाने वाले मुल्ला शिरहिन्दी तक की तस्वीर भी बनायी। बिहज़ाद ने फ़क़ीर के नीले चोले में उसकी तस्वीर बनायी। वह एक हाथ से तसबीह फेर रहा था और दूसरे से अपनी नमाज़ के कपड़े फैला रहा था। बिहज़ाद ने उसके नौकर को

उस तस्वीर को मुल्ला को तोहफ़े में देने की हिदायत दी जो उस वक़्त दूसरे मेहमानों के साथ बैठा खाना खा रहा था।

बूढ़े मुल्ला ने अपने नौकर पर आँखें तरेरीं और तस्वीर को देखा। थोड़ी देर तो वह सकते में रहा और उसके बाद गुस्से से उसका बदन काँपने लगा। उसने झटके से अपने सामने पड़ी तश्तरी को परे सरका दिया और अपनी जगह से उठ खड़ा हुआ। अपनी लाल–लाल आँखें घुमाते हुए वह सीढ़ियों पर चढ़ता हुआ अपने कमरे की तरफ़ चल पड़ा। 'या हाफ़िज़, या हाफ़िज़, या हाफ़िज़...' वह बुदबुदा रहा था।

तरबख़ाना जाते हुए बिहज़ाद आकर ग़ुलामों के बाज़ार में ठहर जाता और सौदागरों के सरदार से ग़ुलाम लड़कियों की तस्वीरें बनाने की इजाज़त माँगता। वह उससे पेशकश करता कि वह बरामदे में पर्दे की आड़ में बैठकर उनकी तस्वीरें बनायेगा। उसकी इस बात पर सौदागरों का सरदार थोड़ा चौकन्ना हो जाता।

'क्यों?' सौदागर अब तक बिहज़ाद का दोस्त बन चुका था, इसके बावजूद वह संशय के साथ पूछता। उसे अचानक बिहज़ाद की ही सुनायी कहानी याद आ जाती। क्या उसका इरादा उस भागी हुई ग़ुलाम लड़की की तस्वीर बनाकर उसे सबूत के तौर पर अपने सुल्तान को भेजने का था? उसने कई बार बिहज़ाद का मन इधर–उधर भटकाने की कोशिशें भी कीं। उसने अपने भौंडे मज़ाक़ और भंगिमाओं से लोगों का मन बहलाते हुए दोनों हिजड़ों–बड़े चाँद मियाँ और छोटे चाँद मियाँ की तरफ़ इशारा करते हुए कहा, 'तुम उन दोनों की तस्वीरें क्यों नहीं बनाते?' उसने दबी ज़बान में बताया कि तरबख़ाने का मालिक उन दोनों से बहुत प्यार करता है। 'वह अपनी महबूबाओं की तस्वीरों के बदले में तुम्हें बढ़िया रक़म देगा!'

बिहज़ाद ने घेरे के बीच में कमर तक नंगी खड़ी लड़की की तस्वीर बनायी। उसकी छातियों से पिघलता हुआ मक्खन टपक रहा था।

'बसरा और बग़दाद की शान।' उसके लम्बे बाल उसके नितम्बों की दरार तक लहरा रहे थे। उसने सौदागर को उसके बदन के बाक़ी

कपड़े उतारने का इशारा किया। सौदागर ने मुस्कराते हुए बिहज़ाद को देखा और लड़की को उसकी तरफ़ घुमाते हुए उसके घाघरे का इजारबन्द खोल दिया। भीड़ की साँस जैसे थम गयी।

'देखो!'

बिहज़ाद ने सौदागर की आँखों में देखा।

उसने गर्दन हिलाते हुए कहा, 'अब तुम्हें इस लड़की को ख़रीदना होगा, बिहज़ाद।'

'तुम उसके साथ निकाह क्यों नहीं कर लेते?' हिलाल ख़ान ने अपने मुँह में निवाला डालते हुए कहा। दोनों बिहज़ाद के कमरे में बैठे रात का खाना खा रहे थे।

'तब मैं तुम्हारे लिए हिजड़े का काम करूँगा, जो तुम्हारी बेगम को उसके शौहर के कमरे में जाने के लिए तैयार करेगा! तुम्हारी नामौजूदगी में उसकी रखवाली करेगा और जब तुम उसके प्यार से ऊब जाओगे तब अपनी कहानियों से उसका मन बहलायेगा!'

हिलाल ख़ान रात का खाना उसके साथ ही खाता था। बिहज़ाद कितनी भी रात गये तरबख़ाने से लौटता, उसका दोस्त ही उसके लिए दरवाज़ा खोलता और उसके लड़खड़ाते क़दमों को सहारा देकर उसे बावर्चीख़ाने के बगल वाले उसके कमरे तक पहुँचाता था। बिहज़ाद के बिस्तर पर बिछे दस्तरख़ान पर उसकी तश्तरी के बगल में ही उसके दोस्त की तश्तरी रखी रहती थी। साथ में दो प्यालियों में शराब डली होती थी। बिहज़ाद अपनी पगड़ी को उतारकर खाने बैठ जाता और खाते हुए दोनों लम्बी बातें करते थे।

अक्सर हिलाल ख़ान सीकरी के बारे में कोई बात करने के लिए खाना ख़त्म होने का इन्तज़ार करता था। सीकरी से लौटे सौदागर रेगिस्तान से गुज़रते हुए हिलाल ख़ान को शाही दरबार के बारे में बताते रहते थे, मसलन अकबर का कौन–सा दरबारी किसके ख़िलाफ़ साज़िश कर रहा है और अकबर की किस बेगम की धोखे से ज़हर देने की वजह से मौत हो गयी।

'मैंने सुना है कि बादशाह किसी बग़ावत को कुचलने के लिए सीकरी से बाहर गया है। यह भी हो सकता है कि वह जानवरों को

डराने के इरादे से सिर्फ़ शिकार पर गया हो!' हिलाल ख़ान खिड़की के बाहर देखने लगा, 'मैंने सुना है कि वह इसी रास्ते से होकर गुज़रेगा और जल्दी ही आसपास ही कहीं अपना डेरा डालेगा।'

'तब तो हमारा साथ भी छूट जायेगा?' बिहज़ाद ने हिलाल ख़ान को तिरछी नज़रों से देखा।

'हो सकता है और नहीं भी हो सकता है। हाजी अपने जानवरों की वजह से अकबर का ध्यान खींच सकता है और बादशाह हमेशा–हमेशा के लिए शिकार से तौबा कर सकता है!'

कई बार ऐसा भी होता कि हिलाल ख़ान उनकी तश्तरी और प्यालियों के ख़ाली होने का इन्तज़ार किये बिना उन्हें हटा देता।

'तुम्हें इतनी जल्दी क्यों है?' बिहज़ाद ने हैरत के साथ पूछा।

'क्योंकि...,' हिलाल ख़ान ने थोड़ा हिचकते हुए कहा। फिर उसने अपना गला साफ़ किया, 'रंगों का एक सौदागर था जिसके कान हमेशा खड़े रहते थे और ज़बान कभी बन्द नहीं रहती थी। उसे दुनिया के बनने से लेकर अभी तक की तमाम कहानियाँ मुँह ज़बान याद थीं। वह बहुत दार्शनिक और रूहानी बातें किया करता था और सूफ़ियों के साथ भी बहुत घूमा था।'

बिहज़ाद उठकर बैठ गया।

'जब तक वह ज़िन्दा रहा तब तक चित्रकारों के साथ उसकी गाढ़ी दोस्ती रही। दरबारियों के साथ भी उसकी ख़ूब छनती थी। उसकी दादी की अलग ही कहानी है! जैसे–जैसे उसके दोस्त ऊँचे ओहदों पर पहुँचते गये वैसे–वैसे उन्होंने उसका साथ छोड़ दिया और वह अपनी ढहती हुई हवेली में अकेला रह गया।'

'फिर?'

'फिर...'

बिहज़ाद की आँखों में आँसू आ गये।

'जब सारे कबूतर अपने–अपने पिंजरे में लौट गये, उनके परों को कतर दिया गया और उनके गले में सोने के छल्ले डाल दिये गये, वह आख़िर तक आज़ाद रहा...और उड़कर वहाँ पहुँच गया जहाँ कोई नहीं जा पाया...' हिलाल ख़ान ने रुँधे हुए गले से कहा।

तुम्हारे पास वह हुनर है जिसे कोई नहीं मिटा सकता। खुद अकबर भी नहीं। बिहज़ाद को रंगों के उस सौदागर की कही बात याद आ गयी। अपने कमरे में चहलक़दमी करते हुए वह सलीम अमीरी से आख़िरी मुलाक़ात के बाद की अपनी ज़िन्दगी के बारे में सोच रहा था। उसके दोस्त ने उसे क्या बना डाला है? तराबख़ाने का एक चित्रकार। वह सोचने लगा, क्या सलीम अमीरी को उन तस्वीरों के बारे में पता था जो उसने सबकी नज़रों से छुपाकर बनायी थीं। सलीम अमीरी तो सभी ख़बरें रखता था! जब सीकरी के ज़्यादातर लोगों को उन तस्वीरों की जानकारी थी तो उसकी नज़रों से यह बात कैसे छुपी रही होगी? फिर उसने बिहज़ाद को उसकी वजह से होने वाली परेशानियों से आगाह क्यों नहीं किया, या उन परेशानियों से बाहर निकलने की कोई तरक़ीब क्यों नहीं सुझायी? बिहज़ाद इस मुद्दे पर जितना ज़्यादा सोचता जा रहा उतना ज़्यादा उसका यह यक़ीन पुख़्ता होता जा रहा था कि सलीम अमीरी को उन तस्वीरों के बारे में पता था। एक तस्वीर जो कुछ दिखाती है, वह सच बन जाता है। वह दृश्य रूहानी हो जाता है। सलीम अमीरी को अकबर के लिए बिहज़ाद की मुहब्बत के बारे में ज़रूर जानकारी थी। लेकिन ख़बरों के बादशाह ने सच जानने के बावजूद अपनी ज़बान नहीं खोली। उसने अपने बिस्तर पर पड़ी शिरहिन्दी की तस्वीर उठा कर उसे ग़ौर से देखा। उसने कई साल पहले बनायी गयी अकबर की तस्वीर से उस तस्वीर की तुलना की। बादशाह के माथे पर नगीनों से जड़ा ताज था। उसने एक झिलमिलाती हुई अचकन पहन रखी थी और उसकी कमर में एक तलवार खुँसी हुई थी जिसकी मूठ महँगे जवाहरातों और धातुओं से बनी थी। सजा–धजा और गर्व से भरा बादशाह और सादे लिबास में बेरंग दीखता मुल्ला। दोनों में से किसकी तस्वीर अच्छी थी? उसे बाग़ों के बाग़ कहे जाने वाले सीकरी और इस बेरहम रेगिस्तान का भी ख़याल आया। कौन बेहतर था?

बिहज़ाद की आँखों में नींद नहीं थी। वह सराय के पत्थर के बने गलियारों में घूम रहा था जैसे रास्ता भटक गया हो। हिलाल ख़ान से सलीम अमीरी के बारे में जान उसका दिमाग़ सुन्न हो गया था। बहुत कोशिश करने के बाद भी वह अपने दोस्त के लिए मातम नहीं मना पा रहा था–सलीम अमीरी आगरा और सीकरी में उसका अकेला दोस्त था। अपने चेहरे पर पहली बार उस्तरा चलाने से लेकर बिहज़ाद के देशनिकाले तक दोनों की दोस्ती बरकरार रही। बिहज़ाद को ऐसा महसूस हो रहा था कि उसका निजी क़िस्सागो अब दुनिया में नहीं रहा था और अब वह अपनी तस्वीर के लिए अपने दिमाग़ में किसी दृश्य की कल्पना नहीं कर सकेगा। सलीम अमीरी मानो अपने सारे साजोसामान के साथ हमेशा के लिए चला गया हो और बिहज़ाद को एक ख़ाली पन्ने के साथ अकेला छोड़ गया हो।

इन्हीं ख़यालों में डूबे बिहज़ाद ने गलियारे का पूरा चक्कर लगाने के बाद बावर्चीख़ाने के बगल का दरवाज़ा खोल दिया। उसे लगा, शायद यह उसका कमरा था लेकिन ग़लती से वह फ़ादर अल्वारेज़ के कमरे में दाख़िल हो गया था। फ़ादर अल्वारेज़ अपने बिस्तर पर सोया हुआ था। उसके पायताने में एक छोटी–सी सन्दूक़ची थी और खिड़की के क़रीब एक मेज़ रखी हुई थी। उसकी गोद में एक अधखुली किताब थी जिसके पन्ने पलटते हुए उसकी आँख लग गयी थी। उसने फ़ादर के बिस्तर के नज़दीक जाकर देखा। उनकी आँखें अभी भी किताबों के ऐन बराबर थीं।

उसने ग़ौर से उस खुले पन्ने पर बनी तस्वीर को देखा। तस्वीर मे एक औरत थी जो अलौकिक रूप से सुन्दर दिख रही थी। उसके सिर के चारों तरफ़ एक दिव्य उजाला फैला हुआ था, और उसकी गोद में एक नवजात शिशु था।

केसर। जहाँ तक भी नज़र जाती थी, वहाँ तक ऊसर और बंजर ज़मीन दिखायी देती थी। सूखी मिट्टी पर सिर्फ चार उँगली की ऊँचाई भर डण्ठल दिखायी दे रहे थे जिनके ऊपर चार पंखुड़ियों वाले फूल खिले थे जिनके बीच में केसरिया रंग की छोटी–सी फलियाँ थीं। आबोहवा में इतनी तीखी गन्ध फैली हुई थी कि उसकी वजह से किसी को भी तेज़ सिरदर्द हो सकता था।

तभी एक घनी झाड़ी के पीछे अपने–अपने घोड़े पर बैठे हिलाल ख़ान और बिहज़ाद की नज़र फ़ौज की एक टुकड़ी पर पड़ी। वह खेत की तरफ़ तेज़ी से आ रही थी। दोनों को अपने घोड़ों पर बैठे हुए घण्टे भर से ज़्यादा हो गया था। दोनों एक नज़र अकबर को देखने के इरादे से सुबह जल्दी जागकर केसर के खेतों में जा पहुँचे थे। उन फ़ौजियों के तौर–तरीक़ों से लग रहा था कि वे शिकार नहीं बल्कि मौज–मस्ती के इरादे से आ रहे थे। उनके हाथों में शराब के प्याले थे और सब एक–दूसरे से हँसी–ठिठोली कर रहे थे। उन्होंने अपनी टुकड़ी के दो फ़ौजियों को चारों तरफ़ से घेर रखा था–सिर्फ़ उन दोनों की पगड़ियों पर ही केसर के फूल की टहनियाँ खुँसी हुई थीं।

'वही दोनों हैं!' हिलाल ख़ान ने उन दो लोगों की तरफ़ इशारा किया जो अब अपनी टुकड़ी के पीछे–पीछे धूप की दिशा में बढ़ रहे थे। 'अकबर और उसका बड़ा बेटा। सलीम–जिसका नाम सीकरी के एक मरहूम फ़क़ीर के नाम पर रखा गया है।'

बिहज़ाद उनको अच्छी तरह से देखने के लिए आगे बढ़ने लगा लेकिन हिलाल ख़ान ने उसकी गर्दन पकड़कर उसे वापस खींच लिया–'बिल्कुल ख़ामोश रहो। वे हमें उनकी घात में छुपे क़ातिल समझ सकते हैं।'

बाप ने अपने बेटे के कन्धे पर अपना हाथ रखा हुआ था और दोनों बहुत ख़ुश दिख रहे थे मानो किसी का मज़ाक़ उड़ा रहे हों।

'सलीम वह पहला मुग़ल है जिसकी रगों में हिन्दुस्तान का ख़ून दौड़ रहा है। वह अकबर की हिन्दुस्तानी बेगम से पैदा हुआ है। लोगबाग कहते हैं कि हिन्दुस्तान में मुग़लिया सल्तनत के ख़ात्मे की शुरुआत यही करेगा।'

बिहज़ाद हिलाल ख़ान का कहा कुछ भी नहीं सुन पा रहा था। एक चित्रकार के नज़रिये से वह सिर्फ़ उन दो इन्सानों को देख रहा था। ख़ासतौर पर उसकी आँखें उस आदमी को देख रही थीं जो उन दोनों में बड़ी उम्र का था और दूसरे से क़द में भी कम था। ज़ाहिरन वही अकबर था। क्या उसकी तोंद थोड़ी बाहर निकल गयी थी? क्या उसके कन्धे थोड़े झुक गये थे, और उसका एक पैर थोड़ा घिसटते हुए आगे बढ़ रहा था? और उसकी शक्ल? बिहज़ाद चाहता था कि दोनों एक बार उसकी तरफ़ पलटें ताकि वह उन्हें ग़ौर से देख सके।

'सलीम। अपने वालिद की तरह उसे भी तस्वीरें बहुत पसन्द हैं। उसके पास अपना ख़ुद का किताबख़ाना और अपने चित्रकार हैं, लेकिन इसके बावजूद वह अकबर से बिल्कुल अलग है।'

बिहज़ाद हिलाल के कहे आख़िरी लफ़्ज़ पर चौंक पड़ा।

'अलग?'

'हाँ। लोग ऐसा मानते हैं कि सलीम को ख़ुश करना बहुत मुश्किल काम है। उसे शाही दरबार और शिकार की तस्वीरें पसन्द नहीं हैं। वह इन सबसे कुछ अलग चाहता है। वह तस्वीरों में उन नज़ारों को ढूँढ़ता है जिसे आँख न देख सके।'

अगर इन केसर के खेतों में वह अकबर को दिख जाये तो उसे क्या महसूस होगा? क्या वह उसे तौले जाने वाले उस समारोह की तरह देखकर अचम्भित हो जायेगा? क्या उसके सिपाही उसे दबोच लेंगे और फिर अकबर के क़दमों में झुका देंगे? क्या उसे एक भाड़े का क़ातिल मान लिया जायेगा? बिहज़ाद की आँखों में उसे मौत की सज़ा मिलने का नज़ारा तैर गया।

एक हाथी एक चबूतरे की तरफ़ बढ़ रहा था। एक टीले पर बिहज़ाद का माथा टिका हुआ था और उसकी आँखों के सामने ख़्वाजा बिलख–बिलखकर रो रहा था। उसने देखा उसके अब्बू अकबर के क़दमों में घुटनों के बल बैठे अपने बेटे की जान की भीख माँग रहे थे। उसने अकबर के चेहरे को देखा जिस पर नफ़रत दिख रही थी।

'वह इस तरफ़ से क्यों नहीं गुज़र रहा है?' बिहज़ाद ने बुदबुदाते हुए कहा।

'ख़ामोश रहो। आवाज़ मत निकालो।'

उन्होंने आसपास ही हँसने की आवाज़ें सुनीं। सिपाही आपस में बातें करते हुए ठिठोली कर रहे थे। हिलाल ख़ान ने बिहज़ाद के मुँह पर अपनी हथेली रख दी। दोनों चुपचाप चित लेट गये और उनकी आँखों के सामने आसमान का विस्तार था। उनके नथुनों में केसर की गन्ध भर गयी और वे नींद के आगोश में चले गये।

—•—

वापस सराय लौटते हुए बिहज़ाद बेहद झुँझलाया हुआ था। कई दिनों से वह अकबर को दोबारा देखने का इन्तज़ार कर रहा था। वह बिस्तर पर लेटा हुआ था लेकिन उसे नींद नहीं आ रही थी। उसके ज़ेहन में बार–बार देशनिकाले के बाद की झेली हुई तकलीफ़ें घूम रही थीं। उसके कानों में अभी भी उसके सिपाहियों के नारों की आवाज़ गूँज रही थी। अकबर! अकबर! अकबर! लेकिन केसर के खेतों में उसने जिसे देखा था वह उसके ख़यालों से बिल्कुल अलग अकबर था। खुले आसमान के नीचे घूमता अकबर, अपने शाही महल की तड़क–भड़क से दूर एक अधेड़ बाप–जो कोई बादशाह नहीं बल्कि दूसरे आम लोगों की तरह था। उस सुबह जब वह उठा तो उसने हिलाल ख़ान से जिरह भी की थी कि अकबर से मिलकर वह कहना चाहता है कि उसे सज़ा देकर उसने इन्साफ़ नहीं किया। लेकिन आज अकबर को नज़दीक से देखने के बाद बिहज़ाद के

मन्न में उसके लिए इज़्ज़त बढ़ गयी थी। उसे इस बात की सबसे ज़्यादा तसल्ली थी कि उसने अरसे बाद अकबर को इतने नज़दीक से देखा था।

लेकिन सराय लौटते हुए वह फिर से मायूस हो गया था। क्या वह फिर कभी अकबर को देख पायेगा? उसने अपनी बुजदिली के लिए ख़ुद को बहुत कोसा। इतना सुनहरा मौक़ा उसने अकबर से मिले बिना ही गँवा दिया था। इस रेगिस्तान में घुट–घुटकर जीने से बेहतर तो एक हाथी के पैरों तले कुचल कर मर जाना है।

हिलाल ख़ान ने उसे ख़ुश करने की बहुत कोशिश की–'तुम्हें क्या लगता है, तुम्हें इस तरह केसर के खेतों में देखकर अकबर तुम्हारे लिए फूलों का बिस्तर लगवा देता!' उसने चुहलबाज़ी भी की, 'फिर उसके सिपाही क्या सोचते? वे तो हक्के–बक्के रह जाते! अकबर बिहज़ाद को अपने आगोश में लिए हुए है! जो कोई औरत नहीं है, हिजड़ा भी नहीं है, बल्कि पूरा–का–पूरा एक मर्द है! उसकी हरम की नयी सजावट!'

नख़लिस्तान की दलदली ज़मीन को पार करते हुए दोनों के घोड़े हज़ारी की तरफ़ दौड़ने लगे।

'तब शायद तुम्हारे अब्बू को भी तुम पर फ़ख्र होता और तुम्हारे उन छुपाकर बनाये गये चित्रों से उनको कोई शिकायत भी नहीं होती!' उस रात जब दोनों खाना खाने बैठे तो हिलाल ख़ान बिहज़ाद को उस हिजड़े की कहानी सुनाने लगा जिसने ऐसी ही जुगत लगाकर अपने बाप की जान जाने से बचायी थी।

लेकिन एक चीख़ ने हिलाल ख़ान की कहानी में रुकावट डाल दी। बिहज़ाद के कमरे की खिड़की से किसी के ज़ोर–ज़ोर से सुबकने की आवाज़ आ रही थी। हिलाल ख़ान उठ खड़ा हुआ और दीवार की ओट लेकर आवाज़ सुनने की कोशिश करने लगा। अगले ही पल उसने बिहज़ाद को खिड़की के बाहर का नज़ारा देखने का इशारा किया। दोनों पास ही बने अस्तबल से आती आवाज़ सुनने लगे–एक मर्द की कड़क आवाज़ और एक बच्चे के सुबकने की

आवाज़। ऐसा लग रहा था कि अस्तबल में उन दोनों के सिवा और भी कोई था। हिलाल ख़ान ने अपना चेहरा घुमा लिया था जो इस दृश्य को देखने के बाद पीला पड़ चुका था। बच्चे की तेज़ चीख़ें सुनकर बिहज़ाद की भवें भी तन गयी थीं।

'आज उसकी ज़िन्दगी का सबसे बदक़िस्मत दिन है।' हिलाल ख़ान ने अपने दोनों कान हथेलियों से दबा लिए और बिहज़ाद के बिस्तर पर निढाल होकर बैठ गया। बच्चे के रोने की आवाज़ ऊँची होती जा रही थी और वह आदमी उसे बीच–बीच में तमाचे लगा रहा था। बीच–बीच में वह ज़ोर से उस बच्चे को डाँटता भी जा रहा जिसमें बच्चे की मासूम चीख़ दब जाती थी।

'वह उस बच्चे का मालिक है', हिलाल ख़ान ने दबी ज़बान में बताया।

बिहज़ाद दरवाज़े की तरफ़ बढ़ा लेकिन उसके दोस्त ने उसकी अचकन को गर्दन से पकड़ते हुए उसे बाहर जाने से रोक दिया– 'नहीं!' उसने भींचकर बिहज़ाद को पकड़ लिया। उसकी आँखों से लगातार आँसू बह रहे थे। उसने एक छोटे बच्चे की तरह अपना मुँह बिहज़ाद की बाँहों में छुपा लिया।

तभी अस्तबल से किसी तीसरे आदमी की आवाज़ आती सुनायी पड़ी जिसमें अपनापन और एक आश्वस्ति थी। बच्चा थोड़ी देर के लिए चुप हो गया। उस शान्ति में दोनों अस्तबल से आती आवाज़ को साफ़ सुन रहे थे।

'इस बात का कोई अफ़सोस तो नहीं होगा?' तीसरे आदमी की आवाज़ आयी। उसने इस सवाल को साफ़–साफ़ लेकिन धीमे लफ़्ज़ों में तीन बार दोहराया।

'वह हज्जाम है,' हिलाल ख़ान ने गहरी साँस भरते हुए कहा। 'उसे अपना काम करने के लिए यहाँ बुलाया गया है।'

हज्जाम के सवाल का कोई जवाब नहीं आया लेकिन इधर हिलाल ख़ान बिहज़ाद की बाँहों में अपना मुँह छुपाये अपना सर झटक रहा था। हाँ! हाँ! हाँ!'

बच्चे के रोने की आवाज़ फिर से तेज़ होने लगी। पत्थर के फ़र्श पर दबे पाँव चहलक़दमी करते हुए हज्जाम ने अपने आदमियों को कुछ हिदायतें दीं। हवा में उस्तरे की धार को तेज़ करने के लिए रगड़ने के साथ–साथ बच्चे के सुबकने और खाँसने की आवाज़ें एक साथ तैर रही थीं।

अस्तबल में पूरी तरह ख़ामोशी छा जाने के बाद भी हिलाल ख़ान बिहज़ाद की बाँहों में मुँह छुपाये काँप रहा था गोया उसे बुख़ार चढ़ गया हो। 'अब वह बच्चा भी एक राक्षस बन गया। जैसे मैं हूँ। अब सब उसे उसकी माँ के पास छोड़ आयेंगे। किसी दूसरी औरत को उसकी ज़रूरत कभी नहीं होगी।'

बिहज़ाद ने शराब की प्याली हिलाल ख़ान की तरफ़ बढ़ायी लेकिन हिलाल ख़ान ने अपना मुँह फेर लिया।

'हज्जाम उसके ज़ख़्म की मरहम–पट्टी कर देगा। उसे तीन दिन तक पीने के लिए पानी भी नहीं दिया जायेगा और उसे एक कमरे में लगातार खुद से यह कहने के लिए मजबूर किया जायेगा कि "मैं एक मर्द नहीं हूँ, मैं एक मर्द नहीं हूँ।" उसके पेट में एक हलचल महसूस होती रहेगी। अपने आप को आराम देने के लिए वह भटकटैया का इस्तेमाल करना सीख जायेगा और इस तरह धीरे–धीरे बिस्तर को गीला करने की उसकी आदत छूट जायेगी।'

'लेकिन क्यों...'

'उसे वफ़ादार होने की एवज़ में जन्नत की सत्तर हूरों के साथ मज़े करने की मनाही रहेगी। अब उसकी ज़िन्दगी का अकेला सुख छोटे–मोटे काम करना होगा। हरम में ख़िदमत करने के सिवा ज़्यादा–से–ज़्यादा वह बावर्ची बन सकता है, और अगर बहुत खुशक़िस्मत हुआ तो किसी शहज़ादी का ख़िदमतगार बन जायेगा जो शहज़ादी के कहीं से गुज़रने के पहले वहाँ के लोगों को उसके आने के बारे में आगाह करता चलेगा या फिर उसके साथ गुसलख़ाने तक जा सकेगा। अगर वह किसी से निकाह भी करता है तो अपनी बीवी की रखैल ही रहेगा।' हिलाल ख़ान की आवाज़ में एक गहरी तकलीफ़ थी।

'उसके ज़ख़्म का दर्द जल्दी ही ख़त्म हो जायेगा लेकिन उसके दिल का दर्द ख़त्म होने में सालोसाल लग जायेंगे।'

बिहज़ाद ने दोबारा हिलाल ख़ान की तरफ़ शराब बढ़ायी। इस बार उसने इनकार नहीं किया और छोटे–छोटे घूँट भरते हुए पूरी प्याली ख़त्म कर डाली।

'अब वह पूरी ज़िन्दगी ख़ुद को एक अधूरा आदमी मानता रहेगा।'

बिहज़ाद ने हिलाल ख़ान के माथे को चूम लिया।

'तुम हो बिहज़ाद, इसीलिए मैं पूरा हूँ।'

—— • ——

अगली सुबह नगाड़ों की आवाज़ से बिहज़ाद की नींद टूटी। यह सूफ़ियों के ढोलक की आवाज़ नहीं बल्कि फ़ौजियों के नगाड़ों की आवाज़ थी। उसका दिमाग़ रात की घटना के बारे में सोचकर अभी तक सुन्न था। उसकी आँखें शराब के खुमार से अभी भी लाल थीं। उसके कान में सीटी की तेज़ आवाज़ गूँजी जैसे कोई सिपहसालार अपनी टुकड़ी को कूच करने लिए इकट्ठा होने का हुक्म दे रहा हो। आवाज़ सराय के फाटक के क़रीब से आती महसूस हो रही थी।

चायघर पूरी तरह से ख़ाली था। नौकरों ने अभी उसके दरवाज़े भी नहीं खोले थे। ऊपर के छज्जे पर भी कोई नहीं दिख रहा था। आगरे से आया वह सौदागर और उसका बेटा भी लापता थे जो अमूमन इस वक़्त चाय के शौक़ीनों के बीच बैठे अपना हिसाब–किताब करने में व्यस्त रहते थे। अपनी चिड़ियों के लिए मुट्ठी–भर अनाज के जुगाड़ में बावर्चीख़ाने के आसपास मँडराता रहने वाला कानू भी बिहज़ाद को नहीं दिखा, जिसकी पगड़ी पर कोई आज़ाद परिन्दा बैठा उसे अपनी मीठी आवाज़ सुनाता रहता। सराय के पहलवान भी वहाँ मौजूद नहीं थे। बिहज़ाद ने यूँ ही अन्दाज़ा लगाया कि शायद सबी ने किसी नये चमत्कार के बहाने सबको चायघर से बुलाकर सराय के अहाते में इकट्ठा कर लिया हो।

रात की बात याद आते ही बिहज़ाद हिलाल ख़ान को तलाशने लगा। फिर उसने एक मोटी–सी किताब दबाये शिरहिन्दी के नौकर को सराय के दरवाज़े की तरफ़ तेज़ी से दौड़कर जाते देखा। बिहज़ाद ने उसे आवाज़ भी लगायी लेकिन वह नहीं रुका। उसने फिर से नगाड़ों की आवाज़ सुनी। उसने भी हिलाल ख़ान को तलाशने की बजाय लड़के के पीछे–पीछे सराय से बाहर निकलकर देखना मुनासिब समझा।

बाहर किसी मक़लास जैसा ही दृश्य था लेकिन वहाँ सूफ़ी नहीं थे। बहुत सारे लोग एक बड़ा–सा दायरा बनाये खड़े थे। हुजूम को देखकर महसूस हो रहा था गोया पूरा हज़ारी सराय के अहाते में उमड़ पड़ा हो। सारे सौदागर अपनी–अपनी दुकान छोड़कर वहाँ इकट्ठे हो गये थे–सुनार सैदा, ग़ुलामों का सरदार सौदागर, तरबख़ाने का मालिक सब के सब वहाँ मौजूद थे। छोटे–छोटे बच्चे आपस में हँसते–खेलते हुए एक–दूसरे पर पत्थर से निशाना लगा रहे थे। बिहज़ाद ने धूप में चमकते हथियार देखे। भीड़ के साथ खड़े सिपाही सामान्य से अधिक सावधान थे। उनका सिपहसालार पत्थर के एक चबूतरे पर बैठा हुआ था और उसने अपनी पगड़ी सर से उतार रखी थी। वह संजीदगी से बैठा तिनके से अपने दाँत खोद रहा था।

भीड़ में शिरहिन्दी भी खड़ा था जो अपने नीले लिबास में दुआएँ पढ़ रहा था। बिहज़ाद सबी को ढूँढ़ने लगा। तभी उसकी नज़र सबी पर पड़ी जो कुछ पहलवानों के पैरों के पास औंधा पड़ा था और उसके मुँह में कपड़ा ठुँसा हुआ था। फिर उसकी नज़र हिलाल ख़ान पर भी पड़ी जो गर्दन झुकाये और अपने सर को हाथों से थामे पास ही बैठा हुआ था।

'ख़बरदार!' बिहज़ाद के कानों में शिरहिन्दी की कड़कती हुई आवाज़ सुनायी पड़ी। उसके बाद उसकी नज़र भीड़ के बीचोबीच एक गधे पर उलटे बैठे फ़ादर अल्वारेज़ पर पड़ी। पादरी कमर से ऊपर नंगे बदन था और उसके दोनों हाथ पीछे की तरफ़ बँधे हुए थे।

उसके गले में लकड़ी का एक सलीब लटका हुआ था और उसकी किताब गधे के गले में टँगी हुई थी।

'ख़बरदार!' शिरहिन्दी अपनी दुआएँ पढ़ चुकने के बाद भीड़ को अपनी छड़ी से इशारा करते हुए फ़ादर अल्वारेज़ के चारों तरफ़ घूम रहा था।

'यह आदमी हमारे बच्चों को ग़लत राह दिखला रहा है। बिना किसी की इजाज़त के उनके मज़हब बदल रहा है। उन्हें रोज़ा रखने और नमाज़ पढ़ने से रोक रहा है।'

भीड़ में फ़ादर के ख़िलाफ़ नारे लगने लगे।

'एक दिन एक बेबस लड़की इसके चंगुल में फँस गयी। इस आदमी ने उसे शैतान का मज़हब अपनाने को मजबूर कर दिया, बल्कि उसके ज़ेहन से यह बात भी निकलवा दी कि वह उस शैतान का मज़हब नहीं अपना सकती थी जिसने अपनी माँ का दूध पिया था!'

ग़ुलामों के सौदागर ने फ़ादर को गुर्राते हुए देखा और गधे पर नफ़रत से थूक दिया।

'जानते हो, जब वह अपने घर लौटी तो उसने क्या कहा?' मक़लास के क़िस्सागो की तरह शिरहिन्दी ने सबी के सामने खड़े होकर कहा, 'तुम्हारी तरह उसने भी एक भविष्यवाणी की! उस छोटी–सी लड़की से शैतान की आवाज़ निकलने लगी। उसने कहा कि बेथलेहम का मालिक एक दिन ख़ुद आदम के बच्चों के सारे गुनाहों को माफ़ करने के लिए इस रेगिस्तान में आयेगा।'

सबी के मुँह से झाग निकलने लगा था। वह ख़ुद को आज़ाद करने की कोशिश कर रहा था।

'जब उस लड़की की माँ ने उसे झुक कर अपने बाप को सलाम करने के लिए कहा तब उसने कहा, "फ़ादर अल्वारेज़ को छोड़ कर उसका कोई दूसरा बाप नहीं है!" जब उसकी माँ ने उसे कुरान पढ़ने की हिदायत दी तो उसने जवाब दिया, "लेकिन मैं तो एक ईसाई हूँ, मुझे कुछ और जानने की क्या ज़रूरत है!"

तभी किसी ने गधे के पैरों पर एक ज़ोर का पत्थर दे मारा।

गधा रेंकता हुआ इतनी ज़ोर–ज़ोर से कूदने लगा कि फ़ादर अल्वारेज़ तक़रीबन उस पर से गिरने की स्थिति में पहुँच गया।

'उसकी माँ ने जब उसके लिए एक क़ाबिल दूल्हा खोज दिया तब उसने पलटकर कहा, "एक ईसाई को छोड़कर कोई दूसरा आदमी उसका शौहर नहीं हो सकता।" '

'क्या तुम उसके ख़ाविन्द बनना चाहोगे? पैदाइशी बेवकूफ़!' शिरहिन्दी ने अपनी छड़ी सबी को दिखाते हुए कहा। तब तक सबी किसी तरह अपने मुँह को आज़ाद कर चुका था। सिपहसालार एक तिनके से अपने दाँतों को खोदता हुआ उसी तरह सब कुछ ख़ामोशी से देखता रहा मानो उसके सामने कोई मुक़दमा चल रहा हो।

गधे का इन्तज़ाम तरबख़ाने के मालिक ने किया था लिहाज़ा, सज़ा देने की कार्रवाई देखने की सबसे ज़्यादा बेसब्री भी उसी को थी–'इस आदमी को जितनी जल्दी हो सके, हज़ारी छोड़ देना चाहिए!'

भीड़ में शामिल बहुत सारे लोगों ने उसकी हाँ–में–हाँ मिलायी–'इसे इसकी किताब के साथ फ़ौरन रेगिस्तान से निकाल बाहर करो!'

'हाँ, देखते हैं इस मक्कार की झूठी बातें, कब तक इसकी जान बचा सकेंगी!'

आगरे से आया सौदागर सिपहसालार की तरफ़ बढ़कर धीमी आवाज़ में उसके कानों में कुछ कहने लगा। सिपहसालार के चेहरे पर उसकी बातों से एक सख़्ती उभर आयी। थोड़ी देर तक ख़ामोशी छायी रही उसके बाद भीड़ में फिर से शिरहिन्दी के हक़ में सुगबुगाहट शुरू हो गयी। इस बार शिरहिन्दी ने अपनी छड़ी की नोक उस सौदागर की तरफ़ घुमा दी–'बच के रहना! यह आदमी सिपहसालार को हमारे ख़िलाफ़ भड़का रहा है। यह भी क़ाफ़िरों का दोस्त है!' बेचारा आगरे का वह सौदागर फ़ौरन पीछे हट गया और माफ़ी माँगने के अन्दाज़ में अपने हाथ खड़े कर दिये। एक छोटे लड़के ने गधे की पीठ पर अपनी छड़ी जमा दी।

अब तक बिहज़ाद सराय के दरवाज़े से बाहर निकल आया था। उसकी नज़र रेगिस्तान की कड़ी धूप में गधे पर बैठे फ़ादर अल्वारेज़

पर पड़ी। उसके पैर ज़मीन को छू रहे थे और वह बालू के टीलों को निहार रहा था। बिहज़ाद ने फ़ादर की नंगी छाती देखी। वह आगे बढ़कर भीड़ के बीचोबीच के ख़ाली दायरे में दाख़िल हो गया। एक शराबी की चाल में वह फ़ादर के क़रीब पहुँचा, और अपने घुटनों के बल बैठ गया। उसने फ़ादर के पैरों को अपनी बाँहों में भर लिया और गधे के पैर के पास गिर पड़ा। उसे मिर्गी का दौरा आ गया था। वह बेतरह अपने बदन को ऐंठ रहा था, उसके मुँह से झाग निकलने लगा था और वह ऊँट के बच्चे की तरह रँभा रहा था।

पूरी भीड़ डरकर अवाक् खड़ी थी। यहाँ तक कि शिरहिन्दी भी किसी बुरी बला के डर से एक कोने में जा खड़ा हुआ। पहलवानों ने देखते–ही–देखते सबी को अपनी गिरफ़्त से आज़ाद कर दिया और आगरे के सौदागर ने अपने बेटे की कलाई सख़्ती से पकड़ ली। परिन्दाफ़रोश कानू हिलाल ख़ान से लिपट पड़ा और रोने लगा।

बिहज़ाद ख़ासी देर तक फ़ादर अल्वारेज़ के पैरों पर बेहोश गिरा रहा। नज़ारे में अचानक इतनी तब्दीली देखकर पूरी भीड़ हैरान थी। सौदागर और सिपाही धीरे–धीरे वापस जाने लगे। सराय के मुसाफ़िरों ने भी चायघर का रुख़ कर लिया। सिपहसालार ने मुँह का तिनका थूक दिया, एक नज़र बिहज़ाद और फ़ादर अल्वारेज़ पर डाली और अपने फ़ौजियों को कड़कती हुई आवाज़ में हुक्म दिया, 'इसे छोड़ दो!'

सराय का खुला अहाता और उसके दरवाज़े अब पूरी तरह ख़ामोश हो चुके थे।

हज़ारी की फ़तह

और, कास पर क़ब्ज़ा

हाजी उज़्बेक बिल्कुल सुबह के वक़्त सराय में पहुँचा और उसने उस औरत को अपने सामने पेश करने का हुक्म दिया। 'औरत' के नाम से मशहूर उस तस्वीर की चर्चा हज़ारी की एक–एक ज़बान पर थी। उसके सन्तरियों ने दरवाज़े पर पहरा देना शुरू कर दिया ताकि कोई भी उस सराय से बाहर नसा निकलने पाये। चायघर में जो मुसाफ़िर बैठे हुए थे वे सभी हाजी उज़्बेक के डर और अदब से उठ खड़े हुए। सबी से उस छज्जे की तरफ़ इशारा किया जो पर्दों से घिरा हुआ था। हाजी उज़्बेक ने थोड़ी हिक़ारत से सबी को देखा, फिर सिपाहियों को छज्जे की तरफ़ उँगली दिखायी। एक सिपाही तेज़ी से सीढ़ियाँ चढ़ता हुआ छज्जे पर जा पहुँचा। उसने पर्दा हटाया। पर्दे के पीछे औरत की वह तस्वीर एक वेदी पर रखी थी और वह एक अलौकिक धवलता में डूबी हुई थी।

—•—

हज़ारी पर क़ब्ज़ा ठीक उसी तरह से हुआ था जैसे कि सबी ने पहले ही कह दिया था। कास की फ़ौज को हराने के बाद हाजी उज़्बेक ने तरबख़ाने में एक तरफ़ से सबको मार डालने का हुक्म दिया। उसे अन्देशा था कि नशेड़ियों के भेस में दरअसल यह दुश्मन के हत्यारों के बैठने का अड्डा था। 'ये सब बेहोशी में मारे जायेंगे।' महीनों पहले सबी ने यही कहा था, 'शराब और अफ़ीम उन्हें मौत की तकलीफ़ से बचा लेगी।'

नरसंहार के बहुत पहले से ही बिहज़ाद ने तरबख़ाने जाना छोड़ दिया था और ख़ुद को जैसे अपने कमरे में बन्द कर लिया था। तरबख़ाना जाने की बजाय अब वह सराय के अपने कमरे में तस्वीरें बनाना ज़्यादा

पसन्द करने लगा था। अब परिन्दाफ़रोश कानू उसका 'छोटा दारोगा' था। अब वही बिहज़ाद की तस्वीरें पूरी हो जाने के बाद उनको लेकर तरबख़ाने के मालिक के पास जाता था और उनके एवज़ में सोने के कुछ सिक्के लेकर लौट आता था। उसको बहुत क़रीब से जानने वाले भी उसके तरबख़ाना आना अचानक बन्द कर देने से हैरानी में थे। मानो बिहज़ाद ने सबी की भविष्यवाणी को बहुत संजीदगी से लिया हो और सही वक़्त पर तरबख़ाना आना बन्द कर दिया हो।

अब अस्तबल से सटा उसका कमरा ही उसकी पनाहगाह था जहाँ वह बिना किसी दिक्कत के तस्वीरें बना सकता था। यहाँ उसे किसी इच्छा के अनुसार तस्वीर को शुरू करने की कोई पाबन्दी नहीं थी, वह किसी की पसन्दीदा कहानी को अपनी तस्वीर का विषय बनाने का मोहताज नहीं था, और न उसे किसी अकेले आदमी के चेहरे की तस्वीर बनाने की माँग को पूरी करने की ज़रूरत थी। इतने वर्षों में पहली बार उसने अपने लिए चित्रकारी करनी शुरू की थी। अब जबकि उसकी कनपटियों के बालों पर हल्की सफ़ेदी आ चुकी थी, उसने किसी बादशाह या सौदागर को ख़ुश करने की बजाय अपनी ख़ुशी से तूलिका उठायी थी।

अब वह अपनी तस्वीरों से सबको हैरत में डालने लगा था। अपनी तस्वीरों के ज़रिये वह न सिर्फ़ प्रचलित कहानियों की अनदेखी करने लगा था बल्कि उनको देखने वालों को भी विषय से इतना अलग कर देता था कि हर देखने वालों की नज़र में वह तस्वीर अलग–अलग कहानियाँ बयान करती प्रतीत होती थी। कई बार तो लोगों को यह भी महसूस होता कि तस्वीर में दिखायी गयी कहानी को अभी और दिखाया जाना बाक़ी है और असली कहानी अभी कही ही नहीं गयी है। हैरत की बात यह थी कि अब चित्रकारी में उसे उसी प्रकार की ख़ुशी मिलने लगी थी जो उसने मीर सईद अली की चित्रशाला में अपनी शागिर्दी के शुरुआती सालों में महसूस की थी। उसकी तस्वीर का मुख्य विषय बड़े आकार का होता था मानो पूरे दृश्य को परिभाषित करने की ज़िम्मेदारी उसी की हो। वह अपनी

पृष्ठभूमि से थोड़ा–बहुत आगे नज़र आता था और पूरी तस्वीर को देखने के लिए एक नया आयाम पेश करता था। साथ ही विषय पूरी तरह धरातल को छूता हुआ होता न कि शून्य में टँगा हुआ। अपनी हर नयी तस्वीर के साथ बिहज़ाद उन्हें देखने वालों को नयी चुनौतियाँ भी पेश करने लगा था। फिर एक दिन अचानक उसने हिलाल ख़ान को अपने कमरे में बुलाया और उसे उस औरत की तस्वीर दिखलायी।

उस औरत का चेहरा बहुत ही मासूम था। वह न तो किसी बादशाह की बेगम थी और न ही शाही दरबार की कोई नर्तकी। उसके चेहरे पर एक दिव्यता थी, उसके पैरों के क़रीब उजाले का एक घेरा था और वह प्रार्थना करने में लीन थी। उसके कपड़े बेहद मामूली थे और उसके एक हाथ में गुलाबों की टोकरी थी।

हिलाल ख़ान ने अपनी ज़िन्दगी में जो तस्वीरें देख रखी थीं, उनमें यह सबसे शानदार थी। उसकी आँखें आँसुओं से भर गयीं। उसने बारी–बारी से सबको कमरे में बुलाया। सबने उस तस्वीर को अपने–अपने नज़रिये से देखा लेकिन इसमें दो राय नहीं थी कि उस औरत की तस्वीर ने सबके मन पर गहरा असर डाला। अपनी बायीं बाँह को पकड़ते हुए कानू ने प्रार्थना करनी शुरू कर दी। सबी तस्वीर के चारों तरफ़ चक्कर लगाता हुआ किसी बच्चे की तरह ख़ुशी से हँसने लगा। आगरा से आये सौदागर के बेटे ने रोते हुए तस्वीर के सामने अपना गुनाह क़बूल किया कि उसने अपने बाप को धोखा देकर सोने के सिक्कों से भरी एक डिबिया छुपाकर रखी है। सौदागर ने यह सुनकर राहत की साँस ली। हाल–फ़िलहाल अपने दुश्मनों से शिकस्त खाये पहलवानों ने भी तस्वीर को देखकर अपने भीतर एक नया हौसला महसूस किया।

वह सचमुच अद्‌भुत तस्वीर थी! सब इस बात पर रज़ामन्द थे कि मुल्ला भी इस तस्वीर को देखकर प्रभावित हुए बिना नहीं रह पाता लेकिन अफ़सोस की बात थी कि वह मक्का के लिए रवाना हो चुका था।

धीरे–धीरे यह बात सराय से निकलकर हज़ारी तक फैल गयी।

उस तस्वीर को देखने के लिए गुलामों का सौदागर और सुनार भी आये। तरबख़ाने का मालिक जो अब हज़ारी का सबसे बड़ा सूदखोर था, ने तो तस्वीर को ख़रीदने की पेशकश भी की। शुरू में तो उसने इसे पहले की तरह बड़ी मामूली तरह से लिया और कानू को तस्वीर लेकर आने और उसके एवज़ में सोने के सिक्के ले जाने को कहा।

'नहीं, हरगिज़ नहीं।' आगरे के सौदागर ने दृढ़ता से हस्तक्षेप किया, 'अगर यह तस्वीर कहीं जायेगी तो सिर्फ़ अकबर के पास ही जायेगी। इतनी सुन्दर तस्वीर का उससे बड़ा क़द्रदान इस पूरी दुनिया में कोई दूसरा नहीं है।' उसने तस्वीर को सीकरी तक पहुँचाने में मदद की पेशकश के साथ बिहज़ाद को भी अपने कारवाँ में शामिल हो जाने का न्यौता दिया।

'नहीं।' हिलाल ख़ान ने इनकार में अपनी गरदन हिलायी।

इस सब बातों के बीच अब आगरा से आये सौदागर का सब्र टूट चुका था–'बेवकूफ़ो! तुम सब झाड़ू लगाने और मामूली नौकर बनने के क़ाबिल भी नहीं हो।' उसने हिलाल ख़ान की आँखों में झाँकते हुए कहा, 'हर एक चीज़ की अपनी एक जगह होती है। इस अनमोल तस्वीर की जगह भी समझदारों के बीच है, वहशियों के बीच नहीं है!'

'यह रेगिस्तान में पैदा हुई है और यहीं रहेगी,' हिलाल ख़ान ने औरत की आँखों को देखते हुए कहा। यह सुनते ही सबी किसी सूफ़ी की तरह अपने दोनों हाथ हवा में लहराकर नाचने लगा। इस बीच किसी ने इस बात पर ग़ौर नहीं किया कि अपने कमरे में ख़ुद से बातें करते रहने वाला भाड़े का यह फ़ौजी महीनों बाद अपने कमरे से बाहर निकलकर चायघर में आया था और पूरी ख़ामोशी के साथ तस्वीर को एकटक देखता जा रहा था।

—•—

आख़िर में यह तय हुआ कि तस्वीर पर हक़ केवल हिजड़े हिलाल ख़ान का है और उसे यह तोहफ़ा उसके दोस्त, उस तस्वीर को बनाने वाले

ने दिया था। अगली सुबह जब सराय का दरवाज़ा खुला तो चायघर में अनगिनत लोगों की भीड़ इकट्ठी हो गयी। नख़लिस्तान में बसी पूरी आबादी मानो तस्वीर की एक झलक पाने के लिए उमड़ पड़ी हो। बूढ़ी औरतों की तादाद सबसे ज़्यादा थी। उसके बाद लँगड़े, अन्धे और अपाहिज लोग थे। मर्द अपनी दुकानें बन्द करके आये थे। बीमार किसी तरह से बिस्तर से उठकर आये थे। तस्वीर की औरत के क़रिश्माई होने का शोर दूरदराज के इलाक़ों तक फैल चुका था। इस मक़बूलियत को देखते हुए सबी के ज़ेहन में एक ख़याल आया। उसने तस्वीर को पहली मंज़िल के छज्जे पर एक तख़्त पर खड़ा कर दिया। ऐसी जगह का चुनाव किया गया कि तस्वीर पर ठीक से रौशनी पड़ सके।

ज़ियारत या दर्शन के लिए आने वाले ढेरों लोग औरत का लिबास छूने या ऊपर जाकर तस्वीर को क़रीब से देखने के लिए सोने की मोहरें देने की पेशकश करने लगे। दर्शनार्थियों द्वारा छज्जे पर सिक्के उछाले जाने लगे जो चायघर में ही लोगों के बीच वापस लौट आते थे।

धीरे–धीरे मुसाफ़िर भी अपनी आदतें बदलने लगे। अब सुबह की चाय चायघर में नहीं मिलती थी बल्कि बावर्चीख़ाने के पीछे के छोटे से आँगन में मिलती थी। मुसाफ़िर खुद को कम्बलों में लपेटे हुए हिलाल ख़ान की खौलती हुई केतली के अँगीठी से उतरने का इन्तज़ार करते रहते लेकिन उनके मन में कोई शिकायत नहीं रहती थी। बल्कि जब चायघर का दरवाज़ा खोला जाता था तब बारी–बारी से वे औरत को देखने आये लोगों को राह भी बताते थे। बाद में तस्वीर को देखने आने वाले मर्दों और औरतों के लिए अलग–अलग रास्ते बाँट दिये गये। करिश्मा दिख़ाने और भविष्यवाणी करने का काम बन्द कर चुका सबी अब उस औरत के दर्शन के लिए आने वाले लोगों का मुख्य पुरोहित बन चुका था। वहाँ कन्दील जलाने और चढ़ावे के बासी फूलों को हटाने की ज़िम्मेदारी भी अब उसी की थी। परिन्दाफ़रोश कानू ने अब चिड़िया बेचने के लिए बाज़ार जाना

बन्द कर दिया था और वह दिन–भर चिड़िया के दानों की तरह पूरे चायघर में फैले सिक्कों को चुनता रहता था।

एक बार नख़लिस्तान की एक छोटी सल्तनत के सुल्तान ने ख़त लिखकर अजीब इल्तिज़ा की। उसने लिखा था कि उसकी माँ इतनी बूढ़ी और कमज़ोर हो चुकी है कि हज़ारी तक पहुँचने का सफ़र तय नहीं कर सकती थी इसलिए वह सिर्फ़ एक दिन के लिए उस तस्वीर को अपनी माँ को दिखाने ले जाना चाहता था। सराय के बाक़ी लोगों से मशविरा करने के बाद हिलाल ख़ान ने उसकी गुज़ारिश मान ली थी–'इस औरत को उस हर जगह जाना चाहिए जहाँ इसकी ज़रूरत हैं।'

सबी और कानू ने एक खच्चर पर तस्वीर को रखकर दोनों तरफ़ से उसे पकड़ा, तस्वीर पर एक काला परदा डाल दिया गया ताकि औरत के चेहरे को तीखी धूप से बचाया जा सके। चारों तरफ़ से घेरा बनाकर चलते हुए पहलवान उस तस्वीर की हिफ़ाज़त कर रहे थे। इस तरह रेगिस्तान में कारवाँ रवाना हुआ जिसमें बड़ी तादाद में ख़ामोश लोग शामिल थे। हरम के दरवाज़े पर एक बूढ़े हिजड़े ने सबी और कानू के हाथों से वह तस्वीर अपने ज़िम्मे ले ली और उसे सुल्तान की बूढ़ी माँ को दिखाने के लिए भीतर चला गया। पूरी भीड़ महल के बाहर खड़ी होकर संशय के साथ इन्तज़ार कर रही थी। क्या तस्वीर लौटकर आ पायेगी? यह भी मुमकिन था कि सुल्तान तस्वीर को चुरा लिए जाने का बहाना बनाकर उसे अपने पास रख ले। आख़िरकार कई घण्टों के इन्तज़ार के बाद हिजड़ा उस तस्वीर को लौटाने के लिए बाहर निकला। कारवाँ उसी तरह खच्चर के पीछे–पीछे हज़ारी की तरफ़ लौट चला।

'तुम ऐसी ही कोई दूसरी तस्वीर क्यों नहीं बना लेते हो?' ग़ुलामों के सौदागर ने बिहज़ाद से पूछा था। 'इसी से मिलती हुई दो, चार, एक दर्जन या फिर सैकड़ों की तादाद में? तब हज़ारी के घर–घर में यह औरत मौजूद रहेगी।'

इस बार आगरा से आये सौदागर ने आगाह किया, 'इस औरत को इसी तस्वीर के भीतर रहना चाहिए। उसे देवी का दर्जा दिया जाना ठीक नहीं होगा। नहीं तो दो दूसरी दिक्क़तें हो सकती हैं।'

'लेकिन देवी का दर्जा तो इसे मिल चुका है, मिल चुका है कि नहीं?' सबी ने अपनी ग़ैर–रज़ामन्दी जतायी।

चायघर के दूसरे लोगों के साथ बैठे हिलाल ख़ान ने हौले से बिहज़ाद को थपथपाया, 'मेरे दोस्त, यह तो बताओ कि यह तुमने किसकी तस्वीर बनायी है?'

—•—

उस सिपाही ने तस्वीर का पर्दा हटाया और उसे अपने तख़्त से उठाकर सीढ़ियों से नीचे उतरने लगा।

'रुक जाओ!' सबी ने नीचे से ऊँची–तीखी आवाज़ में कहा।

इस बार हाजी ख़ुद ही सीढ़ियाँ चढ़कर ऊपर जाने लगा। उसने तस्वीर को अपनी गरदन घुमाते हुए बिल्कुल क़रीब से देखा। पूरे चायघर में एक ख़ौफ़ से भरा हुआ सन्नाटा पसरा हुआ था। फिर, वह अपनी कर्कश आवाज़ में चिल्लाया, 'चित्रकार को हाज़िर करो।'

सराय के बाशिन्दों ने डरते हुए हिलाल ख़ान की तरफ़ देखा। बिहज़ाद के जागने का अभी वक़्त नहीं हुआ था। हिलाल ख़ान ने कानू को इशारा किया। वह परिन्दाफ़रोश ख़ामोशी से आगे बढ़ा और सिपाहियों की टुकड़ी के बीच से निकलता हुआ बिहज़ाद के कमरे में दस्तक देने लगा। हाजी उज़्बेक चुपचाप खड़ा उस तस्वीर को निहार रहा था।

एक दरवाज़ा खुला लेकिन वह बिहज़ाद के कमरे का नहीं बल्कि उसके ऊपर की मंज़िल के कमरे का दरवाज़ा था। कमरे से भाड़े का वह फ़ौजी बाहर निकला। उसने गन्दे और बेतरतीब कपड़े पहन रखे थे और उसका चेहरा पूरी तरह से भावशून्य था। वह पूरे वाक़ये से नावाक़िफ़ था और छज्जे से झाँकने की कोशिश में इतना आगे आ गया था कि हाजी उज़्बेक उसे साफ़–साफ़ देख पा रहा था।

'मैंने इसे नहीं, चित्रकार को हाज़िर करने के लिए कहा', हाजी उज़्बेक ने एक नज़र उस भाड़े के फ़ौजी पर डाली और न में गरदन हिलाता हुआ बोला।

अब तक बिहज़ाद जाग चुका था। वह छज्जे पर निकला और हाजी उज़्बेक की नज़र उस पर पड़ गयी। तक़रीबन एक साल रेगिस्तान में गुज़ारने के बाद उसकी फ़ारसी ज़र्दखाल और कुम्हला गयी थी। हाजी उज़्बेक उसे कमोबेश उतनी ही देर तक ग़ौर से देखता रहा जितनी देर तक उसने तस्वीर में बनी उस औरत का चेहरा देखा था। फिर अचानक बिहज़ाद को ख़ुद से लिपटाते हुए उसके दोनों गालों को बेतहाशा चूमने लगा, 'मेरा बेटा!' उसने बार–बार इस जुमले को दोहराते हुए अपने सिपाहियों को बिहज़ाद को अपने साथ हज़ारी के महल में लेकर आने का हुक्म दिया।

'बेटा?' कानू ने अचरज के साथ कहा।

सबी मुस्कराया। वह हाजी को पहले से जानता था क्योंकि उसने सबी को झूठी भविष्यवाणियाँ करने की गुस्ताख़ी में अपने दरबार से बाहर निकाल दिया था।

'बेटा नहीं, उसका मतलब दामाद से है। दरअसल हाजी ने बिहज़ाद को अपनी लाडली बेटी के साथ निकाह करने के लिए चुना है।'

हजारी के महल में उसे ख़्वाजा बिहज़ाद के नाम से बुलाया जाता था। हाजी उज़्बेक के दरबार में शामिल किये जाने के पहले ही उसे एक ऐसे किताबख़ाने का उस्ताद बना दिया गया जो दरअसल हकीकत में था ही नहीं। लिहाज़ा उसके मातहत तस्वीरें बनाने वाला एक भी चित्रकार नहीं था। उसे रहने के लिए रिहाइश और दरबार में एक ओहदा मिल गया। उसका तख़्त हाजी के तख़्त से थोड़ी ही दूरी पर था—कमोबेश वैसी ही जगह पर जहाँ किसी सुल्तान के वारिस का तख़्त होता है। दूसरे दरबारी उसे सन्दिग्ध नज़रों से देखते थे क्योंकि उनमें से कई उसे तरबख़ाने के दिनों से जानने वाले थे।

शाही महल भी उन्हीं पत्थरों से बना हुआ था जिनसे सराय की इमारत बनी हुई थी। क़िलेबन्दी के भीतर बनी वे रिहाइशी इमारतें नख़लिस्तान में बसे ख़ानाबदोशों के तम्बुओं की एक बस्ती की तरह दिखती थीं। दोनों में बस एक ही बुनियादी फ़र्क़ था कि वे इमारतें स्थायी और मज़बूत थीं। उनकी बाहरी सुन्दरता पर किसी भी तरह का ध्यान नहीं दिया गया था। वे इमारतें एक वृत्ताकार ज़मीन के टुकड़े के चारों तरफ़ बनी थीं जिनके बाहर क़िलेबन्दी कर दी गयी थी। कई पतले रास्तों से वे इमारतें एक—दूसरे से जुड़ी हुई थीं। हाजी का महल उन इमारतों में सबसे बड़ा था। उसका हरम भी उसी से सटा हुआ था। शाही महल के क़रीब की इमारत भी कमोबेश महल जितनी ही बड़ी थी जिसमें हाजी के अजीबोगरीब जानवरों का अजायबघर था। इस अनोखी बनावट के बावजूद महल के अहाते में शाही शहर की ज़रूरतों के मुताबिक़ सभी इमारतें बनी हुई थीं—मस्जिदें, एक सभागार, मुंसिफ़ और जल्लादों के कमरे और तोपख़ाने वग़ैरह।

इमारतों के तम्बूनुमा गुम्बदों की नोक पर रंग–बिरंगे झण्डे लगे हुए थे। ये झण्डे इतने लम्बे अरसे से लगे हुए थे कि हज़ारी के लोगों को भी उनके फहराते रहने के वक़्त और वजह ठीक से याद नहीं थे। हज़ारी के बाज़ार पर महल का मालिकाना हक़ था और उससे होकर गुज़रने वाले कारवाँ से कर वसूला जाता था। घाटियों की सल्तनत के विपरीत शाही इमारतें रेत के टीलों के पीछे कमोबेश उनकी ही तरह दिखती थीं लेकिन भीतर से ये बेहद आरामदेह और आलीशान थीं।

इमारत की भीतरी सजावट को देखकर बिहज़ाद को भी हैरानी हुई। वह इमारत उसके एक दरबारी होने के रुतबे के मुताबिक़ थी। उसमें ढेर सारे गुलाम और नौकरों के साथ–साथ कई सन्तरी भी थे जो दिन–रात इमारत की चौकसी करने में मुस्तैद रहते थे। इमारत के भीतरी हिस्से में शानदार पर्दे लगे हुए थे, कालीन बिछी हुई थी और एक आरामदेह ग़ुसलखाना बना हुआ था। बिहज़ाद पत्थरों को काटकर बनायी गयी झिरियों से अपनी इमारत के बाहर के रास्तों को देख सकता था। ये झिरियाँ एक तरह से खिड़कियों की तरह इस्तेमाल होती थीं। हाजी जब कभी ज़ोर से बोलता था तो उसकी आवाज़ एक साथ कई इमारतों से आती हुई महसूस होती थीं। उसकी कर्कश और तीखी आवाज़ और चीख़–पुकार बिहज़ाद के कानों में लगातार आती रहती थी। किसी अधीर बच्चे की तरह चिल्लाता हुआ वह अपनी बेगमों और जानवरों के बीच दौड़ता–भागता रहता था। बीच में पड़ने वाले तंग रास्तों पर वह अपने दरबारियों और हिजड़ों को ज़रूरी हिदायतें देता रहता था।

हिलाल ख़ान ने कहा था, हज़ारी पर असली राज हिजड़ों का था। सभी एक से बढ़कर एक ख़तरनाक थे। हाजी की लाड़ली बेटी एक अलग इमारत में रहती थी लेकिन बाप और बेटी शायद ही कभी एक–दूसरे से मिलते थे। दोनों अपने–अपने शौक़ और मौज–मस्ती में व्यस्त रहते थे। हिलाल ख़ान ने बिहज़ाद को यह भी बताया था कि बेटी की तुलना में बाप को वश में करना ज़्यादा आसान था।

महल में अपने शुरुआती दिनों में बिहज़ाद किसी की भी परवाह नहीं करता था। शायद उसे यह महसूस होता कि आख़िरकार उसके अब्बू का सपना पूरा हुआ। किताबख़ाने का सबसे बड़ा उस्ताद बनकर अपने बारे में की गयी भविष्यवाणियों को उसने सच कर दिखाया था। उसे भीतर–ही–भीतर इस जीत की ख़ुशी का अहसास होता था कि उसने अफ़गान अदिली और उस मक्कार दारोगा की सारी ख़ुशियों पर पानी फेर दिया था। अब उसे भला कौन रोक सकता था? अब वह अपनी पसन्द की तस्वीरों की किताब हू–ब–हू वैसे ही तैयार कर सकता था जैसी वह करना चाहता था। अब उसे न किसी की रज़ामन्दी की कोई ज़रूरत थी और न किसी की इजाज़त की। उसे इस बात का फ़ख्र था कि अब वह भी हिन्दुस्तान से लेकर फ़ारस तक मौजूद सभी माहिर उस्तादों में शुमार होने लगा था। वह ऐसे सपनों में डूबा रहता था। शायद एक दिन हज़ारी का किताबख़ाना भी सीकरी के किताबख़ाने को टक्कर दे सके, और शायद यह नौबत भी आ जाये कि अदिली को हाजी की तस्वीरों की मशहूर किताब चुराने की नीयत से अपने आदमियों को हज़ारी भेजना पड़े। शायद हिन्दुस्तान का बादशाह उसके हुनर के बारे में सुनकर बिहज़ाद को हिन्दुस्तान ले जाने के लिए हज़ारी पर हमला कर दे। अपने बिस्तर पर लेटकर बिहज़ाद अक्सर सीकरी में दाख़िल होने के सपने देखा करता था–लेकिन इस बार किसी ताँगे पर नहीं बल्कि एक शाही हाथी पर बैठकर वहाँ जायेगा।

हिलाल ख़ान की चेतावनी और बाज़ार में उड़ती अफ़वाहों के बावजूद बिहज़ाद को धीरे–धीरे हाजी की शख़्सियत अच्छी लगने लगी थी। छोटे क़द, गंजे सर और गालों पर दाढ़ी का एक भी बाल न होने के कारण सभी पीठ पीछे हाजी को एक हिजड़ा बुलाते थे–एक ऐसा हिजड़ा जो ख़ुद को मर्द दिखाने का ढोंग करता है। इसके बावजूद बिहज़ाद के मन में हज़ारी के सुल्तान के लिए एक वफ़ादारी का भाव था। आख़िर उसने एक अकेली तस्वीर को देख कर उसे अपने किताबख़ाने का उस्ताद बना दिया था, जबकि हिन्दुस्तान का

बादशाह उसकी सैकड़ों तस्वीरें देखने के बाद भी न सिर्फ़ उसके लिए निर्दयी साबित हुआ था, बल्कि उसने उसे देशनिकाले की सज़ा भी दे दी थी? उसे गहरा अफ़सोस था कि अपनी ज़िन्दगी के बेशक़ीमती दिन उसने आगरा और सीकरी में बर्बाद कर दिये। कितनी बारीक़ी और मेहनत के साथ उसने 'अकबरनामा' का काम शुरू किया था, और जब वह तक़रीबन पूरा होने को था तभी उसे सल्तनत से निकाल बाहर करने की सज़ा दी गयी। इससे तो बेहतर था कि अकबर की तस्वीर बनाने की बजाय वह इस बदसूरत उज़्बेक की तस्वीरें ही बनाता–उस अकबर की तस्वीरें जो शिकार के दौरान एक शेर को पहचान पाने में नाकाम रहा था! अपनी शाही इमारत में अकेला बैठा बिहज़ाद कभी अकबर को कोसता तो कभी मुग़लों के किताबख़ाने को। वह तो अपने अब्बू को भी कोसता था जिसने ख़ुद अपने लिए ही एक ग़लत बादशाह का चुनाव किया था। रेगिस्तान की आबोहवा में उसे सलीम अमीरी की बात गूँजती सुनायी पड़ती–'हुकूमत करने का मज़ा किसी खेल को खेलने के मज़े की तरह है।' क्या चित्रकार भी बादशाह के लिए एक खेल की तरह नहीं हैं? अपनी क़लम के हुनर से एक–दूसरे के ख़िलाफ़ ख़ुद को इस्तेमाल करने का मज़ा लेने वाले? किसी पहलवान की तरह यमुना के किनारे एक–दूसरे से लड़ते हुए, जबकि बादशाह अपने महल के झरोखे में बैठा इस कुश्ती का आनन्द ले रहा है? सलीम अमीरी का मानना था कि एक–दूसरे का निवाला बनने से बचने के लिए एक चित्रकार को अपना बादशाह ख़ुद ही चुनना चाहिए।

अपनी इमारत की खिड़कियों से मशालों की लपटों को देखकर बिहज़ाद को बार–बार सलीम अमीरी याद आ रहा था। 'तुम्हारे भीतर जितना एक आदमी है उतना ही एक स्वप्नजीवी भी है बिहज़ाद, बादशाह को स्वप्नजीवी नहीं, साधारण आदमी चाहिए।' यही वजह थी कि उसके उस्ताद मीर सईद अली ने हमेशा के लिए आगरा छोड़ दिया। वह बादशाह की ज़रूरतों को पूरा करने में उसूलों की वजह से बेबस था। बिहज़ाद सीने पर चुस्त अचकन जिसकी

आस्तीनें करीने से मुड़ी होती थीं, पहने अपने उस्ताद के बारे में सोचने लगता–जो जीत, हार और दुआओं के सपनों में जीता था। और, दूसरी तरफ़ वह अपने अब्बू को देखता था–जो स्वप्नजीवियों के बीच रहकर भी एक मामूली आदमी–भर रह गया था, और शायद इसीलिए बादशाह के क़रीबी और वफ़ादार दरबारियों में एक था। एक चित्रकार को सपने देखने की क्या ज़रूरत है जब आदमी को उससे सिर्फ़ कहानियों और बेकार के व्यक्ति–चित्र बनाने की उम्मीदें हो? बिहज़ाद की पेशानी पर शिकन पड़ गयी क्योंकि उसे तरबख़ाने के मालिक की याद आ गयी। उसके ज़ेहन में नीलामी की बोलियाँ और तारीफ़ें गूँज रही थीं। 'बेहतर है कि पहले एक आदमी बन जाओ फिर एक स्वप्नजीवी की तरह हमेशा ज़िन्दा रहो।'

हाजी उज़्बेक पेट दर्द, फोड़े–फुँसी और खाल में ज़ख़्मों जैसी बीमारियों से लगातार परेशान रहता था और इनके लिए वह अपने नौकरों को ज़िम्मेदार मानता था। उसे लगता था कि किसी–न–किसी बहाने वे उसे ज़हर देने की फ़िराक़ में रहते हैं। अपने हक़ीम की सलाह पर वह शराब पीना कम कर देता था लेकिन अपने ज्योतिषी की आश्वस्ति पर फिर से अपने ढर्रे पर लौट आता था। उसका ज्योतिषी एक तरफ़ तो उसके डर को भड़काता, दूसरी तरफ़ उसके उन्माद को उकसाता और उसकी निजी उपलब्धियों की भविष्यवाणियाँ करता रहता था। लेकिन कई दूसरे नज़रियों में वह बहुत सख़्त था। किसी के लिए भी उसे समझ पाना बहुत दुरूह था। वह अपने तख़्त पर एक शब्द भी बोले बिना घण्टों बैठा रहता था। किसी बात की प्रतिक्रिया में वह अपना सर भी यूँ हिलाता था गोया कोई बहुत बड़ा अहसान कर रहा हो। दरबारियों के इशारे पर जब उसके सामने किसी दोषी सौदागर को पेश किया जाता तो उसकी गर्दन झुकी रहती थी, उसके दाँतों में घास का कोई तिनका दबा रहता था और वह किसी जानवर की तरह बर्ताव करता था।

उसे जितना अधिक अपमानित किया जाता था, ऐसा समझा जाता था कि उसे माफ़ कर दिये जाने की गुंजाइश उतनी ही बढ़ जाती थी। लेकिन अपने जानवरों के सामने जाते ही वह पूरी तरह से एक बदला हुआ आदमी होता था। ख़ासकर दुर्लभ जानवरों के सामने हाजी का हाव–भाव समझ पाना किसी के लिए भी एक मुश्किल काम था। उसकी जनता उसके इस अजीबोग़रीब शौक़ से वाकिफ़ थी और इसलिए उसे तोहफ़े में अक्सर दुर्लभ पशु–पक्षी ही देती थी।

वह उस बाँझ बकरी के सामने डबडबायी आँखें लिए घण्टों बैठा रहता था जिसके बारे में मशहूर था कि उसका दूध बसरा के शहद की तरह मीठा हुआ करता था। वह एक पूरी सुबह तीतर के एक पिंजरे के सामने सिर्फ़ उसके अण्डे देने के इन्तज़ार में ख़ामोशी से बैठा रहता था–क्योंकि तीतर को अण्डे देते हुए देखना ख़ुशक़िस्मती मानी जाती थी। रेगिस्तान के दूरदराज के इलाक़ों के सौदागर उसके पास विचित्र जीव–जन्तु लेकर आते थे–मसलन एक बार एक आदमी उसके पास एक ऐसा टर्की लेकर आया था जो मैथुन करते वक़्त अपना रंग बदल सकता था। कभी कोई केकड़े के आकार का मकड़ा लेकर आता जो एक साँप को दबोचकर मार सकता था।

उसकी कर्कश चीख़ सुनकर यह अन्दाज़ा लगाना मुश्किल था कि हाजी ख़ुश है या ग़ुस्से में, या फिर किसी ऐसे जानवर की क़ुर्बानी दे रहा है जो ज्योतिष के मुताबिक़ उसके लिए अपशकुनी था।

दरबार में हाजी के बगल में बैठा बिहज़ाद उससे हुक्म सुनने का इन्तज़ार करता रहता था। उसने ग़ौर किया कि दरबारियों में ऐसा कोई भी मुलाज़िम नहीं था जो दरबार की कार्रवाइयों को उसी तरह से दर्ज करता हो जैसे अकबर के दरबार में की जाती थीं। उसे हैरत होती थी कि अगर उसे कभी हाजी की ज़िन्दगी की तस्वीर बनाने का हुक्म दिया गया तो वह हाजी से जुड़ी किस घटना की तस्वीर बनायेगा? उसने कभी किसी क़िस्सागो को हाजी को कोई कहानी सुनाकर उसका जी बहलाते हुए भी नहीं देखा था। फिर भीतर–ही–भीतर उसने यह तय किया था कि वह उकताये हुए और

बेकार दरबारियों का व्यक्ति–चित्र बनायेगा। उसे तरबख़ाने की याद आ गयी। वहाँ यही काम करके उसने कितनी कामयाबी हासिल की थी और शायद ही उसे कभी मायूस होना पड़ा था। उसे याद आया, एक बार तरबख़ाने में उसने एक अड़ियल से दीखते आदमी की तस्वीर बनायी थी। उस आदमी के नथुने फड़फड़ा रहे थे और जबड़े भिंचे हुए थे। उस आदमी ने जब अपने लटके हुए गले वाली तस्वीर देखी तो ग़ुस्से में बिहज़ाद को एक ही घूँसे में धूल चटा दी। उसी दिन बिहज़ाद को नया सबक मिला कि उसे तस्वीर बनाते हुए अपने ग्राहकों के गोभी के फूल जैसे कानों, चोंच जैसी नाकों, बेतरतीब मूँछों, मरियल गर्दनों और धँसे हुए सीने को कैसे छिपाना है। तुम्हें किसी की तस्वीर वैसी बनानी है जैसा वह अपने मन के भीतर है, उसने अब अपने उस्ताद के मशविरे को संजीदगी से अमल में लाने की कोशिश की थी।

लेकिन हाजी ने बिहज़ाद को अपने दरबारियों की तस्वीरें बनाने के लिए भी कभी नहीं कहा और न ही कभी उससे तस्वीर की उस औरत का ही ज़िक्र किया। कहीं वह भूल तो नहीं गया, बिहज़ाद को चिन्ता होने लगी। कहीं हाजी ने ग़लती से बिहज़ाद को कोई सपेरा तो नहीं समझ लिया?

आख़िर उसने ख़ुद हाजी को हैरत में डाल देने का फ़ैसला किया। जानवरों के अजायबघर का मुआयना करने के बाद उसने हाजी के पशु–पक्षियों की तस्वीरों की एक छोटी–सी किताब बनायी। फिर एक दिन जब हाजी अपनी तख़्त पर इत्मीनान से बैठ गया तब बिहज़ाद ने थोड़ी घबराहट के साथ उसे अपनी बनायी हुई पहली तस्वीर दिखलायी। वह चिड़ियों से आबाद चिनार के एक पेड़ की तस्वीर थी। ऐसा लग रहा था जैसे चिड़ियों को अपने मुखिया के आने का बेसब्री से इन्तज़ार था। माथे पर कलगी वाला एक तीतर जंगल में उसे ढूँढ़ रहा था। सफ़ेद चित्तियों वाली एक काली और फुर्तीली चिड़िया सबसे ऊपर की फुनगी पर बैठी इधर–उधर अपनी नज़रें दौड़ा रही थी। एक जंगली मुर्गी चारों तरफ़ कुछ तलाश रही थी।

शाख पर बैठे बटेर उड़ान भरने को बेसब्र थे। पहाड़ी सारस का एक जोड़ा अपनी लम्बी गर्दन उठाने की कोशिश करता बगीचे के एक कोने की तरफ़ कुछ ऐसे देख रहा था जिसके कारण तस्वीर देखने वाला बरबस उस कोने की तरफ़ अपनी नज़रें ले जाता था, वहाँ एक मोर ने अभी–अभी अपने पंखों को फैलाना शुरू ही किया था।

तस्वीर को ग़ौर से देखने के बाद हाजी की आँखों में प्रशंसा के भाव दिखने लगे। बिहज़ाद का हौसला बढ़ा और उसने हाजी के सामने दूसरा पन्ना पेश कर दिया। उस तस्वीर में दो कस्तूरी हिरन एक चिंकारे को खदेड़ रहे थे। तीसरी तस्वीर में तक़रीबन एक शेर के जितने बड़े जंगली गधे को दिखाया गया था। हाजी ने एक तरह से झपट्टा मारते हुए बिहज़ाद के हाथ से पूरी–की–पूरी तस्वीरें ले लीं और तेज़ी से एक के बाद एक पन्ने पलटता गया। उसकी आँखों के भावों को देखकर महसूस हो रहा था कि हाजी उन पन्नों में बने सभी पशु–पक्षियों को अपने नज़रों से ज़िन्दा देख रहा था। वह जिस तेज़ी से पन्नों को पलट रहा था उसे देखकर ऐसा लग रहा था कि जैसे कुछ ही क्षणों में ग़ायब हो जाने वाले उन जीवों के पीछे शिकारियों का झुण्ड लगा हो। आख़िरी तस्वीर को देखकर हाजी रुक गया जिसमें दो ऊँट एक–दूसरे से लड़ रहे थे। बिहज़ाद थोड़ा घबराया हुआ उसका जवाब सुनने के इन्तज़ार में था। उसे पता था कि यही उसका अकेला मौक़ा है। उसे अपने उस्ताद की याद आ गयी। बीच–बीच में मीर सईद अली अपने पुराने जंग लगे बक्से को खोलता था और भीतर से महान कलाकारों की तस्वीरों का अपना निजी संग्रह अपने शागिर्दों को दिखलाता था। उनमें लड़ते हुए ऊँटों की तस्वीर उसकी पसन्दीदा तस्वीरों में एक थी। यह तस्वीर महान चित्रकार कमाल–अल–दिन–बिहज़ाद ने ख़ुद बनायी थी। अपने सूखे हुए होंठों पर जीभ फेरते हुए उसका उस्ताद उस तस्वीर की बारीक़ियाँ उन्हें समझाता था, मसलन ऊँटों के खुरों के ऊपर की कुदरती सिलवटें, उनकी रोयेंदार गर्दनें और उनके ग़ुस्से की अकेली गवाह पीछे खड़ी बड़ी और सपाट चट्टानें। फ़ारस से

लेकर हिन्दुस्तान तक सभी नौसिखिये चित्रकार लड़ते हुए ऊँटों की तस्वीर की नक़ल बनाना ज़रूर सीखते थे। उन नक़लों को देखकर ही उस्ताद चित्रकारों की क़ाबिलियत की परख और अपनी बुढ़ाती हुई नज़रों की जाँच दोनों एक साथ कर लेते थे। एक सच्चा चित्रकार वह है जो मामूली जानवरों की तस्वीर बनाकर भी दूसरों का ध्यान आकर्षित करने में कामयाब हो, बिहज़ाद को आगरा में अपने उस्ताद से सुनी यह बात बरबस याद आ जाती थी।

हाजी उज़्बेक ख़ुशी के मारे तेज़ी से चीख़ उठा। उसकी आवाज़ सुनते ही बिहज़ाद अपने होशोहवास में लौट आया। हाजी उन तस्वीरों को अपनी बेगमों को दिखाने के लिए दरबार से उठकर हरम की तरफ़ दौड़ पड़ा। पूरी शाम अलग–अलग इमारतों के भीतर से उसके चहकने की आवाज़ें सुनायी पड़ती रहीं। उस दिन के बाद से हज़ारी के शाही दरबार में आये किसी भी सौदागर को तब तक इन्तज़ार करना पड़ता था जब तक शाही चित्रकार उसकी तस्वीरें हाजी उज़्बेक की ख़िदमत में पेश नहीं कर देता था। हाजी उन तस्वीरों के पन्ने पलटता हुआ बहुत राहत महसूस करता था।

—•—

यह सुनकर हिलाल ख़ान का दिमाग़ भी उलझ गया था। 'तुम वहाँ सिर्फ़ जानवरों की तस्वीरें बनाते हो?' कुछ–कुछ ख़्वाजा के लहजे में असहमति में अपना सर हिलाते हुए उसने कहा। 'दुनिया में दो तरह के चित्रकार हैं। एक वे जो अपनी तस्वीरों में ख़ाली जगह को जानवरों और चिड़ियों की तस्वीर बनाकर भर देते हैं–वे नौसिखिये चित्रकार होते हैं। दूसरे वे–जो असली चित्रकार होते हैं। वे घोड़े पर सवार एक बादशाह की तस्वीर, या उसके तीरों से बिंधे हुए किसी मरणसन्न शेर की तस्वीर बनाते हैं। क्या तुमने ऐसे किसी मशहूर चित्रकार का नाम सुना है जो किसी और चीज़ की नहीं बल्कि सिर्फ़ जीव–जन्तुओं की तस्वीरें बनाता है।'

नख़लिस्तान के किनारे लम्बे–लम्बे सरकण्डों की आड़ में बिहज़ाद

और हिलाल ख़ान आपस में बातें कर रहे थे। दोनों के सामने शराब का एक जार और दो प्यालियाँ रखी हुई थीं। दोनों एक–दूसरे से हर महीने दूज के चाँद के मद्धिम उजाले में मिलते थे और पूरी एहतियात बरतते थे कि किसी और को उनके मिलने की भनक भी न लगे।

आगरा का सौदागर तक़रीबन आगरे की दहलीज़ पर पहुँचकर मर चुका था। हिलाल ख़ान ने बड़े फ़ख्र से बतलाया कि उसका चालीसवाँ ख़त्म होने के कुछ दिन बाद ही उसका बेटा नये कारवाँ के साथ सराय पहुँच गया था। सीकरी के बारे में और कोई नयी ख़बर नहीं थी। सीकरी पूरी तरह से उजड़ चुका था, हिलाल ख़ान ने बताया। अकबर अब सीकरी की बजाय लाहौर जा बसा था। सीकरी की शाही इमारतें अब ख़ाली हो चुकी थीं, प्रांगण में पानी भरने वाली नालियाँ सूख चुकी थीं और सारे जानवर भी कहीं और चले गये थे। हरम को भी सीकरी से ले जाया गया था। किताबख़ाना उजाड़ पड़ा था। 'अकबर! वह दोबारा एक जंग के लिए आमादा रहने वाला बादशाह बन गया है। वह तुम्हारे हाजी की तरह नहीं है।'

'सीकरी उजड़ चुका है', यह बात बिहज़ाद को बार–बार परेशान कर रही थी। वहाँ के चित्रकारों के चेहरे उसकी यादों में कौंध गये। क्या उनको भी अकबर से छुटकारा मिल गया होगा? वह हिलाल ख़ान से ख़्वाजा के बारे में जानना चाह रहा था लेकिन उसका दोस्त अपनी ही बातें कहता रहा।

'तुमने मुझे बताया था न कि सारे चित्रकार अदिली की पीठ पीछे उसकी किस तरह से खिल्ली उड़ाते थे? वे उसे गिरगिट कहकर बुलाते थे। एक जानवर चित्रकार! एक ऐसा चित्रकार जो इन्सानी शक्लों की तस्वीरें बना पाने के क़ाबिल नहीं है! क्या बिहज़ाद भी अदिली के रास्ते पर चल रहा है?'

बिहज़ाद ने हिलाल ख़ान के इलज़ाम को ख़ारिज करते हुए कहा, 'जानवरों और चिड़ियों की तस्वीरें बनाने में क्या ख़राबी है? वे हमारी तुलना में सैकड़ों गुना ज़्यादा सुन्दर और अनमोल हैं। तुमने कभी उनकी सुन्दर आँखें, चोंच या उनके पंखों के नर्म रंगों को ग़ौर से देखा है? तुमने उनकी बारीक़ियों पर शायद ध्यान नहीं दिया है?'

हिलाल ख़ान ने उसे बीच में ही रोक दिया, 'सबसे अच्छा बनने के लिए तुम्हें सबसे अच्छी तस्वीर भी बनानी होगी! तुम पागल तो नहीं हो गये हो, बिहज़ाद? इसके बाद तुम किसकी तस्वीर बनाओगे–बिच्छु की या साँपों की?'

दोनों थोड़ी देर ख़ामोश बैठे रहे। फिर हिलाल ख़ान ने अपनी आँखें नचाते हुए पूछा, 'तुम अब तक उससे मिले या नहीं? उस पिंजरे की सबसे अनोखी जानवर से?' थोड़ी देर तक वह संशय में रहा–'लेकिन अब तक तुम दोनों की मुलाक़ात हो जानी चाहिए थी। जिस पल हाजी ने तुम्हें बेटा कहकर पुकारा था, हम सबने यह मान लिया था कि तुम ही हज़ारी के मालिक बनोगे। हाजी की लाड़ली अब तुम्हारी बन जायेगी। मुमकिन है कि जो कुछ भी तुम देखोगे या सुनोगे वह तुम्हें अच्छा न लगे लेकिन तुम हज़ारी के सबसे ताक़तवर इन्सान बन जाओगे क्योंकि हाजी अपनी बेटी की किसी भी ख़्वाहिश को नहीं टालता।'

'क्या देखकर या सुनकर?'

आबादी से बहुत दूर बैठे होने के बावजूद हिलाल ख़ान ने बहुत धीमी आवाज़ में कहा, 'एक बार जब वह मस्जिद जा रही थी तब उसने अपना बुरक़ा उतार दिया था और बाज़ार में हर एक आदमी ने उसे बग़ैर पर्दे के गुज़रते हुए देख लिया था। चाँद त्योहार वाले दिन उसने इतना झीना लिबास पहन रखा था कि उसके बदन का हर अंग उसमें बिल्कुल साफ़–साफ़ दिखायी पड़ रहा था। कितनी शर्मनाक बात है! वह ऐसी दिख रही थी जैसे मण्डी में कोई ग़ुलाम लड़की चल रही हो।'

एक हल्की नज़र बिहज़ाद पर डालते हुए उसने अपनी बात जारी रखी, 'वह दरअसल अपनी देह की भूख की ग़ुलाम है। अमूमन लोग कहते हैं कि औरत जब तीस साल से ऊपर की हो जाती है तो उसे मर्दों की ज़रूरत कम महसूस होती है। लेकिन उसके साथ ऐसा नहीं है।'

'अगर मैं उससे निकाह कर लेता हूँ तो फिर उसमें क्या देखूँगा?' हिलाल ख़ान यह सवाल सुनकर हँस पड़ा–'क्या मैं उसकी आँखों और भवों, या फिर उसकी नाक और होंठों के बारे में तुमसे बात करूँ? क्या मैं तुमसे उसके गालों, उसके बालों और उसकी कमर का बख़ान करूँ?' उसने सूफ़ियों की नक़ल करते हुए अपने माथे को लहराया, 'क्या मैं उसकी भैंगी आँखों का बयान करूँ, बिहज़ाद! या, पहलवान जैसे उसके हाथों का–कि सिर्फ़ एक हाथ से वह एक बड़ा तरबूज उठा सकती है!'

बिहज़ाद ने एक बार सोचा कि वह उस भाड़े के फ़ौजी के बारे में हिलाल ख़ान से पूछे जिसने उसी के मुताबिक़ हाजी की बेटी के बारे में काफ़ी कुछ देख और सुन रखा होगा और उसके बाद ही सराय में रहने लौट आया होगा।

'लेकिन मुझसे उसका हिजड़ा बनने के लिए हरगिज़ मत कहना! मैं उससे इश्क़ करने के लिहाज़ से अब काफ़ी बूढ़ा हो चुका हूँ!' हिलाल ख़ान ने बिहज़ाद के साथ ठिठोली की।

— • —

हाजी को ख़ुश करने के इरादे से बिहज़ाद ने अपने जानवरों से घिरी हुई उसकी एक तस्वीर बनायी। तस्वीर में वह एक शेर के कन्धे को तकिया बनाये हुए अधलेटा था, उसके पैरों के पास एक तेंदुआ बैठा हुआ था, एक बनबिलाव और एक भेड़िया उसके सामने घुटनों पर बैठे थे और उसके इन खूँखार जानवरों को घेरे हुए बड़ी तादाद में सफ़ेद मेमने, नील गायें और हिरन खड़े थे। नीचे के हाशिये पर सुलेख में लिखा था–नंगी आँखों से देखने पर वह सिर्फ़ एक आदमी नज़र आता है, लेकिन मन की आँखों से देखने पर वह पूरे जीव–जगत का बादशाह है।

बहरहाल अपनी तस्वीर को देखने का हाजी पर कोई असर नहीं पड़ा।

वह आधी रात का वक़्त रहा होगा जब बिहज़ाद को एक ख़ादिम ने नींद से जगाया। वह एक गलियारे से होता हुआ उसे उसकी इमारत से शाही महल के हरम तक ले गया। गलियारे में सख़्त पहरा था। बिहज़ाद की आँखें नंगी थीं लेकिन हरम में दाख़िल होते ही सोने की छतों और पैरों तले के नर्म–बेशक़ीमती कालीनों को देखकर वे चुँधिया गयीं। चारों तरफ़ रौशनी की जगमगाहट थी। एक बड़े से कमरे में कमोबेश उतना ही बड़ा पलंग रखा था जिस पर हाजी की बेगमें हाजी के आने का इन्तज़ार कर रही थीं। तक़रीबन एक दर्जन औरतें उस पर अलग–अलग तरीक़े से लेटी या अधलेटी हुई आपस में बातचीत करने में मशगूल थीं। सबके कपड़े कालीन पर उतरे हुए थे। एक ग़ुलाम लड़की ने बिहज़ाद को पलंग के पायताने पर बैठ जाने का इशारा किया और उसे शराब की एक प्याली पेश की। उसने बहुत झिझकते हुए एक बार अपनी आँखें उठायीं। हरम में मौजूद सभी निगाहें उसे इतनी हैरत के साथ देख रही थीं मानो वह दरबार में लाया गया कोई अजूबा जानवर हो।

उसने एक बार हाजी की सबसे पसन्दीदा बेगम को देखा जिसे सब लोग कमलसुन्दरी कहकर बुलाते थे–उसकी शक्ल किसी कमल के फूल की तरह ही ख़ूबसूरत थी। उसकी आँखें झरबेरियों के रंग की थीं और होंठ गाढ़े सुर्ख़। वह बिस्तर पर अधलेटी हुई थी और उसके दोनों वक्ष निर्वस्त्र थे। उसकी दूसरी बेगम जिसके बाल काले भौंरों के घने झुण्ड की तरह चमकीले थे, उसके कन्धों पर बेतरतीबी से बिखरे हुए थे। उसने रेशम का एक तकिया अपनी दोनों टाँगों के बीच दबा रखा था। कमरे में एक लड़की नाच रही थी। वह थिरकती हुई आकर बिहज़ाद के ठीक सामने खड़ी हो गयी और शरारती अन्दाज़ में अपनी हथेलियाँ बिहज़ाद की आँखों पर रख दीं। जब बिहज़ाद ने दोबारा अपनी आँखें खोलीं तब उन नज़रों में थोड़ा संकोच और थोड़ी निडरता दोनों मिली हुई थी। उस नर्तकी

ने बिहज़ाद को अपनी प्याली ख़त्म करने का इशारा किया। प्याली को होंठों तक लाते हुए बिहज़ाद ने किसी कस्तूरी चिड़िया की तरह आँखों को घुमाते हुए पूरे कमरे का जायज़ा लिया। इस उपक्रम में उसकी प्याली छलक पड़ी और उसकी अचकन पर शराब गिर गयी। कमरे में सबके खिलखिलाने की आवाज़ गूँज उठी।

हाजी जब अपने ग़ुसलख़ाने से निकलकर कमरे में दाख़िल हुआ तो उसके हाथ में शराब की प्याली थी। ग़ुलाम लड़कियाँ उसके कपड़े उतारने लगीं। बीच–बीच में वे हाजी को किसी छोटे बच्चे की तरह छेड़ती भी जा रही थीं जबकि हाजी का पूरा ध्यान प्याली की शराब को ख़त्म करने में लगा था। घूँट भरने के दरम्यान वह अपनी बेगमों को किसी सौदागर की तरह तटस्थ भाव से देखता जा रहा था। अपनी प्याली ख़त्म करने के बाद वह कमलसुन्दरी की तरफ़ मुड़ा और कुछ और बेगमों को पेश करने का हुक्म दिया। लेकिन कमलसुन्दरी ने हाजी की बात मानने से इनकार करते हुए उससे बिस्तर पर पड़ी बेगमों के साथ ही रात गुज़ारने की मनुहार की। कमलसुन्दरी के इनकार से हाजी बुरी तरह भड़क उठा। बिस्तर पर चढ़ते हुए उसने उसे पीछे से दबोच लिया और उसकी पीठ को अपने नाख़ूनों से नछोर लिया। जवाब में कमलसुन्दरी ने भी उसे न सिर्फ़ नछोर लिया बल्कि दाँतों से भी काट खाया। किसी ने भी दोनों को अलग करने की कोशिश नहीं की।

बिहज़ाद यह पूरा नज़ारा देख रहा। उसे अपनी पीठ पर भी कुछ रेंगता हुआ–सा महसूस हुआ।

रेशम के कपड़े के चरमराने की आवाज़ के साथ हाजी किसी केकड़े की तरह कमलसुन्दरी की दोनों जाँघों के बीच बैठ चुका था और उसके घुटने उसकी नाभि का स्पर्श कर रहे थे। उसने कमलसुन्दरी की दोनों कलाइयों को दबोच लिया था और उसकी देह के एक–एक हिस्से को पूरी तरह से खोल दिया था। हाजी के होंठ किसी भूखे आदमी की तरह कमलसुन्दरी के दोनों वक्षों से चिपके हुए थे। बीच–बीच में हाजी के मुँह से कभी बतख जैसी तो

कभी किसी बटेर जैसी आवाज़ निकल रही थी। जब कमलसुन्दरी कामातुर होकर काँपने लगी तो हाजी ने उसे अपनी गिरफ़्त से मुक्त कर दिया और उसकी देह को पलटते हुए उसकी पीठ पर दाँत गड़ा दिये। कमलसुन्दरी के गले से एक सुखदायी पीड़ा से भरी हुई चीख़ निकल गयी।

सब कुछ एक साथ ही हलक़ में उतार लेने को बेसब्र एक भूखे आदमी की तरह हाजी भी किसी एक बेगम से सन्तुष्ट नहीं था। वह किसी बाघ की तरह छलाँग लगता हुआ एक बेगम से दूसरी बेगम की देह तक पहुँच रहा था। बेगमें कालीन पर अपनी हथेलियाँ टिकाये चौपाया जानवरों की तरह खड़ी थीं और हाजी उनकी कमर को अपने पंजों से पकड़े उनसे अपनी हवस मिटा रहा था।

'शौहर! मर्दों के जिस्म को थोड़ी देर तक तभी बर्दाश्त किया जा सकता है जब वे एक जानवर की तरह औरत के ऊपर सवार होते हैं', बिहज़ाद को हिलाल ख़ान की कही यह बात याद आ गयी।

किसी कामान्ध जानवर की तरह हाजी अपनी बेगमों के जिस्म पर धक्के मार रहा था फिर वह उनको एड़ियों से पकड़कर अचानक उलटा देता था और उनकी गर्दन को इस तरह दबाने लगता गोया उनकी साँस घोंटना चाहता हो। बिहज़ाद को महसूस हुआ कि सहवास करते हुए हाजी बारी–बारी से अपने जानवरों की नक़ल उतार रहा था–कभी वह हथिनी पर चढ़े उसके नर साथी की तरह उसकी पीठ पर अपने माथे को पटकता था, कभी जंगली सूअर की तरह अपनी मादा के शरीर से अपना शरीर रगड़ता और कभी एक अहंकारी नर घोड़े की तरह अपनी मादा की देह पर चढ़ते हुए उन्मत्त होकर अपना सीना दिखाने लगता था। फिर वह अचानक एक मरे हुए कछुए की तरह चित लेटकर शान्त पड़ गया। उसके चेहरे पर फ़क़ीरों जैसे भाव थे और उसके होशोहवास से लेकर शरीर के सभी अंग जैसे अपनी सुध खो चुके थे। उसके बाद ग़ुलाम लड़कियों में से एक उसकी तरफ़ बढ़ी। थोड़ी देर पहले जिन्होंने उसके कपड़े उतारे थे, वह उन्हीं में एक थी और शायद उसका ओहदा बाक़ियों

की तुलना में बड़ा था। उसकी चाल थोड़ी भौंडी थी जैसे उसे कोई चोट लग गयी हो। उसने कमलसुन्दरी को अपनी जगह से थोड़ा परे हटा दिया और चित पड़े हाजी के ऊपर ऐसे बैठ गयी जैसे कोई मल्लिका अपनी शाही गद्दी पर बैठती है। उसने हाजी के अंग को अपने भीतर मथना शुरू कर दिया। उसकी गर्दन पीछे की तरफ़ तनी हुई थी। फिर अपना आलोड़न बीच में रोकते हुए वह हाजी की गर्दन पर अपने दाँतों से काट खाने के लिए झुक गयी।

शराब के घूँटों के बावजूद यह सब आँखों के सामने होता हुआ देखकर बिहज़ाद का गला सूख रहा था।

हाजी ने अपनी गर्दन किसी बन्दर की तरह उस ग़ुलाम लड़की की बाँह के बीच से उचकाते हुए बिहज़ाद को देखा। वह लड़की अभी भी हाजी के ऊपर ही सवार थी। हाजी ने बिहज़ाद को अपने पैरों की तरफ़ देखने का इशारा किया। वहाँ काग़ज़ों के एक पुलिन्दे के साथ एक क़तार में रंग और ब्रश रखे हुए थे। हाजी बिहज़ाद को उँगलियों से ब्रश पकड़कर काग़ज़ पर तस्वीर बनाने का अभिनय करते हुए बिस्तर पर दोबारा लुढ़क गया।

एक ग़ुलाम लड़की ने घुटनों के बल बैठकर बिहज़ाद की गोद में एक कोरा काग़ज़ फैला दिया और उसकी उँगलियों में एक ब्रश थमा दिया। बिस्तर पर जारी इस तमाशे के बीच उन औरतों ने फिर से बिहज़ाद की तरफ़ देखा। हाजी एक धनुर्धर की मुद्रा में अपनी बेगमों को बिहज़ाद को उत्साहित करने को ललकार रहा था। उसके ऊपर सवार लड़की के वक्ष उसकी अपनी ही जाँघों से बेतरह मसले जा रहे थे। हाजी की बेगमें अब बिस्तर से उतरकर बिहज़ाद को घेर चुकी थीं और अपने अंग–प्रत्यंगों को उसके सामने खुलकर प्रदर्शित कर रही थीं। सभी अपने पसन्दीदा रंगों में बिहज़ाद की बनायी हुई तस्वीर में शामिल होने के लिए आतुर थीं। एक ने बिहज़ाद के हाथ से प्याली लेकर अपने एक कुचाग्र को शराब में डुबोकर प्याली दोबारा उसको थमा दी। दूसरी ने बिहज़ाद के पैरों की उँगलियों को अपने वक्षों से छुआते हुए उसकी तरफ़ तिरछी नज़रों से देखा। वे बेगमें बिहज़ाद

के सामने बिस्तर पर हाजी की भंगिमाओं की नक़ल उतारती हुई ख़ुद को ऐसे पेश कर रही थीं जैसे हाजी सबसे ज़्यादा उन्हीं को चाहता हो। बिहज़ाद के हाथ इन दृश्यों को देखकर बेतहाशा थरथरा रहे थे। एक तरफ़ उसे अपनी साँस डूबती महसूस हो रही थी, दूसरी तरफ़ उस पर उन कामुक दृश्यों को तस्वीर में उतारने की विवशता थी।

चिड़ियों और जानवरों की तस्वीरें बनाने के उसके हुनर को तो हाजी पहले ही देख चुका था, बिहज़ाद सोचने लगा। उसने अपनी पलकें मूँद लीं। अकबर! उसने बादशाह के उसके हरम में होने का ख़याल किया।

अचानक एक औरत के सिसकने की आवाज़ सुनकर वह अपनी ख़यालों की दुनिया से हक़ीक़त में लौटा। कमरे के एक कोने में एक औरत पिंजरे में बन्द रो रही थी। उसके हाथ और पैर ज़ंजीरों से बँधे थे। उसकी पीठ पर नीचे तक एक लाल धारी थी। लेकिन वह अपने घाव की पीड़ा से नहीं बल्कि इसलिए रो रही थी कि वह इस उन्मादी आनन्द से वंचित रखी गयी थी। हाजी ने एक पल के लिए उसे ग़ुस्से से देखा और दोबारा अपनी काम–क्रीड़ा में व्यस्त हो गया। अब वह बिस्तर पर अकेला खड़ा था और कमलसुन्दरी उसके बदन से चिपटी हुई थी। उसके भीतर सभी जानवरों का प्रतिबिम्ब दिख रहा था–और वह भी अपने रौद्रतम रूपों में। 'मेरे बच्चे!' हाजी ने कड़कती आवाज़ में उसे पुकारा।

पसीने की एक मोटी बूँद उसके माथे से रेंगती हुई उसकी गोद में फैले कोरे काग़ज़ पर गिर पड़ी।

—•—

अपनी ज़िन्दगी के तीस सालों में एक ख़ाली पन्ने के सामने बिहज़ाद की ऐसी स्थिति पहले कभी नहीं हुई थी। पहले ही दिन मीर सईद अली की चित्रशाला में भी नहीं जबकि उसे तस्वीर बनाने के लिए कोई कहानी या घटना भी नहीं सुनायी गयी थी। यहाँ तक कि तरबख़ाने में भी किसी ऊँघते हुए आदमी को वह सिर्फ़ सरसरी नज़र

से देखता–भर था और बचपन में जुलेखा की ज़बानी सुनी गयी कहानियों से जोड़ता हुआ उसकी कोई शानदार तस्वीर बना डालता था। हिलाल ख़ान की घुड़कियाँ सुनने के बावजूद पशु–पक्षियों की तस्वीरें बनाने में उसे कभी कोई दिक्क़त पेश नहीं आयी थी। आदमियों के चेहरों की तस्वीरें बनाने की तरह उसे कभी पशु–पक्षियों के ऐब छुपाने की ज़रूरत महसूस नहीं हुई। बल्कि आगरा में ख़्वाजा की हवेली को छोड़ने के बाद तस्वीर बनाने के लिए एक चित्रकार की दृष्टि से इतनी सहजता उसने पहले कभी महसूस नहीं की थी।

लेकिन हरम के हालात बिल्कुल अलग थे। उसकी आँखें जो देख रहीं थी उन दृश्यों को उकेरने से उसकी उँगलियाँ साफ़ बग़ावत कर रही थीं। अगर उसके दिमाग़ में कोई ख़ाका उभरता भी था तो पन्ने पर लकीरें आगे बढ़ने से इनकार कर देती थीं। उसके सामने आकार के रूप में देहें जो हरकत कर रही थीं उन्हें देखकर उसे मुल्ला असद के जिन्नात की याद आ रही थी–जो क़रीब जाते ही ग़ायब हो जाते थे। ढेर सारी शुरुआती नाकामियों के बाद उसने नौसिखियों के लिए बनाये गये तरीक़ों पर अमल करना तय किया। उन चीज़ों से अपनी शुरुआत करो जो स्थिर हों–ख़ुद से ही यह कहते हुए बिहज़ाद ने सबसे पहले कमरे में रखे आलीशान पलंग और कोने में पड़े पिंजरे का ख़ाका खींचा। उसने फिर से अपनी आँखें बन्द कर लीं–केन्द्रीय विषय या केन्द्रीय उद्देश्य की कल्पना करो। अकबर के मामले में यह नियम सटीक था। एक बादशाह जो अपने शाही तख़्त पर बैठा मिलने आने वालों का स्वागत कर रहा है। एक बादशाह जो शिकार कर रहा है। लेकिन आँखें खोलते ही उसके सामने वह हाजी नज़र आने लगता जो औरतों के अंग–प्रत्यंगों से कामुकता के साथ खेल रहा था। केन्द्रीय विषय तलाशने की उसकी सभी कोशिशें नाकाम साबित हो रही थीं।

उसे आगरा का वह दिन याद आया जब मीर सईद अली ने अपने शागिर्दों को नहाती हुई शहज़ादी की तस्वीर दिखलायी थी। एक झील में नहाती हुई शीरीं कमर तक नंगी थी और उसके वक्षों

का अधिकतर हिस्सा दिखायी पड़ रहा था। झील की सतह पर एक कमल का फूल तैर रहा था। अर्द्धनग्न शीरीं की तस्वीर देखकर उसके साथी चित्रकार कैसे मुँह दबाते हुए हँस पड़े थे! उनके ज़ेहन में यही बात घूम रही थी कि शीरीं के कुचाग्रों पर ब्रश चलाता हुआ उनका खूसट उस्ताद कैसा महसूस कर रहा होगा! बिहज़ाद ने कमरे में मौजूद कमलसुन्दरी, जवान ग़ुलाम लड़कियों और मुख्य नौकरानी की तस्वीर बनाना शुरू किया लेकिन जो ख़ाका उभरकर सामने आया, वह शर्तिया उन सबसे अलग था। उसने सोचा, आख़िर उसकी तस्वीरों की हरम के इस उन्माद के बीच क़ीमत और महत्त्व ही क्या होगा?

हाजी को बिहज़ाद के तस्वीरों की दूसरी किताब को देखकर बहुत हैरानी हुई—उनमें भी सिर्फ़ चिड़ियों और जानवरों की ही तस्वीरें थीं। वह बार–बार बिहज़ाद को देखता जा रहा था और बीच–बीच में अपनी गर्दन हिलाता जा रहा था। फिर वह अपनी उँगलियों को इस अन्दाज़ में पन्नों पर चलाने लगा गोया उसने कोई ब्रश पकड़ रखा हो।

—•—

जल्दी ही वह हरम में सबके लिए भरोसेमन्द बन गया। उसके लिए हरम के दरवाज़े हर वक़्त खुले रहते थे। अब औरतें उसके सामने पर्दे में नहीं रहती थीं। वह आधी रात के पहले ही जब हाजी अपने ग़ुसलख़ाने में रहता, हरम में दाख़िल हो जाता और बेगमों की तस्वीरें बनाया करता था। वह उनके रोज़मर्रा के वाक़यों जैसे संगमरमर के फ़व्वारे की चारों तरफ़ बैठी क़सीदेदार तौलियों की तहें लगातीं बेगमें, आपस में हँसती–बोलती या फिर तरोताज़ा महसूस करने के लिए शरबत पीती बेगमों की तस्वीरें बनाता था। जब वे अपने–अपने निजी ग़ुसलखानों से नहाकर निकलतीं और एक–दूसरे पर चुल्लुओं से पानी फेंककर चुहल करतीं तो बिहज़ाद उन पलों की तस्वीर बनाता। उसने एक गाने वाली का गाना सुनते हुए हुक्का पीती कमलसुन्दरी,

मुख्य नौकरानी को चुगताई टोपी पहने देखकर जलती–भुनती दूसरी ग़ुलाम लड़कियों, एक लड़की की मालिश करती दूसरी लड़की और उन दोनों लड़कियों की आँखों में एक–दूसरे के लिए उमड़ते प्यार की भी तस्वीरें बनायीं।

'तुम भी एक हिजड़े बन गये हो', हिलाल ख़ान ने हिक़ारत से कहा था। अपने मालिक को उसके सोने के कमरे तक पहुँचाना–एक हिजड़ा भी तो यही करता है। ज़रा इन्तज़ार करो, जल्दी ही तुम्हारा नया नाम रख दिया जायेगा। बेगमें तुमको चिढ़ायेंगी। कोई तुम्हें अपना सबसे प्यारा कहेगी तो कोई बिना दम वाला और सफाचट! कोई तुम्हें अपना दुलारा कहेगी जिसका अंग चींटियो–सा छोटा है और उसका डंक खाल के भीतर महसूस नहीं होता!'

उसने बिहज़ाद को कहीं अधिक बड़े ख़तरे से आगाह किया, 'तुमको पता है कि अगर तुम किसी एक बेगम की तस्वीर बार–बार बनाओगे तो क्या हो सकता है? दूसरी बेगमों को इससे जलन होगी और एक जलन से भरी औरत से ख़तरनाक दुनिया में कोई दूसरी चीज़ नहीं होती है। ऐसी हालत में तुम्हारे पास हाजी का जारी किया हुआ मौत का फ़रमान कभी भी पहुँच सकता है!'

बिहज़ाद ने हिलाल ख़ान को अपनी मजबूरी बतायी कि हरम के भीतर के उन्माद की तस्वीर बनाना उसके वश की बात नहीं है।

हिलाल ख़ान को भी उसकी लाचारी समझ में आ रही थी, 'मैं तुम्हें इसके लिए ज़िम्मेदार नहीं मानता हूँ, बिहज़ाद। चित्रकार भी आख़िरकार इन्सान होता है। तुग कल्पना भी नहीं कर सकते कि तुम्हारी जगह कोई और होता तो उस पर क्या गुज़रती? तुम्हारे उस्ताद की सदमे से मौत हो जाती। तुम्हारे अब्बू अकबर के सामने अपने आप को बख़्श देने के लिए गिड़गिड़ाने लगते। उससे यहाँ तक कहते कि ख़्वाजा की जगह उन्हें मुख्य जल्लाद बना दे! एक कलाकार सिर्फ़ प्यार को समझता है, प्यार के मक़सद को समझता है। लेकिन यह प्यार तो हरगिज़ नहीं है।'

'फिर यह क्या है?'

'इसे पागलपन कहना बेहतर होगा', उसने अपना सर हिलाया। 'नहीं...,' फिर वह अपने पुराने मज़ाकिया अन्दाज़ में लौट आया—'मैं दावे के साथ कह सकता हूँ कि वह तुमसे यही उम्मीद करता है है कि तुम उसके लिंग को वास्तविक आकार से बड़ा बनाकर पेश करोगे! शायद वह तुम्हारी बनायी गयी तस्वीरों को अपने दरबारियों में बाँटना चाहता हो ताकि उन तस्वीरों को देखकर उनकी बीवियों की काम वासना भड़क उठे!'

कभी–कभी बिहज़ाद हिलाल ख़ान को यह भी बताता कि हाजी की दिलचस्पी अपनी बेगमों के बजाय उनके जेवरातों में थी। यहाँ तक कि जब नाचने वाली लड़कियाँ अपनी टाँगों से कपड़े उठाती हुई उसे लुभाने की कोशिश करती थीं, उस वक़्त भी भावशून्य आँखों से हाजी उनके झुमकों और बाजूबन्दों को देखता रहता था। ऐसा दिन भी गुज़रता, जब हाजी कुछ भी करने की बजाय रात–भर शराब पीता रहता था। वे लड़कियाँ जो उसके कपड़े उतारती थीं, अगर उससे बदले में कोई तोहफ़ा माँगती थीं तो वह कभी मना नहीं करता था। उसका स्वभाव इतना अजीबोग़रीब था कि जब उसे शराब देने से मना कर दिया जाता था तो उसकी आँखों में आँसू आ जाते थे। फिर जैसे ही उसे शराब की प्याली परोसी जाती थी उसके आँसू सूख जाते थे।

हिलाल ख़ान बिहज़ाद से बातें करने की बजाय लगातार आसमान का अँधेरा देख रहा था। शायद वह बिहज़ाद की मुश्किलों के लिए कोई तरक़ीब निकालना चाहता था।

'ऐसे कुछ ही चित्रकार हैं जो ऐसे दृश्यों की तस्वीरें बनाना जानते हैं।'

बिहज़ाद इन्तज़ार करने लगा कि हिलाल ख़ान पूरी बात कह सके।

'लेकिन हमें पर्दे में उनसे मिलने जाना होगा।

—•—

उसे कपटता तो नहीं कहा जा सकता लेकिन थोड़ी चालाकी से वह

हाजी को खुश करने में कामयाब हुआ। यह एक सामान्य तरक़ीब थी। किसी स्थिर चीज़ को एक ज़िन्दा चीज़ की शक्ल दे देना–उदाहरण के लिए एक पेड़ को आदमी के तौर पर पेश करना, या फिर बादलों को फ़रिश्ते बना देना। माहिर उस्ताद इस तरक़ीब का इस्तेमाल अमूमन उन तस्वीरों में जीवन भरने के लिए किया करते थे जो अपने केन्द्रीय उद्देश्य में कमज़ोर हुआ करती थीं।

बिहज़ाद ने भी हज़ारी के महल की एक तस्वीर बनायी जिसकी पृष्ठभूमि में उसके ऊपर झुकता हुआ–सा प्रतीत होता एक मांसल और विशाल पहाड़ था। अपने दर्रों और दरारों की वजह से पहाड़ एक हल्की झुकी–सी औरत के जैसा होने का भान देता था जिसकी देहयष्टि अपनी बाहरी कगारों के कारण नपी–तुली और आकर्षक थी। दो बड़ी चट्टानें उसके उन्नत वक्षों की तरह दिख रही थीं और उसकी घाटी जाँघों के बीच की गहराइयों जैसी थीं। जिसमें हरी और हल्की दूबें उगी हुई थीं। पहाड़ की बर्फ़ीली चोटी पिघल रही थी और उससे फूटती हुई जलधारा महल की सूखी मीनारों को अपने प्रवाह में डुबो लेने को जैसे आतुर थी।

—•—

जब उसे जगाया गया तब आधी रात गुज़र चुकी थी। आदतन जागने के बाद वह हरम की तरफ़ जाने वाले गलियारे पर आगे बढ़ने लगा। लेकिन हिजड़े ने कुहनी से उसे हाजी के गुसलख़ाने की तरफ़ बढ़ने का इशारा किया। गुलाम लड़कियों ने उसे नहलाया, उसके बदन को रगड़कर पोंछा, उसकी आँखों में सूरमा लगाया, उसकी भवों को तराशा और फिर उसके सर पर एक ताज पहनाया। उसने कन्धे पर तरकश और धनुष उठाया और उसकी दुल्हन उसके पीछे–पीछे चल पड़ी। दोनों शादी के कमरे में आ गये और रिवाज के मुताबिक़ दुल्हन ने अपने चेहरे पर नक़ाब डाला हुआ था।

बिहज़ाद ने पहली बार जुहरा को देखा।

शादी के बाद की तीन रातों तक बिहज़ाद रिवाज के मुताबिक़ अपनी बीवी के कमरे में अकेला फ़र्श पर सोया। चौथी रात उस कमरे में जुहरा दाख़िल हुई। जुहरा का नाम रात के पहले पहर में आसमान में एक बहुत चमकने वाले सितारे के नाम पर रखा गया था। उसने आने के बाद बिहज़ाद से मशालों को बुझा देने की कोई गुज़ारिश नहीं की। सर से पाँव तक पूरी तरह से ढँकी होने के बावजूद वह इतनी नग्न दिख रही थी जितना बिहज़ाद ने अपनी ज़िन्दगी में पहले किसी और औरत को नहीं देखा था। फिर जैसे कोई जादू हुआ हो, बिल्कुल सही वक़्त पर उसके चेहरे का नक़ाब गिर गया, और बिहज़ाद ने उसकी आँखों को देखा। उनमें एक तरह का कपट और एक परिपक्व समझदारी दोनों साथ–साथ नज़र आ रही थीं। एक मातहत सतर्कता से दूर खड़ा वह दूसरी तरफ़ देख रहा था।

हथियारबन्द पहरेदारों और सेविकाओं से होकर गुज़रते हुए वह बिहज़ाद को एक छोटी इमारत के ग़ुसलख़ाने में ले गयी। उसके ग़ुसलख़ाने के फ़र्श पर नीले रंग के चौकोर पत्थर और दीवारों पर शीशे जड़े हुए थे। बिहज़ाद ने उसकी मखमली चोली पर हाथ लगाने की कोशिश की, लेकिन वह उसकी पकड़ से बच निकली। ग़ुसलख़ाने से एक नर्म और मीठी आवाज़ आ रही थी। यह एक बारह–तेरह साल के लड़के की आवाज़ थी। बिहज़ाद एक संगमरमर के फ़व्वारे के चबूतरे पर जुहरा के साथ बैठकर उस आवाज़ को सुनने लगा। गाने की आवाज़ से दोनों एक सुकून महसूस कर रहे थे। जुहरा ने एक लड़की को आवाज़ देकर उसे बास्फोरस का अपना पसन्दीदा काला पानी लाने का हुक्म दिया। उस पानी को पीने से

उसके होंठ काले पड़ने लगे और उस उबले हुए पेय की कड़वी गन्ध पूरे ग़ुसलख़ाने में फैल गयी।

जुहरा उस लड़की जैसी शक्ल वाले लड़के को बाँहों में भरने के लिए उठ खड़ी हुई। उस गवैये की छाती थोड़ी उभरी हुई और कूल्हे गोलमटोल थे। जुहरा ने उस लड़के को अपनी बाँहों में भर लिया और उसके साथ एक–दूसरे को चूमने के खेल की शुरुआत कर दी। दोनों एक दीवान पर एक–दूसरे के आमने–सामने बैठ गये और दो पहलवानों की तरह सामने वाले की आँखों को घूरने लगे। दोनों की ही आँखें एकदम बेख़ौफ़ थीं और वे कभी क़रीब आ जाते थे और कभी थोड़ा पीछे हट जाते थे। बिहज़ाद इस खेल को देखता हुआ शराब पी रहा था। जो दूसरे के होंठों को दाँतों से काट खाने में कामयाब होता इस खेल में उसी की फ़तह होने वाली थी। तनी हुई भवों और फड़कते हुए नथुनों के साथ जुहरा लड़के पर झपट पड़ी, लेकिन वह बाल–बाल बच निकला। उसने निराशा के साथ अपने होंठ सिकोड़ लिए। फिर, जुहरा ने अपनी चोली के सारे बन्द खोल दिये, अपनी जुल्फ़ों की रेशमी गिरहें भी खोल दीं और अपना इजारबन्द भी ढीला कर दिया। वह लड़का अपनी जीभ निकालकर उसे चिढ़ा रहा था और जुहरा की साँसों से फुँफकारने की आवाज़ें निकल रही थीं।

बिहज़ाद ख़ामोशी से यह खेल देख रहा था।

जब उसने उसकी तरफ़ अपनी नंगी पीठ फेरी तब उसने उस पर हिना के छापे देखे। वह अपने गद्दे पर अपनी देह को उछाल रही थी और उसके गले से ऐसी आवाज़ निकल रही थी गोया कोई धीमे–धीमे चीख़ रहा हो। दोनों एक–दूसरे पर दो साँपों की तरह हमला कर रहे थे।

अचानक उसने जीते हुए खिलाड़ी की तरह अपने हाथ हवा में उठा दिये। उसने लड़के के होंठों को अपने दाँतों से कुचलकर उसे मात दे दी थी। लड़का एक हारे हुए खिलाड़ी की तरह बिस्तर पर पस्तहाल पड़ा हुआ था लेकिन दोनों एक–दूसरे से अभी तक गुँथे हुए थे। फिर वह हँसने लगी।

जब वह पलटी तो बिहज़ाद ने उसके होंठों से रिसता हुआ ख़ून देखा। अपनी प्याली को एक तरफ़ रखकर वह जुहरा को अपनी आगोश में लेने के लिए बढ़ा। वह उसे सहलाना और चूमना चाहता था लेकिन उसने बिहज़ाद को रोक दिया। वह किसी लजालु दुल्हन या नखरैल नाचने वाली नहीं बल्कि एक बीवी के लहजे में बोली, 'क्या तुम अब यह खेल खेलने के लिए तैयार हो?'

बिहज़ाद के भीतर का मर्द जाग चुका था लेकिन वह उस खेल को उन्माद की तरह नहीं बल्कि एक ख़्वाहिश की तरह खेलना चाहता था।

—•—

बिहज़ाद की शादी वैसी नहीं थी जैसी अपने बचपन में उसने आगरा की शादियाँ देखी थीं। उसने सोचा था कि उसकी बीवी उसके साथ ही रहेगी जैसे ख़्वाजा और जुलेखा रहते थे। लेकिन जुहरा के कमरे में सिर्फ़ चार रातें गुज़ारने के बाद ही उसे पहरेदारों ने अपनी इमारत में पहुँचा दिया था। उसे यह माजरा समझ में नहीं आया। बहरहाल हाजी के दरबारी के तौर पर उसने अपनी ज़िम्मेदारी दोबारा शुरू कर दी। वह पहले की तरह हाजी के हरम में जाने लगा और लौटने के बाद भी जुहरा के बुलावे का इन्तज़ार करता हुआ देर रात तक जागा रहता। उसके पहरेदार उसे अपने साथ जुहरा के कमरे तक ले जाते और दुबारा उसके कमरे तक वापस छोड़ आते। जब वह जुहरा की इमारत में जाता तो उसे जुहरा को बाहर के बरामदे और उसके ग़ुसलख़ाने में सब जगह तलाशना पड़ता था गोया वह वहाँ बिना बताये ही जा पहुँचा हो और उसकी बीवी को उसके आने की भनक भी नहीं हो।

इस कमरे से उस कमरे तक भटकने के बाद उसे किसी कोने में जुहरा अपने हिजड़े के साथ दिख जाती थी। कभी वह अपने नाख़ूनों पर रंग चढ़ाती रहती कभी अपने बालों को गूँथकर उनकी चोटियाँ बना रही होती—बिल्कुल एक माँ और उसकी बेटी की तरह। या फिर

उस लड़के की देह के रोओं को साफ़ करने के लिए जुहरा रुस्मा लगा रही होती। जब लड़का लेप की तेज़ जलन से चीख़ने लगता तो जुहरा लेप को सीपियों से खुरचती हुई हँसती हुई उसे दाँतों से काट खाने की धमकियाँ देने लगती।

जुहरा को अपनी सुन्दरता की न तो कोई ज़्यादा फ़िक्र थी और न ही ज़रूरत। उसमें ऐसा कुछ भी नहीं था जो असाधारण था। न उसकी आँखें, न होंठ और न ही उसकी त्वचा की चमक। उसकी खमदार गर्दन और तराशी हुई कमर में भी कोई आकर्षित करने वाली बात नहीं थी। न उसकी चाल में हंसों जैसा गुरूर था और न ही उसके वक्ष हज़ारी के ग़ुलामों की मण्डी में नंगी खड़ी उस लड़की की तरह सख़्त थे। इन सब सच्चाइयों के बावजूद उसकी देह की अपनी ज़रूरतें थीं जो उसे एक लुभाने वाली औरत में तब्दील कर देती थीं। उसका उन्माद उसकी नज़रों में दीखता था, उसकी साँसों में सुनायी पड़ता था और एक नर्तकी जैसी अदाओं में झलकता था। वह एक कोरा काग़ज़ थी जो किसी चित्रकार के द्वारा ख़ुद को रंगे जाने का इन्तज़ार कर रहा थी।

जब वह लड़का जुहरा के कपड़े उतारता था, या उसकी पीठ और नाभि पर हिना के छापे बनाता था तो उसकी आँखों की चमक बिहज़ाद से छुपी नहीं रहती थी। वह उसके वक्ष पर अपने नाख़ून गड़ा देता था जिससे उस पर मोर के पंजे–सा निशान बन जाता था। पानी के बहने की लगातार आवाज़ और बातों की सरगोशियाँ उन्हें घेर लेती थीं। वह लड़के को अपनी जाँघों के बीच की गहराई में बैठने का हुक्म देती। वह किसी नवजात बछड़े या किसी पेड़ से फल तोड़ने की कोशिश करते एक अन्धे आदमी की तरह उसके हर संकेत पर निर्भर था। फिर दोनों बिहज़ाद से भी उस खेल में शामिल होने की मिन्नत करते। उसके बाद वे तीनों असंख्य सूँडों वाली तारा मछली में या एक–दूसरे पर सवार एक पिरामिडनुमा बनावट में तब्दील हो जाते। एक शिथिलता से लेकर एक आक्रामकता की स्थिति के दरम्यान वह बिहज़ाद के लिए एक तिलिस्म बनी रहती और अपने जादू को कम नहीं होने देती थी। जहाँ

तक उस लड़के की बात थी, तो अपनी ख़्वाहिशों को पूरी करने के लिए वह एक तकिये को उसके हवाले कर देती थी। वह गुर्राता हुआ उसी को नोचता–खसोटता रहता था। बिहज़ाद की आगोश में रहने के बावजूद कई बार वह बिहज़ाद का चेहरा दूसरी तरफ़ घुमा देती थी और उस लड़के के मुँह को चूमने लगती थी। लेकिन इस प्रक्रिया में बिहज़ाद और उसके बीच सहवास चलता रहता था।

—•—

ख़ुद को उस सोये हुए लड़के की गिरफ़्त से छुड़ाकर जुहरा और बिहज़ाद महल की छत पर टहल रहे थे। बिहज़ाद के कन्धे पर सर टिकाये हुए वह चाँद को निहार रही थी। बिहज़ाद ने उसे तारों को दिखाते हुए उसके कान में कहा, 'एक दिन इन्हीं तारों से उतरकर वे सभी हज़ारी में अपने किताबख़ाने को देखने आयेंगी। दुनिया की तमाम सल्तनतों से।'

'और वे क्या देखेंगी?' उसने आसमान की तरफ़ ही देखते हुए पूछा।

'दुनिया की सबसे ख़ूबसूरत तस्वीर देखने! फ़ारस के मीराक और हिन्दुस्तान के...'

'तुम्हारे कहने का मतलब है कि वे मरे हुए लोगों, मरे हुए जानवरों और सूख चुके फूलों की तारीफ़ करने आयेंगी।' जुहरा ने बेपरवाही के साथ कहा। 'क्या तुम इसीलिए यहाँ आये हो? सबको बेवजह बेवकूफ़ बनाने के लिए? इस रेगिस्तान को खुशनुमा दिखाने के लिए?'

उसने जुहरा की बातों को अनसुना कर दिया और उसे वे कहानियाँ सुनाने लगा जो उसने मीर सईद अली और अपने दोस्त सलीम अमीरी की ज़बानी सुनी थीं। लेकिन जुहरा ने अपने बिस्तर पर सोये हुए लड़के की तरफ़ इशारा करते हुए उसे चुप करा दिया।

'वह एक सच्चा चित्रकार है। एक उस्ताद। उसे ग़ौर से देखो! वह सर से लेकर पाँव तक अपनी कला में लिपटा हुआ है। लेकिन यह कला तुम्हारी कला से अलग है।'

बिहज़ाद ने गुस्से से उस लड़के को देखा। वह एक औरत होने का ढोंग करके एक मर्द से उसका प्यार छीन रहा था और एक मर्द होने का ढोंग करके एक औरत को उसके प्यार से दूर कर रहा था।

'और नींद से जगने के बाद तुम्हारा यह चित्रकार कौन–सी तस्वीर बनायेगा?'

जवाब में जुहरा ने उसे एक तरह चिढ़ाते हुए कहा, 'कुछ नहीं। कुछ भी नहीं। लेकिन वह मुझे जो ख़ुशी देता है, वह तस्वीरों की एक के बाद एक किताबों से भी ज़्यादा है। दरअसल वे लोग बेवकूफ़ हैं जो किसी को तब ख़ुशी देने की कोशिश करते हैं जबकि ख़ुशी का पल पहले ही गुज़र चुका होता है।'

'एक चित्रकार को तब क्या करना चाहिए?' बिहज़ाद ने जुहरा की आँखों में झाँकते हुए पूछा।

जुहरा का जवाब थोड़ा मायूसी से भरा और अस्पष्ट था। 'कला एक मरा हुआ जीवन है।'

बिहज़ाद ने इनकार में सर झटकते हुए कहा, 'नहीं। ऐसा हरगिज़ नहीं है। दिग्गज कलाकारों ने अपनी तस्वीरों में इस दुनिया को बनाने वाले की तरह ही जान फूँक दी है। उन्होंने उन तस्वीरों को...'

'सब–की–सब नक़ली हैं? आईने में दीखती परछाई का कोई अपना चेहरा नहीं होता। एक झील कभी आसमान को क़ैद नहीं कर सकती। कोई भी तस्वीर सिर्फ़ प्यार करने वाले पलों में ज़िन्दा रह सकती है। कागज़ पर बनते ही उसकी मौत हो जाती है।'

उस सुबह वह पहले की तरह बहुत ख़ुश नहीं दिख रही थी। वह रात जैसी कटी थी शायद उससे वह थोड़ी नाउम्मीद थी, या फिर शायद वह बिहज़ाद से नाराज़ थी! उसको ख़ुश करने के लिए बिहज़ाद ने एक तस्वीर बनाने की सोची। उसने जैसे ही जुहरा का चेहरा अपनी तरफ़ घुमाया, वैसे ही उसने अपना चेहरा दूसरी तरफ़ फेरते हुए कहा, 'मेरी ख़ुशामद करने की कोशिश मत करो।' उसकी झल्लाहट को दूर करने के इरादे से बिहज़ाद उसे उन अफ़वाहों के बारे में बताने लगा जो उसने उसके बारे में सुन रखी थीं और

जो बातें उसके बारे में बाज़ारों और तरबख़ाने में बैठे शराबी और अफ़ीमची कहा करते थे–'मानो तुम अपनी छातियों को उघाड़ती हुई बाज़ार में दाख़िल होती थी!' जुहरा ने उसकी तरफ़ ऐसे देखा मानो बदन के लिबास से भी कहीं ज़्यादा कुछ उससे छिन गया हो। फिर बिहज़ाद उसे हाजी और उसकी बेगमों के क़िस्से सुनाने लगा।

छत में चहलक़दमी करते पौ फूटने का इन्तज़ार करते उसके चेहरे पर अभी भी उदासी के बादल मँडरा रहे थे।

—•—

उस सुबह के बाद जब कई दिनों तक उसे लेने कोई पहरेदार नहीं आया तो बिहज़ाद ख़ुद को अपनी बीवी को नाराज़ करने का क़सूरवार मानने लगा। अपनी इमारत में अकेला बैठा वह बुदबुदाते हुए अफ़सोस ज़ाहिर करता रहता। जब उसके बर्दाश्त की हद हो जाती तो वह किसी बच्चे की तरह चीख़ता हुआ तंग गलियारे में दौड़ पड़ता था–'जुहरा...!'

लेकिन जुहरा तक पहुँचने के पहले ही उसके नौकर उसे पकड़कर रोक लेते और उसे उसके कमरे में पहुँचा देते थे। कमरे में लौटते ही वह हाजी के बुलावे की परवाह छोड़कर अफ़ीम और शराब की सुराही के साथ बैठ जाता।

—•—

'तुम ऐसा क्यों करती हो?' जब दोनों दोबारा एक–दूसरे से मिले तो बिहज़ाद ने जुहरा से पूछा था–आख़िर क्यों उसने लम्बे अरसे तक नहीं बुलाया? वह वक़्त–वक़्त पर कहाँ ग़ायब हो जाती थी? वह बिहज़ाद की बनायी हुई तस्वीरें क्यों नहीं देखना चाहती या उससे अपनी ख़ुद की तस्वीर क्यों नहीं बनवाना चाहती?

'मैं हवा का झोंका हूँ,' वह कहती, 'कभी एक जगह टिकी नहीं रह सकती। मैं एक रेगिस्तानी तूफ़ान हूँ। मैं अपने निशान कहीं नहीं छोड़ती। मैं किसी की नहीं हूँ और न कोई मेरा है।'

—•—

बिहज़ाद को इस बात की तकलीफ़ थी कि उन्माद और आनन्द की इस पराकाष्ठा पर पहुँचकर उनके सम्बन्धों की अन्तरंगता उन तिलिस्मी गहराइयों तक नहीं पहुँच पायी थी जहाँ उसको पहुँचना चाहिए था। वह अक्सर सोचता था कि उसे और किन तहों को खोलने और किन सुराखों को तलाशने की ज़रूरत थी ताकि वह उसे आख़िरकार हासिल कर ले?

जुलेखा के बिस्तर से उठते हुए तो उसने कभी इन पहेलियों का सामना नहीं किया था। उसके ज़ेहन में लगातार एक डर–सा बना रहता था। उसे शायद इस बात का डर था कि किसी दिन वह उसे हमेशा के लिए छोड़कर चली जायेगी। उसे शायद खुद को ख़ारिज किये जाने का भी डर था।

उसने एक पूरी सुबह सिर्फ़ हाजी को अपने तोते को बोलना सिखाते हुए देखकर बितायी थी। हाजी ने उँगलियों के इशारे से एक काल्पनिक ब्रश पकड़कर उसे तोते की तस्वीर बनाने का हुक्म दिया। उसने किसी बहाने हाजी के हुक्म को टालकर वहाँ से जाने की कोशिश की, लेकिन तोते ने बिहज़ाद से हाजी के लहजे में कहा। 'मुझे चूमो, रोटी के सड़े हुए टुकड़े!'

वह हर पल जुहरा के बारे में सोचता रहता। वह दरबार और हाजी के हरम से निकल भागने की तरक़ीबें सोचता। लेकिन जब वह किसी तरह उसकी इमारत में दाख़िल होता तो वहाँ एक सन्नाटा पसरा मिलता। लड़कियाँ उसका गुसलखाना साफ़ करती हुई आपस में खुसुर–फुसुर करती रहतीं लेकिन जुहरा और वह लड़का खिन्न नहीं दिखते थे। जब वह उसके सोने के कमरे में जाता तो वह लड़का जुहरा की गोद में सर रखे सोया मिलता और जुहरा खुद ख़ाली आँखों से बाहर निहारती रहती थी। वह जुहरा को उसकी नीमनींद से जगाना नहीं चाहता था। तब भी नहीं जब वह किसी कामोन्मत्त घोड़े या साँड़ की तरह उसके सामने घूमता रहता और बमुश्किल कालीन पर अपने आप को स्खलित होने से रोके रखता।

वह उस लड़के को देखकर कोफ़्त से भर जाता था। वह जन्नत

की सत्तर हूरों के साथ विलास के सुख से तो वंचित था, लेकिन जुहरा की देह के भरपूर मज़े ले रहा था। वह फ़रेबी जुहरा की सिर्फ़ देह का ही मालिक नहीं था बल्कि जुहरा की कल्पनाओं में भी बिहज़ाद की जगह वही था।

उसकी स्मृतियाँ जुलेखा के साथ गुज़रे पलों की ख़ुशबुओं से तर हो गयीं। आख़िर वह अपनी माशूक़ा को अपने अख़्तियार में क्यों नहीं कर सका? उसे अपनी तस्वीर में क़ैद करने से क्यों चूक गया? उसे अपनी बदक़िस्मती का अफ़सोस था। सारा क़सूर उसकी तक़दीर का था।

'ज़ियादी। कमीनी कहीं की!' हिलाल ख़ान ने ख़ामोशी से बिहज़ाद की बात सुनी और उसके मुँह से बेसाख़्ता निकल पड़ा। 'उसने अपने बाप पर जादू–टोना कर दिया है और अब वह टोटका कर तुमको अपने वश में कर रही है! यह सब उसकी अफ़ीम, शराब और बास्फोरस के काले पानी का कमाल है। जब से तुम उसके और उस लड़के के असर में आये हो तब से तुम अपने आप में नहीं हो।'

बिहज़ाद ने उस इकलौती घटना के बारे में हिलाल को बताया था जब उसने बोसे के खेल में जुहरा को हराया था। उसके बाद से ही जुहरा अपने नाम के सितारे की तरह उसकी पहुँच से बाहर की शै हो गयी थी।

'जब इन्सान इश्क़ में पड़ जाता है तब उसे कोई भी मशविरा देना फ़ुज़ूल है,' हिलाल ख़ान ने एक ठण्डी आह भरी। 'उससे पूछना, बिहज़ाद कि जब उसके हिजड़े उसे सन्तुष्ट करने लायक़ नहीं रह जाते तो तब वह उनके साथ क्या सलूक करती है।'

'तुम्हारा मतलब जब वे बूढ़े हो जाते हैं?'

हिलाल ख़ान ने अपना सर सहमति में हिलाया, 'बूढ़े, या बीमार।'

बिहज़ाद को उस लड़के की उम्र का पता नहीं चलता था और उसकी आवाज़ भी किसी नये जन्मे बच्चे की किलकारी की तरह

थी। वह सोचने लगा, वाक़ई वह उस लड़के का तब क्या करेगी जिसे फ़िलहाल वह अपने शौहर की तरह चाहती है। क्या बुढ़ापे में उस लड़के की तक़दीर भी उस भाड़े के फ़ौजी की तरह हो जायेगी?

'उस लड़की को पागल भी नहीं कहा जा सकता है,' हिलाल ख़ान के माथे पर शिकन आ गयी।

'फिर वह क्या है?'

'तुम एक चित्रकार हो। हो न?' हिलाल ख़ान मुस्कराया। 'तुम उसके असली रूप की तस्वीर क्यों नहीं बनाते?' उसने बिहज़ाद को एक बुरख़ा देते हुए कहा और एक दूसरा बुरख़ा ख़ुद अपने ऊपर डाल लिया। बिहज़ाद को हैरानी हो रही थी।

'क्या तुम हरम में हाजी की हरकतों की तस्वीरें नहीं बनाना चाहते?' उसने बिहज़ाद को याद दिलाया। 'तुम्हें एक सामान्य प्यार की तस्वीर बनानी तो आती ही है–एक कुँवारी लड़की के गालों पर लाज की लाली, या आँखों में दीखता अनकहा प्यार। लेकिन अब तुम्हें लज्जाहीन प्यार की तस्वीर बनाना भी सीखना चाहिए।' दोनों बाज़ार की तंग गलियों से होकर गुज़रते हुए ग़ुलामों की मण्डी को पार कर गये। अस्तबल में बैठे फ़ौजी उनकी बेडौल क़द–काठी को अजीब नज़रों से घूर रहे थे। 'वहाँ वे कलाकार रहते हैं जो अश्लील दृश्यों की तस्वीरें बनाते हैं। क़ाफ़िर लोग।' हिलाल ख़ान ने शहर से दूर रेत के टीलों के बीच बसी हुई एक बस्ती की तरफ़ आँखों के इशारे से दबी हुई आवाज़ में कहा। सूफ़ियों को छोड़कर हज़ारी का कोई भी बाशिन्दा उन क़ाफ़िरों की बस्ती में नहीं जाता था। और, ग़ुलाम और हिजड़ा बनाने के इरादे से चुराकर लाये गये बच्चों को छोड़कर शायद ही कोई उस बस्ती से इस तरफ़ आता था। साल में एक बार बस्ती में आग की तेज़ लपटें उठती हुई दिखायी देती थीं जिसके धुएँ से सारी बस्ती ढँक जाती थी। ऐसा लगता था मानो वहाँ कोई चिता जलायी जा रही हो। हिन्दुओं में मृतकों की अन्त्येष्टि उनकी देह को जलाकर करने की परम्परा थी। साथ ही हिन्दू संवत के अन्तिम दिन भी आग जलाने का रिवाज था। उस बस्ती के पहरेदार के रूप में टीलों के बीच

स्थापित एक मूर्ति की बात करने वाले को मुल्ला शिरहिन्दी गुर्राकर देखता था और बोलने वाले को सहमकर चुप हो जाना पड़ता था।

बस्ती में मिट्टी के बने घरों की क़तारों के पीछे से गुज़रते हुए हिलाल ख़ान ने बिहज़ाद को उँगलियों से चुप रहने का संकेत किया। हिलाल ख़ान ने बिहज़ाद को बुरखा पहनने की ज़रूरत के बारे में बताया था कि देखे जाने पर भी लोग उनको हज़ारी से छुप–छुपा कर एक तान्त्रिक से मिलने के लिए आयी औरतें समझेंगे जिसे टोनो–टोटके में सिद्धहस्त माना जाता था। वर्ना लोग उनको जासूस या ग़ुलामों का सौदागर बच्चा–चोर समझकर उनके पीछे लग सकते थे।

हिलाल ख़ान सभी घरों की खिड़कियों से झाँककर भीतर देख रहा था। उसे सही घर तक पहुँचने की जल्दी थी। इसलिए खिड़की से झाँककर वह नकारता हुआ तेज़ी से दूसरे घर की तरफ़ बढ़ रहा था। फिर वह एक घर के पिछवाड़े में अचानक रुक गया और बिहज़ाद को अपने पीछे आने का इशारा किया।

बिहज़ाद ने देखा, एक आदमी अपनी पीठ खिड़की की तरफ़ किये बैठा हुआ था। एक अधूरी तस्वीर उसकी गोद में फैली हुई थी। बिहज़ाद ने उचककर उसके कन्धे के पीछे से तस्वीर को देखने की कोशिश की।

चित्रकार ने एक वेश्या की तस्वीर बनायी थी जो रात के अँधेरे में अपनी बाँहें आसमान की तरफ़ उठाये भटक रही थी मानो आसमान ही उसका प्रेमी हो। हवा के तेज़ झोंके उसके बदन के आवरण को हटा डालने के लिए अधीर थे और चाँद की रौशनी उसके बदन में चुभ रही थी।

वे अगली खिड़की की तरफ़ बढ़ गये।

दूसरा चित्रकार भी उसी वेश्या की तस्वीर बना रहा था। वह घने जंगल में भटकती हुई अचानक अपने प्रेमी से टकरा गयी थी। उसकी उँगलियाँ अपने प्रेमी के बदन को तेज़ी से सहला रही थीं, लेकिन उसका निष्ठुर प्रेमी का मौन उसे चिढ़ा रहा था। वह कामातुर आँखों से अपने

प्रेमी के शरीर को देख रही था, उसकी गन्ध को महसूस कर रही थी और उस पर अपनी जीभ फेर रही थी। प्रेमी हँसता हुआ उसकी अधीरता को देख रहा था। अपनी सुध में लौटकर वह पंख फड़फड़ाती तितली की तरह उसके सीने से चिपक गयी थी।

ऐसा प्रतीत होता था कि चित्रकारों की एक पूरी–की–पूरी आबादी ही सिर्फ़ प्रेमियों की तस्वीर बनाने में व्यस्त थी और सब–के–सब उन प्रेमियों के भीतर की सुलगती आग को अपने–अपने नज़रिये से पेश कर रहे थे–पत्तों के बिस्तर पर लेटी हुई औरतें जो अपने प्रेमी के साथ प्रेम–क्रीड़ा के आरम्भ की प्रतीक्षा कर रही थीं।

'ये लोग इन तस्वीरों को किसके लिए बना रहे हैं?' बिहज़ाद ने फुसफुसाते हुए हिलाल ख़ान से पूछा।

'अपने ईश्वर के लिए। प्रेम के ईश्वर। इन लोगों के लिए यही इबादत है। जैसे किसी मुसलमान के लिए नमाज़ होती है...'

उसने क़ाफ़िरों के भगवान कृष्ण को देखा–गोपियों पर फूलों की बरसात करते हुए, एक औरत का आलिंगन करते हुए और उसी वक़्त दूसरी के वक्षों को सहलाते हुए, उनके साथ लुका–छिपी का खेल खेलते हुए जब एक साथ कई हाथ उसे छूने को आतुर हों, दो घड़े जैसे गोल और झूलते हुए नितम्बों को अपनी हथेलियों से उठाये हुए। वह अपनी प्रेमिकाओं के कानों में कुछ हौले से कहता जिसे सुनकर उनका मुँह शर्म से लाल हो जाता, जबकि उसके अपने चेहरे और शरीर पर दाँतों के असंख्य निशान बने होते थे। एक तस्वीर में उसे एक पेड़ की डाली पर बैठकर औरतों की तरफ़ तीर चलाते दिखलाया गया था जिन्हें उनके कपड़ों में आग सुलगाने के इरादे से चलाया गया था।

हिलाल ख़ान बिहज़ाद को देखकर अपने अन्दाज़ में मुस्कराया था, 'अगर प्रेम नहीं तो फिर यह क्या है?'

वापस लौटते हुए उन्होंने बस्ती के देवता की एक झलक देखी जिसकी मूर्ति ठीक बस्ती के बीचोबीच बनी थी। काले पत्थर को तराशकर बनायी गयी उस मूर्ति का सर सूअर के जैसा बना था।

—•—

जुहरा उसके पास आती थी, लेकिन बिना रुके वापस लौट जाती थी। बिहज़ाद हमेशा उसे अपने पास रोके रखने में कभी कामयाब नहीं हुआ। अपनी रहस्यमयी नामौजूदगी से निकलकर जैसे ही वह बिहज़ाद के सामने प्रकट होती थी, उसका कमरा चहकने लगता था। वह बिहज़ाद की ईर्ष्या का मज़ा लेती थी। अपनी शाम का जश्न शुरू करने लिए जुहरा ने कभी उसके आने का इन्तज़ार नहीं किया। 'मुझे नहीं पता, तुम यहाँ आकर कैसा महसूस करते हो, लेकिन हम दोनों अपने आप में सन्तुष्ट और ख़ुश हैं।' जुहरा ने यह कहकर उसे संशय में डाल दिया था। काला पानी के असर से उसके होंठ नीले पड़ गये थे और उसके सर के ऊपर धुएँ का छल्ला फैला हुआ था। वह रात–भर की जगी हुई थी और उसके जिस्म पर दाँत और नाख़ूनों की ताज़ा खरोचें थीं।

बिहज़ाद ने एक–एक कर अपनी तस्वीरें जलानी और पानी में बहानी शुरू कर दी थीं, 'एक तस्वीर अपने प्यार के पलों में जीवित रहती है'–जुहरा की कही यह बात उस इमारत के एक–एक कमरे में भटकते हुए बिहज़ाद का जैसे पीछा कर रही थी। उसने बारी–बारी से तराबख़ाने में बनायी गयीं उन तमाम तस्वीरों को जला डाला जिनका कोई ख़रीदार नहीं मिला था। उसने सराय में अपने दोस्तों कानू और सबी की बनायी हुई तस्वीरें भी जला डालीं। एक निष्ठुर दृष्टि डालने के बाद उसने हज़ारी की ग़ुलाम मण्डी की उस ग़ुलाम लड़की की तस्वीर भी बहा दी जिसे उसने सौदागर की मनाही के बावजूद बनाया था–रम के बाग़ की वह गुलाब। बिहज़ाद ने उसके दमकते हुए चेहरे, उसके वक्षों पर बिखरे पिघलते हुए मक्खन और अपने मालिक के हुक्म पर फैलायी हुई जाँघों की तस्वीर बनायी थी। उसने उस तस्वीर को सुनहरी मछलियों के तालाब में बहाने से पहले आख़िरी दफ़ा देखा। अपने गिनती के सामानों में से उसने जुलेखा की एक तस्वीर निकाली जो उसकी दूसरी तस्वीरों में से एक थी जिसे बिहज़ाद ने लेटे–लेटे गपशप करने के दौरान बनाया था। उसकी

सौतेली अम्मी जुलेखा। वह ख़्वाजा की बेगम की तस्वीर को बहुत देर तक देखता रहा और आख़िरकार उसे भी आग के सुपुर्द कर दिया। उसने बुदबुदाते हुए ख़ुद से कहा, 'एक सच्चा चित्रकार अपनी बनायी तस्वीरों को रेशम में लपेटकर नहीं रखता है।' उन्हें देखने की ख़ुशी से गुज़रने के बाद दुनिया की कोई भी चीज़ उनको हमेशा के लिए सुरक्षित नहीं रख सकती।

हाजी, उसके जानवरों और उसके हरम के अलावा उसने ज़्यादा तस्वीरें नहीं बनायी थीं। ज़िन्दगी में पहली बार बिहज़ाद को यह बात महसूस हुई कि वह किताबख़ाने का असली चित्रकार है जो दारोगा के कहे मुताबिक़ तस्वीरें बनाने के सिवा किसी दूसरी तस्वीर के लिए ज़िम्मेदार नहीं है। उसने बहुत राहत महसूस की। ब्रश को रंगों में डुबोना उसे वैसा ही रोज़मर्रा का काम लग रहा था जैसे किसी मुंशी के लिए टकसाल में बैठकर सिक्कों की गिनती करना था। कुछ शुरुआती दिक़्क़तों के बाद उसने अपने मालिक हाजी के उन्माद के खेल की तस्वीर बनाना सीख लिया था–देह और वासना के गोसे–गोसे की तस्वीर जिसे देखने के लिए इन्सान में किसी भी तरह की कल्पनाशीलता की कोई ज़रूरत नहीं थी।

जुहरा के साथ या उसके बिना भी जीते हुए अब वह ख़ुद को ऐसा चित्रकार बनाने की ज़िद छोड़ चुका था जैसा चित्रकार उसका फ़ारसी बाप उसे बनाना चाहता था। कितना सोचकर उसने बिहज़ाद का नाम एक अच्छी नस्ल के फ़ारसी बाज़ पर रखा था! लेकिन जब भी दोनों नख़लिस्तान के किनारे मिलते थे, हिलाल ख़ान उसके फ़ैसले में मीनमेख निकालने से बाज नहीं आता था। वह बिहज़ाद की दुर्लभ प्रतिभा की याद उसे दिलाता रहता और उसे तस्वीरों की एक ऐसी मोटी किताब बनाने के लिए उत्साहित करता रहता जिससे दुनिया उसे हमेशा याद रख सके। पहले तो बिहज़ाद उससे अपनी तस्वीरों का ज़िक्र करने से बचता था, फिर धीरे–धीरे उसने हाजी की चर्चा करना भी बन्द कर दिया। और तो और, अब वह जुहरा के लिए अपनी शिकायत के बारे में भी हिलाल ख़ान से कुछ नहीं

कहता। दोनों नख़लिस्तान के किनारे पहले की तरह ही चोरी–छिपे मिलते रहे, लेकिन अब वे पहले से ज़्यादा ख़ामोश रहने लगे थे। अब वह हाजी का एक वफ़ादार दरबारी था जो उसके हुक्म के मुताबिक़ चलता था। वह दरबार में अपनी मर्ज़ी का क़ैदी बन चुका था। फिर रमज़ान के दूसरे त्योहार के दिन उसने किसी भी रंग का इस्तेमाल किये बिना सफ़ेद और काले रंग का एक दृश्य बनाया और अपनी बीवी की नामौजूदगी में उसकी इमारत में छोड़ आया।

दृश्य में एक नर और मादा हिरन अपने छौने के साथ पहाड़ों की तलहटी के हरे–भरे इलाक़े में घास चर रहे थे। तभी अचानक आयी बाढ़ अपने साथ नर हिरन और छौने को बहा ले जाती है। मादा हिरन को इत्तेफ़ाक़न भागने का मौक़ा मिल गया और वह एक बार भी पीछे पलटकर देखे बिना जंगल में।

—•—

'अपने ही दिल का ख़ून मत पियो', हिलाल ख़ान ने उसे घूरते हुए सख़्त लहजे में कहा।

जितने साल बिहज़ाद हज़ारी में रहा, अकबर अपनी सल्तनत के एक छोर से दूसरे छोर तक सफ़र करता रहा। अपनी राजधानी में सिर्फ़ पन्द्रह साल ही आराम से बिताने के बाद उसकी ज़िन्दगी फिर से एक ख़ानाबदोश के जैसी हो गयी। सीकरी दोबारा भूतों का शहर बन चुका था। आगरा का कोलाहल भी अब पहले जैसा नहीं रह गया था। बादशाह यमुना के किनारे होने वाले अपनी पसन्दीदा हाथी की लड़ाई का खेल देखने नहीं लौटा। उसने अपने आपको सल्तनत की होने वाली बग़ावतों को कुचलने की कोशिशों में पूरी तरह से झोंक दिया था। पहले बंगाल, फिर काबुल और उसके बाद अपने बाग़ी दूध के भाई को सिन्ध में धर दबोचने के बाद उसने पश्चिम में बलूचिस्तान और कन्धार तक की ख़ाक छान मारी। मध्य एशिया के पहाड़ी लड़ाकों के हमले के डर ने उसे सीकरी का सुकून छोड़कर भटकते रहने के लिए मजबूर कर दिया था। वे पहाड़ी योद्धा मुग़लों के पुरखों की तरह हमलावर माने जाते थे। सीकरी के उसके दरबारी भी ख़ौफ़ से भरे हुए थे। नामर्ज़ी के बावजूद वे बादशाह का फ़रमान मानने के लिए मजबूर और एक ही जगह दो बार रमज़ान नहीं मनाने के लिए अभिशप्त थे। वे आपस में खुसुर–फुसुर करते थे कि बादशाह को जीत का चस्का लग गया है। सिकन्दर की तरह एक दिन उसकी मौत भी यही अफ़सोस करते हुए होगी कि जीतने के लिए अब दुनिया में ज़मीन का एक भी टुकड़ा नहीं बचा।

अकबर ने उन तमाम जंगों में फ़तह हासिल की जिनमें उसके पुरखे नाकाम रहे थे। हिन्दुस्तान सिन्ध नदी के मुहाने से लेकर गंगा के कछारों तक फैला हुआ एक विशाल मैदानी इलाक़ा था और समन्दर और पहाड़ों से घिरा होने के कारण उसके लिए आमतौर पर सुरक्षित

जगह था। 'अकबर की तरह बहादुर! अकबर की तरह भाग्यशाली! अकबर की तरह ही बुद्धिमान!' उसकी प्रजा जोश में नारे लगाती हुई कहती। इसके बाद भी उसका मन नहीं भरा और उसने दक्कन के पठार की तरफ़ अपना रुख़ करा लिया। उसके शराबी बेटे एक के बाद एक मरते जा रहे थे, लेकिन फ़तह की उसकी हवस ख़त्म नहीं हुई। उसके सिपहसालार उसके प्रति शिकायतों से भरे रहते। वह बमुश्किल किसी पेड़ की छाँह में सुस्ताने के लिए रुकता, और वह भी बहुत कम समय के लिए। समय बर्बाद करना उसके लिए ऐयाशी थी।

लेकिन कश्मीर उसे बहुत अच्छी जगह लगती थी। लाहौर से वहाँ पहुँचना ख़ासा मुश्किल था इसके बावजूद अकबर कश्मीर घाटी जाता था। सफ़र को आसान बनाने के लिए उसने लाहौर से कश्मीर तक सड़क बनायी और जगह–जगह पर अपने ठहरने के लिए मेहमानख़ाने भी बनवाये। लेकिन कश्मीर की ख़ूबसूरती का आनन्द लेने के लिए वह अपना हरम लाहौर में ही छोड़कर वहाँ अकेला जाता था। कश्मीर में उसने अपने लिए निजी बाग़ बनवाया था।

यह मानने वालों की भी कमी नहीं थी कि कश्मीर जाने का उसका मक़सद अपने एक दूसरे दुश्मन से बचना था–वह कोई और नहीं उसका बेटा सलीम था जो शाही तख़्त पर क़ब्ज़े के लिए बेचैन था। जब भी अकबर को पेचिश का दौरा पड़ता, उसके क़रीबियों को उसके खाने में ज़हर दिये जाने का शक होने लगता। अगर शाही शिकार के दौरान उसकी बन्दूक़ का निशाना चूक जाता तो पूरा तोपख़ाना ही शक के दायरे में आ जाता था। साठ साल की उम्र तक पहुँचते–पहुँचते उसे मरने लायक़ बूढ़ा माना जाने लगा था। उसके बेहद क़रीबी सलाहकार यह मानते थे कि ज़िन्दा रहने की वजह से उसका ख़ुद का बेटा भी उससे भीतर–ही–भीतर नफ़रत करता था।

हज़ारी में बिताये गये सालों के दरम्यान बिहज़ाद ने सौदागरों के कारवाँ के ज़रिये अकबर की धार्मिक आस्था के बारे में भी कई अफ़वाहें सुनीं। सफ़र पर निकले सौदागर बताते थे कि वह पुर्तगालियों के द्वारा उनके धार्मिक सिद्धान्तों की तस्वीरों से भरी सुन्दर किताबें

उपहार में पाकर बहुत खुश होता था। एक नवजात बच्चे को गोद में लिए पवित्र माँ की तस्वीरें। सलीब पर टँगे होने के बाद भी अपने अनुयायियों को देखता एक आदमी। सफ़र पर निकले साधु–फ़क़ीर अकबर के इबादतख़ाने में होने वाली धार्मिक बहसों और तर्कों के बारे में बताते–बादशाह की नज़र में अपनी श्रेष्ठता सिद्ध करने के लिए ईसाइयों और यहूदियों के बीच तथा शिया और सुन्नियों के बीच तीखी बहस छिड़ी होती थी। ज़मीन पर हुकूमत करने वाला बादशाह अब अपनी जनता के दिलों पर हुकुमत करना चाहता था। यह अफ़वाह भी ज़ोरों पर थी कि वह नये धर्म की राह पर चल चुका था–अपने खुद के बनाये धर्म की राह पर। अल्लाहु अकबर! अल्लाह महान है! सदियों से चली आ रही इस मान्यता को उसके क़रीबियों द्वारा नया रूप दिये जाने की कोशिश की जा रही थी–अकबर खुदा है, खुदा अकबर है!

लेकिन अकबर की इस नयी धार्मिक विचारधारा से सभी लोग पूरी तरह से सहमत नहीं थे। कुछ लोग कहते कि सभी तरह के भोग–विलास में लिप्त रहने वाला और शराब पीने वाला अकबर एक सच्चा मुसलमान नहीं बन सकता था। वह ईसाई भी नहीं हो सकता था क्योंकि वह एक बीवी और एक ईश्वर के सिद्धान्त को नहीं मानता था। ईसाई बनने के लिए उसे अपना हरम त्यागने की ज़रूरत थी। और अपनी रगों में मिश्रित ख़ून बहने के कारण वह एक वास्तविक हिन्दू भी कैसे हो सकता था?

उसके कुछ समय बाद ही बादशाह की तरफ़ से अपने सर्वोच्च होने का फ़रमान जारी हो गया। अब केवल अकबर ही अल्लाह के कहे शब्दों को अपनी जनता तक पहुँचा सकता था। अब आदमी और ईश्वर के बीच किसी विद्वान, पुरोहित, धार्मिक गुरु और मस्जिद के इमाम की कोई आवश्यकता नहीं रह गयी थी। वह अपनी सल्तनत के सभी मुद्दों का सर्वोच्च प्रधान होगा। हिन्दुस्तान में धर्म से सम्बन्धित सभी क्रियाकलापों को स्वीकार या अस्वीकार करने का अधिकार किसी को नहीं होगा। सिर्फ़ अकबर को यह अधिकार होगा।

—•—

रेगिस्तान और पहाड़ों को पार करने के बाद ताक़तवर बादशाह की सल्तनत में दाख़िल होकर ही मुसाफ़िर ख़ुद को सुरक्षित महसूस करते थे। जैसे ही किसी कारवाँ पर हमला होने की ख़बर मिलती, लुटेरों को पकड़ने के लिए फ़ौज फ़ौरन रवाना हो जाती। धर दबोचे जाने पर उनको फाँसी पर लटका दिया जाता था और लूटे गये सामानों को उसके मालिक के सुपुर्द कर दिया जाता था। पूरी दुनिया के व्यापार में तक़रीबन आधी हिस्सेदारी हिन्दुस्तान की होती थी। हिन्दुस्तान का बाज़ार और मण्डियाँ दुनिया के कोने–कोने से आये कारोबारियों की आमद–रफ़्त और मोल–तोल से आबाद रहती थीं। नतीजतन उसके अड़ोस–पड़ोस के इलाक़े भी व्यापारिक आवाजाही से तेज़ी से सम्पन्न हो रहे थे। हज़ारी जैसे कई नये शहर बसे बल्कि वे पर्याप्त फूले–फले भी। कभी–कभी सूखे और बाहरी हमले के कारण या जब अफ़ीम की पैदावार बर्बाद हो जाती थी तब आम लोगों को महँगाई से जूझना पड़ता था। तब सोने के अकबरी सिक्कों की बजाय अफ़ीम के गुच्छे कारोबार का ज़रिया बन जाते थे।

जिन दिनों बिहज़ाद हाजी उज़्बेक के दामाद की हैसियत से हज़ारी के महल में रह रहा था, उन्हीं दिनों हिलाल ख़ान के सराय में एक विचित्र घटना घटी। वसन्त के विषुव से सम्बन्धित फ़ारसी के फरिदुन महीने में एक दिन अचानक औरत की तस्वीर सराय में अपनी जगह से ग़ायब पायी गयी। सराय के लोगों को ऐसे किसी अन्देशे की तरफ़ इशारा करने वाली घटना भी याद नहीं आ रही थी। सुबह–सुबह सराय के दरवाज़े खुलते ही लोगों की भीड़ भीतर दाख़िल हो जाती थी। मर्द सीढ़ियों पर अपनी–अपनी क़तारों में खड़े हो जाते थे और तस्वीर की ज़ियारत करने धीरे–धीरे एक–एक कर आगे बढ़ते जाते थे। उस सुबह भी सबी ने तस्वीर के सामने रखी कन्दीलें जलाने के बाद चढ़ाये गये सूख चुके फूलों को समेटा। नीचे फ़र्श पर सिक्के चुनते हुए कानू की नज़र दर्शन के लिए आये एक कूड़ा उठाने वाले आदमी पर पड़ी जो तस्वीर के सामने फ़र्श पर माथा टेक रहा था। सबी से बहुत मिन्नत करने के बाद वह तस्वीर

के बिल्कुल क़रीब पहुँच पाया था। उसकी प्रार्थना का तरीक़ा रेत के टीलों के बीच बसी बस्ती में रहने वाले क़ाफ़िरों की तरह था। वे अपने देवता की उपासना इसी तरह करते थे।

लेकिन हिलाल ख़ान के मुताबिक़ यह कोई अचरज की बात नहीं थी। ज़ियारत के लिए रेलमपेल करते हुए लोगों में अलग–अलग धार्मिक आस्थाओं के लोगों का आना सामान्य था। अपनी बारी का इन्तज़ार करते हुए वे आपस में बातें भी करते थे। सबी की नज़रों में भी उस दिन कोई अनहोनी जैसा वाक़या नहीं घटा था। अलबत्ता उसने एक ख़ास बात पर ज़रूर ग़ौर किया था–उस आदमी ने बहुत देर तक तस्वीर को एकटक देखा था। उसकी आँखों को देखकर ऐसा नहीं लगता था कि वह कोई कूड़ा उठाने वाले आदमी की आँखें थीं जो अपनी बीमार बीवी के लिए मन्नत माँगने आया था। वे शर्तिया एक चित्रकार की आँखें थीं।

'वह तस्वीर को ग़ौर से देखकर उसके ख़ाके को अपने ज़ेहन में क़ैद कर रहा था,' परिन्दाफ़रोश ने चोरी की घटना के बाद कहा।

'लेकिन उनकी बनायी हुई तस्वीरें अलग होती हैं,' हिलाल ख़ान ने कानू की बात को काटते हुए कहा, 'वह और उनका देवता? दोनों का भला कोई मेल है!'

दर्शन के लिए आने वाला हर आदमी शक के दायरे में था। सराय के बाशिन्दों ने बाज़ार के लालची सौदागरों की तरफ़ इशारा किया। सफ़र पर निकले साधू–फ़क़ीर, यहाँ तक कि सूफ़ियों को भी शक की निगाहों से देखा जाने लगा। 'वह औरत सबकी दुश्मन थी', सबी ने कहा। 'कोई भी उनकी रूहानी कहानियाँ अब नहीं सुनना चाहता था और न ही क़व्वालों के साथ झूमना–गाना चाहता था। बीमार हों या गुनहगार और ऐयाश–सब के सब उस औरत के मुरीद बन गये थे। उनमें से ही किसी ने अपने पास रखने की नीयत से तस्वीर को चुराया होगा।'

हज़ारी के चप्पे–चप्पे को खँगाल डाला गया, लेकिन कुछ भी हासिल नहीं हुआ। अस्तबल से लेकर ग़ुलामों की मण्डी तक की

ख़ाक छान ली गयी और आख़िरकार उसी क़ाफ़िर चित्रकार पर शक की सूई जा फँसी। बहरहाल बात किसी तरह से हाजी उज़्बेक के फ़ौजियों के कानों तक जा पहुँची और एक टुकड़ी को उस औरत की तस्वीर को क़ाफ़िरों के चंगुल से आज़ाद करने के लिए उनकी बस्ती की तरफ़ फ़ौरन रवाना कर दिया गया। सिपाहियों ने घर–घर जाकर ठोकर मारकर दरवाज़ों को खोला, घरों को ख़ाली करके बस्ती के बीचोबीच देवता की मूर्ति के सामने वाली जगह पर सामानों का अम्बार खड़ा कर दिया। तलाशी के दौरान तस्वीरों के पुलिन्दे तितर–बितर हो गये और रंगों से भरे घड़े टूटकर टुकड़े–टुकड़े हो गये। फ़ौजियों ने सामान इतनी बेरहमी से उलट–पुलट किया जैसे किसी खोये हुए ख़ज़ाने की तलाश कर रहे हों। मर्दों को नंगा कर घुमाया गया और औरतों के कपड़ों को ढीला करके उनकी तहों में झाँक–झाँककर तलाशी ली गयी। जानवरों को बाहर निकालकर उनके बाड़ों के कोने–कोने में औरत की तस्वीर ढूँढ़ी गयी। सामान के ढेर में आग लगा दी गयी और धुएँ ने पूरी बस्ती को ऐसे ढँक लिया गोया नये साल के स्वागत का उत्सव मनाया जा रहा हो। बरछी के तेज़ वार से मूर्ति का सर धड़ से अलग कर दिया गया और वह औंधे मुँह चबूतरे पर जा गिरा।

चित्रकार अपनी तस्वीरों को धूँ–धूँ कर जलता देख रहे थे।

— • —

लेकिन औरत की तस्वीर का कोई सुराग़ नहीं मिला।

अब सराय के बाशिन्दे और नियमित रूप से आने–जाने वाले मुसाफ़िर आपस में एक–दूसरे को ही शक की नज़रों से देखने लगे थे। शायद यह सबी की करतूत थी। इस बात की प्रबल सम्भावना थी कि उसी ने तस्वीर को छुपा दिया हो और अपनी भविष्यवाणी को सही साबित करने के लिए बिल्कुल सही मौक़े पर उसे हाज़िर कर दे। जलाकर नष्ट कर दिये जाने के पहले तराबख़ाने के मालिक ने बिहज़ाद से तस्वीर को ख़रीदने की पेशकश की थी। लिहाज़ा शक

की ज़द में वह भी था, लेकिन उसने सफ़ाई दी, 'कैसी बेवकूफ़ी की बातं है? उस औरत की तस्वीर को कौन ख़रीदेगा?' 'लोगों ने यह शक भी ज़ाहिर किया है कि चुराने वाले ने उसे फ़ारस के शाह या हिन्दुस्तान के बादशाह के हाथों बेच दिया हो?' उसने कहा। जब कोने में ले जाकर उस पर दबाव डाला गया तो उसे अपना पिण्ड छुड़ाने की ग़रज़ से कानू की तरफ़ इशारा करते हुए कहा, 'यह उसका काम है!'

हर एक आदमी की यही कोशिश थी कि बात हज़ारी के शाही महल तक न पहुँचने पाये क्योंकि सुनने में आया था कि बीमार हाजी मरणासन्न स्थिति में है। हाजी की बीमारी की गम्भीरता की बात औरत की तस्वीर के ग़ायब होने से जुड़े संशयों की कहानियों में दब कर रह गयी थी। मुहर्रम के महीने से ही हाजी बहुत तेज़ बुख़ार की गिरफ़्त में था। उसका हकीम बार–बार उसके ख़ून की जाँच कर रहा था, लेकिन शाही ज्योतिषी ने पूरी तरह चुप्पी साध ली थी। आसपास के शहरों से भी हक़ीम और वैद्यों को बुलाकर हाजी को दिखवाया गया था। एक ख़ुरासानी हकीम उसके लिए ख़ुरासान से एक तरबूज लेक आया था। आगरा से आये एक हक़ीम ने उसे रेगिस्तान छोड़कर पहाड़ों पर रहने का मशविरा दिया था ताकि उसका दिमाग़ को ठण्डक पहुँच सके। जादू–टोने के जानकार एक दरवेश ने उसे हरम में दाख़िल भी न होने की हिदायत दी थी।

अपनी ज़िन्दगी के आख़िरी दिनों में वह कुत्तों की तरह भौंकने लगा था। उसका चेहरा सूज गया था और होंठ नीले पड़ गये थे। उसके पसन्दीदा जानवरों को एक–एक करके उसके सामने पेश किया गया, लेकिन उन्हें देखकर भी उस पर कोई असर नहीं हुआ। उसकी बेगमें दरबारियों से इस बात पर उलझती रहती थीं कि हाजी को उनकी देखरेख में हरम में रहने दिया जाये। किसी के सहारे के बिना हाजी हिलने–डुलने की हालत में भी नहीं रह गया था। उसका समय अब आ चुका था। हज़ारी के शाही तख़्त पर आसीन होने के लगभग दस सालों के बाद और बिस्तर पर

गिरने के एक महीने के भीतर ही आख़िरकार वह अल्लाह को प्यारा हो गया।

—•—

'बिहज़ाद!' हिलाल ख़ान जब उसे आवाज़ लगाता हुआ कमरे में दाख़िल हुआ तब बिहज़ाद अपनी इमारत में आराम फ़रमा रहा था। हालाँकि हिलाल ख़ान ने कभी किसी महल में दोबारा दाख़िल न होने की क़सम खायी थी, लेकिन बिहज़ाद से मिलने के लिए उसे सन्तरी को रिश्वत देनी पड़ी थी।

बिहज़ाद ने पलकें खोलकर उसे देखा।

हिलाल ख़ान अपने दोस्त के पास मदद के लिए गया था। नख़लिस्तान के किनारे दोनों की आख़िरी मुलाक़ात हुए एक लम्बा अरसा गुज़र चुका था। हालाँकि हज़ारी पर उस तस्वीर के ग़ायब हो जाने का रहस्य मँडरा रहा था, लेकिन हिलाल ख़ान को इस बात की फ़िक्र ज़्यादा थी कि आने वाले दिनों में शहर को किन–किन तकलीफ़ों का सामना करना पड़ेगा। उसे रह–रहकर कानू की दुविधा से भरी बातें और फ़ौजियों की गुस्से से भरी आँखें याद आ रही थीं। क़ाफ़िरों की बस्ती से ख़ाली हाथ लौटने की नाराज़गी को हिलाल ख़ान ने अच्छी तरह भाँप लिया था। बिहज़ाद के बगल में बैठते हुए उसने कुहनी मारी ओर उसे देखकर मुस्कराया और उसकी ख़ाली प्याली को फिर से भर देने के बारे में इशारे से पूछा। फिर उसने अपना चेहरा क़रीब लाते हुए बिहज़ाद के कानों में अपनी गुज़ारिश की– चुरायी हुई तस्वीर की भरपाई करने के लिए औरत की वैसी ही एक नयी तस्वीर बना देने की गुज़ारिश।

बिहज़ाद ख़ामोश लेटा रहा।

'सिर्फ़ एक और तस्वीर। उसके बाद तुम बेशक चित्रकारी करना हमेशा के लिए बन्द कर देना।'

बिहज़ाद ने अपनी ख़ाली प्याली उठाते हुए ऐसे जताया कि जैसे उसने कुछ सुना ही नहीं। थोड़ी देर तक हिलाल ख़ान ने अपने

दोस्त का मन बहलाने की कोशिश की, उसकी ख़ुशामद और तारीफ़ें कीं और उसकी दुर्लभ प्रतिभा की याद दिलायी। उसने कहा कि नयी औरत हज़ारी में नहीं रहेगी बल्कि आगरा के सौदागर के बेटे के हाथों लाहौर में अकबर के दरबार में पेश की जायेगी। उसने बादशाह और उसके चित्रकार के दोबारा मिलने की सम्भावना की तरफ़ संकेत किया। शायद अकबर उस जादुई तस्वीर के असर में आ जाये।

बिहज़ाद फिर भी ख़ामोश रहा।

आख़िरकार हिलाल ख़ान ने बिहज़ाद को सच्ची बात बताने का फ़ैसला किया। उसने बिहज़ाद को असली तस्वीर चोरी हो जाने की बात बतायी। फिर उसने उसे तस्वीर की खोज, कानू पर शक और फ़ौजियों के गुस्से के प्रति अपने डर के बारे में साफ़–साफ़ बता दिया।

'तुम्हें क़ाफ़िरों की उस बस्ती की याद तो ज़रूर होगी, है न?' उसने उन दोनों के बुरख़ा पहनकर वहाँ जाने की नक़ल की। 'उस बस्ती पर हमला किया गया था। फ़ौजियों को शक था कि क़ाफ़िरों ने ही उस औरत को छुपाकर वहाँ रखा होगा, और वे उसे उनकी क़ैद से ताक़त के दम पर आज़ाद कराने के इरादे से वहाँ गये थे।'

हिलाल ख़ान की आवाज़ में एक अधीरता झलक रही थी–'फ़ौजियों ने उनके घर जला डाले, उनकी बनायी तस्वीरें जला डालीं, लेकिन वे औरत की तस्वीर खोज पाने में नाकाम रहे। फ़ौजियों को इस बात का पक्का शक है कि क़ाफ़िरों ने ही उस तस्वीर को चुराकर चोरी–छुपे हज़ारी के बाहर के किसी सौदागर को बेच दिया है। वे इस बार जब दोबारा बस्ती में लौटेंगे तो एक–एक कर के वहाँ बसने वाले चित्रकारों को यातनाएँ देंगे और उनसे सच उगलवाने के लिए ज़बरदस्ती करेंगे।'

बिहज़ाद का चेहरा अभी भी पूरी तरह भावविहीन दिख रहा था। उसने अपनी आँखें बन्द कर लीं। उसकी ठुड्डी को पकड़ते हुए हिलाल ख़ान ने चिल्लाकर कहा, 'तुम एक कलाकार हो। तुम्हें दूसरे कलाकारों की ज़िन्दगियाँ बचाने की कोशिश ज़रूर करनी चाहिए।'

बिहज़ाद ने ख़ुद को हिलाल ख़ान से छुड़ाया और अपना हाथ उठाकर दरवाज़े की तरफ़ इशारा किया 'चले जाओ!'

शीशमहल। यानी काँच का कमरा–जुहरा का परिधान–कक्ष। जुहरा बिहज़ाद को अपने उसी परिधान–कक्ष में मिली जिसका इस्तेमाल वह कभी–कभार ही करती थी। कमरे की दीवारों पर चारों तरफ़ शीशे जड़े हुए थे और उसका गुम्बद फ़ारस के चमकीले पत्थरों से बना हुआ था। कमरे के ठीक बीच में एक फ़व्वारा था। उससे निकलने वाले पानी की फुहारें संगमरमर के फ़र्श पर गिरती थीं। नौकरों ने मशालें जला दी थीं और बारीक़ जालीदार पर्दों से छनकर रौशनी कमरे में फैल रही थी।

उन पर्दों को देखकर उसे अचानक सीकरी की याद आ गयी। वहाँ हरम में चारों तरफ़ वैसे ही पर्दे लगे हुए थे जिनके पार बैठी औरतें बिना दिखे हुए बाहर देख सकती थीं। उसे परदे की दूसरी तरफ़ क़तार में बैठी हई काली आँखों वाली औरतों की याद आ गयी। वे उसे देखकर आपस में फुसफुसातीं–'नन्हे उस्ताद! 'और यह सुनते ही उसका चेहरा शर्म से लाल हो जाता था।

शीशमहल की चकाचौंध से उसे सीकरी में बादशाह के तौले जाने के उस सालाना जलसे की भी याद आ गयी जब वह बादशाह की नज़रों से होकर पहली बार गुज़रा था। बादशाह के ताज के पीछे दीवार पर एक गोलाकार रौशनी का पुँज बना दिखायी पड़ता था जो अपने केन्द्र में बहुत तेज़ी से चमकता हुआ प्रतीत होता था और क्रमशः फैलते हुए एक अँधेरे में विलीन हो जाता था, मानो उसे बनाने वालों ने उस पुँज की बनावट को केन्द्र में प्रस्फुटित होती ऊर्जा के धीरे–धीरे शान्त हो जाने की संकल्पना के साथ बनाया था।

लेकिन शीशमहल बिल्कुल अलग जगह थी। यह भड़काने और शान्त करने दोनों का काम एक साथ करती थी। बिहज़ाद एक जोड़ी

आँखों को तलाश रहा था। हफ़्तों बाद जुहरा की इमारत में आने के बाद बिहज़ाद को उम्मीद थी कि वह पर्दे के पीछे उसी का इन्तज़ार करती हुई मिलेगी।

जब जुहरा उसके सामने आयी तो वह कहानी सुनाने वाली एक आसमानी परी की तरह दिख रही थी। उसके चेहरे पर एक लाल हिजाब था, बालों में लाल फूल लगे हुए थे और माथे पर एक नयी–नवेली दुल्हन की तरह लाल बिन्दी लगी हुई थी। वह एकदम शम्स की तरह हाज़िर हुई–धूप की पहली रौशनी की तरह। उसे देखकर बिहज़ाद के दिल को जैसे क़रार आ गया। वह उसके पीछे–पीछे शीशमहल में दाख़िल हो गया।

देर रात जब दोनों थककर लेटे हुए थे तो उन दोनों के बीच में वह लड़का उसी तरह लेटा हुआ जैसे कोई दुधमुँहा बच्चा अपने माँ–बाप के दरम्यान सोता है। अपनी जाँघ अपने देवदूत के ऊपर रखे हुए वह बिहज़ाद की तरफ़ देख रही थी। देह का खेल ख़त्म हो जाने के बाद अभी भी जुहरा की साँसें धौंकनी की तरह चल रही थीं। उस रात पहली बार बिहज़ाद ने जुहरा को जुलेखा के बारे में बताया। वह अपनी सौतेली अम्मी की एक–एक बात उसे सुना रहा था–उसके इत्रों के बारे में, हरम से जुड़े उसके क़िस्सों के बारे में, ख़्वाजा और किताबख़ाने के बारे में उसकी सोच के बारे में और हिलाल ख़ान की ज़बानी सुनी जुलेखा के आगरा से चले जाने की अफ़वाहों के बारे में। उसने पहली बार यह राज़ भी खोला कि उसके दोस्त सलीम अमीरी को सालों पहले इस बात का शक हो चुका था कि बिहज़ाद अपनी सौतेली अम्मी से प्यार करता था।

'मैं उसका भँवरा था...'

'इसके बाद भी तुमने उसे छोड़ दिया, हैं कि नहीं?' जुहरा ने उसे टोकते हुए कहा, 'तुम उसके साथ क्यों नहीं रहे? किताबख़ाने को भाड़ में जाने देते...? तुम्हें उससे नहीं बल्कि अपनी उँगलियों के जादू से ज़्यादा प्यार था।'

जुहरा की बाँह पर सर रखकर लेटा बिहज़ाद सुबकने लगा।

'इसका मतलब है तुम्हें इसका ख़याल नहीं था कि तुम किससे प्यार करते हो बल्कि तुम्हारे ज़ेहन में यह बात थी कि तुम सबसे ज़्यादा किससे प्यार करते हो...तुम्हारे लिए सबसे अहम यही बात थी।' अपने पसन्दीदा काले अर्क़ की चुस्कियाँ लेती हुई जुहरा ने डूबी हुई-सी आवाज़ में कहा। उसने बिहज़ाद को ढाढस बँधाने की भी कोई ज़रूरत नहीं समझी। 'तुम्हारा इनाम ही तुम्हारी सज़ा है। यह तुम्हारा गुनाह है। और, इसकी वजह से तुम हमेशा तकलीफ़ में रहोगे। तुम इससे भागना भी चाहो तो यह तुम्हारा पीछा करता रहेगा। भागने के बाद भी तुम बेबस रहोगे। तुमको इसकी क़ीमत चुकानी ही होगी।'

बिहज़ाद ने जुहरा की गर्म साँसों को अपने चेहरे पर महसूस किया। 'तुम उससे प्यार करते भी रहते तब भी तुम उसे नहीं पा सकते थे। पा सकते थे? कला ही कलाकार की ज़िन्दगी का खँडहर होती है। यह एक ऐसा हर ज़ख़्म है जो उसके दफ़न होने तक हरा रहता है, बिल्कुल उसके आख़िरी प्रेमी की तरह।'

जुहरा उसने हौले से उस लड़के के मुँह को चूम लिया और ख़ुद को बिहज़ाद की आगोश से आज़ाद करते हुए बिस्तर से उठ खड़ी हुई। उसने अपने गाउन को बाँधे रखने वाले रेशम के नाड़े को निकालते हुए उसे हिजड़े की गर्दन में लपेट दिया। उसने लड़के के चेहरे पर एक नज़र डाली और नाड़े में गाँठ बाँध दी। उसके बाद वह लड़के के नाज़ुक बदन पर चढ़ बैठी। तकिये पर अपनी दोनों कुहनियाँ टिकाने के बाद उसने अपने चेहरे को लड़के के चेहरे के बिल्कुल पास झुका लिया और नाड़े की गाँठ को कसने लगी।

बिहज़ाद ने देखा, उसके चेहरे और गर्दन पर गहरे लाल रंग के छोटे-छोटे अनगिन दाने निकल आये थे। उसकी पलकों और आँखों के इर्द-गिर्द पड़ी महीन धारियों को देखकर लगता था कि वह कई रातों की जागी हुई थी। गर्दन की कसावट से लड़के की

नींद खुल गयी और उसने सीधे अपने ऊपर सवार जुहरा को देखा। उसके नथुने फड़फड़ाने लगे थे और होंठ काँप रहे थे, लेकिन शिकार पर निकली किसी बाघिन की तरह जुहरा ने उसकी गर्दन में पड़े फन्दे को कसना जारी रखा। जैसे–जैसे नाड़ा कसता जा रहा था, वैसे–वैसे लड़के का चेहरा भी लाल पड़ता जा रहा था। उसके मुँह से एक बेआवाज़ चीख़ निकल रही थी।

और कितने? बिहज़ाद के मन में यही उथल–पुथल मची थी। उसे बरबस हिलाल ख़ान की कही बात याद आ गयी। उससे पूछना, बूढ़े और बीमार पड़ जाने के बाद वह अपने हिजड़ों के साथ क्या करती है–जब वे उसकी देह की प्यास मिटाने में नाक़ाबिल हो चुके होते हैं। उसे जुहरा की बात भी याद आ गयी–प्रेम को भी प्रेम से ही ख़त्म किया जा सकता है।

यह ख़याल उसके ज़ेहन में कई बार आया था कि देह के सुख से गुज़रने के बाद का वक़्त कैसा महसूस होता होगा। उसे जुहरा के बारे में एक डर–सा अनुभव हुआ। जिस तरह वह अपनी बीवी के महल से ग़ायब रहने की आदत का आदी हो चुका था, ठीक उसी तरह उसे उन दोनों के दरम्यान हमेशा उस लड़के की मौजूदगी की भी आदत पड़ चुकी थी। उसके प्रति बिहज़ाद की शुरुआती ईर्ष्या अब ख़त्म हो चुकी थी। उसने उस लड़के की बचकानी हरकतों और रूठने–चीख़ने के बर्ताव की अनदेखी करना सीख लिया था। जब किसी भूखे जानवर की तरह जुहरा की छातियों में वह हिजड़ा अपनी थूथन घुसाता रहता था तो बिहज़ाद को अब बुरा लगना बन्द हो गया था। वह अक्सर सोचता, हिजड़े दो औरतों के बीच नफ़रत और औरत और मर्द के बीच प्यार पैदा करने का काम करते हैं। जैसे–जैसे उसके भीतर की नफ़रत ख़त्म हो रही थी, वैसे–वैसे बिहज़ाद को धीरे–धीरे वह लड़का भी अब अच्छा लगने लगा था। वह हिजड़ा अपनी अन्धी राह में रिसकर आने वाली तमाम चीज़ों से नावाक़िफ़ था। वह सिर्फ़ थोड़े से प्यार और थोड़ी–सी तारीफ़ के

एवज़ में ज़िन्दा था—वह एक ऐसा राक्षस था जिसे किसी भी पल ग़ुलाम बनाया जा सकता था।

यह लगातार जारी रहने वाला एक खेल था, बिहज़ाद ने महसूस किया। एक और खेल जिसमें वे तीनों आपस में कपड़ों की महीन बुनावट की तरह एक—दूसरे से गुँथे हुए थे। जुहरा के ख़्वाबों का शायद यही खेल था। शायद वह बिहज़ाद को इस खेल के ज़रिये डराना चाहती थी। बिहज़ाद को सराय के उस भाड़े के फ़ौजी की याद आ गयी। उसने क्या देखा था? क्या उसे भी एक मरते हुए हिजड़े की बगल में लेटकर रात काटनी पड़ी थी? क्या इसीलिए वह अपनी पूरी ज़िन्दगी रात—भर रोते—चीख़ते हुए गुज़ार रहा था? वह बमुश्किल रात में एक—डेढ़ घड़ी के लिए सोता था और बाक़ी रात ख़ुद से बातें करता हुआ अपने कमरे में चहलक़दमी करता रहता था। मुमकिन है कि उसने अपनी आँखों से वह कुछ होता देखा हो जो कभी किसी ने नहीं देखा हो।

अपने ख़यालों में बिहज़ाद ने उन दोनों को एक ठण्डी सुबह के हल्के उजाले में साथ—साथ टहलते देखा : उसने देखा एक परी की आगोश में एक लाश है। एक नंगी और गर्म देह जुहरा की गिरफ़्त में है जो दरअसल उसकी बगल में लेटी हुई एक लाश है। वह परी कौन थी, और वह किसकी लाश थी?

'जन्नत में ख़ुदा के सामने सबसे पहले उसे ही हाज़िर किया जायेगा जिसने सबसे ज़्यादा सुख दिया होगा।' बिहज़ाद ने उसे बुदबुदाते हुए सुना। उसे लड़के की देह कँपकँपाती हुई महसूस हुई। बिस्तर से उठते हुए उसने जुहरा की कमर में लटका हुआ वह ख़ंजर खींच लिया जिसे जुहरा पूरी तरह से नंगी हो जाने के बाद भी अपने बदन से कभी अलग नहीं करती थी। उसने ख़ंजर से उस लड़के के गले में पड़ा रेशमी फन्दा काट डाला। वहाँ एक गहरा नीला दाग अब तक मौजूद था जिससे कहीं—कहीं ख़ून रिस रहा था। लड़के की देह में कोई हरकत नहीं हुई—वह एक लाश की तरह स्थिर था। फिर जैसे वह अचानक नींद से जागा हो। देखते—ही—देखते लड़के

ने जुहरा को अपने से परे धकेल दिया और शीशमहल से दौड़ता हुआ भाग निकला।

वह एक रौशन रात थी। उसने जुहरा को बरसाती में टहलते हुए देखा। उसने उसकी आँखों में झाँकते हुए देखा। एक आँख में दया थी। दूसरी आँख में नफ़रत।

तस्वीर

प्याली को फ़र्श पर चूर–चूर कर दो
कंचेरा की फूँक से मुहब्बत करने लगो

रूमी

महीने का दूसरा पखवाड़ा था और चाँद रोज़–रोज़ पहले से छोटा होता जा रहा था। शुरू होने से ख़त्म होने के बीच रात पाँच घड़ियों के बराबर लम्बी होने लगी थी। कई महीने पहले हज़ारी के आसमान में दो खगोलीय अपशकुन घटित हुए–दक्षिण में तारों के समूह की एक ऐसी आकृति दिखायी पड़ी मानो आग के ऊपर एक खौलता हुआ बर्तन रखा हो, और दूसरा उत्तर में एक टूटा हुआ तारा तुला नक्षत्र की तरफ़ जाता हुआ दिखायी पड़ा। उस साल हज़ारी में बारिश बिल्कुल नहीं हुई और सूखे की वजह से आसमान में घटित हुए इन अपशकुनों को बताया गया। हज़ारी की तकलीफ़ें शुरू हो चुकी थीं। अमीरों ने दान बाँटे, किसानों ने बेशक़ीमती लकड़ियाँ इकट्ठा कर आग जलायी और फ़ौजियों ने बुरी बला से बचाने के लिए अपने–अपने घोड़ों पर शैतान की आँखें गुदवायीं। शाही ज्योतिष की भविष्यवाणी से सभी लोग बहुत डरे हुए थे। उसने कहा था कि उस टूटे हुए तारे की वजह से रेगिस्तान के सभी लोगों पर भारी मुसीबतें आयेंगी।

पाँच घड़ियाँ लम्बी उस रात में चाँद अब निकलने को ही था कि तभी एक रहस्यमयी चीख़ पूरे रेगिस्तान में फैल गयी। पलक झपकते ही एक तेज़ भूचाल आया और देखते–देखते महल एक मलबे में तब्दील हो गया। महल की चारदीवारी ढह गयी और आम जनता ने ज़िन्दगी में पहली बार भीतर बनी इमारतों का नज़ारा देखा। महल की आधी मीनार ज़मींदोज़ हो चुकी थी। तोपख़ाने की दीवार पर बनी मशालों की आग बारूदख़ाने तक पहुँच गयी और भयानक विस्फोट होने लगे। विस्फोटों की वजह से इमारत के नुकीले गुम्बद गुब्बारों की तरह फूटने लगे और उनकी चोटी पर लगे झण्डे अँधेरे आसमान में उड़ने लगे।

इस आतिशबाज़ी को देखकर शहर के बाशिन्दे हक्के–बक्के थे। ऐसा लग रहा था मानो किसी अदृश्य दुश्मन ने बेरहमी से घात लगाकर महल पर हमला बोल दिया हो। बाज़ार के इलाक़े में ज़मीन का एक बड़ा टुकड़ा धँस गया था और न सिर्फ़ बहुत–सी दुकानें उस गड्ढे में समा गयीं बल्कि अनगिनत मवेशी भी दफ़न हो गये। भूचाल के दर्जनभर से ज़्यादा तेज़ झटके आये और पूरी–की–पूरी गुलाममण्डी पर धूल का गुबार फैल गया। घरों की दीवारें ऐसे गिर गयीं जैसे रेत के बनी हों और उनके मलबे ने आने–जाने के रास्ते बन्द कर दिये। लोगबाग बुरी तरह से ख़ौफ़ज़दा थे। तरबख़ाना नेस्तनाबूद हो चुका था। आम लोगों के लिए बना ग़ुसलखाना क़ब्रगाह जैसा दिखने लगा और संगमरमर के बने फ़व्वारे के पत्थर ऐसे बिखरे हुए थे मानो क़ब्र पर रखे पत्थर हों।

जो लोग जान बचा पाने में कामयाब रहे थे उन्होंने अल्लाह का शुक्रिया अदा किया। सदमे से बाहर निकलकर वे अपने–अपने घरों के मलबे से निकलकर बाहर की तरफ़ भागे। कुछ की गोद या कन्धे पर उनके परिजनों के लाशें थीं और वे बेतरह चीख़ते हुए गुमशुदा लोगों को तलाश रहे थे। कुछ लोग खुले हुए रेगिस्तानों में भागे और कई लोगों ने ग़ुलामों की मण्डी में बनी दुछत्ती के नीचे दुबककर पनाह ली। कुछ लोग अपनी जान बख़्शे जाने के लिए घुटनों पर बैठे अल्लाह का शुक्रिया अदा कर रहे थे। भूचाल के हर झटके के साथ लोगबाग जिन्नात की तरह हवाओं में उछलकर पुतलों की तरह ज़मीन पर गिर रहे थे। हर आने वाले दूसरे झटके के साथ मौत का सन्नाटा पसरता जा रहा था।

भूचाल आने के कुछ दिनों के भीतर ही हज़ारी के लोगों ने शहर ख़ाली कर दिया। ज़्यादातर लोगों को अपनी जानें बचाने की इतनी हलतलबी थी कि उन्होंने अपनी तमाम क़ीमती चीज़ें अपने पीछे ही छोड़ दीं। हज़ारी के शाही ज्योतिष ने धूमकेतु की असामान्य लम्बी पूँछ को देखा था जो फ़ौज के किसी लम्बे दस्ते की तरह दिख रही थी। बहरहाल शैतान की उस फ़ौज से जिनकी जानें बच गयीं वे

भी अपने पीछे अपनी माँ और बीवी–बच्चों को छोड़कर हज़ारी से भाग निकले। ज़िन्दा बचे सौदागरों ने जैसे–तैसे अपना कारवाँ तैयार किया। वे इस क़हर के दोबारा टूटने के डर से जल्दी–से–जल्दी वहाँ से निकल जाना चाहते थे।

उसके बाद के दिन हज़ारी पर और भी ख़ौफ़नाक गुज़रे क्योंकि पूरा शहर गिल्टी महामारी के चपेट में आ गया। ऐसा लगता था कि मुर्दों की रूहों ने सबको अपनी गिरफ़्त में ले लिया हो। हज़ारी की फ़ौज और उसके सरदार भी इससे नहीं बच सके। वे सैकड़ों की तादाद में काँख में उभर आयी गिल्टियों के कारण मारे गये। उनकी खाल बहुत तेज़ी से काली पड़ थी। महामारी के मरीज़ पानी की एक–एक बूँद के लिए तरस गये, लेकिन संक्रमण के डर से किसी ने उनके पास फटकने की भी हिम्मत नहीं दिखायी। महामारी से भी अधिक भयावह भूखों और बीमारों की कराह और चीख़ें थीं। ज़्यादातर लोग 'रोटी–रोटी' चिल्लाते हुए मरे। सड़कों पर मुर्दों का अम्बार लग गया था, लेकिन उनको दफ़नाने की हिम्मत किसी में नहीं थी। औरतों के लिए बनी क़ब्रगाह–ज़नाना रौज़ा वीरान और उजाड़ पड़ा था।

—•—

बिहज़ाद तेज़ी से बाहर की तरफ़ भागा। भूचाल इतना ज़ोरदार था कि पहले ही झटके ने उसकी नींद तोड़ दी। उसने देखा कि आसपास की सभी इमारतें एक–दूसरे से टकरा रही थीं और उनसे धूल और धुआँ उठ रहा था। उसने हाजी उज़्बेक के अजायबघर में जानवरों के ज़ोर–ज़ोर से चिल्लाने की आवाज़ सुनी।

वह किसी तरह वहाँ से बाहर निकलने की फ़िराक़ में था। कोई दूसरा ख़याल उसके ज़ेहन में था भी नहीं। उसकी बीवी जुहरा शीशमहल में गुज़री उस रात के बाद फिर नहीं दिखी थी। हालाँकि इससे पहले भी वह ग़ायब हो जाया करती थी, लेकिन इतने दिनों तक वह पहले कभी लापता नहीं रही थी। जुहरा, दरबार और हरम

में पहले जैसी आवाजाही के बग़ैर वह ज़्यादातर अपनी इमारत में ही रहता था और शराब और ख़्वाबों की दुनिया में खोया रहता था, लेकिन फ़िलहाल उसे अपनी ज़िन्दगी को बचाने के लिए भागना था।

बाहर अँधेरे में अफ़रातफ़री मची हुई थी और वह भी दौड़ते–भागते लोगों के बीच भाग निकलने के लिए जूझ रहा। हिजड़े अपनी जान की हिफ़ाज़त के लिए भागे जा रहे थे जबकि पहरेदार मौक़े का फ़ायदा उठाकर जलती हुई इमारतों से क़ीमती चीज़ें चुराने की नीयत से भाग रहे थे। सिपाही ज़ख़्मी हो चुके अपने ख़ास लोगों को कन्धे पर उठाये सुरक्षित बाहर निकालने की मशक़्क़त कर रहे थे। उसने देखा, बड़े दरबारियों को उनके नौकर मलबे से बाहर निकालने की कोशिश में लगे हुए थे। अपनी उखड़ी हुई साँसों के बीच रह–रहकर वे हाजी के ज्योतिष को कोस रहे थे जैसे इस आफ़त की असली वजह वही हो। हरम के ठीक बाहर उसकी नज़र कमलसुन्दरी पर पड़ी। उसके बगल में एक हिजड़ा दहाड़े मारकर रो रहा था। उसने वह पिंजरा भी देखा जो उलटा और ख़ाली पड़ा था। ढहते हुए दरवाज़े से भागती हुई एक ग़ुलाम लड़की बाहर निकली और उस पर नज़र पड़ते ही चीख़ती हुई फिर से भीतर चली गयी। बिहज़ाद ने देखा कि उसके गले में हाजी के चिड़ियाघर की एक मरी हुई बिल्ली लिपटी हुई थी जिसके ख़ून के छींटे उसकी अचकन पर फैले हुए थे। धुएँ और जलते हुए मांस की बदबू के बीच वह बाहर निकलने का रास्ता तलाश रहा था। उसकी नज़र दीवार में पड़ी एक चौड़ी दरार पर पड़ी और वह दबी और कुचली हुई लाशों पर से फादता हुआ बाहर निकलने में कामयाब हुआ। लाशें विकृत हो चुकी थीं और उनके चेहरे और बदन के दूसरे हिस्से ऐंठ चुके थे। गिरे हुए पेड़ों के बीच आदमियों के टूटे–कटे हाथ–पाँव बिखरे हुए थे।

बिहज़ाद जब शहर में पहुँचा तो मलबे के कारण शहर के रास्तों पर भटक गया। उसे यक़ीन नहीं हो रहा था कि यह वही शहर है। तरबख़ाने के खँडहर तक पहुँचने के पहले वह भटकता रहा। उसकी नज़रें झुण्ड में मातम मनाते हुए लोगों पर पड़ीं। वे मलबों के आसपास

इस उम्मीद में बैठे थे कि मलबों के भीतर से कोई हरकत या आवाज़ सुनायी दे और वे अपने परिवार के किसी आदमी के ज़िन्दा बचे होने की आस में उसकी तरफ़ दौड़ पड़ें। उन सबके चेहरे धूल से इस क़दर सने हुए थे कि उनको अलग–अलग पहचान पाना मुश्किल काम था–वे सिर्फ़ हिलते–डुलते अंगों वाली आकृतियाँ थे जो मलबे से अपने परिजनों की लाशें सिर्फ़ इसलिए निकालने के लिए इकट्ठे हुए थे ताकि उनको दोबारा दफ़ना सकें।

उन लोगों को पीछे छोड़ता हुआ बिहज़ाद एक सूनी सड़क पर चल पड़ा। थोड़ी ही दूर बढ़ने पर ही उसे एक औरत दिखी जो अपने जलते हुए घर को देखकर अपनी छाती पीट रही थी। बिहज़ाद को देखते ही उसने उसकी बाँह पकड़कर खींचते हुए अपने शौहर की तरफ़ इशारा किया जो पत्थर के मलबे के नीचे एक कीड़े की तरह कुचलकर मौत की कगार पर खड़ा था। अचानक धुएँ से भरे एक धधकते हुए घर से चमगादड़ों का एक बदहवास झुण्ड आवाज़ें निकालता बाहर की तरफ़ उड़ा, लेकिन सामने की टूटी हुई दीवार से टकराकर ज़मीन पर गिर पड़ा। उनके पंख बुरी तरह से झुलसे हुए थे। एक पल के लिए बिहज़ाद अपनी जगह पर बर्फ़ की तरह जम गया। उसका मन उस जड़ता और उड़ान के बीच उस पल के लिए ठिठक गया। फिर अगले ही पल उसने तेज़ी से दौड़ना शुरू कर दिया।

पीछे से एक जानी–पहचानी आवाज़ ने उसे पुकारा, 'तुम ज़िन्दा हो! अल्लाह का करम है जो उसने तुम्हें बचा लिया!' उसने सुनार की आवाज़ पहचान ली। सैदा अपने खँडहर में तब्दील हो चुके घर के आगे खड़ा था। उसके दोनों कन्धों पर दो बोरियाँ लटकी हुई थीं। वह किसी तरह से अपनी ज़मींदोज़ हो चुकी दुकान से अपने महँगे जेवरात निकाल पाने में कामयाब हुआ था, लेकिन उसके परिवार में कोई भी ज़िन्दा नहीं बचा था। उसने एक नज़र अपने चारों तरफ़ दौड़ायी। उसकी आँखों में ख़ौफ़ साफ़–साफ़ दिख रहा था और उसने बिहज़ाद के कान में फुसफुसाते हुए कहा, 'तेज़ी से भागो! इन मरते हुए लोगों को पूरी तरह मार डालने के लिए लुटेरे आते ही होंगे।

वे इस बर्बाद हो चुकी धरती से कहीं ज़्यादा ख़तरनाक हैं।' दोनों तेज़ी से एक साथ गुलाममण्डी की दिशा की तरफ़ बढ़ गये। चौराहे पर पहुँचते ही बिहज़ाद की नज़र क़तार में खड़े जवान लड़कों पर पड़ी जो ज़मीन पर औंधे मुँह पड़े अपने एक साथी को देख रहे थे जिसकी खोपड़ी के परखच्चे वहाँ बिखरे पड़े थे। लड़कियाँ भी चौराहे पर इधर–उधर भाग रही थीं। उनके सर ढँके हुए नहीं थे। भूचाल ने उन लड़कियों को आख़िरकार आज़ाद कर दिया था, लेकिन उनकी चीख़–चिल्लाहट को सुन बिहज़ाद के लिए यह अन्दाज़ा लगाना मुश्किल था कि वे ख़ुश थीं या दूसरों की तरह ही डरी हुई थीं।

उसने सुनार को अलविदा कहा और नख़लिस्तान के किनारे के रास्ते पर चलता हुआ सराय की दिशा में बढ़ने लगा। उसे लगा कि सराय पहुँचने के लिए वह अनन्त समय से चलता जा रहा था। और आख़िरकार जब वह सराय पहुँचा तो बिहज़ाद को उसका मुख्य फाटक खुला मिला। चायघर के भीतर हमेशा की तरह थोड़ा अँधेरा था। ऊँचे दरवाज़े के ऊपरी हिस्से में मकड़ों के जो जाले लटके हुए थे उनको चीरकर सुबह–सुबह की धूप की रौशनी अभी चायघर में दाख़िल नहीं हुई थी। सराय पहुँचने के बाद उसके दिल की धड़कनें थोड़ी शान्त हुईं और उसने राहत महसूस की। आदतन सबसे पहले उसकी निगाहें बावर्चीख़ाने की तरफ़ गयीं। उसे सबसे पहले कानू के दिखने की उम्मीद थी। वह परिन्दाफ़रोश अब तक जाग गया होगा और अपने पिंजरों के बीच बैठा परिन्दों को जगाने के लिए पिंजरों के पर्दे हटा रहा होगा। और, साथ–साथ उनके बर्तनों में दाना–पानी डाल रहा होगा। बिहज़ाद को लगा कि अपनी चिड़ियों से बड़े प्यार से बातें करने वाले कानू की आवाज़ उसे भी सुनायी देगी।

बहरहाल बावर्चीख़ाना ख़ाली था। वहाँ से निकलकर वह सीढ़ियों के नीचे आ गया। कहीं से भी किसी तरह की आवाज़ नहीं सुनायी दे रही थी। न कोई खाँस रहा था, न किसी के खर्राटों की आवाज़ें आ रही थीं और न छज्जे से लगे कमरों से किसी के नींद में बड़बड़ाने की ही आवाज़ आ रही थी। सीढ़ियों पर रुक–रुककर चढ़ते बिहज़ाद

को इस सन्नाटे से थोड़ा अचम्भा भी हुआ। शायद सबी की नींद अब टूट गयी हो। बिहज़ाद को देखकर वह ख़ुशी से चिल्ला पड़ेगा। उसकी तेज़ आवाज़ सुनकर बाक़ी लोग भी जाग जायेंगे। वह उस कमरे के बाहर से गुज़रा जिसमें भाड़े का फ़ौजी रहता था। कमरे का दरवाज़ा खुला हुआ था और भीतर कोई नहीं था। एक–एक कर वह सभी कमरों के बाहर से होकर गुज़रता हुआ भीतर से आती कोई आवाज़ सुनने की कोशिश कर रहा था।

औरत की तस्वीर जिस पर रखी गयी थी वह तख़्त ख़ाली था लेकिन वह जगह शायद अभी भी किसी प्रार्थना–स्थल जैसी पवित्रता का प्रतीक थी। वहाँ अभी भी अधजली कन्दीलें, सूख चुके फूलों के गुलदस्ते और धूपबत्तियाँ करीने से रखी हुई थीं। यह रखरखाव सबी की ज़िम्मेदारी थी, लेकिन वह वहाँ नहीं दिख रहा था। आख़िरकार बिहज़ाद ने अपने क़दम वापस खींच लिए और चायघर में लौट आया। उसने हिलाल ख़ान के कमरे में जाकर उससे मिलने का फ़ैसला किया। पिछली बार जब वह महल आया था तो बिहज़ाद ने उसके साथ अच्छा सुलूक नहीं किया था। उसे लगा कि उस बर्ताव के लिए उसे हिलाल ख़ान से माफ़ी माँगनी चाहिए। वह अपने दोस्त के कमरे में दाख़िल हुआ।

अचानक उसकी नज़र हिलाल ख़ान पर पड़ी।

'हिलाल!'

हिलाल ख़ान दरवाज़े के सामने ही फ़र्श पर बैठा हुआ था। उसकी आँखें खुली हुई थीं जैसे उसे किसी के आने का इन्तज़ार हो। बिहज़ाद ने उसकी गर्दन पर पड़े लम्बे चीरे और सीने व हाथों पर सूख चुके ख़ून की लकीरों को देखा।

'हिलाल...!'

वह चिल्लाता हुआ उसके कमरे से बाहर भागा। फिर वह चायघर से होकर दोबारा भागता हुआ सीढ़ियों पर चढ़ा। वह सभी कमरों के दरवाज़ों पर धक्के दे रहा और उन्हें ठोकरें मारकर खोल रहा था। सभी कमरे ख़ाली थे और इतने बिखरे हुए थे कि लुटेरों द्वारा बेरहमी से लूटे जाने के गवाह थे। तोड़े गये बक्से, फाड़ी हुई

रज़ाइयाँ और जल्दबाज़ी में छूट गये फ़र्श पर बिखरे हुए सामान। बालों के गुच्छे और एक कटी हुई उँगली जिससे अँगूठी निकाली जा चुकी थी, इस बात का इशारा कर रही थी कि किसी ने लुटेरों से जूझने की बेकार कोशिशें की थी। फ़र्श पर सूख चुकी उलटी के दाग से ज़ाहिर था कि कमरे में रहने वाले को अपनी छुपाकर रखी गयीं क़ीमती चीज़ों की जगह बताने के लिए बहुत तकलीफ़ दी गयी थी।

बिहज़ाद दौड़ता हुआ अपने दोस्त के कमरे में लौट आया और उसके सर्द बदन को अपनी बाँहों में ले लिया। 'हिलाल!'

उसने तो यही सोच रखा था कि सराय में उसका दोस्त पूरी तरह से सुरक्षित होगा। उसे उस औरत की जादुई ताक़त पर पूरा भरोसा था। हालाँकि सुनार की बात सुनकर वह थोड़ा घबराया था, लेकिन उसे लगा था कि शहर से थोड़ी दूर बने होने के कारण सराय पर लुटेरों की नज़रें नहीं जायेंगी। सदमे और पछतावे से भरी आँखों से उसने हिलाल ख़ान के माथे के पके बालों को देखा। किसी बूढ़ी हो चुकी औरत के बदन के ऊपर रखी चिकनी ठुड्डी और मोटे होंठों वाला एक सिर। उसका दोस्त जिसे लोग 'राक्षस' कहकर भी बुलाते थे, किसी ज़माने में अकबर के लिए सेज सजाया करता था और जो हिन्दुस्तान की सबसे ख़ूबसूरत औरतों का सबसे भरोसेमन्द रखवाला हुआ करता था। 'यह एक ख़ून से नहाया हुआ दिन है...,' बिहज़ाद ने अपने आप से ही कहा।

—•—

वह अस्तबल से लगे अपने कमरे में दाख़िल हुआ और उसके दरवाज़े को भीतर से सटा दिया। उसका कमरा बिल्कुल पहले की ही तरह था। उसके दोस्त ने शायद उसके लौट आने की उम्मीद में ही उसे ख़ाली रख छोड़ा था। उसने अपने माथे पर से पगड़ी उतार दी और उसकी तहों को खोलने लगा। फिर उसने ख़ून के छींटों से भरी अपनी अचकन भी खोल दी। पास के उजाड़ अस्तबल के सन्नाटे में उसने रेगिस्तानी हवाओं की आवाज़ सुनी। उसने अपने बिस्तर के नीचे

रखी हजामत की तिपाई को तलाश कर बाहर निकाला और उस पर पड़ी धूल की परत को साफ़ किया। बिहज़ाद को याद आया, पहली दफ़ा उसके बाल काटने के लिए हज्जाम सराय आया था। 'होशियार रहना! अपने बालों के सिवा उसे कुछ और मत काटने देना!' हिलाल ख़ान ने मज़ाक़ में कहा था। पल–भर के लिए बिहज़ाद ने खिड़की के क़रीब खड़ें होकर बाहर देखा, फिर उसने अपनी गर्दन में खुली हुई पगड़ी को लपेट लिया और पीछे की तरफ़ उसमें एक गाँठ लगा दी। पगड़ी के दूसरे सिरे को उसने उछालकर छत से थोड़ा नीचे की शहतीर के आर–पार फेंक दिया और उसके बाद पगड़ी के दोनों खुले सिरों को एक–दूसरे से बाँध दिया। फिर वह तिपाई पर खड़ा हो गया और एक नज़र सामने की ख़ाली दीवार को देखा। जैसे ही उसने पाँव की ठोकर से तिपाई को गिराया, गाँठ सख़्त होने लगी। उसके माथे पर जैसे ख़ून उतर आया था। उसका पूरा चेहरा लाल होने लगा और माथे की नसें चटखने लगीं। देखते–ही–देखते सामने की दीवार का रंग बदलने लगा। नसों में ख़ून का बहाव रुकने से उसके गले से घिघियाने की आवाज़ निकलने लगी और वह तेज़ी से एक मस्तिष्कविहीन धड़ में बदलने लगा।

अचानक सामने का दरवाज़ा खुला। उसके और दीवार के बीच में एक धुँधली परछाई दिख रही थी। वह परछाई तेज़ क़दमों से उसकी तरफ़ बढ़ रही थी। उसने सख़्ती से बिहज़ाद को पकड़ लिया और उसकी गर्दन में पड़ी गाँठ को खोल दिया।

उन ताक़तवर बाँहों ने बिहज़ाद के निढाल बदन को एक बच्चे की तरह उठाकर उसके बिस्तर पर लिटा दिया। फिर वह परछाई कुछ पलों के लिए ग़ायब हो गयी, और जब लौटी थी तो उसके हाथ में पानी भरी एक बाल्टी थी। उसने बिहज़ाद के चेहरे पर पानी के छींटे मारे। बिहज़ाद को महसूस हुआ कि कोई बहुत नरमी के साथ उसके सीने की मालिश कर रहा था।

पलकों पर अटकी पानी की झीनी बूँदों के पार बिहज़ाद ने उस आदमी को देखा जो सफ़ेद कपड़ों में उसके बिस्तर के बगल में घुटनों पर बैठा हुआ था। फ़ादर अल्वारेज़।

काफ़ से काफ़ तक। धरती के एक सिरे से दूसरे सिरे तक। हज़ारी को छोड़ देने के बाद बिहज़ाद ख़ानाबदोश सौदागरों के साथ हो लिया। उनका कारवाँ जहाँ कहीं भी जाता, बिहज़ाद भी उनके साथ–साथ जाता। उसके लिए इन बातों की कोई अहमियत नहीं थी कि वे सौदागर अपने बाज़ार के लिए मशहूर शहर जा रहे थे या फिर ख़ाली हाथ अपने घर लौट रहे थे। उसके लिए इन बातों की भी कोई अहमियत नहीं थी कि वे सौदागर उसकी ज़बान बोलते–समझते थे या सिर्फ़ हाथों के इशारों से अपनी बात कहते थे। वे बारह महीने सफ़र पर रहने वाले सौदागर थे–चाहे बर्फ़ीली सर्दी हो या जलाने वाली तीखी धूप से भरी चुभती हुई गर्मी। दक्षिण में अरब सागर से लेकर उत्तर में मध्य एशिया के विशाल रेगिस्तान, और पूरब में सिन्धु नदी से लेकर पश्चिम में फ़ारस की सल्तनत के बीच का सारा इलाक़ा बिहज़ाद ने छान मारा। इस सफ़र के दरम्यान उसने ख़तरनाक हिन्दुकुश को बार–बार पार किया। उसने दुश्वार दर्रों और पहाड़ों से गिरती बर्फ़ से भरे रास्तों का सफ़र तय किया, बंजर पठारों में महीनों गुज़ारे और रेगिस्तान में बसे अनगिन शहरों में छोटे–छोटे पड़ाव डाले। अपने बाज़ारों और क़िलों के लिए जाने जाने वाले शहरों के अलावा उसने फ़क़ीरों और मस्जिदों के लिए मशहूर शहर भी घूमे, आपस में दुश्मन दो सल्तनतों की सरहदों को कई बार पार किया और हमलावरों के ख़ौफ़ की ज़द में बार–बार दाख़िल होकर निकल आया। वह सभी जगहों पर गया। सिर्फ़ एक ही जगह नहीं गया–हिन्दुस्तान।

सारे सौदागर भी अब तक अच्छी तरह समझ चुके थे कि वह उनमें से एक नहीं है, लेकिन शुरुआत में उन्होंने बिहज़ाद की गढ़ी

हुई कहानियों पर भरोसा कर लिया था। बिहज़ाद उनको अक्सर वैसी ही मनगढ़न्त कहानियाँ सुनाया करता था जैसी हज़ारी के तरबख़ाने में नशेड़ियों को सुनाया करता था—वही किसी रियासत का बड़ा दरबारी या घुमक्कड़ शहज़ादा होने की घिसी—पिटी कहानियाँ। लेकिन सफ़र पूरा होने के पहले ही उसके साथ के मुसाफ़िर इस हकीक़त को समझ जाते थे कि न तो वह कोई दरबारी था और न ही कोई शहज़ादा। बाक़ी का सफ़र उसकी सच्चाई जानने की कोशिशों में ख़त्म हो जाता। अपने चौकन्ने रहने की आदतों के कारण कुछ लोग उसके जासूस होने का अन्दाज़ा लगाते थे या वह कोई क़ातिल था? लेकिन उसके पास हथियार जैसी कोई चीज़ नहीं थी। अपनी बातों से कई लोगों को उसके पढ़े—लिखे आदमी होने की ग़लतफ़हमी होती थी। 'उसे आसमान के सभी नक्षत्रों के नाम मालूम हैं!' 'उसे इस बात का पता है कि हिन्दुस्तान कहाँ पर ख़त्म होता है और फ़ारस कहाँ से शुरू होता है!' 'अपने हाव—भाव से वह कोई अमीर जागीरदार मालूम होता है।' 'बेवकूफ़ी की बातें हैं ये! क्या तुमने किसी ऐसे आदमी को देखा है जो अपनी दौलत को ठुकराकर रेगिस्तान में इस तरह भटकता फिरे?'

कारवाँ के शातिर दिमाग़ सरदार ने एक बार उसे एक हकीम समझ लिया। एक दिन उसने बिहज़ाद को अपने तम्बू में बुलाया और उससे अपने पैर के एक फोड़े को बहा देने की गुज़ारिश की। बिहज़ाद की मनाही से सरदार को बड़ा ग़ुस्सा आया और उसने उस फ़रेबी को अगले पड़ाव पर कारवाँ छोड़ देने का हुक्म दिया।

किसी भी मसले पर हमेशा नसीहतें और मशविरे देने के लिए हाज़िर रहने वाला बिहज़ाद अपने साथियों के लिए किसी अबूझ पहेली से कम नहीं था। आगरा, सीकरी और उसके बाद हज़ारी के शाही महल में सालोसाल गुज़ारने के बाद अब, एक तजुर्बेकार और जानकार आदमी में तब्दील हो चुका था। किसी मर्तबान को सूँघकर वह कस्तूरी गुलाब और दमस्क गुलाब के बने इत्र को पहचान सकता था। उसे असली और नक़ली सुहागे का फ़र्क़ पता था और रेशम को छूकर बता

सकता था की उसकी बुनावट कहाँ की गयी थी। वह सौदागरों के साथ उनके तम्बुओं या मेहमानख़ानों में बैठकर उनको खुलकर अपनी सलाह देता था। लेकिन जैसे ही कोई सौदागर जतन से सहेजकर रखी गयी कोई तस्वीर उसे दिखलाता, तो बिहज़ाद एक चुप्पी इख़्तियार कर लेता था। जब कोई सौदागर उससे सवाल करता कि किसी शाही परिवार से चुरायी गयी उस तस्वीर की क़ीमत क्या वाक़ई उतनी है जितनी उसे बेचने वाले ने कही है, या वह तस्वीर बेचने वाले के दावों के मुताबिक़ सचमुच उस बड़े चित्रकार की है तो वह बड़ी सादगी से उनके सवालों को टाल जाता था। वह तस्वीरों की किताब को आहिस्ते से बगल की तरफ़ सरकाते हुए अपना सर हिला देता था।

उसकी इस चुप्पी से सौदागरों के सामने कई सवाल उठ खड़े होते थे। इतना जानकार आदमी जो रेशम और जवाहरातों की इतनी अच्छी परख रखता हो, वह तस्वीरों के बारे में कुछ नहीं जानता हो, यह कैसे मुमकिन है? वे उससे बार–बार गुज़ारिश करते और उसे मुनाफ़े का एक बड़ा हिस्सा देने का यक़ीन भी दिलाते थे। मीराक या मुज़फ़्फ़र की बनायी हुई एक मौलिक तस्वीर सचमुच किसी दौलतमन्द ख़रीदार को लुभाने में कामयाब हो सकती थी। फ़ारसी बिहज़ाद की क़लम से खींची गयी तस्वीर की क़ीमत तो पूरे मौसम में अफ़ीम की खेती से होने वाली मोटी कमाई से भी ज़्यादा हो सकती थी।

—•—

बिहज़ाद जहाँ–जहाँ गया, उसे वहाँ एक जैसे ही लोग दिखे। हालाँकि उनके चेहरे, रंग और नाम बदले हुए थे, लेकिन इसके बावजूद उसने उन्हें तुरन्त पहचान लिया। चाहे सौदागर हों या फ़ौजदार, भिखारी हों या फ़क़ीर सबके भीतर एक जैसी ख़्वाहिशें और एक ही जैसे मक़सद थे। एक सौदागर दूसरे सौदागर से अलग कैसे हो सकता था जबकि सबकी रगों में एक जैसा लालच दौड़ रहा था? कोई एक चोर को दूसरे चोर से अलग किस बुनियाद पर बता सकता था? ख़ून का प्यासा कोई फ़ौजदार अपने दुश्मन से अलग कैसे हो सकता

था? फिर इतनी बारीक़ी से किसी के चेहरे की तस्वीर बनाने का क्या मतलब जबकि वह चेहरा भी दुनिया के दूसरे चेहरों जैसा ही था? आख़िरकार, जैसा कि उसके उस्ताद ने उसे सिखाया था, बिहज़ाद को उन सबका असली चेहरा अब दिखने लगा था।

बाज़ार हो या फिर मेहमानख़ाना, सभी जगहों पर उसे एक ही कहानी बार–बार सुनने को मिलती–फ़रेब और ताक़त की कहानी। लालच और हार मान लेने की कहानी। झूठे चमत्कारों की कहानियाँ। वह उन चित्रकारों के बारे में फ़िक्रमन्द था जो इस बदशक्ल दुनिया में कुछ सुन्दर बनाने की अपनी कोशिशों की वजह से कोसे जाते थे। आख़िर वे ऐसी कौन–सी तस्वीर बना सकते थे जो सुन्दर के साथ–साथ सच भी हो? एक इन्सानी कलाकार को दुनिया के सबसे बड़े चित्रकार की बनायी हुई तस्वीरों की नक़ल बनानी चाहिए। बिहज़ाद को याद आया, एक बार मीर सईद अली ने अपनी आगरा की चित्रशाला में कहा था–वह पहला चित्रकार है जिसने हमारे सामने रौशनी की ताक़त को उजागर किया था और जिसने पूरी कायनात की किताब को अपने बेलबूटों से सजाया था। लेकिन क्या एक तानाशाह को भी उसी ने बनाया था? दूसरों से दगाबाज़ी करने वाले जासूसों, ग़ुलाम बनाकर बेचने के लिए बच्चों को चुराने वाले गुनहगारों और जल्लादों की तस्वीरें बनाने के लिए उसने कैसी क लम और कौन–कौन से रंगों का इस्तेमाल किया था? बिहज़ाद ने अपनी दोनों हथेलियों को क़रीब लाकर ग़ौर से देखा। बचपन से ही उसने दूसरों से अपनी उँगलियों के जादू की तारीफ़ें सुनी थीं। एक–एक कर वह अपनी उँगलियों की पड़ताल कर रहा था। उसने बचपन से लेकर अब तक जितनी भी तस्वीरों को छुआ था, उन सबमें कुछ–न–कुछ झूठ था। ये सारे झूठ उसने बचपन के दिनों से ही सुन रखे थे। 'अल्लाह ने एक अधूरी तस्वीर बनायी है,' उसने अपने आप से बुदबुदाते हुए कहा। 'उसकी बेबुनियाद ख़ूबसूरती की नक़ल करने से कहीं बेहतर है कि अब वह कभी कोई तस्वीर नहीं बनायेगा।'

उसने ख़ुद को इतना अकेला पहले कभी महसूस नहीं किया था। कारवाँ के तम्बू में बैठा वह अपने बचपन के दिनों को याद कर रहा था। पतंगों पर तस्वीरें बनाने वाला छोटा लड़का उसकी आँखों के सामने आ खड़ा हुआ। पड़ोसियों की घबराहट और अपने अब्बू के ग़ुस्से को याद करते ही उसकी हँसी छूट पड़ी। फिर वह बिहज़ाद की बनायी तस्वीरों की किताब देखने लगा। इन तस्वीरों के दृश्य उसकी ज़िन्दगी के वाक़यों को बयान करते थे। उसने पहला पन्ना उलटाया, एक छोटा लड़का अपनी सौतेली अम्मी से सुनी हुई कहानी के मुताबिक़ एक राक्षस की तस्वीर बना रहा था। दूसरे पन्ने में वह आगरा के किताबख़ाने में बैठा दारोगा की फ़रमाइशों के मुताबिक़ तस्वीरें बना रहा था। फिर उसने सीकरी में एक नौजवान दरबारी की तस्वीर देखी जो बादशाह की मुबारकबाद पाने के इन्तज़ार में खड़ा था। उस अधीर नौजवान की आँखों में बड़े–बड़े सपने तैर रहे थे। उसने तेज़ी से एक–एक कर सभी तस्वीरें देख डालीं। अतीत के ढेर सारे दृश्य और यादें बिहज़ाद की आँखों में कौंधने लगे–तरबख़ाने का चित्रकार बिहज़ाद, एक देवी की तस्वीर बनाने वाला चित्रकार बिहज़ाद, अजीबोग़रीब पशु–पक्षियों की तस्वीरें बनाने वाला चित्रकार बिहज़ाद, निर्लज्ज कामुकता की तस्वीरें बनाने वाला चित्रकार बिहज़ाद।

उसके कानों में उन दृश्यों की तारीफ़ में कहे गये शब्द गूँज रहे थे। इसके बावजूद हर तस्वीर में उसे एक फटकार और ग़ुस्से की प्रतिध्वनियाँ भी सुनायी दे रही थीं।

बिहज़ाद को ख़्वाजा की डाँट का एक–एक शब्द याद आ रहा था जो उसने बिहज़ाद को अपनी मर्ज़ी से बनायी हुई तस्वीरों को देखने के बाद उन्हें फेंकते हुए कहे थे। उन तस्वीरों में सिमुर्ग़ और सुबह के समय सूरज की अठखेलियाँ करने जैसी तस्वीरें शामिल थीं। तुम्हें बादशाह को ख़ुश रखने के लिए उसके चेहरे की तस्वीरें बनानी चाहिए...

और, जुलेखा का कहा भी उसे याद आ रहा था–अब तुम्हारी

बारी है। अपने अब्बू के नक़्शेक़दम पर चलो। बादशाह को ख़ुश रखो, वह बन जाओ जो तुम नहीं बनना चाहते थे। उसके कमल ने अपनी पंखुड़ियाँ बन्द कर ली थीं और उसे जो कि उसका भँवरा था, बाहर ही छोड़ दिया था–अकेला।

लेकिन कुछ पलों के लिए ही सही, उसे अपने रंगों के सौदागर दोस्त की याद करके एक राहत महसूस हुई। सिर्फ़ सलीम अमीरी ही एक ऐसा शख़्स था जो उसके मन को ठीक से समझता था और उसका हौसला भी बढ़ाता था। इससे कोई फ़र्क़ नहीं पड़ता कि बिहज़ाद तुम किसकी तस्वीर बना रहे हो या कैसे बना रहे हो। बस तुम्हारे ज़ेहन में जो तस्वीर बननी चाहिए, वह उसी की तस्वीर होनी चाहिए। तब तक सब ठीक है। लेकिन कभी–कभी सलीम अमीरी भी मुख़ालफ़त करने लगता था। वह एक तर्कहीन आदमी की तरह बिहज़ाद से जिरह करने लगता, जो अपनी तस्वीरों में तुम हमें दिखाते हो, उसे पहले तुम्हें ख़ुद देखना चाहिए...

किताब को बन्द करते हुए वह यही सोच रहा था कि जो लोग उसकी ज़िन्दगी में सबसे ज़्यादा अहमियत रखते थे, उनको ख़ुश रख पाने में वह क्यों नाकाम रहा? उसकी क़ाबिलियत आख़िर किस काम की थी? क्या एक चित्रकार को भी एक हज्जाम जैसा नहीं होना चाहिए जो अपने काम से सबको ख़ुश रख सके? अपने सभी क़रीबियों के तमाम दुखों का कारण वही था, उसने सोचा। अगर वह एक चित्रकार नहीं होता तो कितने आराम से वह जुलेख़ के साथ आगरा में रह सकता था। अपनी सौतेली अम्मी के अकेलेपन और अपने अब्बू की शर्मिन्दगी की वजह वो ही था। उसी की गुस्ताख़ियों की वजह से ख़्वाजा को अपने पथभ्रष्ट बेटे की तस्वीरों की किताब देखने के लिए मजबूर होना पड़ा। उसने ही अपने अब्बू को अपने देशनिकाले का दुःख भी दिया। अगर उसने उस औरत की तस्वीर नहीं बनायी होती तो क़ाफ़िरों की बस्ती में मौत का नंगा नाच भी नहीं होता। अगर उसने सराय नहीं छोड़ा होता तो शायद वह अपने दोस्त को मारे जाने से बचा सकता था। अगर उसने हाजी को

उसके जानवरों की तस्वीर बनाने के कारण ख़ुश नहीं किया होता और हज़ारी का ख़्वाजा बनने से इनकार कर दिया होता तो मुमकिन था कि हिलाल ख़ान ज़िन्दा होता। उसने हिलाल ख़ान की मौत का असली गुनहगार ख़ुद को ठहराया। अचानक वह अकबर के बारे में सोचने लगा। उसने तस्वीरों की किताब दोबारा खोल दी और उन पन्नों को देखने लगा जो जल्दबाज़ी में उससे नज़रअन्दाज़ हो गये थे। उसने उस चित्रकार को देखा जो छुपकर अपने प्रेमी की तस्वीर बना रहा था। आख़िर वह अकबर को क्यों ख़ुश नहीं कर पाया? अनजाने में उसने अपने प्रेमी को कैसी चोटें पहुँचायी थीं?

तुम्हारी सबसे बड़ी बदक़िस्मती तुम्हारा हुनर ही है, विशाल रेगिस्तान के पार से उसकी बीवी की आवाज़ सुनायी पड़ती महसूस हुई। इसी की वजह से तुम्हें सारी तकलीफ़ें झेलनी होंगी। बिहज़ाद को वह पल याद आ गया जब हज़ारी से अपने देशनिकाले के बाद उसने कभी दोबारा क़लम नहीं छूने की क़सम खायी थी। हिलाल ख़ान की लाख असहमतियों के बावजूद उसे लगता था कि अब वह किसी की भी तारीफ़ या निन्दा से पूरी तरह आज़ाद हो चुका था। वह यह भूल गया था कि वह एक चित्रकार है और उसे मामूली ख़ानाबदोशों के बीच एक मामूली आदमी की तरह जीना था, लेकिन यह सुनते ही उसकी त्योरियाँ चढ़ जाती थीं। वह बार–बार अपनी दमित कामनाओं से हार जाने के बारे में सोच रहा था। उसे अपने आप से कोफ़्त हो रही थी कि क्यों उसने दोबारा तस्वीर बनाना शुरू किया, और वह भी तराबख़ाने में मुल्ला असद की बेमतलब कहानियों पर। ऐसा भी नहीं था कि वह शराबफ़रोशी को जायज़ ठहराने पर आमादा था। लेकिन उसे इसका अहसास तक नहीं था कि जिस रोग के चंगुल से वह ख़ुद को आज़ाद मानने लगता था, वही रोग बेआवाज़ दोबारा उसकी ज़िन्दगी को अपनी गिरफ़्त में लेने को बेसब्र था। इससे दूर रहने पर भी यह तुम्हें नाकाम कर देगा...

उसके अब्बू ने तो उसे पढ़ाई करने तक की भी इजाज़त नहीं दी थी, फिर उसने लड़कपन से तस्वीरें बनानी कैसे शुरू कर दीं?

आख़िर किस मक़सद से उसने सैकड़ों की तादाद में तस्वीरें बनायीं? कई बार उसने ख़ुद को रोक भी लिया, लेकिन दोबारा फिर से तस्वीरें बनाने लगा। वह अपने हाथों के बीच सर को जकड़े बैठा हुआ था। एक सवाल बार–बार उसके ज़ेहन में घुमड़ता रहा और इस सवाल ने उसे कई दिनों तक घेरे रखा। वह अपनी कामनाओं से मुक्त कैसे हो सकता था, कैसे इस श्राप से बाहर निकल सकता था?

—•—

उसके सौदागर साथियों ने उसके बिगड़े हुए मिज़ाज को भाँप लिया। वह थोड़ा उदास दिख रहा था और भीतर–भीतर शायद बेचैन भी। उसका दिलोदिमाग़ फ़िलहाल इस हालत में क़तई नहीं था कि कोई सौदागर उसे अपने सामानों को परखने के लिए कहता। उनको यह लगा कि शायद उसे अपने घर की याद आ रही थी। या शायद वह तेज़ी से ख़र्च हो रहे अपने सोने के सिक्कों के बारे में सोचकर चिन्तित था।

सौदागरों ने शराब के प्यालों से उसे ख़ुश करने की कोशिशें कीं। वे उनको भोले–भाले ख़रीदार या बेवकूफ़ बने सौदागरों की कहानियाँ सुनाकर भी उसका जी बहलाने की कोशिश करते। बिहज़ाद के अनमनेपन को दूर करने में नाकाम होकर वे सफ़र के दौरान देखे गये अद्भुत नज़ारों और हैरान करने वाले वाक़यों का ज़िक्र करने लगते। उनमें से एक ने उसे उस सल्तनत के शासक के बारे में बताया जहाँ से वे सब उस वक़्त गुज़र रहे थे। वह एक अजीब आदमी था जो हर वक़्त नयी–नयी खोजों में गहरी दिलचस्पी रखता था। वह सितारों के रहस्य को जानना चाहता था। वह यह भी जानना चाहता था कि जन्तुओं के जन्म लेने के पीछे क्या राज़ था। वह अपनी शानदार योजनाओं के कारण भी मशहूर था। उन योजनाओं में सबसे अनूठी योजना एक निर्जन में आज़मायी गयी थी और जिसे गूँगमहल का नाम दिया गया था। गूँगमहल–मतलब ख़ामोशी की इमारत।

गूँगमहल। यह पत्थरों को तराश कर बनायी गयी एक ऊँची इमारत थी। दूरदराज के इलाक़ों से देखने पर वह बिल्कुल नयी दिखती थी, मानो उस इमारत को अभी–अभी बनाकर पूरा किया गया हो। उस इमारत में किये जा रहे एक अजूबे प्रयोग के बारे में सुनकर बिहज़ाद के मन में भी एक कौतुक पैदा हुआ था। वहाँ के शासक ने इमारत के भीतर एक दर्जन अनाथ और नवजात बच्चों को क़ैद कर रखा था। उनके जन्म के बाद से उनका पालन–पोषण एक ऐसे माहौल में किया जा रहा था जहाँ उनको इन्सानों की आवाज़ सुनने को बिल्कुल नहीं मिलने पाये। उन बच्चों की देखभाल करने वाली औरतों को उनसे या फिर आपस में एक–दूसरे से भी बातचीत करने की सख़्त मनाही थी। एक शब्द भी नहीं। बिहज़ाद को यह पता चला था कि उस प्रयोग के ज़रिये वहाँ का शासक अपनी एक मान्यता को साबित करना चाहता था–अगर ख़ामोशी के दरम्यान परवरिश होने के नतीजे के तौर पर वे बच्चे हमेशा के लिए गूँगे रह जाते तो इसका मतलब यह था कि बोलने की क्षमता बचपन में ही सीखने वाला एक हुनर है, कोई कुदरती तोहफ़ा नहीं।

बिहज़ाद ने जुगत लगायी और गूँगमहल में चोरी–छिपे दाख़िल होने में कामयाब रहा। शाम का झुरमुटा छाने लगा था; बच्चे अपनी दोपहर की नींद के बाद अब जागने ही वाले थे। उनकी देखभाल करने वाली सहायिकाएँ अभी अपने–अपने कमरों में आराम फ़रमा रही थीं। वह आहिस्ते से उस कमरे में घुसा जहाँ बच्चे सो रहे थे, और खिड़कियों को खोल दिया। जैसे ही उनकी नींद टूटी वे ख़ामोशी के साथ बिहज़ाद को देखने लगे। बिहज़ाद ने भी उनको देखा–वह बच्चों से भरा एक कमरा था, लेकिन वहाँ क़ब्रगाह जैसा

सन्नाटा पसरा हुआ था। नहीं, ऐसा नहीं हो सकता, उसने अपने आप से कहा। उनको बुलवाने, चीख़ने–चिल्लाने या रुलाने की कोई–न–कोई तरक़ीब ज़रूर होगी! उसने चिड़ियों की नक़ल की। उनकी तरह चहचहाने और सीटियाँ बजाने की कोशिश की, मानो शाम ढलने पर वे अपने–अपने घोंसले में लौट रहे हों। उसने मोर के जैसी तेज़ आवाज़ें निकालीं और कबूतरों की नरमी भरी गुटरगूँ जैसी आवाज़ भी निकाली। लेकिन बच्चे जैसे किसी ख़ामोशी को सुन रहे थे, और कमरे में बिहज़ाद को चहलक़दमी करता देख रहे थे मानो वह अपने साथ ही कोई लुका–छिपी खेल रहा हो। बिहज़ाद ने उनके सामने ज़ोर–ज़ोर से तालियाँ पीटीं, ऊँची आवाज़ में ठहाके लगाये और आरोह में अपनी आवाज़ बढ़ायी–ऊँची, उससे भी ऊँचा। वह एक–एक कर सभी बच्चों के चेहरों के पास अपने होंठ ले गया और अलग–अलग नामों से और अलग–अलग ज़बानों में उनको पुकारा–फ़ारसी, तुर्की, चुगताई, उज़्बेकी सभी ज़बानों में।

लेकिन बच्चे वैसे ही ख़ामोश देखते रहे। गूँगे बनकर। उनकी आँखें बिहज़ाद की हरकतों को देखकर विस्मय से फैल जाती थीं।

अपनी खच्चर–गाड़ी में सवार बिहज़ाद ख़ामोशी की इमारत के बारे में सोच रहा था। ख़ामोशी ने उन बच्चों से उनके बोलने की क्षमता छीन ली थी। इस गुत्थी को समझने की कोशिश में उसके माथे पर बल पड़ गये थे। फिर, अन्धापन क्या कर सकता था...? ऐसी क्या तरक़ीब थी जिससे चित्रकार सारी चीज़ें भूल सकता था? वह अपनी हसरतों को कैसे मार सकता था, अपनी उँगलियों के जादू को कैसे नष्ट कर सकता था? वह अपनी पगड़ी के छोर से खेल रहा था, लेकिन अभी भी अपने ख़यालों में खोया हुआ था। उसने अपनी पगड़ी उतारी और उससे सफ़ेद कपड़े का एक टुकड़ा फाड़कर उससे अपनी आँखों को कसकर बाँध दिया।

उसके लिए पूरी दुनिया अँधेरी हो गयी थी। हालाँकि वह अपने साथ के सौदागरों को देख नहीं पा रहा था, लेकिन हैरत की बात थी कि वह सबको उनकी आवाज़ से पहचान रहा था। जैसे ही उसकी खच्चर–गाड़ी के गाड़ीवान ने दौड़ते हुए कारवाँ के सरदार को यह ख़बर की कि उनके साथ बिना आँखों वाला एक 'भूत' सफ़र कर रहा है, सभी सौदागरों ने बिहज़ाद को चारों तरफ़ से घेर लिया। वे उसे कोई शरारती नहीं समझते थे जिसने उनके सामने मस्ती करने के लिए भेष बदल लिया था। क्या उसकी तबियत ख़राब थी? या उसकी आँखों में चोट लग गयी थी? क्या किसी बात को याद कर उनसे आँसू झरने लगे थे? उनमें से एक सौदागर ने असली वजह जानने के लिए उसकी आँखों पर बँधी पट्टी को खोलने की कोशिश की, लेकिन बिहज़ाद ने पूरी ताक़त से उसे परे धकेल दिया और वह रेत पर धम्म से जा गिरा। उनके बीच आपस में खुसुर–फुसुर शुरू हो गयी। किसी ने कहा कि उसकी आँखें ठीक थीं, लेकिन शायद दिमाग़ में कोई गड़बड़ी थी या तो उसका सर फिर गया था या फिर किसी बुरी बला ने उसे अपने क़ाबू में कर लिया था। उन्होंने ऐसे मुसाफ़िरों के बारे भी सुन रखा था जिनको रेगिस्तान में सफ़र में डरावने साये नज़र आये थे और वे साये उनको दोबारा नये नज़र आयें, इस डर से उन्होंने बाक़ी सफ़र इसी तरह आँखें बन्द कर पूरा किया था। उनको यह भी लगता कि उन आँखों ने शायद ऐसा कुछ देख लिया था जिसे देखने की इजाज़त किसी को नहीं थी।

उसने कारवाँ के साथ कुछ और दिन सफ़र किया, लेकिन अब वह सौदागरों की आँखों में खटकने लगा था। उनको इस बात की चिन्ता होने लगी कि धीरे–धीरे यह बात फैल जायेगी कि उनके

साथ एक अजीबोग़रीब आदमी भी सफ़र कर रहा है। ख़रीददारों को सौदागरों के सामान से ज़्यादा इस अजीबोग़रीब आदमी को देखने में दिलचस्पी थी। उनके कुछ ख़रीददार उस पर किसी बुरी बला का असर होने के शक में उनके कारवाँ के साथ व्यापार करने से इनकार भी कर सकते थे। सीधे–सादे सौदागरों को बिहज़ाद के क़ातिल होने का शक भी हो सकता था। हालाँकि बिहज़ाद अभी भी अपने खाने–पीने और कारवाँ के साथ रहने के पैसे बदस्तूर चुका रहा था, लेकिन मुसाफ़िर सौदागरों के बीच उसे कारवाँ से अलग करने की सुगबुगाहट शुरू हो चुकी थी।

आख़िरकार जब कारवाँ ने हिन्दुकुश की तराई में बसे एक छोटे से शहर के बाज़ार में अपना डेरा डाला तो कारवाँ का सरदार बिहज़ाद के पास अपना फ़ैसला सुनाने पहुँचा। बिहज़ाद ने उसके जवाब में कुछ नहीं कहा। जब से उसने अपनी आँखों पर पट्टी बाँधी थी तब से वह न के बराबर बोलता था। जब उसे किसी की मदद की ज़रूरत होती या उसे अपनी गाड़ी से उतरना होता तभी बिहज़ाद की बोली फूटती थी।

'अब हम सब चलते हैं, बिहज़ाद। आज के बाद से यह बाज़ार ही तुम्हारा घर है।' सरदार ने अपनी बात कहने के बाद उसके जवाब का इन्तज़ार किया, फिर खाँसते हुए अपना गला साफ़ किया। 'अल्लाह ही जानता है तुमने यह रास्ता क्यों चुना। मैं दुआ करूँगा कि तुम जहाँ जाना चाहो, वहाँ पहुँचने में वह तुम्हारी मदद करे।'

उनमें से एक सौदागर ने जो दूसरे सौदागरों की तुलना में उसके ज़्यादा क़रीब था, ने उसे बाज़ार के बीच एक पेड़ के नीचे बने चबूतरे के पास पहुँचा दिया। उसने बिहज़ाद के सिक्कों की थैली उसके गले में अच्छी तरह से बाँध दी और उसे पास के ही एक मेहमानख़ाने के बारे में जानकारी दी जहाँ वह पैसे चुकाकर रात में सो सकता था और देर तक खुले रहने वाले ढाबों के बारे में भी बता दिया। उसने ताक़ीद की कि लुटेरों से बचने के लिए वह शाम ढलने से पहले ही बाज़ार से मेहमानख़ाने लौट जाया करे। फिर उस

सौदागर ने आसपास उधम मचाते हुए कुछ बच्चों को पास बुलाया और उन सबके हाथ में एक–एक सिक्का रखते हुए उस आदमी पर नज़र रखने की हिदायत दी जो अपनी नज़रों से लाचार था।

— • —

शुरू–शुरू में तो आसपास के दुकानदारों के दिमाग़ में कुछ सवाल उभरे, लेकिन जल्दी ही वे बिहज़ाद के आदी हो गये। उन सबको उस अजीब आदमी की मौजूदगी की आदत पड़ गयी–जिसके कपड़े अजीब थे, जो अजीब ज़बान में बात करता था और जिसके पास बेचने के लिए कभी–कभी कोई अजीब चीज़ होती थी। बिहज़ाद मेहमानख़ाने से सुबह–सुबह बाज़ार आ जाता था और शाम ढलते ही वापस लौट जाता था। सहारा देने वाला कोई–न–कोई हाथ उसे मिल ही जाता था। पेड़ के नीचे चबूतरे पर बैठा वह बाज़ार की दुकानों को अलग–अलग नहीं पहचान पाता था और न ही उसे आवाज़ देने वाले किसी आदमी का चेहरा ही पहचान सकता था। अपने कान में आती आवाज़ों के ज़रिये वह दिन या रात के वक़्त का अन्दाज़ तो लगा लेता था, लेकिन क्षितिज पर धीरे–धीरे उगते हुए सूरज की अठखेलियों को समझ पाने में वह नाकाम था। शुरू–शुरू में अक्सर उसे चोट लग जाती थी। कभी वह फिसलकर गिर पड़ता था, या कभी बिल्कुल गर्म बर्तन को छूने की ग़लती कर बैठता था। इन चोटों की वजह से माथे पर पड़े बल और सूजे हुए जबड़े उसके चेहरे का स्थायी भाव बन चुके थे। कई बार दोपहर के वक़्त जब उसे तेज़ भूख महसूस होती तब वह ढाबे की तलाश में बाज़ार में इधर–उधर भटकता रहता था। फिर अपनी खुद्दारी को दरकिनार कर उसे सही जगह पर पहुँचने के लिए किसी आदमी की मदद लेनी पड़ती थी। अपने कानों की मदद से दुनिया को समझने की कोशिश करने में उसे अपना सर लगातार हिलाते–डुलाते रहना पड़ता था। नतीजतन उसे अपना सर बेतरह भारी महसूस होने लगता। वह गन्ध के ज़रिये भी अपनी दुनिया को पहचानने की मेहनत करता था।

जब ठीक उसके बगल से सिपाहियों की टुकड़ी एक आदमी को पकड़कर लिए जा रही थी जिसने किसी दुकान से कोई सामान चुराया था, तो बिहज़ाद के चेहरे पर कोई भाव नहीं उभरा। एक बार कोढ़ियों का एक झुण्ड अपनी ख़ाली कटोरियों को नचाते हुए उसके इर्द–गिर्द मँडराने लगा। उस वक़्त भी बिहज़ाद एक बुत की तरह खड़ा रहा। भिखारी अपने पुराने कपड़ों को खोलकर उनको जलाते हुए अपने लिए नये कपड़ों की भीख माँग रहे थे। आसपास से गुज़रने वाले लोग नफ़रत से उन्हें देखकर भद्दी–भद्दी गालियाँ निकाल रहे थे। किसी ने उनकी तरफ़ एक मोटा–खुरदरा ऊनी कपड़ा फेंक दिया जिसे लपकने के लिए वे आपस में ही लड़ पड़े।

अपनी जगह पर बैठे बिहज़ाद ने भी अपनी थैली से एक सिक्का निकालकर अन्दाज़न उनकी तरफ़ उछाल दिया।

कई बार वह किसी लड़के से उसे बाज़ार के पास बनी मस्जिद में ले चलने की मिन्नत करता था। वह मस्जिद में पीछे के रास्ते से दाख़िल होता था और वहाँ बग़ीचे में एक नन्हे बच्चे की क़ब्र के क़रीब देर तक बैठा रहता था। वह बच्चा कौन था, इस बात की जानकारी किसी को नहीं थी। सूरज ढलने के वक़्त वहाँ घुमक्कड़ फ़क़ीर आते थे और कुरान की आयतें पढ़ते थे। किसी पेड़ से टिककर बैठा बिहज़ाद उन आयतों को सुनते–सुनते अक्सर नीमनींद में डूब जाता था। किसी के दान किये सिक्के जब उसकी गोद में गिरने लगते तब उसकी नींद टूटती थी।

उधम मचाते हुए लड़कों की टोली हर वक़्त उसके साथ चलती रहती। उसके आगे–आगे चलते हुए वे लड़के बगल से गुज़रते राहगीरों को ख़बरदार करते रहते मानो वह कोई कोढ़ का मरीज़ हो जो अपनी आँख पर बँधी पट्टी के ज़रिये रोग को फैला सकता हो। मेहमानख़ाने में लोगबाग उससे सवाल करते। क्यों? क्या वह कोई गुनहगार था जिसकी आँखें किसी संगीन जुर्म की सज़ा में निकाल ली गयी थीं? लोग उसके हालात के बारे में कम और उसके गुनाह के बारे में जानने के लिए ज़्यादा उतावले थे। क्या उसने अपने

घरवालों के ख़िलाफ़ कोई जुर्म किया था? क्या उसने अपनी बीवी से प्यार करने के एवज़ में अपने भाई की गर्दन काट दी थी? क्या उसने अपने बादशाह के ख़िलाफ़ बग़ावत की थी? क्या उसकी आँखों ने कुछ ऐसा देखने की गुस्ताख़ी की थी जो उसे नहीं देखना चाहिए था? क्या उसने बादशाह के हरम में चोरी–छिपे झाँकने का जुर्म किया था? शाही महल के एक बूढ़े सन्तरी ने लोगों को बताया कि आँख गँवाने की सज़ा से गुज़रते हुए बिहज़ाद को कितनी बेबर्दाश्त तकलीफ़ झेलनी पड़ी होगी। या तो उसकी आँखों में किसी ज़हरीली पत्ती का रस निचोड़ा गया होगा, या उसकी पलकों को टाँके लगाकर सिल दिया गया होगा या फिर उसकी आँखों में तपी हुई सलाखें घुसेड़ दी गयी होंगी। लेकिन तरीक़ा जो भी रहा हो, उसके मुताबिक़ बिहज़ाद को एक जानलेवा दर्द से होकर गुज़रना पड़ा होगा। मेहमानख़ाने के लोग इन बातों को सुनने से भी कतराना चाहते थे। लेकिन बिहज़ाद ने अपनी चुप्पी कभी नहीं तोड़ी।

कुछ लोग यह भी मानते थे कि बिहज़ाद अन्धेपन का सिर्फ़ ढोंग कर रहा था ताकि जब सारे लोग सो रहे हों तब मौक़ा मिलते ही वह उनका सामान चुराकर चम्पत हो सके। 'सब कुछ देखने के बाद भी वह अन्धेपन का ढोंग कर रहा है!' शायद वह किसी के ख़िलाफ़ या कोई ग़लत काम करने के अपराध–बोध से दबा ख़ुद को ही दण्डित कर रहा हो। मुमकिन था कि क़ाफ़िर फ़क़ीरों की तरह वह अपने आपको ही सज़ा दे रहा हो, या खाने और कपड़े के बिना एक ज़िन्दा लाश की तरह रेगिस्तान में भटक रहा हो ताकि भूखा–प्यासा रहकर ख़ुद को ही मार डाले।

'वह अपनी मर्ज़ी से भला अन्धा क्यों हुआ होगा?' मेहमानख़ाने में ठहरे एक मुसाफ़िर ने पूछा।

दूसरों ने उसका मज़ाक़ बनाते हुए कहा, 'एक बीमार आदमी को मीठा पानी भी कड़वा लगता है!'

ऐसा वाक़या कई दफ़ा हुआ कि कोई उसे धकियाते हुए किसी सूनी गली में ले जाता और उसके झोले और कपड़ों की तलाशी लेने

लगता। वह उन उचक्कों को परे धकेलने की भरपूर कोशिशें करता, लेकिन अक्सर नाकाम ही रहता। वह अपने सिक्कों की थैली को हाथों से दबाये रखने की कोशिश करता, लेकिन लुटेरे उसकी गर्दन पकड़कर उसे किसी दीवार से सटा देते, उसकी अचकन को फाड़ डालते और मदद के लिए शोर मचाने की सूरत में मुक्के मारकर उसके चेहरे को लहुलुहान कर देते थे।

बाज़ार के दुकानदार उसे देखकर अपनी हमदर्दी जताते थे लेकिन उसकी चोट पर मरहम पट्टी करने के लिए कोई भी आगे नहीं आता था। अगर कोई यह हिमाकत करने की कोशिश भी करता तो आसपास के लोग उस आदमी को रोकते हुए वापस बुला लेते। बिहज़ाद चबूतरे पर पस्त बैठा रहता और उसके ज़ख़्मों से ख़ून रिसता रहता।

'उसे उसके हाल पर छोड़ दो! अपनी हालत का ज़िम्मेदार वह ख़ुद है।'

'किसी भी आदमी को अपना मुकद्दर ख़ुद तय करने की कोशिश हरगिज़ नहीं करनी चाहिए। अगर कोई ऐसा करता है, तो उसे इसकी सज़ा भुगतने के लिए तैयार रहना चाहिए।'

'एक तरह से वह ठीक है! वह अपने ख़ून को बहता हुआ नहीं देख सकता, है न!'

कई बार शहर से गुज़रते हुए फ़ौजी भी उसकी बेबसी का तमाशा बनाने से नहीं चूकते थे। शहर की लम्बे समय से घेराबन्दी के बाद फ़ौजियों के पास कोई ख़ास काम नहीं था और उनके लिए अपना वक़्त काट पाना बहुत मुश्किल काम हो गया था। अब तो वेश्याएँ भी उनसे परहेज़ करने लगी थीं। कई बार बिहज़ाद भी उनके डर से मेहमानख़ाने में छुपा रहता था और किसी लड़के को पैसे देकर वहीं अपना खाना मँगा लेता था। कभी–कभी उसी टोली का कोई शरारती लड़का उसे फ़ौजियों के हवाले भी कर देता था।

उसके बाद फ़ौजियों की मस्ती शुरू होती थी। वे बिहज़ाद को बाज़ार के बीच में खड़ा कर देते थे और उसकी बेइज़्ज़ती का लम्बा

तमाशा शुरू हो जाता था। फ़ौजी एक गेंद पर पैरों से ठोकर मारते और बिहज़ाद को गेंद का पीछा करने के लिए कहते थे। बिहज़ाद को फ़ौजदार की शिनाख़्त करने के लिए कहा जाता था, और फ़ौजदार अपनी जगह बार–बार बदल देता था। शिनाख़्त में ग़लती होने पर वे बिहज़ाद के चेहरे पर चाँटे रसीद करते थे।

ऐसे ही एक तमाशे में एक बार एक भेड़िये को उसके पिंजड़े से आज़ाद कर उसे बिहज़ाद पर छोड़ दिया गया। वह एक पहाड़ी भेड़िया था और सिर्फ़ अपने फ़ौजदार का इशारा समझता था। उसने पहले तो अपनी थूथन बिहज़ाद के बदन पर फिराते हुए उसके कपड़ों को सूँघा और फिर अचानक गुर्राते हुए वह बिहज़ाद पर टूट पड़ा। बिहज़ाद ज़मीन पर गिर पड़ा और भेड़िया उस पर सवार होकर उसकी छाती को हुमच रहा था। उसे घेरकर खड़े फ़ौजी ठहाका लगाते हुए इस खेल का मज़ा लूट रहे थे और बिहज़ाद की आँखों पर बँधी पट्टी उसके आँसुओं से तर हो रही थी।

—•—

एक दिन अपने सपने में बिहज़ाद ने क़मरगाह का दृश्य देखा। शाही शिकार का नज़ारा। एक जंगल की घेराबन्दी। शिकारी जानवरों के इर्द–गिर्द अपना शिकंजा कस रहे थे। और, शाही हाथियों पर बैठे ख़्वाजा और दारोगा, सीकरी का मुख्य जल्लाद, शाही हक़ीम, और वीणावादक। उसने पेड़ पर बने एक मचान पर बैठे चित्रकारों को भी देखा–चेहरे पर थकान की लकीरें लिए मीर सईद अली का चेहरा उन सबमें सबसे ऊँचा था। एक दूसरा चित्रकार पेड़ पर बने घर से जानवरों को बड़े ग़ौर से देख रहा था–वह कोई और नहीं, अदिली था। उसने दरबारियों की क़तार में सबसे आगे खड़े मुल्ला और मौलवियों को देखा–तसबीज़ फेरता हुआ शिरहिन्दी, सिपाहियों से आरज़ू–मिन्नतें करता हुआ सबी जो घेरे के भीतर जाने के लिए बेसब्र था ताकि वह उन जानवरों की ज़िन्दगियों के लिए दुआ माँग सके। उसने अपने घुटनों के बल बैठे फ़ादर अल्वारेज़ को भी देखा जो

आदमी और जानवरों की क़तार को करुणा भरी आँखों से देख रहा था। कानू एक नाचते हुए मोर की चारों तरफ़ भागता हुआ उसकी तेज़ आवाज़ की नक़ल उतारने की कोशिश कर रहा था। गूँजते हुए नगाड़ों और तोप के धमाकों की आवाज़ के बीच बिहज़ाद ने अकबर को क़मरगाह में दाख़िल होते हुए देखा। उसकी हाथ की तलवार उठी हुई थी। वह एक विचित्र से दीखते जानवर की तरफ़ बढ़ रहा था। वह जानवर घेरे में बिल्कुल अकेला और असहाय था और उसकी आँखों पर एक पट्टी बँधी थी। बिहज़ाद ने देखा कि अकबर ने उस जानवर के गले पर अपनी तलवार से एक ज़ोरदार वार किया।

—•—

धीरे–धीरे बिहज़ाद के सिक्के कम होते गये। उसके सिक्के बिस्तर और खाने की क़ीमत चुकाने पर कम ज़ाया हुए थे, बल्कि उसकी तुलना में लूटे ज़्यादा गये थे। बिहज़ाद के सामने एक ग़रीब की ज़िन्दगी जीने के सिवा अब कोई रास्ता नहीं बचा था। मेहमानख़ाने से अपना सामान समेटकर अब उसने घोलुरख़ाने में अपना डेरा जमा लिया। वहाँ ग़रीब और भिखारियों को मुफ़्त खिलाने का बन्दोबस्त था। घोलुरख़ाने के मालिक ने अपने जानवरों के लिए बने अस्तबल में भिखारियों को मुफ़्त सोने की इजाज़त दे रखी थी।

बिहज़ाद को फ़र्श पर सूखी घास के बिस्तर पर सोने की आदत नहीं थी लिहाज़ा उसकी पूरी रात जागते हुए ही कटती थी। उसके लगातार करवट बदलते रहने से अगल–बगल में लेटे हुए आदमियों की नींद भी ख़राब हो जाती थी। सुबह वे सब बिहज़ाद को जमकर कोसते थे और उसे कहीं और चले जाने के लिए कहते थे। दिन–भर वह रात काटने की जगह की तलाश में भटकता रहता था।

बदबूदार और बासी रोटी खाने की आदत न होने के कारण बिहज़ाद को कई–कई दिनों तक भूखा ही रहना पड़ता था। उस वक़्त उसे उन दिनों की याद हो आती थी जब उसे ताज़ा बने खाने का निवाला मयस्सर था। वह बाज़ार में किसी पकवान की दुकान के

क़रीब बुत की तरह बैठा रहता था, लेकिन उसके मुँह से लार की एक बूँद भी नहीं टपकती थी। दूसरे भिखारियों से सुनकर वह भी शाम की नमाज़ के वक़्त मस्जिद के बगल की खाने की दुकानों के क़रीब खड़ा इन्तज़ार करता रहता। देर–सबेर कोई–न–कोई अमीर आदमी आता और दुकानदार की तरफ़ सिक्कों की एक थैली उछालते हुए उसे अपने नाम से सभी ग़रीबों को खाना खिला देने की हिदायत देता हुआ आगे बढ़ जाता।

एक भिखारी की तरह बिहज़ाद भी अब भिखारियों के साथ ही रहने लगा और भीख माँगकर अपना पेट भरने लगा। लेकिन इतनी दुश्वारियों के बावजूद गूँगमहल से लौटकर ऐसी ज़िन्दगी जीने के अपने फ़ैसले पर उसको कभी कोई पछतावा नहीं हुआ। कुछ ही महीने में उसकी खाल में बासी सब्ज़ियों–सी दरारें दिखने लगीं। वे दरारें कहीं–कहीं नासूर बन गयी थीं जिन पर मक्खियाँ भिनभिनाती रहती थीं। उसकी दाढ़ी और सर के बाल बढ़कर बेतरह बेतरतीब हो गये थे और वह किसी किताब के मसखरे किरदार की तरह दिखने लगा था। अपनी झुकी हुई कमर की वजह से वह अपनी उम्र से ज़्यादा बूढ़ा दीखता था और उसे अपनी पलकें हर वक़्त बोझिल महसूस होती थीं। उसके दागदार कपड़े जब हवा में फड़फड़ाते तो उन्हें देखकर किसी फटी हुई पतंग की याद आती थी, गोया कोई पुराना–फटा झण्डा खरखराने की आवाज़ के साथ अपनी बुलन्दियों से गिर रहा हो। उसे पास से गुज़रता हुआ देख लड़कों की टोली अपनी नाक बन्द कर लेती थी। 'कचरे का ख़ज़ाना!'

बिहज़ाद रहने के लिए भी अजनबियों के रहमोकरम का मोहताज था। एक अजनबी जो पेशे से डाक पहुँचाने वाला एक हरकारा था, ने उसे पास के ही गाँव में अपनी छोटी–सी झोपड़ी में पनाह दी थी जिसमें वह अपनी बीवी के साथ रहता था। जब कोई शाही फ़रमान आता या एक सौदागर किसी दूसरे सौदागर के नाम ख़त भेजता तो वह दौड़ता हुआ उन्हें कुछ ही मील दूर रहने वाले दूसरे हरकारे के सुपुर्द कर आता। बिहज़ाद की तरह वह आदमी भी अनपढ़ था, लेकिन वह उन ख़तों पर

लगी मुहरों को पहचान सकता था। उसे इस बात की जानकारी नहीं थी कि खत किसके लिए लिखा गया था और उनमें क्या लिखा था। उसका काम सिर्फ़ उन्हें जल्दी–से–जल्दी दूसरे हरकारे तक पहुँचा देना था। बिहज़ाद हरकारे के साथ उसकी झोपड़ी के बाहर बैठा ख़तों के आने का इन्तज़ार करता रहता। उसकी बीवी झोपड़ी के भीतर खाना बनाती रहती और वह हुक्के में दोनों के लिए मोटा कटा तम्बाकू भरता रहता। दोनों शहर के मसलों और आसपास के शहरों की बातें करते रहते। उनकी बातचीत में ख़त या उनको भेजने वालों का कोई ज़िक्र नहीं होता।

शेर के निशान वाली मुहर को देखकर बिहज़ाद पहचान जाता था कि वह हिन्दुस्तान के बादशाह का कोई फ़रमान है। सीकरी में गुज़रे दिनों से ही उसे उस मुहर की ताक़त का अहसास था। वह मुहर किसी दरबारी की क़िस्मत रातोरात बदल सकती थी और उसके ओहदे को ऊँचा कर उसे शहर का एक मशहूर सूबेदार बना सकती थी। वह मुहर लम्बे समय से उकताये हुए किसी सिपहसालार को जंग के मैदान से वापस राजधानी बुलाये जाने की राहत बख़्श सकती थी। इस मुहर की ताक़त की बदौलत ही शायद उसका अब्बू–ख़्वाजा इतने ऊँचे ओहदे तक पहुँचने में कामयाब रहा था। बिहज़ाद जानता था कि इसी फ़रमान की बदौलत किसी को देशनिकाला या मौत जैसी सज़ा दी जाती थी।

हरकारा उन ख़तों को बड़ी कोमलता के साथ अपनी उँगलियों के बीच दबाता और उन्हें उनके अगले पड़ाव तक ले जाने के लिए दौड़ लगाना शुरू कर देता।

किसी–किसी दिन उनको रेशम के कपड़े में लिपटा एक पुलिन्दा मिलता था। हरकारे की बीवी झोपड़ी से बाहर आकर उसे अपने हाथ में उलटती–पलटती तारीफ़ भरी नज़रों से देखती थी। वह शायद किसी ऊँचे ओहदेदार का अपनी मंगेतर के लिए भेजा गया कोई तोहफ़ा होता। ऐसे कुछ तोहफ़े देने के बारे में बिहज़ाद ने भी सोच रखा था, लेकिन कभी दे नहीं पाया–आगरा में वे तोहफ़े वह जुलेखा को देना चाहता था। उस वक़्त तक लोगबाग बिहज़ाद को

किताबख़ाने के अगले ख़्वाजा के तौर पर कुबूल करना शुरू कर चुके थे। वह जुलेखा को उसी के कमरे में देखने की कल्पना करता। वह अपनी नौकरानी निकिसा को बुलाकर उस तोहफ़े को खोलने का हुक्म दे रही होती, वह कल्पना में जुलेखा को बिहज़ाद का दिया तोहफ़ा पाकर खुश होता हुआ देखता था, फिर कल्पना में ही किसी रुबाई की सूरत में जुलेखा का जवाब लिखता देखता–शायद जामी या हाफ़िज़ की लिखी कोई रुबाई जिसे पढ़वाने के लिए उसे अपने दोस्त सलीम अमीरी की दरकार होती।

हरकारे की बीवी उस पुलिन्दे को पहले ख़ुद सूँघती थी और फिर उसे बिहज़ाद की नाक के क़रीब ले जाती थी ताकि वह भी उस ख़ुशबू का भागीदार बन सके।

शुरुआती कुछ महीनों तक तो उसने उस हरकारे के साथ रहते हुए वैसी ही दोस्ताना गर्मजोशी महसूस की जो उसे हज़ारी की सराय में रहते हुई हमेशा हासिल होती रही। उसके बाद एक दिन हरकारे को इलाक़े के जमींदार की चिट्ठी मिली। उस हुक्मनामे में हरकारे को गाँव छोड़ने और ख़तों को दोबारा कभी छूने की हिमाक़त भी न करने की हिदायत दी गयी थी। उस हुक्मनामे में साफ़ लिखा हुआ कि कोई एक बेहद अहम ख़त रास्ते में ही चोरी हो गया था।

हरकारे और उसकी बीवी ने बिहज़ाद को फिर से बाज़ार के उसी चबूतरे पर वापस छोड़ दिया और ख़ुद भटकने के लिए रवाना हो गये। लड़कों की टोली ने अपनी फ़ब्तियों और फ़िकरों के साथ बिहज़ाद का स्वागत किया।

—•—

जैसे–जैसे वक़्त बीतता जा रहा था, बिहज़ाद ने अपनी बनायी उन तमाम तस्वीरों को जो उसने आगरा में क़लम पकड़ना सीखने के बाद से बनायी थीं, एक नये नज़रिये से देखना शुरू किया। वे सैकड़ों की तादाद में बनायी गयी तस्वीरें थीं। वे तस्वीरें इकलौती सीढ़ियाँ थीं जो उसे उन दिनों की स्मृतियों में वापस ले जाती थीं, जहाँ

वह अपने आसपास के दूसरे लोगों की तरह एक सामान्य ज़िन्दगी जिया करता था। वह अपनी बन्द आँखों से उन तस्वीरों की वैसी ही पड़ताल करता था जैसे कोई उस्ताद किसी नौसिखिये चित्रकार की बनायी हुई तस्वीरों की किया करता था। उन तस्वीरों को याद करते हुए बिहज़ाद के माथे की लकीरें गहरी होने लगतीं।

'वह क्या सोचकर इतना झल्लाया हुआ लग रहा है?' बाज़ार में उसके आसपास मँडराते रहने वाले लड़कों में से एक ने पूछा।

'वह तुम्हारे नाक के भीतर से निकलती हुई गन्दगी के बारे में सोच रहा है!'

'नहीं! वह तुम्हारी गोल तोंद के बारे में सोच रहा है जिसमें कीड़े भरे हुए हैं!'

'वह दरअसल तुम्हारी फटी हुई निकर के बारे में सोच रहा है, बेवकूफ़ कहीं के!'

बिहज़ाद के ज़ेहन में फ़रहाद का चेहरा आ गया था जिसकी तस्वीर उसने मीर सईद अली की चित्रशाला में बनायी थी। फ़रहाद एक कठोर पत्थर को तराशकर उस पर शीरीं का चेहरा बना रहा था। बिहज़ाद को फ़रहाद के चेहरे पर उदासी की लकीरें नहीं दिखानी चाहिए थीं? क्या उसे नहीं पता था कि एक मामूली किसान होने की वजह से उसे शीरीं का प्यार कभी हासिल नहीं हो सकेगा? क्या एक चित्रकार को अपनी तस्वीरों के ज़रिये यह संकेत नहीं करना चाहिए कि कहानी किस मोड़ पर ख़त्म होगी? क्या चित्रकार की ज़िम्मेदारी यह नहीं है कि वह दर्शकों के भीतर अनुमान लगा पाने का कौतूहल उत्पन्न कर सके?

वह अपनी बनायी हुई अकबर की तस्वीरों के बारे में सोचने लगा। उन तस्वीरों में छुपाकर बनायी गयी तस्वीरें भी शामिल थीं। एक तस्वीर में उसने अकबर को एक गुप्त प्रेमिका के प्रेमी के रूप में दिखाया गया था। उस तस्वीर में उसने अकबर की कलाइयों पर उसकी प्रेमिका के दाँत और नाख़ून के निशान बनाये थे। वह बहुत देर तक उस तस्वीर के बारे में गहराई से सोचता रहा। तस्वीर में अकबर का चेहरा एकदम

शान्त था जिस पर उन ज़ख़्मों के दर्द की कोई निशानी नहीं थी, जबकि उसके चेहरे पर दर्द के भाव होने चाहिए थे–ज़ख़्मों के दर्द के नहीं बल्कि अपनी प्रेमिका से बिछुड़ने के दर्द के निशान।

सुबह के वक़्त बिहज़ाद अक्सर ख़यालों में ख़ुद को दारोगा के रूप में देखता था। एक शीशे वाली दूरबीन की पट्टी आँखों में बाँधे दारोगा उसकी बनायी गयी तस्वीरों की बारीक़ियों को देख रहा है, उनमें ग़लतियाँ ढूँढ़ने की कोशिशें कर रहा है, किसी चूक पर नाराज़गी प्रकट कर रहा है और तस्वीर की वजह को ठीक से न पकड़ पाने की चित्रकार की नाक़ाबिलियत की तरफ़ इशारा कर रहा है। आख़िरकार इस क़वायद से उसने अपनी कमियाँ ढूँढ़ने की तरक़ीब निकालने में थोड़ी कामयाबी हासिल कर ली। उसके भीतर की लिप्साओं को समाप्त करने में यह मददगार साबित हो सकती थी। अगर वह किसी जल्लाद के दिल को किसी चित्रकार के दिल से बदल पाता तो वह जल्लाद के दिल में प्रतिशोध की जगह सपनों को रख देता।

इसी बीच उस इलाक़े में कुछ सूफ़ी आ गये थे। उनके आने से थोड़ी राहत आयी थी–दुकानदारों और ख़रीददारों के बीच जारी मोल–तोल के शोर से राहत, अक्सर राहगीरों के हाथों पीटे जाने से राहत, दुकानदारों को उससे होने वाली परेशानियों के ख़िलाफ़ राहत और फ़ौजियों के हाथों आये दिन होने वाली बेइज़्ज़ती से राहत। बाज़ार में हरेक आदमी इस अन्देशे से चिन्तित था कि जल्दी ही उस इलाक़े पर उत्तर से आये हमलावर क़ब्ज़ा करने वाले थे। सूफ़ियों के आ जाने से लोग फ़िलहाल इस चिन्ता से थोड़ा मुक्त हो गये लगते थे। एक दिन सूफ़ियों ने एक बड़े प्रार्थना–कक्ष में क़व्वाली का आयोजन किया और उसमें उस छोटे से शहर के ज़्यादातर लोग शरीक़ हुए। सूफ़ियों का संगीत शुरू हुआ।

वे तीन दिन और तीन रातों तक लगातार गाते–बजाते और नाचते रहे। 'उसके हाथों में जाम मत दो, सीधा उसे पिला दो–क्योंकि वह अपनी राह से भटक गया है!' जैसे ही बिहज़ाद उस बड़े से कमरे में दाख़िल हुआ, सूफ़ियों के मुखिया ने गर्मजोशी के साथ उसका स्वागत किया। बिहज़ाद ने उनके साथ शराब पी और जमकर नाचा। वह किसी दरवेश की तरह झूम रहा था। उसके उलझे–बिखरे बालों और उसकी दाढ़ी ने उसके चेहरे को ढँक लिया था। उसकी पुरानी अचकन के बटन खुल गये थे और भीतर से उसके सीने की पीली खाल दिख रही थी।

'वही सब कुछ! वही सब कुछ! वही सब कुछ!'

बिहज़ाद ने महसूस किया कि नाचते हुए वे इतने भाव–विह्वल हो गये थे कि बच्चों की तरह रोने और एक–दूसरे को चूमने लगे थे। पहली बार बिहज़ाद को यह भी लगा कि वह भी उन घुमन्तु फ़कीरों में ही एक है जो अपनी ज़िन्दगी की और कुछ नहीं, बस अपने प्रेमी के आगोश में मरना चाहता था। उन फ़कीरों की तरह वह भी कड़ी धूप में खड़ा होना, पानी की अथाह गहराई में डूब जाना और आग में जल जाना चाहता था।

क़व्वाली के बीच में ही वह मक़लास में भी शरीक़ हुआ। क़िस्सागो ने उसका स्वागत करते हुए लोगों से कहा, 'मैं ज़मीन पर आज़ाद बैठे इस आदमी को देख रहा हूँ। एक भिखारी के जिस्म में क़ैद एक बादशाह की रूह। एक विराट सागर में उठती एक विशालकाय लहर।'

उसने भीड़ को मौलाना रूमी की कहानी सुनानी शुरू की–रूमी–'उन सबका मालिक।'

'रूमी और उसका दोस्त तबरीज़ का शम्स। दोनों शराबी दोस्त महीनों एक–दूसरे के साथ बिना किसी इन्सानी तलब के गुज़ारते थे। उन दोनों की दोस्ती दुनिया में एक बड़ा रहस्य बन गयी थी।'

'भीड़ में से किसी ने ज़ोर से कहा–'एक दोस्त का आगोश सदियों की इबादत से भी प्यारा और मीठा होता है।' क़िस्सागो ने

सहमति में अपना सर हिलाया–'बिल्कुल सही। एक दोस्त के साथ हम सचमुच इन्सान बन सकते हैं। दोस्त न हो तो दरअसल हम जानवर ही बने रह जायेंगे। तुम अपने सच्चे दोस्त के लिए क्या कुर्बानी दे सकते हो?'

'मैं अपना सर कटा सकता हूँ!' भीड़ ने एक जैसा जवाब दिया।

'रूमी एक शायर बन गया। उसकी लिखी एक–एक पंक्ति में शम्स के लिए उसकी मोहब्बत झलकती है। उसने लिखा, "मेरी ज़िन्दगी मेरी नहीं लेकिन तुम्हारी ज़िन्दगी मेरी है!" फिर एक दिन उसका प्यारा दोस्त उससे जुदा हो गया। अपने दोस्त को खो देने की वजह से रूमी गम में डूब गया।'

भीड़ में किसी ने ज़ोर से अपने दोस्त का नाम पुकारा–जो या तो बिछड़ गया था या मर चुका था। पूरी भीड़ ने चिल्लाते हुए अपना दुःख प्रकट किया।

'उसने अपने दोस्त की सब जगह तलाश की। "शायद मेरा महबूब दोस्त कहीं छुप गया हो।" रूमी ने दुःख और पछतावे में बहुत–सी नज़्में लिखीं।' क़िस्सागो की बातें सुनकर भीड़ में बैठे लोगों का दुःख बढ़ता ही जा रहा था।

फिर अचानक नशे में डूबे और उघड़े सर वाले एक सूफ़ी ने बिहज़ाद का हाथ पकड़ लिया और उसकी आँखों में देखने लगा। 'तुम तो हज़ारी के चित्रकार हो?'

कुछ लोग यह सुनकर अचम्भे में पड़ गये। 'चित्रकार?'

'नहीं, वह एक मामूली भिखारी है।' बिहज़ाद के साथ अस्तबल में रहने वाले एक दूसरे भिखारी ने कहा।

'शायद कोई भटका हुआ है,' दूसरे ने कहा।

'कोई सज़ायाफ़्ता मुजरिम है शायद।'

'क्या तुम चित्रकार बिहज़ाद नहीं हो?' उस नंगे सर वाले सूफ़ी ने उसकी बाँह को और सख़्ती से पकड़ लिया।

इस माजरे को देखकर क़िस्सागो ने अपनी कहानी बीच में ही रोक दी। फ़कीर बिहज़ाद की बाँह पकड़कर उसे भीड़ के आगे ले

गया। वह लोगों को बताने लगा कि वह बिहज़ाद से एक बार पहले भी मिल चुका है। वह शायद फ़ारसी था या हिन्दुस्तान से आया था लेकिन यह तय था कि वह विलक्षण प्रतिभाशाली था। पूरे रेगिस्तान के लोग उसे जानते थे और कई अमीरों के पास उसकी बनायी उनकी ख़ुद की तस्वीरें भी थीं। पूरी तरह से अनपढ़ होने के बावजूद वह उस वक़्त की तमाम मशहूर कहानियों को अपनी तस्वीरों के ज़रिये पेश कर सकता था मसलन–तोता–मैना की कहानियाँ, आमिर हमज़ा की बहादुरी के कारनामे। वह बन्द आँखों से ही नहीं बल्कि नींद में भी तस्वीरों की एक पूरी किताब बना सकता था।

बिहज़ाद अपना सर झुकाये ख़ामोश बैठा रहा। उसके सामने किसी ने एक ख़ाली पन्ना फैला दिया और उसकी उँगलियों में एक क़लम पकड़ा दी गयी। क़िस्सागो कौतुक से भरी आँखों से उसे देखने लगा। 'फिर इसे इसी जलसे की एक तस्वीर बनाने दो।' अब तक जो नशे में धुत फ़र्श पर पसरे हुए थे वे लोग भी सीधे तनकर बैठ गये और तमाशा देखने लगे।

'यह वही है!' जिस सूफ़ी ने उसे पहचान लिया था उसने उसका माथा हौले से थपथपाते हुए कहा, मानो वह बिहज़ाद को उसकी नीमनींद से जगाने की कोशिश कर रहा हो।

'क्या कहा! वह एक चित्रकार है?' बाज़ार की छोटी–छोटी गुमटियों के मालिक दुविधाओं में घिरे खुसुर–फुसुर कर रहे थे। 'यह नामुमकिन है। एक अन्धा आदमी तस्वीरें कैसे बना सकता है?' बिहज़ाद जिस अस्तबल में सोता था उसके मालिक ने चुटकी ली। 'शायद वह पहले अन्धा नहीं रहा हो। हो सकता है वह यह देखकर अन्धा हो गया हो कि तुम सब मिलकर ग़रीबों को किस तरह से लूट रहे हो!'

बिहज़ाद की उँगलियों में फँसी हुई क़लम छूटकर नीचे गिर चुकी थी और उसके सामने फैला हुआ पन्ना जैसे का तैसा कोरा पड़ा था। लोगबाग खुसुर–फुसुर करते हुए हँस रहे थे।

क़िस्सागो ने उस सूफ़ी को मुस्कराते हुए देखा और बाक़ी की

कहानी सुनाने लगा–'फिर शम्स का जवाब आया। वह बग़दाद में था। उसने अपने बेटे को उसके पास भेजा और शम्स से वापस लौट आने की मिन्नत की। जब वे दोबारा मिले तो एक–दूसरे को देखते ही दोनों एक–दूसरे के पैरों पर गिर पड़े।'

दूसरों के साथ बिहज़ाद भी उठ खड़ा हुआ और बिछोह और मिलन के नाच में ख़ुद भी झूमने लगा।

—•—

बीमार और नशे में धुत बिहज़ाद बदस्तूर इस अस्तबल से उस अस्तबल तक भटकता रहा। दिन के वक़्त वह भीख माँगता था और रात में छोटी दुकानों की ओट में सस्ती शराब पीता था। दुकानों के गुमटियों की पीछे से उसे नशे में लड़खड़ाती और नक़ली प्यार में डूबी खुसफुसाहट सुनायी पड़ती थी। कई बार अपने कपड़ों के भीतर घुसे हाथों को उसने अपने जिस्म पर घूमता महसूस किया था। उँगलियों की कोमलता को महसूस करते हुए वह कल्पना में उसे प्यार करने वाले की शक्ल का अनुमान लगाने की कोशिशें करता।

—•—

बिहज़ाद अब एक प्यादा बन चुका था। बाज़ार के पास ही एक मस्जिद थी। उसके दरवाज़े के पास दो औरतें बैठती थीं–एक–दूसरे के ठीक आमने–सामने। वे पैसे लेकर मस्जिद में आने वालों के जूतों की रखवाली करती थीं, लेकिन दोनों के मन में एक–दूसरे के लिए घोर नफ़रत थी। उनमें से एक औरत बिहज़ाद को अपने साथ वहाँ लेकर गयी थी। उसे उम्मीद थी कि एक अन्धे को जूतों की निगरानी करता देखकर उसके पास ज़्यादा लोग आयेंगे। हज पर निकले लोग अब आने लगे थे। मक्का के रास्ते में पड़ने वाले इस छोटे से शहर में वे एक–दो दिन आराम करते और फिर पीछे से आने वाले जत्थे में शामिल होकर आगे के सफ़र पर निकल जाते। मस्जिद में ठहरने वालों की भीड़ जमा हो गयी थी और गुमटियों छोटे–मोटे दुकानदार अपने

धन्धों में बहुत व्यस्त हो गये थे। बड़े दुकानदारों की भी यही हालत थी। वे भी ज़्यादा–से–ज़्यादा कमा लेना चाहते थे। इस मामले में वह औरत भी बहुत ख़ुशनसीब साबित हुई थी जिसे क़िस्मत से बिहज़ाद जैसा अजूबा हाथ लग गया था। 'अपने–अपने जूतों को इस अन्धे की निगहबानी में छोड़ जाओ! यह उनकी देखभाल करेगा!' मस्जिद आने वाले लोग उसे कौतूहल भरी नज़रों से देखने लगते थे और वहाँ ख़ासी तादाद में लोग जमा होने लगे। जूतों के समन्दर के बीच किसी टापू की तरह बिहज़ाद दिन–भर मस्जिद के बाहर बैठा रहता था।

सामने की तरफ़ जूतों की देखभाल के लिए बैठी दूसरी औरत भीतर ही भीतर जल–भुनकर ख़ाक हो गयी थी। वह कभी बिहज़ाद की तरफ़ रोटी सरकाकर या कभी जब बिहज़ाद रात को अस्तबल में लौटकर आता था तब उसे अफ़ीम के गुच्छे देकर अपनी तरफ़ खींचने की कोशिश करती थी। उसने बिहज़ाद को उसकी देखभाल करने, उसके फटे हुए कपड़ों को सिल देने और हर वक़्त उसको अपनी छाँव देने की भी पेशकश की। दूसरी तरफ़ बिहज़ाद की मालकिन भी उसका पूरा ख़याल रखती थी। वह कभी–कभी उसे कुछ सिक्के या पुराने जूते रख लेने की भी छूट दे देती थी। जब दोनों औरतों के बीच झगड़ा बहुत बढ़ जाता था तब वे हर वक़्त बिहज़ाद पर नज़र रखती थीं। कई बार तो वे बिहज़ाद की आस्तीन पकड़कर उसे पास की अँधेरी गली में खींच ले जाती और उसके लिए अपनी मुहब्बत का इज़हार करने लगतीं। वे अक्सर बिहज़ाद का हाथ पकड़कर कपड़ों के भीतर घुसा लेतीं और उसकी उँगलियों को अपनी जाँघों पर फेरती हुई उसकी देह की प्यास को भड़काने की कोशिशें भी करतीं।

एक दिन जब बिहज़ाद जूतों के बीच में बैठा हुआ था तब दूसरी औरत उसके पास आयी और उससे अपने साथ सड़क की दूसरी तरफ़ चलकर बैठने की ज़िद करने लगी। देखते–देखते दोनों औरतें एक–दूसरे से भिड़ गयीं और धीरे–धीरे उनको तमाशबीनों ने घेर लिया। दूसरी औरत ने दावा किया कि अन्धा बिहज़ाद उसका शौहर है और उसकी सौत उसके शौहर की 'चोरनी'।

'शौहर! तुम्हारा मतलब वह तुम्हारा हिजड़ा है! औरत की तो छोड़ो, वह तो किसी पिद्दी का शौहर होने लायक़ भी नहीं है!'

दूसरी औरत ने बिहज़ाद को लपककर पकड़ लिया और उसके जिस्म से कपड़े हटाने लगी–'ठहरो, अभी मैं तुमको उसका...' बिहज़ाद की मालकिन उस दूसरी औरत को रोकने के लिए भीड़ को चीरती हुई उससे जा उलझी। दोनों औरतें उसे पकड़कर अपनी तरफ़ खींचने की कोशिश कर रही थीं।

'यह रंगा सियार दोनों तरफ़ से मज़ा लूट रहा लगता है!' चारों तरफ़ से घेरकर खड़े लोग इस तमाशे का भरपूर मज़ा ले रहे थे।

दूसरी औरत उन दोनों में ज़्यादा मज़बूत साबित हुई। उसने दुबले–पतले और कमज़ोर बिहज़ाद को अपने कन्धे पर उठाकर सड़क के बीचोबीच खड़ा कर दिया। चारों तरफ़ जूते पसरे हुए थे। आख़िरकार उसकी मालकिन ने हार मान लेने की बजाय बिहज़ाद के अँगूठे को अपने दाँतों में काट लिया और उसके गले में लटकी सिक्कों की थैली दिखाते हुए चिल्ला पड़ी। 'चोर!'

अगले ही पल लोगों ने उन झगड़ती हुई औरतों को एक–दूसरे से अलग किया और बिहज़ाद पर लात–घूँसों की बरसात शुरू कर दी।

'एक ग़रीब औरत की गाढ़ी कमाई चुराने में तुम्हें शर्म नहीं आयी!'

'एक–दूसरे के ख़िलाफ़ दोनों का इस्तेमाल!' भीड़ में से किसी आदमी ने बिहज़ाद पर थूकते हुए कहा।

बिहज़ाद जूतों के बोझ तले ख़ामोश पड़ा रहा।

आख़िरकार औरतों ने उसे बचा लिया। पता नहीं वे अचानक कहाँ से आ गयीं और बिहज़ाद को अपने साथ लेकर ग़ायब हो गयीं। अपने पीछे गर्दोगुबार छोड़ते हुए दुर्गम दर्रों को पार करती हुईं वे हिन्दुकुश की चोटियों पर चली गयीं। उन्होंने बिहज़ाद की पस्त देह को एक बोरी में उठा रखा था और अब वे कबूतर–घर के नीचे पहुँच चुकी थीं। कबूतर–घर दरअसल उन गुफाओं का नाम था जो आपस में भीतर–ही–भीतर एक–दूसरे से मिली हुई थीं। कभी–कभी उस तरफ़ से गुज़रने वाले मुसाफ़िरों ने पहाड़ की खड़ी चोटियों में बनी इन गुफाओं को 'कबूतर–घर' का नाम दिया था क्योंकि बाहर से ये किसी चिड़िया के एक बड़े से घोंसले जैसी ही दीखती थीं। इन गुफाओं के तंग रास्तों से गुज़रते हुए चोटी के ऊपर तक पहुँचा जा सकता था।

कबूतर–घर और उससे लगी पत्थरों की घाटी के बीच से एक झरना गुज़रता था। यह एक अजूबा–सी जगह थी। मानो किसी पहाड़ी में एक विस्फोट हुआ था, और अब वह पहाड़ी पत्थर के एक मलबे में बदल गयी थी। झरना गहरा था लेकिन इसकी धारा किसी समन्दर में नहीं मिलती थी बल्कि चट्टानों के बीच कहीं रेत में सूख जाती थी।

पत्थरों की उस वादी में कोई बस्ती नहीं बसी थी, उधर से होकर कोई कारवाँ नहीं गुज़रता था और न ही कोई मेहमानख़ाना ही रास्ते में बना हुआ था। बादशाह ने अपने हरकारों को कभी उस तरफ़ नहीं भेजा और सैनिक भी अपने घोड़ों को उस रास्ते पर ले जाने से हिचकते थे। लालची सौदागर भी किसी महँगे रत्न या खुशबूदार लकड़ी की तलाश में उधर नहीं जाते थे। और तो और कोई भगोड़ा भी उस इलाक़े में जाने से कतराता था।

उस घाटी में अमूमन तो कोई जानवर नहीं दिखलाई पड़ता था लेकिन वहाँ परन्दिों की भरमार थी। वे वहाँ अण्डे देते थे और अपने चूजों की परवरिश करते थे और फिर कहीं दूर देश उड़ जाते थे। परिन्दे वहाँ दुश्वार सर्दियों से बचने के लिए उत्तरी झीलों से और दक्षिण की गर्मी में दलदलों में तब्दील हो चुके झील–तालाबों से अपनी जान बचाने के लिए आते थे। कड़ी गर्मियों में जब शहतूत पकने लगते थे तब बड़ी तादाद में तोते आते थे। लम्बी पूँछ और आँख के इर्द–गिर्द लाल घेरे वाली अबाबीलें भी आती थीं जिन्हें तुर्की में चुघुर्चुक और हिन्दुस्तानी में शरक कहा जाता था। शिकार से बची होने के कारण बटेरें ख़ासी मोटी–तगड़ी हो जाती थीं। जंगली उल्लू, अरबी तीतर, छोटे लेकिन लम्बी गर्दन वाले सारस, बाज, गिद्ध, जंगली बत्तखें और नीलकण्ठ–सभी परिन्दों की पसन्दीदा रिहाइश थी। इन परिन्दों के अलग–अलग ज़बानों में अलग–अलग नाम थे, लेकिन उनके अण्डों के छिलकों से झरने के दोनों किनारे सफ़ेद रंग दीखते थे।

बिहज़ाद कबूतर–घर की सबसे बड़ी गुफा में सोया हुआ था–बिना किसी दर्द के और बिना किसी ख़ौफ़ के। जब तक वह जागा रहता उसे अपने आसपास उन औरतों की बातचीत की आवाज़ें सुनायी पड़ती थीं। इन औरतों के बारे में उसने अपने सफ़र में बहुत कुछ सुन रखा था। बाज़ार में भी इन औरतों को लेकर तरह–तरह की बातें की जाती थीं। उनको चिड़िया–औरत इसलिए कहा जाता था क्योंकि वे कबूतर–घर की चिड़ियों के बीच रहती थीं, बाज़ार में चिड़ियों के अण्डे बेचती थीं और खुद भी अलग–अलग मुँडेरों पर बैठे चिड़ियों के झुण्डों की तरह निर्बाध उड़ती रहती थीं। उसने यह भी सुन रखा था कि वे औरतें तमाम बन्दिशों से आज़ाद थीं। वे हरम की बेगमों और उनकी गुलामों की तरह नहीं थीं। वे पुरुषों के बनाये गये सभी पिंजरों से बाहर रहकर अपनी ज़िन्दगियाँ बसर करती थीं। वे बहादुर औरतें थी जो वहाँ मध्य एशिया, फ़ारस और हिन्दुस्तान से आकर रहने लगी थीं। उन औरतों में कलमु और

तुर्किस्तान से आयी औरतें, अबीसीनिया से आयी काली औरतें, कश्मीर और तरतरी की औरतें–सभी शामिल थीं। कुछ यूनानी नस्ल की औरतें, छोटी क़द–काठी की नाज़ुक–से अर्मीनियाई औरतें, गोल मुखाकृतियों वाली मंगोलियाई औरतें और सुदूर दक्षिणी द्वीपों की औरतें भी चिड़िया–औरतों में शामिल थीं। उन सभी औरतों के दुखों की अपनी–अपनी कहानियाँ थीं। उनमें से कुछ ऐसी थीं जिन्हें चुराकर ग़ुलामों की तरह बेच दिया गया था और उनके मालिकों ने उनकी देह को निचोड़ लेने के बाद उनको अपने हाल पर छोड़ दिया था। कुछ तो अपने मालिकों के सीने में छुरा घोंपकर भाग निकली थीं। कुछ को उनके शौहरों ने घर से बाहर निकालकर भीख माँगने के लिए छोड़ दिया था। कुछ हरम से अपने मालिकों को धोखा देकर भागी औरतें थीं और कुछ किसानों की बेवाएँ थीं जिनके शौहर को हमलावर सैनिकों ने बिना किसी क़सूर के मार डाला था और जिनके बच्चों को उनकी आँखों के सामने कुओं में फेंक दिया गया था।

वे झुण्डों में चट्टानों के बीच भटकती हुई घोंसलों से अण्डे इकट्ठे करतीं, घायल चिड़ियों की मरहम–पट्टी करतीं और उन चूज़ों की चोंच में दाना डालती हुई घूमती रहती थीं जिनकी माँएँ उन्हें छोड़कर चली गयी थीं। अण्डों के अलावा वे चिड़ियों के पंख, उनकी चोंचे और पंजे भी बीनकर बाज़ार में बेचती थीं। पंख पगड़ियों को सजाने और चोंच और पंजे औषधीय पेय बनाने के काम आते थे।

दुकानों के मालिक उन औरतों से बहुत जलते थे और उन्हें वेश्या कहते थे। बाज़ार में उनके आते ही सभी ख़रीददार उन्हीं को घेर लेते थे। लोगबाग किसी क़ीमती जवाहरात की बजाय हथेलियों में समा जाने वाले हड्डियों के पिंजर में ज़्यादा दिलचस्पी रखते थे। वे औरतें बाज़ार के किसी भी क़ायदे को नहीं मानती थीं और अपने कन्धों से बोरियाँ उतारकर उनमें रखे अजीबोग़रीब सामान बिखेरकर बैठ जाती थीं–मोरपंखों का बना पंखा, पंजों से बना कोई कण्ठहार, पहाड़ी शहद, नागफनी से बनी काली शराब वग़ैरह–वग़ैरह। ख़रीददार उन सामानों को ख़रीदने के लिए टूट

पड़ते थे और वे किसी के लिए तोल–मोल करने की गुंजाइश नहीं छोड़ती थीं। उनका कारोबार बाज़ार में सबसे जल्दी निबट जाता था। दुकानों के मालिकों को जलन और हैरत दोनों होती थी–कितनी जल्दी वे औरतें अपनी बोरियाँ और ख़रीददारों की जेबें दोनों ख़ाली कर देने में कामयाब होती थीं! दुकान मालिकों को अपने ग्राहकों को पटाने के लिए उन्हें चाय पिलाने के साथ–साथ कितनी ख़ुशामद करनी पड़ती थी!

उन औरतों को बाज़ार से खदेड़ बाहर करने की किसी भी तरक़ीब का नतीजा और बुरा होता था। ऐसी हालत में वे अपनी ज़बान से एक भी लफ़्ज़ नहीं निकालती थीं और अपना सामान समेटते हुए बाज़ार से निकलकर मेहमानख़ाने के अहाते में चली जाती थीं। और, उनके पीछे–पीछे पूरा शहर उठकर वहाँ पहुँच जाता। उन औरतों के सामने पहरेदार भी बेबस हो जाते थे। वे कमोबेश पागल औरतें थीं। वे कभी भी छुपाकर रखे छुरे से किसी दुकानदार की नाक काट लेने और अपनी उँगलियाँ किसी की भी आँखों में घुसेड़ देने के लिए बेताब रहती थीं। चूँकि उनके पास न कोई घर था और न ही बाज़ार में उनकी ख़ुद की दुकानें थीं लिहाज़ा पहरेदार उनसे चाहकर भी कोई हर्जाना नहीं वसूल सकते थे। जबकि दूसरी तरफ़ सौदागरों की बीवियाँ पिंजरों में बन्द सलाखों के पीछे से दुनिया को देखने के लिए मजबूर थीं।

चिड़िया–औरतें जब बाज़ार से लौटतीं तो उनकी थैलियाँ सिक्कों से भरी होती थीं। साथ ही कई बार वे किसी माँ के द्वारा कचरे में फेंक दिये गये तुरन्त जन्मे बच्चे के साथ कबूतर–घर में लौटती थीं। कई दफ़ा उनके साथ छह उँगलियों वाले बच्चे भी होते थे, जिन्हें आमतौर पर शैतान की निशानी समझा जाता था।

कबूतर–घर में रहने वाली वे औरतें मिली–जुली ज़बानों में बात करती थीं। वही हाल बच्चों का भी था। बिहज़ाद उनकी ज़बान को काम

चलाने भर जल्दी ही सीख गया था। सुबह के वक़्त पानी की धार की आवाज़ से पता चलता था कि गुस्ल के लिए इस्तेमाल की जाने वाली गुफा में कोई है। बाल्टी से पतली धार में गिरने वाला पानी और पत्थर पर हल्की आवाज़ों से कपड़े धोये जाने का पता चलता था। बच्चों की किलकारियों और पानी की छपछपाहट से मालूम होता था कि उन्हें उनकी गोद ली हुई माँओं द्वारा नहलाया जा रहा है। रसोईघर वाली गुफा से जलती हुई लकड़ियों के चटखने और औरतों के हँसने की आवाज़ें आती थीं। बिहज़ाद को बच्चों और औरतों की तादाद का ठीक–ठीक पता नहीं था, लेकिन खौलते या आपस में खड़कते हुए बर्तनों की आवाज़ से वह पूरी सुबह जगा रहता था। दिन के समय जब औरतें बच्चों को लेकर अण्डों को तलाशने के लिए घाटियों में या अपने सामानों के साथ बाज़ार की तरफ़ निकल जातीं तो बिहज़ाद गुफाओं में पसरे सन्नाटे में किसी की आवाज़ सुनने की उम्मीद में अपने कान खड़े किये रहता था। उसे ऐसा लगता कि कोई–न–कोई तो कबूतर–घर की देखभाल करने के लिए ज़रूर रुका रहा होगा। उस शख़्स के साथ बातचीत करना चाहता था। लिहाज़ा कोई आवाज़ सुनते ही वह अपने बिस्तर पर उठकर बैठ जाता, लेकिन ग़ौर से सुनने पर हवाओं के चलने या चिड़ियों के चहचहाने के सिवा उसे कोई आवाज़ सुनायी नहीं पड़ती थी।

अपने निर्वासन के सालों में भटकते हुए भी वह अपनी उस ज़बान को नहीं भूल पाया था जो उसने किताबख़ाने की सीढ़ियों पर खेलने के दिनों में सीखी थी। वह किसी बड़े और रसूखदार दरबारी के अन्दाज़ में लेकिन अदब के साथ बोलता था–बिना किसी बनावट और दिखावे के। 'एक निखालिस फ़ारसी ज़बान!' जुलेखा उसे चिढ़ाती हुई कहती थी–'दरअसल उनकी ज़बान ही उनका फ़रेब है,' वह एक गहरी साँस लेती। तरबख़ाने और हाजी उज़्बेक के महल में भी उसकी बातचीत का लहजा दूसरों को अचम्भित कर देता था। हज़ारी में भी लोगबाग मिली–जुली ज़बान में ही बातें करते थे। वहाँ बिहज़ाद की ज़बान की भी उतनी ही इज़्ज़त थी जितनी उसकी उँगलियों के हुनर की। अपने

देशनिकाले के दिनों में भी दूसरे भिखारी और सौदागर जो अमूमन उसे अस्तबल या मस्जिद तक पहुँचाने में उसकी मदद किया करते थे, उसकी बोली सुनकर अवाक् रह जाते थे। उन्हें बमुश्किल इसका यक़ीन हो पाता था कि चीकट कपड़े पहना एक बीमार और कमज़ोर शख़्स ऐसी नफ़ीस ज़बान बोल सकता है। कई बार तो लोग उसके तौर–तरीक़ों से इतने प्रभावित हो जाते थे कि उसे क़िस्मत का मारा कोई ऊँचे ख़ानदान का आदमी मानकर उसके साथ बड़ी नरमी से पेश आते और लज़ीज़ खाना खिलाने की पेशकश करते थे।

बहरहाल यह धोखा उसे कई बार हुआ कि शायद कोई चिड़िया–औरत बाक़ी औरतों से पहले गुफा में आ गयी हो और वह उससे बातचीत करने के लिए अपने बिस्तर पर उठ बैठता। उसे लगता कि वह औरत उसकी ज़बान को समझ पाने में नाकाम थी या फिर उसके बहुत क़रीब आकर उससे बात करने से कतराती होगी। बिहज़ाद को यह अन्देशा बार–बार होता था, लेकिन यह उसकी समझ का धोखा था।

शाम को सब औरतें गुफाओं में लौटती थीं तो उनकी चहल–पहल से पूरा माहौल गुलज़ार हो उठता था। वे अपनी कमाई के सिक्कों का आपस में बँटवारा करती थीं और अपने–अपने साथ लायी गयी खाने–पीने की चीज़ों को एक जगह इकट्ठा करती थीं। उनकी आपसी बातचीत में बिहज़ाद को कभी–कभी ऐसे लफ़्ज़ भी सुनने को मिल जाते थे जिनके मतलब वह समझता था। किसी दिन उसे किसी छोटे बच्चे के रोने की आवाज़ सुनायी पड़ती थी। वह कोई अनाथ बच्चा होता था जिसे औरतें गुलामों के सौदागरों के चंगुल से छुड़ाकर लाती थीं। यह वाक़या उनमें से कोई औरत सुना रही थी जिसे बिहज़ाद बमुश्किल समझ पा रहा था। बाक़ी औरतें पूरी ख़ामोशी से उसकी बात सुन रही थीं।

बिहज़ाद अपनी गुफा में अमूमन अकेला ही सोता था। कभी–कभी एक बीमार बच्चा भी उसी के क़रीब सोता था। बिहज़ाद को वहाँ गाढ़ी नींद आती थी। कभी–कभी जब कोई प्रसूता बच्चे जनती थी तो

उसकी दर्द भरी चीख़ से बिहज़ाद की नींद में ज़रूर खलल पड़ता था। उसे औरतों की खुसफुसाहट सुनायी पड़ती। कोई औरत बाल्टी में पानी भरकर दौड़ती हुई जाती थी और बाक़ी औरतें मद्धिम स्वर में कोई सुकूनदेह गीत तब तक गाती रहती जब तक नवजात माँ के गर्भ से बाहर आने के बाद रोने नहीं लगता था।

जब बिहज़ाद की तबीयत थोड़ी ठीक हुई और वह कबूतर–घर के बाहर थोड़ा–बहुत घूमने के क़ाबिल हुआ तो उन औरतों ने उसकी मदद के लिए उसके साथ जमाल और जमील दो जुड़वाँ बच्चों को लगा दिया। दोनों जुड़वाँ भाई थे और हर वक़्त बिहज़ाद के पीछे साये की तरह लगे रहते थे। उन दोनों का सहारा लेकर ही बिहज़ाद कबूतर–घर के बाहर निकलकर घाटियों की फिसलती हुई चट्टानों के बीच चला था। पहले ही दिन तीनों एक बड़ी–सी चट्टान की चढ़ाई के बाद एक सँकरे दर्रे से झुककर गुज़रते हुए झरने के क़रीब आ गये थे। किनारे पर दोनों भाइयों को एक दुर्लभ प्रजाति की चिड़िया का घोंसला दिखा और उन्होंने उससे उसका अण्डा निकालकर बिहज़ाद की हथेली पर हौले से रख दिया।

वे बिहज़ाद को ताना कहकर बुलाते थे–ताना मतलब छोटा पौधा। हालाँकि उसके जैसे एक भरे–पूरे मर्द के लिए यह सम्बोधन थोड़ा अजीबोग़रीब था, लेकिन दोनों लड़कों ने उन औरतों को समझाया–एक छोटे पौधे की तरह ही बिहज़ाद भी बहुत नाज़ुक और क़मज़ोर है। हवा का एक तेज़ झोंका भी उसे गिरा सकता था, इसलिए दोनों भाइयों को हर वक़्त इसकी अचकन को पकड़कर रखना पड़ता था। उसकी आँख पर बँधी पट्टी के सिरे उसके कानों पर पतली टहनियों की तरह झूलते रहते थे। वह एक ताना ही तो था जो रोज़–रोज़ थोड़ा मज़बूत हो रहा था और नयी चीज़ें सीख रहा था। अब बिहज़ाद को झरने तक पहुँचने और वापस गुफाओं तक चढ़ने में कम–से–कम मदद की ज़रूरत पड़ती थी।

बिहज़ाद दोनों जुड़वाँ भाइयों के साथ ही खाता था। अगर वे औरतों के साथ बाज़ार चले जाते थे तो बिहज़ाद पूरे दिन बिस्तर पर लेटा रहता था। वह गुफा से बाहर निकलता तक नहीं था– किसी डर से नहीं बल्कि उदासी के कारण। उसकी बोरी ख़ाली ही पड़ी रहती। दोनों भाइयों ने उसे चिकने पत्थरों और अण्डों में अन्तर करना सिखा दिया था। शुरू–शुरू में दोनों उसे कबूतर–घर के नीचे बिठाकर ख़ुद अण्डों की तलाश में निकल जाते थे। जब वे लौटते तो उनके पास अण्डों का ढेर होता था। वे दोनों बिहज़ाद को तीतर, बगुले, उल्लू और बटेर के अण्डों का फ़र्क़ समझाते और यह भी बतलाते थे कि कौन–सा घोंसला किस चिड़िया का है। जब बिहज़ाद से चिड़ियों का नाम बताने में कोई चूक हो जाती तो दोनों अपने चेले की चूक पर हँस पड़ते। इस उम्र में भला कोई मर्द चुघुर्चुक, शरक और कित्लिक का नाम नहीं जानता है? वे नाचने का उपक्रम करते हुए कुछ अण्डे बिहज़ाद पर फेंक देते और उसकी अचकन अण्डों के भीतर की जर्दी से तर हो जाती थी।

—•—

'जमाल!'

बिहज़ाद ज़ोर से चिल्लाया। पत्थर के लुढ़कने की आवाज़ और तेज़ होती जा रही थी। ऐसा लग रहा था मानो कोई धूमकेतू उनकी तरफ़ तेज़ रफ़्तार से बढ़ रहा हो।

'जमील!'

एक ऊँची चट्टान पर खड़े होकर उसने फिर से आवाज़ लगायी। वह अपने दोनों हाथ हिला रहा था और उसकी कमज़ोर देह एक लतर की तरह काँप रही थी। उसे लगा कि पूरा पहाड़ एक तेज़ धमाके के साथ फट गया हो और उसके बड़े–बड़े पत्थर उड़ते हुए उसकी तरफ़ बढ़ रहे हों। बिहज़ाद को यह लगा कि जमाल और जमील शायद इस अनहोनी से बेख़बर थे और पत्थरों के नीचे आकर उन दोनों के सर भी वैसे ही चूर–चूर हो जायेंगे जैसे घोंसलों से निकालते हुए अण्डे हो जाते हैं।

'जमाल...! जमील...!'

दोनों भागे–भागे बिहज़ाद के क़रीब आये और उसका हाथ पकड़कर उसको बिठाया। उसका दिल अभी भी पानी में गिरे पत्थर की आवाज़ सुन तेज़ी से धड़क रहा था।

बेचारा ताना, वह देख पाने में लाचार है। अगर वह देख पाता तब उसे पता चलता कि पत्थर झरने की उलटी तरफ़ गिरा था। उन तीनों से बहुत दूर और उससे उन्हें कोई नुक़सान नहीं पहुँचा था।

—•—

'चुघुर्चुक?' बिहज़ाद ने अन्दाज़न पूछा। वह चिड़ियों के चहचहाने की नक़ल सुनकर उन्हें एक–एक कर पहचानने की कोशिश कर रहा था, लेकिन यह चुघुचुर्क की आवाज़ नहीं थी। 'फिर यह किसकी आवाज़ है?' उसने जमाल को एक तीली की मदद से ज़मीन पर चिड़िया की तस्वीर बनाने को कहा। जमाल ने जैसे ही रेखाएँ खींचनी शुरू कीं बिहज़ाद ने उसकी कुहनी को पकड़कर उन लकीरों को पहचानने की कोशिश की। एक–एक कर उसने पहले उसका सर,फिर चोंच और गर्दन बनायी।

'अच्छा! शरक।' उसने तस्वीर का अनुमान लगाते हुए एक राहत की साँस ली।

'शरक?'

'तुर्की ज़बान में चुघुर्चुक और हिन्दुस्तानी ज़बान में शरक।' उसने जुड़वा भाइयों को समझाया।

उसके बाद उन्होंने शरक और कित्लिक की तस्वीरें बनायी। लेकिन हर बार बिहज़ाद के मुँह से एक अलग ज़बान में उनका नाम सुनकर दोनों की हँसी बरबस फूट पड़ती थी। उन तीनों के बीच एक नया खेल शुरू हो गया। जब दोनों लड़के ज़मीन पर किसी चिड़िया की तस्वीर बनाना शुरू करते, बिहज़ाद उनकी कुहनियों को पकड़कर लकीरों की बनावट बदल देता था।

'इसका नाम बताओ!' उसने लड़कों को चुनौती दी।

'नहीं। इसका नाम तुम बतलाओ!' लड़कों ने पलटकर पूछा।

उन्होंने तीली बिहज़ाद के हाथ में थमाते हुए उससे कहा कि हम दोनों तभी नाम बतायेगे जब बिहज़ाद तस्वीर बनायेंगा। बिहज़ाद इस खेल में खुद ही फँस गया था। फिर अपनी झिझक से निकलते हुए बिहज़ाद ने तेज़ी से लकीरें खींचनी शुरू कर दीं। ताना को इतनी तेज़ी से तस्वीरें बनाते देखकर दोनों भाई अचम्भित रह गये। उसके पास अपनी तस्वीरों से दोनों भाइयों को चमत्कृत कर देने की जादुई ताक़त थी। उसने पीर जानवर कहे जाने वाले विशालकाय भेड़िया कर्कदान्न, जानवरों का फ़क़ीर कहे जाने वाले शेर हिजाबर और परिन्दों का फ़क़ीर कही जाने वाली मिथकीय चिड़िया सिमुर्ग़ की तस्वीरें बनायीं।

कई बार पत्थरों की उन घाटियों में खेलते–भटकते हुए उन्हें दूर से आती कोई अजनबी आवाज़ सुनायी पड़ती। वे किसी बड़ी–सी चट्टान के पीछे ख़ामोश छुपकर पहाड़ की चोटी की तरफ़ देखने लगते। वे हवा के तेज़ झोंकों और घोड़ों के टापुओं की मिली–जुली आवाज़ होती थी।

'फ़ौजी हैं!' उसी तरह एक दिन आवाज़ सुनकर जमील फुसफुसाया।

बिहज़ाद ने लड़कों को ध्यान से देखने को कहा और पूछा, वे किस तरफ़ जा रहे हैं? उनकी संख्या कितनी होगी? क्या उनके हाथ में कोई झण्डा है?

लड़कों ने छुपकर उनके सिपहसालार की छतरी देखने की कोशिश की।

'झण्डे का रंग लाल और हरा है।'

'हरा?' बिहज़ाद को अचरज हुआ। 'दोबारा ठीक से देखो।'

वह हरा रंग ही है, दोनों लड़कों ने कहा।

बिहज़ाद को हैरत हुई कि कौन किस पर हमला कर रहा था। उसने शाही झण्डे का रंग याद करने की कोशिश की। मुग़लों की विशाल फ़ौज कन्धार के पश्चिमी क़िले की तरफ़ कूच कर रही थी?

बाग़ी सिपाही हिन्दुकुश की दुश्वार तराइयों में शरण ले रहे थे? क्या वे यहाँ रुकेंगे? क्या वे झरने की तरफ़ भी आयेंगे? बिहज़ाद की धड़कनें तेज़ हो गयीं।

— • —

ताना देख सकता था। यह बात चिड़िया–औरतों को जमाल और जमील ने बताई थी। उनके साथ एक कँटीली राह को पार करते हुए बिहज़ाद अचानक सुर्ख़ फूलों के पहले दहकते सूखे दरख़्तों के क़रीब रुक गया था। खुबानी से लदे हुए पेड़ों की तरफ़ नज़रें जाते ही वह थोड़ी देर के लिए अण्डे जमा करने की ज़िम्मेदारी भूल गया। फिर वह अलग–अलग रंगों के अण्डों को सहलाते हुए उनकी तारीफ़ करने लगा। एक बार जब वे तीनों आदमी की शक्ल से कुछ–कुछ मिलती हुई एक पथरीली राह पर आगे बढ़े तो बिहज़ाद के मुँह से एक हौली–सी कराह निकल पड़ी। सर्दियों के मौसम में नाग के फन की तरह सर उठाये सूखी हुई लतरों से गुज़रते हुए उसके चेहरे पर एक मायूसी छा गयी थी। ऐसा लग रहा था कि उसे सब कुछ नज़र आ रहा हो–दिखायी नहीं पड़ने के बावजूद उसे आकृतियों और रंगों का सही–सही अन्दाज़ा हो रहा था।

— • —

सुबह–सुबह जब बिहज़ाद दोनों लड़कों के साथ कबूतर–घर से बाहर निकलकर धूप में आता तो उसकी कल्पना में उस छोटे चित्रकार की छवि उभरने लगती जो अपनी अन्तःप्रेरणा की भूख से आतुर होकर इस मौजूदा दुनिया को ध्वस्त कर उसे दोबारा बनाना चाहता था। उसके हाथों की दुर्लभ कला और उस कला का इकलौता मक़सद शायद यही था।

उसे हिन्दुकुश के पार आती अपने उस्ताद की आवाज़ सुनायी पड़ती, 'याद रखो बिहज़ाद, एक चित्रकार इस दुनिया की रचना करने वाले के सबसे क़रीब होता है।' वह ख़ुद को इस दुनिया को बनाने

वाले के सबसे क़रीब महसूस करता था—वह रचयिता जो बिना दृष्टि के सब कुछ देख सकता है, वह जो बिना किसी अपेक्षा के इस दुनिया की रचना करता है और जो अपनी इस ज़िम्मेदारी से कभी पीछे नहीं हटता है। अपनी आँखों पर पट्टी बँधे होने के बावजूद वह धूप की शरारतों को देख सकता था। आगरा से लेकर उस कबूतर–घर तक हर पल उसे अपने साथ किसी चित्रकार की मौजूदगी का अहसास होता था। यह एक ऐसी अनुभूति थी जो कभी नष्ट नहीं हो सकी।

—— • ——

जब चिड़िया–औरतें उसे गुफा में अकेले छोड़कर जाने लगतीं, बिहज़ाद उनसे बहस करने लगता। 'लेकिन तुम तो अब देख सकते हो!' वे हँसती हुई कहतीं। शायद वह भी अपने पुराने अस्तबल, मस्जिद और बाज़ार को देखना चाहता था। उन चिड़िया–औरतों के साथ बिहज़ाद को देखकर बाज़ार में दुकानों के मालिक क्या सोचेंगे? और वे जूतों की रखवाली करने वाली औरतें? चिड़िया–औरतों को हँसता हुआ देखकर बिहज़ाद के बदन में एक सिहरन दौड़ जाती थी। बिहज़ाद अब भला–चंगा हो गया था। जब वह मरणासन्न अवस्था में कबूतर–घर लाया गया था तब उसकी देह को ज़रूरी गर्मी मिल सकने लायक़ गुफा में आग के क़रीब रखा गया था। अब उसकी जगह एक हरकारे को लाकर लिटाया गया था एकदम ख़स्ताहाल और आधी बेहोशी की स्थिति में एक जासूस होने का इलज़ाम लगाते हुए सैनिकों ने उसकी बुरी तरह पिटाई की थी। उसकी झोपड़ी जला डाली गयी थी और उसकी बीवी का बलात्कार करने के बाद उसे मार डाला गया था। हरकारे को भी मरा हुआ जानकर छोड़ दिया गया था। वह डाक ले जाने वाला एक अदना–सा हरकारा था, न कि कोई जासूस। वह हरकारा अनपढ़ था।

बिहज़ाद हरकारे की बगल में लेटा हुआ था। पहली ही रात उसने अपनी उँगलियों से टटोलकर उसे पहचानने की कोशिश की थी। वह वही था। बिहज़ाद की स्मृति में वे कुछ ख़ुशगवार दिन कौंध

गये जो उसने उनके साथ उस झोंपड़ी में गुज़ारे थे। बहरहाल औरतों ने उसे बताया कि हरकारे की ज़िन्दगी तो किसी तरह बच जायेगी, लेकिन वह दोबारा कभी दौड़ पाने लायक़ नहीं बन सकेगा।

जैसे ही हरकारे की नींद खुली वह बिहज़ाद को देखते ही पहचान गया। उन्होंने साथ गुज़ारे गये पुराने दिनों के बारे में ख़ूब बातें कीं, लेकिन उस बातचीत में कहीं ख़तों का कोई ज़िक्र नहीं था। उसने बिहज़ाद को दुनिया में चल रही उथल–पुथल के बारे में बताया। महान मुग़ल फ़ौज वापस दक्षिण की तरफ़ लौट चुकी थी और मध्य एशिया के पहाड़ी सैनिकों के हमले का ख़तरा फिर से मँडराने लगा था। छोटे–छोटे सूबों के सूबेदार एक–दूसरे के ख़िलाफ़ साज़िश रचने में व्यस्त थे, और छोटे–छोटे दुकानदार भी किसी बड़ी अनहोनी के ख़ौफ़ से घिरे हुए थे। उसने बताया, हिन्दुस्तान का बादशाह आगरा में अपने बिस्तर पर लेटा मौत की राह ताक रहा था।

ईसाई संवत् के अनुसार सन् 1605 और हिजरी संवत् के मुताबिक़ 1014 की बात है। सूरज कुम्भ राशि में प्रवेश कर चुका था। बादशाह जलालुद्दीन मोहम्मद अकबर आगरा में अपने बिस्तर पर पड़ा मौत की घड़ियाँ गिन रहा था। अकबर लगभग तीस साल के बाद अपनी पुरानी राजधानी लौट आया था, लेकिन आगरा के बाशिन्दे ख़ुशियाँ मनाने की बजाय गम में डूबे हुए थे। पिछले साल ही बादशाह ने अपने बाग़ी बेटे सलीम को पराजित करने का संकल्प लिया था और इसी उद्देश्य से ख़ुद इलाहाबाद की तरफ़ रवाना हुआ था, लेकिन उसका जहाज़ गंगा में कहीं फँस गया था। एक साल पहले ही उसकी माँ की मौत हुई थी और उसी के आसपास उसका सबसे छोटा बेटा भी चल बसा था जो अनेक बुरी आदतों का शिकार था। बादशाह की बीमारी का कारण ख़ून के थक्कों का जमा होना था। शुरुआत में शाही हक़ीम ने उसकी बीमारी को यह सोचकर अधिक गम्भीरता से नहीं लिया कि बादशाह की मज़बूत क़द–काठी के कारण यह अदना–सा मर्ज़ ख़ुद–ब–ख़ुद ठीक हो जायेगा।

अकबर ने अपने जीवन के तक़रीबन चालीस साल अपने सपनों का पीछा करते हुए ख़र्च कर डाले थे। उसे जीत हासिल करने की मानो न बुझने वाली प्यास लग गयी हो, लेकिन अब वह बादशाह से भी बड़ा एक कारोबारी बन चुका था। बग़दाद के ख़लीफ़ा, तुर्की के सुल्तान और फ़ारस के शाह, और यहाँ तक कि चीन के सूर्यवंशी शासक भी उसकी अकूत दौलत के सामने कोई हैसियत नहीं रखते थे। लेकिन एक बादशाह और एक अमीर दोनों ही रूपों में अकबर ने ख़ुद को अल्लाह से दूर कभी महसूस नहीं किया। वह ख़ुदा को मानने वालों में क़ाफ़िर और क़ाफ़िरों के बीच एक मज़हबी आदमी

माना जाता था। एक इन्सान के रूप में वह ख़ुद में सब कुछ था– एक मुसलमान, एक हिन्दू, एक जैन, एक ईसाई और एक यहूदी– सब कुछ। उसने अपना एक अलग पन्थ बनाया था, लेकिन आवाम को उसको मानने के लिए कभी कोई ज़बरदस्ती नहीं की।

जिस अकबर ने कभी यह ख़्वाहिश की थी कि काश! उसकी विशाल पीठ पर पूरी दुनिया सवार हो सकती, वही अकबर अपने बिस्तर पर निःशब्द पड़ा हुआ था। उसके नौकर उसके होंठों को पानी से तर कर रहे थे। उसका सबसे भरोसेमन्द सिपहसालार उसका रत्न–जड़ित मूँठ वाला खंजर लिए उसके बिस्तर के बगल में खड़ा रहता था। उसके हकीम के निर्देश पर उसके शरीर का पूरा ख़ून निकाल दिया गया था और उसका चेहरा एकदम सफ़ेद और मलिन पड़ चुका था। सलीम को तख़्तनशीन करने की सभी साज़िशें नाकाम हो चुकी थीं और बादशाह के सभी शाही दरबारी उसके कमरे के बाहर उदास बाग़ी सलीम के आने के इन्तज़ार में खड़े थे। चित्रकारों और शाही कवियों का हुजूम भी उनके बगल में खड़ा था। इबादतख़ाने के सभी लोग नम आँखें लिए इकट्ठे हो चुके थे। जब एक आदमी अपनी नींद में अपनी जागृति की अवस्था से बेहतर हो तब उसको मर ही जाना चाहिए। बूढ़ा और दुर्बल शाही कवि अब्दुल्लाह महान निज़ामी की पंक्तियाँ दुहरा रहा था–'मैं एक मुर्दा हूँ जिसके भीतर इन्सान की रूह है, मैं अपने सफ़र को अकेला तय कर रहा हूँ। किसी कारवाँ के बिना।' ग़ज़ल गाने वाले जिन गवैयों को बादशाह का मन बहलाने के लिए बुलाया गया था, उन सबको वापस घर भेज दिया गया था। आगरा के गली–मुहल्लों में लोगबाग कयास लगाने में मशगूल थे कि मरणोपरान्त बादशाह को क्या ख़िताब दिया जायेगा–अर्श आशयानी–वह जो एक पवित्र सिंहासन पर बने घरौंदे में रहता है।

बिहज़ाद एक खच्चर गाड़ी में बैठकर आगरा में दाख़िल हुआ। यहाँ तक पहुँचने के सफ़र में उसे एक के बाद एक कई कारवाँ में शामिल

होना पड़ा था। हर शहर में उसकी हिफ़ाज़त के लिए चिड़िया–औरतों के संगी–साथी मौजूद थे। लाल पत्थरों के खँडहरनुमा आगरा में उसकी वापसी भी कमोबेश उसी अन्तराल के बाद हुई थी जब तक कि बादशाह ने भी उस शहर को भुलाये रखा था। आगरा अब हमलावर फ़ौजियों के लिए एक पड़ाव की बजाय हिन्दुस्तान का जी लुभाने वाला आकर्षक बाज़ार बन चुका था। उसने गाड़ीवान को पश्चिमी फाटक के पास गाड़ी रोक देने के लिए कहा। गाड़ीवान ने नीचे उतरने में बिहज़ाद को सहारा दिया और उसका हाथ पकड़कर उस इमारत की तरफ़ बढ़ गया जो कभी उसके उस्ताद की रंगशाला हुआ करती थी। बिहज़ाद के चेहरे पर एक अद्भुत ख़ुशी झलक रही थी। हालाँकि वह उस खिड़की को देख पाने में असमर्थ था जिससे छनकर धूप मीर सईद अली के कमरे में दाख़िल होती थी, उसने राल और रंगों की खोयी हुई गन्ध को अपने नथुनों में भर लेने की पूरी कोशिश की। तभी उसे अपने गाल पर कोई तमाचा–सा महसूस हुआ और उसके ज़ेहन में मीर सईद अली के कहे अल्फ़ाज़ गूँजने लगे–तुम ख़ुद को आख़िर समझते क्या हो? एक मुंशी? कोई गुनहगार जिसने हलफ़ लिया हो? यह कैसी ज़िद है कि सिर्फ़ सच बोलना है सच के सिवा कुछ नहीं बोलना है?, बिहज़ाद मुस्कराया .फिर उसने गाड़ीवान को ख़ुद को गाड़ी तक ले चलने का इशारा किया।

बाज़ार से गुज़रते हुए गाड़ीवान ने गाड़ी के पर्दे चारों तरफ़ से गिरा दिये। वह बिहज़ाद की आँखों की पट्टी को सवालिया नज़रों से देखने वाले लोगों से बचाना चाहता था। लेकिन बिहज़ाद के कानों में व्यापारियों की आवाज़ें अभी भी आ रही थीं। ख़ासतौर से वह पतंगें बेचने वालों की बातें ध्यान से सुन रहा था। पाजेबों की आवाज़ साफ़ बता रही थी कि किसी दरबारी की बीवी बगल से गुज़र रही थी और पीछे–पीछे उसकी नौकरानियाँ माथे पर गट्ठर लादे चल रही थीं।

जल्दी ही खच्चर गाड़ी उस कोलाहल से निकलकर धीरे–धीरे एक ख़ाली सड़क पर बढ़ गयी। बिहज़ाद ने पर्दे के पार नदियों

की तरफ़ से छनकर आती ठण्डी हवा को महसूस किया। यमुना। किसी ज़माने में यमुना के किनारे फैले खँडहरों का एकान्त बिहज़ाद की पसन्दीदा जगह हुआ करती थी। वह सोचने लगा कि क्या वे भग्नावशेष अभी भी पहले की तरह ही खड़े होंगे—वे कमरे और अहाते, टूटे—फूटे हरम और मीनारें। उसने गाड़ीवान को रिहाइशी परिसर में लेकर चलने के लिए कहा। दरबारियों के रहने के लिए बनी इमारतों के क़रीब पहुँचकर गाड़ीवान ने गाड़ी की रफ़्तार धीमी कर दी। एक बड़ी—सी मेहराब के पास पहुँचकर उसने गाड़ी रोक दी और सवालिया नज़रों के साथ पीछे की तरफ़ घूमा।

'तुम्हें कहाँ जाना है?

बिहज़ाद थोड़ी देर तक ख़ामोश रहा। उसके दिमाग़ में किताबख़ाने जाने का ख़याल आया—पुराना किताबख़ाना, लेकिन उसने अपना फ़ैसला बदल दिया।

'ख़्वाजा की हवेली।'

'ख़्वाजा?' गाड़ीवान नौजवान था या शायद वह चित्रकारों के आगरा छोड़ देने के बाद पैदा हुआ था।

'फ़ारसी उस्ताद शीरीं कलम की हवेली।'

गाड़ीवान को उसका पता भी नहीं मालूम था। बिहज़ाद को गाड़ी में अकेला छोड़कर वह दूसरों से पूछने चला गया। लौटने के बाद उसने गाड़ी सँकरी गलियों में घुसा दी और थोड़ी दूर जाने के बाद रुक गया। वह बिहज़ाद को सहारा देकर नीचे उतारने के लिए आया।

बिहज़ाद गाड़ीवान की तरफ़ देखे बिना ख़ामोश बैठा रहा। आख़िर इतने सालों बाद ख़्वाजा की हवेली में आने का क्या तुक था? उसके ज़ेहन में अपनी हवेली की स्मृतियों का एक पन्ना तैर गया। उसने इधर—उधर घूमते हुए हिजड़ों को देखा, कुछ परिन्दे भी उसकी यादों में फड़फड़ा रहे थे जिनके पर कतरे हुए थे, लेकिन अपनी याददाश्त पर बहुत ज़ोर डालने के बाद भी उसे अपने अब्बा की शक्ल याद नहीं आ सकी। इस बार उसने अपने नथुनों में इत्र की

ख़ुशबू भरने की भी कोशिश नहीं की। गाड़ीवान बेसब्री से इन्तज़ार करता हुआ खड़ा था। बिहज़ाद उसकी तरफ़ पलटा और उससे बादशाह के महल ले चलने के लिए कहा।

पहरेदार सल्तनत के कोने–कोने से अपनी शिकायतें लेकर आये दूसरे लोगों की तरह उसको भी शिकायत दर्ज करने वाले अफ़सर के पास ले गये। वहाँ उस अफ़सर के रूप में उसे मुर्तजा बेग मिला–वह आदमी जिसने सीकरी के किताबख़ाने में गुज़ारे गये दिनों में एक दार्शनिक के रूप में काफ़ी इज़्ज़त कमायी थी। शतरंज का एक इतना माहिर खिलाड़ी जिसके बारे में मशहूर था कि उसे दस हज़ार चालों के बारे में मालूम था, एक ऐसा शख़्स जो चित्रकारों का सच्चा दोस्त था और जिसे लोगबाग अनन्त जिज्ञासाओं से समृद्ध व्यक्ति मानते थे।

'आख़िरकार, तुम मिल ही गये!' वह बिहज़ाद को अपने कमरे में ले गया। उसने दरवाज़ा लगाया और बिहज़ाद को पहले नहीं लौट आने के लिए झिड़की लगायी।

'यह तुमने क्या हालत बना ली है बिहज़ाद! तुमने लौटने में इतनी देर क्यों की? क्या तुम सचमुच यह नहीं जानते थे कि तुम्हारी सज़ा की मियाद पूरी हो चुकी थी? क्या तुम यह भी नहीं जानते थे कि अपने आध्यात्मिक मित्र फ़ादर अल्वारेज़ की ज़बानी बिहज़ाद की कहानी सुनने के बाद अकबर ने उसके निवार्सन का अपना आदेश वापस ले लिया था? फ़ादर ने उसे उस औरत की तस्वीर के बारे में बताया था। उसने कहा था कि वह तस्वीर सिर्फ़ बिहज़ाद की दुर्लभ प्रतिभा का सबूत नहीं थी बल्कि ईश्वर के प्रति उसके समर्पण की तरफ़ भी इशारा करती थी। अकबर को अपने फ़ैसले पर पछतावा हुआ था। उसने चारों तरफ़ तुम्हारी तलाश में अपने आदमियों को भेजा ताकि तुम्हें ढूँढ़कर वापस बुलाया जा सके, लेकिन तुम्हारा कोई पता नहीं चला...' मुर्तज़ा बेग ने ठण्डी साँस भरी। 'क्या तुम्हें उसके अन्तिम साँस लेने का इन्तज़ार था?'

मुर्तज़ा बेग को शायद उसके बारे में सारी जानकारियाँ थीं–

सीकरी छोड़ने के बाद उसके रेगिस्तान पार करने से लेकर हज़ारी के सराय में गुज़ारे गये उसके दिनों के बारे में एक–एक बात। बादशाह के भरोसेमन्द सौदागर और जासूसों ने उसे हाजी उज़्बेक की बेटी एक मनमौजी चित्रकार के साथ शादी की बात बतायी थी।

'उसके बाद ही हम समझ गये कि तुमने अपने लिए एक अलग दुनिया चुन ली है और हमने तुम्हें खो दिया है।' मुर्तज़ा बेग ने उसे सल्तनत से दूरदराज के शहर–बाज़ारों में देखे जाने की अफ़वाहों का भी हवाला दिया। उसे किसी जासूस ने एक आदमी के बारे में बताया था जिसकी शक्ल बिहज़ाद से पूरी मिलती थी। बस फ़र्क़ यही था कि उसकी आँखों पर एक पट्टी बँधी थी और वह तस्वीरें नहीं बनाता था।

'बादशाह को भी इस बात का कौतूहल था,' मुर्तज़ा बेग ने कहा। 'कोई अपनी मर्ज़ी से अन्धे की ज़िन्दगी क्यों जीना चाहेगा?' दरबारियों ने कई वजहें बतलाने की कोशिश की, लेकिन अकबर को किसी की बात पर यक़ीन नहीं हुआ। 'जो उसके दिल के सबसे क़रीब था उसे छोड़कर वह किसी की भी सुनने को तैयार नहीं था।' अकबर ने कहा था।

बिहज़ाद की पूरी देह में एक झुरझुरी दौड़ गयी।

'तुम उसके सबसे पसन्दीदा चित्रकार थे। तुम्हारे आसपास भी कोई नहीं फटक पाया। तुम्हारे देशनिकाले के सालों बाद उसने तुम्हारी बनायी हुई तस्वीरों को देखने की ख़्वाहिश ज़ाहिर की। वह उन तस्वीरों को बड़े ग़ौर से देखता था। कभी–कभी वह एक लम्बी साँस भरता। जिस दिन उसने तुम्हें सल्तनत से निकाल देने के हुक्मनामे पर दस्तख़त किये, उसने पूरे दिन किसी से भी एक लफ़्ज़ तक नहीं कहा। उसके सारे दरबारियों को उसकी यह हालत देखकर फ़िक्र होने लगी थी। उस रोज़ वह सचमुच बेहद दुखी था, बिहज़ाद, ख़्वाजा के बारे में सोचकर नहीं, किताबख़ाने को लेकर भी नहीं बल्कि तुम्हारे बारे में सोचकर।'

बिहज़ाद ने अपना चेहरा खुली हुई खिड़की की तरफ़ घुमा लिया।

फिर बहुत ही धीमी आवाज़ में मुर्तज़ा बेग ने बिहज़ाद को

ख़्वाजा की मौत की कहानी सुनायी। 'उसकी मौत जब हुई तब वह टकसाल में था। जुलेखा के चले जाने और तुम्हें सज़ा मिलने के बाद वह किसी और ही धुन में रहने लगा था।' अपनी कामयाबी के शिखर को छू लेने के बाद उसे इस बात का गहरा अफ़सोस था कि अब वह एक चित्रकार नहीं रह गया था। वह फ़ारस से एक चित्रकार बनने ही आया था, लेकिन उसने अपने पुरखों के नाम के साथ दगाबाज़ी की थी। 'फ़ारस के पास जो कुछ भी था अब वह हिन्दुस्तान के क़ब्ज़े में आ चुका था,' ख़्वाजा अपनी ज़िन्दगी के आख़िरी दिनों में कहा करता था। 'अब मुग़ल चित्रकार अपने फ़ारसी उस्तादों से कहीं बेहतर हो गये थे।'

एक तजुर्बेकार बूढ़े की तरह मुर्तज़ा बेग बिहज़ाद को सीकरी के धीरे–धीरे ख़त्म होने की कहानी सुना रहा था। दूसरी तरफ़ अकबर अपनी सल्तनत की हिफ़ाज़त में किसी दीवाने की तरह मसरूफ़ था। वह आये दिन अपने दरबारियों के ओहदों में उलटफेर करता रहता था। उसने मुग़ल सल्तनत में उन दिनों ज़ोर–शोर से फैली एक अफ़वाह के बारे में बिहज़ाद को बताया–उस अफ़वाह के बारे में कि अकबर का सगा बेटा उसके क़त्ल की साज़िश रच रहा था। फिर अचानक उसने अपनी बात को बीच में ही रोकते हुए बिहज़ाद से पूछा, 'तुम्हारे आगरा लौटने की क्या वजह है?'

वह थोड़ी देर चुप रहा, फिर जवाब में कहा, 'मैं अकबर से मिलना चाहता हूँ।'

जवाहरातों की मूँठ वाले एक ख़ंजर के साथ अकबर का एक भरोसेमन्द सिपहसालार अकबर के बिस्तर के बगल में खड़ा था। शाही हक़ीम के निर्देश पर उसके बदन का ख़ून बाहर निकाल दिया गया था और उसका चेहरा पूरी तरह से सफ़ेद दिख रहा था। शाही बिस्तर पर हर वक़्त लटकती रहने वाली तलवार को हटा दिया गया था। बादशाह ने सल्तनत के वारिस का ऐलान करते हुए अपनी तलवार और अपना

ताज सलीम को सौंप दिया था। वहाँ तैनात सन्तरी बादशाह को आख़िरी दफ़ा देखने के लिए आये लोगों को एक–एक कर आगे बढ़ाते जा रहे थे। अकबर अपने बिस्तर पर निश्चेत पड़ा था और उसके कमरे के दरवाज़े एक–दूसरे से सटे हुए थे। इशारा मिलते ही मुर्तज़ा बेग बिहज़ाद का हाथ थामकर आगे बढ़ा। वहाँ मौजूद सबकी नज़र हाजियों से कपड़े पहने और आँखों पर पट्टी बाँधे उस आदमी पर जा टिकी। उनको बादशाह के कमरे के बाहर बहुत देर तक इन्तज़ार करना पड़ा, तब जाकर शाही हक़ीम ने बाहर निकलकर मुलाक़ातियों को बारी–बारी से कमरे में जाने की इजाज़त दी।

दोनों अकबर के बिस्तर के क़रीब जाकर खड़े हो गये। उस वक़्त बादशाह की आँखें खुली हुई थीं। पहले तो मुर्तजा बेग ने बादशाह की शान में क़सीदे पढ़े, फिर उसको एक कहानी सुनाने लगा–एक ऐसे गुनाह की कहानी जिसकी कोई माफ़ी नहीं थी। वह अकबर को उस बदनसीब चित्रकार के बारे में बताने लगा जिसका बाप एक उस्ताद चित्रकार था और जो ख़ुद बेहद क़ाबिल था, लेकिन अपनी एक चूक से उसने बादशाह को नाराज़ कर दिया था। लेकिन उसका गुनाह अजीबोग़रीब था...अकबर ने हौले से हाथ उठाते हुए मुर्तज़ा बेग को रोक दिया। उसने बिहज़ाद को क़रीब आने के लिए कहा। बिहज़ाद दुआएँ पढ़ता हुआ आगे बढ़ा। बिस्तर के क़रीब पहुँचकर बिहज़ाद ने अपने माथे से फ़र्श को छूते हुए बादशाह को अपना अदब पेश किया।

अकबर अपने बिस्तर पर औंधा बैठ चुका था। बिहज़ाद को कन्धों से पकड़ते हुए वह उसका चेहरा अपनी आँखों के सामने लाया। एक तेज़ झटके में उसने बिहज़ाद की आँखों पर बँधी पट्टी का सिरा पकड़कर वैसे ही खींच दिया मानो शिकार में किसी हिरन की गर्दन जिबह कर रहा हो। बिहज़ाद की पट्टी अब खुल चुकी थी।

उसने सामने रखी बादशाह के ख़ून से भरी फिरोज़ा की प्याली देखी। उसने अकबर के गाल के मस्से को देखा। वह किसी झरबेरी की तरह सूख चुका था। उसकी आँखों से आँसू बहने लगे।

उसका चेहरा थामे अकबर की हथेलियाँ भी आँसुओं से तर हो गयीं। 'तुम एक चित्रकार नहीं हो,' अकबर ने उससे कहा। 'तुम एक फ़क़ीर हो, बिहज़ाद। सिर्फ़ एक फ़क़ीर में ही अन्धा होने की कुव्वत है, जिसे अपने भीतर के ख़ुदा के सिवा और कुछ भी दिखायी नहीं पड़ता।' बिहज़ाद फ़र्श से उठ खड़ा हुआ और बादशाह के और क़रीब जाकर उसके बगल में बैठ गया। वह बहुत देर तक बादशाह के चेहरे को निहारता रहा। फिर उसने अकबर के ही अन्दाज़ में कहा। 'लेकिन इस आख़िरी वक़्त में मैं आपको एक चित्रकार के रूप में बदलते हुए देखना चाहता हूँ।'

समां। मतलब आख़िरी जश्न। मौत और ख़ुशी का जश्न। चाँदनी रात में सूफ़ी नाच रहे थे। दमकते हुए चेहरों और लहराते हुए हाथों के साथ। सितारों से टँके आसमान के शामियाने के नीचे। यह नाच किसी ख़ास आदमी के लिए हो रहा थी। बीच में उसने अकबर की तस्वीर बनायी थी। वह घटाओं की तरह अपने लहराते हुए बालों में नाचता हुआ बेसुध था। बादशाह के रूप में एक पैगम्बर–एक सुनहरी आग की लपटों के सहारे जन्नत की तरफ़ कूच करता हुआ अकबर जो किसी घोड़े पर सवार नहीं था बल्कि अपने दुर्बल पैरों पर चल रहा था। उसकी देह के एक–एक हिस्से से एक अद्‌भुत रौशनी फूट रही थी और सूरज की कौंध के सामने उसकी परछाईं नहीं दिख रही थी। उसने अकबर की तस्वीर क़ाफ़िरों के काले देवता की तरह बनायी थी जो अलौकिक प्रेम का प्रतीक था और जो अपनी प्रेमिकाओं से घिरा उनके वस्त्रों को छुपाने की शरारत में मगन था। उसकी बनायी तस्वीर की एक–एक लकीर बादशाह के ज़ख़्मों और झुर्रियों को ढँक रही थी। अकबर फिर से जवान दिखने लगा था।

और हिन्दुस्तान की किताबों में भी यही लिखा मिलता है कि जब उसकी मौत की घड़ी बिल्कुल क़रीब आ चुकी थी, अकबर ने अपने चित्रकारों से मिलने की ख़्वाहिश ज़ाहिर की थी। यह जुमदा के तेरहवें दिन यानी बृहस्पतिवार की शाम की बात है। अपनी जान निकलने के ऐन पहले वह अपनी ही एक तस्वीर के सामने बैठा था और उस तस्वीर को बनाने वाला चित्रकार उसके बगल में बैठा था। उसने अपनी बाँह उसके गले में डालते हुए उसकी कलाई में एक

धागा बाँध दिया जैसा कि दो दोस्तों के बीच चला आ रहा एक पुराना रिवाज था। वह एक मामूली धागा था और उसमें मोती या और कोई दूसरा रत्न नहीं जड़ा था। धागा बाँधने के बाद उसने बिहज़ाद का शुक्रिया अदा किया।

'अगर मेरी देह का रोम–रोम भी एक जीभ बन जाये, तब भी तुम्हारी शुक्रगुज़ारी के लिए उनकी तादाद कम पड़ेगी।'

'जमाल...! जमील...!'

झरने के बगल से कबूतर–घर की चढ़ाई पर बढ़ता हुआ वह ज़ोर–ज़ोर से अपने दोस्तों को आवाज़ें लगा रहा था।

चिड़ियाँ–औरतें अपनी–अपनी गुफाओं से बाहर झाँकने लगीं। दोनों यतीम लड़के नज़र पड़ते ही उसकी तरफ़ भागे। फिर दोनों कुछ पल के लिए रुके और बिहज़ाद को देखकर हँसने लगे। उसके हाथों में एक–एक अण्डा था। उसकी झोली भी भरी हुई मालूम पड़ती थीं। पत्थरों के एक ढेर को पार करते हुए वह दोनों पर अण्डे फेंकने लगा। कुछ अण्डे गुफा की दीवारों से टकराकर फूट रहे थे।

थोड़ी देर बाद ही उसे अपनी इस पुरानी दुनिया की आदत पड़ गयी। वह उन्हीं का ताना था, लेकिन अब वह एक अलग आदमी था। उसे अब लुढ़कते हुए पत्थरों से डर नहीं लगता था। अब वह तेज़ हवा के झोंकों में किसी तिनके की तरह नहीं काँपता था। अब उसे कबूतर–घर से नीचे की ढलान में उतरते हुए या झरने को पार करते हुए किसी की मदद की ज़रूरत नहीं थी। अब वह देख सकता था।

❑❑